GW00392359

# L'ORACLE DELLA LUNA

Directeur du magazine *Le Monde des religions*, Frédéric Lenoir, quarante-six ans, est philosophe et docteur de l'École des Hautes Études en Sciences Sociales (EHESS). Il a écrit une trentaine d'ouvrages traduits en vingt-cinq langues et il est l'auteur de plusieurs romans, publiés au Livre de Poche, qui ont été des best-sellers en France et à l'étranger.

FRÉDÉRIC LENOIR

# L'Oracle della Luna

**Le tragique et lumineux destin
de Giovanni Tratore**

ROMAN

ALBIN MICHEL

*À Johanna,*
*partie si tôt,*
*sans qui ce livre ne serait pas.*

Exister est un fait,
vivre est un art.

Tout le chemin de la vie,
c'est de passer de la peur à l'amour.

## AVERTISSEMENT

Les personnages principaux de ce roman, comme l'intrigue, sont le fruit de mon imagination. Mais comme il s'agit d'une fiction qui s'inscrit dans une époque et un cadre précis – la Renaissance et le bassin méditerranéen – j'ai été soucieux de respecter la véracité des lieux, des mœurs et des personnages historiques cités, dont la vie et les idées interfèrent souvent avec mon intrigue. Ainsi en va-t-il d'Érasme, de Luther, du pape Paul III, de Pic de la Mirandole, Marsile Ficin, des Médicis, de Giulia Gonzaga, Juan de Valdès, Andrea Gritti, Johannes Lichtenberger, Paul de Middlebourg, Philippe Melanchthon, Théophane Strelitzas, Nicolas Copernic, des frères Barberousse, de Soliman le Magnifique, Charles Quint et François I$^{er}$... mais aussi des références à Platon, Aristote, Jésus, Paul, Ptolémée, Plotin, Augustin, Denys, Albumazar, Moïse Ben Shem Tov, Ibn Arabi, Grégoire Palamas, Thomas d'Aquin, etc.

# SOMMAIRE

*Prologue*

# 1

La peur se lisait sur le visage des villageois. Regroupés à quelques enjambées de la cabane, ils étaient figés, les yeux rivés sur la masure. Des gouttes de sueur perlaient sur les fronts ravinés. Puis le vieux Giorgio leva le poing et hurla :

– Mort à la sorcière !

– Mort à la sorcière ! reprirent en chœur la vingtaine d'hommes et de femmes qui s'étaient hardiment engagés dans la forêt, déterminés à en finir avec la malédiction.

Brandissant fourches et piques, ils se ruèrent vers la maison. La porte fut arrachée à la première poussée. Éclairée par un faible rayon de soleil, la pièce unique se livra à leurs regards en feu. Vide.

– Elle a déguerpi, lâcha avec dépit la veuve Trapponi.

– Y a pas bien longtemps, fit remarquer un jeune homme malingre, le nez penché sur la marmite suspendue au-dessus d'un lit de braises. Regardez, le foyer est allumé et l'eau bien chaude.

– M'étonnerait pas qu'elle soit cachée dans les buissons alentour. Allons la débusquer, reprit le vieux Giorgio.

Pendant deux bonnes heures les villageois fouillèrent les taillis et scrutèrent le sommet des arbres. En vain.

– La bougresse a dû sentir quelque chose et abandonner sa tanière, marmonna le forgeron. Qu'elle aille faire ses diableries ailleurs !

Puis il retourna dans la masure, souffla sur les braises et les répandit dans la cabane en bois. Aidé par un borgne, il brisa l'unique table pour alimenter les flammèches qui dansaient aux quatre coins de la pièce. Le borgne heurta un obstacle qui le fit trébucher.

– Foutrebleu ! Un anneau ! Il y a une trappe sous la table ! hurla le paysan.

Criant et gesticulant, hommes et femmes se rassemblèrent dans la pièce. Ils piétinèrent les flammes et se groupèrent autour de la trappe, fixant l'anneau comme s'il allait leur ouvrir les portes de l'enfer. Car, passé le premier moment de jubilation, l'effroi venait à nouveau figer les souffles et mouiller les tempes. Le forgeron confectionna deux torches. Sans mot dire, il fit signe de soulever la trappe. Un homme se saisit de l'anneau. À l'instant où la porte en bois bascula, le forgeron jeta une torche dans le trou. Tous eurent instinctivement un mouvement de recul.

Rien ne se passa. Les plus hardis se penchèrent au-dessus du vide. Tombée à moins d'une hauteur d'homme sur la terre battue, la torche éclairait les sept marches d'un petit escalier en bois. On ne distinguait rien d'autre.

– Sors de ton trou, méchante, si tu veux pas finir rôtie, lança Giorgio sur un ton qui se voulait assuré, mais qui trahissait une sourde angoisse.

Pas de réponse.

– Va falloir y aller, reprit le vieil homme d'un air beaucoup plus hésitant.

Personne ne bougea.

– Tous des pleutres, hurla la veuve Trapponi. S'il est mort, mon Emilio, c'est bien sa faute à elle.

Elle souleva ses jupons, attrapa la seconde torche et s'engouffra dans la cachette.

Parvenue au bas de l'escalier, elle éclaira le fond de la cavité. Dans le minuscule réduit, un corps immobile, recouvert d'un drap, était allongé sur une paillasse à même le sol humide. La femme s'approcha. Dominant sa terreur, elle fit un pas en avant et tira le linge d'un geste sec.

Elle étouffa un cri, multiplia les signes de croix et remonta précipitamment. Les yeux exorbités, elle s'agrippa à la chemise du forgeron.

– C'est l'œuvre du diable ! hurla-t-elle.

## 2

Le frère portier fut fort surpris de découvrir cet étrange équipage de paysans transportant un corps sur une charrette.

– Je suis le chef du village d'Ostuni. Nous voulons voir l'abbé, lança le vieux Giorgio.

– Notre père abbé n'est point là. Que voulez-vous ? reprit le moine d'un ton ferme.

L'absence du supérieur du monastère déconcerta les paysans. Ce qu'ils avaient découvert était d'une trop grande importance pour le confier à un simple moine. Après un instant d'hésitation, il poursuivit :

– Et qui donc dirige le monastère en son absence ?

– Dom Salvatore, le prieur, répondit sèchement le frère portier, agacé que ces simples paysans ne veuillent pas lui parler. Mais on ne le dérange pas pour rien. De quoi s'agit-il ? Y a-t-il un mort ? questionna-t-il en jetant un œil en direction du corps étendu sur la charrette et recouvert d'un linge.

– C'est pire ! affirma le paysan d'une voix solennelle.

Le moine lut alors sur les visages une expression de terreur qui le convainquit de déranger le prieur du monastère.

Idéalement placé sur une petite colline dominant la

mer, entouré de champs d'oliviers, le monastère San Giovanni in Venere était encore, en ce milieu de XVIᵉ siècle, le principal centre religieux de la vaste région des Abruzzes. Situé au centre de l'Italie, ce massif montagneux était relié à Rome par la via Trajana qui venait s'échouer au pied du monastère, sur le petit port de Venere, à une dizaine de lieues au sud de Pescara, l'un des plus grands ports de la mer Adriatique. Le lieu tenait son nom de la déesse Vénus. La légende rapporte en effet qu'un temple avait jadis été édifié par un marchand naufragé qui affirmait avoir été sauvé par Vénus, la déesse née des eaux. Dédié à Vénus conciliatrice, il était visité par de nombreux couples qui venaient y demander les faveurs de la déesse de l'Amour. Une église fut construite sur les ruines du sanctuaire païen au début du VIIIᵉ siècle par un moine bénédictin. Elle fut dédiée à Santa Maria et San Giovanni. En 1004, l'église fut transformée en abbaye par les bénédictins. Le nom qu'ils lui donnèrent conserve, fait rarissime, la mémoire de son passé païen : San Giovanni in Venere.

L'abbaye connut un développement fulgurant et eut pendant près de deux siècles un immense rayonnement économique, culturel et spirituel. On y enseignait les arts, les différents métiers, et elle possédait une riche bibliothèque avec de nombreux copistes. Puis vinrent les années sombres. En 1194, elle fut saccagée par les soldats de la quatrième croisade. Elle retrouva une partie de son rayonnement, mais en 1466 un terrible tremblement de terre la détruisit en partie. En 1478, la peste décima les moines qui la reconstruisaient. Les survivants parvinrent, à force de labeur et de prières, à la remettre en état et, en cet an de grâce 1545, une communauté d'une quarantaine de moines y demeurait, sous la houlette de l'abbé Dom Theodoro, secondé par Dom Salvatore, le prieur du monastère.

Comme il faisait encore frais durant ces premiers jours de carême, le prieur enfila une coule de laine brune sur son habit noir de bénédictin et sortit accueillir les villageois.

– La paix du Christ ! lança-t-il à leur adresse. Que se passe-t-il ?

Le vieux Giorgio ôta son chapeau et se racla la gorge.

– Nous sommes du village d'Ostuni, mon père, à une vingtaine de lieues.

– Et pourquoi avoir fait ce voyage de plusieurs jours avec ce corps ?

– Vous n'êtes pas sans savoir, mon père, qu'une malédiction s'est abattue sur notre malheureux village depuis la Noël ?

– Nous avons en effet reçu vos demandes de prières, poursuivit le prieur qui se souvint soudainement de l'émissaire envoyé au monastère un bon mois auparavant. Plusieurs personnes sont mortes de manière étrange, je crois ?

– Tout a commencé juste après Noël, reprit le paysan satisfait de voir que le moine avait cela en tête. Le fils du forgeron est tombé et s'est noyé dans le puits. À la Saint-Roberto, une poutre de la bergerie s'est effondrée sur Emilio et lui a brisé les os. Quelques jours après, c'est la femme de Francesco qui mourait en couches avec son petiot. Et encore à la Chandeleur, le vieux Tino est parti en une nuit, en vidant ses tripes, lui qui était fort comme un chêne.

– C'est bien triste, en effet. Nous continuerons de prier pour le salut de vos parents et pour que le Seigneur vous épargne de nouvelles épreuves.

– Vos prières ne seront pas de trop... Tout ça porte la trace du Malin, mon père.

En prononçant ces mots, le paysan guetta la réaction du moine. Voyant qu'il restait impassible, il insista :

– C'est à cause de cette sorcière qui vit dans le bois du Vediche ! À coup sûr, elle fait commerce avec le diable ou ses suppôts.

– Qu'en savez-vous ?

– Elle s'est installée dans une cabane abandonnée moins d'une lune avant Noël. Puis elle est venue au village pour prodiguer sa médecine des plantes en échange de légumes et de volailles. Certains n'ont pas hésité à lui demander des remèdes pour soulager leurs douleurs et ils ont commencé à se rendre dans la cabane. Mais juste avant que tous ces malheurs s'abattent sur nous, elle a refusé de soigner le forgeron d'une vilaine brûlure à la main. Après, c'est Francesco qu'elle a refusé d'aider, et elle l'a maudit en criant force injures à Notre-Seigneur. L'un a perdu son fils, et l'autre sa femme et son enfant. Tout ça n'est que diablerie !

Le moine resta songeur quelques instants, puis fixa le vieux paysan :

– Quelle preuve apportez-vous que cette femme soit la cause de tous ces maux ?

– Ce que je sais, reprit le paysan la voix tremblante, c'est qu'elle a jeté le mauvais sort au village et que le cimetière se remplit plus vite en deux lunes qu'en quatre saisons. C'est une sorcière ! Seules les flammes nous libéreront du mauvais sort !

– Allons, allons, calmez-vous. On ne brûle pas les

gens comme ça. Il faut faire une enquête sur ces morts
et interroger cette femme. J'en parlerai au prévôt du
comté...

– Plus besoin du prévôt, la méchante s'est enfuie... et
nous avons la preuve de ses manigances avec le Malin !

– Ah oui ? Je serais bien curieux de la voir.

Le paysan esquissa un sourire édenté et tendit la
main vers la charrette.

– La preuve, la voici !

Intrigué, le prieur s'avança. Les villageois s'écartè-
rent en silence. Dom Salvatore se saisit du linge qui
dissimulait la forme allongée, et, d'un geste respec-
tueux, découvrit le visage, puis le corps.

Il s'agissait d'un homme d'environ trente ans, assez
beau, bien que très amaigri. Il était entièrement nu. Sur
le côté, près du cœur, le prieur remarqua une longue
cicatrice. L'homme respirait, son cœur battait, mais ses
yeux restaient clos.

– Eh bien, reprit le moine en se tournant vers les
villageois, qu'est-ce que cela signifie ?

Le chef du village reprit la parole.

– Nous l'avons découvert dans la cave de la maison
de la sorcière. Il vit, mais sa tête est absente. La femme
se livrait sûrement à des exercices de magie sur lui.
Nous avons trouvé quantité de poudres et de baumes
près de lui. Et puis regardez : elle l'a marqué aux pieds
et aux mains des signes du Démon... c'est un possédé.
Voilà pourquoi nous l'avons amené au monastère !

Le moine observa la présence de curieux signes géo-
métriques tracés au charbon de bois sur ses pieds et ses
poignets. Il se dit cependant que ceux-ci ne ressem-
blaient guère à des symboles sataniques et pouvaient
être liés à une technique de soin, car les signes étaient

recouverts d'un onguent ambré. Il se retourna vers les villageois :

– Connaissez-vous cet homme ?

– Non, répondit Giorgio. Il n'est pas du village. On se demande bien comment il a pu atterrir dans les griffes de cette diablesse !

– Curieuse histoire en effet. Vous avez bien fait de l'amener. Nous le garderons ici. Quant à vous, laissez cette femme tranquille. Si elle réapparaît, prévenez-moi !

– Tardez pas à exorciser l'homme... Le diable à coup sûr est en lui !

Dom Salvatore esquissa un sourire en guise de réponse. Il fit transporter le blessé dans l'infirmerie du monastère, puis congédia les villageois.

Le soir, au chapitre de la communauté, il rapporta l'incident. Il confia l'étranger à la prière de la communauté et aux soins de Fra Gasparo. Ce dernier affirma au prieur que la grave blessure au côté avait été portée par une dague. Normalement, elle aurait dû transpercer le cœur. L'homme en avait réchappé par miracle et sa plaie avait été fort bien soignée par des cataplasmes de plantes. Bien que son pouls fût faible, ses fonctions vitales fonctionnaient. Mais il demeurait absent, comme perdu dans un sommeil profond. Les frères écoutèrent les explications du prieur. Puis Dom Marco, un ancien prieur d'âge avancé, fit remarquer à Dom Salvatore qu'il était contraire à la règle de faire pénétrer un laïc dans la clôture monastique.

L'infirmerie, en effet, était située dans les parties communes réservées aux moines. Comme tous les monastères bénédictins, San Giovanni in Venere était composé d'une église, d'un cloître et de bâtiments

conventuels où vivaient les frères. Dans la plupart des
abbayes, les communs entourent le cloître, véritable
cœur du monastère, que les moines empruntent pour se
rendre d'un lieu à l'autre. Ici, l'abbaye se dressant sur un
terrain en pente, les bâtisseurs avaient édifié l'église le
long de la face ouest du cloître et l'ensemble des bâtiments conventuels sur trois niveaux au sud du cloître,
sur la partie descendante, face à la mer, les faces nord et
sud du cloître donnant sur des jardins. À l'étage inférieur des parties communes se trouvaient le cellier, l'accueil et l'hôtellerie, seuls lieux ouverts aux personnes
extérieures au monastère. Au niveau médian, à hauteur
du cloître et de l'église, se situaient la cuisine, le réfectoire, le scriptorium, l'infirmerie et l'atelier de peinture. À l'étage supérieur enfin, le dortoir des moines,
les latrines et les deux cellules de l'abbé et du prieur.

Dom Salvatore admit volontiers qu'il avait enfreint
la sainte règle en faisant pénétrer un laïc dans la clôture
monastique. Il justifia cette décision par l'extrême gravité de l'état du malade, qui nécessitait des soins
intensifs difficiles à prodiguer hors de l'infirmerie. Il
rappela à ses frères que, selon l'esprit même de leur
fondateur, la charité était la vertu suprême à laquelle
nul ne saurait déroger, quitte à enfreindre certaines
règles en usage. La plupart des frères ne furent pas
convaincus par le choix de leur prieur, mais, en l'absence de l'abbé, nul ne pouvait contester ses décisions.


La nuit tomba sur le monastère. Après l'office de
Complies les moines regagnèrent le dortoir et Dom
Salvatore sa modeste cellule.

Ce solide gaillard d'une cinquantaine d'années, au

visage fin, éclairé par un beau regard bleu, était entré chez les bénédictins à l'âge de dix-sept ans. De longues études avaient fait de lui un maître en théologie et en Écritures sacrées. Élu pour la troisième fois à la charge de prieur du monastère San Giovanni in Venere depuis dix ans, il prenait toutes les décisions en l'absence de l'abbé. Homme doux et humble, il était le contraire de Dom Theodoro, le père abbé élu à vie, un vieillard froid et cassant.

Ce soir-là, il était préoccupé. Il ne croyait pas à l'histoire de sorcellerie et de possession diabolique, mais sentait confusément, comme par une sorte de pressentiment, que cet homme blessé allait lui causer bien des soucis.

Alors que la nuit était encore profonde, Fra Gasparo tambourina à la porte de la cellule du prieur.

– Venez vite, Dom Salvatore !

– Quoi donc ? questionna le prieur, qui entrouvrit la porte en finissant d'enfiler son scapulaire.

– Il se passe quelque chose d'insolite à l'infirmerie. La pièce est éclairée et fermée de l'intérieur... et du sang s'écoule sous la porte !

## 3

Le frère continua son récit en chemin.

– Je me suis levé un peu avant l'office de Matines pour panser la blessure du blessé. Quand je suis arrivé à l'infirmerie, j'ai été surpris de voir que la pièce était éclairée. Quelle ne fut pas ma stupeur quand j'ai constaté que le verrou intérieur était tiré ! Impossible d'ouvrir la porte... et j'ai soudain senti un liquide chaud couler sur mes sandales. Quand j'ai réalisé que c'était du sang, j'ai couru vous prévenir. À croire qu'on a égorgé un bœuf !

– Qui dormait à l'infirmerie cette nuit ?

– Uniquement l'homme blessé amené par les paysans.

À ces mots les deux moines parvinrent au seuil de la pièce. Fra Gasparo éclaira le bas de la porte close à l'aide de sa torche. Le prieur eut un haut-le-cœur en voyant la flaque de sang qui s'étalait sous ses pieds. Puis il fit signe au frère de l'aider à enfoncer la porte. Les deux hommes vinrent vite à bout du petit verrou. Il céda brutalement, offrant aux moines un spectacle d'épouvante.

La pièce était éclairée par une torche accrochée au mur. L'homme amené par les villageois était étendu sur le sol, le visage tuméfié, les bras en croix, et sa

plaie au côté laissait filtrer un filet rouge. À quelques
mètres de lui gisait un autre corps dans une mare de
sang.

– Mon Dieu ! s'écria le prieur. Fra Modesto ! Il... il
est...

– Éventré, constata Fra Gasparo la voix tremblante.
Son ventre a été transpercé avec la lame de cautérisa-
tion que j'avais posée près du blessé, ajouta-t-il en
observant l'objet tranchant à côté du corps.

– Que s'est-il passé ? Qui a pu commettre ces deux
crimes épouvantables en nos murs ?... Et pourquoi ?

– Mais où est passé l'assassin ? s'inquiéta Fra Gasparo. La pièce étant fermée de l'intérieur... il ne peut
qu'être encore ici...

– Tu as raison, reprit le prieur se saisissant d'un
tisonnier.

Puis il fit signe au moine d'ouvrir le placard, le seul
endroit où un homme aurait pu se réfugier. Le cœur
battant, Fra Gasparo écarta la porte en bois. Rien. Les
deux hommes se regardèrent, stupéfaits. Dom Salvatore alla inspecter les petites lucarnes au ras du plafond,
mais elles étaient bien trop étroites pour laisser passer
un homme, et même un enfant. Restait la cheminée.
Il n'y avait plus que cette solution : l'assassin devait
y avoir jeté une corde pour s'enfuir. Les moines ins-
pectèrent le conduit à l'aide de la torche. À leur grande
surprise, ils n'y trouvèrent aucun indice. Aucune
trace de suie sur le sol, aucune marque le long de la
paroi.

– C'est incompréhensible, conclut le prieur en passant son doigt sur le conduit noirâtre. Quiconque serait
passé par ici aurait inévitablement marqué les murs.

– C'est... c'est le diable en personne qui est venu, ajouta Fra Gasparo la voix tremblante.

À ces mots, le prieur ne put s'empêcher de songer à l'avertissement des villageois. Il chassa cette pensée.

– Nous ne pouvons laisser ces deux cadavres ainsi. Et l'assassin rôde peut-être encore dans nos murs... Matines va bientôt sonner, il faut...

– Il vit encore ! interrompit brusquement le frère infirmier qui s'était penché sur le corps de l'étranger. S'il n'a pas perdu trop de sang et si je parviens à refermer la plaie, il a une chance de survivre.

Le prieur aida Fra Gasparo à replacer le corps inanimé sur sa couche. Puis, pendant que l'infirmier tentait de sauver le mourant, il nettoya le cadavre de Fra Modesto. Dès que Matines sonna, il laissa le frère, encore terrorisé, poursuivre ses soins et traversa le cloître pour rejoindre l'église et présider l'office.

À la fin de la liturgie, il annonça aux quarante moines la tenue immédiate d'un chapitre exceptionnel. Fra Gasparo les rejoignit. Le prieur leur apprit les nouvelles tragiques de la nuit, omettant seulement de dire que la porte était close de l'intérieur, afin d'éviter qu'une panique irrationnelle ne s'empare du monastère. Tous se regardaient, stupéfaits. Qui donc avait commis un tel crime sur l'un des leurs ? Et pourquoi avoir aussi tenté d'assassiner le mystérieux blessé ? Et encore, se demandèrent-ils, que faisait Modesto dans l'infirmerie au milieu de la nuit ? À moins qu'on l'ait tué ailleurs et transporté ensuite en ce lieu ? Les moines passèrent la journée hantés par ces questions. Afin d'éviter un scandale en l'absence de l'abbé, Dom Salvatore demanda à la communauté de garder le secret sur ces événements tragiques, et on annonça à l'extérieur le décès accidentel de Fra Modesto.

Dès lors, les moines prirent des dispositions pour surveiller jour et nuit l'entrée du monastère.

Deux jours plus tard, le malheureux frère fut inhumé dans le cimetière des moines qui jouxtait l'abbaye et faisait face à la mer. Sitôt l'office terminé, Dom Salvatore se rendit à l'infirmerie en compagnie de Fra Gasparo. Parvenu au chevet de l'homme, il s'enquit de son rétablissement.

– Par la grâce de Dieu, il reprend des forces, commenta l'infirmier. Ses tumeurs au visage sont superficielles et j'ai réussi à refermer sa vilaine plaie. Mais quelques heures de plus et il se vidait de son sang.

– Il n'a pas repris conscience ?

– Toujours pas. J'ai déjà connu des cas similaires. Ils restent parfois entre le monde des vivants et celui des défunts. Dieu seul connaît son destin.

– Oui, sa vie est entre les mains du Seigneur, murmura le prieur en se levant.

Puis il rejoignit sa cellule qui lui servait aussi de bureau. Il s'assit et coucha par écrit les événements de la journée. Ce rapport était destiné au père abbé qui rentrerait dans quelques semaines d'un long voyage à l'étranger. Dom Salvatore tremblait déjà à l'idée d'annoncer la terrible nouvelle à l'irascible Dom Theodoro.

Ce septuagénaire, qui aimait l'ordre et la discipline, ne manquerait pas de rappeler au prieur qu'aucun incident majeur ne s'était jamais produit en sa présence et

en plus de trente années d'abbatiat. Dom Salvatore
souhaitait donc élucider ce crime atroce avant le retour
de son supérieur. Malheureusement, personne n'avait
vu ou entendu quelque chose cette nuit-là, et on n'avait
trouvé aucune trace laissée par l'assassin. Tout juste
savait-on, par le témoignage de plusieurs frères, que le
pauvre Modesto s'était levé et était sorti du dortoir
entre Complies et Matines. Mais comme il arrivait parfois à ce pieux insomniaque de se rendre dans la crypte
de l'église pour prier dans la nuit, nul ne s'en était
inquiété. Le prieur imagina que le frère avait dû
entendre un bruit suspect à l'infirmerie en longeant le
cloître, et serait alors tombé sur un individu qui tentait
d'assassiner le blessé, probablement par étouffement
comme le laissaient supposer les marques sur son
visage. Le moine se serait interposé et aurait été lui-
même victime du monstrueux assassin. « Tout cela
semble plausible, se dit le prieur, mais comment a-t-il
pu s'enfuir en laissant le verrou tiré de l'intérieur ? »

Hanté par ces questions, Dom Salvatore alla s'age-
nouiller devant l'icône de la Vierge posée dans une
niche près de son lit.

Le monastère bénédictin de San Giovanni in Venere
avait la particularité de posséder un atelier d'icônes.
Ces peintures sur bois, représentant le Christ, la Vierge
ou les saints, étaient très répandues dans l'Église orthodoxe d'Orient. Mais depuis le grand schisme du
XIᵉ siècle entre l'Église d'Orient et l'Église d'Occident,
les latins avaient privilégié les sculptures ou les vitraux.
Or l'abbé du monastère de San Giovanni avait gardé
d'un séjour en Orient un goût prononcé pour ces
saintes images peintes. Il avait envoyé deux frères particulièrement doués pour la peinture sur l'île de Crète

afin d'y apprendre la technique. L'un d'eux était décédé, mais le second, Fra Angelo, continuait de pratiquer son art dans un petit atelier situé à côté de l'infirmerie. De ce fait, de nombreuses icônes ornaient l'église du monastère, mais aussi certaines pièces conventuelles, comme le réfectoire, la salle du chapitre, ou encore les cellules du prieur et de l'abbé.

Fixant l'image de la Vierge, Dom Salvatore confessa à la Mère du Christ les tourments qui l'agitaient. Puis il lui confia la vie et surtout l'âme de cet homme qui avait soudain fait irruption dans la vie bien réglée du monastère. En bon disciple d'Aristote et de Thomas d'Aquin, il était peu porté à croire aux manifestations surnaturelles. Ou, du moins, cherchait-il d'abord une explication rationnelle à tout phénomène apparemment étrange. Cette sage attitude lui avait permis de démasquer de fausses manifestations de Dieu ou du diable, parfois même chez certains de ses moines un peu trop exaltés. Mais cette fois il se demandait, au fond de lui, si le diable n'était pas mêlé aux événements des derniers jours.

C'est alors que, malgré l'heure tardive, on tambourina à nouveau à la porte de sa cellule.

## 4

« Seigneur, qu'est-il encore arrivé ? » songea le saint homme en se redressant péniblement pour aller ouvrir.

Capuchon relevé, comme le veut l'usage après Complies, Fra Gasparo avait l'air très excité.

– Il a ouvert les yeux ! Le blessé a repris connaissance.

Le prieur fut soulagé d'apprendre enfin une bonne nouvelle. Il suivit aussitôt le moine infirmier, pressé d'interroger lui-même l'homme sur les événements tragiques de l'avant-veille.

– Il n'a pas encore prononcé une seule parole, poursuivit Fra Gasparo, mais il se tient tranquille, les yeux grands ouverts fixés sur le plafond.

Les deux moines pénétrèrent dans l'infirmerie. Dom Salvatore eut un mouvement de surprise lorsqu'il découvrit le regard du blessé. L'homme avait l'air absent, son visage était creusé et laissait apparaître des pommettes saillantes, mais ses yeux, d'un noir intense, étaient teintés de gravité et semblaient reliés au plus intime de son être. Dom Salvatore sut à l'instant même que cet homme revenait des abîmes. Il lut dans son âme et y devina un destin à la fois tragique et lumineux. « Assurément, se dit-il, cet homme a connu le paradis et l'enfer. »

– M'entendez-vous mon ami ? chuchota le moine à l'oreille du malade. Peut-être m'entendez-vous et ne pouvez-vous me répondre, poursuivit-il d'une voix douce.

Après un temps de silence, il lui prit la main. L'homme ne manifesta d'abord aucune réaction. Puis il tourna lentement la tête en direction du moine et le fixa sans mot dire. Dom Salvatore chercha à capter au fond de ses yeux une parole muette. En vain. Après quelques instants, l'homme détourna son regard et fixa à nouveau le plafond.

Le prieur desserra l'étreinte de sa main et, lentement, s'éloigna vers la porte. Fra Gasparo vérifia le bandage qui serrait la poitrine du blessé, et rejoignit le supérieur du monastère.

– Il est conscient de ce qui l'entoure, mais semble absent à lui-même, souffla Dom Salvatore. Peut-être a-t-il perdu la mémoire ?

– Cela peut en effet survenir à la suite d'un choc violent, acquiesça le frère infirmier. C'est ce qui est arrivé à une sœur de ma mère après qu'elle a vu son mari mourir écrasé par une charrette.

– A-t-elle retrouvé la mémoire ?

– Oui, après plus d'un an.

– Comment cela s'est-il passé ?

– Presque par hasard. Un jour, un marchand a déballé des jouets. Ma tante s'est figée et a fixé une petite poupée de chiffon. Elle ne pouvait la quitter des yeux. Et soudain une partie de sa mémoire lui est revenue. Elle s'est tournée vers ma mère et lui a dit : « Regarde comme elle ressemble à la poupée que nous nous disputions autrefois. » À partir de ce moment, chaque jour, des événements de son passé lui sont revenus, jusqu'à ce qu'elle retrouve toute sa tête.

– Fort intéressant, reprit le prieur en s'arrêtant devant la porte de sa cellule. As-tu remarqué le regard de cet homme ?

– Il est triste et profond, répondit Fra Gasparo après un instant de réflexion.

– Certes. Mais j'y ai vu aussi de la lumière, de l'intelligence. J'oserais presque dire... du savoir. Cet homme n'est pas un paysan.

– Il n'en a pas les mains. Peut-être un marchand.

– Je dirais plutôt un artiste ou un intellectuel, mais mon imagination peut me jouer des tours. Continue de le soigner avec attention et questionne-le autant que tu peux. Préviens-moi s'il prononce le moindre mot.

Les deux moines se séparèrent. Ils eurent du mal à trouver le sommeil. Dom Salvatore pria à nouveau la Vierge pour cet inconnu. Il souhaitait bien sûr qu'il recouvrît la mémoire pour éclaircir le meurtre inexplicable de Fra Modesto et celui dont lui-même avait failli être victime, mais il ressentait aussi de la compassion pour lui. Son regard avait touché son cœur. Il repensa à la tante de Fra Gasparo et se dit que cet homme avait sans doute dressé un mur entre sa conscience et son passé pour occulter une image insupportable. Laquelle ? Comment lui faire retrouver la mémoire ? Que faisait-il dans la cabane de cette guérisseuse que les villageois accusaient, à tort ou à raison, de pratiquer la sorcellerie ?

La prière du moine se transformait en nombreuses interrogations et il finit par s'assoupir, recroquevillé devant l'icône de Marie, jusqu'à ce que la cloche de l'office des Matines le fasse sursauter.

Durant les jours qui suivirent, la santé du blessé s'améliora considérablement. Il était d'assez bonne constitution et ses forces revenaient avec une rapidité qui surprit le frère infirmier. Huit jours après qu'il eut repris conscience, il pouvait déjà se lever et faire quelques pas. Fra Gasparo craignait qu'une chute ne ravivât sa blessure à la poitrine, mais Dom Salvatore l'encouragea au contraire à accompagner le blessé dans sa volonté à retrouver sa mobilité et à explorer le lieu dans lequel il se trouvait.

Appuyé tantôt sur le frère infirmier, tantôt sur le prieur, l'homme progressait bientôt chaque jour un peu plus. Il quitta l'infirmerie et parcourut le couloir qui desservait les pièces communes de l'étage : la cuisine, le réfectoire, le scriptorium, l'atelier d'icônes. Au bout du couloir, il finit par pénétrer dans le cloître. Puis il parvint à en faire lentement le tour complet. Dom Salvatore espérait chaque jour qu'il recouvre la mémoire et ne manquait pas d'observer son regard. Mais l'homme restait muet, rien dans ses yeux ne semblait trahir une émotion ou la remontée d'un souvenir enfoui.

Le prieur eut bientôt à essuyer les remarques de plusieurs frères qui réclamaient que le malade quittât la clôture pour regagner l'hôtellerie. Il s'y opposa, au prétexte que l'homme avait été victime de deux tentatives de meurtre et qu'il eût été trop dangereux de le laisser sortir dans cet état hors de la clôture monastique, maintenant sévèrement gardée. Ses explications ne satisfaisaient pas les moines les plus attachés au strict respect de la règle. Le prieur savait qu'il devrait rendre compte de cette audacieuse décision au père abbé dès que celui-ci reviendrait de voyage. Il savait aussi que le vieillard risquait fort de le désapprouver et de chasser le blessé du monastère. Le temps lui était désormais compté, puisque l'abbé avait annoncé son retour pour Pâques. Il restait donc au prieur moins de trois semaines pour tenter de faire recouvrer la mémoire à l'inconnu, et par là même d'élucider le meurtre aussi épouvantable que mystérieux de Fra Modesto.

C'est alors que Dom Salvatore reçut, juste après l'office du soir, la visite de Fra Angelo, le peintre d'icônes du monastère, qui lui annonça une bien étrange nouvelle.

# 5

– Juste après Complies, je me suis rappelé que j'avais oublié de fermer à clef l'atelier de peinture, chuchota avec excitation Fra Angelo, au prieur tout ouïe. Je retournais donc sur mes pas lorsque je découvris que la porte était entrouverte et la pièce éclairée. Je m'approchai avec précaution et jetai un œil à l'intérieur. Quelle ne fut pas ma surprise de voir le blessé assis à ma table, éclairé par une torche, en train de graver sur un bois enduit que j'avais laissé en attente.

– Tu veux dire qu'il s'est emparé de ton stylet pour graver le dessin d'une icône ?

– Je n'en sais rien ! Je n'ai pas voulu entrer. J'ai couru vous prévenir...

– Tu as bien fait, conclut le prieur en entraînant le moine vers l'atelier de peinture. Allons voir ce qu'il en est.

Parvenus dans le couloir, les deux moines constatèrent que l'atelier était plongé dans l'obscurité.

– Pourvu qu'il ne soit rien arrivé, marmonna le prieur avec anxiété.

Ils pénétrèrent dans la pièce dont ils éclairèrent les moindres recoins à l'aide de leur torche. L'homme avait filé, sans doute pour regagner l'infirmerie. Mais, lorsque la lumière révéla la table de travail, Fra Angelo ne put retenir un petit cri.

Sur le bois enduit d'une légère couche de plâtre, l'amnésique avait gravé une Vierge tenant tendrement l'Enfant Jésus dans ses bras. Les traits étaient magnifiques, les proportions parfaites.

– Par saint Benoît, c'est stupéfiant ! lança Fra Angelo. Une Vierge de Miséricorde ! Comment a-t-il pu faire un tel tracé en si peu de temps... et sans modèle ?

– Tu veux dire qu'il n'a pas pu s'inspirer d'une icône déjà peinte ? questionna Dom Salvatore dont le regard fouillait la pièce en quête d'éventuels modèles.

– Impossible ! Je n'ai jamais peint cette Vierge. C'est une icône de l'école du célèbre peintre russe Andrei Roublev qui vécut au XIVᵉ siècle.

– Ce qui signifie que notre homme a déjà peint cette icône, commenta le prieur, rêveur.

– Certainement. Et de nombreuses fois, si j'en crois la fermeté de son trait. Mais ce n'est point en Italie qu'il a pu apprendre cet art.

– Connais-tu un endroit où l'on peint ces Vierges de Miséricorde ? questionna Dom Salvatore, de plus en plus intrigué.

Fra Angelo effleura ses lèvres du doigt, et resta pensif.

– Il n'y a, à ma connaissance, que deux ateliers au monde où l'on sait peindre ces Vierges, reprit le moine avec gravité. Le premier est le grand monastère russe de Zagorsk, non loin de Moscou.

– Moscou ! s'exclama le prieur.

– Le second est une presqu'île grecque où ne demeurent que des moines et où des peintres russes ont essaimé : le mont Athos.

– Ce qui signifierait que notre homme aurait vécu et appris à peindre des icônes en Russie ou en Grèce, continua le prieur.

Fra Angelo se tourna vers lui :

– Oui. Mais fort peu de laïcs sont admis à peindre dans ces endroits sacrés de l'Orthodoxie... notre homme est probablement un moine !

# 6

Afin de ne pas ajouter au climat de confusion qui régnait dans le monastère, Dom Salvatore décida de garder secrète cette étonnante découverte. Il enjoignit Fra Angelo de laisser dorénavant ouvert son atelier de peinture et d'observer les faits et gestes de l'amnésique, sans jamais le déranger dans son travail.

Tous les soirs, une fois les moines endormis, l'homme venait s'installer dans l'atelier et continuait son œuvre. Puis il laissait l'icône en place sans se préoccuper de rien.

Après avoir gravé le dessin de la Vierge à l'Enfant et déposé des feuillures d'or sur les contours des personnages, il avait soigneusement sélectionné ses pigments, les avait mélangés avec un jaune d'œuf et s'était mis à peindre. Partant des couches les plus sombres de la peau et des vêtements, il apportait progressivement la lumière, et l'icône prenait vie, à une vitesse étonnante.

Fra Angelo était étonné par la dextérité du peintre et la finesse du drapé du manteau de la Vierge, signature des grands peintres d'icônes. Le prieur, quant à lui, voyait là le signe flagrant que son intuition ne l'avait pas trompé. Quelle incroyable destinée avait donc conduit un moine orthodoxe, peintre d'icônes, à être grièvement blessé et recueilli par une guérisseuse en plein cœur du massif italien des Abruzzes ? Quel lourd secret portait-il pour qu'on cherche encore à le tuer au sein du monastère sans hésiter à assassiner sauvagement un autre moine venu le défendre ? Dom Salvatore n'avait plus qu'une idée en tête : découvrir l'identité et l'histoire de cet homme. Mais comment ?

Un matin, pendant l'office de Laudes, le prieur eut une nouvelle idée dont il attribua immédiatement la paternité à l'Esprit saint, tant elle lui sembla lumineuse. Il y avait une chance sur deux pour que l'amnésique ait vécu sur le célèbre mont Athos. Or Dom Salvatore entretenait d'excellentes relations avec un riche marchand de Pescara, Adriano Toscani, qui allait souvent négocier en Grèce. Pourquoi ne pas lui confier la mission de se rendre sur l'Athos avec un portrait de l'amnésique croqué par Fra Angelo pour enquêter sur ce mystérieux peintre d'icônes ? Il fit mander le marchand, qui accepta volontiers de se rendre à l'Athos, d'autant plus qu'il s'apprêtait à affréter un bateau pour la Grèce. L'Athos n'était qu'à trois ou quatre jours de Pescara. Dans une quinzaine de jours, tout au plus, assura-t-il, il serait de retour.

Dom Salvatore priait le Ciel pour que l'abbé ne revienne pas avant que Toscani n'ait mené sa mission à bien.

Attendant son retour avec anxiété, il continuait tous les soirs à se rendre dans l'atelier pour évaluer l'avancée du travail du peintre. Un détail avait frappé les deux moines : l'homme avait presque fini de peindre le visage, les vêtements, les mains, mais avait

très curieusement laissé en blanc les yeux de la Vierge.
Or cinq jours après le départ de Toscani, Dom Salvatore vit que le reste de l'icône était entièrement fini et
que l'homme avait commencé à peindre les yeux. Le
prieur se pencha sur son œuvre presque achevée et
constata que les yeux de la Vierge étaient clos. « Une
Vierge aux yeux clos ! Je n'ai jamais vu ni entendu
parler de quelque chose de semblable. »

Passé le temps de la surprise, Dom Salvatore
constata la beauté émouvante de la Vierge. Ce détail
faisait ressortir le léger sourire que le peintre avait
esquissé aux coins de la bouche de la mère du Christ
et lui donnait une profondeur et une douceur inégalées.
Marie semblait ainsi absorbée dans une contemplation
intérieure. Loin de lui donner un air absent, cette inté-
riorité la rendait intensément présente à l'Enfant Jésus.

– Cette icône dégage une force bouleversante, murmura Dom Salvatore la gorge serrée par l'émotion.

Il resta un long moment immobile devant l'icône de
la Vierge aux yeux clos. Sa curiosité s'était muée en
prière et sa prière en larmes qu'il ne parvenait pas à
refréner. Jamais une peinture ne lui avait fait autant
sentir la présence aimante de Marie. « Cette icône est
un chef-d'œuvre, se dit-il. Elle ne peut être que l'œuvre
d'un homme qui a traversé l'enfer de ses passions et
qui les a surmontées. Un homme qui vient dire que la
miséricorde divine est comme l'amour d'une mère.
Qu'elle est plus forte que la mort... »

Dom Salvatore fut brutalement arraché à ses médi-
tations par un cri rauque. Il sortit précipitamment de
l'atelier. À quelques mètres de là, devant l'infirmerie,
il vit l'amnésique debout, le regard plein de frayeur.
Le moine se précipita vers lui pour l'interroger. Mais,

si l'homme parlait pour la première fois avec ses yeux, aucun mot ne put encore franchir ses lèvres. Il tendit la main vers l'infirmerie qui baignait dans l'obscurité. Le prieur éclaira la pièce de sa torche et poussa à son tour un cri d'effroi.

Un moine gisait sur le dos, les yeux grands ouverts, le regard halluciné comme s'il avait vu le diable en personne. Il était mort.

La nouvelle du décès brutal de Fra Anselmo fut annoncée à la communauté par le prieur dès le lendemain matin, après l'office de Laudes. Afin d'éviter un désastreux effet de panique, le supérieur avait passé la nuit à enquêter en compagnie du frère infirmier sur les causes du décès. Une conclusion s'était imposée : le malheureux frère était mort suite à l'absorption d'un poison violent. Patiemment, les deux moines étaient parvenus à reconstituer ce qui avait pu se passer. L'amnésique ne leur fut d'aucun secours. Après avoir prévenu le prieur, il était tombé dans un état de totale prostration, dont il n'était guère sorti.

À partir de nombreux indices matériels, les deux moines parvinrent à élaborer une hypothèse qui pouvait expliquer la mort du moine.

Après Complies, celui-ci s'était rendu à la cuisine qui jouxtait le réfectoire. Il avait bu une coupe de vin chaud mélangé à des herbes médicinales qui était destinée à l'amnésique et que l'infirmier préparait tous les soirs après l'office. Ce soir-là, Fra Gasparo avait été appelé d'urgence au chevet d'un frère pris de violentes crampes au ventre. Il avait abandonné le plateau à la cuisine avec le breuvage encore chaud. Pour une raison inconnue, Fra Anselmo avait vu la coupe de vin et l'avait bue. Mais entre-temps quelqu'un y avait versé un poison violent. Le moine avait compris très vite qu'il s'était empoisonné. Il s'était rendu en hâte à l'infirmerie dans l'espoir de trouver un remède. Hélas, il n'en eut guère le temps et décéda sous les yeux de l'amnésique qui venait de regagner l'infirmerie après avoir quitté l'atelier de peinture. C'était son cri qui avait alerté le prieur.

Si cette hypothèse permettait de comprendre l'enchaînement des faits et reposait sur des indices précis, elle laissait sans réponse la question essentielle : qui avait mis le poison dans la coupe de vin destinée à l'amnésique ? Car ce qui apparaissait le plus probable aux yeux des deux moines, c'est que quelqu'un avait une nouvelle fois tenté d'assassiner l'inconnu. Selon cette hypothèse, Fra Anselmo aurait été victime de sa gourmandise.

Là encore, l'explication ne parvint pas à convaincre tous les frères. Certains y voyaient les œuvres du Malin, d'autres celles de l'amnésique, ce qui avait l'avantage de fournir un coupable idéal.

L'hypothèse du prieur présentait en effet aux yeux de la communauté un désagrément majeur : une tierce personne avait versé le poison. Or la clôture du monastère étant restée parfaitement close depuis le premier crime, une conclusion effroyable s'imposait : l'assassin était l'un des moines de la communauté.

C'est dans ce contexte délétère que Dom Theodoro, le père abbé, rentra de voyage. Avant même de franchir le seuil du monastère, il fut informé des événements par un moine parti à sa rencontre à l'insu du prieur. Flanqué des cinq autres frères qui l'avaient accompagné lors de son lointain périple, il parvint au monastère à la nuit tombante et se rendit à l'église au milieu de l'office de Complies. Les moines furent grandement soulagés de retrouver leur abbé. Avant de quitter l'église, il chuchota au père prieur de le rejoindre une heure plus tard dans sa cellule, après qu'il eut pris une collation.

À l'heure dite, Fra Salvatore ajusta trois coups secs sur la porte légèrement entrouverte.

– *Deo gratias*, souffla d'une voix lasse Dom Theodoro.

Le prieur pénétra dans la pièce éclairée de deux grands cierges, dressés de part et d'autre de l'imposante table de travail du père abbé. Courbé sur les pages d'un grand livre, celui-ci ne leva pas même la tête pour l'accueillir.

– Je reviens fourbu d'un long voyage et je constate

avec tristesse que la règle n'est plus respectée en ce lieu, soupira le vieillard.

Dom Salvatore comprit que l'abbé était au courant de tout. Il ne l'avait pas mandé à cette heure tardive pour s'informer mais pour l'accuser.

Le prieur embrassa son scapulaire en signe d'humilité et répondit :

– Que Dieu me pardonne si j'ai manqué à mes obligations, je n'ai hélas rien pu faire pour éviter ces deux crimes horribles...

– Passons pour l'instant sur ces meurtres, l'interrompit brutalement l'abbé. Ce ne sont là que conséquences de votre négligence.

Le prieur resta interdit. Dom Theodoro continuait de lire. Il reprit sur le même ton empreint de lassitude :

– J'ai appris qu'un individu, qui semblerait avoir perdu la mémoire, se trouve sous notre toit depuis plusieurs semaines, et cela à votre demande expresse. Ne savez-vous pas que nos coutumes nous interdisent de garder des laïcs, fussent-ils blessés, dans la clôture du monastère ?

– Je puis, si vous le souhaitez, vous raconter à l'instant ce que je sais à son sujet. Vous serez alors à même de juger si j'ai mal agi en le gardant ici.

– Faites, soupira une nouvelle fois le père abbé sans quitter des yeux sa table de travail.

Dom Salvatore raconta à l'abbé les circonstances dans lesquelles il avait accueilli le blessé et celles du meurtre étrange de Fra Modesto.

– Fort bien, reprit le père abbé avec un léger agacement, je connais la suite des événements. Mais vous ne m'avez toujours pas dit pourquoi cet homme se trouve encore dans notre communauté, qui n'est pas un hospice, que je sache !

– Je vous le concède volontiers, Dom Theodoro, mais... cet homme a quelque chose de particulier...

Le supérieur leva pour la première fois le regard sur son interlocuteur. Dans la froideur de ses petits yeux enfoncés au fond d'orbites noires creusées par des années de jeûne et de pénitence, une lueur de surprise s'était allumée.

Encouragé par ce signe d'intérêt, Dom Salvatore continua son récit avec plus d'enthousiasme.

– Dès qu'il ouvrit les paupières, son regard me toucha et m'intrigua. Derrière ce corps brisé et ces yeux hagards, je pressentais la présence d'une grande âme. Il me semblait deviner que cet homme possédait une histoire digne d'être entendue. Je décidai donc d'attendre qu'il fît quelques progrès pour l'interroger. Malheureusement, bien que sa santé soit aujourd'hui rétablie, l'homme n'a toujours pas prononcé la moindre parole et semble tout aussi absent qu'aux premiers jours.

– Eh bien, il partira dès demain à l'hospice San Damiano. Nous n'avons pas vocation à soigner les fous, reprit le supérieur avec autorité.

– C'est certainement ce que j'aurais fait... s'il ne s'était produit, il y a quelques semaines, un événement inattendu qui confirma mon premier sentiment.

L'abbé plissa les yeux. Dom Salvatore lui rapporta l'épisode de l'icône et les propos de Fra Angelo selon qui l'homme pouvait être un moine du mont Athos.

Le prieur marqua une pause, guettant une réaction dans les yeux de son supérieur. Mais Dom Theodoro restait muet, le toisant de son regard d'aigle.

– Pour en avoir le cœur net, continua-t-il, j'ai

demandé à notre ami, le marchand Toscani, qui s'en allait justement chercher une cargaison d'épices en Grèce, s'il ne pouvait faire une brève halte à l'Athos. Notre ami a quitté Pescara avec un portrait du blessé brossé par Fra Angelo il y a tout juste quatorze jours. Dans le meilleur des cas, il pourrait rentrer dès demain.

Dom Theodoro desserra les dents et lâcha avec ironie :

– Excellente idée ! Ainsi nous apprendrons sans aucun doute que notre homme est un moine orthodoxe qui fut transpercé par une lance tandis qu'il tentait de fuir son monastère avant de traverser la mer à la nage pour se réfugier chez une sorcière qui le soigna non loin d'ici !

– Son séjour à l'Athos peut être assez ancien, et l'homme a pu vivre bien d'autres épreuves depuis, reprit Dom Salvatore sans se laisser démonter par la morgue du père abbé à laquelle il était habitué. J'attends simplement de Toscani qu'il rapporte l'identité et l'histoire de ce malheureux, ou bien quelques indices pouvant l'aider à retrouver la mémoire : un nom, un souvenir marquant, capable peut-être de le délivrer de sa prison intérieure.

Un silence pesant tomba dans la cellule du père abbé.

– Vous pensez donc agir par charité ? lança finalement le vieux moine, scrutant davantage encore Dom Salvatore.

– Il me semble que oui..., répondit le prieur quelque peu déstabilisé.

– Eh bien moi je pense que ce n'est pas la charité qui a motivé votre attention envers ce pauvre hère.

– Et... de quoi s'agirait-il ?

– De la curiosité.

– La curiosité ?

– Oui, le simple et irrépressible désir de savoir, reprit Dom Theodoro en martelant chaque mot avec une certaine jubilation. Vous pensiez être mû par la sainte compassion, alors que vous ne faisiez que céder à la tentation du vain savoir. Au fond, le sort de cet homme vous importe moins que de satisfaire votre envie de découvrir son passé, son histoire, son nom !

– J'admets qu'une curiosité bien humaine a pu se mêler à la charité divine dans mon ardeur à aider cet homme, reconnut humblement le prieur. Mais le Christ ne nous ordonne-t-il pas de « ne point séparer l'ivraie du bon grain ? »

– Comme il est facile de faire appel aux Saintes Écritures pour justifier ses penchants les plus vils ! répliqua le père abbé qui sentait la colère monter dans ses veines devenues soudain plus saillantes.

– Pour toute humaine qu'elle soit, la curiosité n'est-elle pas louée par les philosophes comme une vertu plutôt que comme un vice ? Le grand Aristote lui-même n'affirme-t-il pas que l'étonnement est à l'origine de la philosophie ? continua le prieur qui n'avait pas l'intention d'abdiquer dans la joute intellectuelle où le père abbé l'avait entraîné. Et Thomas d'Aquin n'a-t-il pas rappelé que c'est le questionnement philosophique qui a conduit, par les lumières de la raison, les plus grands philosophes antiques jusqu'à la découverte de l'Unique Créateur ?

– Je me fiche de ce que pensaient Aristote ou Platon, s'emporta Dom Theodoro. Vous savez bien que je n'apprécie pas la place trop importante que certains de nos théologiens accordent à ces penseurs païens. Quant à moi, je préfère m'en référer aux Saintes Écritures qui nous montrent que la curiosité est la mère de tous les vices ; le premier des maux qui entraîna les hommes dans le péché. Car le péché originel ne provient que du désir d'Ève de connaître le goût du fruit défendu. C'est sa curiosité, son envie de savoir malgré l'interdiction divine qui l'a poussée à manger du fruit de l'arbre de la connaissance du bien et du mal. C'est aussi la séduction du savoir, de la connaissance pour la connaissance, qui a poussé Adam à suivre sa femme dans sa chute. Et vous, Dom Salvatore, vous pensez faire œuvre de charité, mais, transgressant nos propres règles, vous n'avez agi avec cet homme que dans le souci de satisfaire votre propre curiosité, rendant complices de votre faute plusieurs autres frères. C'est bien connu : il suffit que le père s'absente pour que le diable sème le trouble parmi ses fils. Demain tout rentrera dans l'ordre. Sitôt l'office de Laudes achevé, on conduira cet homme à l'hospice San Damiano.

— Dom Theodoro, vous savez comme moi que s'il n'est déjà fou, là-bas il le deviendra. Et s'il ne perd définitivement la raison, il mourra de quelque maladie infectieuse qui emporte chaque année un bon tiers de ces malheureux.

— Cet homme a perdu la tête et notre monastère n'est pas un hospice, Dom Salvatore, reprit l'abbé qui avait retrouvé son sang-froid. Et puis vous oubliez ces deux meurtres épouvantables commis depuis son arrivée. S'il n'est pas directement l'auteur de ces crimes, ce qui reste à vérifier, il est de toute façon la cause de ces désordres. Je vais mener une sérieuse enquête pour élucider ces actes criminels. Mais le plus urgent est d'éloigner celui par qui le mal est arrivé. Et je compte bien lui rendre visite à San Damiano pour vérifier par moi-même s'il n'est possédé par le diable en personne, ce que pensent certains de nos frères.

— Je vous en conjure, mon père, attendons le retour de Toscani. Peut-être nous apportera-t-il des nouvelles qui aideront l'homme à retrouver sa mémoire et son nom.

Le père abbé voyait bien que Dom Salvatore cherchait à retarder une décision qu'il avait, lui, abbé du monastère depuis bientôt trois décennies, prise devant Dieu en son âme et conscience. Cela l'irritait passablement, mais il n'en laissa rien paraître.

— Nous accueillons chaque jour des dizaines de pèlerins, de voyageurs, de pauvres hères et même de brigands, reprit-il. Chacun reçoit, selon l'usage de nos monastères, gîte et couvert pendant trois jours et trois nuits à l'hôtellerie. Aucun ne peut rester plus longtemps, et encore moins dans la clôture, sans quoi nous ne pourrions plus mener notre vie consacrée à la louange divine. Par vos soins, que j'approuve, ce malade a progressivement retrouvé la santé du corps. Mais pas celle de l'esprit. Il n'a jamais lâché un seul mot et son attitude est celle d'un homme muré en lui-même. Sa place n'est plus ici, Dom Salvatore. Vous le savez et j'ignore par quelle affection déplacée vous vous obstinez à soigner un malade qui n'a plus sa tête et qui nous apporte tant de malheurs.

— Laissez-moi une dernière chance, insista le moine, qui ne releva pas la pique. Si dans trois jours Toscani n'est pas de retour et que notre homme n'a toujours pas prononcé le moindre mot, je vous promets de ne plus vous importuner et je le conduirai moi-même, selon votre ordre, à San Damiano.

Le père Theodoro plongea à nouveau les yeux dans son ouvrage et conclut l'entretien de la même voix lasse et sans appel :

– Demain à l'aube, Dom Salvatore. Demain matin, après l'office de Laudes.

Le moine se tut. Il savait que son supérieur ne reviendrait pas sur sa décision.

Sitôt sorti de la cellule du père abbé, il se rendit à l'église et se prosterna devant icône de la Vierge.

Tandis qu'il était absorbé dans sa méditation, le frère portier vint l'informer que le marchand Toscani venait de rentrer et le mandait d'urgence au parloir malgré l'heure tardive.

– *Deo gratias*, soupira-t-il de bonheur.

Puis il bondit, s'inclina devant l'icône et se rendit précipitamment à la porterie du monastère.

## 9

– Alors ? lança-t-il à son ami, lui serrant les deux mains et l'entraînant près du feu.

La mine ronde et joviale du marchand tranchait avec la maigreur ascétique du moine. Mais dans leurs yeux brûlait la même flamme, celle de deux galopins qui s'apprêtent à partager un secret interdit. Refrénant toutefois son impatience, le prieur devina que son hôte n'avait guère pris le temps de souper. Aussi commanda-t-il une collation au frère portier avant de s'asseoir près de la grande cheminée.

– Les choses ne se présentent pas trop mal, lâcha le marchand. J'ai pu gagner le mont Athos en me faisant passer pour un pèlerin. Une fois sur place, je me suis rendu au monastère russe de saint Panteleimon. Le frère portier était assez avenant et parlait un peu notre langue. J'ai pu l'interroger sur notre homme et lui montrer le portrait. Le visage lui rappelait vaguement quelque chose, mais il lui était difficile d'en dire plus. Je lui demandai si un peintre d'icônes avait quitté l'un des monastères ces dernières années. Il me parla alors d'un jeune moine d'origine italienne, disciple du grand peintre crétois Théophane Strelitzas, à qui on avait interdit de peindre des icônes et qui avait subitement disparu. Il n'avait pas connu cet homme, mais il savait qu'il avait été novice au monastère Simonos Petra.

» Je décidai donc de me rendre à Simonos Petra, le plus impressionnant des vingt monastères de l'île, suspendu au bord de la falaise plongeant droit dans la mer. Dès mon arrivée, j'interrogeai le frère portier, mais il ne parlait pas un traître mot d'italien. Il me fit mandater un frère d'origine piémontaise, un homme très simple et fort loquace. Comme je lui montrais le portrait du blessé, il poussa un cri d'effroi et reconnut immédiatement notre homme. « Ioannis, frère Ioannis », cria-t-il très excité. « Savait-il peindre des icônes ? » lui demandai-je à mon tour, emporté par la tournure que prenait la conversation. « Oui, oui, c'était un peintre remarquable. Il a appris en quelques mois. Mais l'higoumène lui a demandé d'arrêter de peindre, car ses icônes troublaient certains frères par la beauté expressive des visages de ses Vierges. Il faut dire qu'aucune femme, pas même une femelle animale, n'a le droit de mettre les pieds à l'Athos, et nous n'avons pas vu de femmes depuis de nombreuses années », m'a confié le moine sur un ton un peu dépité. Puis il a ajouté avec un sourire malicieux : « Ceux qui peignent les icônes recopient les modèles des siècles passés, mais les moines qui les peignaient jadis tentaient de retrouver dans leur mémoire le visage de leur mère, ou, pire, s'inspiraient de celui du père abbé, qu'ils jugeaient proche de la Vierge... par la sainteté. Pauvre madone ! Vous verriez ces cous de taureau et ces mentons carrés qu'ils lui font ! Il ne lui manque que la barbe ! Mais frère Ioannis, lui, avait connu de sacrés bouts de femmes avant de venir ici ! » Comme je l'interrogeais sur le nom de baptême de frère Ioannis, il a réfléchi quelques instants. « Malheureusement je n'en ai pas le souvenir : il n'est resté postulant que quelques mois et a passé environ deux ans sous son nom de religion. Il me revient juste qu'il était natif de Calabre. » Je lui ai demandé alors ce qu'était devenu ce frère. Il m'a répondu : « Après que les Anciens lui ont demandé d'arrêter de peindre, il a quitté le monastère et je n'ai jamais su ce qu'il était devenu. Mais posez la question à l'higoumène du monastère. Il s'en souviendra sûrement, et il parle un peu notre langue. »

Toscani fut soudainement interrompu par le frère portier qui apportait une soupe bien chaude, un morceau de pain et du fromage de chèvre. Bien qu'il brûlât d'impatience de connaître la suite, Dom Salvatore ordonna à son hôte de manger avant de poursuivre. L'homme ne se fit pas prier et avala son dîner en quelques minutes. De nombreuses pensées agitaient le moine. Cette piste était-elle la bonne ? Et si oui, pourquoi avait-il quitté l'Athos ? La dernière information livrée par le marchand l'avait touché : bien que Romain, lui-même avait été élevé par sa grand-mère en Calabre. Il s'émut à l'idée que cet homme mystérieux aurait pu grandir dans la région où lui-même avait été élevé.

Dès qu'il eut avalé la dernière bouchée, le marchand reprit son récit.

– J'ai donc demandé un rendez-vous avec l'higoumène. Le supérieur du monastère, un homme sec à la barbe imposante, m'a reçu dès le lendemain. Je lui ai raconté toute l'histoire et lui ai montré le portrait, ainsi que votre lettre. Il ne manifesta aucune émotion et m'affirma qu'il s'agissait d'une autre personne. Comme j'insistais, il me coupa brutalement en scandant ces mots : « De nombreux pèlerins ont appris à peindre des icônes, ici ou ailleurs, selon l'école russe. L'homme que vous soignez est sûrement l'un d'entre eux. Mais je ne connais pas le visage de celui-ci. » Sur quoi il a pris congé et m'a invité à quitter le monastère dans les plus brefs délais. Ce que j'ai fait après avoir, en vain, tenté de revoir une dernière fois le frère italien. C'est la seule piste que j'ai pu découvrir.

Dom Salvatore réfléchit longuement, avant de réagir.

– Je ne sais comment vous remercier, mon ami. Vos indications sont peut-être suffisantes pour tenter quelque chose. D'autant plus que le père abbé vient de rentrer et m'a ordonné de faire conduire l'homme dès demain à San Damiano.

– San Damiano ! s'écria le marchand. Mais c'en est fini de lui.

– Je sais, rétorqua le moine. Vous connaissez comme moi notre bon père. Malgré son grand cœur, il ne peut admettre une exception à la règle. Nous n'avons plus le choix. Allons trouver notre pauvre hère, et que Dieu lui vienne en aide.

# 10

Ils se rendirent promptement à l'infirmerie. Trop excité par la tournure des événements, Dom Salvatore commit une nouvelle entorse à la règle en laissant le marchand l'accompagner au sein de la clôture.

Fixant l'homme au regard hagard, Dom Salvatore lui prit les deux mains et, comme il l'avait toujours fait, lui parla comme s'il était dans un état normal :

– Mon ami, je n'ai pu obtenir de notre saint abbé, rentré ce soir d'un long voyage, de vous garder ici plus longtemps. Demain matin je ne pourrai plus rien faire pour vous. On vous enfermera dans un hospice où vous finirez vos jours parmi des fous sans que quiconque puisse vous en faire sortir, même si votre état devait évoluer. Vous ne pourrez également plus jamais pratiquer votre art. Car nous savons depuis le début que vous vous rendez chaque nuit à l'atelier d'icônes pour peindre une Vierge de Miséricorde. Elle est bouleversante. Cet indice a conduit notre ami Adriano au mont Athos où nous sommes à peu près sûrs que vous avez séjourné. Nous avons la nuit pour déchirer le voile qui enveloppe votre esprit. Je vais tenter de réveiller en vous quelque souvenir enfoui. C'est votre dernière chance de revenir parmi nous. Saisissez-la !

L'homme écouta docilement le moine sans manifester la moindre réaction. Dom Salvatore conserva le
silence durant de longues minutes. Puis il invita son
hôte à quitter la pièce. Au moment où celui-ci franchissait le seuil, il cria soudainement :

– Frère Ioannis.

Le ton était si assuré que le marchand sursauta. Mais
l'homme n'avait pas bronché. Le moine tenta une autre
approche. Il plaça l'amnésique sur une chaise, le
regarda droit dans les yeux et, s'adressant de nouveau
à lui sous ce nom, lui parla longuement de tout ce qu'il
savait du mont Athos et des événements rapportés par
Adriano Toscani.

Au bout de deux heures, l'homme, qui n'avait
toujours pas manifesté le moindre signe d'émotion
ou d'intérêt, commença à s'assoupir. Profondément
découragé, Dom Salvatore dut reconnaître l'échec de
cette ultime tentative. Il raccompagna le marchand,
tout aussi abattu que lui après tant d'efforts déployés
en vain. Puis il passa voir une dernière fois l'amnésique
qui s'était allongé sur sa paillasse à l'infirmerie. Au
moment de prendre congé, le prieur marqua un temps
d'hésitation. Il se ravisa et décida de braver une nouvelle fois la règle et de rester dormir sur une paillasse
à côté du blessé.

Il ne pouvait se résoudre à quitter cet individu la
veille de son enfermement. Il ne connaissait rien de
lui, mais la Providence l'avait placé entre ses mains.
Dom Salvatore murmura quelques prières en s'étendant sur la paille, poussa un grand soupir et souffla la
bougie.

Il lui fut impossible de trouver le sommeil. Le récit
du marchand le hantait. Il cherchait quel indice infime,

quel détail apparemment banal, mais susceptible de réveiller la mémoire de son hôte, aurait pu lui échapper. Finalement, il décida de dormir pour avoir la force, le lendemain, de voir partir cet homme pour l'hospice.

Il serra avec sa main gauche les graines de son rosaire et commença à réciter des Ave Maria. Cela lui permettait de glisser paisiblement dans le sommeil.

Des images continuèrent malgré tout à hanter son esprit. Il se rappelait que, déjà enfant, il avait du mal à s'endormir. Sa grand-mère venait alors lui chanter doucement des comptines à l'oreille. Il n'avait jamais oublié l'une d'elles. Imperceptiblement, les mots de cette berceuse calabraise sortirent de ses lèvres, portés par une douce mélodie : « *Move lu sone di la montagnedda lu luppu sa magna la piccuredda la ninia vofa...* »

Tandis que les phrases fredonnées s'échappaient dans le silence, l'amnésique se redressa peu à peu sur sa couche. Son regard changea, comme si son esprit était soudainement ébranlé. L'homme plongeait au plus profond de sa mémoire. Il eut alors la vision de sa mère penchée au-dessus de son berceau, lui chantant la même berceuse : « *... Move lu sone di la albania stu figghiu miu mutta me la ninia vofa stu figghiu miu mutta me la ninia vofa.* »

L'image se brouilla et il se revit âgé d'environ sept ans au cimetière du village. Il regardait descendre en terre le lourd cercueil de sa mère. Tandis que les hommes chantaient le *Miserere*, ses yeux restaient secs, mais une détresse sans fond noyait son cœur de petit garçon. De chaudes larmes coulaient aujourd'hui sur le visage buriné de l'homme qu'il était devenu. Il revit son père lui poser fermement la main sur l'épaule et il ressentit avec la même émotion qu'alors le tremblement que le solide paysan n'arrivait pas à réprimer.

Puis un autre visage, celui d'une jeune femme aux cheveux blond vénitien et aux grands yeux vert émeraude, s'imposa à son esprit. Recroquevillé au bout du lit, enfermant ses genoux entre ses bras puissants, les yeux noyés de larmes, il articula ce simple mot, le premier qu'il prononçait depuis son arrivée au monastère :

– Elena.

Dom Salvatore fit un bond. Il réalisa, bouleversé, que son hôte venait de parler. Il alluma une bougie et vit que l'homme sanglotait. Il alla vers lui, et le serra dans ses bras, avec la force et l'amour d'un père.

L'inconnu pleura longtemps. Puis, entre deux sanglots, il confessa au moine sa terrible histoire.

– Je m'appelle Giovanni Tratore. Je suis le fils d'un paysan d'un petit village de Calabre. Ma vie a basculé lorsque j'ai vu le visage d'Elena pour la première fois...

# I

# Luna

## 11

C'était il y a douze ans, en l'an de grâce 1533. Sous la forte chaleur de ce mois d'août, Giovanni travaillait aux champs avec son père et son jeune frère, Giacomo. C'est lui qui, le premier, aperçut la troupe de cavaliers. Tous les paysans posèrent leurs râteaux et se redressèrent pour observer cette scène si singulière en cette pauvre contrée : une dizaine d'hommes en armes chevauchaient des montures richement harnachées. Ils remontaient de la mer et avaient dû accoster à quelques lieues de là, sur l'une des nombreuses criques de la côte dentelée. Ils aperçurent les paysans, mais continuèrent leur route vers le village.

Moins d'une heure après, ils rebroussèrent chemin en direction de la mer. Intrigués, les paysans délaissèrent leur travail plus tôt que d'habitude et rentrèrent d'un pas hâtif malgré la chaleur encore forte. Ils apprirent toute l'histoire de la bouche du vieux Graziano, le chef du village. Ces gens d'armes servaient la puissante cité de Venise. Ils revenaient de Chypre et leur navire avait subi en haute mer l'attaque de plusieurs chebecs corsaires. Ils avaient réussi à leur échapper à la faveur de la nuit, mais ils avaient essuyé plusieurs tentatives d'abordage et des canonnades, et le navire avait subi de graves avaries. Avant de poursuivre leur route vers Venise, ils avaient décidé de réparer le navire endommagé. Ils demandaient, moyennant une forte somme d'argent, que les villageois prêtent leurs plus belles habitations pour héberger quelques nobles pendant que les marins s'attelleraient à l'ouvrage. Le chef du village s'était empressé d'accepter et tous les paysans rentrés des champs se réjouirent de cette aubaine. En fin d'après-midi, un grand feu avait été allumé au centre du village pour faire rôtir un bœuf en l'honneur des Vénitiens.

C'est alors que Giovanni vit Elena pour la première fois. Il n'oublierait jamais cet instant : c'était un lundi, jour de la Lune, vers la douzième heure du jour.

Elle chevauchait une magnifique jument noire et était enveloppée dans une cape de couleur pourpre. Sa longue chevelure blonde volait au vent. Elle s'avançait au milieu d'une vingtaine de cavaliers, mais Giovanni ne vit qu'elle dès le premier instant. Elle devait avoir à peine quatorze ou quinze ans.

Pendant le repas, il l'observa de loin, fasciné par la beauté et la grâce de chacun de ses gestes. Ne pouvant s'approcher des Vénitiens, qui mangeaient à part avec quelques représentants du village choisis par le vieux Graziano, Giovanni s'était juché en haut d'une maison et ne perdait rien des mouvements de l'adolescente. Elle était en compagnie de deux dames plus âgées, les seules femmes du groupe. L'une, par la noblesse de ses vêtements, pouvait être sa mère ou sa tante. L'autre, sensiblement du même âge, s'activait pour le confort de ses maîtresses. Les Vénitiens, par petits groupes de trois ou quatre personnes, s'étaient installés sur des chaises et des tables sorties par les villageois pour la circonstance.

Les cavaliers avaient été rejoints par une trentaine d'hommes de troupe. Comme la majeure partie de l'équipage était restée au bateau, Giovanni se dit qu'il devait s'agir d'un grand navire pouvant contenir au moins deux cents hommes et de nombreux chevaux. Sûrement aussi des marchandises, car les Vénitiens étaient avant tout des commerçants, réputés et influents dans toute la Méditerranée. Cependant il lui semblait que cette jeune fille, qui le fascinait tant par sa beauté, devait être bien plus qu'une commerçante. Non seulement parce qu'elle était richement parée et d'une élégance éblouissante, mais parce qu'elle était l'objet d'une attention et d'une protection particulières. Placée avec les deux autres femmes au centre de la place, à la plus belle table, entourée de soldats en armes, elle semblait mise à part. Régulièrement, un garde se levait et se rendait auprès des dames. Sans doute pour s'assurer que tout va bien, se dit Giovanni. Qui était donc cette adolescente ? Peut-être une princesse, rêva le jeune paysan dont l'imagination ne connaissait plus de limites.

Depuis que sa mère l'avait quitté, Giovanni, déjà sensible et émotif, avait développé une forte capacité à s'évader d'un réel qui l'ennuyait souvent pour se réfugier dans des mondes merveilleux qu'il s'inventait. Ses rêves l'emportaient par-delà les mers dans des aventures extraordinaires, où se mêlaient amours, combats et fabuleux trésors. Enfant, il avait pu partager avec ses camarades ses songes les plus fous et les

entraîner dans des chasses au trésor, des abordages de
pirates ou des amours de cour. Mais en grandissant,
ses amis avaient perdu le goût du jeu et plus encore
celui du rêve. Ils étaient bien trop occupés aux durs
travaux des champs et n'avaient d'autres soucis que
celui d'épouser une paysanne courageuse et de se
construire une petite maison en pierre sèche. Giovanni,
lui, menait une même vie frugale et laborieuse, mais
il continuait à rêver d'aventures et d'amours épiques.
Il avait hérité de sa mère un beau visage, de grands
yeux noirs et des mains fines, ce qui lui attirait les
regards des filles du village. Mais il n'était guère séduit
par ces paysannes à la démarche et au langage disgracieux. Il ne retrouvait chez elles ni la grâce ni le
raffinement de sa mère. Et depuis que, à l'âge de treize
ans, il s'était rendu avec son père dans la grande ville
de Catanzaro pour y acheter un âne, il avait été saisi
par la finesse de trait des jeunes filles, leur élégance,
leur manière de parler si raffinée, et il ne rêvait plus
que de rencontrer une femme belle et éduquée.

Il savait qu'un pauvre paysan illettré ne pourrait
jamais quitter son village, ni séduire une fille de la
ville, aussi avait-il supplié le curé de lui apprendre à
lire et à écrire. L'homme de Dieu n'était pas un grand
lettré et avait bien autre chose à faire, mais devant la
ténacité du garçon et les aptitudes étonnantes qu'il
montra d'emblée, il se laissa convaincre et lui transmit
les rudiments qu'il connaissait, notamment le latin
d'Église. Giovanni passa ainsi ses soirées, plusieurs
années durant, à étudier et relire sans cesse le missel
romain imprimé en latin que le curé laissait dans la
sacristie de la modeste église du village. Le garçon
savait que bien d'autres livres avaient été imprimés en

ces premières décennies du XVIe siècle, qui parlaient de sciences naturelles, de philosophie, de religion, et rêvait de s'en procurer. Il projetait de quitter le village pour découvrir le monde et ses trésors de savoir, mais ne savait pas encore quand, ni pour aller où. Il attendait confusément une occasion, un événement particulier qui le pousserait à mettre son projet à exécution.

Depuis que les Vénitiens avaient accosté, une sorte de fièvre s'était emparée de lui. Il avait passé la fin de la journée dans un état de grande excitation. Lorsqu'il avait vu la jeune femme au milieu du groupe de cavaliers, son cœur s'était serré si fort qu'il avait failli perdre connaissance. Il eut le sentiment indicible, comme une intuition fulgurante, que cette jeune fille lui avait été envoyée par la destinée. Il tenta d'évacuer cette étrange sensation, mais rien n'y fit. Le soir, il fut tout autant bouleversé lorsqu'il la contempla auprès du feu. Sans qu'il en eût clairement conscience, son cœur bouillant soutenu par son imagination débordante avait enfin trouvé un but aussi noble qu'insensé : s'éprendre de cette inconnue et être aimé d'elle.

## 12

Tandis que le repas se terminait, une seule chose comptait pour Giovanni : savoir dans quelle maison demeurerait la jeune femme. Il n'eut aucune difficulté à suivre des yeux le trajet de la Vénitienne. Elle logeait avec ses deux compagnes et cinq hommes en armes dans la plus belle maison du village, qui se trouvait sur la place. Il vit les bougies s'allumer derrière les fenêtres mais ne put rien distinguer. Il s'apprêtait à descendre de sa cachette pour se rapprocher de la maison, quand une petite troupe de soldats s'installa en sentinelle devant l'entrée.

Giovanni descendit discrètement de son perchoir et décida de se rendre à la mer pour voir le navire. Mais l'obscurité était trop épaisse. Il s'installa au creux d'un rocher pour attendre l'aube. Et ne tarda pas à s'assoupir.

Les premières lueurs du jour le tirèrent d'un rêve étrange qui laissait en son âme un parfum à la fois exaltant et angoissant. Il n'eut guère le temps de s'abandonner davantage à son sortilège, car déjà il entendait au loin les marins s'activer sur le navire. La veille, ils avaient entamé les travaux de réparation de la coque et de l'un des trois grands mâts qui s'était brisé. Giovanni savait que leur tâche durerait deux ou trois jours, tout au plus.

Espérant monter à bord, il se présenta au capitaine qui était descendu sur la grève et lui proposa ses services. Ce dernier accepta volontiers cette main-d'œuvre supplémentaire, mais à la grande déception de Giovanni, on lui demanda d'accompagner dans les terres une équipe de bûcherons et de menuisiers chargée de rapporter des troncs. De retour au bateau vers le milieu de l'après-midi, on le remercia sans lui permettre d'accéder à bord.

Giovanni retourna au village en passant par les prés où il retrouva son père et son frère qui s'inquiétaient de sa longue absence. Il leur expliqua qu'il avait été recruté par les Vénitiens pour aider aux réparations du bateau et qu'il laisserait les travaux des champs quelques jours. Son père commença par refuser, car on était en pleine période des foins et le temps risquait de tourner à l'orage. Il changea d'avis lorsque Giovanni lui tendit la pièce que le capitaine lui avait remise en échange de ses services. L'argent était si rare pour ces pauvres paysans de Calabre qu'ils ne pouvaient refuser une somme qui leur permettrait d'aller en ville acheter une bête ou un outil.

De retour au village, Giovanni n'avait qu'une idée en tête : revoir la jeune femme. Au cours de la journée, il avait réussi à glaner quelques précieux renseignements auprès des menuisiers : le navire appartenait à un riche armateur et avait été affrété par le Doge de Venise, principal magistrat de la cité, pour ramener d'éminentes personnalités de Chypre. Il transportait également de précieuses marchandises d'Orient, l'île de Chypre étant une dépendance vénitienne et la véritable plaque tournante du commerce entre la péninsule italienne et l'Empire ottoman. Mieux encore, Giovanni avait obtenu l'information décisive auprès de l'un des

maîtres menuisiers : à son bord se trouvaient la sœur
et la fille du gouverneur de Chypre, qui n'était autre
que le mari de la petite-fille du Doge. La jeune femme
qui avait ravi son regard et son cœur était donc la fille
du gouverneur et l'arrière-petite-fille du plus puissant
personnage de Venise. La dame plus âgée était sa tante
et la troisième leur servante, comme il l'avait deviné.
Loin de le décourager, cette nouvelle avait encore attisé
son amour. Une question avait brûlé ses lèvres, qu'il
avait eu la prudence de ne pas poser : quel était son
prénom ?

Le soir venu, il tenta d'approcher la place du village
où s'apprêtaient à dîner les Vénitiens. Un vieux paysan
le rabroua, lui demandant de s'éloigner. Giovanni
comprit au regard des soldats qui observaient la scène
qu'il n'avait guère d'autre choix. Comme la veille, il
se posta sur le toit d'une maison, mais ne put en
apprendre davantage. Il était trop éloigné pour voir le
visage de la jeune femme ou entendre le son de sa
voix, largement couvert par les rires et les propos
bruyants des gardes qui l'entouraient. Il se plut malgré
tout à contempler ses gestes gracieux, sa chevelure aux
reflets d'or que les flammes des torches illuminaient
par instants.

Lorsque la belle s'éloigna vers sa demeure, suivie
par ses gardes, il resta un long moment encore perché
sur son poste de guet. Lorsqu'il regagna enfin la
masure familiale, la nuit était en son milieu profond.

Au matin, il gagna à nouveau le rivage et une nouvelle fois parvint à se faire engager sur le chantier.
Cette fois il eut plus de chance et put sauter dans l'une

des barques qui faisaient la navette entre la grève et le navire. Comme il s'était révélé habile à manier le bois, on l'affecta à l'équipe des menuisiers qui réparaient la coque. Celle-ci avait été en partie éventrée par un feu nourri de boulets barbaresques et on s'appliquait à colmater les trous comme on pouvait, afin que le navire puisse reprendre sans risque la haute mer jusqu'à Venise.

À l'heure du repas de la mi-journée, Giovanni parvint à se glisser sur le pont. Nul ne faisait attention à lui. Il ne put résister à l'envie de remonter la coursive jusqu'aux cabines situées à l'arrière du bateau. Dans le fol espoir de découvrir celle de la jeune fille, il tourna plusieurs poignées. Les portes étaient closes. Finalement, il tomba nez à nez avec un officier qui l'interpella vivement. Il prétexta s'être égaré, mais l'homme n'en crut pas un mot et le chassa du navire.

Giovanni rentra bredouille et n'eut pas le cœur de se rendre aux champs retrouver son père et son frère sans rapporter une nouvelle pièce. Il décida d'aller au village. Les Vénitiens avaient achevé leur repas et faisaient la sieste dans la fraîcheur des maisons. La place était déserte.

Une idée redoutable traversa l'esprit de Giovanni. Il la chassa une première fois. Elle revint presque aussitôt. Il la caressa quelques instants pour en goûter la terrible saveur, avant de la chasser à nouveau. Elle revint une troisième fois. Alors il céda.

Surmontant sa peur, le jeune homme traversa la place et se rendit sur le côté droit de la maison où dormait la jeune femme. Il emprunta un petit escalier en bois qui menait au grenier à foin. Il constata avec soulagement que la porte était ouverte. Il pénétra dans la pièce obscure à demi emplie de paille, suffoquant tant la chaleur était écrasante. Puis, avec précaution, il rampa au-dessus de la chambre du maître de maison, écarta lentement le foin et appliqua ses yeux entre deux fentes du plancher grossier.

Sa vue s'habitua vite à la semi-obscurité qui régnait dans la pièce. Il distingua deux lits. Sur chacun d'eux une forme était étendue. Malheureusement, bien qu'étant à deux mètres, il lui était impossible de les identifier. Il resta ainsi une bonne heure, immobile, retenant son souffle et évitant le moindre mouvement qui eût pu faire grincer le vieux plancher. Soudain, l'une des formes bougea, puis se redressa. Elle alla vers la fenêtre et ouvrit délicatement l'une des deux persiennes.

Un flot de lumière inonda une partie de la pièce. Giovanni reconnut immédiatement la servante, penchée au bord de la fenêtre. Dans la partie protégée de la lumière violente du milieu du jour, il distingua la jeune fille. Elle était encore assoupie, allongée sur le dos, les yeux clos, vêtue d'une longue chemise de soie blanche. Ses longs cheveux blonds étaient étalés autour de son visage, telle une couronne solaire. Elle avait un bras étendu au-dessus de sa tête, l'autre délicatement posé sur son ventre. Dans son sommeil hésitant, elle esquissait un léger sourire qui donnait à son visage, piqueté de petites taches de rousseur, une apparence presque enfantine.

Le cœur de Giovanni battit soudain si fort qu'il eut peur d'être repéré. Le souffle court, il s'emplissait les yeux de ce visage, comme on s'abreuve d'une image sacrée. Cette beauté à peine épanouie représentait pour lui l'essence même de la Beauté. Chaque courbe de son corps avait une grâce infinie. Chaque détail de son visage lui semblait si parfait qu'il fut convaincu qu'il n'existait dans le vaste monde nulle autre harmonie si exquise, nul autre visage auquel il pourrait jamais s'attacher.

Mais ce qui fascinait plus encore le garçon, c'était ce que la jeune femme soustrayait à son regard affolé : ses yeux clos. Ce n'était pas tant la forme des paupières, ni même la finesse des longs cils, qui le bouleversait, mais l'expression de tendresse, presque de bonté, ce curieux mélange de force et de fragilité qui émanait de ces yeux clos et de ce sourire à peine esquissé.

Il n'avait plus qu'un désir : pénétrer dans le secret de ce regard. Quels rêves la hantaient ? Quelles douces images habitaient son esprit ? Quelle était la couleur, le parfum, la chaleur, le langage de son âme ? Sans même s'en rendre compte, il ferma les paupières et entreprit un voyage imaginaire dans le cœur de sa bien-aimée.

– Elena, répéta doucement la servante qui s'était maintenant retournée vers sa jeune maîtresse.

Giovanni sursauta.

– Elena, murmura-t-il. Elle s'appelle Elena.

C'est alors qu'un énorme craquement se fit entendre. Car le destin avait voulu que l'une des poutres sur laquelle le garçon s'était couché fût pourrie jusqu'en son centre.

## 13

La servante leva les yeux et vit de la poussière tomber du plafond. Puis un deuxième craquement se fit entendre. Elle se précipita vers sa maîtresse qui sortait lentement du sommeil et la colla contre le mur en appelant à l'aide. Deux gardes entrèrent aussitôt. Ils constatèrent qu'un chevron menaçait de rompre et firent sortir les femmes de la chambre. Puis, intrigués par ce soudain affaissement de la poutre, ils allèrent visiter le grenier pour en trouver la cause. Malgré les efforts de Giovanni pour dissimuler les traces de son passage, ils n'eurent aucune peine à constater qu'un homme s'était allongé sur le chevron endommagé. Ils appelèrent du renfort. Il ne fallut guère plus de quelques minutes aux soldats pour dénicher le garçon blotti dans la paille à l'autre bout de la pièce.

Ils se saisirent de lui et le conduisirent devant des officiers qui l'interrogèrent en présence du vieux Graziano. Giovanni commença par affirmer qu'il était simplement venu dormir dans le grenier. Comme ses explications ne convainquirent personne, d'autant que cette maison était interdite d'accès aux gens du village, il finit par avouer la vérité.

– Dès que j'ai vu la jeune femme qui s'appelle Elena

arriver à cheval au village, je me suis épris d'elle et je voulais la voir de plus près.

Cet aveu stupéfia les Vénitiens. Ils en conclurent que le jeune homme avait voulu violenter Elena. Le chef du village, qui connaissait bien Giovanni, leur expliqua qu'il n'en était rien et leur parla du caractère rêveur et idéaliste du jeune homme. Finalement les officiers décidèrent de le faire enfermer sous bonne garde.

Le soir même, les Vénitiens se concertèrent et jugèrent l'affaire suffisamment grave pour infliger une solide punition au garçon. Celui-ci était soupçonné d'avoir voulu commettre un vol et accusé d'avoir attenté à la pudeur de ces dames en les observant de sa cachette. Son cas fut aggravé par le témoignage d'un officier qui affirma l'avoir surpris le jour même rôdant près des cabines du pont supérieur du vaisseau.

Affolé, Giovanni ne sut quoi répondre pour se justifier. Il fut décidé, en accord avec les représentants du village – confus que les règles de l'hospitalité n'aient pas été respectées et craignant de plus lourdes représailles pour les malheureux paysans qu'ils étaient – que Giovanni serait fouetté en place publique, le lendemain à midi.

À peine remise de l'émotion de l'attaque corsaire, Elena fut terrifiée en apprenant qu'elle venait d'échapper à la menace d'un homme tapi dans le grenier et qui aurait peut-être attendu la nuit pour l'agresser. En même temps, cet épisode fâcheux mettait un peu de piment dans ces journées d'attente si ennuyeuses. Elle y pensa sans cesse et tenta d'imaginer le visage de l'homme : était-il monstrueux ? Borgne ? Portait-il d'affreuses

cicatrices, témoignage de ses larcins passés ? Elle fut
surprise d'apprendre qu'il s'agissait d'un jeune garçon,
à peine plus âgé qu'elle, et qui n'avait pas mauvaise
réputation dans le village. Elle se demanda donc ce qui
avait pu motiver son geste. Cette question la tarauda tant
et si bien qu'elle alla trouver le capitaine du navire pour
lui demander la permission d'interroger le garçon avant
que ne s'applique la terrible sentence. Celui-ci refusa,
craignant qu'il ne se passât pendant l'entrevue quelque
événement inattendu qui traumatiserait l'arrière-petite-
fille du Doge.

Elena passa une curieuse nuit. Elle était à la fois
épuisée et excitée, triste et joyeuse, inquiète et intriguée. Cet épisode prit de plus en plus d'importance
dans son esprit romanesque. Car Elena avait un tempérament passionné, facilement enclin à rêver ou à
s'enflammer. Alors qu'il était d'usage que les femmes
nobles n'assistassent pas aux peines publiques infli-
gées aux condamnés de droit commun, elle décida de
tout faire pour assister au supplice. Certes, une telle
chose lui répugnait profondément. Mais c'était pour
elle le seul moyen de voir l'homme qui l'avait
menacée. Et cela comptait plus que tout.


Giovanni ne put trouver le sommeil. Il n'avait
aucune peur de la punition qui l'attendait, mais il avait
lu de la honte dans les yeux des villageois qui avaient
assisté à son procès et il n'osait penser au chagrin que
cette humiliation causerait à son père. Et puis il songeait à Elena. Parviendrait-il à la voir et à lui expliquer
qu'il était innocent de tout ce dont on l'accusait ?
Comment pourrait-il apparaître à ses yeux autrement

que comme un bandit ou un vicieux ? Comment lui dire que c'était par amour pour elle qu'il avait agi ainsi ? Qu'il voulait simplement voir son visage, ses yeux, s'approcher de son âme ?

Le lendemain, à midi précis, tout le village fut rassemblé sur la place. Seul un petit contingent de Vénitiens assistait à l'application de la peine, les autres achevant de remettre le navire en état. C'était d'ailleurs la dernière nuit qu'ils passeraient dans le village. À force de persuasion, Elena avait obtenu d'être présente. La gorge serrée, elle avait pris place sur un siège confortable, parmi les nobles, à une quinzaine de mètres de l'arbre où son agresseur serait bientôt attaché et flagellé.

Giovanni arriva, encadré de deux soldats, les mains liées dans le dos. Il passa devant les nobles et, n'osant détourner le regard, il devina la présence d'Elena. La jeune femme fut troublée par l'aspect physique de Giovanni. Elle l'imaginait plus rugueux. La finesse de son corps et de son visage, qu'elle ne put qu'apercevoir, son jeune âge, semblaient à ses yeux incompatibles avec les crimes dont on l'accusait.

On défit les liens du condamné pour les arrimer à un arbre contre lequel on le plaqua. Puis on lui arracha le haut de sa tunique pour découvrir son dos. Le capitaine rappela d'une voix forte les faits et la sentence : vingt coups de fouet. Se tournant vers un soldat armé d'une solide lanière en cuir, il fit un signe de la tête. Dès le premier claquement du fouet, Elena ressentit un profond malaise et se retint pour ne pas hurler et exiger qu'on arrête immédiatement le supplice du

garçon. Le fouet claqua à nouveau, lacérant sa chair.
Bien que la douleur fût intense, Giovanni ne desserra
pas les dents. Cette souffrance, qu'il trouvait si injuste,
le galvanisait étrangement.

À chaque coup qui faisait éclater la chair du jeune
homme, l'âme d'Elena s'affaiblissait un peu plus. Celle
de Giovanni se fortifiait.

À la fin du supplice, on détacha le condamné et on
le retourna face à la foule et aux notables. Soutenu par
deux soldats, et bien que chancelant, Giovanni tenta
de croiser pour la première fois le regard d'Elena. Mais
sa tête tournait et trop de larmes embuaient ses yeux.
Il tenta de fixer un instant la silhouette floue de la jeune
femme, mais fut pris de vertiges.

## 14

Lorsqu'il revint à lui, il était étendu dans la masure d'une vieille femme du village qui connaissait les vertus des plantes. Elle avait enduit son dos de cataplasmes d'argile et de calendula. Un garde veillait au pied du lit. Giovanni constata qu'il faisait nuit. Il ressentait une profonde brûlure dans son dos lacéré. Il demanda à boire. La vieille mélangea à l'eau quelques plantes qui l'aidèrent à supporter la douleur et à trouver le sommeil. Peu après l'aube, le garde sortit. Giovanni entendit un fort chahut et comprit que les Vénitiens quittaient définitivement le village. Il pensa à Elena qui s'éloignait de lui. Son cœur était triste, mais pas inquiet. Il était intimement convaincu qu'il la retrouverait. Cette seule pensée suffisait à apaiser toutes ses peines.

Il passa la journée allongé chez la guérisseuse. Le soir venu, son père lui rendit visite, visiblement abattu.

Il s'assit à côté de son fils sans mot dire. Giovanni lui saisit la main. Son père la serra avec émotion. Du regard, il interrogea le garçon sur son état. Giovanni lui signifia par un clignement d'œil qu'il allait mieux.

– Tu nous as fait bien de la peine, finit-il par lâcher.

– Je te demande pardon, père, répondit Giovanni.

Il chercha longtemps comment lui avouer qu'il aimait Elena et qu'il avait simplement voulu la voir. Mais aucun mot ne vint.

– Ils sont partis, dit l'homme après un long silence.

Puis il se leva et laissa son fils aux soins de la guérisseuse.

Trois jours plus tard, Giovanni arrivait à marcher normalement. Il lui était pénible de traverser le village car il rencontrait bien des regards hostiles. Aussi restait-il le plus souvent dans la maison de la vieille femme qui lui appliquait plusieurs fois par jour de nouveaux cataplasmes. Grâce à ses soins, ses plaies avaient bien guéri. Mais son dos resterait à jamais marqué par de profondes cicatrices.

Un matin, il reçut la visite du curé du village. Le prêtre s'était absenté une dizaine de jours pour remplacer un confrère malade et, à son grand regret, n'avait pas rencontré les Vénitiens.

– Pour une fois qu'il se passe quelque chose ici ! avait-il soupiré de dépit dès son retour.

Le curé, qui affectionnait particulièrement Giovanni, le questionna sur les raisons de son acte et lui proposa de l'entendre en confession. Le jeune homme n'était pas spécialement pieux, mais il pratiquait la religion, à l'instar des autres villageois, comme un rite coutumier. Il allait à la messe le dimanche, communiait et se confessait aux grandes fêtes. Il n'avait aucune dévotion particulière pour la Vierge et ne priait pas. Il croyait en Dieu comme on croit à la vie. C'était une évidence qui ne méritait aucune interrogation, aucune pensée particulière.

Il trouva donc normal de se confesser, puisqu'il avait commis un acte qui avait causé du tort aux villageois, et il en était contrit. En revanche il lui fut difficile d'expliquer au curé pourquoi son cœur s'était immédiatement attaché à cette jeune femme, qu'il n'avait fait qu'apercevoir. Le prêtre lui reprocha de vivre trop dans l'imaginaire, lui assura que c'était folie de penser la revoir, et que, quand bien même parviendrait-il à la retrouver, elle ne pourrait avoir que mépris pour ce pauvre paysan.

– C'est pécher par orgueil, mon enfant, que de penser qu'elle pourra t'aimer. Et puis, même si vous vous aimiez tous les deux d'un amour sincère, la différence de vos conditions sociales rendrait toute union devant Dieu et devant les hommes impossible.

Giovanni comprenait les propos du prêtre. Et même ils lui semblaient logiques. Pourtant, au fond de lui, une petite voix lui susurrait autre chose. Si cette femme dont il avait tant rêvé était venue jusqu'à lui, s'il l'avait aimée dès le premier regard, s'il avait déjà souffert par amour pour elle... c'était peut-être que la vie devait les réunir. Était-ce la voix de son orgueil comme l'affirmait le prêtre ? Le doute s'empara de son esprit et il lui sembla qu'il se vidait progressivement de la force intérieure qui l'avait aidé à surmonter son supplice.

Après s'être confessé, Giovanni récita un *Pater* dans l'église. Pensif et mélancolique, il retourna chez lui.

Sur le chemin, des questions le tourmentaient. C'est vrai, songea-t-il, qu'il ne connaissait rien des sentiments d'Elena à son égard. Peut-être le croyait-elle coupable ? Peut-être même avait-elle eu un certain contentement à le voir subir cette terrible peine ? Ou bien, pis encore, n'avait-elle ressenti qu'indifférence pour ce misérable paysan qu'on traitait comme un chien surpris en train de rôder autour du garde-manger ? Ces pensées étaient horribles, mais Giovanni savait qu'il lui fallait regarder la réalité en face. Son amour pour Elena resterait peut-être à jamais enfoui dans son cœur comme un secret non partagé. Peut-être aussi finirait-il, comme tous les autres garçons du village, par épouser une paysanne et passerait-il le reste de son existence à travailler dans les champs. C'était la logique de sa vie. Pourquoi rêver d'une autre vie ? Pourquoi imaginer mener une existence aventureuse ou épouser une femme hors du commun et d'une beauté exceptionnelle ?

Giovanni se demandait aussi pourquoi ces rêves avaient été semés depuis l'enfance dans son esprit, alors que les autres garçons du village n'aspiraient qu'à des choses simples, à leur portée et admises par tous. Devait-il sacrifier ses désirs les plus profonds pour s'assurer une existence paisible et normale ? Ou au contraire tout mettre en œuvre pour les atteindre, au risque d'être incompris, de perdre l'affection de ses proches, de rater à la fois sa vie rêvée et l'existence normale qu'il aurait pu mener ? L'expérience qu'il venait de vivre le laissait perplexe. Il avait cru en ses rêves, avait suivi sans hésiter le désir de son cœur, et s'était finalement retrouvé plus seul que jamais, banni de la confiance des gens du village, sans même réussir à croiser une seule fois le regard d'Elena. D'ailleurs elle devait déjà avoir balayé de son esprit ce village, comme un mauvais souvenir. Son imagination et son orgueil ne l'avaient-ils pas cruellement induit en erreur, comme le pensait le curé ?

Tourmenté par ces questions, il arriva chez lui. Son père travaillait aux champs. Mais Giacomo, son jeune frère, était alité. Il s'était fait piquer la veille par un scorpion et luttait contre une forte fièvre. Les deux frères furent heureux de se revoir. Pourtant ils parlaient peu et jamais Giovanni n'avait partagé ses pensées intimes avec lui. Giacomo n'avait pas l'imagination de son aîné, mais il l'aimait et ne cherchait jamais à juger ses paroles ou ses actes, même s'il ne les comprenait pas. Ils échangèrent quelques mots sur leur piteux état de santé, sans allusion aucune aux événements des derniers jours.

Alors que Giovanni s'apprêtait à quitter la maison pour rejoindre son père, Giacomo lui lança un regard étrange et esquissa un mouvement de la main, comme pour le retenir. Giovanni s'arrêta, mais son frère détourna les yeux. Il hésita un instant, sortit de la masure, puis revint sur ses pas.

– Giacomo, qu'as-tu à me dire ?

Le garçon gardait les yeux baissés.

– Je ne devrais pas... j'ai promis à papa de me taire, marmonna Giacomo, le regard toujours fuyant.

Giovanni s'assit au bord du lit et fixa son jeune frère, qui redressait lentement la tête :

– La fille à cause de qui tu as été fouetté...

Giacomo s'interrompit, tant ce qu'il avait à dire lui semblait difficile. Mais le regard brûlant de son frère ne lui laissait plus le choix.

– Elle a fait porter une lettre pour toi.

*Mon ami,*

*Je laisse cette lettre à votre père, sans même savoir si vous serez à même de la lire et d'en comprendre le sens. Mais peu importe. Mon cœur est trop bouleversé, en ce terrible soir où vous venez de subir cette atroce punition, pour ne pas tenter de vous dire ce que je ressens. J'ai appris par vos juges que vous affirmiez vous être caché dans le grenier... parce que vous m'aimiez et souhaitiez m'approcher. Ils ne vous ont pas cru et vous ont condamné comme un voleur. Moi non plus je ne vous ai pas cru lorsqu'on m'a rapporté vos propos insensés. Pourquoi m'auriez-vous aimée sans rien connaître de moi ? Et puis lorsque je vous ai vu arriver enchaîné comme un vulgaire brigand, mais si digne, lorsque j'ai entendu le fouet claquer sur votre chair, ce fouet que vous supportiez sans émettre la moindre plainte, lorsque j'ai vu vos yeux emplis de larmes et de fierté... j'ai su que vous disiez vrai. Je ne sais pourquoi vous m'aimez, et j'avoue que cela me laisse dans un état assez confus, mais je tenais à ce que vous sachiez que je vous crois. Sans doute n'aurons-nous jamais l'occasion de nous revoir. Alors laissez-moi simplement vous demander pardon pour la*

*souffrance injuste que mes amis vous ont infligée. J'ai*
*pleuré pour vous.*

*Elena*

Blotti contre un rocher près de la rivière, dans ce
lieu secret où il venait depuis l'enfance, Giovanni lut
et relut la lettre une dizaine de fois. Les mots d'Elena
étaient trop forts, trop inattendus, trop bouleversants,
pour qu'il puisse les supporter à la première lecture.
Ils pénétrèrent progressivement son intelligence, puis
son cœur. Il resta muet, figé, aucune pensée n'agitait plus son esprit. Puis, soudainement, un torrent de
larmes jaillit de ses grands yeux sombres. Une joie
déchirante submergeait son âme et remontait par
vagues à fleur de peau et de conscience.

Cette joie était plus grande que le bonheur de savoir
qu'Elena l'avait regardé, avait reconnu ses sentiments,
avait pleuré pour lui. Plus intense que l'euphorie de
réaliser qu'elle avait pris la peine de lui écrire pour
soulager sa souffrance et que son cœur était aussi vaste
et bon qu'il l'avait toujours senti. Cette joie était bien
sûr tout cela, mais elle était plus immense encore. Elle
était la prise de conscience que ses rêves ne lui avaient
jamais menti, que son cœur ne l'avait jamais trahi, que
ses questions tourmentées avaient trouvé une réponse
lumineuse : il faut suivre les désirs les plus profonds
de son être, car c'est Dieu qui les a semés.

Le doute qui rongeait son âme venait de le quitter.
Il possédait désormais une des clefs de l'existence,
aussi douloureuse qu'elle puisse être parfois.

Cet instant était sacré. Pour la première fois de sa
vie il s'adressa à Dieu, aux arbres, à la rivière, à la vie,
à l'univers tout entier, et leur voua la prière des prières :

– Merci.

Dès cet instant, il sut aussi avec certitude qu'il n'aurait de cesse de rechercher Elena, de la retrouver et de l'aimer.

## 16

Malgré son jeune âge, Giovanni avait une apparence de vagabond. Le soulier percé, la besace en bandoulière sur un pantalon et une chemise rapiécés, la barbe hirsute, il cheminait depuis cinquante-sept jours et autant de nuits.

Il avait quitté son village natal trois semaines après la découverte de la lettre que son père avait tenté de lui dissimuler. Une fois la décision prise de se rendre à Venise pour revoir Elena, il avait cependant reporté son départ à la fin des travaux des champs. Son père, comme le curé, avait tenté de le dissuader d'entreprendre un voyage aussi périlleux. Mais rien n'avait pu entamer la détermination du jeune homme.

Un matin, il s'était levé peu avant l'aube, avait réuni ses maigres économies et avait pris la route de Naples. Il savait que Venise se trouvait tout au nord, à l'autre extrémité du pays, sur la côte adriatique. Certes, il aurait pu s'y rendre en moins d'une semaine en s'embarquant sur un navire marchand dans le port de Catanzaro, et payer son voyage en travaillant à bord, mais en bon paysan, il préféra se rendre à Venise par voie de terre. Compte tenu du fait qu'il devrait monnayer ses services dans les fermes pour manger, le voyage pouvait prendre plusieurs mois.

Sans qu'il s'en doutât, ce choix allait engager le reste de son existence.

Mais cette décision était aussi motivée par la forte appréhension ressentie par Giovanni. Certes il voulait retrouver Elena. Chemin faisant, il ne cessait de se répéter la phrase de sa bien-aimée : « *Sans doute n'aurons-nous jamais l'occasion de nous revoir.* » Il avait lu ce « *sans doute* » comme un subtil appel de la jeune femme. N'aurait-elle pu écrire « certainement » ? Sa motivation à la retrouver en était décuplée. En même temps, il savait combien il lui serait difficile de l'approcher. Même une fois ce premier obstacle franchi, aurait-il assez d'intelligence, d'élégance, de belles paroles pour séduire le cœur de la jeune noble ? Ne serait-elle pas terriblement déçue en voyant ce paysan ignorant et mal vêtu ? L'amour qui brûlait son cœur ne suffirait sans doute pas à faire chavirer celui d'Elena.

Giovanni se confia donc à la Providence et décida de se laisser guider par les rencontres, faisant usage de tout enseignement et expérience : l'art, la religion, les sciences, les bonnes manières, le maniement des armes et du langage... Il savait qu'un tel voyage pourrait durer un an, voire davantage, mais peu lui importait. Il saurait attendre pour se donner toutes les chances d'approcher Elena et de conquérir son cœur.

L'âme absorbée par cet unique objectif, il parcourait les grands chemins, s'arrêtant ici ou là pour gagner un peu d'argent, depuis bientôt deux mois.

Sa première rencontre intéressante fut celle d'un bourgeois croisé dans une auberge et qui lui semblait instruit. Il lui proposa de travailler à son service en échange de quelque enseignement. L'homme, qui tenait négoce de céramique, l'avait conduit chez lui et, chemin faisant, avait expliqué à Giovanni la situation politique complexe de l'Italie.

Bien qu'étant culturellement unifiée par la langue, les coutumes, la pensée ou les arts, la péninsule italienne était politiquement très divisée. Au nord-ouest, les duchés de Savoie et de Milan avaient su garder leur indépendance mais étaient sans cesse en proie aux invasions françaises. Au nord-est, sur la mer Adriatique, la République de Venise était une grande puissance commerciale et maritime, gouvernée par un Doge élu à vie. À cette évocation, Giovanni fut profondément ému et posa plusieurs questions sur la cité lombarde, mais son interlocuteur ne la connaissait que superficiellement et ne s'y était jamais rendu. Il lui expliqua pourtant que Venise était en rivalité constante avec la petite République de Gênes, située à l'opposé, sur la mer Méditerranée, et également très exposée aux invasions françaises. La grande République de Florence comprenait quant à elle une bonne partie de la Toscane. Elle était entourée de petites seigneuries autonomes, comme Modène, Parme ou Plaisance. Au centre de la péninsule, à l'est et au sud de la République de Florence, se trouvaient les États pontificaux qui dépendaient du puissant souverain pontife, lequel était autant le chef spirituel de l'Église que le chef temporel d'un agglomérat de provinces, comprenant notamment la vaste région montagneuse des Abruzzes. Tout le sud de la péninsule italienne était constitué du plus vaste État dont Giovanni et le marchand étaient les sujets : le Royaume de Naples et de Sicile. Le trône était occupé par une branche cadette de

la maison espagnole d'Aragon, mais depuis la fin du
XVᵉ siècle, le roi de France revendiquait légitimement
ses droits à la couronne de Naples. C'est ainsi que
Charles VIII, puis Louis XII étaient parvenus à
conquérir le royaume, avant de devoir se replier face à
la ligue armée des autres États européens. Car si le
Royaume de France était sans conteste le plus important
en cette première moitié du XVIᵉ siècle, expliqua le
négociant, il restait militairement et économiquement
dominé par un ensemble politique très puissant, héritier
de l'empire de Charlemagne : le Saint Empire romain
germanique. Élu à vie par sept électeurs, l'empereur
régnait en effet sur une vaste mosaïque de royaumes
et d'États indépendants, qui s'étendaient de la mer
Baltique à la Méditerranée et comprenaient des entités
aussi diverses que les Pays-Bas, la Franche-Comté,
l'Autriche, les cantons suisses, la Bavière, la Saxe, la
Bohême, les duchés de Milan et de Savoie, les Républi-
ques de Gênes et de Florence. En 1519, précisa encore
le marchand, après le décès de Maximilien, c'est le roi
d'Espagne, Charles d'Augsbourg, qui avait été élu
empereur, battant un autre candidat prestigieux, le roi
de France François Iᵉʳ. Ajoutant ses propres possessions – telles l'Espagne ou le Royaume de Naples et de
Sicile – à son immense empire, Charles Quint était
devenu le véritable maître de l'Europe.

Du fond de sa pauvre Calabre natale, Giovanni
n'avait guère connu ces conflits, mais il avait entendu
parler du célèbre empereur. Le jeune homme posa encore de nombreuses questions au bourgeois qui lui
expliqua plus en détail l'histoire de l'Europe et les orga-
nisations politiques des États. Il lui narra aussi les
querelles incessantes entre Charles Quint et François Iᵉʳ.

Mais une fois parvenu chez lui, l'homme ne trouva plus jamais le temps de parler à Giovanni. Il le fit travailler quinze heures par jour à couper du bois et à alimenter un four géant qui cuisait des céramiques, remettant toujours à plus tard de nouveaux enseignements.

Au bout de dix jours, Giovanni avait fini par comprendre qu'il n'obtiendrait rien de plus et avait décidé de poursuivre sa route.

Il avait quitté depuis peu les États de Naples et cheminait maintenant dans les États pontificaux. Il aurait pu bifurquer vers la côte adriatique pour éviter le massif montagneux des Abruzzes, mais son instinct le poussa au contraire à pénétrer dans ces forêts sauvages.

C'est ainsi qu'il fit la première rencontre déterminante de sa quête.

## 17

C'était par une belle matinée d'automne.

Il venait de pénétrer dans une grosse bourgade du nom d'Isernia et fut surpris de voir un rassemblement bruyant au centre de la ville. Les gens couraient, tout excités. Il questionna une vieille femme.

– On a attrapé une sorcière ! lui lança-t-elle, les yeux exorbités par l'importance de l'événement.

Giovanni avait entendu parler de telles créatures. Il savait qu'on les accusait de faire alliance avec le diable et d'être la cause de bien des maux. Mais il n'en avait jamais vu. Poussé par la curiosité, il suivit la foule et parvint au centre du bourg.

Il découvrit avec un certain effroi une ravissante jeune femme, à peine âgée d'une vingtaine d'années, à genoux sur une estrade où l'avaient hissée les citadins, mains attachées dans le dos et bouche bâillonnée. Ses très longs cheveux roux tombaient de manière désordonnée sur sa robe écarlate. Ses yeux bleus paraissaient d'autant plus immenses qu'ils semblaient invectiver la foule, avec un mélange de peur et de fureur.

Giovanni apprit qu'elle vivait seule depuis le décès de sa mère, dont elle avait reçu la connaissance des plantes, et la jeune fille avait continué à soulager les habitants de leurs maux, cueillant dans les bois, les soirs de pleine lune, les herbes sauvages dont elle tirait remèdes. Mais depuis quelques mois, certaines personnes qu'elle avait soignées étaient décédées d'une fièvre infectieuse. Après quoi la récolte avait été désastreuse. Visité par un soupçon, le curé du bourg, accompagné de plusieurs paroissiens, s'était rendu la nuit dans la forêt. Ces hommes affirmaient avoir vu la jeune femme rendre un culte au Malin. Ils l'avaient saisie et ramenée au bourg. Enfermée pendant quatre jours, totalement privée d'eau et de nourriture, elle avait été interrogée par les notables mais avait refusé de reconnaître ses crimes. Personne n'étant habilité à juger une sorcière, on avait envoyé un messager à cheval à la grande ville de Sulmona pour prévenir l'évêque. Ce dernier avait fait savoir qu'il enverrait bientôt un moine inquisiteur pour procéder à un premier interrogatoire. Si les soupçons étaient confirmés, la femme serait transférée dans les sinistres cachots de l'évêché pour être questionnée par le prélat en personne. Afin de satisfaire la curiosité de la population, qui craignait que la sorcière ne quitte le bourg sans avoir pu la voir et l'insulter, les notables avaient décidé de l'exhiber durant le jour sur la place publique. De peur qu'elle ne prononce quelque horrible blasphème, ou ne tente de jeter des sorts, ils avaient pris soin de la bâillonner.

Giovanni observait avec attention la jeune femme sur qui les gens lançaient toutes sortes de fruits pourris accompagnés de quolibets. Elle était assise sur ses talons, la tête penchée sur la poitrine. Lorsque l'insulte était trop cruelle ou le coup trop violent, elle la redressait subitement, les yeux en feu. Puis la rebaissait avec

résignation. Giovanni ressentit un profond malaise. Il
quitta le bourg.

Sur la route qui l'éloignait de la cité, il ne put oublier
le visage de cette femme. Était-elle vraiment une
adepte de Satan ? Il n'arrivait pas à l'imaginer. Son
regard trahissait surtout la peur et une sorte de sentiment d'injustice. Pour la deuxième fois de sa vie, il
pria. Il supplia Dieu de venir en aide à cette pauvre
créature et récita plusieurs *Pater* dans son cœur.

Le soir venu, il s'arrêta dans une auberge. Il s'assit
à la seule table où il restait de la place et commanda
un repas chaud. Mesurant avec dégoût la mine du vagabond, l'aubergiste demanda à être payé d'avance.
Giovanni tendit les pièces sans sourciller et en ajouta
une pour réserver une paillasse dans l'écurie.

Alors qu'il mangeait, un moine et un homme en
armes pénétrèrent dans l'auberge. Ils commandèrent
un bon repas et vinrent s'asseoir en face de lui. Il
comprit à leur conversation qu'il s'agissait de l'inquisiteur flanqué d'un garde qui venait pour questionner
la jeune femme. Il tendit l'oreille. Ils étaient arrivés à
cheval avec l'intention de faire étape pour la nuit afin
d'arriver au bourg dans la matinée. Le moine avait
réservé une chambre et le garde dormirait avec les
chevaux dans l'écurie. Giovanni apprit que la jeune
femme serait à coup sûr transférée dans la grande ville
pour y être entendue et jugée par l'évêque. À ce qu'il
comprit, celui-ci avait déjà fait brûler plusieurs femmes
accusées de pratiques sataniques.

Sitôt son repas terminé, Giovanni se rendit dans
l'écurie. Il s'allongea sur la paillasse et fut bientôt

rejoint par le garde, qui s'installa sans un mot et s'endormit.

Giovanni ne trouvait pas le sommeil. Le regard de la sorcière hantait son esprit.

Au milieu de la nuit il prit une grave décision et mit au point son plan.

Peu avant l'aube, il passa à l'action.

Il s'assura que le garde dormait profondément. Puis il se saisit d'une bûche et l'assomma d'un coup sec. L'homme ne poussa pas même un cri. Giovanni revêtit ses habits, se ceignit de son épée et de sa dague. Il lia le corps inanimé, avant de le cacher sous le foin. Il se rasa du mieux qu'il put, sella les chevaux et attendit fébrilement l'arrivée du moine. Lorsque celui-ci apparut, il poussa un petit cri en constatant que son garde avait changé de visage. Giovanni ne lui laissa pas le temps de réagir. Il pointa sa dague contre son ventre dodu et lui commanda de monter à cheval sans broncher. La stupeur passée, le moine s'exécuta en tremblant. Giovanni fut soulagé de constater que l'inquisiteur était un pleutre. C'était la condition de réussite de son plan audacieux, car il aurait été bien incapable de manier les armes contre un adversaire résolu, et encore moins de le tuer.

Les deux hommes quittèrent l'auberge et chevauchèrent côte à côte en direction du bourg. Giovanni bénissait le ciel d'avoir eu, depuis l'enfance, une passion pour les chevaux et d'avoir assez bien appris à monter chez le chef du village qui en possédait plusieurs. Il expliqua au moine ce qu'il devrait dire et faire une fois arrivé sur place. Il prit une voix menaçante et affirma au religieux terrorisé qu'il n'hésiterait pas à l'occire s'il tentait de lui désobéir.

Les deux hommes parvinrent à la cité en milieu de matinée. Leur arrivée ne passa pas inaperçue et c'est une foule de plusieurs centaines de badauds qui les escorta vers la place où la sorcière était ligotée.

Comme Giovanni l'avait exigé, le moine ordonna, sans même descendre de cheval, qu'on délivrât la jeune femme et qu'on la plaçât sur la monture de son garde. Les quelques hommes qui surveillaient la sorcière furent surpris d'une telle demande, mais ils n'osèrent contredire les ordres de l'inquisiteur. Ils la firent descendre de l'estrade où elle était perchée, mais lui laissèrent son bâillon et les mains liées derrière le dos. Puis ils la hissèrent en amazone sur le cheval du garde. Giovanni sentit avec une certaine émotion le corps long et souple de la femme se caler contre le sien. D'une main ferme, il la saisit par la taille pour qu'elle ne chutât pas, de l'autre il relâcha légèrement la bride de sa monture pour la faire avancer.

Giovanni lut dans ses beaux yeux un mélange de crédulité et de vigilance, mais il fut surtout saisi par l'intensité de son regard, malgré la fatigue et la soif qui la tenaillaient. Un léger doute traversa son esprit et il se demanda ce qu'il ferait s'il se retrouvait face à une vraie sorcière qui tentait de l'envoûter. Il n'eut guère le temps de s'arrêter à cette pensée. Déjà un murmure commençait à s'élever de la foule qui ne comprenait pas pourquoi l'inquisiteur semblait repartir avec la sorcière, alors qu'il était prévu de l'interroger en présence des notables.

Arrivé sur place, le curé harangua le moine et lui demanda ce que cela signifiait. Le religieux, toujours à portée de dague de Giovanni, répondit d'un air embarrassé qu'il convenait d'interroger la femme dans un autre lieu que cette place publique. Le curé répondit qu'il serait plus prudent de la transporter encadrée par deux solides gaillards et se rapprocha de la monture de Giovanni. Le garçon sentit que la situation allait lui échapper. Sans prendre le temps de réfléchir, il serra la femme contre lui et donna un violent coup d'étriers. Le cheval s'élança au galop au milieu des badauds stupéfaits. Le moine sortit de sa torpeur et hurla :

– Arrêtez-le ! Arrêtez-le ! Je ne connais pas cet homme, c'est un imposteur !

Mais c'était trop tard. Giovanni quittait déjà la place et s'engouffrait dans une ruelle menant à la sortie de la ville. Comme presque tous les habitants étaient groupés au cœur de la cité, il ne rencontra que quelques vieux, qui le regardèrent passer. Le temps que les notables réagissent et envoient des cavaliers à sa poursuite, il avait déjà parcouru une demi-lieue.

La sorcière mit quelques instants à réaliser qu'elle avait été enlevée au nez et à la barbe de ses bourreaux. Elle comprit aussi, à la nervosité de son kidnappeur, que la partie n'était pas gagnée et qu'il avait agi seul. Elle lui fit un signe du regard pour qu'il la libère du bâillon. À peine délivrée, elle lui lança :

– Continue jusqu'au pont, puis tourne à gauche sur le sentier qui longe la rivière.

Le garçon obtempéra. Derrière eux, un nuage de poussière se rapprochait.

– N'aie crainte, le rassura la jeune femme qui semblait lire dans ses pensées, nous atteindrons les bois avant qu'ils ne nous aient rejoints.

Ils pénétrèrent en effet dans une épaisse forêt. Le cheval ne pouvait plus progresser.

– Attache ta monture à cet arbre et délie-moi les

mains, commanda encore la jeune femme, qui semblait très à son aise.

Giovanni n'hésita pas une seconde et trancha ses liens avec sa dague. La femme se précipita sur la gourde accrochée à la selle et but jusqu'à la dernière goutte. Puis elle regarda Giovanni droit dans les yeux :

– Ces maudits m'ont assoiffée ! Suis-moi, jamais ils ne nous retrouveront dans cette forêt.

Elle lui saisit la main et l'entraîna dans les sous-bois obscurs.

## 18

Ils marchèrent durant une heure sans échanger un mot.

Ils parvinrent finalement au sommet d'une colline d'où on pouvait jouir d'une vue étendue sur la vallée. La jeune femme désigna à Giovanni une cabane dissimulée dans un large chêne à six troncs. Elle lança sur une branche haute une échelle de cordes dissimulée au creux d'une roche, puis entraîna son sauveur dans sa cachette. Giovanni gravit les échelons avec une certaine appréhension. Il fut rassuré en pénétrant dans un petit nid douillet, fait de branchages et d'herbes sèches.

– Voilà mon antre secret, confia-t-elle à Giovanni avec un large sourire, en extrayant une gourde et quelques vivres d'une cachette. Tiens, restaure-toi, ajouta-t-elle en lui tendant un fruit. Je m'appelle Luna. Merci pour ce que tu as fait. J'ignore pourquoi tu l'as fait, mais je t'en remercie.

Pour toute réponse, Giovanni lui sourit, puis désigna les nombreuses plantes accrochées au plafond de la cabane.

– Ce sont des plantes que je fais sécher et qui me servent à guérir. Il n'y a rien de très maléfique dans tout cela !

– Alors tu n'es pas une sorcière, lança Giovanni avec une candeur naïve qui laissa la jeune femme interdite.

Puis elle éclata d'un rire joyeux.

– Dans le cas contraire, te serais-tu enfui avec moi ?

Giovanni sourit à nouveau.

– Tu m'as demandé tout à l'heure pourquoi je t'avais libérée de ces gens ? Eh bien je n'en sais rien moi-même. Je t'ai vue hier sur la place. Je ne connaissais rien de toi, pas même si ce qu'on disait était vrai ou faux, mais je n'ai pu accepter la manière dont on te traitait. J'ai ressenti tout au long de la journée une grande tristesse en pensant à toi. Alors, le soir venu, en voyant l'inquisiteur, l'idée m'est venue de te faire évader en prenant la place du garde et en menaçant le gros moine. Mais je dois t'avouer que j'ai eu bien plus peur que lui, car je n'ai jamais manié une arme de ma vie !

Ils partirent à nouveau d'un grand rire.

– Regarde ! lança Luna d'un air triomphant en exhibant un pichet de vin. Nous allons fêter notre rencontre !

Elle avait écouté le récit de Giovanni avec beaucoup d'étonnement et se demandait qui était cet étrange jeune homme qui avait risqué sa vie pour sauver celle d'une inconnue.

Ils trinquèrent joyeusement et Luna lui raconta son histoire.

Elle n'avait jamais connu son père et avait grandi seule avec sa mère, montrée du doigt par les gens du bourg qui appréciaient peu la présence d'une fille-mère. Mais puisqu'elle savait soulager bien des maux, ils ne la chassèrent pas, comme cela arrivait souvent à ces pauvres femmes sans famille, engrossées par un garçon ou un bon père de famille peu scrupuleux. Le temps passa. À la mort de sa mère, certains hommes, et parmi eux des notables, commencèrent à la harceler et à réclamer ses faveurs.

Luna ne cacha pas à Giovanni qu'elle avait déjà eu plusieurs amants et qu'elle était de mœurs assez libres. Encore fallait-il qu'ils lui plaisent ! Profitant du désarroi après les calamités qui s'étaient abattues sur la ville, quelques mâles éconduits, dont le curé lui-même, montèrent une cabale contre elle. Ils prétendirent l'avoir vue rendre un culte au diable, alors qu'elle se promenait dans la forêt pour cueillir des herbes à la pleine lune.

Giovanni écoutait avec grand intérêt. Ses paroles sonnaient vrai. Toute méfiance s'évanouit peu à peu dans le cœur du jeune homme. En l'écoutant, il prenait aussi le temps de la contempler. Il aimait son corps fin et souple, félin. Il aimait sa peau blanche et ses doigts effilés. Il aimait son visage animé, ses yeux bleus enflammés, son immense chevelure rouge qui tombait sur ses petits seins galbés. « Vraiment, se dit-il, c'est une femme bien séduisante et je comprends pourquoi elle fait tourner la tête aux hommes de la ville. »

Sitôt son récit achevé, Luna dit à Giovanni qu'elle avait faim et qu'il lui fallait aller relever quelques pièges. Ils descendirent de l'arbre. Tandis que Luna fouillait les taillis, Giovanni prépara un feu. Ils étaient convenus d'attendre la nuit pour manger, afin d'éviter qu'on ne vît s'élever de la fumée.

Lorsqu'il eut rassemblé assez de bois et confectionné une broche de fortune, Giovanni s'adossa au pied d'un frêne et contempla le ciel rougeoyant sur la vallée. Tandis que l'astre du jour disparaissait à l'horizon, la lune prenait le relais : elle dessinait un cercle parfait.

Luna le rejoignit, un magnifique lièvre à la main.

– Prépare le feu, il n'y a plus de danger d'être vus. Je vais chercher un autre pichet !

Elle remonta dans l'arbre pendant que Giovanni enflammait les brindilles à l'aide des deux silex que lui avait tendus la jeune femme. Elle le rejoignit et ils trinquèrent à nouveau en attendant que les braises soient prêtes. Giovanni étirait le lièvre pour l'embrocher, quand Luna lui saisit la main :

– Veux-tu que je te dise ton destin ?

Giovanni resta interdit.

– J'ai aussi reçu de ma mère le don de lire la destinée des gens dans les entrailles des animaux. Je ne peux le faire que les nuits de pleine lune. C'est pourquoi les gens m'ont donné le nom de Luna, car ils croient que c'est l'astre nocturne qui m'inspire ces étranges révélations. Je ne connais rien de toi, mais je peux voir des choses de ton passé et de ton avenir.

Giovanni resta comme pétrifié, réalisant qu'il était peut-être face à une vraie sorcière. D'où tenait-elle ce pouvoir ? De Dieu ou du diable ? Il frissonna d'angoisse. Luna éclata de rire.

– Ne crains rien, Giovanni ! Il n'y a rien de maléfique à cela. J'ai reçu ce don depuis ma naissance. Quand je croise des gens, j'ai comme des visions sur leur vie. Ma mère m'a appris à lire dans les entrailles des bêtes quand la lune est pleine. J'y vois des choses plus précises encore. J'ai fait cela pour plusieurs notables de la ville et tout ce que j'ai dit du passé et de l'avenir était vrai. C'est aussi pour ça que le curé

m'accuse de pratiques sataniques. Il dit que les oracles
de la lune sont des pratiques venues du fond des âges
païens et que c'est rendre un culte idolâtre aux astres
que de croire qu'ils peuvent inspirer une connaissance
de l'avenir.

Giovanni n'était pas loin de partager les vues du
prêtre. Comment pouvait-on connaître le passé et plus
encore le futur de personnes inconnues sans que cela
soit inspiré par des forces surnaturelles ? Et si la religion chrétienne condamne ces pratiques, c'est sans
doute qu'elles sont inspirées par le diable. Luna lut à
nouveau les pensées du jeune homme. Elle lui serra
doucement la main. Il n'osa pas la retirer malgré la
peur qui le tenaillait.

– Les curés n'aiment pas qu'on dise aux gens leur
avenir, parce que ça les intéresse beaucoup plus que
d'aller à la messe ou à confesse, poursuivit Luna d'un
ton assuré. Mais si la nature m'a octroyé ce don,
n'est-ce pas pour transmettre aux autres quelque chose
d'utile au salut de leur âme ? Tu sais, je ne vois que
ce que Dieu me donne à voir.

Les paroles de Luna semblèrent sensées à Giovanni.
La fermeté de son ton alliée à la douceur de sa voix
contribua aussi à apaiser son angoisse. Après tout, se
dit-il, elle a peut-être raison. Pourquoi Dieu permet-
trait-il qu'une créature aussi innocente qu'un enfant
soit douée de pouvoirs maléfiques ? Si elle possédait
ce don depuis la naissance, ce ne pouvait être que par
la volonté du Créateur. Il resta longtemps silencieux,
songeant à la proposition de la jeune femme : avait-il
envie de connaître son destin ?

Au fond de lui, Giovanni était tout sauf fataliste. Il
avait toujours senti, par une sorte de pressentiment,

qu'il pouvait choisir sa vie et non la subir. C'est pourquoi il avait accueilli ses désirs les plus profonds comme des possibles. C'est aussi la raison pour laquelle il avait décidé, envers et contre tous, de partir à la recherche d'Elena. Il savait qu'il devait prendre son existence en main, sans quoi il ne quitterait jamais son village et mènerait la vie qu'il ne désirait pas. En même temps, il s'était souvent demandé pourquoi il était si différent des autres enfants. Pourquoi il avait des désirs si éloignés de ceux de ses camarades. Il en avait conclu qu'il devrait peut-être accomplir certaines actions dans sa vie qui lui seraient inspirées par quelque force qui gouverne l'univers et qui le dépasse. N'est-ce pas ce que Luna nommait « le destin » ?

Mais est-ce une bonne chose de connaître son destin ? se demandait-il. Ne vaut-il pas mieux le découvrir, au fur et à mesure des désirs, des rencontres et des événements qui se présentent ? À quoi sert de connaître son avenir, surtout si celui-ci doit être malheureux ? Il songeait à Elena. En cet instant, c'est elle qui figurait son destin. Était-il écrit dans le grand livre des destinées humaines qu'il devait la chercher, la retrouver et peut-être même... être aimé d'elle ? Si Luna le lui confirmait, quelle force immense cela lui apporterait ! Mais si elle lui disait qu'il faisait fausse route, que son destin était de rester toute sa vie dans son village, qu'Elena ne l'aimerait jamais... quelle décision prendrait-il alors ?

Le jeune homme s'absorba plus profondément encore dans ses pensées. Luna lui tenait toujours la main et respectait son silence. Elle savait que sa question n'était pas sans conséquence. Elle-même lisait dans les entrailles avec appréhension. Parfois, des visions cauchemardesques lui parvenaient, qu'elle aurait bien aimé éviter. Une fois, elle était tombée gravement malade après avoir vu une mort horrible dans les entrailles d'un poulet apporté par une jeune mère. Plus tard, la femme était morte dans d'atroces douleurs en mettant au monde son cinquième enfant. Progressivement, elle s'était habituée, en quelque sorte, à ces visions. Elle les vivait intensément pendant qu'elle les racontait, puis parvenait à s'en distancier, au point d'oublier toute sensation. Elle exerçait son talent sans plus se poser de questions, comme d'autres exercent le leur pour la ferronnerie ou la cuisine.

Giovanni sortit lentement de sa méditation. Il lâcha la main de Luna, comme pour marquer que la décision qu'il venait de prendre ne relevait que de lui seul. Il en était arrivé à la conclusion qu'il poursuivrait sa quête, quoi que lui dise la jeune femme. Il n'avait donc rien à redouter. Au mieux, elle le conforterait dans son choix, au pire, il oublierait vite cette nuit privée d'étoiles et ces paroles tirées des entrailles d'un lièvre.

D'un signe de tête, il signifia à Luna qu'il acceptait son offre.

La jeune femme se saisit du couteau et fendit le ventre de l'animal. Elle écarta les deux pans et mit au jour les viscères. Éclairée par les flammes du feu, elle laissa son regard se perdre dans les entrailles ensanglantées de la bête. Giovanni regardait avec une certaine appréhension les yeux de Luna. Ceux-ci changèrent de couleur et virèrent presque au rouge. Ils étaient totalement absorbés par cette masse visqueuse et semblaient, en même temps, regarder loin, très loin.

Rapidement, une émotion s'empara de Luna. Elle recula la tête, comme si quelque chose d'effrayant surgissait des entrailles de l'animal.

– Une femme, je vois une femme entourée de soldats. Ses deux mains soutiennent son ventre arrondi. Assurément elle porte un enfant. Elle court un grand danger.

Luna ferma les yeux quelques instants. Sa voix était étrange. Elle semblait possédée par une force extérieure. À nouveau, elle fixa les viscères de l'animal.

– Je vois un petit garçon, sept ou huit ans tout au plus. Il regarde un cercueil descendre en terre. Il retient ses larmes. Mais il est triste, perdu. Il retient ses larmes, mais un voile de chagrin se dépose à jamais sur son cœur.

» Maintenant je revois le visage de la jeune femme qui portait l'enfant. Elle a des cheveux très noirs. Elle est encore jeune, mais son cœur et son esprit sont vastes et profonds. Elle console le petit garçon. Elle veut le faire sortir de sa tristesse. Elle lui caresse le visage avec tant d'amour !

Luna semblait déjà épuisée. Elle reprit son souffle.

– Une autre femme. Celle-là est plus âgée. Comme elle souffre dans son cœur ! Elle pense à un homme qu'elle aime et qui est condamné à une peine terrible. Elle se dit qu'elle aurait pu éviter cela. Elle se sent coupable de ce qui arrive.

» Je la vois plus jeune, beaucoup plus jeune. Qu'elle est belle ! Mais son cœur est aussi bouleversé. Elle regarde le cadavre d'un homme transpercé par une épée.

» Cet homme, je vois son assassin ! C'est... c'est... toi qui l'as tué. Je vois un deuxième cadavre, celui-là aussi, c'est toi qui l'as tué !

» J'en vois un troisième... et tu es son assassin !

» Je vois encore un homme effrayé, il porte une cicatrice à la main... tu t'approches de lui... tu vas l'assassiner avec une épée, tu lèves le bras.

» Tout s'arrête.

» Je vois quatre vieillards assis sur des trônes. Il y a un cinquième trône vide. Tu es face à eux. Ils te regardent avec bonté. Le premier porte un curieux chapeau étoilé, le second est aveugle, un autre porte une longue barbe blanche et le dernier est vêtu d'une grande tunique blanche sans couture. Le premier vieillard ouvre la bouche : « Ta place est parmi nous, mon enfant, car ton âme est profonde et pure. » Le second poursuit : « Pourtant tu as déjà les mains pleines de sang, car tu vas tuer

par jalousie, par peur et par colère. » J'entends le troisième vieillard prendre la parole : « Si tu enlèves la vie
une quatrième fois, ce sera par haine... alors ton âme
sera perdue à jamais. » Le dernier te montre la voûte
céleste : « Contemple, Giovanni, ton tragique et lumineux destin. L'acceptes-tu ? »

## 20

Luna resta silencieuse. Ses yeux se fermèrent et quelques larmes coulèrent le long de ses joues. Elle les essuya et porta enfin son regard vers Giovanni.

– Pardonne-moi, jamais je n'aurais dû te proposer de lire ton avenir.

Giovanni était resté comme sidéré durant tout le temps des visions. Il n'avait rien compris à cette fresque sanglante et se sentait totalement étranger à cette histoire incohérente. Tout juste aurait-il pu s'identifier au petit garçon qui avait perdu sa mère, mais aucune jeune fille très brune ne l'avait consolé. Il avait aussi pensé à Elena lorsque Luna avait évoqué une femme regardant avec compassion un homme souffrir à cause d'elle. Mais il ne pouvait s'agir de la jeune Vénitienne puisque, selon la voyante, la femme était d'âge mûr. Autant il lui était impossible de raccrocher sa vie à cette histoire, autant il se sentait remué, bous-culé, vidé. Son âme avait été touchée en sa plus grande intimité, sans que sa raison sache pourquoi. Il était donc là, ému et incapable de penser ou d'articuler un mot. Luna brisa une nouvelle fois le silence.

– C'est la première fois que je vois autant de choses et de manière si désordonnée. Je ne sais pas qui tu es, et tu n'as pas la mine de l'homme que j'ai vu en regardant les entrailles de l'animal. Celui-là était non seulement un criminel, mais je le sentais aussi comme un homme puissant et d'un grand savoir. Tu m'as plutôt l'air d'un paysan.

– Je ne suis en effet qu'un simple paysan, reprit Giovanni presque rassuré par ses propres mots. Comme toi, je ne comprends rien à tes étranges paroles.

Puis il se leva lentement.

– Je suis épuisé. Cette folle journée, tes affreuses visions, ce vin, tout cela m'a tourné la tête. J'ai besoin d'aller dormir.

– Tu peux monter dans la cabane. Tu y seras bien et tu ne seras pas réveillé par l'humidité de l'aube. Moi, ces maudits m'ont trop affamée pour que je renonce à ce gibier. Je te rejoindrai plus tard... et dors en paix, je ne suis vraiment pas une méchante sorcière.

Giovanni ne trouva même pas la force de sourire. Il ne pensait plus à rien. Il escalada péniblement l'échelle de corde et s'allongea dans un coin de la cabane suspendue. En quelques instants, il sombra dans le sommeil.

Au milieu de la nuit, un étrange oiseau se mit à chanter. Il fallut quelques instants à Giovanni pour retrouver ses esprits. Une jeune femme dormait à ses côtés, blottie tout contre lui. Il fut intrigué par ses cheveux et caressa doucement son visage, éclairé par un rayon de lune. Il sursauta.

– Elena !

Il n'y avait aucun doute. Elle était là, à cet instant, contre lui. Elle dormait paisiblement, un bras étendu sur son torse. Bien que cela fût impossible, Giovanni n'eut aucun doute. C'était elle. Il était ensorcelé par la magie de ses grands yeux clos, par la douceur de sa peau, l'odeur musquée de ses cheveux.

Il eut une irrépressible envie de poser ses lèvres contre les siennes.

C'est à cet instant que la jeune femme entrouvrit les paupières. Giovanni resta suspendu au-dessus de ses yeux entrouverts. Ses lèvres si proches des siennes. D'abord surpris, leurs regards se pénétrèrent lentement, de tendresse et de désir. Giovanni s'apprêtait à rompre le charme de ce délicieux silence pour lui demander comment elle pouvait se trouver là, lorsque la femme, semblant deviner ses pensées les plus intimes, lui posa vivement un doigt sur la bouche. Puis elle laissa glisser le dos de sa main contre la barbe naissante de son menton, son cou, contre son torse dénudé. Elle sembla marquer une pause à la hauteur du thorax, puis retourna sa main et remonta de l'autre côté du visage, le long du cou, de la joue, jusqu'à la pointe des cheveux dont elle se saisit avec vigueur.

Giovanni ne s'appartenait plus. Il était ensorcelé et goûtait les caresses de la femme comme un nectar divin.

Elle ramena son visage à hauteur du sien. Giovanni voyait leurs regards fondre l'un dans l'autre et leurs lèvres toujours plus proches, plus proches, jusqu'à en goûter la saveur. La femme se blottit contre lui et l'enveloppa de ses bras désirants. Avec délicatesse, ses mains passaient et repassaient sur les cicatrices encore vives de son dos. Ses caresses lui faisaient tant de bien qu'elles semblaient appliquer les plus raffinés des onguents.

Elle sentit le désir du garçon. D'un mouvement vif, qui surprit Giovanni, elle le retourna et se dressa sur lui. Elle glissa alors un bras vers son membre en feu. Elle s'en saisit et l'introduisit dans son antre intime. Un mouvement de hanche instinctif, presque sauvage, s'empara du corps de la jeune femme, tandis qu'elle poussait de petits cris. Puis elle se pencha au-dessus de lui, et Giovanni tressaillit en sentant les cheveux défaits effleurer sa poitrine au rythme endiablé de son bassin. Ivre de bonheur, il posa les mains sur ses seins vibrants et les caressa avec dévotion. Son émotion était si intense qu'il perdit connaissance.

À quel moment reprit-il conscience... ?

La femme était lovée contre lui, nue, le visage enfoui sous son bras. La lueur pâle de l'aube commençait à éclairer la cabane.

Le regard lourd de Giovanni se figea soudain sur les cheveux rouges de sa maîtresse.

– Luna ! s'exclama-t-il en se redressant brutalement.

La femme dormait. Une moue sensuelle éclairait les traits de son visage apaisé. Giovanni recula.

– J'ai été trompé par la sorcière ! gronda-t-il.

Tremblant de peur et de colère, il ramassa ses vêtements et dégringola l'échelle de corde aussi vite qu'il put. Il enfila chemise et pantalon tout en marchant, chaussa ses souliers percés, saisit d'une main l'épée volée au soldat, de l'autre sa gourde en peau de chèvre et s'enfuit en courant.

# II

# Mercurius

## 21

Il erra comme un démon pendant des heures à travers la forêt. L'esprit en feu, il ne parvenait pas à rassembler la moindre pensée. Il courait, courait, sans autre but que de fuir cette femme qui l'avait ensorcelé. Il finit par sortir des bois et retrouver la route. Il se reposa quelques instants au bord du chemin et remplit sa gourde à une source. Puis il marcha en direction du nord, en direction de Venise, en direction d'Elena.

Ses pensées se rassemblaient lentement, au rythme de la marche. Il était en colère contre Luna qui, à coup sûr, avait pris l'apparence d'Elena pour le séduire, mais troublé d'avoir ressenti un tel plaisir et une telle plénitude en faisant l'amour avec cette inconnue. Il s'en voulait, même s'il se rassura en songeant que son cœur et son corps avaient été entièrement tournés vers sa bien-aimée.

Lorsque le soleil déclina, il s'assoupit au bord du chemin, au pied d'un grand chêne. Bien qu'il eût marché plus de quinze heures sur une route qui ne cessait de monter et de descendre, il ne put rien avaler, tant ses entrailles restaient nouées par la nuit précédente. Tandis qu'il cherchait le sommeil, la vision de la sorcière lui revint en mémoire. « Tout ce qu'elle m'a dit semble si loin de ma vie, songea-t-il. En même temps, ma vie est si étrange depuis quelque temps. Que va-t-il encore m'arriver ? Est-il possible que je devienne un criminel ? Non, je refuse de le croire ! Il suffit de ne pas le vouloir. Mais existe-t-il une volonté supérieure à la mienne qui guiderait mes pas sur un chemin tracé d'avance ? Peut-on échapper à ce que la sorcière appelle "le destin" ? »

Giovanni finit par s'endormir. Il fit des songes puissants, où se mêlaient l'odeur écœurante du sang et celle, enivrante, de la peau de Luna.

– À quoi rêvais-tu ?

Giovanni sursauta. Le soleil se levait à l'horizon. Un géant barbu était dressé face à lui. L'homme éclata d'un rire tonitruant.

– Tu étais bien agité pendant ton sommeil ! Tu gémissais tantôt comme une brebis qu'on égorge et tantôt comme une génisse qui se fait engrosser !

– Qui êtes-vous ? lança Giovanni d'une voix mal assurée, sa main sur le fourreau de l'épée.

– Ne crains rien. Je m'appelle Pietro. Je suis le serviteur d'un homme qui habite une maison dans les bois.

Le géant tendit la main à Giovanni pour l'aider à se relever. Le garçon hésita à la saisir. Mais son cœur lui dit qu'il n'avait rien à redouter. Alors il empoigna l'énorme bras velu et bondit sur ses pieds.

– Je m'appelle Giovanni. Que fais-tu de si bonne heure ?

– Je reviens de la ville. J'ai fait la route hier et je

me suis arrêté à la nuit tombante au village d'Ostuni, non loin d'ici.

Il désigna à Giovanni une hotte posée contre un arbre.

– Je rapporte des provisions et bien d'autres choses pour mon maître. Si tu as faim, tu peux te joindre à nous pour déjeuner.

Giovanni sentit que son estomac le tenaillait. Il accepta la proposition du géant et le suivit sur le sentier qui s'engageait dans le bois. Après quelques minutes de marche au milieu des chênes, des hêtres et des châtaigniers, ils parvinrent dans une clairière inondée des doux rayons du soleil matinal. Une maisonnette tout en bois trônait au milieu de la clairière.

– Je l'ai construite de mes propres mains, s'exclama Pietro en lisant la surprise dans les yeux de Giovanni. Ça m'a pris des mois, mais elle nous survivra de plusieurs décennies.

– Pourquoi une telle bâtisse dans un endroit aussi isolé ?

– Parce que mon maître me l'a demandé, poursuivit l'homme, un brin amusé.

– Et qui donc sers-tu ?

– Tu le sauras bientôt.

Le géant pénétra seul dans la maison. Il en ressortit quelques instants plus tard.

– Entre, mon garçon, mon maître t'invite à partager notre repas.

D'un pas hésitant, Giovanni franchit le seuil de la demeure. Il déboucha dans une grande pièce éclairée par deux ouvertures. Il sursauta. Les murs de la salle étaient entièrement recouverts... de livres.

– Ce... ce sont des livres ? demanda le jeune homme, les yeux exorbités.

Un vieil homme était assis au fond de la pièce, dans un confortable fauteuil. Il était assez malingre et son front impressionnant était surmonté d'une couronne de cheveux argentés. Il avait le nez plongé dans un ouvrage. Il releva la tête et fixa Giovanni de son regard perçant.

– Tu en as déjà vu ?

– Oui, mais jamais autant, murmura Giovanni, le souffle court.

– Et tu sais lire ?

– Un peu. Je suis un simple paysan, mais le curé de mon village m'a appris la lecture du latin dans son ouvrage de messe.

– Tiens donc, reprit le vieil homme visiblement intrigué. Et as-tu lu d'autres ouvrages ?

– Hélas non ! Mais j'aimerais tant !

Le vieillard se leva lentement de son siège et tendit son livre à Giovanni. Ce dernier resta coi, les yeux rivés sur l'ouvrage relié d'un fin cuir brun.

– Comment t'appelles-tu ?

– Giovanni... Giovanni Tratore.

– Eh bien prends, mon ami. Et dis-nous si tu arrives à comprendre quelque chose.

Giovanni tendit la main vers le précieux objet. Il en caressa la couverture, l'entrouvrit avec précaution et commença par le humer.

– Quelle bonne odeur !

– C'est bien ainsi qu'il faut accueillir un livre ! s'exclama le vieil homme avec jubilation. Dis-nous maintenant ce qu'il contient. Peux-tu lire le nom de l'auteur et le titre ?

Giovanni laissa filer les pages entre ses doigts jusqu'à la première d'entre elles. Il la scruta quelques instants. Par bonheur le texte était écrit en latin.

– Desiderius Erasmus.

– Bravo ! cria le vieillard visiblement ravi. Et sais-tu traduire cela dans notre belle langue italienne ?

– L'auteur s'appelle Désiré Érasme, je présume, et son livre s'intitule...

Giovanni hésita quelques instants, car cette phrase lui semblait insensée. Mais il ne voyait pas comment traduire autrement ce qu'il venait de lire :

– *Éloge de la folie*...

– C'est exact !

– Mais qu'est-ce que cela signifie ? Comment peut-on faire l'éloge de l'un des pires maux qui puisse s'abattre sur l'homme ?

Le vieil homme plissa les yeux. Décidément ce garçon qu'il ne connaissait que depuis cinq minutes lui plaisait. Bien que paysan, il avait souhaité apprendre à lire et voilà qu'il manifestait maintenant un signe de vraie curiosité intellectuelle.

– C'est justement toute la saveur de ce titre et de cet ouvrage !

Le vieillard saisit la main de Giovanni et l'invita à s'asseoir à ses côtés.

– Tu n'as jamais entendu parler d'Érasme, n'est-ce pas ?

– Jamais.

– Et as-tu une idée de ce qu'est la philosophie ?

– Pas vraiment. Je...

– Tu as reçu une éducation religieuse ? poursuivit le vieillard sur un ton plus dubitatif.

– Le curé nous a enseigné la foi chrétienne et, à

force de lire le missel, j'ai appris de nombreuses choses sur Notre-Seigneur Jésus-Christ. Mais je n'ai pas tout compris.

Le vieil homme passa une main sur son crâne en partie dégarni. Il mesurait l'écart existant entre la soif de connaissance de Giovanni et le niveau plus que rudimentaire de son savoir. Il hésitait à prolonger cette conversation lorsque le jeune homme le relança :

– Vous ne m'avez pas expliqué qui était Érasme et comment on pouvait faire l'éloge de la folie.

– Je vois que tu as de la suite dans les idées. C'est bien ! Nous n'aurions pas assez de la journée pour aborder cette question, mais je peux déjà t'expliquer une chose ou deux.

» Érasme est l'un de mes amis. C'est un prêtre hollandais, mais aussi un philosophe, c'est-à-dire un ami de la sagesse. Il a voyagé à travers toute l'Europe et consacré une bonne partie de son existence à lire et à traduire les sentences des philosophes de l'Antiquité. Son principal souci est d'établir une concorde entre les Saintes Écritures chrétiennes et la philosophie des Anciens. Certains hommes d'Église, tu dois le savoir, condamnent la pensée des philosophes de l'Antiquité, sous prétexte qu'elle n'est point inspirée par Dieu. Des philosophes, quant à eux, ne veulent faire confiance qu'en la raison humaine et rejettent le caractère inspiré des Écritures. Érasme, lui, entend réconcilier les deux, pensant que la raison ne s'oppose nullement à la foi et au contenu de la Révélation. Comprends-tu ?

– Pas très bien, confessa humblement Giovanni. Tout cela est très nouveau pour moi. Mais qu'en est-il du titre de son livre ?

– Érasme cherche ici à dénoncer les mœurs de notre

époque, et notamment celles des princes et des clercs. Comme il s'attaque à l'Église et aux puissants de ce monde, il adopte un ton satirique et met en scène le personnage de la Folie.

Le vieil homme s'arrêta et tendit le livre à Giovanni.

– Regarde par toi-même. Ouvre le livre n'importe où, et lis !

Giovanni se saisit à nouveau de l'ouvrage et l'ouvrit au hasard. Puis il plongea son nez sur le texte imprimé et commença à lire lentement :

– « *Aussi au milieu de toute leur félicité, les princes me paraissent très malheureux : ils n'ont personne de qui entendre la vérité, et sont forcés d'avoir des flatteurs en guise d'amis. On me dira que les oreilles des princes ont horreur de la vérité et que s'ils fuient les sages c'est précisément de crainte que d'aventure il y en ait un d'assez franc pour oser dire le vrai plutôt que l'agréable. C'est un fait, les rois détestent la vérité.* »

– Tu lis fort bien le latin, mon garçon, interrompit le vieillard étonné. Continue donc, je t'en prie.

Soulagé et encouragé par ce premier test concluant, Giovanni tourna quelques pages et reprit sa lecture au hasard. Dans ce passage, Érasme tournait en dérision les philosophes :

– « *Comme ils ne savent rien de tout, ils prétendent tout savoir ; et comme ils s'ignorent eux-mêmes et quelquefois ne voient même pas le fossé ou la pierre sur leur chemin, soit parce qu'ils ont la vue faible pour la plupart, soit parce que leur esprit vagabonde, ils prétendent pourtant voir Idées, universaux, formes séparées, matières premières, quiddités...* »

Le vieil homme se mit à rire.

– C'est de nous qu'il se moque, mais c'est si vrai ! Ah, quel esprit piquant ! Mais ne t'arrête pas en si bon chemin. Lis-nous encore quelques passages. C'est encore meilleur de les entendre dire à haute voix et tu te débrouilles fort bien.

Giovanni replongea les yeux dans le livre et lut quelques lignes consacrées aux questions que se posent les théologiens :

– *« Dieu aurait-il pu s'incarner dans une femme ? Ou dans un diable, et dans un âne, et dans une citrouille, et dans un caillou ? Dans ces conditions comment la citrouille aurait-elle prêché, fait des miracles, été attachée à la croix ? »*

Cette fois, les rires du géant se mêlèrent à ceux du vieil homme, qui fut même pris d'une quinte de toux. Giovanni était aux anges. Non seulement il était capable de lire presque sans hésiter un texte en latin, mais sa lecture suscitait aussi l'hilarité de ses hôtes. Il tourna encore les pages et ses yeux tombèrent sur un long paragraphe concernant les papes. Il reprit son souffle et se lança :

– *« Que d'avantages leur enlèverait la sagesse si elle s'emparait d'eux une seule fois ! Que dis-je la sagesse, mais un seul grain de ce sel dont a parlé le Christ ! Tant de richesses, tant d'honneurs, tant d'autorité, tant de victoires, tous ces offices, toutes ces dispenses, tous ces impôts, toutes ces indulgences, tant de chevaux, de mules, de gardes, tant de plaisirs. Voyez quels trafics, quelle moisson, quel océan de biens j'ai embrassés en quelques mots ! À leur place ils mettraient les veilles, les jeûnes, les larmes, les prières, les sermons, les études, les soupirs, mille peines misérables de ce genre. Et même s'il ne faut pas négliger*

*ce qui arriverait : tous ces rédacteurs, tous ces
copistes, tous ces notaires, tous ces avocats, tous ces
promoteurs, tous ces secrétaires, tous ces muletiers,
tous ces palefreniers, tous ces banquiers, tous ces
entremetteurs, en somme cette immense foule si oné-
reuse – pardon, je voulais dire si honorable – serait
réduite à la famine. C'est vrai, ce serait un acte inhu-
main et abominable, mais il serait encore beaucoup
plus détestable que les grands princes de l'Église eux-
mêmes, vraies lumières du monde, soient ramenés à la
besace et au bâton. »*

– Tout cela est hélas si vrai ! lança vivement le vieil
homme. Allons, mon garçon, tu m'as fait grand plaisir
et ces bons mots m'ont mis en appétit. Nos mets n'éga-
lent point ceux des clercs, mais si tu veux partager
notre déjeuner j'en serais heureux...

Sans attendre la réponse du garçon, il se retourna
vers son serviteur.

– Pietro, prépare-nous une bonne collation.

– Je ne sais comment vous remercier de votre hospitalité, balbutia Giovanni, encore secoué par son effort
de lecture. Je n'ose vous demander qui vous êtes. C'est
si étrange de rencontrer un homme de grand savoir,
ami d'un célèbre écrivain, possédant tant de livres et
vivant dans cette forêt, si loin des villes...

Le vieil homme plissa les yeux de contentement.
Même s'il avait choisi depuis longtemps la solitude, il
lui plaisait d'avoir à parler à ce curieux jeune homme.

– J'ai vécu presque toute ma vie dans la belle ville
de Florence. La connais-tu ?

– Je suis natif d'un petit village de Calabre et ne
connais que la campagne et les quelques bourgs que
j'ai traversés en venant à pied jusqu'ici.

– Et où te rends-tu ainsi, mon garçon ?

– À Venise.

– Venise ! Mais pourquoi t'égarer dans les Abruzzes ? Tu aurais pu longer la côte, ou mieux encore emprunter un navire.

– Je sais, monsieur... mais je voulais prendre mon temps et faire des rencontres intéressantes.

La curiosité du vieil homme était piquée au vif. Qui donc était ce jeune paysan et que cherchait-il ? Il fut interrompu dans ses pensées par son serviteur qui annonça le déjeuner.

Lorsqu'ils furent attablés dans la pièce voisine, Giovanni reprit le cours de la conversation.

– Puis-je vous demander ce que vous faisiez à Florence et pourquoi vous avez quitté cette grande cité pour venir vous cacher ici ?

Le vieillard éclata de rire.

– Tu l'as bien dit, mon garçon, je suis venu me cacher ! Je suis moi-même, comme Érasme, un philosophe, et j'ai publié jadis un simple billet qui n'a plu ni aux autorités politiques, ni aux autorités religieuses. J'ai été banni de la cité et suis parti avec Pietro, mon fidèle serviteur, et tous les livres que j'ai pu emporter. Depuis, les choses ont changé et j'aurais pu revenir à Florence... mais j'ai finalement pris goût à cette vie reculée. Je peux me consacrer entièrement à mes études et je ne suis plus obligé d'assister à ces mondanités qui m'ennuient plus qu'une messe !

– Et qu'étudiez-vous donc ? répliqua Giovanni, les yeux avides.

– Tout ! Je m'intéresse aux sciences de la nature, à la médecine, à la théologie, à la philosophie, à la poésie, aux mouvements des planètes, aux écritures

sacrées... vois-tu, depuis bientôt un siècle notre vieille
civilisation chrétienne est rajeunie par la redécouverte
des penseurs de l'Antiquité grecque et romaine. Certes,
on connaissait durant les siècles précédents la pensée
des plus grands philosophes, comme Platon et Aristote,
mais elle nous était parvenue par les Arabes et bien
souvent on ne possédait pas les textes originaux en
grec. Or, il y a déjà un bon siècle, des manuscrits grecs
du grand Platon ont été introduits en Italie par des
théologiens byzantins. En l'an de grâce 1439, le pape
Eugène IV a convoqué à Florence, ma ville natale, un
concile œcuménique pour tenter de rapprocher l'Église
d'Orient de l'Église d'Occident. Malgré l'échec relatif
du concile, plusieurs savants grecs venus pour l'occasion se fixèrent en Toscane. Sous l'égide du très éclairé
Côme de Médicis, naquit une nouvelle académie, en
référence à l'illustre école fondée par Platon. Côme en
confia la direction à celui qui allait devenir mon
maître : Marsile Ficin. As-tu déjà entendu ce nom ?

– Hélas, non, avoua Giovanni, une nouvelle fois
honteux d'avoir à confesser son ignorance.

– Je l'ai rencontré pour la première fois en 1477. Je
venais d'avoir dix-sept ans. Lui en avait quarante-
quatre et était au faîte de sa gloire.

Giovanni se saisit de cette précieuse information et
calcula que le philosophe devait être aujourd'hui dans
sa soixante-treizième année. Le vieil homme poursuivit
son histoire, le regard de plus en plus pétillant.

– Quelles merveilleuses années ! Dirigée par Marsile, sous la protection de Laurent de Médicis, le
petit-fils de Côme, l'Académie était un lieu de recherches ferventes où nous exhumions ces trésors perdus
de l'Antiquité. Je décidai de consacrer ma vie à la

philosophie. J'appris le grec et devins l'un des plus proches collaborateurs de Marsile. Je l'assistai pour la traduction intégrale des *Dialogues* de Platon, que nous publiâmes en 1484, puis pour celle des *Ennéades* de Plotin, qui fut achevée deux ans plus tard.

Le vieil homme marqua une pause. L'évocation de son passé l'émouvait et son regard semblait absorbé par les images de ces événements. Giovanni en profita pour demander d'une voix timide :

– Qui est Plotin ?

– Ah, Plotin ! Quel esprit admirable ! reprit le philosophe avec enthousiasme. Ce grand admirateur de Platon vécut à Alexandrie et à Rome au cours du IIIᵉ siècle. Il effectua un long voyage en Inde qui le marqua en profondeur. Son œuvre constitue une remarquable synthèse de la pensée antique et reste tout imprégnée aussi de son expérience mystique du Dieu ineffable qu'il nomme l'Un. Pendant que je traduisais Plotin, je m'étais lié d'amitié avec un homme de dix ans mon cadet, à l'intelligence exceptionnelle : Giovanni Pic de la Mirandole. Cet esprit, le plus grand sans doute que j'eusse connu, s'était mis en tête, à peine âgé de vingt-trois ans, de réunir à ses frais, à Rome, tous les savants que comptait la chrétienté, afin de discuter avec eux des neuf cents thèses qu'il venait de publier et qui résumaient toutes les grandes questions philosophiques et théologiques. Mais le pape condamna sept de ses thèses comme contraires à la foi chrétienne. Pic se durcit et publia une *Apologie* qui fit condamner l'ensemble de ses thèses. Il dut renoncer à son projet et s'exila en France où il fut arrêté et emprisonné. Grâce à l'intervention de Laurent de Médicis, il fut finalement livré à notre cité qui l'accueillit avec

joie. J'eus ainsi le bonheur de le voir presque quotidiennement durant les dernières années de sa trop
brève existence, car il décéda en 1494, un an seulement
après avoir été lavé du soupçon d'hérésie, et le jour
même de l'entrée des troupes du roi de France dans
Florence.

Le philosophe s'arrêta de parler, les yeux fixés sur
son jeune interlocuteur. Puis il détourna le regard et, à
voix basse :

– Mais ceci est une autre histoire et mes souvenirs
m'entraînent trop loin. Je voulais juste te dire que j'ai
essayé de suivre la voie de mes maîtres, les illustres
Marsile Ficin et Pic de la Mirandole, qui ont tenté
d'acquérir un savoir universel, sans aucun a priori, sans
aucune frontière de langue ou de religion.

Giovanni se sentait un peu ivre, étourdi par ce qu'il
venait d'entendre. La Providence avait donc mis sur
son chemin un homme au « savoir universel ». Il n'en
croyait pas ses oreilles.

– Tu n'as guère d'appétit, lança Pietro au jeune
homme, constatant qu'il n'avait touché ni au pain, ni
au fromage, ni à la tranche de lard déposés dans son
assiette.

– Si... j'ai très faim au contraire ! Mais je suis si
ému d'avoir rencontré quelqu'un tel que vous,
monsieur...

– Appelle-moi Maître Lucius, comme mon bon
Pietro et mes anciens élèves de l'Académie.

Giovanni se dit qu'il rêverait d'aller apprendre en
un tel lieu. Puis il songea qu'il avait là, devant lui, le

maître capable de lui transmettre toutes ces connaissances.

Il devait rester ici. Le temps nécessaire à ses études,
le temps de défricher, d'ensemencer cette ignorance
dont il saurait bien faire un verger. Oui, il en était
convaincu. Et c'était là une belle occasion de se rapprocher d'Elena. Mais comment obtenir de ce maître
et de son cerbère la permission de vivre parmi eux ?

## 22

Jusqu'à la fin du repas, Maître Lucius interrogea longuement Giovanni sur lui-même. Le garçon lui parla à cœur ouvert et lui raçonta toute son histoire. Il omit juste de narrer les événements des deux jours précédents, de peur que le philosophe ne le crût pas et le chassât sur-le-champ.

Le vieil homme fut touché par l'intelligence et la pureté du cœur de Giovanni. Pendant qu'il l'écoutait, lui venait l'envie de transmettre son savoir à un jeune esprit tel que le sien, vierge de toute connaissance. De plus, la relative maîtrise qu'avait le garçon de la langue latine, même si elle devait être perfectionnée, faciliterait considérablement son apprentissage. Il se demandait si la Providence ne lui avait pas envoyé ce jeune homme afin que, au crépuscule de sa vie, il puisse transmettre l'essentiel de son savoir et de sa pensée. Il décida de s'accorder un peu de réflexion et d'observer attentivement Giovanni, son caractère, et surtout sa persévérance et sa motivation à l'étude.

Sitôt le repas achevé, il lui demanda s'il souhaitait rester quelques jours. Giovanni fut transporté de joie en entendant prononcer ces paroles et ne put s'empêcher de répondre :

– Plusieurs semaines, ou même plusieurs mois si vous le souhaitez !

– Et Elena ! N'oublie pas que tu as quitté ton village et ta famille pour rejoindre cette charmante personne... non pour vivre avec un vieillard irascible ! plaisanta Maître Lucius, ravi de constater l'enthousiasme du garçon.

Puis il le confia aux soins de Pietro pour qu'il lui montrât la maison et lui expliquât leurs habitudes de vie. Le géant proposa à Giovanni de le suivre dans la forêt pour rapporter du bois.

– Je ne me suis pas trompé en t'amenant ici, je crois que tu plais à mon maître, dit l'homme en ramassant du bois mort.

– Je ne sais. Mais je suis si heureux qu'il m'ait proposé de rester parmi vous. Je ne te remercierai jamais assez de m'avoir proposé de te suivre chez ton maître : quel homme extraordinaire !

– Plus encore que tu ne peux l'imaginer. C'est un érudit qui parle le grec, le latin et six langues vulgaires en plus de l'italien. Mais surtout c'est un philosophe et un astrologue illustre dans toute la Chrétienté !

Giovanni marqua un temps d'arrêt. Il ignorait ce qu'était un astrologue.

– Et toi-même, s'empressa-t-il pour faire diversion, as-tu toujours été au service de Maître Lucius ? N'as-tu jamais été marié ?

– Jamais ! Oh, j'ai eu bien des aventures galantes quand nous vivions à Florence, ou même quand j'accompagnais mon maître en voyage. Mais comme lui, je n'ai jamais eu le goût de vivre avec une femme et d'élever des enfants. Et vois-tu, avec l'âge, le désir des femmes m'est presque passé.

– Et tu étudies aussi avec ton maître ?

– Pas vraiment. Je connais certaines choses parce qu'il m'en parle, ou bien parce que j'entends des conversations lorsque quelques rares visiteurs viennent le voir. Cela fait plus de trente ans que je suis à son service, et bientôt treize que nous vivons ici ! Mais, contrairement à toi, je ne sais pas lire le latin. Mes livres à moi, ce sont les armes !

– Les armes ! reprit Giovanni avec étonnement. Que veux-tu dire ?

– J'ai été maître d'armes chez un noble florentin, le Seigneur Galfao. Dès l'âge de dix ans, j'ai appris à manier l'épée, l'arbalète, le couteau et la lance ! Puis je suis devenu le chef de sa garde personnelle et j'ai enseigné le maniement des armes à bien des hommes.

– Pourquoi as-tu quitté ce seigneur pour servir Maître Lucius ?

– À cause d'une femme !

Interloqué, Giovanni regarda le géant qui poursuivit, un sourire amusé sur les lèvres :

– J'ai fait cocu mon maître ! Il m'a chassé et aucun autre noble n'a voulu me prendre à son service de peur de lui déplaire. Je pensais quitter la ville et m'engager comme mercenaire, mais j'ai finalement été recruté comme garde personnel par Maître Lucius. Il était alors illustre à Florence, mais recevait maintes menaces en raison de ses prises de position religieuses et politiques. Quand il dut s'exiler, je décidai de l'accompagner et je devins une sorte d'homme à tout faire... et à bientôt soixante ans, je suis toujours là !

Une idée traversa l'esprit de Giovanni.

– Tu sais encore te servir d'armes ?

– Pour sûr ! J'ai ici de quoi équiper un régiment !

Et plus d'une fois j'ai dû en faire usage pour chasser des brigands qui rôdaient autour de la maison.

– Si je reste quelque temps, tu accepteras de m'initier au maniement de certaines armes, comme le couteau ou l'épée ?

Pietro se releva lentement et toisa Giovanni, les deux mains vissées sur ses larges hanches.

– Rien ne pourrait me faire plus plaisir, mon garçon !

Giovanni passa les jours suivants en état de grâce. Il remercia le Ciel de cette rencontre qui lui avait presque fait oublier celle, si perturbante, de Luna. Avec un zèle extraordinaire il aida Pietro aux diverses tâches ménagères, travailla son latin avec assiduité et dévora en moins de deux jours la traduction latine du *Manuel* d'Épictète, que Maître Lucius avait mis entre ses mains. Il commença aussi à s'entraîner avec Pietro au maniement de l'épée. Il aimait cette alternance d'études intellectuelles et d'exercice physique et appréciait fort la compagnie des deux hommes, si différents par leur caractère. Autant Pietro était une sorte d'ours jovial et tendre, autant Maître Lucius se révélait d'une grande sévérité et pouvait piquer des colères aussi brèves que violentes. Peu importait à Giovanni, qui savait apprécier la générosité avec laquelle le philosophe l'enseignait.

L'épreuve de vérité eut lieu le huitième jour après son arrivée. Maître Lucius le convoqua juste après le déjeuner. Il avait l'air plus grave que d'habitude. D'un ton presque solennel, il demanda à Giovanni de s'asseoir sur un tabouret, face à lui.

– Mon garçon, commença-t-il en s'éclaircissant la

voix, cela fait maintenant une bonne semaine que tu partages notre vie et que, selon ton vœu, tu reçois mes enseignements et ceux de Pietro. Que souhaites-tu pour l'avenir ?

Giovanni resta silencieux quelques instants. Puis il dit d'un ton assuré :

– Maître, je souhaite de tout mon cœur rester auprès de vous pour continuer à apprendre.

– Fort bien. Mais sais-tu ce que cela signifie ?

Giovanni, décontenancé, répondit d'un ton hésitant :

– De suivre avec assiduité vos cours, de travailler sans relâche à étudier...

– Certes, mais cela t'engage aussi dans la durée. Car je n'envisage aucunement de transmettre ne serait-ce qu'une partie de mon savoir à quelqu'un de volage ou de superficiel qui s'en irait, selon son humeur, faire son miel ailleurs après avoir butiné quelques fleurs parfumées. Sache que tu t'engages dans une voie longue et difficile. Une solide formation intellectuelle peut prendre des années, même en t'y consacrant totalement. Si tu as l'intention de rester ici quelques semaines ou quelques mois, mieux vaut passer ton chemin et rejoindre ta belle au plus vite.

Les paroles du vieil homme étaient dures au cœur de Giovanni. Mais elles l'obligeaient à trancher dans le vif d'une ambiguïté intérieure dont il prenait conscience. Il avait toujours eu soif de connaissance. L'acquisition d'un savoir était pour lui une fin en soi. En même temps, son désir de rejoindre Elena et de conquérir son cœur était devenu sa priorité et il voyait les études comme le meilleur moyen de parvenir à cette fin. Autrement dit, il ne prendrait pas le risque de perdre Elena pour cultiver son intelligence. Or son maître lui faisait clairement comprendre qu'il ne pouvait subordonner l'apprentissage de la philosophie à l'amour d'une femme. Il lui fallait s'engager dans cette voie sans arrière-pensées, de tout son corps et de toute son âme. Cet engagement pourrait prendre des années. Aurait-il la patience d'attendre si longtemps avant de retrouver sa bien-aimée ? Et celle-ci ne risquait-elle pas de se trouver engagée lorsqu'il la reverrait ? Le danger était énorme. À peine une semaine plus tôt, il ne l'aurait pas pris. Aujourd'hui, alors qu'il venait de goûter avec délices au bonheur de s'instruire, il lui devenait beaucoup plus difficile de choisir.

– Combien de temps devrais-je rester auprès de vous ? finit-il par demander au vieil homme.

Le philosophe se frotta le menton d'un air pensif.

– Il m'est impossible de te répondre avec certitude. Cela dépend de tes capacités et de ton ardeur à apprendre. Mais disons qu'il n'est pas envisageable que tu demeures à mes côtés... moins de trois années.

« Trois années », se répéta Giovanni en frissonnant. Trois années sans revoir Elena ! Cela lui semblait au-dessus de ses forces. Il demanda à son maître un temps de réflexion. Ce dernier lui accorda jusqu'au lendemain matin.

Giovanni passa donc la journée et la nuit à ruminer cette cruelle alternative. Quoi qu'il décidât, il lui fallait faire un vrai sacrifice.

Lorsque le soleil se leva, Giovanni était épuisé par cette lutte intérieure. Mais il avait pris sa décision.

Comme tous ceux qui ont eu à effectuer un choix douloureux, il se sentait maintenant soulagé. Il avait compris que Maître Lucius et Pietro lui offraient l'occasion de devenir un homme. Un homme épanoui physiquement, capable de se battre, de se défendre ou de défendre les autres contre brigands et maraudeurs. Un homme épanoui intellectuellement et moralement, capable de se connaître et de comprendre le monde. Au risque terrible de perdre Elena, il ne pouvait renoncer à cette opportunité. Il savait aussi que si Elena était encore libre lorsqu'il la reverrait, ses chances de conquérir son cœur en seraient décuplées.

Il alla trouver Maître Lucius qui arrosait le potager.

– Maître, dit-il sobrement. Ma décision est prise : je reste auprès de vous le temps qui vous semblera nécessaire à ma formation.

**23**

Les mois qui suivirent furent les plus exaltants de la jeune existence de Giovanni.

Les exercices quotidiens en compagnie de Pietro lui faisaient ressentir son corps différemment. Il était plus souple et percevait mieux chacun de ses muscles. L'entraînement au maniement de l'épée lui donnait de surcroît une agilité et une vivacité nouvelles.

Mais il se sentait plus transformé encore par Maître Lucius. Le vieil homme avait décidé de mener plusieurs cours en parallèle. Un cours de latin, afin que son jeune étudiant parvienne à maîtriser la langue des lettrés, indispensable pour lire la plupart des ouvrages de philosophie et de théologie. Un cours d'Écritures saintes et de théologie. Un cours de grec, afin qu'il puisse lire les principaux philosophes et les Évangiles dans le texte. Un cours de philosophie enfin, non seulement pour qu'il acquière une bonne connaissance des grands thèmes de la morale, des sciences naturelles et de la métaphysique, mais surtout pour qu'il apprenne à penser par lui-même, qu'il développe son esprit critique et ses capacités de discernement.

Car pour Maître Lucius, philosopher signifiait certes acquérir un savoir, mais surtout développer la faculté de raisonner et d'agir sans a priori. Philosopher, c'était apprendre à vivre en être humain lucide, libre et responsable.

Pour lui, comme pour son ami Érasme, la philosophie ne s'opposait pas à la foi. Elle permettait simplement à la foi d'être plus mûre, plus personnelle, plus justement critique envers les dogmes et les institutions.

Comme son ami hollandais, Maître Lucius reprochait à l'Église d'avoir tourné le dos aux idéaux évangéliques qui avaient présidé à sa fondation. Il la critiquait violemment, parce qu'il l'aimait et qu'il souhaitait la voir revenir à la simplicité et à la pureté de ses origines, lorsque Jésus haranguait ses disciples sur les routes de Judée ou de Galilée, les exhortant à tout abandonner pour le suivre. Or l'Église, et tout particulièrement Rome, était devenue au fil des siècles l'un des principaux lieux de pouvoir et de corruption, d'intrigues politiques, de débauche sexuelle et de culte de l'argent.

C'est la raison pour laquelle un jeune moine allemand, nommé Martin Luther, s'était révolté contre le pouvoir romain. Il avait exigé l'abandon de la pratique des indulgences, qui consistait à vendre le pardon des péchés pour éviter les peines du purgatoire dans la vie future. À la suite d'Érasme, il appelait l'Église à s'engager dans une profonde réforme des mœurs et à revenir au message premier du Christ. Imprégné des idées des humanistes, il demandait aussi qu'on traduise la Bible en langue du commun pour que chaque fidèle puisse la lire et exercer son esprit critique sur ce qui relève des principes évangéliques et ce qui relève du dogme romain. Une dizaine d'années auparavant, en janvier 1521, l'Église avait excommunié Luther, mais ses idées ne cessaient de se répandre dans toute l'Europe du Nord et certains princes le soutenaient.

En dehors des cours, Maître Lucius abordait aussi avec son jeune disciple ces questions brûlantes et qui le passionnaient. Il lui expliqua qu'il avait dû quitter Florence quelques mois après la rupture entre Luther et Rome, car il avait vivement condamné, dans un petit opuscule, l'excommunication de l'ancien moine de Wittenberg.

Un jour, alors que l'hiver touchait à sa fin, Giovanni demanda à son maître pourquoi il n'avait pas lui-même rejoint le camp des réformateurs, puisqu'il semblait partager l'essentiel des vues de Martin Luther.

– À cause d'une question philosophique et théologique majeure, répondit le vieil homme : celle du libre arbitre.

– Le libre arbitre..., murmura Giovanni.

La question de la destinée et de la liberté humaines était au cœur de ses préoccupations. Depuis qu'il avait rencontré la sorcière et qu'elle lui avait prédit sa destinée, il se demandait s'il était possible à l'homme d'en changer le cours par l'exercice de la liberté, ou s'il était condamné à se débattre en vain.

Mais le destin, entendu comme une partition écrite par la volonté divine, existe-il ? L'être humain n'est-il pas seulement prédisposé par les conditions de sa naissance, par sa langue, sa famille, son éducation ? La grandeur de sa liberté ne consiste-t-elle pas, par un effort d'étude et de réflexion, à être lucide sur ces déterminations concrètes et à lui permettre de choisir librement sa vie ? N'est-ce pas ce que lui-même faisait en choisissant de demeurer auprès de Maître Lucius plutôt que de repartir vers Venise, comme son désir l'y poussait ?

Toutes ces questions hantaient Giovanni et il fut d'autant plus éveillé à la remarque de son maître sur le « libre arbitre ». Il attendait patiemment que celui-ci lui expliquât ce que signifiait cette notion et en quoi elle avait motivé son refus d'adhérer à la réforme luthé-rienne. Ce serait aussi l'occasion, se disait Giovanni, de l'interroger sur cette question de la liberté et du destin.

Après un long silence, le vieillard finit par se lever de son siège. Il se rendit au milieu de la pièce princi-pale, demanda à Giovanni de l'aider à pousser la table et les chaises, puis tira le tapis. Une trappe apparut aux yeux stupéfaits du jeune homme.

– Tu vas découvrir ma bibliothèque secrète, lança-t-il sur un ton enjoué. Ouvre la trappe, je vais chercher un cierge pour nous éclairer.

Les deux hommes descendirent dans une petite cave en terre. À droite de l'escalier il y avait un coffre en bois, d'assez grande taille. Le vieil homme l'ouvrit avec une clef qu'il portait à son cou. Le coffre rempli de paille contenait une trentaine d'ouvrages.

– Les trésors de ma bibliothèque personnelle, commenta le philosophe.

– Vous avez peur des brigands ? demanda Giovanni.

– Non, les livres intéressent peu les voleurs de ces contrées. Mais je redoute qu'un incendie ne détruise ces ouvrages qui me sont si chers. Ici, il n'y a rien à craindre !

Maître Lucius dégagea quelques ouvrages de la

paille. L'un d'eux attira l'attention de Giovanni. Le dos était épais et magnifiquement relié.

– Quel beau livre, murmura Giovanni, admiratif.

– Ah, tu as remarqué la perle de ma collection !

Le philosophe se saisit de l'ouvrage et l'ouvrit.

– C'est un livre d'une grande rareté écrit par un astrologue arabe du nom d'Al-Kindî. Tu as là l'unique copie en latin. Ce livre est d'une valeur inestimable et je crains qu'il ne finisse par souffrir de l'humidité de cette cave.

Puis il le rangea avec soin, avant de s'emparer d'un autre ouvrage. Il referma le coffre et remonta les sept marches de l'escalier sur les talons de Giovanni qui portait la lumière. Pendant que le jeune homme refermait la trappe et remettait en place tapis et mobilier, le vieil homme alla chercher deux autres ouvrages dans sa bibliothèque. Il tendit les trois livres à Giovanni.

– Tiens, mon garçon.

Giovanni se pencha sur le précieux butin. Le premier livre était bref : il s'agissait d'une épître de l'apôtre saint Paul, l'*Épître aux Romains*, qu'il n'avait pas encore lue. Le deuxième était un petit livre d'Érasme intitulé *Diatribe sive Collatio de Libero arbitrio* – « Diatribe ou confrontation sur le libre arbitre ». Il s'agissait de l'édition originale publiée à Bâle en 1524, soit tout juste dix ans auparavant. Le dernier était un ouvrage de Luther publié en 1525 et intitulé : *De servo arbitrio* – « Du serf arbitre ». Les trois livres étaient écrits en latin.

– Tu as là trois textes essentiels pour discuter de la conception chrétienne de la liberté humaine. Je vais te donner quelques lumières sur ce point et t'expliquer ainsi la raison pour laquelle je n'ai pas suivi Luther.

Mais auparavant lis le début de l'épître de Paul, c'est un tel plaisir d'entendre ces textes à haute voix !

Giovanni ouvrit le petit livre et, la gorge serrée, commença sa lecture : « *Paul, serviteur du Christ Jésus, apôtre par vocation, mis à part pour annoncer l'Évangile de Dieu...* »

## 24

« ... *Nous qui croyons en celui qui ressuscita d'entre les morts Jésus Notre-Seigneur, livré pour nos fautes et ressuscité pour notre justification.* »

— Arrête-toi là, commanda le vieil homme, tandis que Giovanni venait d'achever la lecture de la première partie de la lettre de Paul. Voici la clef de voûte de tout l'édifice de la pensée paulinienne. Pour que tu comprennes bien cette pensée, qui aura tant d'influence au long des siècles et jusqu'à cette querelle entre ces deux grands esprits que sont Érasme et Luther, je vais te dire quelques mots sur Paul qui fut le véritable fondateur de la religion chrétienne.

— N'est-ce point Notre-Seigneur Jésus-Christ qui fonda la religion qui porte son nom ? s'étonna Giovanni.

— Ce n'est pas si simple ! Jésus vécut une vie cachée pendant trente ans et prêcha aux foules pendant trois ans avant de mourir sur la croix. Puis, selon le témoignage de ses disciples, il ressuscita d'entre les morts et passa encore quarante jours au milieu d'eux avant de quitter définitivement notre monde. Jésus était un Juif pratiquant et il parla essentiellement à des Juifs pour les amener à vivre la Loi transmise par Moïse selon l'esprit et non la lettre, rappelant sans cesse que seul compte l'amour. C'est en quelque sorte un grand réformateur de la religion juive, mais jusqu'où voulait-il aller dans cette réforme ? Cela n'est pas toujours clair si l'on s'en tient aux quatre Évangiles, qui racontent sa vie et son enseignement et qui ont été écrits plusieurs décennies après sa mort. Mais à côté de ces Évangiles, un homme a écrit de nombreuses lettres, ou épîtres, qui ont considérablement influencé l'Église des premiers temps et l'ont démarquée de la religion de la synagogue. Cet homme s'appelait Saul.

» C'était un Juif savant et pieux. Plusieurs années après la mort de Jésus, il avait commencé à persécuter les disciples du Christ – comme tu le sais sans doute, ce mot signifie « oint », c'est-à-dire béni, choisi par Dieu. Un jour, alors qu'il se rendait à Damas pour faire arrêter des chrétiens, il fut terrassé et entendit une voix venue du ciel : « Pourquoi me persécutes-tu ? » C'était Jésus-Christ lui-même qui parlait. Saul se convertit au Christ, prit le nom de Paul et épousa la foi des disciples de Jésus. Dès lors, il devint sans doute l'apôtre le plus zélé pour répandre l'Évangile, c'est-à-dire « la Bonne Nouvelle » du Christ, Fils de Dieu, mort et ressuscité pour le salut des hommes. Car avant même les autres apôtres, il fut convaincu du caractère universel du Salut apporté par l'Élu de Dieu.

– Je ne suis pas sûr de comprendre, lança timidement Giovanni. Quelle différence existe-t-il entre la conception juive du Salut et celle des disciples du Christ ?

– J'y viens, j'y viens, car c'est le cœur du problème que j'entends t'expliquer, reprit le vieil homme. Selon les Écritures juives, en effet, l'homme était juste devant Dieu parce qu'il observait les préceptes de la Loi donnée par Moïse. C'est pour cette raison que Pierre,

Jacques – le frère de Jésus – et les autres apôtres voulaient imposer aux nouveaux convertis les commandements de la Loi juive. Mais Paul avait une autre
interprétation de l'enseignement du Christ. Pour lui,
depuis la venue du Christ, l'homme n'était plus justifié
devant Dieu par l'observance de la Loi, mais par sa
seule foi en Jésus-Christ, Fils de Dieu et sauveur
de l'humanité. Il n'était dès lors pas nécessaire de
demander aux nouveaux disciples issus du paganisme
d'observer les nombreux préceptes de la Loi juive,
comme le prescrivaient les apôtres. Seule la foi en
Christ suffisait à les rendre justes devant Dieu. Paul
l'explique longuement tout au long de son épître en
développant la doctrine du « péché originel » : la mort
est une conséquence du péché du premier homme de
l'humanité – Adam – et Jésus est le nouvel Adam,
envoyé par Dieu, qui vient nous libérer de la malédiction de la mort, prenant sur lui toutes nos fautes pour
nous ouvrir les portes de la Vie éternelle.

– Et Paul parvint à convaincre les autres apôtres, qui
avaient pourtant connu Jésus-Christ en chair et en os ?
s'étonna Giovanni.

– Il suscita une vive polémique ! Pierre convoqua
une grande discussion à Jérusalem, réunion qui fut
considérée par la tradition comme le premier concile
de l'Église naissante. Paul argumenta si bien, rappelant
les faits et gestes de Jésus rapportés par les disciples
eux-mêmes, qu'il finit par convaincre les plus réticents.
La véritable rupture par laquelle la religion du Christ
se développe en dehors de la communauté juive date
de là. Paul était persuadé que l'annonce du Christ sauveur s'adressait à tout homme, quelles que soient sa

langue ou la couleur de sa peau, pour qu'il reçoive la Vie éternelle par la foi en Jésus-Christ.

Le vieillard marqua une pause. Il ferma les yeux quelques instants, puis il sourit à Giovanni et continua d'une voix grave :

– Venons-en maintenant à la question du libre arbitre. Par la suite, les premiers penseurs chrétiens, que l'on appelle les pères de l'Église, ont tenté de rendre compte de ce Salut opéré par la grâce de Dieu – car la foi est un don de Dieu – mais aussi en insistant sur la part de mérite qui revient à l'homme. Ils ont ainsi établi que l'homme coopérait à son Salut en accueillant librement le don de la foi et en faisant des œuvres bonnes, signes et gages de sa foi en Jésus. Autrement dit, même si le Salut est donné une fois pour toutes par Jésus-Christ, l'homme reste libre de l'accepter ou de le refuser et doit manifester par des actes justes sa conversion à la foi chrétienne. Certains théologiens ont particulièrement insisté sur la liberté humaine. Pélage était ainsi convaincu que l'homme ne pouvait être sauvé sans participer activement à son salut par des œuvres bonnes. Augustin l'a fortement combattu, affirmant que si l'homme possédait bien une part de libre arbitre, celle-ci était très faible et que le Salut était essentiellement le fruit de la grâce divine.

» S'appuyant sur l'*Épître aux Romains* de Paul et sur les écrits de saint Augustin contre Pélage, Luther a fait un pas de plus et en est venu à affirmer que l'homme était sauvé uniquement par la grâce divine et par sa foi en Jésus-Christ. Cette position conduit à supprimer toute idée de participation de l'homme à son Salut, donc de libre arbitre. Selon la doctrine professée par Luther, on est obligé d'affirmer que Dieu a prédestiné certains hommes à posséder la foi et à être sauvés quelles que soient leurs œuvres, et d'autres, qui n'ont pas reçu le don de la foi, à être damnés quelles que soient leurs œuvres. Même s'il ne le dit pas aussi clairement, ses disciples ne s'en privent pas, tel son ami Jean Calvin.

Giovanni réfléchit quelques instants. Cette position lui semblait très surprenante. Comment un Dieu entièrement bon pouvait-il choisir de toute éternité de sauver certains hommes et de condamner les autres, sans tenir compte de la liberté et des actes de chacun ? Il interrogea le vieil homme sur ce point.

– C'est précisément pour cela que je ne puis suivre Luther ! Bien que j'épouse ses vues sur le grand dépoussiérage dont l'Église a besoin, sur le scandale de la vente des indulgences, sur la nécessité de réduire le nombre des sacrements et l'autorité du pape ou encore sur l'utilité pour chaque chrétien de lire la Bible et d'exercer son esprit critique. Poussée jusqu'au bout, sa théologie fait de Dieu une sorte de tyran cruel qui choisit – selon quels critères ? – de justifier certains hommes et d'en réprouver d'autres et fait finalement de l'être humain un pantin dépourvu de toute liberté. Tiens, lis donc ce passage du livre écrit par Luther en réponse à celui d'Érasme qui lui reprochait sa doctrine sur le libre arbitre.

Le philosophe ouvrit le traité *Du serf arbitre* et le tendit à Giovanni. Le jeune homme vit que quelques lignes étaient soulignées :

– « *Ainsi la volonté humaine est placée entre deux, telle une bête de somme. Si c'est Dieu qui la monte, elle veut aller et elle va là où Dieu veut, comme dit le Psaume : "Je suis devenu comme une bête de somme ;*

*et je suis toujours avec toi." Si Satan la monte, elle veut aller et elle va là où veut Satan. Et il n'est pas en son arbitrage de courir vers l'un ou vers l'autre de ces cavaliers ou de le chercher ; mais ce sont les cavaliers eux-mêmes qui se combattent pour s'emparer d'elle et la posséder. »*

Le vieil homme s'insurgea avec véhémence :

– Ce Dieu qui s'empare des uns et livre les autres au pouvoir du démon n'est pas le mien ! Car cela revient à dire, puisque Dieu est Tout-Puissant et l'homme totalement impuissant, que Dieu est la cause non seulement du bien, mais aussi du mal. C'est bien ce que mon ami Érasme a compris et c'est la raison pour laquelle il a écrit sa *Diatribe sur le libre arbitre*.

Le philosophe se saisit de l'ouvrage et l'ouvrit vers la fin.

– Érasme conclut à juste titre que la théorie de Luther conduit à ce terrible paradoxe selon lequel « *Dieu couronne chez les uns ses propres bienfaits par la gloire éternelle et punit chez les autres ses propres méfaits par les éternels supplices* ». Cette position est intenable pour nous. En tant que chrétiens, nous ne pouvons souscrire à cette représentation d'un Dieu si cruel et, en tant qu'humanistes, nous ne pouvons accepter que l'homme soit ainsi totalement dépourvu de libre arbitre. Je crois, hélas, que Luther a abaissé l'homme en voulant glorifier Dieu. Nous entendons au contraire glorifier Dieu en élevant l'homme. Car c'est la grandeur de Dieu d'avoir créé un homme libre et c'est la grandeur de l'homme de pouvoir librement reconnaître Dieu et coopérer à son Salut par la foi, mais aussi par ses actes, fussent-ils inspirés et soutenus par la grâce divine ! Nous partageons avec Luther son souci de réhabiliter la parole et la pensée de chaque individu face à la tyrannie du pouvoir romain qui entend régenter la foi de tous. En cela, Luther est aussi un vrai humaniste et c'est la raison pour laquelle je l'ai jadis fortement soutenu, au prix de l'exil, contre les autorités ecclésiastiques lorsqu'il fut excommunié. Mais nous ne pouvons accepter que cette libération de la tutelle romaine se fasse au prix de la liberté humaine. Or sur cette question du libre arbitre, c'est l'Église romaine, malgré tous ses défauts, qui tient le discours qui sauve la dignité humaine !

Giovanni se sentait pleinement en accord avec les propos de son maître. Il lui semblait en effet qu'il valait mieux être libre qu'esclave, quitte à perdre son âme en choisissant le mal plutôt que le bien.

— Mais pourquoi Luther a-t-il opté pour cette solution théologique qui contredit la longue tradition de l'Église ? demanda-t-il.

— C'est une bonne question. Je me la pose depuis longtemps, et je crois que la réponse est dans le caractère de l'ancien moine. Luther, à ce qu'il en a dit lui-même dans maints écrits, était rongé par la peur. Il était entré au couvent pour honorer un vœu fait à la Vierge Marie une nuit où il fut terrorisé par un violent orage. Une fois au monastère, il fut si tourmenté par son Salut qu'il multiplia les austérités et les jeûnes. En fait, il était imprégné par une mauvaise prédication du Salut par les œuvres au détriment de la foi et de la grâce, et il se sentait intérieurement si incapable de faire son Salut par ses propres efforts, qu'il bascula dans une conception tout opposée, selon laquelle l'homme n'est pour rien dans son Salut ou sa damnation. Il expliqua lui-même comment il fut libéré de ses tourments en relisant l'épître de Paul aux Romains et en l'interprétant d'une manière telle que le Salut dépendait entièrement de la foi donnée par la grâce, et non des œuvres. Dès lors, la peur de la damnation éternelle le quitta. Puisque Dieu lui avait donné la foi, il était sauvé, quels que soient ses actes, bons ou mauvais. Il quitta le monastère, épousa une ancienne religieuse, prit plaisir à boire et à manger et cessa de se préoccuper de son Salut !

– Je comprends. Mais quel est précisément votre point de vue sur cette question ?

– Avec Érasme et la grande tradition chrétienne, je crois que l'homme doit son Salut à Dieu, mais qu'il y coopère par son libre arbitre et ses bonnes actions. Je concède toutefois à Luther qu'il est plus difficile de vivre avec cette responsabilité qu'avec la conviction que, quoi qu'on puisse faire, bien ou mal, nous sommes sauvés... tandis que les incroyants sont réprouvés !

– Et qu'en est-il pour vous du Salut de ceux qui n'ont pas la foi chrétienne, comme les païens, les Juifs ou les fidèles d'Allah ?

– Je crois que, sans le savoir, ils reçoivent la grâce du Christ et sont aussi sauvés, comme les chrétiens, selon la miséricorde de Dieu et leurs bonnes actions. La lecture assidue des philosophes grecs, et notamment du divin Platon, m'a convaincu que ces grands penseurs ont parfois plus reçu de grâces et de lumière divine que bien des évêques de la Sainte Église !

Giovanni réalisa que lui-même ne savait pas s'il avait vraiment la foi. Il croyait de manière naturelle, mais sans que cette foi soit mûrie, réfléchie ou vivante. Et depuis qu'il lisait les philosophes païens de l'Antiquité, il se sentait plus proche de leurs opinions que de bien des propos de la Bible, dont il ne comprenait pas le sens ou qui le heurtaient.

Cette question du Salut le préoccupait dans la mesure où il se demandait si sa vie était tracée, si son destin était écrit et s'il ne pouvait rien y changer, comme le pensaient les disciples de Luther, ou bien s'il était libre et responsable de ses actes et de son existence.

– Et que pensez-vous, à la lumière des doctrines des philosophes, du destin et du libre arbitre ?

Maître Lucius se leva et alla choisir un livre dans sa bibliothèque. Il le tendit à Giovanni avec un sourire.

– Tiens, lis déjà cela ! C'est l'introduction des neuf cents thèses que mon ami Giovanni Pic de la Mirandole voulait soumettre à tous les savants de son époque et qui furent condamnées par le pape. C'est une petite merveille et tu trouveras dedans ce que je pense sur la liberté humaine.

Giovanni remercia son maître et sortit de la maison. Il s'éloigna et s'assit au pied d'un vieux chêne moussu. Il ouvrit le petit livre et lut son titre : *De hominis dignitate* – « De la dignité humaine ». Puis, avec émotion, il en commença la lecture : « *Très vénérables Pères, j'ai lu dans les écrits des Arabes que le Sarrasin Abdallah, comme on lui demandait quel spectacle lui paraissait le plus digne d'admiration sur cette sorte de scène qu'est le monde, répondit qu'il n'y avait à ses yeux rien de plus admirable que l'homme.* »

Le jeune homme ferma les yeux quelques instants, releva la tête vers le ciel, goûta le bonheur du soleil printanier qui caressait son visage à travers les feuillages et soupira profondément. « C'est vrai, se dit-il. Quelle chance d'être homme et non point bête ou plante, sans esprit pour pouvoir questionner et contempler les mystères du monde, ou bien ange céleste, sans corps pour pouvoir jouir des plaisirs de la Terre. »

## 25

Les semaines passèrent, durant lesquelles Giovanni lut et relut le petit ouvrage de Pic de la Mirandole qui le mettait dans l'enthousiasme.

Pendant ce temps, Maître Lucius continuait à lui enseigner les matières fondamentales et Pietro à l'entraîner au maniement des armes.

Giovanni parvenait à manier l'épée avec habileté. Au-delà du simple exercice physique et même de l'utilité qu'il pourrait en tirer, il trouvait là une véritable continuité avec son travail intellectuel. Tout comme ses études, le combat demandait rigueur, discipline et précision. Le geste devait être aussi précis que la pensée.

Bien que ses journées fussent fort occupées, Giovanni pensait constamment à Elena. Ou plutôt Elena était présente en lui, sans même qu'il eût besoin de penser à elle. Elle demeurait là, à chaque instant de sa vie. Que son corps soit occupé à manger ou à couper du bois, que son esprit soit absorbé par une question philosophique ou un problème de grammaire latine, il était toujours relié à la jeune femme, et l'image de son visage aux yeux clos restait gravée dans sa mémoire.

Le soir, avant de s'endormir, il prenait le temps de la contempler. De s'attarder sur le dessin de sa bouche, de ses sourcils. Il plongeait dans ses cheveux défaits, se saisissait de sa main si blanche. Mais toujours, il caressait ses paupières closes. Il n'avait pu voir ni son regard, ni la couleur de ses yeux. Alors tous les possibles chantaient en lui.

Le printemps s'ouvrait déjà sur l'été et, à l'image de la nature, l'esprit et le corps de Giovanni sortaient du long hiver de l'apprentissage le plus élémentaire, pour commencer à jouir des premiers fruits du dur labeur. Il progressait si bien que son maître accéléra son programme et lui fit bientôt lire Platon et Aristote dans le texte. Platon avait connu le génial Socrate et le mettait en scène à travers des dialogues de son invention qui permettaient d'exposer de manière très vivante les thèses les plus importantes de sa philosophie. Aristote était resté pendant vingt ans à l'Académie, la célèbre école fondée par Platon. Puis il avait quitté son maître pour créer sa propre école, le Lycée. Son tempérament, comme son enseignement, différait en de nombreux points de son illustre maître. Autant Platon était un idéaliste tourné vers les choses célestes, préoccupé surtout de l'âme immortelle et rêvant d'une cité idéale, autant Aristote était un réaliste qui tenta de bâtir sa philosophie à partir de sa seule expérience sensible et passa un temps considérable à observer la nature, les animaux et les humains. Par son caractère, Giovanni se sentait plus attiré par la pensée platonicienne, mais il fut d'emblée séduit par l'*Éthique à Nicomaque* d'Aristote, traité dans lequel le philosophe définit l'amitié et la contemplation comme les deux véritables finalités de l'être humain, seules capables de lui apporter un bonheur durable.

Durant la grosse chaleur du mois d'août, alors qu'il profitait de la fraîcheur de la rivière et qu'il essayait de traduire la dernière partie du traité d'Aristote, il fit une rencontre si singulière qu'il crut être victime d'une hallucination.

Il entendit tout d'abord des craquements sur le chemin, puis l'écho des sabots d'un cheval qui avançait au pas. Il se cacha derrière un arbre. Il aperçut bientôt, à moins de trente pas, un cheval blanc monté par une singulière cavalière : une femme aux longs cheveux châtains défaits, drapée dans une grande cape brune. Une fois sa monture parvenue au bord de l'eau, la femme descendit et s'accroupit pour s'abreuver.

— Vous semblez aussi assoiffée que votre monture ! dit-il en se montrant.

La jeune femme se redressa vivement et porta la main à une dague accrochée à sa ceinture. Giovanni s'approcha d'elle avec un sourire avenant.

— Ne craignez rien.

— Restez où vous êtes ! ordonna la femme visiblement affolée.

Au ton impérieux, Giovanni s'immobilisa à quelques mètres de l'inconnue, dont les yeux étaient de la même couleur que son immense chevelure. Elle était à peine plus âgée que lui, et d'une beauté stupéfiante. Jamais il n'avait vu une telle noblesse dans un visage féminin, si ce n'était celui d'Elena. Mais il demeurait intrigué par son allure : vêtue en homme et de toile grossière et sale, elle semblait à bout de forces.

— Qui êtes-vous ? Que voulez-vous ?

– Je m'appelle Giovanni. J'habite dans ces bois. Je vous vois épuisée. Peut-être avez-vous besoin d'aide ?

– Je souhaite juste me désaltérer ainsi que ma jument. Ne m'approchez pas.

– Très bien. Si vous avez besoin de quoi que ce soit...

Giovanni s'éloigna de quelques pas, s'adossa à un arbre et fit mine de reprendre sa lecture. En réalité son pouls s'accélérait et son esprit se posait mille questions. Elle continua de boire à la rivière en surveillant Giovanni du coin de l'œil. Elle aspergea l'encolure de sa jument et la frotta à l'aide d'un linge, puis, la tenant par les rênes, elle rebroussa chemin. Après quelques pas, elle se retourna vers le garçon qui n'osait plus lever la tête de son livre, de peur de l'effaroucher.

– Que lisez-vous ? lui lança-t-elle sur un ton moins farouche.

– L'*Éthique à Nicomaque* d'Aristote.

La femme posa sur Giovanni un regard étonné.

– Êtes-vous moine ?

– Nullement. J'étudie auprès de mon maître qui habite une maisonnette derrière la colline.

– Dans ces bois ?

– Oui. C'est une sorte d'ermite.

La femme semblait plus rassurée.

– Auriez-vous quelque chose à manger ?

Giovanni sortit un bout de pain et une pomme de la poche de son pantalon. Il les tendit à la jeune femme.

– J'avais emporté cela pour mon dîner. C'est bien peu pour satisfaire votre faim, mais...

– C'est parfait ! répondit la femme en s'en emparant vivement. Cela me permettra de tenir jusqu'à la nuit.

– Où vous rendez-vous donc ?

Elle mordit dans le fruit, et après s'être essuyé les lèvres :

– Au monastère San Giovanni in Venere. C'est bien dans cette direction ? demanda-t-elle en tendant le bras vers l'est.

Giovanni se souvenait que Pietro avait évoqué ce grand monastère situé au bord de la mer, à une vingtaine de lieues.

– Oui. Vous y serez avant la nuit si vous chevauchez à vive allure.

– C'est le Seigneur qui vous a mis sur ma route. Je m'appelle Giulia.

– Et moi Giovanni, répondit le jeune homme un peu dépité de voir partir si vite cette inconnue qu'il brûlait de connaître davantage.

– Merci, Giovanni.

La jeune femme enfourcha sa jument, regarda une dernière fois le jeune homme dans les yeux et partit au petit trot.

Giovanni resta songeur. Qui était cette mystérieuse cavalière ? Ses traits étaient ceux d'une noble, mais ses vêtements ceux d'un serviteur. Elle souhaitait sans doute voyager incognito. Peut-être avait-elle fui précipitamment quelque danger ?

Sitôt arrivé à la maison, il se rendit auprès de son maître et lui raconta l'anecdote. Ce dernier fut lui aussi surpris par l'étrangeté de cette rencontre. Il avait entendu parler du monastère San Giovanni in Venere, le plus grand monastère bénédictin à l'est des Abruzzes, mais ne s'y était jamais rendu.

– Si le destin a mis cette femme de manière si étrange sur ton chemin, prie pour elle, confia-t-il à Giovanni. C'est la seule chose que tu puisses faire d'utile et peut-être un jour la reverras-tu ou bien comprendras-tu le sens de cette rencontre. La Providence met parfois sur notre route des personnes qui ont quelque chose de commun avec nous, avec notre âme, avec les lignes majeures de notre propre destinée, sans que nous ayons les moyens de le comprendre. Si cette personne t'a touché, prie pour elle, mon garçon, confie-la à Dieu. Ainsi tu acceptes de relier ton âme à la sienne dans ce grand mystère de l'amour qui relie de manière invisible les êtres humains et que l'Église appelle la communion des saints.

Giovanni ouvrit de grands yeux interrogateurs.

– La communion des saints, continua le vieux maître, cela signifie que tous les humains sont reliés entre eux par un destin commun et que des fils invisibles nous relient les uns aux autres. Nos prières peuvent aider des personnes que nous n'avons peut-être jamais rencontrées et nous-mêmes pouvons être aidés par la prière de personnes qui ne nous connaissent pas. Car si tous les humains sont reliés par un destin solidaire, Dieu se plaît aussi à mettre en relation de manière plus étroite non seulement sur terre, mais dans le monde invisible, des êtres qui ont quelque point commun en leur âme ou leur caractère. Au-delà de notre propre famille de chair et de sang, nous appartenons à des familles spirituelles, des familles d'âmes si tu préfères. Notre rencontre si étonnante en est sans doute un bon exemple. Elle n'est pas le fruit du hasard, mais celui d'une force mystérieuse qui nous a conduits l'un vers l'autre parce que nous avions quelque chose de commun et quelque chose à échanger. Mais il arrive aussi que nos prières adressées à Dieu touchent des personnes que nous ne connaissons pas et que nous ne

connaîtrons jamais, qui font partie de la famille spirituelle à laquelle nous appartenons. Ce n'est qu'à la
Résurrection finale, à la fin des temps, que nous nous
découvrirons tous.

Ne souhaitant pas poursuivre sur ce sujet, le philosophe ajouta d'une voix enjouée :

– Je t'ai confié il y a plusieurs mois un petit ouvrage
de Pic de la Mirandole. L'as-tu entièrement lu ?

## 26

Le visage de Giovanni s'éclaira.

– Plusieurs fois même, répondit-il sur un ton si vif que son maître comprit aussitôt qu'il en partageait les vues.

– Excellent. Et qu'en as-tu retenu ?

– Bien des pensées ont touché mon esprit encore novice dans l'exercice de la philosophie, poursuivit-il, fort intimidé d'avoir à rendre compte d'une œuvre aussi brève que grandiose et qui l'avait marqué en profondeur. J'ai été frappé par l'ambition de Pic de faire concorder toutes les philosophies, les théologies et les sagesses de l'humanité : de la Révélation chrétienne à la Kabbale juive, des mystères orphiques à la religion zoroastrienne, des doctrines pythagoriciennes aux philosophies arabes, du platonisme à l'aristotélisme... je ne sais si une telle chose est possible, mais un tel projet me semble fort louable.

Giovanni marqua un temps d'arrêt, guettant dans le regard de son maître un éventuel encouragement.

– Pic n'a jamais mené à bien ce projet dont tu soulignes à juste titre le caractère généreux. Je serai pour ma part assez sceptique quant à la possibilité de marier avec bonheur autant de doctrines diverses. Il est déjà assez difficile, quoi qu'en dise Pic, de tenter d'harmoniser la pensée de Platon et celle de son disciple Aristote. Il me semble assez irréaliste de vouloir réconcilier, en tout, le Christ et Zoroastre, Moïse et Jamblique, Mahomet et Augustin. Je pense en effet qu'on peut établir certaines convergences, mais de profondes divergences demeurent. Tu t'en rendras compte toi-même lors de tes études. Mais continue ton exposé. Qu'as-tu encore retenu de ce petit livre ?

– Comme vous me l'aviez dit, son point de vue sur la liberté humaine. Pic entend montrer que la dignité de l'homme vient du fait qu'il est le seul être vivant dépourvu de nature propre qui le déterminerait vers tel ou tel comportement. Puisque l'homme n'est pas déterminé par sa nature, il est l'être le plus libre qui soit. Il peut choisir le bien et le mal, de vivre comme un ange ou de vivre comme une bête. Pic dit même que l'homme est créateur de sa propre vie. Cette pensée m'a profondément marqué ! Nous pouvons devenir ce que nous voulons. Et à vrai dire je me sens fort attiré par cette perspective, même si elle nous donne une grande responsabilité. J'ai d'ailleurs appris par cœur un passage où Pic met de sublimes paroles dans la bouche de Dieu.

Giovanni s'interrompit quelques instants. Son maître plissa les yeux en guise d'acquiescement. Alors il déclama à haute voix ce que le philosophe florentin avait osé placer dans la bouche du Créateur, s'adressant à l'être humain :

– « *Si je t'ai mis dans le monde en position intermédiaire, c'est pour que tu examines plus à ton aise tout ce qui se trouve dans le monde alentour : si nous ne t'avons fait ni céleste ni terrestre, ni mortel, ni immortel, c'est afin que, doté pour ainsi dire du pouvoir arbitral et honorifique de te façonner toi-même, tu te donnes la forme qui aurait eu ta préférence. Tu pourras dégénérer en formes inférieures, qui sont bestiales ; tu pourras, par décision de ton esprit, te régénérer en formes supérieures, qui sont divines.* »

– Comme tu vois, reprit vivement Maître Lucius, il n'y a pas de pensée plus éloignée de la théorie luthérienne ! Et c'est bien sur ce point que je partage les vues de notre ami Pic.

Giovanni brûlait d'envie d'opposer une objection à son maître, mais il hésitait de peur de paraître prétentieux. Finalement il se jeta à l'eau :

– Après cette lecture, et voyant combien vous insistez comme Pic de la Mirandole sur le libre arbitre, je me demande comment vous pouvez croire à l'influence des astres. N'est-il pas contradictoire d'affirmer d'un côté que l'homme est libre de créer sa vie, et de l'autre qu'il est soumis au déterminisme astral ?

– Tu as parfaitement raison, mon garçon ! s'exclama le philosophe, se redressant sur sa chaise. C'est la raison pour laquelle, bien que passionné par la magie et toutes sortes de phénomènes occultes, Giovanni Pico a toujours vivement critiqué l'astrologie.

– Mais, alors, pourquoi vous-même la pratiquez-vous ? reprit Giovanni un peu décontenancé. Pietro m'a même affirmé que vous étiez l'un des plus illustres astrologues de la Chrétienté !

– Je ne sais si je suis, ou plutôt si j'étais, un astrologue illustre, reprit le maître avec un brin de fausse modestie. Ce dont je suis sûr, c'est que les astres ne nous déterminent pas. Comme le disait Ptolémée, le grand astrologue de l'Antiquité qui a vécu au II<sup>e</sup> siècle à Alexandrie, « les astres inclinent, mais ne nécessitent pas ». Pour Ptolémée, l'influence astrale, qui donnait le caractère de l'individu, s'ajoutait au conditionnement familial ou de la cité, et l'homme conservait toujours une part de libre arbitre face à toutes ces influences. Il n'y a donc aucun déterminisme absolu, aucune fatalité, sauf à être soumis à ces divers conditionnements et à ne pas exercer son libre arbitre, ce qui est malheureusement le cas de ceux qui vivent uniquement selon leurs désirs charnels et non selon leur esprit. C'est d'ailleurs ce que Thomas d'Aquin confirmait. Il croyait aussi à l'influence des astres et affirmait qu'il était possible de prédire le destin d'un individu soumis à ses passions, car, selon l'adage, « un caractère forge un destin ». Mais l'homme capable de se dominer et de régler son caractère selon les lois supérieures de la morale et de l'esprit échappe à toute fatalité et coopère librement à sa destinée. Dès lors, et c'est heureux, toute prédiction astrologique devient impossible ou incertaine.

— Si j'ai bien compris, les astres influencent le corps et les passions et non l'âme spirituelle de l'homme où réside son libre arbitre ?

— C'est bien cela.

— Mais comment échapper à notre conditionnement, qu'il soit familial, collectif ou astral, et s'affranchir ou coopérer librement à notre destinée plutôt que de la subir ?

— On n'échappe jamais totalement à son conditionnement. L'homme reste marqué toute sa vie par sa langue, son éducation, son caractère inné, que sais-je encore ! De même si on possède une fragilité de santé ou une tare physique à la naissance, on l'aura toute sa vie. Mais par l'exercice de son libre arbitre qui réside dans la partie la plus spirituelle de son âme, c'est-à-dire son intelligence et sa volonté, l'homme peut faire des choix qui orientent son existence, ses pensées et ses actions dans une direction qui n'est pas uniquement le fruit de son caractère, de ses désirs, de ses instincts, ou bien encore des préjugés de la tradition qu'il a reçue. Autrement dit, sans sortir de son conditionnement natal – un colérique restera toujours colérique et un artiste un artiste – il peut dominer son caractère, être maître de lui, accepter ou refuser de céder à ses passions. On ne naît pas libre, on le devient.

– Face à un tel homme, un astrologue ne pourra donc rien prédire ?

– Un astrologue pourra dire qu'avec telle configuration céleste, la planète Mars à l'ascendant, par exemple, tel homme est belliqueux, qu'il risque fort d'être blessé ou de blesser d'autres personnes, qu'il sera militaire ou mercenaire. Tout cela se réalisera certainement si l'individu n'a pas vraiment conscience de lui-même et vit uniquement selon ses impulsions. Dès lors qu'il apprendra à se connaître et à se maîtriser, il pourra éviter que certaines choses se réalisent. Cependant il restera toujours bouillant intérieurement, aura envie de lutter, mais refusera de laisser sa violence s'exercer et se dominera. Il pourra alors se forger un destin autre que celui qui semblait inscrit dans son ciel de naissance. Il pourra devenir moine par exemple, et sa violence se transformera en une violence toute spirituelle pour acquérir des vertus célestes. Comme le dit le Christ : « Le Royaume de Dieu se conquiert par la force et seuls les violents s'en emparent. »

Giovanni comprenait bien les paroles de son maître,

mais une objection l'assaillait. Songeant à sa rencontre avec Elena et à l'oracle de Luna, il ne put s'empêcher de demander au philosophe :

– Mais tous les événements du destin proviennent-ils seulement du caractère ? N'existe-t-il pas certaines rencontres, certaines épreuves ou certains événements heureux, qui sont écrits depuis toujours ?

Maître Lucius plissa les yeux de contentement.

– Tu as parfaitement raison ! Je crois en effet aussi que la Providence divine a voulu mettre certaines rencontres ou certains événements, heureux ou malheureux, sur notre route. Nous n'y échapperons pas. L'un aura un grave souci de santé, tel autre rencontrera un maître spirituel à un moment important de sa vie, un troisième tombera amoureux d'une femme bien précise. Mais chacun pourra réagir librement face à ces événements programmés par le destin. L'homme malade pourra se plaindre contre son sort et gémir toute sa vie ou bien sortir intérieurement fortifié et grandi par cette épreuve ; le jeune homme pourra suivre le maître spirituel ou bien continuer son chemin ; et celui qui est amoureux pourra épouser cette femme ou bien en choisir une autre.

» Les astres sont des signes que la Providence a posés pour nous permettre de mieux nous connaître et de déchiffrer les arcanes de notre destinée, mais nullement pour nous déterminer de manière absolue. Il faut les regarder comme des phares qui nous éclairent et non comme des causes qui nous aliènent.

– Mais d'où vient la science des astres, Maître ? Comment les hommes en sont-ils venus à établir une relation entre la position des planètes au moment de leur naissance et les grandes lignes de leur caractère et de leur destinée ?

– L'observation des phénomènes célestes est aussi vieille que les premières civilisations. Partout où l'homme a jadis construit des villages et des cités, il a observé le ciel. Telle qu'elle nous est parvenue, la science des astres est née bien avant la venue du Christ et même de Moïse, dans les cités chaldéennes d'Ur et de Babylone. Les Chaldéens, c'est d'ailleurs ainsi que les Romains appelaient les astrologues, observaient les planètes et avaient pris l'habitude de noter sur des tablettes d'argile le mouvement capricieux des corps célestes, ainsi que tout phénomène cosmique particulier : conjonction des planètes, apparition d'une comète, éclipse de soleil ou de lune. Comme ils notaient par ailleurs tout événement important survenu sur Terre – épidémie, famine ou récolte exceptionnelle, naissance ou mort du roi, guerre ou invasion – ils finirent par établir des corrélations entre les événements célestes et les événements terrestres. C'est ainsi qu'est née « l'astrologie », mot grec dont tu devrais pouvoir deviner l'étymologie.

– Le « discours sur les astres », répondit Giovanni.

– Exactement. Les Chaldéens ont attribué au Soleil, à la Lune, aux cinq astres dont nous observons les mouvements dans le ciel et qu'on appela « planètes » – d'un mot grec qui signifie « errant » puisqu'il s'agit d'astres errants – ainsi qu'aux différents phénomènes cosmiques, la cause des événements terrestres. Et puisque ces événements célestes se reproduisaient régulièrement, ils en déduisirent qu'ils produiraient à nouveau sur Terre des événements similaires. L'observation sur plusieurs millénaires permit de valider cette

connaissance empirique et de prévoir une famine, une
guerre, une inondation.

– Je comprends, reprit Giovanni. Mais quand s'est-on
préoccupé du destin des individus ? Comment a-t-on eu
l'idée de dresser un horoscope de naissance ?

– Bien plus tard ! Après de nombreux siècles d'observation, on eut tout d'abord l'idée de diviser la bande
céleste sur laquelle on peut observer la course du
Soleil, de la Lune et des autres planètes en douze por-
tions égales de trente degrés chacune. Cette division
correspondait en fait à une double observation. Celle
des étoiles fixes tout d'abord : on remarqua que telle
constellation ressemblait par sa forme à tel animal et
on nomma du même nom la portion de trente degrés
du Zodiaque. C'est ainsi que naquit la symbolique des
douze signes. Mais, plus justement encore, ces signes
correspondent au cycle annuel du Soleil et au rythme
des saisons. Toi qui es paysan, tu le comprendras très
bien. Ainsi le Zodiaque commence avec l'équinoxe de
printemps, le 21 mars. Le premier signe, celui du
Bélier, exprime donc ce jaillissement de la force
vitale qui anime la nature au début du printemps. Les
hommes qui naissent pendant cette période sont dès
lors marqués par un tempérament entreprenant, éner-
gique, fonceur, parfois belliqueux. Puis le 21 avril vient
le Taureau. C'est cette seconde période du printemps
qui, comme tu le sais, se caractérise par l'abondance
des formes, la montée des essences végétales, l'apparition des gras pâturages. À l'image de la nature, on
retrouve chez les natifs du Taureau stabilité, puissance,
épanouissement sensuel, mais aussi entêtement ou
rancune. Ce sont des ruminants ! Puis arrive à partir
du 21 mai cette troisième période du printemps : la

conquête aérienne de la végétation par le branchage et le feuillage, mais aussi par le va-et-vient incessant des abeilles qui butinent. À cette période aérienne d'échange correspond le signe des Gémeaux marqué par le mouvement, l'adaptabilité, la communication, mais aussi la superficialité, le batifolage. Le 22 juin, le Soleil est au plus haut dans le ciel et les jours sont à leur apogée : c'est le solstice d'été. La régression des jours qui s'ensuit jusqu'au prochain solstice d'hiver est fort bien symbolisée par le crabe, ou Cancer, un des seuls animaux à marcher en arrière ! Les natifs du Cancer ont donc l'esprit tourné vers leur enfance et les choses du passé. C'est au cours de cette première période de l'été que se forment les graines : toute la nature est en gestation. C'est donc un signe de fécondité, de maternité. Les natifs sont attachés au foyer, à la famille, aux valeurs traditionnelles. Ce sont aussi des créatifs à l'imagination forte.

– Ma mère est née à cette période de l'année et c'est vrai que c'était bien là son caractère, ne put s'empêcher de remarquer Giovanni.

– Tu as de nombreux souvenirs de ta mère ?

– Oui. Je me rappelle fort bien son visage et ses mains si fines. Elle avait aussi une voix très douce et jamais elle ne se mettait en colère, contrairement à mon père. Lui est né peu après elle, vers le début du mois d'août.

– Nous y venons justement, reprit l'astrologue. Le 23 juillet vient le signe du Lion, qui symbolise dans la nature le triomphe de la végétation, la plénitude du fruit, la puissance du Soleil et les fortes chaleurs. Ceux qui naissent à cette période sont des êtres puissants qui ont besoin de rayonner et d'exprimer leur domination ou leur créativité. Mais ils peuvent aussi pécher par orgueil ou vanité.

Giovanni esquissa un sourire.

– Le 23 août, le Soleil entre dans le signe de la Vierge, poursuivit Maître Lucius. C'est la période des moissons, c'est-à-dire l'aboutissement d'un long processus où le grain semé en hiver donne l'épi mûr. L'épi va être coupé, les grains vont se détacher. Tout dans la nature se différencie, se sélectionne, se réduit. Les natifs de la Vierge sont marqués par l'esprit qui calcule, sépare, ordonne. Ils n'ont pas une grande énergie vitale, mais une forte capacité de travail, de rigueur, d'analyse. Puis, le 23 septembre, arrive l'équinoxe d'automne symbolisé par la Balance. C'est l'équilibre parfait de la longueur des jours et des nuits. C'est l'équilibre entre la chaleur de l'été et la rudesse de l'hiver. C'est une période de douceur, d'harmonie. Ainsi les natifs de la Balance sont-ils constamment en recherche de paix, d'équilibre, de justice. Mais ce peuvent être aussi de perpétuels indécis. Ils sont aussi modérés et conciliants que les natifs du Bélier, signe de l'équinoxe opposé, sont entiers et provocants. Le 23 octobre, le Soleil entre en Scorpion. Ce deuxième signe de l'automne marque la mort de la végétation : l'herbe s'arrête de pousser, les feuilles tombent et pourrissent. Les natifs de ce signe sont puissamment marqués par cette force de transformation, de mort et de renaissance, qui peut les rendre angoissés ou destructeurs s'ils ne parviennent pas à réaliser leur alchimie intérieure qui les pousse à surmonter leurs puissants instincts et à accéder à une lumière supérieure, un secret caché. Puis vient le signe du Sagittaire, le 22 novembre. Tout semble mort dans la nature. Mais à l'image du Centaure qui décoche une flèche vers le ciel, le Sagittaire est intérieurement tourné vers la renaissance, il sait que la végétation repartira et que cette mort n'est qu'apparente. Les enfants du Sagittaire sont donc tournés vers un idéal élevé, ils sont optimistes, attirés par le lointain, les grands voyages du corps ou de l'âme. Épris de liberté, ce peuvent être aussi des rebelles qui ne supportent aucun lien de dépendance. Aux alentours du 21 décembre arrive le solstice d'hiver. À l'image de la nature qui est entièrement dépouillée, concentrée, silencieuse, sévère, les natifs du Capricorne sont sérieux, concentrés, austères, parfois tristes et solitaires. Je suis natif de ce signe, précisa Maître Lucius avec un petit sourire.

– Ce n'est pourtant pas le caractère que je vous vois ! s'insurgea Giovanni.

– Ah ! Et quel caractère me vois-tu ? reprit le philosophe avec amusement.

– Vous êtes bon, généreux. Certes sérieux, mais jamais triste. Et puis vous avez un idéal très élevé et cherchez sans cesse à progresser dans la connaissance.

– Oui, c'est aussi un trait des natifs du Capricorne. Telle la chèvre qui les représente et qui symbolise les jours qui rallongent, ils sont ambitieux, persévérants et aspirent sans cesse à s'élever intérieurement ou socialement.

– En quoi la chèvre symbolise-t-elle les jours qui rallongent et ce désir d'élévation ?

– Mets une chèvre dans n'importe quel lieu et observe-la. Elle montera toujours sur le site ou l'objet le plus haut. Si nous en placions une dans cette pièce, il ne faudrait pas cinq minutes pour qu'elle monte sur la table !

– C'est vrai ! s'exclama Giovanni qui avait souvent gardé des troupeaux de chèvres.

– Le signe du Verseau, le 20 janvier, symbolise dans la nature l'assimilation de la graine nouvellement semée qui s'intègre à la terre. Comme l'esprit féconde la matière. Le Verseau n'est pas un animal, mais un ange, figure de l'intelligence, de la victoire de l'esprit sur l'opacité de la matière. Le natif du Verseau est un intellectuel capable de détachement des choses sensibles, un libre-penseur qui n'agit que selon sa conscience, un éveilleur qui entend faire germer dans les entrailles de la terre des idées nouvelles susceptibles de la transformer. Le 19 février, vient enfin le dernier signe du Zodiaque : les Poissons. Nous observons dans la nature cet état transitoire, imprécis, informe, entre l'hiver qui s'achève et le printemps qui s'annonce. À l'image de la nature et de cet animal, les natifs des Poissons sont insaisissables. Ils évoluent dans les profondeurs mouvantes de leur âme ou de leur imagination. Ils sont dotés d'une grande sensibilité qui les rend capables de se dévouer totalement aux autres, mais aussi de se perdre et de ne plus savoir qui ils sont.

Maître Lucius marqua une pause et se leva pour boire un verre d'eau. Giovanni resta pensif. Il était né peu avant l'équinoxe de printemps. Donc natif du signe des Poissons. Et c'est vrai qu'il était un rêveur doté d'une forte imagination. Il avait aussi découvert qu'il pouvait ressentir une forte compassion, comme lorsqu'il avait vu Luna livrée à la vindicte populaire sur la place du bourg et qu'il avait ressenti l'impérieux besoin de la libérer, fût-ce au péril de sa vie. Comme il était étrange que tous les individus nés à la même période de l'année aient ainsi des traits communs. Mais cela pouvait peut-être s'expliquer, comme l'avait fait son maître, par un conditionnement du milieu naturel lié aux cycles des saisons. Peu importaient dès lors les constellations des étoiles fixes qui avaient inspiré leurs noms aux signes du Zodiaque. Seules comptaient vraiment les saisons et leur symbolique. De même que les peuples des pays chauds devaient avoir un tempérament différent que les peuples des pays froids, un homme né en hiver devait être différent, plus intériorisé par exemple, qu'un homme né en été. Cela, Giovanni pouvait le comprendre. Mais il savait que l'astrologie allait beaucoup plus loin et s'intéressait aussi au jour et à l'heure de naissance d'un individu. Il interrogea donc son maître sur cette question.

– Le mot « horoscope » signifie « heure », répondit le philosophe. Chez les Babyloniens, on commença, d'ailleurs assez tardivement, à dresser l'horoscope du roi, c'est-à-dire qu'on notait au moment précis de sa naissance les positions du Soleil, de la Lune et des cinq planètes dans la bande céleste où ces astres se mouvaient. On prit aussi l'habitude de diviser l'horoscope de naissance du roi en quatre parties égales correspondant aux quatre points cardinaux : l'est, le sud, l'ouest et le nord. On regardait où étaient placés les luminaires et les planètes à l'heure et au lieu précis de naissance du souverain et on les notait au bon endroit sur son horoscope. Ainsi, s'il naissait à l'aube, on dessinait le Soleil à l'ascendant au moment de la naissance. S'il naissait vers midi, le Soleil était au zénith, en haut du ciel. Si au contraire le roi naissait au coucher du Soleil, on notait qu'il avait le Soleil au descendant, ou encore au fond du ciel s'il naissait pendant la nuit. Et l'on plaçait ainsi les autres planètes, en s'intéressant particulièrement à celles qui étaient conjointes aux quatre angles de l'horoscope. C'est ainsi qu'on remarqua qu'un homme qui avait, par exemple, la planète Mars à l'ascendant ou au milieu du ciel était de caractère belliqueux et pouvait faire un bon militaire, ou inversement, qu'un homme marqué par la planète Vénus, était doux et créatif.

» Vois-tu, l'interprétation de l'horoscope individuel se fonde sur cette double inscription, céleste et terrestre : les deux luminaires et les cinq planètes dans les douze signes du Zodiaque et aux quatre angles de l'horoscope. Cette pratique se répandit dans l'empire d'Alexandre le Grand et dans l'Empire romain qui héritèrent des connaissances astrologiques des Chaldéens.

Giovanni était suspendu aux lèvres de son maître. Il songea qu'il lui serait fort profitable de connaître son horoscope.

— Maître, j'ai une requête difficile à formuler.

Le vieil homme regarda Giovanni droit dans les yeux. Son regard était intense, mais doux.

— En vous écoutant, je me dis qu'il me serait très précieux de connaître mon Ciel de naissance.

— Je vois que les grandes questions universelles t'intéressent moins que ton petit nombril ! s'exclama le philosophe avec ironie.

Giovanni baissa la tête en rougissant.

— Je me moque de toi ! poursuivit le vieillard d'un ton paternel. Ta demande est fort juste. Et pour te dire la vérité, j'avais l'intention de dresser et d'interpréter ton horoscope. Mais connais-tu ta date de naissance ?

Giovanni savait qu'il était né juste avant le printemps et sa mère lui avait dit qu'il était venu au monde au crépuscule, une nuit de pleine lune. Comme il connaissait

son âge – il était récemment entré dans sa dix-
neuvième année –, il suffisait d'un simple calcul pour
savoir qu'il était né vers la fin du mois de mars de
l'an 1514. Le philosophe accueillit l'information avec
prudence :

– Je ne pourrai pas interpréter ton horoscope sans
avoir regardé dans les éphémérides la position des
planètes.

– Les éphémérides ?

– Ce sont des tables astronomiques où l'on recopie,
grâce à l'observation journalière, les positions quotidiennes du Soleil, de la Lune et des cinq planètes. Cela
fait bientôt un siècle que des astronomes notent ces
positions. J'achetai toutes ces tables lorsque j'exerçais
l'astrologie à Florence, de 1490 à 1520, et elles m'ont
suivi dans mon exil.

– Vous pourriez donc établir mon Ciel de naissance ?

– Certainement, si les renseignements fournis par ta
mère me permettent de déterminer précisément le jour
et l'heure de ta naissance. Nous en reparlerons
ensemble... voyons... mercredi prochain, le jour de
Mercure, qu'en dis-tu ?

## 27

Giovanni attendit avec impatience le jour de Mercure. La veille, il alla se promener après ses cours quotidiens. Il flâna longtemps, habité par ses pensées. La lumière commençait à décliner et Giovanni revint en hâte vers la maison, afin de ne pas arriver en retard au souper.

Alors qu'il approchait de la clairière, des bruits étranges lui parvinrent. Il allongea vivement le pas. Cette fois il entendit des cris. Il courut à toutes jambes vers la maison qui résonnait de bruits de combat. Il se figea un instant, puis bondit vers la remise où les armes étaient rangées. Il revint aussitôt armé de deux épées et d'un couteau et se précipita dans la grande pièce.

Elle était sens dessus dessous. Au centre, faisant tournoyer un tabouret, Pietro luttait contre trois hommes armés de longs couteaux. Un quatrième, visiblement assommé par le géant, gisait au sol.

L'arrivée inopinée de Giovanni ravit le géant :

– Holà, mon ami, tu arrives fort à propos pour m'aider à occire ces vilains !

Surpris, les brigands se retournèrent. Sans même réfléchir, Giovanni enfonça sa lame dans le bras du premier qui s'enfuit en hurlant. Le deuxième cueillit le tabouret de Pietro en pleine tête au moment où le troisième lâchait son couteau en criant grâce, alors que Giovanni s'apprêtait à le transpercer.

Il retint sa lame et tendit la seconde épée à Pietro. Ce dernier, sans hésiter, sectionna d'un geste sec la main du malheureux et cria :

– Et si vous revenez, c'est la tête que je vous trancherai !

L'homme prit la fuite en hurlant comme un cochon qu'on égorge. Puis Pietro s'empara des deux hommes affalés au sol et les ligota à un arbre devant la maison.

– Qui sont-ils ? Où est le maître ? cria Giovanni, qui commençait à peine à réaliser ce qui venait d'arriver.

– Fort heureusement, j'ai pu l'enfermer en sûreté dans sa chambre quand j'ai vu ces brigands arriver, lâcha le géant essoufflé. Allons l'en sortir.

Le vieil homme tremblait encore d'émotion. Pietro lui raconta l'issue du combat et comment Giovanni s'était battu avec courage.

– Je suis fier de toi, mon garçon ! Non content de manier les mots et les idées avec virtuosité, tu sais maintenant aussi manier l'épée, par bonheur pour nous !

Pietro aurait volontiers tranché les mains des deux gredins prisonniers, mais son maître s'opposa à une peine cruelle. Il ferma juste les yeux quand Pietro les secoua un peu avant de les relâcher. Terrorisés, les brigands déguerpirent sans se retourner.

– Voilà des méchants que l'on ne reverra pas de sitôt, lança Giovanni, hilare.

– La Vierge et les saints puissent-ils t'entendre, répondit Pietro, dubitatif. C'est la cinquième ou la sixième fois que nous avons ce genre de visite depuis que nous sommes ici. Plaise à Dieu qu'ils ne reviennent pas un jour se venger en nombre ou mettre le feu à la baraque !

L'incident fut vite oublié, même si Giovanni fit durant la nuit un terrible cauchemar dans lequel il se voyait couper les mains à des centaines de bandits qui l'assaillaient en même temps.

Le lendemain matin, il se rendit auprès de son maître. Avant que celui-ci ne lui parlât de son horoscope, il le questionna sur les raisons pour lesquelles il avait relâché les brigands, plutôt que de les livrer à la justice. Le philosophe lui expliqua alors que les Abruzzes faisant partie des États pontificaux, il ne souhaitait pas que le pape soit informé qu'il se trouvait en ce lieu. Non pas qu'il craignît pour sa sécurité, mais il souhaitait rester caché et éviter qu'on ne l'obligeât à venir à Rome pour se justifier ou enseigner. Puis le vieil homme se leva et alla chercher une grande feuille de papier dans sa chambre. Il la tendit à Giovanni.

– Tiens, ton Ciel de naissance.

Avec émotion, le jeune homme contempla le grand cercle tracé au compas. Au centre, tel un nombril, était placée la planète Terre. Puis une première sphère concentrique dessinait la trajectoire de la Lune. Une deuxième sphère, celle de Mercure. Une troisième, celle de Vénus. Un peu plus loin venaient celles du Soleil, puis de Mars et de Jupiter. La plus excentrée était celle de Saturne. La bordure extérieure du cercle était composée des douze signes du Zodiaque. Les planètes situées dans le cercle faisaient face à différents signes. Enfin, le cercle était traversé par deux axes : un axe est-ouest qui indiquait les signes dans lesquels se trouvaient l'Ascendant et le Descendant, et un axe

nord-sud qui indiquait les signes dans lesquels se trouvaient le Milieu et le Fond du Ciel.

– Je vais commencer par t'expliquer les positions du
Soleil et de la Lune, car ce sont les astres les plus
importants, dit le vieil homme en reprenant l'horoscope des mains de Giovanni. Nous avons la chance que
ta mère t'ait parlé de ta naissance à la pleine lune.
Cette précieuse information m'a permis non seulement
de positionner les deux luminaires, mais aussi de
retrouver, grâce à mes éphémérides, le jour précis de
ta naissance.

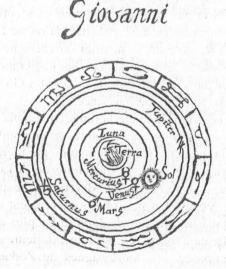

Giovanni écarquilla les yeux.

– Il y eut effectivement une pleine lune en 1514 lors
de l'équinoxe de printemps. Précisément dans la nuit

du 20 au 21 mars de cette année. Si les informations transmises par ta mère sont fiables, tu es né en Calabre le 20 mars 1514 après le coucher du Soleil.

Le vieil homme toussota légèrement, puis continua son exposé :

— Comme tu es né la veille de l'équinoxe, le Soleil est situé dans le dernier degré du signe des Poissons. Du fait de la pleine lune, ton Soleil est opposé à la Lune dans ton ciel de naissance, laquelle se trouve tout à fait à la fin du signe de la Vierge. Mercure et Vénus sont conjoints au début du signe des Poissons. Mars est au début du Capricorne, Jupiter au début du Taureau et Saturne à 25 degrés du signe du Scorpion. Si tu es bien né au début de la nuit, tu as Saturne à l'Ascendant, puisque c'est le signe du Scorpion qui se lève à l'est au moment de ta naissance. Jupiter, lui, se couche à l'ouest et le Soleil n'est guère éloigné du Descendant, car il vient de se coucher.

Maître Lucius marqua une pause.

— Qu'est-ce que tout cela signifie ? murmura Giovanni.

— Une chose est de dresser l'horoscope, ce qui demande une certaine science, autre chose est de l'interpréter, ce qui est tout un art, reprit le vieil homme, manifestant une certaine assurance. J'étais fort connu à Florence pour cet exercice qui fait autant appel à des qualités intuitives que purement intellectuelles. C'est pourquoi deux astrologues n'interpréteront jamais le même horoscope de la même manière. J'insiste là-dessus, mon garçon, car c'est un point essentiel sur lequel achoppent nombre des partisans, comme des adversaires de l'astrologie. L'astrologie n'est pas une science rigoureuse, comme la logique ou les mathéma-

tiques, elle utilise un langage symbolique qui demande
à être interprété. Les astres sont les symboles des différentes facultés de l'être humain et les signes du
Zodiaque symbolisent quant à eux toute la richesse,
répartie en douze signes, du tempérament humain. En
interprétant la position d'un astre dans un signe,
l'astrologue cherche à saisir comment telle ou telle
faculté s'exprime.

Giovanni retenait son souffle, avec l'intuition que les
minutes suivantes allaient lui apporter une révélation.

– Prenons donc ton horoscope. Le Soleil est le symbole de la volonté, de l'idéal, de l'esprit, et représente
aussi, par analogie, le sexe masculin, le père, l'autorité,
le mari pour une femme, mais également le cœur et
les yeux.

» Ton Soleil est dans le signe des Poissons, ce qui
signifie que tes facultés solaires sont colorées par
les caractéristiques du dernier signe zodiacal. Je te
rappelle que les Poissons symbolisent la religion chrétienne et ce n'est pas un hasard, car le message du
Christ est en affinité profonde avec les caractéristiques
de ce signe zodiacal. Ainsi tu es une personne idéaliste,
très sensible et émotive. Tu ressens de la compassion
face à la souffrance d'autrui et tu as de manière innée
un certain goût pour le don de soi, pouvant aller
jusqu'au sacrifice. Tu es attiré par tout ce qui touche
au mystère, à l'inconnu, à l'invisible. Tu rencontreras
certainement des hommes qui font autorité sur ces
questions. Tu as toujours ressenti un désir d'évasion,
qui peut prendre la forme tantôt d'une fuite de la réalité, tantôt de la réalisation d'un idéal élevé.

Giovanni fut frappé par cette remarque. Voilà pourquoi depuis toujours il sentait ce besoin de s'évader de

son monde quotidien. Mais il restait face à l'énigme de son existence : avait-il quitté son village pour fuir la réalité ou pour tenter de se réaliser à travers un idéal supérieur ?

– À l'inverse du Soleil, la Lune symbolise le principe féminin, la réceptivité, le corps, la matière, poursuivit l'astrologue. Dans un thème, elle symbolise la mémoire et les émotions, la mère, la femme, mais aussi la foule, le peuple ou encore les fluides de l'organisme ou l'estomac. La position de ta Lune dans le signe de la Vierge manifeste une assez faible vitalité et une certaine inquiétude. Tu es soucieux, peut-être un peu trop scrupuleux, en tout cas très honnête. Tu as une bonne capacité à te discipliner, une excellente mémoire et un grand désir d'apprendre... Ce que j'avais déjà constaté, ajouta l'astrologue avec malice. Tu es attiré par les femmes intelligentes, sérieuses, qui ont des connaissances. Maintenant, il est important d'interpréter cette opposition entre ton Soleil et ta Lune natale. Cela traduit un conflit intérieur profond entre ton esprit et ton corps, ou entre ton idéal et ta vie quotidienne. Tu as perdu ta mère enfant, je crois ?

– Oui.

– On peut lire cela aussi dans cet aspect : symbolisée par la Lune, ta mère subit violemment la perte de sa vitalité, représentée par le Soleil. Cette opposition pourra aussi t'amener à rencontrer l'hostilité de la foule, d'autant plus que ta Lune est en mauvais aspect à ton Mars natal, qui signifie la violence, le conflit. Tu auras certainement à subir de la violence à cause de la foule ou bien des femmes.

Giovanni songea qu'il avait déjà dû endurer une terrible peine à cause de son amour pour Elena.

– Ce mauvais aspect entre la Lune et la planète Mars, comme la présence de Saturne dans le signe du Scorpion à l'Ascendant montre, hélas, que tu risques fort de subir ou d'exercer de grandes violences dans ta vie. En tout cas, ton destin sera fait de crises, de remises en question, de morts et de renaissances successives.

Giovanni songea cette fois aux visions de la sorcière. Serait-il possible qu'il ait un destin aussi dramatique et tourmenté ? Deviendrait-il un meurtrier ?

– Cette souffrance intérieure et ces crises sont compensées par le fait que la planète Jupiter, qui est très bénéfique, est bien aspectée au Descendant. Cela signifie d'abord que tu es fasciné par le monde, et que d'une certaine manière tu souhaites le conquérir ou y acquérir une place de choix. Bien relié à Mars, mais aussi à la planète Vénus, Jupiter t'apporte protection et chance, surtout en amour.

L'astrologue releva la tête vers le jeune homme qui tremblait d'émotion.

– Je sais que cette question t'importe particulièrement. Pour cela il faut regarder la position de ta Vénus natale. Or celle-ci est fort bien aspectée. Sa position dans le signe des Poissons montre une tendance à idéaliser la femme que tu aimes et même à te sacrifier pour elle. Il peut s'agir aussi d'une disposition à l'amour divin. J'ai connu plusieurs mystiques qui avaient cette même position planétaire. La conjonction de Vénus et de Mercure, qui symbolise l'intelligence, montre une bonne union entre ton cœur et ta pensée. L'amour peut te porter à étudier comme tes études te conduire à l'amour.

Giovanni retint son souffle. « Si cela pouvait être vrai dans les deux sens », se dit-il.

– En tout cas, cette position confirme que tu es attiré
ou que tu attires des femmes intelligentes et instruites.
Je t'en félicite ! J'ajouterai que ta Vénus est encore
bien reliée à Mars, ce qui signifie l'alliance de l'amour
et du désir sexuel. Autrement dit, tu ne peux véritablement aimer sans désirer, ni désirer sans aimer.

L'astrologue marqua une longue pause.

– Nous avons vu sommairement l'essentiel. Reste à
dire un mot encore de la position importante de Saturne
dans ton horoscope. Importante tout d'abord parce
qu'il est à l'Ascendant, mais aussi parce qu'il est le
chemin incontournable entre ton Soleil et ta Lune.

Giovanni manifesta un signe d'incompréhension.

– Oui, si on regarde bien ton horoscope, il saute aux
yeux que ta difficulté majeure est signifiée par l'opposition entre le Soleil et la Lune. Toute ta vie, tu auras
à lutter pour surmonter cette opposition. Or ces deux
astres sont reliés chacun de manière positive à Saturne.
C'est lui qui assure la jonction possible entre ces deux
pôles de ta personnalité. Saturne symbolise la nécessité
du détachement, du deuil, il permet à l'homme de se
défaire du lien avec sa mère, de grandir en acceptant
les crises, les épreuves. Les Anciens l'appelaient « le
grand Maléfique », car il signe des destinées douloureuses, apporte des entraves et des difficultés. Mon
maître Marsile Ficin a souffert de mélancolie toute
sa vie et en a attribué la cause à la forte position de
Saturne dans son horoscope. Mais lorsque l'homme
comprend qu'il peut grandir à travers ces épreuves et
que le renoncement et la solitude lui permettent
d'accéder à de plus grands biens, alors il mérite vraiment le nom d'homme. Saturne est là pour nous libérer
des liens qui nous attachent trop à notre mère, à notre

passé, à notre enfance, aux plaisirs, à la terre. Il est le grand et redoutable éducateur de notre intelligence. Il nous conduit au ciel à travers l'enfer de nos passions surmontées. C'est pourquoi la plupart des moines sont fortement marqués par cette planète qui prédispose au renoncement, aux études, à la solitude, à l'ascèse, et mon maître disait, parlant aussi de lui-même, que « les enfants de Saturne sont condamnés à la recherche inquiète du Beau, du Bien et du Vrai ».

– Cela vous correspond si bien ! fit remarquer Giovanni.

– Oui, j'ai un thème astrologique qui ressemble en bien des points à celui de mon propre maître et il en va de même pour toi à mon égard. Mais est-ce étonnant ? La position centrale de Saturne indique donc que ta destinée sera jalonnée d'épreuves, comme autant d'étapes initiatiques, pour que tu puisses acquérir une véritable et haute sagesse. Déjà, tu as perdu ta mère étant enfant. Tu pourras courir toute ta vie après d'autres femmes, ou bien accepter cette épreuve et en sortir grandi, mûr dans tes choix affectifs.

» Mais prends garde aussi de ne point trop te laisser séduire par la rigueur et la dureté saturniennes. Ton horoscope indique que tu as tout autant besoin de tendresse féminine, de vie sociale, de beauté. En fait, ta vie oscille entre ces deux grandes planètes que sont Jupiter et Saturne et qui marquent les deux angles de ton horoscope : Saturne à l'Ascendant et Jupiter au Descendant. Jupiter te pousse à épouser le monde et à jouir de la vie, tandis que Saturne t'invite à renoncer au monde et à dominer tes instincts. Jupiter t'apporte chance, protections et facilités, tandis que Saturne est

ton lot de fatales épreuves. Jupiter te rend optimiste et
Saturne pessimiste.

Giovanni était profondément ému par ces paroles
qui lui semblaient si justes. Manifestant des signes de
fatigue, l'astrologue reprit sur un ton plus las, mais
néanmoins convaincu :

— Comme pour ton opposition entre le Soleil et la
Lune, ta vie n'est qu'un effort incessant pour réconcilier les contraires qui s'opposent en toi comme dans
les événements de ta destinée. Ton chemin de vie
consiste donc à dépasser ces oppositions. En termes
astrologiques, nous devons d'ailleurs tous passer de
la Lune au Soleil, c'est-à-dire de nos émotions immédiates à notre volonté consciente, en intégrant
successivement toutes les autres dimensions de notre
personnalité symbolisées par les autres planètes. Mais
chez toi ce chemin de vie est rendu à la fois plus
impérieux et plus difficile par l'opposition originelle
entre ta Lune et ton Soleil.

Le vieil homme se tut, puis leva lentement la tête
vers Giovanni.

— Il y aurait encore beaucoup à dire sur ton caractère
et sur ta destinée. Mais tu en sais assez pour le moment
et je suis fatigué. Ton horoscope confirme que tu as
d'excellentes dispositions pour la philosophie !

Giovanni remercia son maître et, comme écrasé par
le poids de ce qu'il venait d'entendre, sortit de la salle
en trébuchant.

Plein d'inquiétude, il se dirigea vers les bois. Les
pensées se bousculaient dans sa tête. Tout cela semblait
confirmer, du moins en partie, certains événements
terribles prédits par la sorcière. En même temps, il se
disait que si le destin l'en avait par deux fois averti,

n'était-ce pas justement pour éviter que ces choses n'adviennent ?

Une autre question, d'un tout autre ordre, l'agitait. L'astrologie permettait d'appréhender des sujets tels que le destin et le libre arbitre, mais elle offrait aussi une connaissance psychologique et symbolique d'une grande richesse, donnant accès à une meilleure connaissance de soi et des autres. En y songeant, Giovanni se disait qu'il aimerait apprendre à dresser et interpréter les horoscopes. Comme il serait passionnant de dresser celui d'Elena et de le comparer au sien ! Il s'imaginait aussi arrivant à Venise et approchant Elena de cette manière : « Je suis astrologue, si vous le souhaitez je puis dresser et interpréter votre Ciel de naissance. » Voilà un formidable moyen d'aborder la jeune fille. Son maître lui avait dit que les astrologues étaient fort prisés dans toutes les cours d'Europe et qu'on s'arrachait leurs services. Il pourrait ainsi non seulement approcher Elena, mais aussi gagner dignement sa vie et sortir à jamais de sa condition de paysan.

Plus il y pensait et plus l'idée lui semblait excellente à tous points de vue. Il devait rester encore au moins deux années auprès de son maître et cela suffisait sans doute pour qu'il apprenne le métier d'astrologue. Un obstacle surgit toutefois dans son esprit. Pour dresser des horoscopes, il lui faudrait se procurer des éphémérides. Ces ouvrages devaient coûter une fortune et il ne voyait pas comment il pourrait gagner cette somme. En retournant le problème dans sa tête, il finit par avoir une nouvelle idée : pourquoi ne pas demander à son maître la permission de recopier les éphémérides en sa possession ? Il pourrait ainsi dresser les horoscopes de toutes les personnes nées entre 1490 et 1520, ce qui était déjà considérable et lui assurait de pouvoir faire celui d'Elena, qui devait être née quelques années après lui. Cela prendrait des centaines d'heures, certes, mais il était prêt à y passer ses nuits pendant deux ans si nécessaire. Il devait seulement se procurer le papier et l'encre, ce qui était nettement moins coûteux.

Après avoir mûrement réfléchi, il décida de s'ouvrir à son maître de cette question cruciale pour son avenir. Celui-ci l'écouta avec une grande patience. Il garda deux ou trois minutes le silence, tandis que Giovanni se rongeait les sangs, puis il donna son accord, précisant même qu'il offrirait au garçon l'encre et le papier. Car au fond de lui, le vieil homme était ravi de pouvoir transmettre ce savoir complexe et si peu répandu. Il appréciait Giovanni, son intelligence, sa sensibilité, son courage et sa volonté d'apprendre. Il était maintenant intimement convaincu que la Providence les avait réunis à cette fin.

Giovanni en fut bouleversé. Le soir même, il commença à copier les éphémérides sur un gros cahier relié que lui avait offert son maître. Dès le lendemain, le philosophe décida de remplacer le cours de latin par un cours quotidien d'astrologie.

Quelques semaines plus tard, Giovanni s'était rendu à la grande ville pour acheter d'autres cahiers. Après deux journées de marche, il était arrivé dans la magnifique cité de Sulmona, entièrement ceinte de hautes murailles. Cette ville, particulièrement fière de son glorieux passé puisqu'elle avait notamment vu naître le poète Ovide, était un centre culturel important. Giovanni avait suivi toutes les indications de Pietro, qui avait préféré rester auprès de son maître en cas de nouvelle attaque des brigands, et avait fini par trouver, non sans difficulté, le libraire qui vendait aussi de l'encre et du papier. Une fois ses achats effectués, il traîna encore quelques heures dans la ville. Il était à la fois déboussolé et fasciné par le bruit, l'agitation, la beauté des femmes, la tenue des hommes, les odeurs si variées. Il eut honte de ses vêtements, un peu effrayé à l'idée qu'il allait un jour prochain devoir vivre dans une cité bien plus vaste, riche et prestigieuse. Cette pensée lui donna le vertige. « Une chose après l'autre », se dit-il sagement en reprenant la route de la maison.

## 28

Cela faisait maintenant trois années que Giovanni étudiait auprès de son maître. Sa métamorphose, tant physique qu'intellectuelle, était spectaculaire. Le jeune homme rêveur, inculte et un peu frêle était devenu un homme robuste et cultivé. Il n'avait rien perdu de son idéal ni de sa sensibilité, mais il était moins naïf, plus déterminé, plus ancré dans la réalité.

Il avait acquis auprès de Pietro une excellente formation au maniement de l'épée. Plus jeune et plus agile que son maître, il lui arrivait maintenant de le battre à l'entraînement. Aucun incident n'était survenu depuis l'attaque des brigands et Giovanni en venait presque à le regretter, tant il se sentait prêt à en découdre.

Ses progrès auprès du vieux philosophe étaient tout aussi excellents. Il maîtrisait assez le grec pour lire les philosophes dans le texte, connaissait les Écritures chrétiennes, dont il retenait volontiers certains passages par cœur. Sa mémoire était bonne, ce qui facilitait ses études.

Mais ce qui le passionnait par-dessus tout était l'astrologie. Il savait à présent dresser un horoscope à partir des éphémérides et des tables de longitude et de latitude qui permettaient de calculer l'orientation topologique du Ciel d'un individu en fonction de son heure et de son lieu de naissance. Il avait d'ailleurs fini de recopier les tables, valables pour toute l'Italie, ainsi que les éphémérides donnant les positions quotidiennes du Soleil, de la Lune et des planètes. Surtout, il avait appris la symbolique des planètes et des signes du Zodiaque et commençait à savoir interpréter correctement un horoscope. Au-delà de l'intérêt intellectuel qu'il portait à cette discipline, le côté pratique de cet art et l'utilité matérielle et sociale qu'il en tirerait décuplaient sa motivation.

Elena continuait d'habiter ses pensées et ses rêves. Mais son amour pour la jeune femme avait également mûri. Il s'était résolu à ne pas s'enfuir dans l'imaginaire et évitait dorénavant toute pensée ou toute image qui n'était pas fondée sur des souvenirs précis. Son travail philosophique et astrologique lui avait permis d'apprendre à mieux se connaître. Il savait combien il était dangereusement porté par sa nature à se représenter les gens, ou les choses, de manière trop idéale. Il avait donc décidé de lutter contre ce trait de caractère et s'appliquait à une vigilance de chaque instant sur ses pensées, surtout celles concernant Elena. Il attendait patiemment de la revoir, cultivait dans son cœur le souvenir de son visage, sans chercher à imaginer ce qu'elle était devenue. Surtout, il relisait tous les soirs avant de s'endormir le petit billet qu'elle lui avait écrit. Même s'il en connaissait depuis longtemps chaque mot, il était ému chaque fois que son regard se posait sur l'écriture de la jeune femme : la seule trace concrète de sa rencontre furtive avec la Vénitienne.

Trois années s'étant écoulées depuis son arrivée dans

la maison de son maître, l'engagement qu'il avait pris auprès de lui était levé, il savait qu'il partirait bientôt la retrouver. Toutefois, il sentait la nécessité de parfaire encore sa formation astrologique, devenue son principal viatique pour le chemin qui le conduirait vers le cœur d'Elena.

Il en était d'autant plus convaincu que, deux mois auparavant, vers la fin du mois d'août, un homme était venu rencontrer son maître. C'était un philosophe espagnol du nom de Juan de Valdès et l'une des très rares personnes à savoir où trouver Lucius. Il venait lui annoncer le décès de leur ami commun : Désiré Érasme, survenu le 12 juillet de cette année 1536. Maître Lucius en fut très affecté. Puis les deux hommes échangèrent longuement sur les affaires du monde. Comme il n'avait reçu d'autre visite depuis bientôt deux ans, le philosophe apprit à cette occasion l'élection, en octobre 1534, d'Alexandre Farnèse au siège pontifical. Il n'en fut guère surpris car il avait lui-même, une vingtaine d'années auparavant, prédit au cardinal qu'il serait un jour élu pape... bien qu'il fût déjà père de quatre enfants ! Juan de Valdès expliqua à Lucius que l'élection de ce vieux renard de Farnèse – il était alors âgé de soixante-six ans – avait grandement relancé sa notoriété d'astrologue et que bien des nobles, à commencer par le pape lui-même, cherchaient à le débusquer de sa cachette pour le faire venir à Rome. « Dieu m'en préserve ! » s'était écrié le philosophe, ravi néanmoins d'apprendre que sa renommée était toujours aussi prestigieuse. Il interrogea longuement son ami sur les décisions du nouveau souverain pontife, qui avait pris le nom de Paul III. L'Espagnol lui donna des nouvelles plutôt rassurantes.

Bien qu'il continuât sa politique népotiste qui consistait à distribuer des biens ecclésiastiques à ses enfants et petits-enfants, il semblait disposé à œuvrer à la réforme de l'Église et entendait dialoguer avec les protestants. Il avait immédiatement nommé un groupe de cardinaux ouverts aux thèmes évangéliques, en vue de préparer un important concile et avait reçu le soutien d'Érasme. En réponse, le pape avait offert à l'humaniste le chapeau de cardinal, accompagné d'une importante rente ecclésiastique, cadeaux empoisonnés qui l'auraient définitivement coupé des Réformateurs et que le philosophe s'était empressé de refuser. Maître Lucius avait ri à gorge déployée en apprenant la nouvelle.

Giovanni découvrit à l'occasion de cette visite que son maître était non seulement reconnu comme un grand savant, mais comme le plus grand astrologue de son temps et qu'il avait jadis fait maintes prédictions qui s'étaient avérées. Cette nouvelle le ravit et le conforta dans sa résolution à devenir à son tour un astrologue renommé, dont il pourrait fièrement attribuer ses mérites à la formation transmise par son illustre maître.

Mais il fut surtout intrigué lorsqu'il entendit le philosophe espagnol parler de son installation récente à Naples et de sa rencontre avec une jeune comtesse, belle et cultivée, du nom de Giulia Gonzaga. Il ne put s'empêcher d'intervenir dans la conversation et de raconter son étrange rencontre, deux ans auparavant, avec cette ravissante cavalière nommée Giulia, qui galopait vers le monastère San Giovanni in Venere. Juan de Valdès resta songeur quelques instants, puis questionna Giovanni :

– Tu dis que cette rencontre a eu lieu au début du mois d'août 1534 ?

– Oui.

– Et tu dis que cette jeune femme était très belle, avec des longs cheveux châtains, mais habillée comme un homme et qu'elle semblait apeurée ?

Giovanni confirma d'un hochement de tête.

– Ce serait une extraordinaire coïncidence !

Giovanni, Pietro et Maître Lucius étaient suspendus aux lèvres de l'Espagnol.

– Il faut que je vous raconte l'incroyable histoire de Giulia Gonzaga, comtesse de Fondi, car il est fort probable que ce soit elle que tu aies aperçue ce jour-là. Comme la vie est étrange !

– Ne nous fais pas languir davantage ! lança l'astrologue.

– La jeune Giulia est la fille de Ludovico Gonzaga, comte de Sabbioneta et de Francesca Fieschi. Elle reçut dès le plus jeune âge une éducation des plus raffinée. À treize ans elle était déjà fort instruite en musique, en philosophie, en théologie et en sciences naturelles. Par ailleurs, comme c'était déjà une très jolie jeune fille, elle suscitait l'admiration de tous ceux qui la rencontraient. Peu avant ses quatorze ans, elle épousa Vespasiano Colonna, comte de Fondi, une belle cité située entre Rome et Naples, non loin de la côte méditerranéenne, à deux jours de cheval d'ici. Le comte était un homme riche et cultivé, mais de trente-trois ans son aîné. Il était veuf et avait une fille du même âge que Giulia. Il était fou amoureux de sa jeune épouse, ce qui suscitait la jalousie de sa fille. Deux ans après leur mariage, il mourut dans un accident et laissa sa jeune veuve de seize ans à la tête d'un magnifique patrimoine. Tant par son intelligence que par sa beauté et sa richesse, Giulia aurait pu être le parti le plus convoité d'Italie ! Mais le comte avait laissé dans son testament une clause qui interdisait à sa jeune épouse de se remarier sous peine de perdre tous ses biens... au profit de sa fille !

– Ah la canaille ! s'exclama Pietro dans un grand éclat de rire.

– Il eût été plus juste de partager son héritage entre sa femme et sa fille sans cette clause stupide, corrigea Maître Lucius.

– D'autant qu'un drame épouvantable surgit de cette rivalité. Giulia accepta en effet la clause et s'engagea à ne jamais se remarier. Elle transforma le riche palais en un centre intellectuel qui vit bientôt affluer penseurs, artistes et hommes d'Église. Peinte par Titien et Del Piombo, la comtesse acquit une réputation telle que Fondi se mua en une véritable cour d'adorateurs transis qui cherchaient tous à séduire le cœur de la jeune veuve. Celle-ci eut sans doute, dans la plus grande discrétion, quelques amants parmi lesquels, dit-on, le jeune cardinal Ippolito de Medicis.

– Tiens tiens, commenta Maître Lucius qui avait bien connu la famille Médicis. Mais c'était encore un enfant lorsque j'ai quitté Florence.

– Il était en effet à peine plus âgé que Giulia et il connut une fin tragique. Mais avant d'y venir, il me faut vous raconter l'invraisemblable épisode survenu dans la nuit du 8 au 9 août 1534 qui bouleversa la vie de la comtesse.

Juan de Valdès marqua une pause et but une rasade de vin. Ses hôtes restèrent silencieux, attendant la suite de son récit.

– Vers le milieu de la nuit, on réveilla Giulia pour l'informer que le célèbre corsaire Barberousse venait de débarquer en compagnie de deux mille janissaires turcs avec pour dessein de l'enlever... pour l'offrir en cadeau au sultan Soliman le Magnifique ! Les corsaires étaient déjà aux portes de la ville et seraient dans quelques minutes au château. Giulia n'hésita pas une seconde : accompagnée d'un serviteur, elle courut à l'écurie, sella son meilleur cheval et s'enfuit en chemise de nuit à travers la montagne ! Ils galopèrent toute la nuit à travers les collines des Abruzzes. Au petit matin, ils s'allongèrent quelques instants pour prendre un peu de repos et son serviteur tenta de la violer ! Giulia le transperça avec sa dague, enfila ses vêtements et reprit sa route en direction du monastère San Giovanni in Venere, où elle pensait y retrouver son meilleur ami, le cardinal de Médicis, qui devait y faire retraite.

Valdès se tourna vers Giovanni, littéralement sidéré par son récit.

– Il est donc tout à fait possible qu'elle ait emprunté cette route et vous ait rencontré en fin de journée alors qu'elle s'arrêtait au bord de la rivière pour désaltérer sa monture.

– C'est même certain, reprit Pietro. Quel dommage que tu ne nous l'aies pas amenée !

– J'aurais bien aimé, mais elle était terrorisée et souhaitait repartir au plus vite, répondit Giovanni. Je comprends maintenant pourquoi !

– Cette histoire rocambolesque est à peine croyable, poursuivit Maître Lucius. Et qu'est-il advenu par la suite ?

Juan de Valdès poussa un profond soupir.

– Le cardinal se trouvait en fait à Rome. Il eut vent de l'attaque des corsaires dès le lendemain matin et leva une armée de six mille hommes. Parvenus à Fondi, ils trouvèrent la ville à feu et à sang. Barberousse était reparti bredouille, mais dans sa rage d'avoir laissé échapper sa proie, il massacra tous les habitants qu'il put, pilla les riches maisons et profana les sépultures des châtelains. Ce fut un épouvantable carnage.

Les trois hommes restèrent atterrés, imaginant les scènes d'horreur évoquées par l'Espagnol.

– Mais pour quelle raison Barberousse s'était-il mis en tête de capturer la belle Giulia pour l'offrir au Sultan ? demanda Pietro. Cette opération sur les terres du pape était très risquée, et le maître de Constantinople n'a-t-il pas déjà plusieurs dizaines d'épouses dans son harem ?

– Mon ami, tu mets le doigt sur l'aspect le plus obscur de toute cette histoire et qui n'est guère encore élucidé. L'hypothèse avancée par beaucoup est sordide : ce serait la propre belle-fille de Giulia, qui n'avait jamais accepté d'être déshéritée au profit de cette femme qu'elle haïssait, qui aurait alerté le corsaire sur la beauté exceptionnelle de la comtesse et lui aurait promis de lui livrer les richesses du château en échange de ce rapt. De fait, les corsaires étaient parfaitement informés et il semblerait que des complices les guidèrent vers le château. Mais aucune preuve n'a pu être avancée contre la fille de Vespasiano Colonna. Les soupçons furent pourtant confirmés un an plus tard, lorsqu'on retrouva le cardinal Médicis, le meilleur ami et le plus sûr soutien de Giulia, assassiné dans les jardins de la comtesse. Mais il se dit aussi que cet acte aurait pu être commis par un autre amoureux éconduit de la belle Giulia. Dès lors, la jeune comtesse en eut assez de toutes ces intrigues et décida de se retirer du monde. Elle s'est installée dans un couvent de Naples et a soutenu diverses œuvres. J'ai fait sa connaissance au printemps dernier par l'entremise de notre ami Bernardino Ochino qui prêchait la retraite de carême à Naples.

Valdès se retourna cette fois vers son ami Lucius.

– Et je dois dire que cette rencontre a été utile, car la comtesse est fort sensible à nos idées. Elle apporte depuis son soutien à nos groupes évangéliques et œuvre au rapprochement entre catholiques et Réformateurs.

– Fort bien, acquiesça l'humaniste.

Puis la conversation se poursuivit sur les activités de Juan de Valdès à Naples et le développement à travers les grandes villes italiennes de ces groupes évangéliques qui tentaient de réformer l'Église de l'intérieur tout en tendant la main aux luthériens.

Giovanni avait été bouleversé au plus profond de lui par ce récit. Il ne cessa de penser à la comtesse Giulia pendant plusieurs semaines. « Quel destin tragique pour une personne au départ si comblée par la nature et par la vie », se dit-il. Comme le lui avait suggéré son maître, il pria souvent pour cette personne qu'il avait aperçue si brièvement et continua à s'interroger sur le sens de cette rencontre.


Telles étaient les pensées de Giovanni en ces beaux jours de fin d'automne. Un matin, tandis qu'il flânait dans les sous-bois à moins d'une centaine de mètres de la maison, il se retrouva nez à nez avec une dizaine de cavaliers en armes.

## 29

— Est-ce bien ici le lieu dit du Vediche ? demanda l'un des cavaliers avant que Giovanni ait eu le temps de réagir.

— Oui.

— Nous cherchons la demeure de Maître Lucius Constantini.

Le jeune homme resta figé. Il ne savait à qui il avait affaire. Peut-être son maître courait-il un grave danger. Il lui fallait sans doute mentir, mais comment pouvait-il empêcher ces hommes puissamment armés d'aller sur place vérifier ?

— Oh ! Tu es muet ou bien idiot ? poursuivit le cavalier sur un ton plus virulent.

Giovanni constata que les soldats portaient les armoiries du pape sur leur tunique et leur bouclier. Cela le rassura quelque peu.

— Je... je ne sais s'il est là, mais je vais m'en enquérir. Qui dois-je annoncer ?

En guise de réponse, le cavalier poussa Giovanni d'un violent coup de pied. Avant même qu'il se fût relevé, les hommes avaient éperonné leurs chevaux et trottaient vers la maison. Giovanni courut à leur suite. Lorsqu'il parvint dans la clairière, il vit que Pietro discutait avec l'un d'eux, qui avait mis pied à terre et lui montrait un document. Comme Pietro ne semblait manifester aucune animosité, Giovanni ralentit le pas et se rapprocha prudemment.

Pietro s'engagea dans la maison en compagnie de l'un des cavaliers, le seul qui ne portait pas d'armes. Les autres mirent à leur tour pied à terre. Lorsqu'ils virent Giovanni, l'un d'eux, celui qui avait jeté le jeune homme à terre, l'interpella :

– Dis-moi, l'idiot, sais-tu où on peut faire boire nos chevaux ?

Giovanni serra les poings. Il avait une furieuse envie de se jeter sur lui, mais se raisonna.

– Bien sûr, Monseigneur, répondit-il avec ironie. La rivière passe à environ deux cents mètres derrière la maison.

L'homme ne répondit pas. Il envoya les autres soldats mener les chevaux et resta avec un seul cavalier devant la porte. Giovanni allait franchir le seuil, lorsque l'homme lui barra la route du bras. Cette fois c'en était trop. Sans même réfléchir, d'un geste prompt, Giovanni saisit l'épée du soldat, en même temps qu'il le projetait en arrière. L'homme heurta une grosse pierre et s'étala de tout son long. Avant même que le deuxième n'ait eu le temps de réagir, le jeune homme lui assena un violent coup sur le casque avec le plat de la lame. Il s'écroula sans mot dire. Puis Giovanni porta l'épée sur la gorge du soldat qui l'avait insulté.

– Je suis peut-être simple d'esprit, mais j'ai appris à me battre. Alors défends-toi !

Giovanni recula de quelques pas, se saisit de l'épée de l'homme qui gisait à terre et la lança à celui qui s'était relevé. Le soldat semblait hébété. Il hésita quelques instants, puis se jeta sur Giovanni.

Alerté par le choc des lames, Pietro sortit en hâte de la maison. Devant le spectacle, il ordonna à Giovanni de cesser le combat.

– Pas avant qu'il ne se soit excusé, lui lança le jeune homme qui se battait avec l'énergie du lion.

Pietro ne comprenait pas ce qu'il s'était passé mais n'était pas peu fier de son élève.

Il ne put s'empêcher de l'encourager :

– Allez, mon garçon ! Plus vif dans tes pas et remonte ta garde !

Très vite, le soldat montra des signes de fatigue. Giovanni sentit que le moment était venu d'en finir. Il esquiva une attaque mal menée et fit un croc-en-jambe à son adversaire qui s'étala une nouvelle fois sous les hourras du géant.

– J'attends tes excuses, malotru, lança Giovanni en pointant l'épée sur sa poitrine.

– Je... je m'excuse...

– Belle leçon !

Pietro s'était rapproché de son élève et lui serra l'épaule.

– Je n'ai plus grand-chose à t'apprendre, poursuivit le géant avant d'aider le soldat à se relever. Allez ! lui lança-t-il vivement, soigne ton compagnon et laisse-nous tranquilles pendant que nos maîtres s'entretiennent.

L'homme ne se fit pas prier.

– Tu as pris un gros risque en t'en prenant à un soldat de la garde du pape, mon garçon, mais je ne peux t'en vouloir d'avoir voulu défendre ton honneur : j'aurais agi de même à ta place !

– Que viennent faire ici des soldats du pape ?

– L'homme qui est à l'intérieur n'est pas un soldat.
C'est un cardinal, figure-toi !

– Un cardinal !

– Oui, et notre maître semblait se souvenir de son
visage. Il voyage incognito accompagné de ces quelques gardes. Il a retrouvé je ne sais comment notre
trace, et il est porteur d'un message du pape.

Giovanni ouvrit de grands yeux.

– « De la plus haute importance » a-t-il dit. Et totalement confidentiel, car il a exigé que je sorte de la
maison pour parler en tête à tête avec Maître Lucius.
Je me demande bien ce qu'ils peuvent se raconter là-
dedans, poursuivit le géant sur un ton un peu dépité.

L'entretien dura plusieurs heures. Giovanni et Pietro
attendaient devant la maison avec une nervosité gran-
dissante. À la fin, le philosophe raccompagna le
cardinal sur le seuil de la maison et le salua avec
déférence. La petite troupe repartit aussi vite qu'elle
était venue. Les trois hommes restèrent quelques instants en silence. Giovanni regarda son maître : il avait
l'air totalement abattu.

– Ce qu'il me demande est insensé..., lâcha enfin le
vieillard, les yeux flottant dans le vide.

– De quoi s'agit-il ? demanda Pietro.

Le philosophe sembla reprendre ses esprits.

– Je ne peux en parler à quiconque. Même à vous,
mes amis. C'est une chose de bien trop grande gravité.
Je vais devoir m'enfermer dans ma chambre pendant
des jours et des semaines, poursuivit le vieillard d'un
ton las.

Il tourna la tête vers Giovanni.

– Tous tes cours sont suspendus. Fais ce que bon te
semble.

Puis il s'adressa à Pietro.

– Dès que j'aurai fini ce que j'ai à faire, je t'enverrai à Rome transmettre une lettre au pape. D'ici là, que personne ne me dérange. Tu apporteras mes repas dans ma chambre.

Le vieil homme se retourna et franchit le seuil de la porte en poussant un profond soupir :

– Que Dieu me vienne en aide !

## 30

Les jours, puis les semaines et les mois s'écoulèrent. Le vieux philosophe avait rassemblé de nombreux ouvrages, dont le fameux manuscrit d'Al-Kindî, dans sa chambre qui lui servait de cabinet de travail. Il écrivait, étudiant toute la journée, et parfois même la nuit, et ne sortait que deux fois par jour pour faire une brève promenade. Cela faisait bientôt quatre mois qu'il menait ce labeur insensé.

Puis, un matin, il sortit de sa chambre et tendit à Pietro une grosse enveloppe, soigneusement cachetée à son sceau.

– Voilà. Tu porteras ceci au pape dès demain. Tu te rendras d'abord auprès du cardinal que tu as vu ici. J'ai écrit son nom sur l'enveloppe. Il te conduira auprès du Saint-Père. Tu lui remettras la lettre en main propre. Surtout, que le contenu de cette enveloppe ne tombe jamais dans d'autres mains ! Jamais, tu m'entends ! Si tu es attaqué par des brigands, détruis-la plutôt ! Elle ne doit jamais s'égarer !

Impressionné par le ton solennel de son maître, le géant acquiesça de la tête, sans mot dire.

– Maître, puis-je vous exprimer une requête ? demanda Giovanni.

– Est-ce vraiment le moment ? J'ai besoin de repos.

– C'est important.

Le vieillard s'assit.

– Eh bien, je t'écoute.

Giovanni était très ému. Depuis plusieurs semaines, il avait pris sa décision et répétait dans sa tête comment il allait l'annoncer à son maître bien-aimé.

– Cela fait maintenant plus de trois ans que je suis votre élève avec un bonheur sans égal. Grâce à votre générosité, en l'espace de seulement quelques années, j'ai acquis un savoir inespéré. Mieux, j'ai appris à me connaître moi-même et à aimer la recherche de la vérité. J'aurais encore bien des choses à apprendre de vous et ma vie entière ne suffirait pas à accueillir vos connaissances.

Il tourna lentement la tête vers Pietro :

– Il en va de même pour toi, mon ami. Jamais je ne pourrai m'acquitter de la dette immense que j'ai envers toi.

Son regard se porta à nouveau vers le vieil homme qui écoutait son disciple avec une attention pleine de sollicitude.

– Je suis aujourd'hui décidé à vous quitter. Cette décision me brise le cœur, car je vous aime l'un et l'autre plus que mes propres parents.

Giovanni avait du mal à contrôler son émotion. Sa voix se fit faible et tremblante.

– Mais mon cœur n'a aussi jamais cessé d'aimer cette jeune femme si brièvement aperçue dans mon village. Pour elle, j'ai quitté mon père et mon frère. Grâce à elle, je vous ai rencontrés. Le temps est venu pour moi d'aller vers elle.

Il marqua une pause et baissa la tête pour dissimuler

ses larmes. Un profond silence s'était établi dans la pièce.

– Je ne sais ce que le destin me réserve. Peut-être vais-je vers une grande déception... mais je ne peux attendre davantage. Je dois reprendre ma route. Maître bien-aimé, avec votre permission, j'aimerais partir dès demain et vous rendre à mon tour ce service de passer à Rome remettre cette lettre au pape.

Bouleversés, les deux hommes ne purent retenir un mouvement de surprise.

– Je sais que Pietro est fatigué et qu'il a de mauvais rhumatismes, poursuivit Giovanni. La route pour Rome est longue et peu sûre. Ce serait une joie pour moi de faire ce détour par la Ville sainte et de me confier à Dieu avant de reprendre ma route vers Venise.

Maître Lucius hocha la tête, avec une gravité emplie de tristesse.

– Je savais que ce moment arriverait tôt ou tard, mon bon Giovanni. Et je dois t'avouer que j'espérais qu'il arriverait le plus tard possible. Tu as été pendant ces trois années le meilleur disciple qu'un maître puisse espérer.

Sa voix se brisa :

– Tu es encore jeune et ton caractère impulsif peut te jouer bien des tours. Aristote dit qu'on ne devient vraiment philosophe qu'à l'âge de quarante-cinq ans... je ne t'obligerai pas à rester auprès de moi jusqu'à cet âge avancé ! Tu as acquis avec intelligence bien des connaissances. La vie se chargera maintenant de parfaire ton éducation et ta réflexion. Je sais que tu te montreras un astrologue digne de son maître. Alors va, mon enfant. Prends tes cahiers d'éphémérides et les quelques livres que tu souhaites parmi ma bibliothèque.

Et si Pietro en est d'accord, emporte avec toi la lettre
pour le Saint-Père.

Giovanni tourna son visage embué de larmes vers le
géant qui acquiesça d'un hochement de tête maladroit.
Puis il se jeta dans les bras de son maître et laissa
ruisseler ses pleurs.


Il les quitta le matin même, ne souhaitant pas prolonger des adieux aussi pénibles. Il ne savait pas si le
destin permettrait qu'il retrouvât un jour ses deux plus
chers amis, mais il l'espérait de tout son cœur. Il
emporta ses précieux cahiers et seulement trois livres
écrits en grec : *Le Banquet* de Platon, l'*Éthique à Nicomaque* d'Aristote et le *Nouveau Testament*.

Il glissa la lettre destinée au pape sous la gaine de
son épée, glissa les cahiers et ses ouvrages dans sa
besace, ainsi qu'une gourde, une laine et quelques provisions, s'assura qu'il avait bien en poche les quelques
ducats que son maître lui avait donnés pour la route
jusqu'à Rome et Venise, puis embrassa ses deux amis.

Sans mot dire, il prit le chemin de la Ville Éternelle
et ne se retourna pas.

## 31

Le soleil commençait à décliner. Il avait quitté les chemins secondaires et marchait d'un pas vif sur la via Valeria depuis trois bonnes heures, lorsqu'un grondement sourd s'amplifia derrière lui. Il se retourna et aperçut cinq chevaux qui galopaient sur la route déserte. Quand les cavaliers furent à une vingtaine de mètres de lui, il vit qu'ils étaient vêtus de grandes capes noires et semblaient porter des masques. Il sentit instinctivement qu'un danger le menaçait.

D'un bond, il se jeta dans les taillis et courut vers les bois. Les cavaliers quittèrent la route et galopèrent à sa poursuite. Il parvint à atteindre les arbres juste au moment où le premier homme en noir arrivait à sa hauteur. Le cavalier dut ralentir sa course pour éviter les branches, tandis que Giovanni s'enfonçait dans le sous-bois.

Courant à perdre haleine, il prit de l'avance et se réfugia dans les hautes branches d'un chêne. Haletant, la peur au ventre, il guettait les cavaliers noirs, priant pour qu'ils n'aient pas l'idée de lever la tête. Ils s'étaient dispersés et fouillaient le bois minutieusement. La nuit commençait à tomber et Giovanni songea qu'il lui fallait profiter de l'obscurité pour quitter cet endroit. Alors qu'il descendait de l'arbre, il entendit l'un des cavaliers approcher, passer au ralenti juste en dessous de lui. Giovanni n'hésita pas un instant : il sauta sur son adversaire qui n'eut pas même le temps de crier et roula au sol avec lui. Avec une vivacité de félin, il le saisit à la gorge et fit pression sur la carotide jusqu'à ce que l'homme perde connaissance. Puis il le déposa sur le cheval, se hissa à son tour sur la monture et s'enfuit au trot vers la sortie du bois.

Dès qu'il fut à nouveau sur la via Valeria, il s'élança au galop pendant quelques lieues avant de prendre un chemin de traverse. Quand il se sentit définitivement à l'abri, il déchargea l'homme et lui attacha solidement les mains derrière le dos. Puis il lui ôta son masque en cuir et entreprit de le ranimer à grands coups de claques. Le cavalier noir revint à lui. Quand il réalisa la situation, il eut peine à croire que ce jeune garçon l'avait kidnappé et était parvenu à s'enfuir.

– N'es-tu pas le disciple de l'astrologue ?

– C'est bien moi.

– Mais où donc as-tu appris à te défendre ainsi ?

– C'est à moi de t'interroger. Qui êtes-vous ? Que voulez-vous ? Pourquoi vous dissimuler ainsi derrière ces capes et ces masques ?

L'homme ricana et demeura silencieux. Giovanni se saisit de son couteau et le pointa sur la gorge du prisonnier.

– Je ne suis pas d'humeur patiente, ce soir. Si tu refuses de répondre à mes questions, je n'hésiterai pas à t'occire comme un vulgaire poulet.

– J'ai juré de ne rien dire. Si je parlais, mes compagnons me tueraient.

– Pourquoi me poursuiviez-vous ?

– Pour récupérer la lettre que tu dois remettre au pape.

C'est donc cela, pensa Giovanni.

– Mais qui êtes-vous et pourquoi cette lettre est-elle si importante ?

– Tu ne sais donc pas ce qu'elle contient ?

L'homme comprit au visage de Giovanni que l'astrologue avait gardé le secret sur le contenu de la lettre. Il reprit avec plus d'assurance :

– Crois-moi, il vaut mieux que tu t'en débarrasses. Ce qu'elle révèle est plus terrible qu'une comète qui s'abattrait sur la Terre. Donne-la-moi, rentre chez toi et dis à ton maître que tu l'as égarée. Je te promets que tu ne seras plus menacé.

Giovanni éclata de rire.

– C'est toi et non pas moi qui suis du mauvais côté de la lame. J'ai promis à mon maître de remettre cette lettre au pape et je tiendrai ma promesse. Peu m'importe ce qu'elle contient !

– Alors tu ne dormiras plus jamais en paix. Même si tu me tues, mes compagnons te traqueront partout. Et si tu parviens à t'en défaire, d'autres viendront et te pourchasseront jusqu'à ce qu'ils aient la lettre en leur possession. Tu n'as aucune chance de parvenir vivant à Rome.

Giovanni comprit que l'homme disait vrai. Il sut aussi que, même sous la menace de son couteau, il refuserait d'avouer quoi que ce soit. Il réfléchit et prit une sage décision. Puisque ses mystérieux poursuivants ne le lâcheraient pas d'une semelle, il lui fallait renoncer à se rendre à Rome par la via Valeria. Prendre les chemins détournés était bien trop dangereux à cause des brigands. Le plus simple était de galoper sur la via

Valeria dans la direction opposée à la Ville Éternelle, où il ne rencontrerait aucun obstacle. Là, il rejoindrait le port de Pescara et s'embarquerait sur un navire. En moins d'une semaine il serait à Rome par voie de mer.

Sa décision prise, il attacha solidement l'homme à un arbre et s'enfuit à cheval en direction de l'Adriatique.

Il chevaucha une partie de la nuit, mais dut bientôt s'arrêter pour faire souffler sa monture.

Dès l'aube, il reprit la route.

À la nuit tombante, il aperçut enfin la mer. Parvenu au port, il attacha son cheval devant une auberge, y pénétra et, après avoir mangé un morceau, se renseigna sur les navires en partance pour Rome. Tandis qu'il discutait avec l'aubergiste, la porte s'ouvrit brutalement. Trois hommes en noir apparurent dans l'embrasure.

Giovanni se précipita vers le fond de la taverne et enjamba une fenêtre. Il se trouva nez à nez avec un autre homme masqué qui gardait l'arrière de l'auberge. Giovanni sortit son épée et les lames s'entrechoquèrent. Il domina rapidement son adversaire qu'il blessa à la cuisse et s'enfuit dans la nuit tandis que d'autres hommes, à pied et à cheval, engageaient la poursuite. « Combien sont-ils donc ? Et comment ont-ils fait pour retrouver si vite ma trace ? » se demanda-t-il, tandis qu'il courait vers les nombreux navires à l'ancre le long des quais.

Les bruits de sabots et les cris arrivaient de partout. Se sentant cerné, Giovanni se hissa à l'intérieur d'un petit bateau. Il constata que deux vigiles dormaient à poings fermés et descendit dans la cale. Il se cacha derrière des caisses de marchandises.

Vers le milieu de la nuit, il entendit du bruit sur le pont du bateau. Il retint son souffle, mais comprit bientôt qu'il s'agissait des marins qui rentraient après une soirée bien arrosée. Le silence retomba pendant quelques heures. Dès que le soleil se leva, l'agitation reprit et l'embarcation prit la mer.

Giovanni décida de ne pas quitter sa cachette tant qu'il ne serait pas parvenu à un autre port. Guère habitué au roulis du grand large, il fut malade tout au long de la journée, d'autant plus que les vents violents secouaient le navire comme une coque de noix. Après une journée, une nuit et encore une journée de navigation, le bateau jeta l'ancre dans un port. Giovanni n'avait aucune idée de l'endroit où il se trouvait, mais peu lui importait : il était convaincu d'avoir définitivement échappé à ses poursuivants. Il espérait toutefois que le navire avait pris la route du sud.

À la nuit tombante, quand il fut certain que la majeure partie de l'équipage avait quitté le bateau, il sortit de sa cachette et retrouva la terre ferme avec jubilation. Il aperçut de puissants navires et d'innombrables lueurs environnant le port sur lequel régnait une grande agitation malgré l'heure tardive. « Nous avons accosté dans une grande ville, se dit-il. Peut-être Bari si nous avons pris la route du sud ? Ou bien Ancône si par malheur nous avons été vers le nord... »

Il finit par aborder un gros marin occupé à défaire les nœuds d'un filin.

– Dans quelle ville sommes-nous, mon ami ?

L'homme le dévisagea comme s'il avait eu une apparition de la Vierge Marie.

– Quoi ?

– Je vous demande de me dire le nom de cette ville.

Le marin roula des yeux ronds et leva les bras au ciel :

– *Ma... Venezia !*

# III

# Jupiter

## 32

– Si Monsieur l'astrologue veut se donner la peine d'entrer.

Giovanni inclina le regard en direction du valet, se leva sans précipitation et pénétra dans le cabinet de travail du maître de maison.

– Ah ! quelle joie de vous rencontrer enfin, cher monsieur Da Scola, s'exclama un petit homme ventripotent.

Giovanni répondit par un large sourire et s'installa sur le siège que son hôte lui désignait.

L'homme prit place dans un fauteuil plus large, de l'autre côté de la cheminée de marbre. Il poursuivit sur le même ton affable :

– J'entends vanter vos mérites de tous côtés. On ne parle dans les palais que de la remarquable prédiction que vous avez faite au juge Zorzi sur sa si improbable nomination au Conseil des Dix, et hier encore mon ami Quirini me disait combien vous aviez vu juste quant à sa situation financière délicate.

– Je ne cesse pourtant de répéter que mes avis doivent être pris avec circonspection, car les conjonctures astrales relèvent d'une interprétation humaine qui n'est pas infaillible.

– Trêve de modestie, mon cher, votre réputation

n'est plus à faire, en quelques mois vous avez conquis Venise ! Il se murmure même que le Doge vous aurait reçu en audience privée...

Giovanni inclina la tête.

– Je ne puis, monsieur, répondre à cette question.

– Votre discrétion vous honore.

L'homme plissa les yeux et joignit les mains du bout des doigts.

– Mais dites-moi, quand êtes-vous arrivé à Venise exactement ?

– Il y a six mois, monsieur.

– Remarquable ! Une telle renommée en si peu de temps ! Si je ne m'abuse, vous êtes un élève de l'illustre Florentin Lucius Constantini, et vous avez été accueilli ici par le philosophe Nicolo Celestini.

– Vous êtes bien renseigné. Sachant que je désirais me rendre à Venise, mon maître m'a donné le nom de son ami, qui m'a accueilli si aimablement.

– Mais... dites-moi, pour quelle raison souhaitiez-vous vous rendre à Venise pour accomplir votre carrière plutôt qu'à Florence ou à Rome ?... Pour les filles ou pour l'argent ?

L'homme éclata de rire. Giovanni esquissa un sourire et répondit sur un mode ironique.

– Pour les deux, évidemment.

– Ah ! comme vous avez raison ! Savez-vous qu'on vient de recenser cent vingt mille âmes dans notre cité et qu'on estime à plus de dix mille le nombre des courtisanes ! Vous rendez-vous compte : une putain pour six hommes en moyenne ! Elles se chargeront vite de vous délester de tous vos gains ! Ah ! les coquines ! Si vous saviez ce qu'elles m'ont dérobé.

– « Dérobé » est un bien grand mot. Vous deviez être quelque peu consentant.

– Hélas ! L'homme est un être irrationnel ; il consacre des jours à gagner quelques dizaines de ducats... qu'il s'empresse de perdre en une poignée de minutes dans les bras d'une inconnue !

– À vrai dire, monsieur, je vais vous étonner en vous avouant que je n'ai point encore goûté au charme des dames dont vous parlez.

L'homme fut saisi de stupeur. Puis il plissa les yeux.

– Ah... je ne savais pas que vous préfériez les garçons.

– Non point, monsieur. Il se trouve simplement que mon cœur est épris.

L'homme se redressa et claqua bruyamment sa paume sur sa cuisse.

– Mais cela n'a rien à voir, mon garçon ! Comment l'amour d'une femme peut-il tarir le désir de jouir de toutes les autres ?

Giovanni sourit sans répondre. Il n'avait guère envie de prolonger cette conversation et regrettait déjà de s'être livré.

– Oh, mais ça m'a l'air sérieux, mon jeune ami, reprit l'hôte en se penchant vers lui. Et peut-on savoir le nom de la princesse qui a kidnappé votre cœur ?

– Permettez-moi de garder mon secret, monsieur, répondit Giovanni en fixant son interlocuteur. Mais je crois que vous m'avez fait venir pour une affaire commerciale...

L'homme toussota et prit un air grave.

– Oui, vous avez raison, venons-en aux faits. Voilà, il se trouve que je suis négociant en épices, l'un des plus importants de la ville, et que nos mers sont de moins en moins sûres ces dernières années. J'hésite donc sur le moment de faire traverser la mer à mes galères. On m'a dit que vous pouviez, par la consultation des astres, fournir de précieux conseils sur le moment le plus opportun pour se lancer dans une entreprise... Est-ce bien exact ?

– En effet. En dressant votre horoscope et en regardant les positions des planètes dans les mois qui viennent, je devrais être à même de vous conseiller utilement. Mais encore une fois, mon avis n'a rien d'infaillible. Tenez-en compte pour votre gouverne, parmi d'autres facteurs.

– Dresser mon horoscope, soit. C'est d'ailleurs une chose que j'ai jadis fait faire par simple curiosité. Mais comment pouvez-vous connaître les positions des astres pour les mois à venir ?

– Par le même procédé qui permet de connaître leur position dans le passé. Les astres suivent dans la voûte céleste une course parfaitement connue depuis l'Antiquité. Avec quelques calculs astronomiques, on peut savoir quelle sera leur position journalière sur plusieurs années, et même plusieurs siècles si on avait le temps d'effectuer ces calculs !

– Et vous avez étudié l'astronomie ? interrogea le marchand de plus en plus impressionné par la science de son interlocuteur.

– Non. Je possède des tables astronomiques, que l'on appelle éphémérides, pour les décennies passées, et j'ai dépensé mes premiers revenus pour me procurer ici des éphémérides pour les trois prochaines années. C'est ainsi que je peux tenter de faire quelques prédictions concernant l'avenir, en comparant les transits des planètes sur les points essentiels de l'horoscope de naissance du sujet concerné.

Le marchand resta bouché bée.

– Voici les livres en question, reprit Giovanni en sortant de sa grosse sacoche ses cahiers et ses nouvelles éphémérides imprimées. Il me faut seulement les lieu, année, mois, jour et si possible heure de votre naissance, afin de dresser votre horoscope et le comparer à la course actuelle des planètes en fonction de votre question.

Le marchand s'empressa de fournir toutes les informations nécessaires à Giovanni. En moins de vingt minutes, celui-ci dressa le thème de naissance de son hôte. Il lui fallut en revanche plus d'une heure pour étudier la position des différentes planètes dans les prochains mois et en tirer une conclusion. Il conseilla au marchand d'attendre encore deux mois avant de rapatrier ses navires.

Ravi, l'homme lui régla le prix de sa consultation : quarante ducats, ce qui était une somme considérable pour un travail aussi rapide. Après quoi, Giovanni salua son hôte et descendit en hâte au rez-de-chaussée du palais où une gondole l'attendait.

Ces consultations l'ennuyaient au plus haut point, mais elles lui permettaient de fort bien gagner sa vie. Or, à Venise, tout était cher : les vêtements, les appartements, le service des gondoliers. Devenu en quelques mois un personnage en vue, il lui fallait tenir son nouveau statut social, et il dépensait des fortunes pour se doter des signes extérieurs de beauté et de richesse sans

lesquels nul ne peut durablement fréquenter la haute
société.

Il demanda au gondolier de le conduire au palais
Priuli, dans le quartier du Castello. La barque quitta le
*rio* San Maurizio, vira à gauche dans le Grand Canal
et longea le somptueux palais que le vieux Doge,
Andrea Gritti, venait d'achever. Contrairement aux
rumeurs, Giovanni n'avait pas rencontré en tête à tête
le duc de Venise. Il lui avait été présenté lors d'une
fête, trois semaines plus tôt, et le Doge avait manifesté
de l'intérêt pour ce jeune homme talentueux et ambitieux. Il lui avait proposé de passer le voir au palais
ducal pour parler de la science des astres, à laquelle
lui-même croyait peu, sans toutefois lui faire parvenir
une invitation officielle. Giovanni attendait donc avec
impatience un signe du plus haut personnage de la cité.
Pour servir non pas son ambition sociale, mais son
ambition intime : approcher Elena.

Quelques jours seulement après son arrivée inopinée à Venise, Giovanni avait retrouvé sans difficulté
la trace de l'arrière-petite-fille du Doge. En fait, tout
Venise s'amusait de la vie sentimentale mouvementée
d'Andrea Gritti qui avait eu des enfants avec sa femme
légitime, aussi bien qu'avec une religieuse cloîtrée et
des concubines turques qu'il avait connues lors de son
séjour à Constantinople. Elena était la deuxième fille
de Vienna, elle-même petite-fille légitime du vieux
Doge. Vienna avait épousé Paolo Contarini, issu de
l'une des plus anciennes et prestigieuses familles patri-
ciennes. Elena Contarini, tel était donc son nom,
habitait dans un palais situé sur le Grand Canal.

Bien vite, Giovanni avait appris deux autres nouvelles capitales. L'une bonne, l'autre mauvaise. La
bonne c'était qu'Elena, bien qu'elle fût l'un des
plus beaux partis de l'aristocratie vénitienne, n'était
pas encore mariée. Giovanni faillit s'évanouir de joie
lorsqu'il en fut informé. Mais son bonheur fut gâché
par une autre nouvelle : Elena avait quitté Venise
depuis plusieurs mois pour rejoindre son père, le gouverneur de la lointaine île de Chypre.

En fait, la jeune femme partageait sa vie entre
Venise, où résidait sa mère qui était de santé délicate,
et Nicosie, la capitale chypriote. Et puis il avait appris,
avec une excitation douloureuse, qu'Elena devait rentrer à Venise au cours de l'été, ou au plus tard à
l'automne. Il avait donc décidé d'attendre son retour
et de profiter du printemps pour s'introduire dans la
haute société vénitienne grâce à sa pratique de
l'astrologie.

Le succès de son entreprise avait dépassé ses espé-
rances les plus optimistes. Hébergé dès le premier jour
par un vieux philosophe ami de son maître, il avait pu
rapidement exercer son art auprès des riches Vénitiens,
qui s'empressèrent de propager la rumeur qu'un beau
et talentueux jeune homme, disciple du plus célèbre
astrologue italien, venait de s'installer à Venise. Giovanni n'avait pas caché ses origines calabraises, mais
avait changé son nom, qui sonnait trop paysan et qui
pouvait être reconnu d'un Vénitien ayant jadis jugé le
jeune homme dans son village natal. Il affirmait venir
de la cité calabraise de Catanzaro, la seule qu'il
connaissait, et se faisait appeler Giovanni Da Scola.

On se l'arrachait : telle veuve pour savoir si elle
retrouverait un époux, tel marchand pour se rassurer

sur son négoce, tel notable pour connaître l'évolution de sa situation. Giovanni constata bien vite que ce qui l'avait fasciné dans l'astrologie – la connaissance de soi et des grandes lignes de la destinée – intéressait bien moins que les questions d'argent, de pouvoir ou d'amour. Dans un premier temps, il en fut contrarié. Puis il en prit son parti et se plia aux demandes très concrètes de ses clients. L'argent et les relations que son activité engendrait lui permettraient d'atteindre plus sûrement son unique objectif : rencontrer Elena.

Après avoir tourné à gauche dans le Grand Canal puis longé la place Saint-Marc et le palais ducal, la gondole vira dans un large canal situé derrière le campo San Zaccaria, puis à nouveau à gauche dans un petit canal qui conduisait au magnifique palais Priuli. Giovanni aimait particulièrement cet édifice, entouré de canaux, qui appartenait à l'une des plus grandes familles de Venise. Comme son propriétaire était désargenté – ici on pouvait être puissant et pauvre ou riche et sans poids politique – il louait de petits appartements composés d'un salon, d'une salle de bains et d'une chambre à quelques voyageurs fortunés. C'est ainsi que Giovanni avait décidé d'emménager dans ce somptueux *palazzo* dès qu'il eut commencé à bien gagner sa vie. Il pouvait recevoir dans son salon privé certaines personnes, principalement des femmes, qui souhaitaient ne pas consulter chez elles par discrétion. Quand il n'était pas invité à dîner ou à souper, il partageait ses repas avec la famille Priuli dont il appréciait l'hospitalité et le raffinement intellectuel. C'est ici même qu'il glana, l'air de rien, le plus d'informations concernant

Elena, car les Priuli étaient proches des Contarini et connaissaient l'arrière-petite-fille du Doge.

La barque s'arrêta devant l'entrée principale du palais. Giovanni glissa une pièce dans la main du gondolier, puis grimpa l'escalier principal jusqu'au troisième étage, et pénétra dans son appartement. Il ôta sa longue cape noire et se déchaussa. Il rangea ses éphémérides dans un petit placard du salon, toujours fermé à clef, et qui contenait ses biens les plus précieux.

Il glissa la main au fond du placard et retira une enveloppe dissimulée derrière quelques ouvrages de philosophie. En regardant la lettre que lui avait confiée son maître à l'intention du pape, l'astrologue eut le cœur serré. Cela faisait maintenant deux saisons qu'il avait quitté les Abruzzes pour se rendre à Rome, et des circonstances dramatiques l'avaient empêché de tenir sa parole. Au début, il s'était persuadé que le destin en avait décidé ainsi. Certainement pour lui éviter d'avoir à croiser l'un de ces cavaliers noirs qui cherchaient à s'emparer de la précieuse missive. Peut-être aussi pour lui permettre de rencontrer Elena sans attendre. Puis, lorsqu'il avait appris qu'Elena ne reviendrait pas avant plusieurs mois, il avait formé le projet de profiter de ce délai pour se rendre à Rome. Mais les événements s'étaient à nouveau enchaînés, de manière presque mécanique, sans qu'il pût être vraiment maître de sa vie. À peine arrivé, le succès de ses premières consultations fut tel qu'on lui organisa des rencontres presque quotidiennes dans les plus grandes familles vénitiennes. De jour en jour, il devenait plus connu et plus riche. Repartir pour Rome, et courir les risques de ce voyage, aurait ruiné cette ascension sociale et l'aurait éloigné à jamais de la femme de son cœur. Si la Providence l'avait mis dans d'aussi excellentes conditions pour la retrouver, pouvait-il prendre le risque insensé de quitter Venise ? Au fil des semaines, il s'était donc résolu à attendre le retour d'Elena avant de mener à bien l'importante mission que son maître lui avait confiée. De temps à autre, il se rassurait en se rappelant que ce dernier n'avait spécifié aucun caractère d'urgence, et lui avait même prescrit de détruire la lettre en cas de danger, ce qui signifiait que la sécurité de cette mission comptait bien davantage que sa rapidité.

Malgré ces arguments, dont il se racontait sans cesse la justesse, Giovanni avait mauvaise conscience. Chaque fois qu'il ouvrait ce placard, il ne pouvait s'empêcher de vérifier que la lettre était toujours là. Et chaque fois, en la regardant, la même voix intérieure lui disait qu'il aurait dû s'acquitter de cette dette. En priorité absolue.

## 33

Giovanni referma le placard, replaça la petite clef autour de son cou et se changea pour aller souper chez ses hôtes. La salle à manger était située à l'étage au-dessous. Six vastes fenêtres s'ouvraient sur un petit canal et donnaient à cette pièce, très haute de plafond, un caractère solennel.

Assis à côté de la maîtresse de maison, Giovanni salua un convive inconnu, un homme d'une trentaine d'années arborant une barbe noire taillée très court. Attablé près du maître de maison, celui-ci salua Giovanni avec courtoisie :

– Agostino Gabrielli. Ravi de vous connaître.

– Giovanni Da Scola. Moi de même.

– Je ne suis de retour à Venise que depuis avant-hier, mais j'ai déjà entendu parler deux fois de vous, et c'est avec beaucoup de plaisir et de curiosité que j'ai accepté l'invitation de nos hôtes qui m'offrent l'occasion de vous rencontrer.

Le jeune homme s'efforçait de garder la tête froide sous les compliments. Il savait qu'au moindre faux pas, à la première prédiction ratée, ces éloges se transformeraient en sarcasmes. Aussi essayait-il de ne pas attacher trop d'importance à ce qu'on disait ou pensait de lui. La seule chose qui comptait, c'était qu'Elena ait envie de le rencontrer lorsqu'elle reviendrait. C'était la seule raison qui l'encourageait à soigner sa bonne réputation.

– Je ne sais, monsieur, ce qu'on vous a dit de moi, mais j'espère ne pas décevoir votre attente.

– Le plus grand bien ! Mais appelez-moi Agostino, je ne suis pas tellement plus âgé que vous.

– Eh bien, puisque les présentations sont faites, attaquons ce plat d'anchois fumés, lança la maîtresse de maison.

Puis elle ajouta à l'intention de Giovanni :

– Savez-vous que notre ami Agostino, qui est maintenant versé dans l'art, a fait de longues études théologiques ?

– Quelques années à Rome, car je pensais me consacrer à la carrière ecclésiastique. Mais une charmante brune, bien favorisée par la nature, m'a détourné de ma vocation peu de temps avant l'ordination et je me suis réorienté vers le négoce d'art !

– Vous êtes bien scrupuleux ! s'exclama le maître de maison. Les femmes les plus piquantes n'ont point détourné de leur vocation la plupart de nos prêtres et de nos évêques ! Et je ne parle pas de notre pape Paul III, qui a été fait cardinal à vingt-cinq ans pour avoir mis sa ravissante sœur, Julia, dans le lit du pape Alexandre VI Borgia et que la pourpre cardinalice n'a pas empêché d'avoir au moins quatre enfants et de nombreuses concubines !

– C'est justement ce que je me refusais de faire ! Ne croyez-vous pas que notre Église a besoin d'une profonde réforme des mœurs du clergé, si elle ne veut pas être totalement vidée par les Réformateurs ?

– Je vous l'accorde, reprit Priuli plus gravement. Je

n'ai pas une grande sympathie pour ce Luther, qui est un personnage grossier et vaniteux, mais je lui donne raison sur ce point-là, comme sur quelques autres.

– Il me semble que votre cité entend rester assez neutre dans ce conflit, remarqua Giovanni. Si la Réforme n'a ici ni temple, ni pasteur, j'ai pu constater que vous ne condamniez pas les défenseurs de la nouvelle doctrine.

– C'est exact, reprit le maître de maison. Nous soutenons le pape, mais ne souhaitons point lui livrer les hérétiques.

Giovanni sourit.

– Cela confirme bien votre perpétuel souci d'indépendance, il me semble !

Agostino apprécia la remarque de Giovanni.

– « Vénitiens d'abord, chrétiens ensuite », comme dit l'adage ! Je vois que notre ami a bien compris ce qui donne sens à la politique de notre fière cité.

Il poursuivit en se caressant la barbe :

– Puis-je profiter de vos connaissances astrologiques pour vous poser une question d'importance qui agite toute la Chrétienté ?

– Faites.

– Luther est-il l'Antéchrist ?

Depuis son arrivée à Venise, Giovanni avait plusieurs fois entendu cette étrange affirmation dans la bouche de fervents papistes. Son maître avait évoqué la question de l'Antéchrist lorsqu'il lui avait fait étudier l'*Apocalypse* de Jean. Dans ce texte prophétique, qui clôt les Écritures chrétiennes, il n'est jamais fait explicitement mention de l'Antéchrist, mais de « bêtes » au service du diable qui séduisent les croyants et les détournent de la vraie foi. C'est plus précisément dans ses deux épîtres que Jean parle de la venue de « l'Antéchrist » à la fin des temps et des « antéchrists » qui le précéderont, ces « séducteurs » et ces « menteurs » qui « sont sortis de chez nous, mais qui n'étaient pas des nôtres ».

Maître Lucius avait expliqué à Giovanni que depuis les apôtres, chaque génération de chrétiens avait attendu et cru à l'imminence de la fin des temps. Les nombreuses persécutions dont furent victimes les disciples de Jésus et les troubles de l'Empire romain semblaient alors confirmer les prédictions des Écritures qui annonçaient la fin prochaine du monde, précédée de maux de toutes natures. Mais après la conversion de l'empereur Constantin, au milieu du IVe siècle, la conscience chrétienne se modifia en profondeur. Augustin fut le meilleur interprète de ce nouvel état d'esprit et annonça que la fin du monde n'était pas aussi imminente que les apôtres le pensaient : au temps apostolique des fondateurs succéderait le temps de l'Église, pendant lequel la Bonne Nouvelle du Christ devait être annoncée à toutes les nations. Alors seulement viendraient la fin des temps et l'avènement du Royaume de Dieu.

Pendant près de mille ans on cessa de vivre dans cette tension eschatologique de l'attente imminente de la fin du monde. Le XIVe siècle marqua un tournant. Les famines, la guerre de Cent Ans, la peste qui décima plus d'un tiers de la population européenne : autant de catastrophes qu'on ne manqua pas d'interpréter comme les grandes tribulations devant précéder la fin du monde. Mais le signe ultime, la preuve que l'histoire humaine touchait à son terme, fut la découverte du

Nouveau Monde par Christophe Colomb : ainsi l'Évangile serait annoncé à toute la Création et le Jugement dernier pourrait avoir lieu, selon les prophéties mêmes du Christ. Maître Lucius se souvenait de l'émotion qui avait secoué toute la Chrétienté à l'annonce de la découverte du navigateur portugais. Mais si la fin des temps était imminente, alors un autre signe devait se manifester : l'apparition des « antéchrists » et de l'Antéchrist en personne. Ce serviteur du diable, ce faux prophète, devait séduire de nombreux fidèles en imitant le Christ lui-même ou en se faisant passer pour son messager. Maître Lucius s'interrogeait lui aussi sur la venue de l'Antéchrist, concomitante de la découverte du Nouveau Monde. Mais il n'avait jamais identifié ce personnage à Luther, ni à personne d'autre.

Giovanni rassembla ses souvenirs et finit par lâcher :

– J'ignore si Luther est le faux Christ annoncé par les Écritures, ou même un quelconque suppôt de Satan, mais il me semble que cela arrangerait trop la propagande des papistes pour être vrai !

Agostino éclata d'un rire tonitruant.

– Évidemment ! La question est d'ailleurs de savoir si l'Antéchrist est un seul et unique personnage, comme le pensent la plupart des catholiques, ou bien s'il s'agit plutôt d'une fonction ou d'une institution, comme l'affirment les Réformateurs. Qu'en pensez-vous ?

Giovanni comprit où son interlocuteur voulait l'amener.

– Vous parlez de la papauté, n'est-ce pas ?

– Je serais en effet curieux de savoir ce que vous pensez des accusations de Luther et de ses disciples

contre la Rome catholique. Le siège pontifical n'est-il
pas celui de l'Antéchrist ? Les papes se font passer
pour les représentants du Christ sur Terre, alors qu'ils
n'en sont, selon les Réformateurs, que la figure
opposée et démoniaque. Le Christ était chaste, les
papes sont concupiscents. Le Christ était pauvre, les
papes sont riches. Le Christ refusait tout pouvoir terrestre, les papes courent après pouvoirs et honneurs.
Le Christ avait demandé que l'on n'appelle personne
sur Terre du nom de « père » et de « saint » car
affirmait-il : « Vous n'avez qu'un seul Père » et « seul
Dieu est saint » ; or les papes se font appeler « Très
Saint Père ». Bref, pour l'ancien moine allemand, la
papauté n'est que le siège de l'Antéchrist, la continuité
de la Babylone et de la Rome païennes, qui se fait
passer pour la tête et le cœur du christianisme !

– Pas plus que je ne suivrai les papistes qui accusent
Luther d'être ce faux prophète venu de l'intérieur de
l'Église pour séduire bien des fidèles par ses mensonges, pas plus je ne souscrirai à ces thèses qui
assimilent le Saint Siège au trône de la Bête de l'Apocalypse ou de l'Antéchrist. Tout cela me paraît relever
d'une polémique trop simpliste.

Le vieux Priuli interrompit Giovanni :

– Vous ne semblez guère croire en l'imminence de
la fin des temps, mon jeune ami. Les signes ne sont-ils
pas suffisamment nombreux pour vous en convaincre ?
Et qu'en disent les planètes ?

– Pour vous parler très franchement, je n'ai aucune
opinion précise à ce sujet. Quant aux astres, il ne m'est
jamais venu à l'idée de les consulter sur cette question.

En même temps qu'il parlait, une pensée soudaine
traversa l'esprit de Giovanni. Il se rappela qu'après la

visite du légat du pape, son maître s'était livré pendant des mois à de savants calculs astrologiques. Il se demanda brusquement si tel n'était pas l'objet de ses recherches frénétiques : la date de la fin du monde. Cela n'aurait rien d'absurde, puisque catholiques et protestants ne pensaient qu'à ça et que maître Lucius avait la réputation d'être le plus grand astrologue de son temps. Mais était-il possible de prévoir un tel événement à partir de certaines conjonctions planétaires exceptionnelles ?

– Il est curieux qu'un astrologue aussi talentueux que vous ne semble guère se préoccuper de ces questions si passionnantes, ajouta son hôte, un peu dépité.

– À vrai dire, confessa Giovanni avec modestie, je suis encore fort jeune et j'ai suivi toute ma formation auprès d'un seul maître, loin de l'agitation des villes. Aussi grand fût-il, il n'a guère eu le temps, en moins de quatre années, de me transmettre toutes ses connaissances. Depuis que je suis arrivé ici, je découvre bien des sujets qui préoccupent les esprits éveillés et sur lesquels j'ai, hélas, fort peu réfléchi.

– Je tenais à vous interroger sur un autre point tout aussi captivant, lança Agostino. Mais peut-être n'êtes-vous guère au fait de cette autre polémique qui agite la Chrétienté...

– Je vous écoute.

– Si Luther n'est pas l'Antéchrist, est-il le prophète annoncé par le grand astrologue arabe Albumazar, il y a plusieurs siècles ?

## 34

Le nom de cet astrologue n'était pas étranger à Giovanni. Il savait que les chrétiens avaient hérité des connaissances astrologiques des Anciens par les penseurs arabes, qui avaient eux-mêmes enrichi le savoir astrologique. Il lui semblait qu'Albumazar était l'un d'entre eux. Mais il n'avait rien entendu, ni lu, à propos d'une prédiction concernant Luther et cela lui paraissait fort surprenant.

– Je dois encore avouer mon ignorance sur cette question, répondit Giovanni embarrassé.

– Et le nom de Lichtenberger ne vous évoque rien non plus ? reprit Agostino.

Giovanni hocha la tête. Tous les convives ouvrirent de grands yeux interrogateurs.

– Mais je ne demande qu'à être éclairé sur cette question, reprit l'astrologue en esquissant un sourire amusé et communicatif.

– J'en serais ravi, si notre hôte le permet, car c'est un sujet qui me passionne, reprit Agostino en se tournant vers Priuli.

– Faites donc ! répondit sans hésiter le noble vénitien. Mais qu'on nous change d'abord les assiettes pour que vous ne soyez pas interrompu.

La servante obtempéra. Agostino se lissa la barbe et commença son récit d'une voix grave :

– Tout a commencé en 1484 avec la publication des *Pronostica* de Paul de Middlebourg, l'évêque d'Urbino. Dans ce texte, l'ecclésiastique exhume une vieille prédiction astrologique effectuée au IXᵉ siècle par le grand astrologue arabe Albumazar. Ce dernier considéra sur plusieurs siècles la conjonction des planètes Jupiter et Saturne qui se produit tous les vingt ans, je crois ?

– En effet, confirma Giovanni.

– Albumazar calcula qu'en 1484, la grande conjonction se produirait dans le signe du Scorpion, et en déduisit l'apparition d'un nouveau prophète. En 1492, Johannes Lichtenberger, un astrologue de Mayence, publia à son tour la prédiction d'Albumazar qu'il compléta de ses propres commentaires. J'ai parfaitement en tête son texte : « *Cette remarquable constellation et concordance des astres indique que doit naître un petit prophète qui interprétera excellemment les Écritures et fournira aussi des réponses avec un grand respect pour la divinité et ramènera les âmes humaines à celle-ci. Car les astrologues appellent petits prophètes ceux qui apportent des changements dans les lois ou créent des rites nouveaux, ou donnent une interprétation différente à la parole que les gens considèrent comme divine.* »

Giovanni, captivé, ne put évidemment s'empêcher de penser à Luther. Il profita de l'arrivée de la servante qui amenait le plat principal pour interroger son interlocuteur.

– Dites-moi sans plus attendre : Luther est-il né pendant la grande conjonction de 1484 ?

– Naturellement ! Nul ne sait toutefois la date exacte

de sa naissance. Les opinions varient entre novembre 1483 et novembre 1484. Mais je reviendrai plus tard sur cette question, car elle est l'objet de vifs débats entre protestants et catholiques. Revenons encore un peu, si vous le voulez bien, au texte de Lichtenberger, établi seulement huit ans après la naissance de Luther à partir des prédictions d'Albumazar. Lichtenberger a accompagné son texte de dessins. L'un d'entre eux montre deux moines : un grand et un petit. Le grand semble admonester quelqu'un et porte un démon perché sur son épaule. Dans son commentaire, l'astrologue écrit : « *On voit un moine dans une robe blanche avec le diable debout sur ses épaules. Il a un grand manteau qui pend jusqu'au sol et qui a de larges manches, et un jeune moine le suit. Il aura une intelligence très vive, saura beaucoup de choses et possédera une grande sagesse. Cependant il prononcera souvent des mensonges et il aura une conscience brûlée. Et comme un scorpion, car cette conjonction s'effectue dans la Maison de Mars et dans les ténèbres, il jettera souvent le venin qu'il a dans sa queue. Et il sera cause de grandes effusions de sang.* »

Agostino resta silencieux. Tous le regardaient avec attention.

– Mangez pendant que le plat est chaud, finit par dire la maîtresse de maison.

– Une telle prophétie vous ôte l'appétit, lança Giovanni, sidéré par la description de Lichtenberger. Et je puis vous dire qu'elle dépasse le cadre strict des calculs astrologiques : cet homme avait aussi un don de voyance. En tout cas, on ne saurait à mon sens mieux décrire l'ambiguïté de Luther, son intelligence et sa

perfidie, son talent à interpréter les Écritures et sa férocité à attaquer ses adversaires.

– N'est-ce pas ! répondit Priuli en attaquant le poulet
aux olives d'un grand coup de fourchette. Et savez-
vous que Luther s'est reconnu dans la prophétie ?

– Mieux encore, reprit Agostino, il la fit lui-même
imprimer en 1527 et la préfaça, tout en prenant quelque
distance avec le texte de Lichtenberger.

– Je croyais Luther hostile à l'astrologie, s'étonna
Giovanni.

– Il l'était en effet, jusqu'à ce que son disciple
Philippe Melanchthon, un astrologue de talent, le
convainquît que la prédiction d'Albumazar et de Lichtenberger ne pouvait s'appliquer qu'à lui... et qu'il avait
tout intérêt à l'admettre pour servir la cause de la
Réforme. Dès lors les protestants ne cessèrent de diffuser ce texte.

– Du bon usage de l'astrologie !

– Je ne vous le fais pas dire ! Mais la question de
sa date de naissance reste entière. Luther lui-même ne
peut affirmer avec certitude, à un an près, le moment
de sa venue au monde. Comme aucun registre n'en
porte la trace, et qu'aucun témoin fiable ne s'en souvient, chacun la situe, selon ce qu'il entend démontrer,
entre fin 1483 et fin 1484. Nul ne remet en cause qu'il
est né, exactement ou à peu près, au moment de la
grande conjonction prédite par Albumazar et qu'il est
natif du signe du Scorpion. Mais selon qu'on est un
astrologue protestant ou catholique, on arrangera son
année, son jour et son heure de naissance en fonction
de l'horoscope précis que l'on veut dresser ! Ainsi son
disciple Melanchthon a-t-il placé son Soleil en
conjonction avec Jupiter et Saturne dans le secteur du

thème astral qui gouverne la religion, alors que les papistes s'arrangent quant à eux pour que cette triple conjonction tombe dans le domaine dévolu à la sexualité et aux mœurs légères !

Giovanni éclata de rire.

– Voilà pourquoi, continua Agostino, je voulais vous interroger sur l'horoscope de Martin Luther. Car d'un côté on le brandit comme le prophète annoncé, de l'autre comme celui d'un être de débauche qui ne peut être qu'un faux prophète, voire l'Antéchrist en personne !

– Cela est tout à fait passionnant, commenta Giovanni. Je n'ai malheureusement aucun moyen d'enquêter sur la date de naissance du Réformateur, mais je vous promets d'étudier sérieusement son horoscope si un jour vous avez des informations fiables à ce sujet.

– Je n'y manquerai pas. Mais je crains, hélas ! que nous ne sachions jamais rien de certain.

– Voilà en tout cas un sujet fort palpitant, ajouta Priuli en finissant son assiette.

Un silence s'installa autour de la table, chacun méditant les propos d'Agostino. La maîtresse de maison appela la servante pour qu'elle desserve. Puis, comme ce silence commençait à lui peser et qu'elle craignait que ses hôtes ne repartent dans des discussions trop ennuyeuses sur la religion, elle chercha un sujet de conversation plus divertissant. D'un coup, une idée lui traversa la tête.

– Mais au fait, mon ami, lança-t-elle à l'intention de Giovanni, vous qui vous intéressiez à la jeune Elena Contarini, savez-vous qu'elle est de retour à Venise ?

Giovanni resta figé quelques instants, puis balbutia maladroitement :

– Ah...

– Je l'ai appris juste avant le repas, de la bouche même de notre ami Agostino qui était sur le même navire que la délicieuse fille du *retore* de Chypre.

– Vous... vous revenez de Chypre ?

– Avant-hier. Mais je ne savais pas que vous connaissiez la ravissante Elena Contarini. Décidément vous êtes un homme fort surprenant !

– Je ne la connais point, s'empressa d'ajouter Giovanni qui manqua s'étrangler. J'ai simplement entendu parler de cette jeune femme, qu'on dit effectivement fort jolie et intelligente, et il m'est arrivé de prendre quelques renseignements sur cette belle personne auprès de nos hôtes.

– Eh bien vous avez du flair, mon ami ! s'exclama Agostino.

– Je n'ai aucune vue particulière sur la jeune Contarini, reprit Giovanni en se maîtrisant jusqu'à la torture pour garder bonne figure. Tout juste aurais-je été heureux de faire, à l'occasion, la connaissance de cette aimable personne.

Un rire joyeux traversa la tablée qui mit Giovanni au comble de l'embarras.

– Cette occasion peut se présenter rapidement, poursuivit Agostino. J'ai noué, au cours de la traversée, des liens de sympathie avec cette charmante demoiselle, et elle m'a invité à une petite fête qu'elle donne la semaine prochaine chez elle. Je puis lui proposer que vous vous joigniez à nous. Qu'en pensez-vous ?

– J'en... j'en serais très heureux, balbutia Giovanni qui ne parvenait plus ni à penser ni à respirer.

– Je vous recommanderai chaleureusement auprès
de sa mère, ajouta Sophia Priuli d'un ton enjoué. C'est
une excellente amie ! Croyez-moi, très cher, je suis
certaine que vous serez invité.

## 35

La gondole quitta le palais Priuli.

Le temps était maussade et, depuis le matin, la ville s'enveloppait d'une fine pellicule de brume.

Giovanni découvrait un nouveau visage de Venise. Ce voile donnait à la cité un envoûtant parfum de mystère. Et cette atmosphère si particulière correspondait aux troubles sentiments qui tourmentaient son cœur.

Depuis une semaine, il se préparait à revoir Elena. Deux jours après la rencontre avec Agostino Gabrielli, il reçut au palais Priuli un petit mot écrit de la main de la jeune femme. Giovanni reconnut l'écriture sans l'ombre d'une hésitation, même si le trait était plus ample, plus affirmé. La lettre disait simplement :

*Monsieur l'astrologue,*

*On me dit depuis mon retour de Chypre le plus grand bien de vous et je serai heureuse de vous compter parmi mes invités pour la soirée que je donne jeudi prochain. Jeudi est le jour de Jupiter si je ne me trompe ? J'espère que ce sera de bon augure pour faire connaissance. Si vous pouvez vous joindre à nous, venez à la tombée de la nuit.*

*Elena Contarini*

Le lendemain, il avait fait porter sa réponse :

*Mademoiselle Contarini,*
*Je suis très flatté et vous remercie pour votre*
*aimable invitation. Jupiter est l'astre de la noblesse et*
*du bonheur et c'est un excellent jour pour faire la*
*connaissance d'une personne qui a une aussi belle*
*réputation que vous. C'est donc avec un grand plaisir*
*que je serai des vôtres.*

                                          *Giovanni Da Scola*

Sa principale préoccupation était de savoir si la jeune
femme le reconnaîtrait. Le pseudonyme qu'il avait pris
dissimulait ses origines, mais non ses traits. Il n'était
pas impossible qu'Elena en ait conservé un vague souvenir. Auquel cas, il avait prévu de nier publiquement.
Il ne pouvait avouer sa véritable identité à Elena qu'en
tête à tête. Si les circonstances devaient un jour le
permettre.

La gondole vira dans le Grand Canal.
Giovanni sentait son cœur s'emballer à mesure qu'il
approchait. Il attendait ce moment depuis quatre
années et n'arrivait pas à réaliser que, dans quelques
minutes, il serait face à elle. À Elena. Un rêve qui lui
avait semblé insensé. Aujourd'hui, les principaux obstacles avaient été levés : il était devenu un homme
séduisant et cultivé, Elena était toujours libre et l'avait
invité chez elle. Pourtant, Giovanni savait que le plus
redoutable était devant lui. Cet ultime obstacle sans
visage portait un nom : l'inconnu. Giovanni ne vivait

plus en imagination. Il savait que lui-même pouvait être déçu par ces retrouvailles, que la jeune femme qu'il connaissait à peine pouvait avoir changé, n'être plus la même. Il savait aussi qu'il pouvait fort bien ne pas lui plaire, qu'elle avait peut-être un ami de cœur, qu'elle ne s'intéresserait pas du tout à l'astrologie et l'avait invité par simple courtoisie.

C'était l'inconnu qui attendait Giovanni. Et il en ressentait de douloureuses crampes à l'estomac.

La gondole glissait lentement vers le palais Contarini, situé sur la rive gauche du Grand Canal, dans le quartier de San Samuele. Depuis le retour d'Elena, Giovanni était passé chaque jour en barque devant le palais, dans le secret espoir d'apercevoir la jeune femme penchée à une fenêtre. Il avait vu beaucoup d'agitation en prévision de la fête, mais jamais le visage aimé.

Pour l'occasion, il avait revêtu ses plus beaux atours, de soie et velours bleu et or, achetés une fortune chez un célèbre marchand du Rialto. Il savait qu'à Venise, plus que partout ailleurs, l'apparence – celle du visage, du costume, de la maison, de la gondole – était tenue pour signe de noblesse et de raffinement. Un savant disgracieux ou mal vêtu semblait un rustre et un aristocrate mal logé perdait tout prestige. Au fil des mois, Giovanni avait appris les subtiles règles du jeu vénitien.

La gondole arriva devant l'entrée du palais.

Des lampions éclairaient le grand portail ouvert, devant lequel défilait un flot ininterrompu de gondoles multicolores.

Giovanni fut accueilli par un serviteur qui lui demanda son nom. Après une brève vérification, l'homme lui indiqua un large escalier qui conduisait à l'étage supérieur. Au pied de l'escalier, une jeune femme le débarrassa de sa cape et la suspendit dans un vestiaire.

Le cœur affolé, Giovanni gravit très lentement les marches de pierre. Il entendait des bruits de voix, et surtout une musique céleste : celle d'un orchestre de cordes. Il déboucha dans une immense salle de réception éclairée par la lumière chaude et scintillante de trois lustres de cristal et de bougies. Huit hautes fenêtres donnaient sur le Grand Canal. Au centre, un somptueux escalier de marbre blanc conduisait aux chambres. Ornés de nombreux tableaux, les murs étaient revêtus d'une toile rouge. Des tables recouvertes de mets délicats et de nombreuses boissons étaient disposées le long des murs. Dans un angle de la pièce, un orchestre de cinq musiciens était juché sur une estrade montée pour la circonstance. Lorsque Giovanni pénétra dans le salon, une cinquantaine d'invités, tous assez jeunes, discutaient joyeusement.

Il s'arrêta en haut des marches, puis, dans un état second, fit le tour de la salle pour tenter de repérer celle dont la seule image le faisait trembler.

— Mais voici notre astrologue ! l'interpella tout à coup une voix familière.

Giovanni se retourna et tomba dans les bras d'Agostino entouré d'un groupe d'amis.

— Tu es superbe ! ajouta le jeune négociant d'art.

— Je ne tenais pas à vous faire honte ! C'est vous qui m'avez fait inviter en ce divin lieu.

— Trêve de cérémonies, mon bon ! Tutoyons-nous ! C'est splendide, n'est-ce pas ? Je le découvre en même temps que toi. Ce n'est pas le plus grand, mais sans doute l'un des plus charmants palais de Venise. Viens, je veux te présenter quelques amis qui sont aussi ceux d'Elena.

Agostino s'avança vers un jeune homme élancé, qui faisait aussi partie de la grande aristocratie, et deux jeunes femmes. Giovanni fut frappé par la beauté de l'une d'elles. Le teint pâle, les cheveux aile de corbeau, de beaux yeux bleus mystérieux, elle était tout de noir vêtue. Elle s'appelait Angelica. « Elle est sûrement du signe du Scorpion », pensa Giovanni en contemplant la jeune femme.

– Je suis charmée de faire votre connaissance, lui murmura-t-elle à l'oreille. On dit que vous êtes aussi talentueux à interpréter les configurations astrales... que séduisant.

– Vous me flattez, mademoiselle.

– Allons, je suis certaine que vous avez déjà deviné quel était mon signe astral !

– J'avoue que je ne serais pas étonné que vous soyez native du Scorpion.

– Eh bien, non !

– Vous voyez, je ne suis pas à la hauteur de ma réputation.

– Je suis native du Taureau, mais j'ai mon Ascendant en Scorpion... donc vous ne vous êtes pas vraiment trompé, cher astrologue.

– Je vois, mademoiselle, que vous vous êtes déjà fait interpréter votre horoscope.

– Mes parents ont jadis fait dresser celui de tous leurs enfants. J'ai donc la carte du Ciel de ma naissance, mais serais fort heureuse que vous veniez m'en faire l'interprétation.

– Méfiez-vous, mon ami, de cette adorable créature :

elle en a déjà piqué plus d'un qui ne s'est pas encore remis de son doux venin !

La voix féminine avait murmuré derrière lui. Il répondit en riant et dans le feu du jeu :

– Je crois être assez grand pour me défendre contre les Scorpions, et même contre les Taureaux !

Puis il se retourna. Et se décomposa. Une ravissante jeune femme lui tendait la main.

– Elena Contarini.

Giovanni resta pétrifié. Elena poursuivit avec le même sourire avenant :

– Vous êtes Giovanni Da Scola, le fameux astrologue, je suppose...

– Je... je suis... en effet.

– Eh bien, reprends-toi, mon ami, lança Agostino en tapant dans le dos de Giovanni. On t'avait pourtant prévenu qu'Elena était la plus belle femme de Venise !

## 36

Giovanni resta de longues secondes muet, incapable du moindre mot, du moindre geste. Hypnotisé.

De longs cheveux blonds aux reflets roux encadraient un visage d'ange, illuminé de grands yeux verts. Elena était vêtue d'une robe de couleur pourpre galonnée de fils d'or. Elle avait un large décolleté, orné d'un collier de perles fines, qui laissait deviner une vibrante poitrine. Giovani ressentit le même choc profond que lorsqu'il avait vu Elena pour la première fois. Mais la jeune femme avait pris, depuis lors, une telle place dans son cœur, que l'émotion qui le submergea fut encore plus foudroyante.

Elena fut d'abord surprise, bientôt embarrassée par l'intensité du regard de Giovanni et son étrange torpeur. Elle le saisit par le bras, ce qui ne fit qu'augmenter le trouble du jeune homme :

– Venez donc vous restaurer, mon ami.

Elle l'entraîna vers le buffet et Giovanni se ressaisit peu à peu.

– Pardonnez mon attitude. Je... je suis si troublé par votre beauté.

La jeune fille éclata de rire.

– Je ne vous crois pas ! Il y a à Venise tant de belles femmes, et ici même !

– Quelque chose en vous est si... différent.

– Vous savez parler aux femmes. Mais sachez que les choses de l'esprit m'importent plus que les apparences physiques ou les belles paroles.

– Je vous parle très sincèrement. Cela dit, je partage votre amour de ce qui réjouit l'âme plus que les sens. Mais je ne sépare pas le Beau du Bien. En disciple de Platon, je pense qu'un beau visage est un don de Dieu pour attacher un cœur et le conduire à la contemplation de la beauté et de la bonté divines.

Touchée de constater qu'il s'intéressait à la philosophie, elle sourit.

– Vous élevez soudain le débat à un niveau tel, que c'est moi qui vous supplierai bientôt de me parler de choses plus banales et concrètes !

– Je n'en crois rien. On m'a dit que vous étiez un esprit avant d'être une femme.

– Tiens donc ! Je serais curieuse de savoir lequel de mes amis, ou de mes ennemis, a tenu de tels propos à mon sujet.

– À ma connaissance, vous n'avez point d'ennemis. Je n'ai rencontré que des admirateurs.

Elena détourna la tête et se saisit de deux petits bols. Elle en tendit un à Giovanni.

– Savourez cette délicieuse crème de homard.

Tout en continuant de fixer Elena, Giovanni trempa ses lèvres dans le bol.

– Hum... succulent en effet.

– C'est une recette de ma grand-mère. J'adore faire la cuisine.

Giovanni s'immobilisa.

– Ne me dites pas que c'est vous qui avez préparé tous ces mets ?

– Non, rassurez-vous ! Certains seulement. Mais parlons de vous. Vous m'intriguez fort. À ce que je sais, vous êtes arrivé à Venise il y a seulement six mois et vous avez déjà conquis la ville par vos talents d'astrologue. D'où venez-vous et pourquoi avoir choisi notre cité pour commencer votre brillante carrière ?

Un voile de brume enveloppa le regard de Giovanni. Elena perçut aussitôt que sa question avait réveillé chez son interlocuteur un souvenir sans doute douloureux.

– Pardonnez mon indiscrétion. Ma mère me dit que je suis trop directe et spontanée...

– Je vous en prie, Elena...

Il se reprit :

– Mademoiselle Contarini...

– Dites Elena... si vous permettez que je vous appelle Giovanni ?

Des larmes montèrent aux yeux du jeune homme.

– Bien sûr, Elena.

En voyant l'émotion le submerger, Elena ressentit un sentiment étrange. Quelque chose qu'elle n'avait jamais vécu auparavant. Le sentiment irrationnel qu'elle connaissait déjà cet inconnu, ou du moins son âme... et que cet âme lui était proche, infiniment proche.

Une femme d'une quarantaine d'années fonça sur la jeune femme :

– Elena, ma chérie ! Tu manques à tous tes devoirs ! Tes invités ne cessent d'arriver et tu t'isoles dans un coin au lieu de les accueillir.

– Tu as raison, maman. Je te présente Giovanni Da Scola.

– Ah ! C'est donc vous qui accaparez ainsi ma fille ! Mon amie Sophia Priuli m'a dit grand bien de vous.

– Pardonnez-moi, Giovanni. Je vous laisse entre les mains de ma mère. À plus tard...

– À tout à l'heure...

Presque à regret, Elena partit accueillir ses hôtes. Giovanni écouta pendant quelques minutes Vienna Contarini lui tresser une couronne de lauriers. Mais ses pensées ne pouvaient quitter Elena. Il se sentait bouleversé d'un bonheur presque douloureux. Lorsque Agostino et ses amis le rejoignirent, il ne parvenait pas à penser à autre chose qu'aux mots d'Elena. À son sourire gravé en lui. Et il ne put interdire à ses yeux de sans cesse la chercher.

Plusieurs fois, leurs regards se croisèrent. Elena détourna le sien avec pudeur, mais ne pouvait s'empêcher, elle aussi, au milieu de mille obligations, de s'émouvoir de ce regard noir et profond, qui ne la quittait pour ainsi dire pas.

Pourtant, Giovanni fut parmi les premiers invités à vouloir quitter la fête. Il était pleinement rassuré, tant sur ses sentiments pour Elena que sur l'intérêt que la jeune femme lui portait. Les autres invités, qui ne cessaient de l'interroger sur l'astrologie, l'ennuyaient et le distrayaient de ses pensées intimes. Il ressentait l'impérieux besoin d'être seul.

Il se dirigea vers son hôtesse. Elena, qui était toujours entourée, ne put dissimuler son trouble en le voyant venir vers elle. Dès qu'il l'approcha, elle le saisit à nouveau par le bras et le conduisit à l'écart.

– Elena, je dois partir. Je ne sais comment vous remercier pour cette merveilleuse fête.

– Vous me quittez déjà ?

– Il le faut. Mais je brûle de vous revoir... dans des

circonstances plus favorables. Si cela ne vous choque point.

– Au contraire. Je serais si heureuse de reprendre avec vous notre conversation interrompue.

– Quand puis-je vous retrouver ?

Elena répondit sans l'ombre d'une hésitation.

– Après-demain. Venez ici à l'heure du goûter, si vous pouvez.

– J'y serai.

Giovanni baisa passionnément sa main en s'inclinant. Puis Elena le raccompagna en silence jusqu'à l'escalier. Alors qu'il descendait vers le rez-de-chaussée où une gondole l'attendait, elle lui lança :

– Vous me parlerez de Platon, n'est-ce pas ?

Giovanni s'arrêta net. Ses yeux brillèrent, puis il dévala les dernières marches sans se retourner.

## 37

À seize heures précises, la gondole déposa Giovanni devant le palais Contarini. Un valet le débarrassa de sa cape et l'introduisit à l'étage. Le jeune homme fut chaleureusement accueilli par la mère d'Elena à qui il offrit un bouquet de lys roses.

— Quelle délicieuse attention ! Vous n'auriez pas dû, c'est un tel plaisir de vous recevoir. Mais vous nous avez quittés bien tôt avant-hier.

— J'en suis désolé, car cette fête était inoubliable !

Elena apparut soudain en haut de l'escalier qui conduisait de la salle de réception aux pièces du deuxième étage. Elle était vêtue d'une robe bleu turquoise et d'une étole de brocart rose. Ses longs cheveux étaient tressés et relevés en coiffe, lui donnant l'allure d'une princesse médiévale. En la regardant descendre lentement les marches, Giovanni ne put contrôler l'intense émotion qui lui serrait la poitrine.

— Regarde, ma chérie, comme elles sont belles, lança Vienna Contarini en exhibant le bouquet. Elles sont parfaitement assorties à ton châle !

— Vous êtes un sorcier, monsieur Da Scola ! répondit Elena en lui tendant la main.

Giovanni la baisa en tremblant.

– Je suis très ému de vous revoir, mademoiselle Contarini.

Elena se retourna vers sa mère.

– Maman, puis-je recevoir monsieur Da Scola dans le petit salon ?

– Bien sûr, ma chérie, il est tellement plus chaleureux que cette immense salle. Et vous y serez plus tranquilles. Je vais demander à Juliana de vous faire servir du chocolat chaud. Qu'en dites-vous, mon ami ?

– J'ai découvert cette étrange boisson il y a peu et j'avoue l'apprécier au plus haut point.

– Savez-vous qu'elle fait fureur depuis quelques années à la cour d'Espagne et qu'on peut l'accommoder à toutes sortes d'épices. L'avez-vous déjà goûtée à la cannelle ?

– Non point.

– Eh bien, ce sera bientôt chose faite !

Elena entraîna Giovanni à l'étage supérieur. Un corridor desservait un salon de taille relativement modeste, mais illuminé par quatre hautes fenêtres donnant sur le grand canal, ainsi que plusieurs chambres. Les jeunes gens pénétrèrent dans le petit salon richement décoré. Elena s'assit à l'angle d'un large canapé et invita Giovanni à prendre place à l'autre angle, à un bon mètre d'elle.

– Vous avez une sœur, je crois ? demanda le jeune homme, pour tenter de chasser l'oppression qui pesait sur son souffle.

– Oui, mais elle est restée à Chypre avec mon père.

– Parlez-moi de cette belle île. Vous y séjournez souvent, à ce qu'on m'a dit ?

– Depuis bientôt cinq ans que mon père en est le *retore*, je partage ma vie entre Venise et Nicosie.

– J'espère que vous resterez quelque temps parmi nous avant de rejoindre votre père et votre sœur ?

Elena considéra Giovanni d'un air malicieux, et garda le silence quelques instants. Puis elle reprit sur le ton de la confidence :

– Maintenant que nous sommes seuls, puis-je à nouveau vous appeler par votre beau prénom ?

– Vous ne pourriez me faire plus plaisir... Elena.

– Alors dites-moi, Giovanni : préférez-vous Platon ou Aristote ?

Giovanni resta coi. Dès leur rencontre de l'avant-veille, il avait compris qu'Elena s'intéressait à la philosophie, mais il ne s'attendait nullement à ce qu'elle ouvrît ainsi la conversation. Il se ressaisit et lui répondit avec franchise.

– J'ai beaucoup d'admiration pour le grand Aristote et je relis souvent certains de ses ouvrages, comme sa merveilleuse *Éthique à Nicomaque*. Mais je dois avouer que ma préférence va au divin Platon qui a su, sans rien connaître de la Révélation biblique, élever la raison humaine jusqu'à des sommets inégalés.

– On m'a dit que vous lisez les philosophes dans le texte grec. Est-ce exact ?

– C'est indispensable si on veut bien les comprendre, confessa Giovanni sans vanité aucune. J'ai eu la chance de rencontrer un maître qui m'a enseigné la philosophie, le latin et le grec pendant plusieurs années, et qui a été lui-même un disciple du célèbre Marsile Ficin.

Elena fixa Giovanni avec un regard brillant d'admiration.

– Une chance que vous avez certainement méritée par vos talents et votre soif de connaissance, reprit aussitôt la jeune femme. Je brûle de connaître tout de vous !

Cette audace sans fioriture ni coquetterie l'émut. Il lui retourna, d'un ton passionné :

– Et moi, tout de vous !

Elena baissa les yeux. Elle avait un caractère entier et regrettait parfois sa spontanéité, qui dévoilait trop vite ses sentiments. Or elle avait été immédiatement séduite par Giovanni. Dès son retour de Chypre, ses amis lui avaient parlé avec ferveur de ce jeune et brillant astrologue, dont la haute société vénitienne était en train de s'enticher. Puis Agostino lui avait fait savoir que Giovanni serait ravi de faire sa connaissance. Elle en avait été surprise, et d'autant plus piquée de curiosité. Le soir de la fête, elle avait tout de suite été sensible à sa beauté un peu ténébreuse, à son intelligence, au parfum de mystère qui émanait de lui. Elle avait également appris qu'on ne lui connaissait aucune amie. Depuis deux jours, ses pensées étaient occupées par cet inconnu qui ne laissait aucune jeune fille indifférente. Elena sentait aussi qu'elle plaisait à Giovanni. Ses amies n'avaient pas manqué de souligner, parfois avec une pointe de dépit, qu'il ne l'avait pas quittée du regard. Cette attirance réciproque lui semblait bien étrange, mais l'aura magique de cette rencontre ne faisait qu'attiser le feu qui commençait à gagner son cœur.

– Ainsi donc vous avez étudié auprès d'un grand philosophe. N'est-ce point aussi auprès de lui que vous avez appris l'astrologie ?

– C'est exact. Maître Lucius est considéré à Florence et à Rome comme l'un des plus grands astrologues d'Europe. Mais j'étais loin de l'imaginer lorsque je l'ai rencontré !

– Justement, j'ai ouï dire que votre maître vivait caché dans la forêt des Abruzzes. Comment l'avez-vous trouvé ? Et d'ailleurs pourquoi le cherchiez-vous ?

– À dire vrai, je ne l'ai pas vraiment cherché... ou plutôt je cherchais, sans le savoir, à rencontrer un homme tel que lui. Mais c'est la Providence qui l'a mis sur ma route.

Elena écarquilla les yeux.

– Soyez plus clair, mon ami !

– Pardonnez-moi. C'est vrai que mon histoire est assez confuse. Pour résumer, disons que j'avais quitté ma région natale dans le but d'apprendre la vie ; de rencontrer des personnes passionnantes ; d'approfondir mes maigres connaissances. Et c'est ainsi qu'un matin, au bord de la route, j'ai fait la rencontre d'un homme qui m'a conduit à son maître, lequel n'était autre que cet illustre philosophe...

Giovanni fut interrompu par une servante joviale et grassouillette qui pénétra dans la pièce sans frapper, un plateau odorant à la main.

– Voilà de quoi vous restaurer ! Prenez garde, le chocolat est bouillant !

– Merci, Juliana, répondit Elena en se levant pour placer une petite table basse devant le canapé.

La servante déposa tasses et gâteaux. Lorsqu'elle leva le visage vers Giovanni, son regard s'attarda quelques secondes, comme s'il manifestait une certaine surprise. Puis elle repartit en prenant soin de laisser la porte entrouverte. Elena reprit position sur le canapé, mais nettement plus près du jeune homme, à qui elle tendit une tasse.

– Faites attention, vous avez entendu Juliana !

– Merci, Elena, répondit Giovanni en se saisissant de la tasse qu'il reposa presque aussitôt sur ses genoux.

Elena attendit aussi que la boisson refroidisse et se cala sur le canapé.

– Parlez-moi de votre famille... de votre ville natale...

Aucune question n'aurait pu embarrasser davantage Giovanni. Il décida toutefois d'être le plus sincère possible, sans trahir son secret.

– J'ai perdu ma mère lorsque j'avais sept ans.

– Pardonnez-moi, je suis désolée...

– Vous n'y êtes pour rien, Elena ! reprit Giovanni en souriant, saisissant instinctivement la main de la jeune femme.

Troublée, elle retira sa main, mais d'un geste doux.

– J'ai vécu seul avec mon père et mon jeune frère dans une petite ville de Calabre, poursuivit posément Giovanni, s'efforçant de surmonter son trouble. Issu d'une petite noblesse désargentée, mon père était négociant en chevaux. Connaissez-vous la Calabre ?

Le regard d'Elena s'assombrit. Elle détourna les yeux et fixa la fenêtre qui donnait sur le Grand Canal.

– Je m'y suis arrêtée une fois, il y a quatre ou cinq ans. Mais c'est un mauvais souvenir. Nous avions fait naufrage au retour de Chypre suite à une attaque de corsaires.

– Un naufrage ! reprit Giovanni, attentif à sonder ses souvenirs de l'épisode de sa vie qui avait fait basculer la sienne.

– Peu importe le naufrage. J'y ai vécu là-bas un événement fort troublant qui hante souvent mes rêves...

Elena regarda à nouveau Giovanni dans les yeux.

– Mais je ne souhaite pas en discuter maintenant.

Giovanni fut à la fois bouleversé qu'elle n'eût rien oublié de leur rencontre et terriblement frustré qu'elle refusât d'en parler. Elle lui tendit un gâteau aux amandes.

– Parlez-moi de Platon. Savez-vous qu'ici à Venise sa philosophie n'est guère prisée ? Nos maîtres, qui enseignent à Padoue, sont tous des fervents disciples d'Aristote, qu'ils jugent plus réaliste et fidèle à la vérité des faits.

– Cela ne m'étonne pas, vous autres Vénitiens êtes d'abord des pragmatiques ! Aristote a passé sa vie à observer l'homme et la nature, puis à classer, analyser, disséquer, ordonner ce qu'il avait compris. Platon, lui, s'est davantage appuyé sur son expérience intérieure de la contemplation des Idées : le Bien, le Vrai, le Beau, auxquelles il fait remonter toute la réalité sensible. Comme j'ai un tempérament assez idéaliste, la philosophie de Platon me touche davantage. Avez-vous lu ses dialogues ? *Le Banquet*, notamment ?

– Hélas non, car contrairement à vous je ne sais lire ni le latin, ni le grec. Mon précepteur m'a enseigné quelques rudiments de philosophie et lu de nombreux passages de livres, mais jamais du *Banquet*. De quoi parle cet ouvrage ?

– De l'amour.

– De l'amour ! Il faudra que vous m'en parliez, mon ami ; c'est un sujet qui m'intéresse.

– Comme je vous le disais lors de notre dernière conversation, Platon montre que la beauté sensible, celle qui nous émeut dans un corps ou un visage, nous conduit à la beauté de l'âme et à la beauté du divin.

Giovanni marqua une pause et regarda Elena avec

intensité. La jeune femme soutint son regard. Elle savait qu'il allait lui dire quelque chose de personnel. Elle aurait pu changer de sujet, ou baisser les yeux, mais elle décida d'accueillir ce qu'il avait à lui dire sans trop savoir ce qu'elle répondrait. Elle l'entendit avouer, d'une voix que l'émotion éraillait un peu :

– C'est pourquoi, Elena, je n'ai point honte de dire que dès le premier instant où je vous ai vue, je vous ai aimée.

## 38

Giovanni n'avait pas réfléchi à l'impact que pourraient avoir ses propos. Il aimait si sincèrement Elena et pensait à elle depuis tant d'années, qu'il n'avait pas même réalisé combien cette brutale déclaration pouvait surprendre et choquer la jeune femme qui croyait l'avoir rencontré pour la première fois il y a seulement deux jours.

L'intelligence d'Elena analysa tout ce que ces mots pouvaient avoir de surprenant et de prématuré. Mais son cœur lui tenait un autre langage. Un langage énigmatique. Elle sut que Giovanni était sincère. Elle sut aussi que cet amour trouvait en elle un écho. Elle demeura silencieuse, mais tendit lentement sa main vers Giovanni en soutenant son regard sans faiblir.

Tremblant de tout son corps, Giovanni étendit son bras et vint doucement à la rencontre tant attendue du corps et du cœur d'Elena. Leurs doigts s'effleurèrent, comme deux pétales d'une même fleur qui se découvrent en se déployant pour la première fois au soleil. Des larmes montèrent aux yeux de Giovanni. Elena en fut si émue qu'elle eut une folle envie de se jeter dans ses bras.

Elle se retint pourtant. Giovanni n'osa aller plus avant dans ce premier échange amoureux, d'autant qu'on pouvait les déranger à tout moment. Il se contenta de presser avec force la main de la jeune femme, et ils entrelacèrent leurs doigts en fermant les yeux. La distance leur devint insupportable.

– Quand pourrai-je te revoir ? demanda-t-il dans un souffle.

Le « tu » la fit frémir davantage que le plus fou des baisers. Elle parvint à réunir quelques pensées, et se dit qu'il valait mieux qu'ils ne se revoient pas chez elle, afin de ne pas éveiller les soupçons de sa mère.

– Reçois-tu des femmes pour leur faire leur horoscope sans que cela fasse jaser tout Venise ?

– Cela arrive, et je serais ravi de t'accueillir chez moi. Mais ma logeuse connaît fort bien ta mère.

– Peu importe ! Je dirai la vérité : que l'astrologue que tout le monde s'arrache m'a proposé de dresser ma carte du Ciel pour répondre à mon désir de savoir... si je serai bientôt mariée !

Giovanni devint tout pâle. Il relâcha la main d'Elena.

– Parce qu'il en est question ?

– J'ai quelques prétendants qui plaisent beaucoup à ma mère, mais ce sera à toi de me dire s'ils en valent la peine... ou si je dois attendre encore un peu, dit-elle d'un air amusé. Demande à Sophia Priuli si je peux souper chez elle après la consultation. Les règles de la bienséance seront ainsi préservées, ajouta Elena en se levant.

Le jeune homme se leva à son tour.

– Demain soir ?

– C'est un peu trop rapide pour que ma mère n'y voie pas malice ! Disons dans trois ou quatre jours, si cela est possible pour les Priuli.

– Je comprends, poursuivit Giovanni en prenant sur lui.

– Holà, ma chérie ! cria Vienna Contarini au même instant du bas de l'escalier. N'oublie pas que nous devons sortir acheter un chapeau pour ta soirée chez les Grimani.

– J'arrive, maman, nous avons juste fini ! répondit Elena à travers la porte.

Puis elle se tourna vers Giovanni et déposa un baiser sur sa joue avant de s'esquiver :

– Je file me changer. Demande à ma mère ma date et mon heure de naissance. À bientôt !

Giovanni n'eut pas le temps de répondre à son geste furtif. Il la salua du regard alors même qu'elle disparaissait dans le couloir menant à sa chambre. Il descendit et tomba nez à nez avec la mère d'Elena. Il lui expliqua qu'il avait invité sa fille chez les Priuli pour une consultation astrologique sur son avenir sentimental. Vienna trouva que c'était une excellente idée et en profita pour glisser à l'oreille de Giovanni qu'elle avait elle-même un faible pour le fils Grimani, chez qui ils allaient souper le soir même.

– C'est un excellent parti pour Elena, lui confia-t-elle, malheureusement, elle est encore indécise.

– Je la conseillerais bien volontiers en ce sens... si les astres ne m'indiquent pas une autre voie, répondit Giovanni avec une pointe d'ironie.

– Bien entendu, reprit Vienna, un peu embarrassée.

– Mais il me faudrait sa date et son heure précises de naissance si vous vous en souvenez.

– Naturellement.

Vienna griffonna quelques mots sur un petit papier

qu'elle tendit à Giovanni. Ce dernier le glissa dans sa poche.

– C'est parfait. Permettez-moi de vous saluer, madame, en espérant que nous nous reverrons prochainement.

– Venez donc me raconter ce que disent les planètes au sujet de ma fille ! Je la connais, elle refusera de me dire la vérité !

– Je reviendrai avec plaisir en ce lieu magnifique, répondit Giovanni en prenant congé de son hôtesse.

Celle-ci le rappela tout à coup :

– Monsieur Da Scola !

Giovanni se retourna, étonné.

– Comment avez-vous trouvé le chocolat ?

– Divin !

– J'en suis fort aise. Revenez quand vous le voulez !

Giovanni la remercia puis descendit le grand escalier, reprit sa cape et s'avança vers le portail débouchant sur le canal, où une gondole attendait. Il se ravisa soudain et revint vers le serviteur qui l'accompagnait.

– N'y a-t-il pas une autre sortie sur la ruelle ? J'ai envie de me dégourdir les jambes.

– Bien sûr, monsieur.

Le valet précéda Giovanni et le conduisit vers une petite porte en bois qui ouvrait sur un minuscule passage.

Quand le valet eut refermé la porte et s'en fut prévenir le gondolier de ne point attendre, Giovanni inspecta les lieux. Il vit que la ruelle, qui ne devait guère permettre à deux hommes de se croiser, débouchait sur le Grand Canal et longeait tout le côté du palais. Il leva la tête et constata qu'à chaque étage plusieurs fenêtres donnaient sur la ruelle. Au troisième et dernier luisait une petite fenêtre qui, selon ce qu'il avait compris des lieux, devait servir d'aération à la chambre ou à la salle de bains d'Elena. L'esprit troublé par cette découverte, il remonta l'impasse sur environ deux cents mètres et déboucha sur une large artère. Il tourna à gauche sur la *calle* San Samuele et, le cœur en liesse, il se perdit dans les venelles du quartier San Marco.

Lorsqu'il arriva au palais Priuli, le jour commençait à décliner. Il monta rapidement dans sa chambre, ôta prestement sa cape et ses chausses et ouvrit le placard. Il en ressortit ses tables astronomiques et se mit immédiatement au travail. Lorsqu'il eut fini de dessiner la carte du Ciel d'Elena, il resta un long moment silencieux, totalement absorbé dans ses réflexions.

– C'est incroyable ! finit-il par murmurer.

À cet instant, Marinella, la servante, frappa à sa porte pour l'inviter à passer à table.

## 39

Elena apparut, radieuse, à l'entrée du palais. Elle avait revêtu une grande cape de velours rouge. Ses cheveux étaient attachés et elle portait un chapeau assorti à sa cape.

– Mon enfant ! Quelle joie de te revoir après tant de mois ! Tu es toujours plus belle.

– Merci, Sophia ! C'est un tel plaisir de venir vous rendre visite dans votre palais si romantique.

– J'ai surtout la chance d'héberger un jeune homme aussi charmant que talentueux...

Elena devint presque aussi rouge que sa cape.

– Je te taquine, ma chérie ! poursuivit Sophia en embrassant la jeune fille. Je sais la raison pour laquelle tu es ici et j'ai dit à ta mère que c'était une excellente idée.

La maîtresse de maison débarrassa Elena de sa lourde cape et de son chapeau et l'introduisit à l'étage dans la salle de réception. En pénétrant dans la pièce, elle ne put s'empêcher d'ajouter :

– Je ne sais cependant quel effet tu lui as fait, car depuis votre rencontre de l'autre jour il a perdu tout appétit, ne sort plus et semble toujours absent.

– Je pense n'être pour rien dans ce curieux comportement, répondit Elena d'un air faussement surpris.

Elle-même manifestait des symptômes identiques. Depuis quatre jours, elle avait pensé jour et nuit à Giovanni, ce qui la mettait dans un état d'excitation extrême.

Sophia Priuli répondit par un sourire.

– Comme nous aurons le temps de nous voir au souper, je vais sans plus attendre te faire conduire à son appartement.

Le cœur battant, Elena emboîta le pas à la servante et gravit les marches conduisant au dernier étage du *palazzo*.

Sur le palier, Marinella désigna d'un geste la porte de Giovanni et s'esquiva discrètement. Elena se retrouva seule et attendit quelques secondes pour reprendre son souffle. D'un geste mécanique elle ajusta ses cheveux et frappa deux petits coups retenus. Elle entendit le parquet grincer. Son cœur manqua s'arrêter lorsque la silhouette de Giovanni apparut devant la porte ouverte.

– Elena !

Soudain très intimidée, la jeune femme pénétra dans le salon, faisant mine de s'intéresser à la décoration.

– Vous n'avez pas perdu de temps : on dirait que vous vivez ici depuis des lustres.

D'abord attristé par ce vouvoiement, Giovanni perçut très vite le malaise de la jeune femme et tenta de la mettre à l'aise en optant lui aussi pour le vouvoiement.

– Vous voyez, je me suis vite adapté ! Mais je n'ai pas encore pris le temps d'arranger au mieux ce petit appartement.

– Au contraire, c'est très bien ainsi. Il ne faut pas trop charger les pièces qui sont étroites.

Elena fixa une peinture accrochée entre les deux fenêtres qui représentait une vue hivernale du Grand Canal.

– Vous n'avez pas encore pu apprécier Venise l'hiver. Vous verrez comme c'est envoûtant !

Elle ne parvenait pas à passer au tutoiement. Ce dont elle avait rêvé tous ces jours précédents lui semblait en cet instant inconcevable.

– Il paraît qu'on est parfois obligé de traverser la place Saint-Marc les pieds dans l'eau ?

Elena éclata de rire. Cette remarque la détendit.

– En effet ! Et certains hivers on ne peut guère circuler qu'en barque. Mais c'est tout le charme de notre cité, n'est-ce pas ?

– Certainement. Et je suis émerveillé en pensant aux hommes qui ont aménagé cette lagune, à ces immenses palais qui reposent sur des milliers de pieux enfoncés dans la vase... c'est un miracle de la volonté et du génie humains !

– C'est vrai que je suis fière de ma ville et de ses fondateurs. Chaque fois que je reviens de Chypre, mon cœur se serre très fort quand j'aperçois au loin ces dizaines de campaniles qui émergent.

Elena se détendait et réalisait que la peur de son propre désir l'avait rendue distante à l'égard de Giovanni. Elle se retourna vers lui avec un sourire avenant :

– J'ai repensé à ce que vous m'avez dit sur l'amour platonicien.

Giovanni accueillit avec soulagement ce changement de ton et cette proximité retrouvée.

– Ah..., fit-il en désignant d'un geste un fauteuil à la jeune femme.

– Oui, continua Elena en s'asseyant, je me demande comment l'amour que nous inspire un beau visage peut infailliblement nous conduire à l'amour véritable de la personne, et mieux encore à l'amour de Dieu ?

– Je n'ai jamais dit que cette première attraction sensible conduisait nécessairement aux degrés les plus élevés de l'amour. C'est une possibilité qui nous est offerte, mais il est clair que certains en restent à la séduction des sens et ne parviennent pas, hélas, à s'élever vers l'amour le plus parfait.

– En quoi consiste cet amour le plus parfait ?

– Assurément celui qui unit l'amant à l'aimée de la manière la plus désintéressée qui soit. Celui qui fait qu'on aime une personne pour elle-même et non pour ses seules qualités, notamment de beauté, ou pour ce qu'elle peut nous donner.

– Mais lorsque l'on prétend aimer une personne dès le premier instant où l'on voit son visage, comment peut-on être sûr qu'on l'aime vraiment pour elle-même, que l'on s'attache à son âme et non point seulement à son corps et à son aspect extérieur ?

La question renvoyait avec une telle évidence à la déclaration de Giovanni qu'il en fut troublé et prit un temps de réflexion. Fallait-il la suivre dans le cours de cette discussion théorique, feignant de ne pas comprendre à quoi elle faisait allusion, ou bien lui répondre très directement sur ses propres sentiments ? Il opta pour la seconde solution.

– Elena, je ne puis vous apporter nulle preuve que mon amour pour vous est véritable. La seule chose que je sais, c'est que je pense à vous chaque jour depuis le premier instant où je vous ai vue et que cette pensée donne tout son sens à mon existence...

– Cela fait à peine une semaine ! Je ne puis croire que votre vie ait basculé depuis cet instant.

Giovanni était allé trop loin pour reculer. Alors, se refusant à mesurer les risques d'un tel aveu, il ferma les yeux :

– Elena, je pense à vous tous les jours depuis quatre longues années.

– Que... que voulez-vous dire ?

– Je vous ai vue pour la première fois un soir d'été... il y a plus de quatre ans.

– Je... je ne me souviens pas que nous ayons déjà été présentés. Était-ce à Venise ? Ou bien à Chypre ?

– Ni à Venise, ni à Chypre.

– Je ne suis jamais allée en un autre lieu. Ni à Rome, ni à Florence...

– Vraiment ?

– Vous faites bien des mystères !

Elena se releva du fauteuil et se dirigea vers la fenêtre. Elle bouillait intérieurement, craignant un futile jeu de séduction de sa part.

Giovanni se sentait au contraire envahi d'un calme et d'une force étranges. Cet aveu ne lui coûtait pas, il se libérait au contraire d'un poids trop lourd.

– Je ne fais aucun mystère, Elena. Je cherche à vous rappeler, sans vous brusquer, le lointain souvenir de notre première rencontre.

– Et pourquoi serais-je brusquée ? s'emporta Elena qui sentait un réel sentiment d'exaspération monter en elle. Cette lointaine rencontre fut-elle si pénible ?

Giovanni la regarda à travers un voile de tristesse. Il ne trouvait pas les mots pour lui dire qu'il était ce pauvre paysan qui avait tenté de la voir à travers les lames du grenier et qu'on avait si sévèrement puni.

Alors il trouva un geste. Il se leva à son tour, s'approcha d'elle, souleva lentement sa chemise et lui montra son torse nu.

Elena fut tellement stupéfaite qu'elle resta figée. Giovanni se retourna. Elle découvrit les vieilles cicatrices qui labouraient son dos. Elle réalisa que cet homme avait été flagellé. Sans vraiment comprendre, elle ressentit le curieux malaise attaché à un souvenir douloureux. Puis elle revit brusquement le corps ensanglanté et presque inanimé du jeune paysan calabrais qu'on traînait devant elle. Un tremblement ébranla son âme. Elle s'approcha de Giovanni, tendit deux mains tremblantes vers son dos et les posa sur ses plaies. Sous ses paumes les cicatrices frémissaient.

Le garçon se tourna à nouveau vers elle. Ses yeux étaient mouillés de larmes.

Elle le regarda fixement et poussa un cri étouffé par l'émotion :

– Toi !

**40**

– C'est bien toi ?

Giovanni continuait de fixer Elena sans mot dire, le visage bouleversé.

– Tu es venu ici pour moi ?

– Oui.

Elena resta interdite quelques instants, puis elle se jeta dans les bras de Giovanni, blottit son visage contre son torse et le serra de toutes ses forces. Le jeune homme l'enlaça plus fort, laissant ses larmes couler en silence sur la nuque de la jeune femme. Elle sanglotait sans desserrer son étreinte :

– Giovanni, je ne savais même pas ton nom. Moi aussi j'ai pensé à toi si souvent. J'ai eu tellement de peine pour toi...

Elle releva la tête et chercha ses yeux :

– Je comprends pourquoi j'ai été si émue lorsque je t'ai revu à cette fête. Il me semblait connaître ton âme. Et c'était vrai !

– Elena, j'attends cet instant depuis tant d'années !

Ils se regardèrent en silence, le visage si près l'un de l'autre qu'Elena en ferma les paupières. Elle se haussa sur la pointe des pieds et posa doucement ses lèvres sur celles de Giovanni. Leurs bouches frémirent en se rencontrant.

Giovanni desserra l'étreinte le premier, de peur d'étouffer la jeune femme. Il la regarda à nouveau. Cette fois une lueur de joie inondait ses yeux noirs.

– Elena, je suis si heureux, si heureux...

– Alors monsieur Da Scola, vous habitiez en ville et votre père était négociant en chevaux ?

Elena esquissait un large sourire. Giovanni la regarda avec une pointe d'inquiétude.

– Mon vrai nom est Giovanni Tratore. Tu m'en veux d'avoir menti sur mes origines pour préserver notre secret ?

– Pas du tout ! Mieux vaut en effet que personne ici ne sache qui tu es vraiment.

– Tu ne peux imaginer à quel point la lettre que tu as laissée à mon père m'a réconforté ! Bien que la connaissant par cœur, je l'ai relue chaque jour.

Elle le regardait en silence. Cette situation lui paraissait irréelle, tout droit sortie d'un conte de fées.

– J'ai du mal à croire que c'est seulement par amour pour moi que tu as quitté ta famille et remonté à pied toute l'Italie !

– C'est pourtant la stricte vérité.

– Mais tu en as mis du temps pour me rejoindre !

Giovanni rit de bon cœur.

– Ce n'est pas faute d'avoir pensé à toi ! Lorsque j'ai rencontré mon maître, il a exigé que je reste au moins trois années auprès de lui. Si tu savais comme j'ai hésité, j'avais tellement hâte de te revoir !

Elena avait du mal à réaliser qu'il avait tout fait par amour pour elle, y compris apprendre la philosophie et l'astrologie. Cela la comblait et la mettait en même temps un peu mal à l'aise.

– Je suis certaine de ne pas mériter autant de foi,

d'amour et d'espérance. Tu vas vite découvrir que je suis une jeune fille bien ordinaire...

– Je te connais peu, Elena, mais sans le savoir tu m'as conduit sur un chemin de rencontres extraordinaires, de précieuses connaissances et de grandes joies. Alors je crois surtout que tu ne connais pas toi-même la beauté qui est en toi... beauté dont ton corps n'est qu'un reflet.

– Oui, Monsieur « Je-sais-tout ».

– N'oublie pas que je suis astrologue et que j'ai fait ton horoscope ! J'en sais aujourd'hui beaucoup sur toi.

– J'avais oublié que nous étions censés nous voir pour parler de cela ! Mais sans vouloir te décevoir, je me fiche éperdument de mon horoscope et de mes prétendants. J'ai pris ce prétexte pour te revoir ici.

– Tu as tort ! reprit Giovanni, car j'ai découvert une chose extraordinaire en faisant ton horoscope.

Elle eut une moue de curiosité.

– Figure-toi que la position de la planète Vénus, qui signifie l'amour, se trouve précisément au même endroit dans ton thème et dans le mien.

– En déduirais-je que nous sommes faits pour nous aimer ?

Giovanni répondit au sourire d'Elena et rapprocha ses lèvres des siennes. Ils s'enlacèrent avec passion pendant de longues minutes, mais furent interrompus par un craquement de pas devant la porte. Les deux amis retinrent leur souffle. On frappa trois coups. La voix de Marinella se fit entendre :

– Pardon de vous déranger, mais le repas est prêt. Vous êtes attendus dans le grand salon.

– Nous arrivons dans quelques minutes, répondit Giovanni en se raclant la gorge.

Il se baissa pour ramasser sa chemise tandis qu'Elena remettait un peu d'ordre dans ses cheveux.

– Qu'allons-nous dire s'ils nous interrogent sur cette passionnante consultation astrologique ! demanda la jeune femme d'un air enjoué.

– Tu diras juste que c'était fort instructif, mais trop personnel pour être rapporté en public. Laisse-moi faire pour le reste, je raconterai quelques banalités sur ton caractère...

– Tu vois que je suis somme toute très banale !

Ils s'enlacèrent en riant, puis Giovanni conduisit Elena à la salle d'eau. Elle y resta quelques instants pendant que le garçon remettait de l'ordre dans son salon. Elle le rejoignit alors qu'il replaçait ses ouvrages d'astrologie dans le placard. Elena fut intriguée par la grande enveloppe déposée au fond du petit meuble. Giovanni ferma le placard à clef et replaça la clef à son cou.

– Eh bien, allons rejoindre nos hôtes. Et peut-être serait-il prudent de reprendre le vouvoiement devant eux ?

– Avec plaisir, *Signor astrologo* !


Les Priuli s'impatientaient.

– Ah ! enfin ! s'exclama le maître de maison en voyant les jeunes gens descendre l'escalier. Passons tout de suite à table, mon estomac ne sait attendre !

– Pardonnez-nous, répondit Giovanni, il y avait tant à dire sur cette délicieuse personne.

– Nous n'en doutons pas, dit Sophia en plaçant ses invités. Alors, Elena, qu'as-tu appris de passionnant ?

– Tant de choses ! Mais c'est encore trop frais et trop confus pour que je puisse en parler sereinement.

– Et puis ce sont des sujets très intimes, poursuivit Giovanni en souriant à son hôtesse.

– Bien sûr, mais dites-nous juste une chose que je suis impatiente de savoir !

Elena regarda la maîtresse de maison d'un air interrogateur. Sophia attendit quelques instants que la servante ait distribué les assiettes chaudes, porta une cuillère de potage à ses lèvres, imitée par son mari et ses deux hôtes, et posa enfin la question qui lui brûlait les lèvres :

– Elena va-t-elle épouser Don Gregorio Badia ou le jeune Tommaso Grimani ?

Giovanni faillit s'étrangler. Elena avait l'air embarrassée, mais moins surprise par la question. Elle répondit posément :

– Je n'ai pris aucune décision à ce sujet, et monsieur Da Scola n'a pas abordé cette question.

Sophia regarda Giovanni, décontenancée.

– Je croyais que vous deviez faire son horoscope pour parler justement de l'avenir sentimental d'Elena ?

– Certes, mais nous avons abordé des questions d'ordre général, sur ce qui convient et ne convient pas à mademoiselle Contarini, plutôt que de parler de personnes en particulier.

– Ce qui lui convient c'est d'épouser un homme mûr et instruit comme Don Gregorio, lança le vieux Priuli.

– Mais, chéri, il a presque quarante ans et pourrait être son père ! reprit Sophia.

– Cela importe peu. C'est un homme de tempérament, en pleine force de l'âge, riche et puissant. Les jeunes femmes ont tout à gagner à épouser un homme d'expérience plutôt qu'un gamin qui a tout à apprendre de la vie, comme le jeune Grimani.

– Tommaso n'est plus un enfant ! Il est même sans doute plus âgé que notre ami Giovanni. Il est fort beau, bien éduqué, et c'est l'un des meilleurs partis de la ville. Et dois-je te rappeler que c'est un excellent épéiste de redoutable réputation ? même si ce n'est pas le trait de sa personnalité que je préfère ! Moi à la place d'Elena, je n'hésiterais pas !

Elena ne tenait plus en place.

– Tout cela est prématuré, je n'ai pas l'intention de me marier dans les mois qui viennent. Par contre, monsieur Da Scola m'a dit que j'avais de bonnes aptitudes pour la philosophie et il m'a proposé de me donner des cours particuliers.

Giovanni ouvrit de grands yeux. Puis il se ressaisit et abonda dans son sens.

– Mademoiselle Contarini a une grande intelligence et se passionne pour les questions philosophiques. Ce serait un honneur pour moi de répondre à ses questions.

– Excellente idée ! reprit Sophia Priuli. Il est regrettable que nos filles n'aient pas une instruction aussi poussée que nos garçons et ne puissent aller à l'université.

– Je suis peut-être de la vieille école, mais il me semble que les femmes ont autre chose à faire pour tenir un foyer que de disserter sur les idées abstraites, répondit son mari.

– L'un n'empêche pas l'autre, reprit Elena. Comme me l'a dit monsieur Da Scola, je suis tout autant faite pour élever des enfants que pour cultiver mon intelligence.

– Ah, si ce sont les astres qui le disent ! reprit Priuli
en haussant les épaules.

Giovanni parvint à faire glisser la conversation sur
des sujets plus généraux. À la fin du repas, il raccompagna Elena jusqu'à la porte du palais. Avant que la
jeune femme ne s'engouffrât dans la gondole, il lui
souffla à l'oreille :

– Puis-je passer demain pour donner mon premier
cours ?

– Laisse-moi d'abord convaincre ma mère. Je te ferai
bientôt signe.

Les deux jeunes gens échangèrent un baiser furtif et
Elena se glissa dans la petite cabine de bois située au
centre de la gondole. Giovanni regarda la barque glisser
sur l'eau jusqu'à ce qu'elle disparaisse. Puis il remonta
prendre congé de ses hôtes et regagna son appartement.
Il s'assit sur son fauteuil et retrouva avec émotion
quelques effluves du parfum d'Elena. Après un long
moment, il se releva et ouvrit son placard. Il retira
l'enveloppe destinée au pape, s'assit dans son fauteuil
et la regarda avec gravité.

– Quand vais-je avoir le courage de quitter Elena
pour me rendre à Rome ? murmura-t-il. Si au moins je
savais ce que contient cette lettre !

Le jeune homme songea à la discussion sur Luther,
l'Antéchrist et la fin du monde. Plus il y pensait et
plus il était convaincu que cette lettre avait quelque
chose à voir avec ces sujets. Peut-être son maître révé-
lait-il le nom de l'Antéchrist ou la date de la fin des
temps ? Ses doigts le démangeaient. Giovanni observa
l'enveloppe : était-il possible de l'ouvrir sans la déca-
cheter ? Non. Il brûlait de le faire. Il hésita un long
moment, puis reposa l'enveloppe dans le placard.

Il alla dans sa chambre, se déshabilla et s'allongea sur son lit, le regard posé sur la vitre où se déployait un ciel d'étoiles et de mystère. Sa conscience n'était pas en paix, mais son cœur était empli d'allégresse. Il se dit qu'il lui faudrait s'assurer encore quelques semaines de l'attachement d'Elena avant de lui expliquer la raison de son départ pour Rome. Ce serait l'affaire d'une quinzaine de jours, tout au plus. Après quoi il pourrait vivre sans remords auprès de sa bien-aimée.

## 41

Giovanni attendit avec impatience un mot d'Elena. Deux jours plus tard, il reçut enfin une missive de la jeune femme. Les nouvelles étaient mauvaises. Après des paroles chaleureuses, Elena confessait que sa mère avait accepté l'idée des cours de philosophie... à condition d'y assister ! Peut-être se doutait-elle de quelque chose ? En tout cas, il leur serait impossible de se voir de manière intime. Elena donnait toutefois rendez-vous à Giovanni pour le lendemain après-midi à son palais.

L'astrologue s'y rendit et donna un cours de philosophie grecque à la mère et à la fille, ainsi qu'à deux femmes d'esprit invitées par Vienna. Il fut impossible aux amis de se parler en tête à tête.

L'expérience se poursuivit au rythme de deux après-midi par semaine. Giovanni retrouvait Elena avec un immense bonheur, et une égale frustration à ne pouvoir l'enlacer. Elena aussi mourait d'envie de se jeter à son cou et ne supportait plus d'avoir à jouer cette comédie devant sa mère et ses amies.

Tandis qu'il était attablé devant une auberge et réfléchissait à un moyen de rencontrer Elena en tête à tête, Giovanni fut interpellé par une voix amie :

– Oh, comme tu as l'air pensif !

Giovanni leva les yeux. Son regard s'éclaira :

– Agostino ! Quel plaisir de te revoir.

L'homme était accompagné d'un persònnage plus âgé et somptueusement vêtu.

– Et moi donc ! Je te présente Andrea Balbi, un excellent ami. Pouvons-nous nous asseoir et partager un verre de vin avec toi ?

– Rien ne me ferait plus plaisir.

– On te voit de moins en moins en ville. Il paraît que tu as annulé plusieurs soirées. Que de cœurs en berne !

– Tu sais, ces temps-ci, je n'ai pas envie de m'amuser.

Giovanni se serait bien confié à Agostino. Mais la présence de cet inconnu l'en dissuada. Ce fut pourtant son ami qui orienta la conversation vers la femme de son cœur.

– Ne serait-ce pas la rencontre avec Elena Contarini qui t'a mis l'esprit à l'envers ?

– Je... je dois avouer ne pas être indifférent.

– Je t'avais prévenu : c'est la plus belle femme de Venise ! Et de plus c'est un fort beau parti, richement doté. Quel dommage pour nous qu'elle ne puisse épouser qu'un noble des plus anciennes familles de la cité... comme notre ami Balbi !

Agostino et Andrea éclatèrent de rire. Giovanni se décomposa.

– Que veux-tu dire ?

– Eh bien, je parle de cette loi votée il y a tout juste dix ans, qui interdit les mariages entres nobles et roturiers.

Giovanni était abasourdi. Venise lui semblait une ville si ouverte, si mélangée, si cosmopolite, que jamais il n'avait imaginé qu'un tel obstacle juridique pût surgir entre lui et Elena.

Le jeune homme tenta tant bien que mal de dissimuler son trouble intérieur.

– Tiens donc, quelle curieuse loi, fit-il remarquer en tentant d'amener le débat sur un registre politique, je croyais que Venise était une République ?

– Tu mets le doigt sur la formidable ambiguïté politique de notre chère cité ! Curieux mélange de démocratie et de despotisme éclairé, notre système politique repose entièrement sur l'aristocratie qui élit les sénateurs, le Doge et ses conseillers. Ce qui est admirable, c'est que ce système parfaitement inégalitaire reçoit l'approbation de tous, à commencer par ceux qui sont exclus de toute représentation et décision politiques, soit quatre-vingt-dix-huit pour cent de la population !

– Je reconnais que nous ne sommes pas une démocratie populaire comme certains en rêvent, nuança Andrea Balbi, qui était l'un des 2 500 nobles membres du Grand Conseil, pierre angulaire de tout l'édifice politique de Venise, mais notre système à l'inverse des nombreuses monarchies qui nous entourent évite toute dictature héréditaire. Notre représentant suprême, le Doge, est élu par les membres du Grand Conseil au cours d'un processus complexe qui exclut toute manœuvre d'un seul clan, et son pouvoir est sans cesse contrôlé par d'autres instances, comme le Sénat ou le Conseil des Dix.

– Je ne remets pas en question nos institutions, reprit Agostino dans le souci d'éviter tout malentendu qui pourrait lui être fatal dans une ville où les dénonciations anonymes avaient conduit plus d'un opposant politique à la prison ou à l'empoisonnement. Ces institutions donnent à nos gouvernements une remarquable stabilité depuis plus de sept siècles et je m'en réjouis. J'essaie simplement d'expliquer à notre jeune ami que notre cité est gouvernée par une élite aristocratique, certes éclairée, mais qui cherche légitimement à préserver ses intérêts et sa solidité, notamment face aux riches marchands qui aspirent à participer aux décisions politiques. N'est-ce pas, mon cher, le sens de cette loi récente qui interdit aux patriciens de se marier avec des roturiers, aussi riches soient-ils ?

— Tout à fait, reprit Balbi, rassuré par les propos de son ami. La multiplication des mariages entre nobles et non nobles risquait, à moyen terme, de saper le fondement même de notre force et de notre stabilité politique. C'est la raison pour laquelle j'ai moi-même milité en faveur de cette loi. Après tout, il y a assez de jolies et riches jeunes femmes à Venise pour qu'on laisse les quelques nobles se faire épouser par leurs pairs !

Agostino esquissa un sourire entendu et regarda Giovanni dans les yeux.

— Tu vois, mon cher, il faudra comme moi te résoudre à chasser sur d'autres terres que celles des Contarini. D'ailleurs plusieurs rapaces issus de grandes familles tournent déjà autour de cette belle proie. Mais rassure-toi, je saurai t'indiquer d'excellents terrains de chasse à ta portée ! La diabolique Angelica, par exemple, ne parle que de toi. Tout en étant la fille d'un riche notable, elle ne fait pas partie de la vieille aristocratie. Crois-moi, c'est une piste à suivre !

— Et elle n'est pas trop farouche, à ce qu'on dit,

ajouta Andrea. Mais tout dépend de ce que vous recher-
chez. Si vous voulez prendre du bon temps, presque
toutes les jeunes filles de la noblesse peuvent vous
ouvrir les bras... si toutefois vous vous montrez assez
habile pour toucher aussi un peu leur cœur. Les
épouser, c'est une autre histoire.

Giovanni ne pouvait en entendre davantage. Il fit
un effort pour sourire et prétexta un rendez-vous
pour prendre congé. Il devait d'ailleurs réellement se
rendre chez Elena pour donner un nouveau cours de
philosophie.

En déambulant dans les ruelles, le long des canaux,
il songeait encore aux paroles d'Agostino et d'Andrea.
Même s'il n'avait osé envisager l'idée d'un mariage
avec Elena, le fait d'apprendre que ce mariage ne pourrait, quoi qu'il arrive, jamais avoir lieu, le plongea dans
un état de profond désespoir. Comme si la porte ultime
de son rêve était à jamais fermée. Il repensa aussi aux
prétendants de la jeune Vénitienne. Il se demandait ce
que la jeune femme pensait de cette loi qui empêcherait
tout mariage entre eux. Que comptait-elle faire ? Rester
célibataire et prendre Giovanni comme amant ? Cela
semblait impossible vu sa position sociale. Épouser un
homme qu'elle n'aimait pas et voir Giovanni en
secret ?

Ces questions le tourmentaient. Il lui fallait parler à
Elena. Mais comment faire pour la voir seule ?
Lorsqu'il parvint derrière le palais Contarini, une idée
lui traversa la tête. Il s'arrêta et griffonna un mot sur
une page qu'il arracha au livre qu'il tenait. Puis il entra
dans le palais par la porte de service.

Il donna son cours, comme si de rien n'était. Elena
le dévisageait sans cesse, guettant désespérément la

moindre lueur de tendresse ou de passion au fond de ses yeux. Mais Giovanni resta impassible et distant.

Alors qu'ils allaient se séparer une nouvelle fois dans ce pesant sentiment de frustration et qu'Elena était au bord de l'exaspération, Giovanni glissa une feuille finement pliée dans la main de la jeune femme.

## 42

Minuit venait de sonner au campanile de l'église San Samuele. Une ombre se glissa dans la ruelle étroite qui longeait le palais Contarini. Arrivé à quelques mètres du Grand Canal, l'homme s'arrêta et leva les yeux. La lune était pleine et éclairait le mur du palais. À l'intérieur toutes les lumières étaient éteintes. De larges fenêtres, protégées par des grilles, se succédaient jusqu'au dernier étage du bâtiment. L'homme sauta jusqu'à la première fenêtre qui correspondait au rez-de-chaussée du palais. Il s'agrippa aux barreaux, escalada la grande ouverture jusqu'à son sommet et se hissa jusqu'à la deuxième fenêtre qui donnait sur le grand salon. Il fit de même et parvint à une troisième ouverture. Une petite lueur éclairait l'intérieur de la pièce, une salle de bains. Giovanni frappa au carreau. La lueur, celle d'une bougie, se rapprocha. Elena ouvrit la fenêtre.

– Mon amour, tu as réussi !

– Et toi ? demanda fébrilement Giovanni.

– Oui ! Regarde.

La jeune femme enleva le barreau qui protégeait la fenêtre et Giovanni pénétra dans la petite pièce. Ils purent s'étreindre enfin avec passion. Elena regarda Giovanni, un pétillement dans les yeux.

– J'ai suivi tes instructions et il m'a fallu près de deux heures pour y parvenir, poursuivit-elle en exhibant fièrement l'outil qui lui avait servi à desceller le barreau.

– Tu es merveilleuse !

Le jeune homme pénétra pour la première fois dans la chambre d'Elena. Celle-ci était vaste. Deux hautes fenêtres donnaient sur le Grand Canal. La vue était magnifique, même la nuit. De l'autre côté de la pièce trônait un grand lit à baldaquin. Giovanni saisit la jeune femme par la taille et la déposa sur le lit. Elena était juste vêtue d'une grande chemise de soie blanche.

– Tu es encore plus folle que moi !

– Ta bouche, ton corps, tes mains me manquent tant !

– Si tu savais comme je te désire !

– Alors prends-moi !


Elena n'avait jamais donné son corps à un homme. Elle avait une forte sensualité et attendait ce moment avec une certaine impatience. La société vénitienne n'était pas pudibonde et bien des jeunes gens connaissaient l'amour physique avant le mariage. Elena avait cependant une haute idée de l'amour et n'avait jamais voulu tenter cette expérience de la sexualité sans que son âme soit aussi touchée que ses sens. Or, elle se sentait enfin passionnément amoureuse. Elle savait aussi que Giovanni l'aimait et la désirait de tout son être.

Pendant qu'elle le dévêtait, il caressait son visage, ses cheveux. Bien qu'il eût déjà connu les plaisirs de l'étreinte charnelle avec Luna, il avait le sentiment de faire l'amour pour la première fois, et son âme en tremblait autant que son corps. Tout en l'embrassant avec passion, il étendit Elena sur le lit. Des ondes de folle tendresse lui nouaient la gorge, et il écrasait son aimée contre lui, pour vérifier qu'elle était bien de chair, et que cette nuit, cette nuit de toutes les magies, elle était à lui. Bientôt il se fondit en elle avec un frémissement de tout son être, la bouche dévorante, le visage enfoui dans le flot soyeux de ses cheveux. La rondeur des seins tendres et fermes de la jeune femme, pressés contre sa poitrine, exaspérait son désir... Elle gémissait sous lui. Il ouvrit les yeux, et l'image le bouleversa d'un désir douloureux... Elena les yeux clos, le front couvert de sueur, une image qui faisait suite à l'autre, infiniment chaste, qu'il avait payée de son sang. À cette seconde, alors qu'un feu brûlait et rythmait la danse de ses reins, alors qu'il l'emportait, gémissante, dans l'extase de leur premier voyage, il lui murmura combien il l'aimait, et Elena entendit son prénom comme elle ne l'avait jamais entendu... comme on répète une prière.

Les deux amants demeurèrent un long moment l'un contre l'autre, sans pouvoir dessouder leurs corps. Puis Giovanni s'étendit à côté de sa bien-aimée. Tous deux savouraient ce moment de joie si pure, les yeux fixés sur le plafond, la voûte céleste de la chambre d'Elena.

– Jamais je ne supporterais que nous soyons séparés, murmura-t-elle.

Giovanni l'embrassa longuement.

– Moi non plus, mon amour. Et pourtant nous ne pourrons jamais devenir mari et femme.

Elena releva sa tête et le regarda avec étonnement.

– Pourquoi te préoccuper de cela en cet instant ?

– N'est-ce point la vérité ? Une loi interdit les mariages entre nobles et roturiers, n'est-ce pas ?

– C'est exact, et fort regrettable.

– Comment peux-tu m'aimer en sachant qu'un jour il faudra nous séparer pour que tu épouses ce Don Badia ou ce Grimani ?

Elena détourna le regard.

– Je suis sûre d'une chose : mon cœur n'aime que le tien et je ne pourrai jamais vivre loin de toi.

– Comment cela pourra-t-il se faire si tu es mariée à un autre ?

Elena se serra vivement contre lui.

– Nous resterons toujours amants !

– Et nous ne pourrons nous voir qu'en secret ?

– Oh j'ai horreur de parler de cela ! Existe-t-il une autre solution ?

– Bien sûr.

Elena regarda Giovanni avec stupéfaction.

– Que nous quittions Venise, poursuivit le jeune homme d'une voix résolue.

Un voile de tristesse passa sur le regard d'Elena.

– Mes parents ne pourront supporter que je transgresse les lois de la cité et que je m'enfuie telle une voleuse.

– C'est pourtant la seule solution réaliste pour que nous restions ensemble, Elena. J'y ai longuement réfléchi. Il te faudra un jour choisir entre ta famille et moi.

Elena resta longtemps le regard hagard. Puis elle se leva doucement, traversa la pièce et se pencha par la fenêtre.

– Jamais je ne pourrai quitter cette ville. Elle fait partie de moi.

Elle tourna la tête vers Giovanni. Ses yeux étaient embués de larmes.

– Et même si je t'aime plus que tout, même si tu es l'amour de ma vie, jamais je ne pourrai faire une telle peine à mes parents. Mon départ les tuerait.

Giovanni baissa les yeux. Une douleur aiguë traversa sa poitrine. Il se retint pour ne pas exploser en sanglots. Au prix d'un effort immense, il parvint à ravaler sa souffrance et leva le visage vers Elena.

– Tu as raison, mon amour, je ne te parlerai plus jamais de cela.

Elena revint vers le lit et se jeta dans ses bras. Elle le couvrit de baisers en pleurant, sans réaliser que quelque chose venait de se briser dans le cœur de son amant. Et que les conséquences allaient en être dramatiques.

## 43

26 décembre. Giovanni revêtit pour la première fois la *bauta*, composée d'un capuchon de soie noire et d'une cape de dentelle. Il enfila un masque blanc et ajusta un tricorne sur sa tête. Puis il jeta sur ses épaules le *tabarro*, une grande cape noire. Il sortit du palais Priuli et attendit quelques instants. Il faisait nuit et un brouillard épais recouvrait la lagune. Précédé d'un serviteur portant une lanterne, un homme habillé de même manière le rejoignit bientôt.

— Pardon de t'avoir fait attendre. On n'y voit goutte avec ce brouillard ! Tu es méconnaissable...

— Toi de même, mon cher Agostino !

— C'est un vrai plaisir de te conduire à ton premier bal masqué. Tu verras, c'est un moment inoubliable... où tout est possible.

Les deux hommes mirent leurs pas dans ceux du porteur de lanterne.

Les semaines avaient passé. Deux ou trois nuits par semaine, Giovanni et Elena se retrouvaient clandestinement dans la chambre de la jeune femme. Plusieurs fois, il avait failli se faire surprendre au petit matin, lorsqu'il redescendait péniblement le long de la paroi. Mais par chance, aucun serviteur n'avait encore découvert la trace de ses visites nocturnes. Il continuait aussi de voir Elena pour lui donner des cours de philosophie qui la passionnaient, même s'ils se côtoyaient toujours en présence d'un groupe d'amis de la famille Contarini. Elena adorait voir Giovanni parler brillamment le jour des idées les plus hautes et le retrouver secrètement la nuit pour des ébats amoureux qui la comblaient de bonheur. Giovanni avait tenu sa promesse et n'avait plus jamais abordé la douloureuse question du mariage. Mais il était rongé intérieurement par un mal d'autant plus sournois qu'il voulait l'ignorer. Il avait plusieurs fois tenté d'annoncer à sa maîtresse qu'il devait s'absenter quelques semaines pour se rendre à Rome, mais il n'en avait pas eu la force tant il avait peur de la quitter. Il s'était cependant donné comme but de faire ce voyage dès la nouvelle année, après la fête de Noël qui marquait le début du Carnaval.

Le trio croisa des personnages masqués et costumés qui se rendaient à des soirées privées. Ils traversèrent de nombreuses places envahies par une foule bigarrée qui fêtait le premier jour du Carnaval. Celui-ci dure- rait plusieurs semaines et trouverait son apothéose au Mardi gras, précédant le début du carême. Tandis que le peuple s'amusait dans les rues au son des tambou- rins, les nobles donnaient des bals fastueux dans leurs palais. Mais riches et pauvres partageaient le même engouement pour ces moments hors du temps, où tout semblait permis. Déjà enclins à des mœurs libres, les Vénitiens profitaient de ces folles nuits d'hiver pour se livrer à toutes sortes de débauches dans un tourbillon de musique et de danses, arrosé de vins capiteux.

Même si cet aspect des choses n'intéressait pas Gio- vanni, il avait accepté avec curiosité la proposition d'Agostino de l'accompagner à l'un des plus fameux

bals de la ville. Il savait qu'il ne retrouverait pas Elena,
qui recevait chez elle, et dont il avait décliné l'invitation, par crainte de ne pas supporter de voir des
hommes masqués oser des gestes déplacés à son égard.

Le petit groupe arriva en vue du *palazzo* Gussoni.
À pied ou en gondole, des dizaines d'hommes portant
la *bauta* et de femmes masquées pénétraient dans le
palais magnifiquement éclairé. Agostino donna une
pièce au porteur de lanterne et tendit l'invitation aux
serviteurs, également masqués, qui gardaient l'entrée
du palais. Les deux hommes gravirent les marches
conduisant à l'étage et débouchèrent dans une grande
salle où plus de deux cents invités se régalaient
bruyamment des mets les plus variés.

Bientôt le son des violons enflamma les convives et
tous se mirent à danser. Bien qu'ignorant en la matière,
Giovanni fut aspiré dans la ronde et participa joyeusement à la fête. Les danses de groupe alternaient avec
les danses de couple et Giovanni fut vite capable de
mener quelques pas au bras d'une femme dont il ne
savait s'il s'agissait d'une patricienne ou d'une courtisane, nombreuses à se mêler aux fêtes données chez
les aristocrates. Il dansa et but pendant des heures. Vers
le milieu de la nuit, des couples et des groupes
commencèrent à se lutiner dans les coins de la salle
où de grands divans, protégés de paravents, avaient été
disposés à cette fin. Giovanni déclina plusieurs offres
de dames. Il resta attablé à trinquer avec un groupe de
joyeux convives. L'un d'eux, qui avait sans doute bu
autant que Giovanni, s'était haussé sur la table et racontait ses exploits érotiques. Soudain, Giovanni dressa
l'oreille. L'homme affirmait avoir passé une partie de
la soirée au palais Contarini.

– Ah ! mes amis, quelle ambiance ! Il y avait là-bas bien plus de jeunes femmes sublimes qu'en ce triste lieu où tous nos parents et grands-parents se sont visiblement donné rendez-vous.

Les jeunes applaudirent en riant.

– Il y en avait dont le cul était si chauffé qu'on aurait dit qu'elles s'étaient assises sur des braises depuis la veille !

– Et tu t'es dévoué pour les refroidir d'une bonne douche tiède, lança un homme à l'autre bout de la table sous les rires des convives.

– Tu ne crois pas si bien dire ! Je me suis emparé de l'une de ces femelles qui dansait si bien qu'on aurait dit qu'elle mimait une chatte en chaleur sur le toit d'un campanile ! Je l'ai saisie par la taille et portée sur un canapé. Elle a fait mine de résister quelques instants, puis a relevé ses jupons pour me montrer son minou. Ah ! mes amis, quelle belle garce !

Le jeune homme mima la scène.

– Je l'ai retournée et prise par le cul. Elle a tellement crié de plaisir que plusieurs autres pucelles sont venues nous encourager et attendre leur tour ! Après qu'elle a bien joui, je me suis retiré et figurez-vous que cette belle salope m'a donné son nom pour que je vienne la satisfaire à nouveau chez elle !

Les convives exultèrent de joie.

– Son nom ! Son nom ! Son nom !

Le jeune homme semblait hésiter. Puis il se lança :

– Vous savez bien que je n'ai pas le droit de révéler le nom d'une femme masquée. Mais ce que je puis vous dire c'est qu'il s'agissait... de ma fiancée !

Hommes et femmes hurlèrent de rire.

– Ma chaste fiancée, dont j'attendais avec impatience le premier baiser ! Elle offrait son cul à un inconnu !

Les convives riaient aux larmes. L'un d'eux se tourna vers sa voisine, qui se trouvait juste à côté de Giovanni, et lui chuchota :

– N'est-ce pas le jeune Tommaso Grimani ? Mais à qui donc est-il fiancé ?

– Il ne l'est pas encore. Mais il parle certainement de sa promise : la jeune Elena Contarini. D'ailleurs c'est dans son palais qu'eut lieu la fête dont il parle.

– Pas possible !

Ces paroles tombèrent dans le cœur de Giovanni comme autant de coups de poignard. Il resta silencieux quelques instants, puis il hurla le poing tendu :

– Tu mens !

Giovanni s'était relevé avec fureur. Tous se figèrent.

– Je connais bien la femme dont tu salis l'honneur et le nom ! Elle est bien trop digne pour se glisser dans tes pattes puantes !

Le garçon fut décontenancé par l'intervention brutale de Giovanni. Il tenta de se ressaisir.

– Ah... je pense avoir affaire à l'un de ses admirateurs. Je suis désolé de t'avoir brûlé la politesse...

– Tu mens ! Enlève ton masque et viens rendre compte par les armes de l'insulte que tu as faite à cette femme !

– Et à qui ai-je l'honneur ?

Giovanni arracha son masque.

– Je m'appelle Giovanni Da Scola. Si tu es un homme digne de ce nom, démasque-toi et viens te battre à l'épée !

Un homme tenta de s'interposer.

– Allons, calme-toi. Notre ami n'a donné aucun nom, cela ne mérite pas que vous vous entretuiez.

– Malgré son masque, cet infâme individu est connu de vous tous, ainsi que la femme qu'il tente de souiller par ses propos ignobles. Salir injustement le nom d'une dame ne mérite donc aucune réparation ? Vous n'avez de noblesse que le titre. Dans votre âme, vous n'êtes que des porcs ! Des porcs déguisés, parfumés... et masqués !

Un frisson d'effroi saisit l'assistance.

– Vous l'aurez voulu.

L'homme sauta de la table, fit face à Giovanni et arracha son masque.

– Tommaso Grimani. Je vous ferai ravaler vos insultes, monsieur Da Scola. Retrouvons-nous dans une heure, au lever du jour, munis d'une épée et accompagnés d'un témoin.

– En quel lieu ?

– Le seul à Venise où l'on puisse se battre en duel sans être interrompu par la police : l'île San Elena. Amusant, n'est-ce pas ?

– J'y serai !

Tommaso tourna les talons et quitta la salle entouré de ses amis. Plusieurs convives restèrent auprès de Giovanni. Une femme prit la parole.

– Tu es fou. Cet homme sait se battre et en a déjà envoyé plusieurs au ciel ou en enfer.

Agostino arriva sur ces entrefaites.

– Giovanni, j'apprends que tu as provoqué en duel le fils Grimani. Tu as perdu la tête, non seulement c'est une fine lame, mais en plus sa famille est liée depuis des siècles aux Contarini.

– Et que diront les parents d'Elena lorsqu'ils apprendront que leur fille a été publiquement traitée de putain par ce porc !

Agostino resta interdit. Un homme prit la parole :

– Il n'a nommé personne, il a parlé de sa fiancée.

– Mais Tommaso n'est fiancé à personne et surtout pas à Elena, reprit Agostino. Il l'a demandée officiellement en mariage il y a deux semaines, mais la jeune femme a refusé.

– Il a raconté n'importe quoi pour noyer sa tristesse, poursuivit un autre convive. Ce n'était que des paroles en l'air lancées par un homme éméché. Nul le l'a cru.

– Va t'excuser auprès de lui tant qu'il en est encore temps, Giovanni !

– Je ne serai pas aussi lâche que cet individu, Agostino. Nous avons rendez-vous dans moins d'une heure sur l'île San Elena. J'ai une épée chez moi. Veux-tu être mon témoin ?

## 44

27 décembre. L'aube commençait à poindre. La barque quitta le Grand Canal et se dirigea vers la petite île San Elena, située à l'extrémité du quartier de l'Arsenal. L'île était presque déserte. Au centre se trouvait un couvent de moniales, entouré de quelques maisons. Ses rives étaient assez sauvages et toutes sortes d'activités cachées ou illégales – trafics divers, duels, adultères – s'y exerçaient à l'abri des grands roseaux.

Elena était assise à l'avant de la barque. Elle regardait la mer avec anxiété. Arriverait-elle à temps pour empêcher Giovanni et Tommaso de se battre ? Elle avait été prévenue de l'incident par une convive présente au palais Gussoni. Alors que la fête touchait à sa fin, Elena s'était empressée de commander un bateau et s'était embarquée, sans prévenir personne, en compagnie de cette amie. Elle craignait surtout pour la vie de Giovanni. Tommaso était un homme impulsif et querelleur, qui avait la réputation d'être un excellent épéiste. Il avait déjà, par deux fois, été condamné à la prison pour s'être battu en duel et avoir tué ses malheureux adversaires. Il n'y était guère resté longtemps, car si les duels étaient interdits par la loi, ils étaient de fait tolérés lorsqu'ils concernaient des nobles et avaient lieu devant témoins, selon les règles.

La barque longea les rives de San Marco, puis de l'Arsenal. La nuit avait laissé place au jour. Elena ressentait une terrible oppression. Elle avait le sentiment qu'elle arriverait trop tard pour arrêter ce duel qui lui semblait fondé, d'après ce que son amie lui avait raconté, sur un dramatique mélange d'alcool, d'amertume et de bêtise dans le cœur de Tommaso, de jalousie et de sens de l'honneur trop élevé dans celui de Giovanni.

– Plus vite ! lança Elena au rameur qui était pourtant en sueur malgré le froid piquant.

Bientôt les jeunes femmes aperçurent la pointe de l'île. Deux barques, assurément celles des duellistes et de leurs témoins, étaient amarrées. Les quelques minutes qui séparaient encore son embarcation de la rive semblèrent durer des heures à Elena. Elle ne respirait presque plus, tant son âme était angoissée. Elle en était sûre : un drame terrible était déjà arrivé.

Sitôt la barque arrimée, elle se jeta sur le quai. Embarrassée par son costume de bal qu'elle n'avait pas eu le temps d'ôter, elle jeta ses chaussures et courut comme elle put à travers les roseaux. Elle déboucha sur un espace dégagé et le spectacle qui s'offrit à ses yeux confirma ses pires craintes.

Un homme était étendu sur le sol. Deux autres étaient penchés sur lui.

Elena se précipita vers eux. Agostino se releva et saisit fermement Elena dans ses bras avant qu'elle ne voie ce terrible spectacle.

– Il est mort ! lui cria-t-il en tentant de la porter à l'écart.

Elena se débattit de toutes ses forces.

– Lâche-moi, je veux le voir !

Agostino enveloppa de ses mains tremblantes le visage en pleurs de la jeune femme.

– Il n'y a plus rien à faire, l'épée lui a transpercé la gorge. Il s'est vidé de son sang en quelques minutes...

Elena se mit à hurler et à taper des poings contre les épaules d'Agostino.

– Lâche-moi ! Je veux le voir ! Je veux le voir !

Elena griffa Agostino et parvint à s'enfuir. Elle se jeta vers le corps étendu. Le malheureux baignait dans une mare de sang et son visage était méconnaissable. Elena se jeta sur lui et posa sa tête contre sa poitrine. Le capuchon de soie et la cape de dentelle étaient maculés de rouge vif.

– Mon amour ! murmura Elena. Pourquoi m'as-tu quittée ? Je ne pourrai plus vivre sans toi. Pourquoi... Pourquoi ?

Elle éclata en sanglots. Le témoin de Tommaso se recula d'un pas et souffla à l'oreille d'Agostino :

– Je ne savais pas qu'elle était à ce point attachée à lui.

– Moi non plus. C'est d'autant plus tragique...

Elena se redressa et se saisit de son propre manteau pour essuyer le visage de son ami qui penchait sur le côté, entièrement recouvert de sang. Avec délicatesse, elle passa le tissu de velours noir sur la face sanglante. Puis elle souleva sa tête et, réunissant le peu de force qui lui restait, contempla le visage tant aimé.

La jeune femme resta quelques secondes les yeux fixés sur les traits du cadavre, poussa un cri, puis perdit connaissance.

Les deux témoins soulevèrent le corps d'Elena. Ils

la transportèrent sur la rive et l'aspergèrent d'eau. Mais la jeune femme restait inanimée.

– Regardez ! lança l'amie d'Elena.

Les trois hommes levèrent les yeux. Ils aperçurent deux bateaux qui approchaient à grands coups de rames.

– Quelqu'un a donné l'alerte, lâcha Agostino, dépité. Heureusement qu'il a fini par accepter de prendre la fuite et de quitter la cité, car c'était la prison assurée.

## 45

Elena ouvrit les yeux. Elle regarda avec étonnement le lit sur lequel elle était allongée et vit sa mère et deux de ses amies qui discutaient, assises à ses côtés.

– Giovanni, hurla-t-elle en se redressant subitement. Giovanni !

Sa mère et ses amies se précipitèrent vers elle.

– Dieu soit loué, tu as repris connaissance, dit sa mère en lui soutenant la tête. Comme nous étions inquiètes !

Elena tourna ses yeux affolés vers les trois femmes.

– Où est Giovanni ?

– Ma chérie, repose-toi, conseilla sa meilleure amie en lui saisissant la main.

Elena repoussa la main d'un geste brusque.

– Où est Giovanni ? martela-t-elle en fixant sa mère.

Vienna détourna le visage en signe d'embarras.

– Maman, où est-il ? Je veux le voir.

Vienna regarda sa fille d'un air contrit.

– C'est impossible.

– Comment cela, impossible ?

– Tu... tu sais bien ce qui est arrivé ?

– Et alors ? Pourquoi ne pourrais-je le voir ?

– Allons, sois raisonnable, Elena, reprit l'une de ses

amies. Tu sais qu'il est interdit de rendre visite à un prisonnier qui vient de tuer un homme.

Elena attendait depuis une bonne demi-heure dans l'antichambre du bureau du Doge. Après le choc qu'elle avait subi, croyant à la mort de son amant avant de découvrir en essuyant le visage du malheureux Tommaso que c'était Giovanni qui avait gagné le duel, rien ne pourrait l'arrêter pour revoir au plus vite celui qu'elle aimait. Elle avait pris sur-le-champ la résolution de demander une audience exceptionnelle à son arrière-grand-père.

Un secrétaire ouvrit la porte.

— Mademoiselle Contarini ?

Elena se leva d'un bond.

— Oui ?

— Veuillez entrer, je vous prie.

Dès qu'elle pénétra dans la pièce, le vieux Doge quitta son bureau et s'avança, les bras grands ouverts.

— Mon enfant !

Elena se jeta dans ses bras et ne put retenir ses larmes.

Le vieil homme demanda à son secrétaire de sortir. Puis il s'adressa à la jeune femme en lui caressant doucement le visage :

— Que se passe-t-il, ma petite princesse ?

— Grand-père, j'ai besoin de ton aide.

— Je t'écoute.

— Un homme a été arrêté ce matin à l'aube pour s'être battu en duel sur l'île San Elena.

— On m'a informé de ce stupide et tragique duel,

coupa le Doge. J'ai d'ailleurs envoyé tout à l'heure mes condoléances à la famille Grimani.

Le vieil homme regarda Elena avec compassion.

– Et je sais que tu étais proche de la victime, ma pauvre enfant.

– C'est vrai. Tommaso m'avait demandée en mariage il y a peu, mais j'avais refusé. C'est d'ailleurs sans doute cela qui a déclenché ce drame.

– Explique-toi.

– D'après des témoins, Tommaso, qui avait certainement trop bu hier soir, a dit des ignominies sur mon compte, prétendant qu'il m'avait prise comme une vulgaire courtisane durant le bal masqué. C'est pour laver cet affront que le jeune Giovanni l'a provoqué en duel.

Le Doge eut l'air perplexe.

– Je n'ai pas encore tous les détails de cette affaire, mais j'ai lancé une enquête. Je vais ordonner qu'on prenne en compte ton témoignage. Toutefois, cela ne nous rendra pas le malheureux Tommaso qui, pour une fois, est tombé sur plus fort que lui.

– Grand-père, je ne viens pas te voir pour Tommaso, protesta Elena, mais pour que tu viennes en aide à Giovanni Da Scola.

– Son assassin ?

– Je le connaissais fort bien. Il me donnait des cours de philosophie avec maman depuis deux mois. C'est un homme très raffiné et d'une grande bonté. Il n'a agi que pour défendre mon honneur !

Le Doge s'éloigna, l'air pensif, et porta la main à sa barbe.

– J'ai déjà entendu parler de ce jeune homme. Un brillant astrologue de Florence, je crois...

– De Calabre, mais qui a été le disciple d'un grand philosophe florentin, rectifia Elena.

– De Calabre... hum... nous allons enquêter sur son identité. Car non seulement il s'est battu en duel, mais il a tenté de fuir. Nous l'avons retrouvé alors qu'il revenait chez lui chercher quelque objet avant de quitter la ville. Tu connais nos lois : il doit être jugé, car les duels sont strictement interdits. Néanmoins, si le duel a eu lieu pour un juste motif et selon les règles de l'art, ton ami s'en sortira avec seulement quelques mois de prison et une expulsion définitive de la ville.

– Je... je voudrais te demander deux petites faveurs.

Le vieux Doge regarda Elena en silence.

– Puisse-t-il être bien traité et ne pas subir de tortures.

– J'y veillerai personnellement.

– Je souhaiterais aussi le voir, ne serait-ce qu'une seule fois et brièvement...

– C'est impossible, mon enfant.

– Mais... tu es le Doge...

– Le Doge n'est pas au-dessus des lois de la Cité ! s'exclama le vieillard avec force. Surtout lorsqu'il s'agit d'une affaire mettant en cause des personnes de sa famille. Tu sais bien que je suis surveillé de près par le Conseil des Dix... où je n'ai pas que des amis, loin s'en faut !

Elena se jeta aux pieds de son grand-père.

– Je t'en supplie ! Il a fait cette bêtise par amour pour moi !

Le Doge releva Elena.

– J'ai l'impression qu'il était un peu plus que ton professeur de philosophie...

– C'est vrai, confessa Elena. Nous nous aimons. Même si cet amour est impossible selon nos lois.

– Je te promets d'y réfléchir, mais de ton côté reste calme et ne parle à personne, pas même aux enquêteurs et aux juges, de la véritable nature du lien qui t'unit à cet homme. Tu m'entends ?

Elena acquiesça d'un signe de tête. Son arrière-grand-père l'embrassa sur le front et lui promit de se rendre bientôt au palais Contarini pour lui donner des nouvelles de Giovanni.

Une semaine plus tard, Andrea Gritti tint sa promesse. Il dîna chez sa petite-fille et son arrière-petite-fille. Elena avait attendu ce moment avec une grande fébrilité. Venise ne parlait que de ce duel, et les rumeurs les plus folles circulaient sur les raisons et les circonstances du combat. On racontait que le duel avait duré vingt bonnes minutes et que Giovanni s'était montré un remarquable épéiste. Selon l'un des témoins, il aurait dans un premier temps blessé son adversaire à la jambe et aurait exigé qu'il retire ses paroles envers la jeune femme qu'il avait offensée. Tommaso aurait alors répondu en souriant : « Jamais tu n'épouseras Elena, car tu n'es qu'un petit noble d'une cité insignifiante. » C'est alors seulement que Giovanni lui aurait porté à la gorge le coup fatal. Certains ne pouvaient croire à une telle histoire. D'autres, au contraire, affirmaient reconnaître là le caractère fier et impulsif du jeune Tommaso et louaient le sens de l'honneur de l'astrologue, dont tous ignoraient jusqu'à présent les qualités d'épéiste.

Elena était fort perturbée par cette épouvantable histoire, qui la mettait en cause indirectement de manière

outrancière, mais elle souffrait surtout pour Giovanni.
Elle craignait même que le jeune homme ne mît fin à
ses jours en prison.

Le Doge avait eu une longue journée et sa santé
l'obligeait à ne pas veiller tard. Aussi passa-t-on tout
de suite à table. Sans attendre, il donna des nouvelles
du prisonnier à Vienna et à Elena.

— Je me suis rendu hier matin dans la cellule de ce
Giovanni.

— Comment va-t-il ? s'inquiéta Elena.

— Il est bien traité et son moral ne m'a pas semblé
trop bas, même s'il est peu loquace.

— Quand va-t-il être jugé ? demanda Vienna.

— Assez vite, d'autant que l'enquête a bien pro-
gressé.

— Que voulez-vous dire ?

Le vieil homme se racla la gorge.

— Cela doit rester entre nous.

Les deux femmes acquiescèrent.

— L'enchaînement des événements est parfaitement
établi. Il n'y a plus aucun doute sur les raisons du duel
et la manière odieuse dont le jeune Grimani s'est
conduit. Les deux témoins confirment aussi que le duel
a eu lieu selon les règles et que Tommaso a refusé de
revenir sur ses propos alors même qu'il avait l'épée de
son adversaire sur la gorge.

— Alors Giovanni ne devrait pas écoper d'une peine
trop lourde ? s'inquiéta Elena.

— Hélas, les choses se sont compliquées quant à
l'identité du suspect.

Le sang monta au visage d'Elena.

— Une dénonciation anonyme a été déposée il y a
trois jours au palais ducal. La lettre affirmait que

l'homme ne s'appelait pas Da Scola. Il ne serait qu'un simple paysan qui avait tenté, il y a quatre ans, d'attenter à la pudeur d'Elena, lorsque, au retour de Chypre, un navire avait été contraint de faire escale en Calabre après avoir subi une attaque de corsaires.

Le Doge s'interrompit quelques instants pour avaler les sardines grillées que Juliana venait de déposer dans son assiette. Vienna en profita pour prendre la parole.

– C'est incroyable ! Je me souviens de cette histoire à laquelle Maria, ma propre belle-sœur, ainsi que Juliana, ont assisté. L'homme a été jugé et condamné à subir le fouet. N'est-ce pas, Juliana ?

La servante opina de la tête avant de partir dans la cuisine.

– C'est exact, reprit le Doge. Nous avons retrouvé le rapport du capitaine du navire de l'époque et quelques témoins de cette expédition qui l'ont reconnu sans hésitation. De toute façon, les cicatrices présentes sur son corps ne permettent aucun doute.

– Et... qu'a dit Giovanni ? demanda Elena, livide.

– Devant tant de preuves, il a eu la sagesse d'avouer. Il a expliqué que sa venue à Venise n'avait aucun rapport avec cette lointaine histoire. J'en doute fort, mais peu importe, le plus grave n'est pas là...

Le Doge avala un grand verre de vin et poursuivit :

– Ce qui va lui coûter très cher, c'est qu'il s'est fait passer pour un noble alors qu'il ne l'est pas. Du coup, l'une des règles les plus fondamentales du duel n'ayant pas été respectée, le chef d'accusation va se transformer en assassinat.

Elena poussa un petit cri qu'elle tenta d'étouffer en posant ses deux mains sur la bouche. Elle regarda son aïeul droit dans les yeux :

– Que risque-t-il ?

Le vieux Doge détourna le regard vers Vienna. Il poussa un profond soupir et lâcha, la mine défaite :

– Nos lois sont formelles. Si un roturier assassine un membre de la noblesse, il doit mourir sur le bûcher ou par pendaison... selon son choix.

Le procès de Giovanni Tratore dura deux longues journées. Elena y fut appelée comme témoin. C'était la première fois qu'elle revoyait Giovanni depuis le drame. Les deux amants se regardèrent longuement, mais sans pouvoir échanger le moindre mot. Elena plaida avec une telle force la cause de l'accusé que les juges en furent impressionnés. Malheureusement, rien ne permettait dans le droit vénitien d'accorder des circonstances atténuantes à Giovanni : soit il était jugé coupable et devait mourir, soit il était innocenté, ce qui semblait impossible. Après une heure de délibération, les trois juges rendirent leur verdict et appelèrent Giovanni à la barre. Encadré par deux soldats, le jeune homme, très amaigri, apparut devant ses juges. Elena, comme tous les autres témoins et protagonistes de cette affaire, était dans la petite salle d'audience. Dans un silence de plomb, le plus vieux des juges prit la parole :

– Giovanni Tratore, vous êtes reconnu coupable du meurtre de Tommaso Luigi Grimani. En conséquence, vous devez subir la peine capitale.

Les parents de Tommaso applaudirent. Elena resta de marbre et regarda Giovanni qui demeurait tout aussi impassible. Elle savait qu'il restait une ultime issue pour éviter à Giovanni le bûcher ou la pendaison : la grâce du Doge. Malgré les supplications d'Elena, le vieil homme n'avait rien promis. Il craignait que ce geste ne fût interprété comme un acte de népotisme et brouille à jamais sa famille avec celle, très puissante, des Grimani. Elena retint encore son souffle. Le vieux juge poursuivit.

– Néanmoins, compte tenu de la violence de l'injure faite par votre victime à mademoiselle Elena Contarini et des motifs qui vous ont incité à provoquer monsieur Grimani en duel, compte tenu aussi de la bonne réputation que vous avez rapidement acquise en notre cité, le Doge, juge suprême de Venise, a décidé de vous accorder sa grâce et de transformer votre peine en une condamnation aux galères à vie. La sentence sera exécutée dès demain matin. La séance est levée.

La famille Grimani hurla au scandale. Elena se jeta dans les bras d'Agostino et éclata en sanglots. Puis elle courut en direction de Giovanni qui quittait la salle, toujours encadré par deux soldats. Elle bouscula un juge, échappa aux bras d'un garde qui tenta de se saisir d'elle et parvint à attraper la manche de Giovanni. Le jeune homme se retourna. Elena l'embrassa avec force avant même que les soldats n'aient pu réagir. Tandis qu'ils se reprenaient et tentaient d'éloigner la jeune femme, Giovanni en profita pour arracher la petite clef attachée à son cou. Il l'enfouit discrètement dans la main d'Elena et lui souffla :

– L'enveloppe qui est dans mon placard : remets-la en main propre au pape, c'est très important...

Il n'eut pas le temps de poursuivre et fut entraîné hors de la salle. Elena, qui était maintenant ceinturée par trois hommes, lui cria à travers la porte :

– Sache que je t'attendrai toujours...

# IV

# Saturnus

## 46

*Kyrie Eleison, Christe Eleison, Kyrie Eleison.*
L'église baignait dans un nuage d'encens. Les voix
graves des quarante moines se répondaient dans la
clarté naissante de l'aube. Tout de noir vêtus, les
hommes de Dieu se levaient régulièrement pendant
l'office pour aller embrasser les icônes du Christ et de
la Vierge disposées au milieu du chœur.

À la fin de l'office, les moines sortirent dans un
joyeux désordre. Ils priaient depuis plus de quatre
heures dans l'église du monastère et devaient attendre
encore deux bonnes heures pour partager au réfectoire
le premier repas de la journée. Ce laps de temps
était consacré aux diverses activités manuelles. L'un
des frères, un jeune moine qui portait encore l'habit
des novices – une grande soutane noire sans ceinture –
se rendit dans le parloir où l'attendait le supérieur du
monastère, un homme d'une cinquantaine d'années
portant une barbe noire touffue, et réputé pour son sens
aigu de la rectitude doctrinale.

– Frère Ioannis ! dit l'higoumène avec fermeté en
accueillant le novice. J'ai à te parler de quelque chose
qui te sera douloureux.

Le jeune frère baissa les yeux en signe d'humilité.
Comme la plupart des moines, il portait une fine barbe,

et ses longs cheveux attachés dans le dos étaient recouverts de la traditionnelle calotte appelée *scoufia*.

– Nous devons prendre une décision quant à ton engagement dans la vie monastique. Tes trois années de noviciat touchent à leur fin et tu as demandé à prononcer tes vœux. Nous en avons parlé avec les Anciens. Ta foi, ton zèle religieux et ta moralité sont irréprochables. En soi, rien ne s'oppose donc à ce que tu fasses ta profession.

Le jeune frère conserva les yeux baissés, attendant avec anxiété ce que l'higoumène avait à lui dire de désagréable.

– Il y a seulement une chose qui pose problème, poursuivit le supérieur d'un ton plutôt sec. Lors de ton arrivée au mont Athos, avant même de postuler comme novice dans notre monastère, tu as fait la rencontre de Théophane de Crète. Ce grand artiste s'est pris d'amitié pour toi et t'a appris à peindre les saintes icônes. Lorsque nous t'avons accueilli ici, nous t'avons laissé la possibilité de continuer à peindre des images de la Vierge, puisque c'était ton désir et qu'un réel talent semblait t'y disposer. Mais je suis inquiet de la tournure qu'ont prise les choses. Les icônes que tu peins sont de moins en moins conformes aux canons traditionnels de l'iconographie.

Frère Ioannis leva des yeux étonnés vers l'higoumène.

– Ou plutôt elles ne le sont qu'en apparence, corrigea le supérieur. Certes, tu respectes les matériaux, les vêtements, les couleurs, les symboles... mais les visages des Vierges que tu peins sont... trop humains. J'irai même jusqu'à dire... sensuels.

Le novice manifesta une surprise plus grande encore.

– Je suis certain que tu n'en es pas conscient, poursuivit l'higoumène. Mais plusieurs frères ont été troublés par la beauté de tes visages, qui semblent davantage exprimer une beauté humaine, sensible, qu'une représentation de la mère de Dieu. Pour te dire la vérité, certains moines m'ont demandé de retirer des lieux communautaires tes dernières icônes qui jettent chez eux un certain trouble.

– Comment cela ?

– Tu sais bien qu'aucune femme, aucune femelle animale même, ne peut pénétrer sur la montagne sainte de l'Athos. Certains frères n'ont donc pas vu de femmes depuis des décennies... et tes icônes de la Vierge leur évoquent quelque chose du féminin qui les trouble au lieu de les apaiser et de les soutenir dans leur vœu de chasteté.

– Je n'arrive pas à y croire, confessa frère Ioannis.

– C'est pourtant ainsi, et moi-même je m'inquiète de cette évolution.

Le novice resta silencieux.

– Quoi qu'il en soit, nous avons pris la décision que tu ne pourrais prononcer tes vœux qu'à une seule condition.

L'higoumène prit son air le plus grave et regarda le jeune homme au fond des yeux :

– Renoncer à peindre. Renoncer à jamais.


Après la collation de dix heures, le jeune moine quitta le monastère Simonos Petra. Il s'engagea sur le large sentier qui descendait vers la mer. Quelques virages plus loin, il se retourna. Le cœur serré, il regarda le magnifique édifice perché sur un éperon rocheux. Il reprit sa marche, et emprunta un chemin escarpé qui longeait la côte à une centaine de mètres au-dessus de la mer. En cette fin d'été, le temps était particulièrement clément et la vue qui s'offrait au jeune homme était somptueuse. Des arbres d'essences très diverses recouvraient un sol rocheux et accidenté.

Étendue tel un doigt effilé de soixante kilomètres dans la mer Égée, la presqu'île de l'Athos était occupée par des moines depuis le Xᵉ siècle. C'était devenu le haut lieu spirituel du monde orthodoxe. À partir du milieu du XVᵉ siècle, la domination ottomane sur la Grèce n'avait nullement freiné le dynamisme de l'Athos et plusieurs milliers de moines, non seulement grecs, mais aussi russes, moldaves, roumains, caucasiens, ukrainiens, y vivaient au rythme de la prière perpétuelle. La majorité demeurait dans les vingt grands monastères, répartis sur toute la presqu'île, le long des côtes Est et Ouest. Au sein même de ces monastères, dont les principaux regroupaient plusieurs centaines de moines, il existait deux modes de vie : la vie cénobitique, qui engageait tous les frères à vivre selon la même règle communautaire, et la vie idiorythmique, où les moines conservaient une indépendance dans le travail, les biens ou les repas, ne partageant que les offices. D'autres, assez nombreux, vivaient dans des skites, sortes de villages monastiques où les maisons des moines étaient regroupées autour d'une église principale. Quelques-uns avaient choisi un mode de vie singulier : ils erraient de monastère en skite, sans jamais se fixer dans une règle particulière. On les appelait les gyrovagues. Enfin, la sainte montagne comptait bon nombre d'ermites, la plupart étant de vieux moines aguerris qui avaient choisi la solitude après une longue vie communautaire ou idiorythmique.

Le novice se rendait justement à l'extrême sud de l'Athos pour rencontrer l'un des plus fameux ermites, un vieux moine russe de grande renommée spirituelle : le starets Symeon. Il longea la côte pendant deux bonnes heures, dépassa le monastère de Gregoriou, puis celui de Dionysiou qui était en reconstruction après le terrible incendie qui l'avait ravagé huit ans plus tôt, en 1535. Il traversa avec précaution les deux torrents encadrant le monastère Haghiou Pavlou, adossé à la pente nord du mont Athos qui se dressait à plus de deux mille mètres au-dessus de la mer.

Après s'être rafraîchi et reposé quelques instants, il reprit le sentier qui contournait la sainte montagne par le sud. Le chemin s'éloigna de la mer et le novice progressa encore deux bonnes heures à travers les pentes arborées. Durant toute sa marche il récitait sans cesse, au rythme de sa respiration, la traditionnelle prière de Jésus des moines et des pèlerins orthodoxes : « Seigneur Jésus, Fils du Dieu vivant, aie pitié de moi, pécheur. » Il arriva à une bifurcation. Sur la gauche, le chemin continuait vers la Grande Laure, le plus ancien monastère situé à la pointe sud de la presqu'île. À droite, il descendait vers la mer. Frère Ioannis se rappela les recommandations de l'higoumène et emprunta le sentier de droite. Après une dizaine de minutes, il croisa un autre chemin qui remontait de la mer vers le monastère. Il le parcourut sur une centaine de mètres, puis s'engagea sur un petit sentier mal balisé qui serpentait au milieu des broussailles. Il arriva enfin devant un ermitage en bois adossé au rocher.

L'ermitage était entouré d'un petit jardin, lequel était curieusement ceint par une barrière de bois qui ne devait guère dépasser un mètre de haut. Une fine corde de chanvre reliait la porte d'entrée de l'ermitage à celle de la clôture, distante d'une dizaine de mètres. Le vieil ermite, qui était totalement aveugle depuis plusieurs années, avait mis au point ce dispositif pour ne pas être dérangé à tout moment par les moines ou les pèlerins qui venaient lui demander des conseils pour leur vie spirituelle. Lorsqu'il était disponible, il laissait glisser la clef du portail le long de la corde.

Frère Ioannis fut soulagé de constater qu'il était seul à se rendre ce jour-là auprès du starets. Il constata que la clef était en haut de la corde, près de la porte d'entrée de l'ermitage. Afin d'avertir de sa présence, il se saisit de la simandre, une petite planche de chêne suspendue devant la porte de la clôture et frappa une dizaine de coups à l'aide d'un marteau de bois. Puis il s'assit sous un abri disposé à quelques mètres de l'entrée. L'higoumène l'avait prévenu qu'il pouvait attendre de longues heures avant que le starets ne fasse glisser la clef sur le filin de chanvre, signe qu'il était disposé à recevoir ses hôtes. On racontait même qu'il lui arrivait parfois de faire attendre plusieurs jours certains de ses visiteurs. L'ermite continuait de vaquer à ses occupations comme si de rien n'était, entrait et sortait dans son jardin, et faisait mine de ne pas s'apercevoir qu'on l'attendait juste devant son enclos. Certains se décourageaient et repartaient, d'autres attendaient en priant, sans manger ni dormir, et racontaient que cette attente avait été pour eux source des plus grandes grâces divines. Le bruit courait aussi que le starets avait un don de clairvoyance, qui contrastait avec sa cécité physique, et qu'il lui arrivait de connaître à l'avance ceux qui venaient le visiter, fût-ce pour la première fois. Il lisait dans les pensées, disait-on, et nul n'aurait osé lui mentir.

Mais surtout, c'était un homme de grande sainteté. Né dans un petit village du sud de la Russie, il avait rejoint l'Athos à l'âge de dix-neuf ans et ne l'avait plus jamais quitté. Il avait d'abord mené pendant quarante ans une vie humble et discrète dans le grand monastère russe d'Aghios Pandeleimonos. Puis, désireux de vivre dans une communauté moins nombreuse, il avait émigré à l'âge de soixante ans vers une petite skite proche du monastère. C'est là que naquit sa réputation. Après quinze ans, désireux de fuir le flot ininterrompu de visiteurs qui se pressaient pour recevoir ses conseils, il s'isola davantage et s'installa dans cet ermitage perdu à la pointe de la presqu'île. Il y vivait depuis huit ans. Mais si la plupart des pèlerins avaient perdu sa trace, les moines de l'Athos se transmettaient secrètement l'information, tel un précieux trésor, et le vieillard était encore souvent dérangé dans sa prière par des frères venus des quatre coins de l'Athos.

Les heures de l'après-midi s'écoulèrent sans que l'ermite donnât le moindre signe de vie. De nombreuses fois, le jeune moine fut tenté de frapper à nouveau sur la simandre, de peur que le starets n'ait pas entendu qu'il avait une visite. Mais il se rappela les paroles de l'higoumène qui lui avait recommandé de n'avertir qu'une seule fois de sa présence, le vieil ermite ayant une excellente ouïe et n'appréciant pas que les visiteurs le dérangent plusieurs fois. Le novice pria donc avec ferveur, récitant sans cesse la prière de Jésus et demandant à Dieu d'éclairer le saint homme pour le conseil qu'il était venu lui demander. À la nuit tombante, la faim commença à le tenailler. Il avait heureusement envisagé la possibilité d'une longue attente. Il sortit de sa besace un morceau de pain. En mangeant, il continuait de réciter intérieurement : « Seigneur Jésus, Fils du Dieu vivant, aie pitié de moi, pécheur. »

Vers dix heures du soir, alors que le jeune homme commençait à s'assoupir, une petite lumière apparut dans la cabane de l'ermite. Frère Ioannis se redressa et s'approcha de la porte de l'enclos. Il aperçut, dans la pièce faiblement éclairée, l'ombre d'un vieillard qui allait et venait. Après quelques instants, l'ermite entrouvrit une petite fenêtre située à côté de sa porte et laissa glisser une grosse clef le long du filin. La clef vint tinter bruyamment contre une plaque de cuivre déposée à l'entrée de la clôture. Le cœur battant, le novice se saisit de la clef et la glissa dans la serrure du portail. Il le referma derrière lui et ouvrit la deuxième porte à l'aide de la même clef.

Il distingua une forme humaine assise sur une paillasse posée à même le sol au fond de l'unique pièce. Une bougie était allumée dans un coin sur une petite table. Le novice s'avança lentement en direction de l'ermite. Arrivé devant le vieil homme, dont il distinguait encore mal les traits, le novice s'inclina en signe de respect :

– *Evlogite !*

– *O'Kyrios !* répondit l'ermite en faisant un signe de croix avant de tendre sa main longue et plissée au novice qui la baisa en signe de dévotion.

– Prends place, mon garçon, dit le starets d'une voix douce en désignant un coussin posé devant lui.

Sa main droite était occupée à égrener un *kombos-kimi*, sorte de chapelet en coton qu'il avait lui-même confectionné. Le novice s'assit sur le coussin. Il regarda l'ermite et fut saisi par sa beauté. Une longue barbe, d'un blanc immaculé et taillée de manière approximative, encadrait un visage aux traits harmonieux, mais buriné par l'ascèse d'une longue vie de privation. Malgré son extrême maigreur et sa cécité, la face du vieil homme était comme irradiée par une lumière intérieure qui lui donnait une expression de grande bonté.

– *Batiouchka* (ce qui signifie « petit père », en russe), je vous remercie pour cette entrevue.

– Que puis-je pour toi, mon enfant ?

– Je viens sur la recommandation de l'higoumène du monastère Simonos Petra.

Le jeune moine marqua une pause, mais le starets ne broncha pas. Il poursuivit :

– Je suis novice au monastère depuis trois ans et je dois prononcer mes vœux. Toutefois il y a un obstacle. Dès mon arrivée à l'Athos, j'ai fait la connaissance du peintre Théophane de Crète qui m'a initié à l'art des icônes. J'en ai peint plusieurs pour le monastère, uniquement des Vierges à l'Enfant. Mais l'higoumène et le Conseil des Anciens s'inquiètent de mes dernières peintures. Ils trouvent que mes Vierges sont... trop sensuelles.

Le vieil homme esquissa un sourire.

– Quel dommage que je sois aveugle pour ne pas en profiter !

Frère Ioannis fut surpris par ce trait d'humour. Il poursuivit sur un ton hésitant.

– Je n'ai moi-même aucune conscience de cela et la

peinture de ces Vierges est devenue essentielle à ma vie spirituelle. Je prie sans cesse en peignant et c'est ainsi que je trouve la paix de l'âme. Or les Anciens me demandent de renoncer définitivement à peindre, sans quoi ils ne m'accepteront pas dans la communauté.

Le jeune homme marqua une longue pause. Il s'aperçut que l'ermite, dont il percevait de mieux en mieux les expressions du visage, avait pris un air plus grave et semblait absorbé dans sa prière. Le jeune moine continua :

– Depuis que l'higoumène m'a fait part de cette décision, j'ai perdu la paix. Je ne dors plus, je n'arrive plus à me concentrer aux offices, ni à prier dans la sérénité. Je ressens un grand abattement qui ressemble à l'acédie : je n'arrive pas à prendre une décision concernant mon avenir au monastère. Je souhaite ardemment prononcer mes vœux et poursuivre cette vie d'ascèse et de prière. Mais l'idée d'arrêter définitivement de peindre des icônes de la Vierge me semble impossible... je... je crois que je n'en aurai pas la force...

Un silence s'installa dans l'ermitage. Dehors on entendait le bruit du vent qui venait de la mer proche. Le starets continuait d'égrener son chapelet. Le jeune novice le regardait, le cœur serré, attendant son avis. Après plusieurs minutes, le vieux moine répondit :

– Parle-moi de la femme que tu as aimée dans le monde avant de rejoindre le monastère.

Frère Ioannis resta interdit.

– Que... que voulez-vous dire ?

– Parle-moi de cette femme qui brûle encore ton cœur et que tu peins sous les traits de la Vierge.

La voix du starets était ferme, mais empreinte d'une grande douceur.

Le novice observa quelques instants de silence, puis fondit en larmes.

Malgré tous ses efforts, il ne parvenait pas à refréner ses pleurs. Il fut secoué de sanglots de plus en plus violents et dut plusieurs fois porter sa manche à son visage pour essuyer ses yeux. Sans qu'aucun mot, aucune image ne vienne à son esprit, il ressentait une immense peine envahir son âme.

Puis l'image du visage d'une femme revint à sa conscience. Un visage qu'il avait tenté d'oublier à jamais. Un visage qu'il croyait avoir effacé de son âme par la prière incessante.

Après dix longues minutes, il parvint à calmer ses sanglots, mais sentait son cœur baigner dans un abîme de tristesse. Le vieux moine était resté silencieux. Il se pencha et tendit sa main vers celle du novice qu'il saisit avec force. Le jeune homme ressentit une intense chaleur venir de cette main maigre et fripée. La chaleur fit le tour de son corps et monta jusqu'à son cœur. Alors il eut la force de dire :

– Elle s'appelle Elena.

## 47

Pendant trois longues heures, Giovanni confessa sa vie au vieux moine. À plusieurs reprises, il fut repris de sanglots et dut interrompre son récit. Le starets restait silencieux. Il avait doucement lâché sa main, mais l'écoutait avec une si grande compassion que le novice sentait une chaude lumière irradier du vieillard. Elle lui donnait le courage de poursuivre sa narration. Après avoir raconté son crime et sa condamnation, Giovanni poursuivit son récit :

– J'ai donc remis la clef du placard à Elena, lui confiant cette mission pour laquelle j'avais failli, trompant la confiance de mon maître qui m'avait tant donné.

Le jeune moine poussa un profond soupir.

– Dès le lendemain, j'étais emmené sur une galère militaire qui s'apprêtait à quitter Venise pour patrouiller en Méditerranée. On m'attacha à un banc aux côtés de cinq autres rameurs. Nous étions ainsi plus de deux cents condamnés, tous des criminels. Dans les conditions dans lesquelles nous vivions, les plus endurcis tenaient deux ou trois ans tout au plus. Je dois vous confesser, petit père, que je n'aspirais d'ailleurs plus qu'à mourir. Mais la Providence en a sans doute décidé autrement puisque ce qui aurait dû être un accident fatal est devenu la cause de mon salut.

» Je vivais en effet dans cet enfer de souffrance et de désespérance depuis environ dix-huit mois, lorsque notre navire a été coulé par un bateau turc au terme d'une terrible bataille. Tandis que l'eau pénétrait de toutes parts et que nous autres, malheureux galériens attachés à nos bancs, hurlions comme des bêtes conduites à l'abattoir, l'un de nos gardes, Dieu le bénisse, eut pitié de nous. Il commença à ouvrir les cadenas de nos chaînes. Comme j'étais dans les premiers rangs, je pus m'échapper avant que le navire ne coulât complètement. Je me suis jeté à l'eau et, par la grâce de Dieu, j'ai pu m'arrimer à une pièce de bois qui flottait. Après des heures et des heures, j'ai fini par m'échouer sur une côte qui m'était inconnue. J'ai perdu connaissance. Lorsque je suis revenu à moi, j'étais étendu dans la petite cellule d'un monastère. J'avais échoué sur l'île de Crète et les pêcheurs qui m'avaient recueilli avaient compris, aux fers qui encerclaient mes poignets, que j'étais un galérien évadé. Plutôt que de me remettre aux autorités vénitiennes qui gouvernaient l'île, ils m'avaient conduit dans un monastère orthodoxe. Les moines me soignèrent avec une grande compassion et l'higoumène m'expliqua que la population crétoise était hostile aux Vénitiens qui étaient catholiques. Il prit le risque de me garder caché dans son monastère.

» Comme je devais rester au sein de la clôture, je passais le plus clair de mon temps à lire et à méditer dans la petite chapelle dédiée à la Vierge. Je n'étais pas un croyant zélé et ma foi était bien imparfaite. Mais une vieille icône de la Vierge Marie me touchait particulièrement. C'était une Vierge de Miséricorde. Irrésistiblement, je passais de plus en plus de temps à la regarder. Elle avait jadis été peinte par un célèbre artiste russe, Andrei Roublev. Un jour, alors que je me recueillais devant l'icône en repensant avec angoisse et tristesse à ma vie passée, je ressentis une immense tendresse jaillir de l'icône. La Vierge me souriait et semblait me dire : « Ne t'inquiète pas ; je suis ta mère ; je t'aime malgré ton crime et tes égarements. »

Giovanni marqua une nouvelle pause. Une émotion particulière étreignit sa voix.

– Alors, *Batiouchka*, j'ai éclaté en sanglots, comme tout à l'heure devant vous. J'ai ressenti l'horreur de mon péché en même temps que l'amour infini de la Mère du Christ. J'ai pleuré pendant des heures, seul dans la petite chapelle, rongé par le remords de mon crime. Puis les moines sont arrivés pour dire l'office du soir. Et pour la première fois, mon cœur s'est ouvert à la divine liturgie. J'étais dans une joie sans limites. À la fin de l'office, je suis allé trouver l'higoumène à qui j'ai confessé ma vie. Il a eu des paroles sévères sur mes péchés, mais a su trouver des mots tendres et réconfortants pour le pécheur repenti que j'étais. Au fil des semaines, alors que je progressais toujours davantage dans la maîtrise de la langue grecque, il m'instruisit des fondements de la foi orthodoxe. Puis, avec son accord, je décidai de prononcer solennellement ma profession de foi. Ah, mon père, j'ai vécu des grands moments de grâce !

Le starets ne bronchait toujours pas. Le visage serein, il continuait d'écouter le récit de Giovanni en égrenant son chapelet. Le novice poursuivit :

– Je ne savais trop que faire. D'un côté, je brûlais de revenir à Venise retrouver Elena, mais je savais que c'était terriblement risqué et je craignais de briser la vie de mon aimée qui avait dû finir par épouser l'un de ses prétendants. D'un autre côté, j'étais tenté de retourner en Italie pour confesser à mon maître l'échec de ma mission. Mais l'higoumène m'en dissuada, de peur que je ne retombe aux mains des Vénitiens qui contrôlaient la mer Adriatique. Il lui semblait aussi qu'Elena aurait à cœur de réussir cette mission que je lui avais confiée lors de notre ultime rencontre. Puisse-t-il avoir raison.

» Un jour, continua le novice, l'higoumène vint me faire part de son inquiétude. Ma présence au sein du petit monastère commençait à être connue de trop de monde et il craignait que les autorités politiques ne l'apprennent bientôt. C'est alors qu'il me proposa de partir au mont Athos, où trois frères devaient se rendre pour une longue retraite. La Montagne sainte étant, comme toute la Grèce, en territoire ottoman, il n'y avait aucun risque que je retombe aux mains des Vénitiens. J'acceptai d'autant plus volontiers son offre que je commençais à me sentir à l'étroit dans cette clôture monastique.

» C'est ainsi que je suis arrivé à l'Athos. Les moines qui m'accompagnaient se rendirent au monastère Simonos Petra. L'higoumène comprit ma situation et accepta que je demeure dans l'hôtellerie qui recevait de nombreux pèlerins. Après quelques semaines, les trois moines reçurent la visite d'un compatriote crétois, le peintre Théophane. Cet artiste et cet homme de grande foi entendit parler de mon histoire et souhaita me rencontrer. Je lui racontai ma conversion devant l'icône de la Vierge de Miséricorde d'Andrei Roublev et lui exprimai mon attirance pour les images peintes. C'est alors qu'à ma stupéfaction, il me proposa de m'initier à l'art des icônes et même de m'apprendre à peindre la Vierge de Miséricorde selon la technique russe. Avec humilité et enthousiasme, j'acceptai sa proposition. Pendant sept mois, j'appris à dessiner et à peindre les saintes images auprès de ce maître incomparable. Puis il quitta le monastère Simonos Petra pour se rendre à Stravonikita, où on lui demandait de peindre l'église et le réfectoire. J'hésitais à suivre mon maître, mais un appel plus impérieux encore me retint à Simonos Petra. Plus je partageais la vie des moines et plus je ressentais le désir de demeurer au milieu d'eux. J'ouvris mon cœur à l'higoumène qui confirma ma vocation et m'accueillit comme novice dans la communauté. Je pris l'habit le jour de la fête de la nativité de la Vierge Marie. Tout en continuant de peindre chaque jour des icônes, je partageais la prière et la vie commune des frères.

Giovanni reprit son souffle, ferma les yeux quelques instants et, la voix cassée par la fatigue et l'émotion, termina son récit :

– Pendant trois ans, j'ai prié sans cesse le nom de Jésus, j'ai imploré la miséricorde de Dieu et j'ai peint des icônes de la Mère de Notre-Seigneur. Je pensais avoir à jamais tourné la page de mon passé. Mais lorsque l'higoumène m'a affirmé que mes Vierges étaient « trop humaines », l'idée d'arrêter de peindre m'est apparue aussi pénible que celle de devoir quitter le monastère.

Le novice marqua encore une pause.

– Maintenant, *Batioushka*, je suis venu vous implorer d'éclairer mon cœur qui erre à nouveau dans les ténèbres. Croyez-vous que le Seigneur me demande d'arrêter de peindre et de prononcer mes vœux au monastère ? Ou bien dois-je continuer à peindre et renoncer à la vie monastique ?

Giovanni avait les yeux fixés sur les traits ravinés du vieillard, doucement éclairés par la lueur d'un cierge. De sa bouche, il en était intimement convaincu, sortirait une parole qui le libérerait de ce dilemme dans lequel il était enfermé. En même temps, la question posée par le starets à propos d'Elena avait réveillé ses souvenirs enfouis et son esprit n'était plus aussi clair. Ou plutôt quelque chose s'était passé, dans son cœur et dans son corps, qui l'avait remué, secoué dans ses certitudes et ses doutes. Son état d'esprit n'était plus le même qu'avant de pénétrer dans la cabane de l'ermite. La simple question posée par le vieil homme l'avait conduit à faire une anamnèse de toute sa vie et à comprendre que son cœur était encore hanté par Elena. À la fin de son récit, il avait posé un peu mécaniquement la question qui l'avait amené auprès du saint homme. Mais au fond de lui, il sentait confusément qu'elle ne se posait déjà plus tout à fait dans les mêmes termes. Aussi était-il assez nerveux et impatient d'entendre la réponse du starets Symeon.

Le vieux moine resta silencieux quelques minutes. Puis il leva la main gauche et désigna une table posée à quelques mètres du novice.

– Tu dois avoir soif, mon enfant. Va donc te servir un peu d'eau.

Giovanni avait effectivement la gorge sèche et il se leva pour aller boire. Il revint s'asseoir en face du starets. Sur le visage de celui-ci flottait un léger sourire :

– Pour quelles raisons es-tu entré au monastère et voudrais-tu aujourd'hui y faire tes vœux ?

Giovanni resta songeur.

– Pour me consacrer totalement à Dieu dans la prière perpétuelle, finit-il par avouer.

– Fort bien. Et pourquoi donc consacrer toute ta vie à Dieu dans la prière ?

– Parce qu'Il est le Bien le plus aimable qui soit et que je ne veux point disperser ma vie dans la quête d'autres biens qui pourraient me conduire à ma propre ruine ou à celle des autres...

– Si je te comprends bien, tu es entré et tu souhaites rester au monastère, à la fois par amour pour Dieu et par peur de te perdre dans le monde ?

– En quelque sorte, oui.

– C'est peut-être là tout ton problème, Giovanni.

Le jeune novice écarquilla les yeux.

– La peur du monde est en fait une peur de soi-même. Si tu as peur de toi-même, ton amour pour Dieu sera toujours limité et jamais tu ne parviendras à atteindre le but ultime de la vie spirituelle.

Le starets resta silencieux. N'y tenant plus, Giovanni l'interrogea :

– Et... quel est donc ce but ?

– La divinisation de l'homme.

Le novice médita la parole du vieux moine. Puis il reprit :

– Pouvez-vous m'en dire davantage, petit père ?

Le vieillard ferma ses paupières sur ses yeux aveugles, comme pour mieux aller chercher la réponse au plus profond de son âme.

– Les Écritures nous disent que « Dieu a créé l'homme à Son image et pour Sa ressemblance ». Les saints théologiens de l'Église orientale ont compris toute la vie spirituelle chrétienne à partir de cette parole fondamentale. « Dieu a créé l'homme à Son image » signifie que l'homme est la seule créature terrestre qui porte l'empreinte de Dieu en elle. Cette empreinte, c'est notre intelligence rationnelle et notre volonté libre. L'être humain est bien le seul animal qui possède raison et libre arbitre. Par ces deux facultés, il peut atteindre à la ressemblance divine. Cette ressemblance n'est pas donnée d'emblée. Elle est présente en creux, en appel, en potentialité, en désir. C'est en s'appuyant sur les deux facultés divines que sont son intelligence et sa volonté que l'être humain, en pleine liberté, va aspirer à devenir semblable à Dieu. Et c'est avec le secours constant de la grâce divine qu'il y parviendra.

– Mais les Écritures ne nous disent-elles pas que le péché de nos premiers parents a justement été de vouloir « devenir comme des dieux », en cueillant, sous l'inspiration du serpent, le fruit interdit de la connaissance du bien et du mal ?

– Leur péché n'est pas d'avoir voulu devenir semblables à Dieu, car telle est la vocation de tout être humain. Leur péché, c'est d'avoir voulu le devenir par eux-mêmes, sans le secours divin, ne comptant que sur leurs propres efforts et sans passer par le chemin que Dieu avait choisi pour eux. C'est la raison pour laquelle ils ne devaient pas toucher au fruit de cet arbre, qui est bien celui de la divinisation. Car tant que ce fruit n'est pas mûr, Dieu ne permet pas que l'homme puisse l'ingurgiter. Non parce qu'Il craint que l'homme ne devienne pour Lui un rival, comme le laisse entendre le serpent ! Mais tout simplement parce que l'homme n'est pas prêt. Car la divinisation est un long processus qui doit s'accomplir par étapes et avec le secours constant de l'Esprit saint.

– Je comprends, petit père. Mais pourquoi avoir appelé cet arbre : « l'arbre de la connaissance du bien et du mal » ?

– Tu as fait tes études théologiques en lisant la traduction latine de saint Jérôme, n'est-ce pas ?

– En effet.

– En fait, cet arbre s'appelle, selon la juste traduction, « l'arbre de la connaissance de l'accompli et de l'inaccompli ». Malheureusement les théologiens latins, à la suite de Jérôme, ont traduit cette expression complexe par : « arbre de la connaissance du bien et du mal ». Du coup, la faute première de l'humanité a été comprise comme une faute morale, alors qu'il s'agit d'une brisure ontologique, d'une rupture dans l'ordre de l'être. Car Dieu a créé l'être humain en situation d'inachèvement, mais avec un désir d'achèvement. Ce désir pousse l'homme à chercher Dieu et à devenir semblable à Lui. Ce passage progressif « de l'inaccompli à l'accompli » – Aristote dirait « de la puissance à l'acte » – s'opère par l'intelligence et par la volonté humaine dans l'exercice du libre arbitre, selon certaines lois ontologiques. Dieu seul les connaît et il serait téméraire de vouloir franchir ces étapes sans être mû par la grâce divine et en se laissant guider en toute confiance.

Le starets fit une pause, puis reprit d'une voix plus forte :

– La tentation fondamentale et permanente de l'homme, bien mal comprise sous le malheureux vocable de « péché originel », c'est de vouloir acquérir la toute-puissance divine sans passer par la purification de son cœur et de son intelligence, purification nécessaire qui permettra à cette puissance de s'exercer dans l'amour. Mais cette purification exige que nous descendions en nous, au plus intime de notre être, car c'est dans notre cœur que se fait la rencontre avec Dieu, comme le rappelle l'Écriture : « Le Royaume de Dieu est au-dedans de vous. » Plutôt que de faire confiance à Dieu, de s'abandonner comme un enfant entre Ses mains et de le chercher à l'intérieur de nous, nous refusons Son secours et cherchons à nous élever par nous-mêmes jusqu'aux cieux extérieurs, ce que figure l'image de la tour de Babel. Mais cette tentation d'orgueil, cette volonté de toute-puissance qui détourne l'être humain de sa véritable finalité, ne doit pas nous faire oublier que la déification est bien l'unique but de la vie spirituelle. Nous sommes tous appelés, et c'est la grandeur de la vie humaine, à devenir semblables à Dieu.

– Cela signifie-t-il que nous atteindrons l'essence divine et serons confondus en Lui ?

– Non point. Le christianisme n'est pas une philosophie panthéiste, selon laquelle l'âme individuelle se confondrait avec la Nature ou l'Âme du monde. Dieu, dans son essence, restera à jamais inaccessible à l'homme. Si nous pouvons connaître Dieu, le désirer et nous unir à Lui, c'est à travers ses énergies.

– Qu'est-ce à dire ?

– Dieu est le Tout-Autre. Dans la profondeur de son mystère, Il ne peut être connu que de Lui seul. Mais mû par l'amour, ce Dieu absolument transcendant a voulu sortir de Lui-même, Se diffuser, Se manifester et Se donner en participation à des créatures qu'Il a librement amenées à l'existence et qui ne subsistent qu'en Lui et par Lui.

» Ce rayonnement de l'essence de Dieu, c'est ce que Denys appelle les « puissances » divines et Grégoire Palamas les « énergies » divines. Ces « énergies » sont au principe et au terme de la création. Tous les êtres vivants créés à l'image de Dieu, donc doués de raison et de volonté, sont appelés à participer librement au rayonnement divin et à être divinisés. Mais cette déification est une participation à la vie divine qui maintient l'altérité de Dieu et celle de l'homme. Elle n'est pas confusion ou absorption dans le divin ineffable. C'est là toute la subtilité de la doctrine chrétienne, bien mal connue ou bien mal comprise.

## 48

Le starets toussota. Giovanni était captivé. Il avait certes étudié la théologie, mais jamais on ne lui avait parlé de la vie spirituelle de manière aussi incisive et en soulignant aussi clairement son but ultime. Il questionna à nouveau le vieux moine :

– Mais si tel est le but de toute vie humaine, la vie monastique n'a-t-elle pas justement pour vocation de réunir les meilleures conditions afin que l'homme se concentre sur cet essentiel et se remette totalement entre les mains de Dieu ?

– Bien sûr, et ton désir de te consacrer à Lui est très louable. Mais cette intention ne doit pas masquer une peur du monde et de toi-même, sans quoi toute ta vie spirituelle en sera faussée. Or il me semble que tu es encore marqué par le poids des fautes de ton passé et par la peur de ton désir charnel.

– Peut-être est-ce vrai, petit père. Mais alors que dois-je faire pour m'en libérer ?

– « Ses péchés, ses nombreux péchés lui sont remis, car elle a montré beaucoup d'amour » a dit Notre-Seigneur à propos de la femme pécheresse. Toi aussi, frère Ioannis, tu as commis une lourde faute, puisque tu as pris la vie d'un homme, mais tu as agi par amour pour une femme et tu t'es repenti de ton crime d'un cœur sincère. Alors ne désespère plus du pardon du Seigneur. Garde à l'esprit que la Miséricorde de Dieu est une montagne bien plus haute que l'abîme du péché de l'homme.

Giovanni opina de la tête. Cela il le savait depuis sa conversion devant l'icône de la Vierge de Miséricorde du petit monastère crétois. Mais l'entendre de la bouche du saint homme l'émut en profondeur.

– Ton cœur n'est pas en paix, poursuivit le starets d'une voix forte malgré la fatigue. Le remords te ronge comme un venin mortel. Je ne sais si c'est le crime de cet homme ou d'avoir failli à ta promesse envers ton maître, ou bien encore de ressentir du désir pour cette femme, mais ton cœur n'est pas en paix. Tu te sens coupable de ces égarements et cette culpabilité est un obstacle qui empêche la lumière de l'Esprit saint de pénétrer au plus intime de ton âme.

– Mais *Batiouchka*, comment ne pas être accusé par sa conscience après avoir tué un homme et trahi la confiance de son maître ? J'ai ressenti un profond remords jusqu'à ma conversion. Depuis, j'ai reçu le pardon de Dieu et mon âme a retrouvé la paix.

– Crois-tu ?

– Il me semble, reprit Giovanni déstabilisé par les propos du starets. Et ce que je ressens depuis la conversation avec l'higoumène à propos de mes icônes est davantage de la tristesse que du remords.

– Tu ne ressens donc aucun remords à découvrir que les icônes que tu peins ressemblent plus à la femme que tu as aimée, et que tu désires peut-être encore, qu'à la Sainte Mère du Christ ?

– Cela, c'est vous-même qui venez de me le faire comprendre.

– Ne penses-tu pas que tu le savais déjà au fond de toi ? Ne penses-tu pas que la vérité de cet amour que tu portes encore à cette femme, et que tu refusais de voir, était trop lourde à porter ? N'ai-je pas simplement dit ce que ton cœur savait déjà, mais qu'il refusait d'admettre ?

– Je... je ne sais, confia Giovanni.

– Et ne crois-tu pas que ce sentiment intérieur confus, ne pouvant être reconnu et s'exprimer, soit en désir accepté, soit en contrition consciente, a pu se transformer en culpabilité morbide ?

– Que voulez-vous dire ?

– Pour guérir de la tristesse qui accable ton âme, tu dois tout d'abord reconnaître le désir que tu as encore pour cette femme. Il te faudra ensuite choisir entre la rejoindre et vivre ton amour pour elle, ou bien rester ici et l'offrir à Dieu en demandant au Seigneur de purifier cet amour pour qu'il te fasse grandir en sainteté sans que ton cœur soit contrarié par ce désir et la culpabilité qu'il engendre en ton âme.

– Je comprends, petit père. Mais si je veux rester ici, n'est-il pas juste et nécessaire que ma conscience m'accuse de ressentir encore de la passion pour une femme alors que j'ai fait vœu de me consacrer entiè-rement à Dieu et à la prière ?

– Je crois que tu confonds la contrition et la culpabilité.

Giovanni regarda le vieux moine avec étonnement.

– La contrition est le repentir sincère que nous éprouvons après avoir commis une faute. Ce repentir nous remet dans la lumière de l'Esprit saint qui nous aide à nous relever. L'œil de notre âme est alors entiè-rement fixé sur Dieu. La culpabilité, en revanche, est un poison de l'âme. Au lieu de regarder Dieu, nous nous regardons et nous nous jugeons, parfois même à notre insu. Puisque nous avons commis tel acte mauvais, ou puisque nous avons telle pensée négative, nous nous jugeons comme mauvais. Nous désespérons de nous-mêmes et, plus grave encore, nous mettons en Dieu notre propre autoaccusation. Dieu prend alors la figure d'un juge redoutable. Dès lors, nous n'écoutons plus la voix de Dieu, mais celle de notre conscience accusatrice qui a revêtu le masque idolâtrique du tout-puissant et miséricordieux Seigneur. Rappelle-toi la parole de l'apôtre Jean : « Si ta conscience te condamne, Dieu est plus grand que ta conscience. »

» Les fruits humains du remords et de la culpabilité sont la tristesse, l'angoisse et même le désespoir. Les fruits divins du repentir et de la contrition sont la joie, la paix et l'action de grâce. En nous ouvrant au pardon de Dieu toujours offert, le repentir sincère libère notre cœur là où le remords morbide le verrouille sur lui-même et sur ses démons.

En écoutant les propos du starets, Giovanni réalisa en effet qu'il devait ressentir, de manière assez souterraine, la culpabilité d'être encore hanté malgré lui par le souvenir d'Elena, mais aussi de ses égarements passés. Lors de sa conversion, il avait demandé et accueilli le pardon divin et pensait être libéré de ce remords, alors que celui-ci rongeait encore son âme à son insu.

— Petit père, je réalise que mon cœur est encore sous l'emprise d'un mauvais remords pour mes fautes passées. Pourtant, je m'en suis remis à Dieu maintes fois et je croyais avoir obtenu Son pardon. Pourquoi le poids de ces fautes continue-t-il de me hanter malgré moi et malgré mes prières ?

L'ermite leva lentement ses yeux aveugles vers le ciel et poussa un soupir avant de poursuivre :

– La seule chose que tu doives regarder, c'est l'amour de Dieu... car tu es esclave de la peur.

Giovanni fut surpris par cette remarque.

– Que voulez-vous dire, *Batiouchka* ?

– Toutes nos fautes, tous nos péchés, proviennent de trois grands maux : l'orgueil, l'ignorance et la peur. On a dû te parler dans tes études théologiques de l'orgueil. Mais on oublie trop souvent les deux autres maux. L'ignorance, si bien dénoncée par le grand Socrate, est le mal de l'intelligence. La peur est le mal qui afflige notre cœur. Comme la connaissance est le seul moyen de vaincre l'ignorance, le seul antidote à la peur... c'est l'amour. Car le cœur de l'homme n'aspire qu'à aimer et être aimé. Toutes les blessures de l'amour, qui commencent dès notre enfance, engendrent des peurs qui finissent par paralyser notre cœur et nous faire commettre toutes sortes d'actions mauvaises, parfois même des crimes.

– Mais ce n'est pas par peur que j'ai commis ce crime. C'est par passion amoureuse et par jalousie...

– Je n'en doute pas ! s'exclama le vieillard. Mais au-delà des propos infâmes tenus par cet homme, d'où te sont venues cette passion et cette jalousie meurtrière ?

Giovanni réfléchit quelques instants.

– D'une grande tristesse, il me semble. Celle, sans doute, de savoir que je ne pourrais jamais épouser la femme que j'aimais... parce que je n'étais pas né là où il fallait.

– Certes, car la tristesse vient de la privation d'une chose désirée. Mais n'est-ce pas la peur de perdre cet amour qui t'a tourné la tête ?

– Sans doute, répondit timidement Giovanni.

– Et n'est-ce pas la peur de peiner ton ancien maître, ou bien de le décevoir, qui ronge encore ton cœur ?

– Assurément, confessa le novice après un bref temps de réflexion.

– Le seul mal qu'il faut vaincre dans ton cœur, mon enfant, c'est la peur. Tous les autres maux : la colère, la jalousie, la tristesse, la culpabilité morbide, proviennent de cet ennemi intérieur. Si tu arrives à dominer ta peur, plus rien ne t'atteindra, plus aucune force mauvaise n'aura d'emprise sur ton cœur. Et pour vaincre la peur, il n'y a qu'un remède : l'amour. Tout le chemin de la vie, c'est de passer de la peur à l'amour.

Le vieil homme resta silencieux. Il joignit ses deux mains devant sa bouche et inclina légèrement la tête. Puis il ouvrit ses paumes ravinées et les tendit vers Giovanni :

– Plonge-toi dans l'amour de Dieu. Alors tu renaîtras comme un nouveau-né, libéré de la peur qui, jusqu'à présent, a empêché la force de l'amour de prendre pleinement possession de ton cœur.

Le starets s'interrompit et reposa ses mains sur ses genoux. Il semblait songeur. Il demanda :

– Sais-tu combien de fois il est écrit dans la Bible « N'ayez pas peur » ?

– Non.

– Trois cent soixante-cinq fois. Chaque jour où le soleil se lève, Dieu dit : « Ne craignez pas ! N'ayez pas peur ! » La Révélation biblique, si on la comprend bien, ce n'est pas autre chose : la révélation de la victoire de l'amour sur la peur, de la vie sur la mort. Depuis le premier meurtre de Caïn, toute l'histoire de l'humanité n'est qu'une suite sanglante de meurtres mus par la peur, le besoin de dominer et l'esprit de vengeance. À la suite des prophètes, le Christ est venu pour mettre fin à ce cycle infernal. Il avait la toute-puissance de Dieu à son service et il s'est fait humble serviteur. Sur la croix, il n'a pas maudit ses bourreaux, mais il a crié : « Père, pardonne-leur, ils ne savent pas ce qu'ils font. » Il est venu nous apprendre la force du pardon, la victoire de l'amour sur la haine et sur la peur.

Le starets reprit sa position initiale, les mains posées sur ses cuisses et continua à égrener son chapelet.

– Je ne voudrais pas abuser de votre temps et de votre bonté, *Batiouchka*. Vos paroles touchent mon cœur et je les méditerai toute ma vie. Mais que pensez-vous que je doive faire dans l'immédiat ?

– Plonge ton esprit dans l'amour et dans la miséricorde divine.

Giovanni fut déstabilisé et hésita à reposer sa question. Il prit les choses par un autre biais.

– Croyez-vous que je doive continuer à peindre des icônes ?

– Ce n'est pas à moi de le dire. Si tu ne trouves pas la réponse au fond de ton cœur, demande à ton maître iconographe comment il juge tes dernières peintures.

– Et pensez-vous que je doive faire mes vœux monastiques ?

– Ce n'est pas à moi de le dire non plus. Si tu ne trouves pas la réponse au fond de toi, alors demande à ton higoumène ce qu'il en pense.

Giovanni réfléchit quelques instants. Puis il posa une dernière question.

– Croyez-vous que mon cœur soit encore prisonnier de l'amour pour cette femme ?

– Si ton cœur est prisonnier de l'amour, alors Dieu te bénisse.

– Mais si j'aime cette femme, comment pourrai-je consacrer ma vie à Dieu ?

– Il n'y a aucune contradiction entre ton enfouissement en Dieu dans la vie monastique et ton amour pour cette femme si tu as décidé de renoncer au désir charnel qui te porte vers elle. Ne cherche pas à l'oublier ou à nier ton désir, comme tu l'as fait jusqu'à présent, par peur d'y céder. Prie pour elle chaque fois que son visage resurgit en toi et confie-la à la miséricorde infinie de Dieu.

– Et si je vois que ce désir me hante, malgré toutes mes prières ?

– Si ton cœur est sans cesse troublé, alors ne reste pas au monastère. Comme il est dit dans les Écritures : « Il y a beaucoup de demeures dans la maison du Père » et bien peu sont appelés à la chasteté perpétuelle. Ta vocation est peut-être ailleurs, mon enfant. Prie le Christ et sa mère. Plonge-toi dans son amour et tu auras la réponse juste à tes questions.

Après quelques instants de silence, le starets fit le signe de croix en direction de Giovanni, signifiant ainsi que l'entretien touchait à sa fin. Le novice embrassa

la main du vieil homme, le remerciant du fond du cœur.
Il se releva péniblement tant ses jambes étaient anky-
losées. Il réalisa que l'aube commençait à poindre. Au
moment où il ouvrit la porte de l'ermitage, le vieillard
lui lança cette dernière recommandation :

— N'oublie jamais ces deux paroles du Christ, mon
enfant : « Il n'y a pas de plus grand amour que de
donner sa vie pour ceux qu'on aime. » Et encore : « Je
ne suis né et ne suis venu en ce monde que pour rendre
témoignage à la vérité. » Amour et vérité sont les deux
phares qui guideront toute ta vie.

Giovanni resta interdit. Il remercia encore une fois
le starets et quitta l'ermitage.

## 49

« Seigneur Jésus, Fils du Dieu vivant, aie pitié de moi, pécheur. » Le cœur ancré dans la prière, Giovanni avait regagné le monastère Simonos Petra. Son âme était libérée d'un grand poids. En même temps, son esprit restait préoccupé par la question qui le hantait. Les paroles du starets ne lui avaient pas permis de prendre une décision. Mais il savait que le nœud du problème était Elena. Pouvait-il l'oublier, comme il l'avait espéré depuis trois ans ? Il avait maintenant la certitude que c'était impossible. Sitôt revenu au monastère, il avait regardé avec anxiété les icônes incriminées. Ce qu'il avait jusqu'alors refusé de voir lui sautait aux yeux : derrière les traits de la Vierge, c'était bien Elena qu'il peignait. C'était sa bouche, c'était son regard. Plus il avait tenté de l'oublier, plus il l'avait peinte. Il se croyait délivré de son passé, mais il n'avait jamais cessé de le représenter. Il pensait avoir enfoui à jamais ce visage tant aimé... et voilà qu'il resurgissait par ses mains, par son cœur, par ses prières mêmes.

En prenant conscience de tout cela, Giovanni ressentit un profond malaise. Sans réfléchir, il se saisit des icônes, de toutes les icônes que l'higoumène avait interdites, se rendit dans la cuisine du monastère et les jeta au feu. Les paroles du starets lui revinrent alors à la mémoire. Il réalisa qu'il venait d'agir par peur. En regardant la peinture craqueler et les images s'effacer derrière les flammes, il pleura amèrement.

Il décida de rendre visite à son maître Théophane, qui commençait à dessiner les fresques du monastère Stravronikita. Il raconta les événements de ces derniers jours à l'iconographe qui avait pour Giovanni l'affection d'un père pour son fils. Après avoir pris quelques jours de réflexion, le peintre crétois lui donna son avis :

– Maintenant que tu as pris conscience, grâce aux paroles du vénérable père Symeon, de la confusion dans laquelle tu étais, je crois que tu peux reprendre la peinture. Appuie-toi sur les icônes des Anciens et garde le cœur tourné vers la Vierge quand tu peins. Reste vigilant : si tu reconnais à nouveau les traits de cette femme, ne désespère pas. Recommence ton œuvre.

Fort de ce conseil, Giovanni revint au monastère Simonos Petra et fit part à l'higoumène de son souhait de prononcer ses vœux et de poursuivre la peinture dans ces nouvelles dispositions. Le supérieur lui répondit par un non catégorique. Il devait choisir.

L'intransigeance de l'higoumène plongea Giovanni dans une crise plus profonde. Elle le confronta à la question posée par le starets : ressentait-il encore du désir pour Elena ? La jeune Vénitienne habitait-elle encore son cœur, non pas seulement de manière spirituelle, mais de manière charnelle ? Pouvait-il, dans cet état de doute, se consacrer à Dieu dans la chasteté sans prendre le risque de se tromper et de rompre un jour ses vœux ?

Giovanni suivit le conseil de l'ermite et médita jour

et nuit sur l'amour de Dieu. Il retrouva une certaine paix intérieure et comprit qu'il n'était pas en mesure de prendre sa décision. La prière assidue avait ouvert son cœur à l'humilité.

Après un long entretien avec l'higoumène, il fut décidé qu'il conserverait encore un an son habit de novice, le temps pour lui de clarifier ses sentiments pour Elena. L'higoumène conseilla aussi à Giovanni de prendre du recul et de voyager quelques mois dans d'autres monastères ou skites, de rencontrer d'autres maîtres spirituels.

Un matin après l'office, Giovanni quitta donc Simonos Petra un baluchon sur le dos. Il se rendit une nouvelle fois à Stravonikita pour faire part de sa décision à maître Théophane. L'iconographe accueillit favorablement cette nouvelle. Giovanni se proposa de rester un mois ou deux à ses côtés. Théophane hésita et lui répondit :

– Il me semble que tu devrais quitter l'Athos quelque temps. Tu vis ici depuis plus de trois années et je crois que, pour réfléchir à ta vocation, tu devrais te rendre dans un autre lieu. Les voyages changent le regard que nous portons sur nous-mêmes et sur notre vie.

– Quel lieu ?

– Connais-tu les Météores ?

– Ce nom ne me dit rien.

– C'est une cité monastique située au centre de la Grèce, à une journée de bateau et deux jours de marche d'ici. C'est l'endroit le plus extraordinaire que je connaisse !

– Plus extraordinaire que l'Athos ?

– Sur le plan spirituel, c'est un lieu aussi saint. Mais le site est plus étonnant. La nature est grandiose : un

chaos de roches se dresse au milieu d'une plaine.
Depuis plusieurs siècles des ermites se cachent dans
les nombreuses cavités de ces étranges rochers. Mais
le plus impressionnant, ce sont les édifices que des
saints moines ont bâtis au sommet de la plupart de ces
roches géantes. Dieu sait par quel miracle ils sont parvenus à réaliser de tels exploits ! On ne peut accéder
à ces monastères, dressés entre ciel et terre, que par
un astucieux système de roues, de poulies et de cordes
qui permet de hisser hommes, nourriture et matériaux
dans des filets suspendus dans le vide.

Giovanni manifesta sa surprise.

– C'est très impressionnant, poursuivit l'iconographe. La première fois que l'on m'a enfermé dans
ce filet et que j'ai été suspendu en l'air pendant cinq
bonnes minutes, j'ai cru que mon cœur allait s'arrêter !
Et puis on s'y habitue.

– Combien de temps y avez-vous séjourné ?

– Longtemps ! C'était il y a une quinzaine d'années.
J'y ai peint entièrement l'église d'un petit monastère :
Saint-Nicolas Apanavsas. Un endroit de toute beauté
dont je garde une certaine nostalgie.

– Pourriez-vous me donner une lettre de recommandation pour l'higoumène de ce monastère ? répondit
Giovanni qui venait de prendre la décision de se rendre
en cet endroit si intrigant.

Giovanni mit cinq jours pour gagner le second haut
lieu de l'orthodoxie grecque après l'Athos. Comme
tout le pays était sous contrôle des autorités ottomanes,
il n'avait rien à craindre, d'autant plus que son habit
de moine lui conférait un statut privilégié.

Lorsqu'il arriva en vue des Météores, Giovanni eut un choc. Ces géants rocheux, parfaitement lisses, semblaient surgis de nulle part. En s'approchant, il fut encore plus ému par la beauté des monastères construits au sommet des principaux rochers. Comme Théophane le lui avait expliqué, les habitations monacales n'étaient accessibles que par un système de treuil. Le novice traversa un village situé au pied des rochers et demanda la direction du monastère Saint-Nicolas. Puis il s'engagea sur un sentier qui montait au milieu d'une nature de plus en plus sauvage. Après une petite heure de marche il parvint au pied du couvent. Le rocher sur lequel il était édifié était relativement peu élevé, comparé à d'autres, mais, du fait de sa faible superficie, le monastère avait été bâti tout en hauteur, épousant parfaitement les courbes de la roche, ce qui conférait à l'ensemble une harmonie exceptionnelle.

Giovanni leva les yeux et aperçut, une cinquantaine de mètres au-dessus du sol, un filet qui commençait à descendre, suspendu par une corde. Il vit bientôt qu'un moine était enfermé dans le filet, tel un poisson captif. Sitôt qu'il eut touché le sol, le moine défit le gros crochet qui maintenait le filet de cordes fermé autour d'un anneau relié au filin. Ils échangèrent la phrase de salutation rituelle :

– *Evlogite !* lança le moine.

– *O'Kyrios !* répondit Giovanni.

– De quel monastère viens-tu ?

– J'arrive de l'Athos.

– De la Montagne sainte ! Dieu te bénisse. Et quel est ton nom ?

– Frère Ioannis.

– Sois le bienvenu. Tu souhaites te rendre dans notre monastère ?

– Oui. J'ai une lettre de recommandation pour l'higoumène de la part de Théophane Strelitzas.

– Dieu le bénisse ! Comment se porte-t-il ?

– Bien. Il peint le réfectoire du monastère Stravoni-kita.

– Tu pourras contempler les fresques sublimes qu'il a réalisées dans notre petite église. C'est un grand don de Dieu pour notre communauté.

– Combien de moines êtes-vous ?

– Dix-huit. Mais notre monastère est l'un des plus petits. Le grand Météoron, que tu vois derrière, en comprend plus de deux cents. Et au total, sur une ving-taine de monastères et de nombreux ermitages, ce sont plus de deux mille moines qui prient sur ces rochers !

– C'est extraordinaire !

– Es-tu déjà venu prier ici ?

– Jamais !

– Alors tu as de la chance que je sois descendu pour aller au village ! Je vais t'expliquer comment procéder pour rejoindre le monastère.

Le moine entraîna Giovanni un peu plus loin.

– Voilà la simandre. Il faut frapper une vingtaine de coups et puis attendre la réponse du moine portier. Si le filet n'est pas descendu, il l'enverra aussitôt. Nous allons appeler et je vais t'installer dedans.

Le moine frappa sur la pièce de bois selon un rythme cadencé. La réponse parvint aussitôt : des petits coups secs résonnèrent du haut du rocher. Non sans appré-hension, Giovanni s'installa dans le filet déplié sur le sol. Puis le moine lui montra comment relever les mailles du filet et le crochet qui les rassemblait dans le gros anneau qui pendait au bout du filin. Une fois l'opération terminée, le moine tira cinq coups secs sur la corde reliant le filet au treuil. Quelques instants après, le filin commença à s'élever et Giovanni quitta le sol. Il était replié en position assise, les deux mains enlaçant ses genoux.

– N'aie crainte, lui cria le moine en le saluant, il arrive très rarement que la corde se rompe !

Le « très rarement » plongea Giovanni dans une vive angoisse. Il ferma les yeux pour ne pas regarder le vide. La montée lui sembla durer une éternité. Il pria sans cesse le nom de Jésus. Finalement il parvint devant une plate-forme et deux moines attrapèrent cet insolite colis pour le poser sur la terre ferme. Dès qu'il fut libéré, Giovanni aperçut deux autres moines qui venaient de faire tourner la roue. Il poussa un soupir de soulagement et se dit qu'il n'était pas pressé de redescendre.

## 50

Quatre mois s'étaient écoulés depuis l'arrivée de Giovanni au monastère Saint-Nicolas. Il n'avait pas une seule fois quitté ce nid d'aigle. Il partageait la vie ascétique des moines, pour la plupart assez âgés. Mais derrière cette vie de prière apparemment sans histoire, un drame profond rongeait l'âme du novice. Il ne cessait de penser à Elena. Non seulement son esprit se remémorait les moments de bonheur et se demandait ce qu'elle était devenue, mais son corps aussi était agité et il se réveillait souvent plein du désir d'elle. Il avait beau offrir ses pensées à Dieu, se confier à la Vierge, méditer sur la Miséricorde divine, rien n'y faisait : la jeune femme le hantait jour et nuit. Il se confia à l'higoumène du monastère, le père Basile, un vieillard austère et intransigeant. Le désir incessant qu'il ressentait pour la jeune femme était-il le signe qu'il ne pourrait jamais mener une vie monastique ? Fallait-il dès lors qu'il quittât le monastère comme l'avait suggéré le starets Symeon ? L'higoumène ne partageait pas cet avis. Il était au contraire convaincu que le jeune frère Ioannis avait une vraie vocation, mais qu'il lui fallait éradiquer par la prière, le jeûne, la privation de sommeil, tout désir et toute pensée charnelle. Il poussa donc Giovanni à mener une existence de plus en plus austère et à confesser quotidiennement les pensées charnelles qui l'obsédaient.

Giovanni avait repris la peinture d'icônes. Il était particulièrement vigilant à ne pas repeindre les traits de la jeune femme qui brûlait encore son cœur. Il parvint assez bien à dessiner un visage de la Vierge selon les canons les plus traditionnels, mais le regard restait étrange. Giovanni prit alors conscience que, malgré tous ses efforts, il lui était impossible de ne pas peindre le regard d'Elena. Après avoir recommencé de nombreuses fois les yeux de sa Vierge de Miséricorde, il eut une idée. Puisqu'il ne parvenait pas à oublier le regard d'Elena, pourquoi ne pas esquiver la difficulté et peindre une Vierge aux yeux clos ? Dans un grand état d'excitation, il parvint enfin à finir son icône. Le résultat était assez extraordinaire. Il la regarda longtemps et des larmes d'émotion coulèrent sur ses joues. Il pourrait donc continuer à peindre. Il s'apprêtait à montrer son œuvre à l'higoumène, lorsqu'une sombre pensée traversa son esprit durant l'office du soir. Il en fut si contrarié qu'il quitta la chapelle et monta dans le réduit qui lui servait d'atelier. Il éclaira l'icône à la lueur d'une bougie. Son regard se figea. Ce qu'il avait pressenti dans l'église était maintenant une évidence. Ces yeux clos, cette expression de douceur et de sérénité, étaient inscrits au fond de sa mémoire depuis de nombreuses années. C'était exactement l'expression du visage d'Elena, lorsqu'il l'avait vue pour la première fois, du grenier, tandis qu'elle était étendue sur son lit.

Une vague de désespoir submergea le cœur de Giovanni. Il eut alors la certitude qu'il ne pourrait oublier Elena. Son visage resterait à jamais gravé dans sa mémoire.

Le soir, il raconta tout à l'higoumène qui se chargea lui-même de détruire par le feu l'icône maudite. Il lui interdit de peindre, mais l'encouragea malgré tout à persévérer dans sa vocation.

Giovanni passa plusieurs semaines dans un état de grand abattement. Comment pourrait-il vivre cette vie de moine si son esprit et son corps ne parvenaient pas à oublier Elena ? Pour la première fois, il songea sérieusement à quitter le monastère contre l'avis de l'higoumène. Mais pour aller où ? Son cœur lui dictait de retourner à Venise auprès d'Elena. C'était une folie, mais puisqu'il ne pouvait vivre sans elle ! Peut-être l'avait-elle attendu ? Peut-être avait-elle changé d'avis et serait-elle prête aujourd'hui à fuir sa famille et sa cité par amour pour lui ? Et puis il pourrait savoir enfin si elle avait bien porté la lettre de Maître Lucius au pape. Malgré les risques énormes, il commençait à envisager son retour à Venise, sous un déguisement et un faux nom.

Une nuit, alors que le sommeil le fuyait et qu'il échafaudait ses plans, une parole de Luna lui revint en mémoire : « Tu vas tuer par jalousie, par peur et par colère. » Depuis qu'il était au monastère, il avait totalement oublié l'oracle de la sorcière. Et voici que ces étranges paroles resurgissaient en lui. Giovanni en fut profondément troublé. La sorcière n'avait-elle pas vu ce premier meurtre ? S'il revenait à Venise, n'allait-il pas, par la force de la passion qui l'habitait, être à nouveau enchaîné par les liens puissants du destin et commettre de nouveaux crimes ?

Les jours suivants, il médita cette pensée et décida de s'en ouvrir au père Basile. Ce dernier accueillit avec

scepticisme les paroles de Luna. Il soutint toutefois
avec force que son retour dans le monde signifiait les
chaînes de l'esclavage à la passion et au péché. Pour
le vieillard, Giovanni était confronté à un choix de vie
crucial : la liberté spirituelle et une existence vertueuse
dans le cadre d'une vie totalement consacrée à Dieu,
ou l'aliénation à la puissance du désir et une existence
tourmentée, sans doute dramatique, dans le monde.

Giovanni fut touché par les propos de l'higoumène.
Une semaine plus tard, il décida de prononcer ses vœux
perpétuels de chasteté, de pauvreté et d'obéissance
dans ce monastère. Le père Basile en fut très satisfait
et lui proposa de s'y préparer pour le début du carême.
Giovanni pria jour et nuit et continua de se mortifier.
Maintenant que sa décision était prise, il retrouvait une
certaine paix intérieure. Une seule chose le tourmentait
encore : qu'il n'eût point la force, tout au long de sa
vie de moine, de tenir son engagement devant Dieu.

Quelques jours avant qu'il ne prononçât ses vœux,
alors qu'il méditait sur la petite terrasse perchée au
sommet du rocher et regardait la falaise dressée à quelques centaines de mètres du monastère, une idée
insensée surgit dans son esprit. Il l'accueillit d'abord
avec scepticisme, puis se laissa lentement gagner
par elle. Finalement, avec un étrange mélange d'exal-
tation et d'anxiété, il descendit le petit escalier de
bois et s'en alla frapper à la porte du supérieur du
monastère.

## 51

– *Evlogite !*

– *O'Kyrios*, répondit l'higoumène sur un ton un peu las.

Après avoir embrassé la main du vieillard, Giovanni s'assit par terre.

– Que se passe-t-il ? demanda le vieux moine surpris par le visage exalté du novice.

– Je crois que le Seigneur m'a donné la solution !

– La solution à quoi ?

– À la crise spirituelle que je traverse depuis plusieurs semaines. Depuis que j'ai pris la décision de prononcer mes vœux perpétuels. Comme je vous l'ai confié, je suis tourmenté par la pensée d'être infidèle à mes vœux et de retourner un jour dans le monde retrouver cette femme qui a touché mon cœur et commettre je ne sais encore quel crime abominable.

Le vieillard acquiesça d'un léger mouvement de la tête.

– En regardant tout à l'heure la falaise qui fait face à notre monastère et tout spécialement la grotte où vécut saint Ephrem, le Seigneur m'a inspiré la solution à cette angoisse.

L'higoumène commençait à comprendre où le jeune moine voulait en venir, mais cela lui semblait si surprenant qu'il feignit de ne rien entendre afin de se donner un temps de réflexion.

– Eh bien ?

– Frère Antoine m'a longuement raconté la vie d'Ephrem l'ermite. Comment, il y a de cela bientôt deux siècles, ce moine qui était tourmenté par la chair et par le souvenir d'une femme, avait décidé de se faire enfermer à vie dans la grotte située au milieu de cette haute falaise. Comme vous le savez, il vécut ainsi plus de quarante ans, sans jamais parler à personne, dans la solitude et la prière, avec seulement les anges pour confidents. Antoine m'a raconté comment, comme pour tous les saints ermites ayant fait ce choix radical, on lui descendait une fois par semaine, dans un panier, du pain et de l'eau et qu'il fallut attendre quarante ans pour qu'il ne touche plus à ces provisions. Sachant qu'il était sans doute mort, un moine est alors descendu avec une corde pour inspecter les lieux et ramener son cadavre. Quelle ne fut pas sa stupéfaction de constater que la grotte était vide, totalement vide. Le corps d'Ephrem avait bel et bien disparu et les recherches menées au bas de la falaise, à plus de vingt mètres sous la grotte, ne donnèrent rien. Quelques semaines plus tard, un saint moine eut la vision que le corps d'Ephrem était devenu si pur qu'il avait été transporté directement au ciel par les anges de Dieu. Depuis, Ephrem l'ermite est vénéré dans nos monastères comme un grand saint.

– Je sais tout cela. Où veux-tu en venir ?

– Pourquoi d'autres moines, également tourmentés par le désir d'une femme, ne pourraient-ils l'imiter dans sa foi et sa confiance absolue en Dieu ? Pourquoi ne pourrais-je pas me retirer dans la grotte de saint Ephrem et faire vœu d'y demeurer jusqu'à ma mort ?

L'higoumène demeura un long moment silencieux. Puis il caressa sa barbe grisonnante :

– Certes, les saints sont des modèles, mais te sens-tu vraiment appelé à un tel renoncement ? Imagines-tu les combats que tu auras à mener contre Satan et contre toi-même pour ne pas devenir fou ?

– Ces combats, je les mène depuis que je suis ici. Je crois que Dieu me demande aujourd'hui cet acte d'abandon absolu pour me libérer enfin des chaînes qui m'attachent à cette femme. N'est-ce pas ainsi qu'Ephrem fut libéré de ce joug ? Pourquoi Dieu m'a-t-il fait venir en ce monastère, juste en face de cette grotte, sinon pour m'inviter à suivre les pas de ce saint ?

L'higoumène ferma les yeux en continuant de caresser sa barbe.

– Cela demande réflexion.

– Sur un plan pratique, rien n'est plus simple, poursuivit Giovanni le regard illuminé. Le sommet du rocher est habité par deux moines qui ont installé un treuil. Il suffirait qu'ils me hissent une première fois à mi-hauteur de la falaise, dans la grotte, et qu'ils me fassent parvenir ensuite une fois par semaine du pain et de l'eau dans un panier. Lorsque le panier remontera plein, c'est que j'aurai enfin rejoint le Royaume de notre Père céleste.

– Oui, oui, je sais que c'est réalisable, reprit le supérieur en bougonnant, mais es-tu vraiment appelé à cette vocation exceptionnelle ? C'est ce dont je dois m'assurer dans la prière.

Giovanni inclina la tête en posant la main sur son cœur.

– Bien entendu, mon père, mais sachez que depuis que cette idée a traversé mon esprit, alors que je demandais à Dieu la grâce de m'éclairer, mon âme a enfin retrouvé la paix.

– Nous en reparlerons samedi après la liturgie. D'ici là demande à la Mère de Dieu de m'éclairer.

Le samedi suivant, jour de Saturne, Giovanni se retrouva dans la petite cellule de l'higoumène. Le père Basile avait une mine grave.

– Es-tu toujours résolu dans ton désir de demeurer jusqu'à la mort dans la grotte de saint Ephrem ?

– J'ai prié Notre-Seigneur et Sa Mère jour et nuit, et ce désir n'a fait que grandir en moi, répondit Giovanni d'un ton assuré.

– Huuum, murmura le vieil homme. Moi aussi j'ai beaucoup prié pour être éclairé à ton sujet. C'est une grave décision, qui engage non seulement toute ton existence – comme celle de faire des vœux – mais qui est sans appel. Autant un moine fragile peut rompre ses vœux et être encore sauvé par la Miséricorde divine après quelque temps d'errance, autant un reclus à vie n'a plus d'autre issue que d'aller jusqu'au bout sous peine de perdre la tête ou même de se donner la mort. Tu n'ignores pas qu'on a retrouvé le corps de certains ermites au pied des falaises où ils vivaient en reclus ? On n'a jamais su ce qui était arrivé, mais on ne peut éliminer l'hypothèse de la mort volontaire.

– Je sais cela, père. Mais je préfère prendre le risque de perdre la tête que celui de rompre un jour mes vœux et de retourner dans le monde torturer le cœur de cette femme ou commettre un nouveau crime.

– Tu es courageux, et même si c'est une folie aux yeux des hommes, je crois que ton souhait vient de Dieu et je ne puis m'y opposer.

Le regard de Giovanni s'illumina.

– Merci !

– Tu prononceras tes vœux dans neuf jours, le mercredi des Cendres, et tu feras également vœu de vivre reclus dans cette grotte. Le jour même, on te descendra dans la cavité. Tu emporteras des vêtements chauds et plusieurs couvertures de laine pour te protéger du froid. Tu auras un seul livre : la sainte Bible. Aucune de tes supplications, aucun cri, aucune prière ne pourra jamais te délivrer de ton engagement. Seule la mort libérera ton âme de cette prison volontaire. Je te le demande une dernière fois : le veux-tu de toute ton âme et de tout ton esprit ?

– Je le veux de toute mon âme et de tout mon esprit. Je veux être à jamais retranché du monde et caché en Dieu. Je le veux jusqu'à la mort, porté non par mes forces humaines, mais par la seule espérance de la rencontre éternelle avec Notre-Seigneur Jésus-Christ, Lui qui a dit « Qui veut sauver sa vie la perdra, mais qui perdra sa vie à cause de moi la trouvera ».

## 52

*« Seigneur Jésus, Fils du Dieu vivant, aie pitié de moi, pécheur. »*

Giovanni se releva péniblement. Depuis plusieurs heures, il récitait la prière de Jésus de manière ininterrompue, agenouillé au fond de la grotte humide. Le soleil venait de se lever et ses premiers rayons balayaient l'entrée de la cavité, exposée à l'est. Comme chaque matin, Giovanni fit ses besoins dans un bol en bois et jeta ses déjections dans le vide. Puis il s'assit au bord de la grotte et laissa la douce chaleur du soleil matinal caresser sa chair amaigrie. C'était le seul contentement qu'il accordait à son corps. Après une vingtaine de minutes, une fois sa carcasse réchauffée, il ouvrit son psautier et commença à dire l'office.

*« Seigneur Jésus, Fils du Dieu vivant, aie pitié de moi, pécheur. »*

À peine la récitation des psaumes terminée, un bruit de poulies attira son attention vers l'entrée de la grotte. Un grand panier suspendu à une corde de chanvre apparut soudain devant l'orifice. Il s'en saisit délicatement, de peur de renverser le précieux contenu : un tonnelet d'eau et une énorme miche de pain : ses réserves pour la semaine. Parfois, frère Grégoire et frère Nicodème, les deux moines qui vivaient dans la

petite skite au sommet de la falaise et qui étaient
chargés de le nourrir, ajoutaient quelques fruits frais
ou secs, selon ce qu'eux-mêmes avaient pu se procurer.
Cette fois, Giovanni constata qu'il n'y avait que le pain
et l'eau. Il s'en saisit et tira cinq coups secs sur la
corde. Une vingtaine de mètres au-dessus, un treuil
manœuvré par frère Grégoire se mit en action.

« *Seigneur Jésus, Fils du Dieu vivant, aie pitié de
moi, pécheur.* »
La prière du cœur accompagnait chaque geste de sa
vie. Qu'il mange, qu'il récite l'office, qu'il lise la
Bible, qu'il contemple l'horizon : le nom de Jésus prenait ainsi racine dans le cœur de Giovanni et il lui
arrivait souvent de se réveiller en priant, sans même
en avoir conscience. Le visage d'Elena avait quitté ses
songes et son cœur demeurait caché en Dieu. Son
frugal repas terminé, il s'aspergea le visage et rangea
pain et eau dans un recoin de la cavité.

La grotte se présentait au milieu de la falaise tel un
œil un peu bridé, large de sept ou huit mètres et haute
de trois mètres environ. Elle s'élargissait ensuite. Profonde d'une dizaine de mètres, elle atteignait douze
mètres dans sa plus grande largeur. Giovanni dormait
et priait au fond de la cavité. Il mangeait, disait l'office
et lisait la Bible plus près de l'ouverture, afin d'être
mieux éclairé.
Depuis neuf mois qu'il menait cette vie recluse, il
n'avait jamais regretté un seul instant son choix. De
toutes façons, à quoi aurait servi de regretter, puisque

ce choix était irrévocable ? Même en cas de maladie, il ne pouvait recevoir ni visite, ni secours extérieur. Il vivait suspendu à la Providence divine, les yeux de l'âme fixés sur la misère de la condition humaine et la grandeur de la miséricorde divine :

« *Seigneur Jésus, Fils du Dieu vivant, aie pitié de moi, pécheur.* »

Son cœur avait retrouvé la paix. Au cours des premiers mois, il avait même connu des moments de grâces si intenses qu'il avait pleuré pendant de longues heures, l'âme inondée par la force de l'amour divin. Puis les grâces s'étaient peu à peu taries. Il restait néanmoins appliqué à prier sans cesse et à vivre selon des règles strictes. Le père Basile lui avait recommandé d'être d'une extrême vigilance à ne jamais relâcher sa discipline de vie quotidienne. Il priait aussi tous les jours son modèle, saint Ephrem, lui demandant la force de persévérer dans la foi et la confiance en Dieu. Lorsqu'une ombre de découragement apparaissait, il songeait au saint ermite qui avait vécu, prié, parlé avec Dieu et avec les anges en cet endroit pendant quarante ans, et cette seule pensée lui redonnait courage.

« *Seigneur Jésus, Fils du Dieu vivant, aie pitié de moi, pécheur.* »

Depuis quelques semaines, alors que le froid automnal rendait les nuits plus pénibles, il ressentait cependant une légère agitation intérieure. Sans trop arriver à identifier ce sentiment, il s'aperçut qu'il avait besoin de bouger davantage physiquement et que ses rêves, eux-mêmes, étaient plus agités. En fait, il commençait à se sentir à l'étroit dans cet espace restreint, mais refusait de se l'avouer : une telle prise de conscience aurait pu ouvrir une porte à l'angoisse. Imperceptiblement, il inspecta le fond de la grotte, comme s'il cherchait quelque nouvelle ouverture.

*« Seigneur Jésus, Fils du Dieu vivant, aie pitié de moi, pécheur. »*

Ce matin-là, tout en psalmodiant sa prière perpétuelle, il promenait lentement ses mains sur la roche du fond de la paroi, sans se douter qu'il allait faire une incroyable découverte.

Il sentit, dans le coin le plus bas et le plus obscur de la grotte, que la roche était moins lisse. En s'allongeant sur le sol et en observant la paroi, il réalisa qu'il s'agissait en fait de plusieurs blocs de rochers superposés, recouverts d'une si épaisse pellicule de poussière qu'il lui avait été impossible de s'en rendre compte par le regard. Pris d'une soudaine excitation, Giovanni gratta la paroi à l'aide d'un caillou tranchant. Au bout d'une heure, il comprit qu'il s'agissait là d'un éboulement très ancien. À l'origine, la grotte devait être plus profonde et on pouvait accéder au fond de la cavité par un tunnel étroit. Le plafond de ce tunnel s'étant effondré, le fond de la grotte était maintenant inaccessible.

Le premier moment de stupeur passé, Giovanni décida de ne pas se laisser troubler par cette découverte et reprit son rythme de prière et de lecture quotidien.

*« Seigneur Jésus, Fils du Dieu vivant, aie pitié de moi, pécheur. »*

Cette nuit pourtant, malgré sa prière incessante, le moine ne pouvait s'empêcher de penser à l'éboulement. Une irrépressible curiosité agitait son esprit : que peut-il y avoir derrière ces blocs de roches entassés ? La grotte était-elle beaucoup plus grande ? Pour débarrasser son esprit de ces questions lancinantes, il décida d'en avoir le cœur net et de tenter, dès le lendemain, de dégager les rochers.

Sitôt son déjeuner du matin achevé, Giovanni s'attaqua au bloc de pierre le plus élevé. À l'aide d'un caillou aiguisé, il parvint à en dégager les contours. Pendant plus de deux heures, il tenta de le faire bouger. En vain. Soudain il réalisa que, pour la première fois en neuf mois, il avait sauté un office. Son esprit en fut troublé. Il prit la décision de ne reprendre ses fouilles que le lendemain, en se fixant des horaires bien précis, le matin et l'après-midi. Il parvint à tenir cette résolution. Du moins extérieurement, car il devait lutter pour que son regard et ses pensées ne soient pas constamment tournés vers l'éboulis qu'il venait de mettre au jour. Il consacra deux heures le matin et deux heures l'après-midi à tenter de dégager les blocs. À force de patience et d'efforts, il parvint à faire bouger, puis à retirer un rocher. Il lui fut dès lors plus facile de manœuvrer les autres. Au dixième jour de travail, le tunnel était dégagé. Il ne dépassait pas deux mètres de long et débouchait dans la seconde partie de la grotte, très faiblement éclairée. Une forte odeur d'humidité, de pourriture même, agressa ses narines. Une fois ses yeux habitués à la semi-obscurité, il constata que cette seconde cavité était deux fois plus petite que la première, et surtout beaucoup plus basse. Il dut ramper.

C'est alors, dans le fond le plus obscur, que ses

mains heurtèrent quelque chose de singulier. Il ramassa l'objet et le porta à la lumière : un os ! Un morceau de tibia humain.

« *Seigneur Jésus, Fils du Dieu vivant, aie pitié de moi, pécheur.* »

Priant de plus belle, le cœur palpitant, il retourna au fond de la cavité humide. Un squelette entier reposait sous des lambeaux de tissus. Un à un, Giovanni ramena les ossements dans la grotte principale. Il n'eut aucun mal à reconstituer le squelette d'un homme de taille moyenne. La petite médaille en or accrochée au cou du défunt ne laissait aucun doute sur son identité : Ephrem.

## 53

Sous son nom de moine, était aussi gravée la date de sa profession perpétuelle : Pâques, 1358. Giovanni resta abasourdi. Voilà donc la raison pour laquelle on n'avait jamais retrouvé le corps du saint ermite ! Il avait vraisemblablement installé sa couche dans la seconde partie de la grotte. Une nuit, un éboulement avait obstrué le tunnel qui séparait les deux cavités. Le malheureux s'était alors retrouvé piégé. Il avait dû mourir de faim et de soif. Les frères venus chercher son corps ne connaissaient pas la grotte, puisque le vieil ermite y vivait en reclus depuis quarante ans. Ils n'avaient donc pu que constater la mystérieuse disparition du vieillard.

Giovanni repensa au moine qui avait raconté, quelques semaines plus tard, le songe où il voyait les anges de Dieu transporter le corps de l'ermite directement au ciel. L'explication s'était imposée et on vénérait depuis près de cent cinquante ans la mémoire de cet ermite comme celle d'un grand saint. Un frisson d'angoisse parcourut le dos du jeune homme.

« *Seigneur Jésus, Fils du Dieu vivant, aie pitié de moi, pécheur.* » Giovanni pria et se rassura en songeant que le père Ephrem était certainement parvenu, après tant d'années de solitude, à un très haut degré de spiritualité. Peu importait dès lors que sa mort fût accidentelle et non miraculeuse.

Giovanni décida de donner une sépulture chrétienne à son malheureux compagnon. L'idéal eût été de prévenir les frères de cette découverte afin que le saint homme fût enterré au monastère. Il renonça à ce projet, de peur de troubler la foi de certains moines, qui avaient une immense vénération envers l'ermite. Il décida plutôt de rassembler les os au fond de la grotte et de les recouvrir de pierres surmontées de la croix de bois qu'il avait emportée avec lui.

Tandis qu'il achevait son travail, il remarqua quelque chose d'insolite sur l'une des roches qu'il déplaçait. Une vague inscription recouverte de poussière. Il la frotta avec sa manche. Oui, des mots s'alignaient là, illisibles dans la semi-obscurité.

Cette nouvelle découverte bouleversa l'âme de Giovanni. Le saint ermite, avant de mourir, avait souhaité laisser un message. Et ce testament, la Providence avait voulu que ce fût lui, frère Ioannis, qui le reçoive... un siècle et demi plus tard. Le moine rendit grâce à Dieu pour ce don inestimable.

« *Seigneur Jésus, fils du Dieu vivant, aie pitié de moi, pécheur.* »

L'esprit sens dessus dessous, il fit rouler la roche vers la lumière. Après de grands efforts, il parvint à ses fins et contempla la pierre.

Trois mots étaient écrits d'une main tremblante. Ils étaient presque illisibles et Giovanni dut encore frotter la pierre.

Il réalisa alors que le saint homme avait tracé ses dernières paroles du bout du doigt... avec son sang.

Le cœur battant, il parvint enfin à déchiffrer le message que Ephrem laissait aux humains, après quarante ans de vie recluse.

Et ce message était : « Dieu n'existe pas. »

# V

# Mars

## 54

Giovanni resta quelques instants en état de sidération. Puis il perdit connaissance. Lorsqu'il revint à lui, il crut sortir d'un épouvantable cauchemar.

Mais la pierre était bien là, devant lui. Il relut dix fois, cent fois, les lettres écrites sur la roche. Ses yeux déchiffraient toujours le même message, mais son esprit ne l'entendait pas, son cœur ne le croyait pas. Non. C'était impossible, totalement impossible, qu'un homme qui avait passé tant d'années à prier dans l'ascèse et la solitude ait pu, au crépuscule de sa vie, rejeter l'existence même de Dieu. Mais que Dieu ait pu abandonner ainsi son fidèle serviteur lui semblait plus impossible encore.

Giovanni chercha alors une justification : l'ermite avait peut-être voulu écrire une phrase plus longue et n'avait pas eu la force de l'achever. Oui, c'était certainement cela. Le début du psaume 14 resurgit à sa mémoire : « L'insensé a dit en son cœur : Il n'y a pas de Dieu ! Corrompues, abominables leurs actions ; personne n'agit bien. Des cieux, Yahvé se penche vers les fils d'Adam, pour voir s'il en est un de sensé, un qui cherche Dieu. »

Voilà l'explication ! se dit Giovanni. Comme d'autres grands saints, Ephrem a vécu l'esprit plongé en enfer pour compatir au désespoir de ceux qui ne trouvent pas Dieu ou sont coupés de Lui par leurs péchés. Rasséréné, le moine retrouva un peu de force et acheva de construire la tombe de l'ermite. Il passa le reste de la journée à prier. *« Seigneur Jésus, fils du Dieu vivant, aie pitié de moi, pécheur. »*

Les jours suivants, Giovanni ne put s'empêcher de lire et relire le message gravé sur la pierre. Bien qu'il crût sincèrement à son explication, son âme commençait à ressentir un malaise persistant. Alors que, jusqu'à présent, il avait prié saint Ephrem de lui venir en aide, pour la première fois il se surprit à prier la Vierge pour le salut de l'âme du vieil ermite. Cette prise de conscience accentua son trouble. Il lui fallait se débarrasser du rocher. Afin que personne ne le découvrît, il le roula à nouveau au fond de la cavité et il décida de reboucher le tunnel menant à la seconde grotte.

Après ce moment éprouvant, Giovanni reprit le cours normal de sa vie érémitique et tenta d'oublier l'événement. Il réalisa bien vite que c'était impossible. Plutôt que d'essayer de chasser ces pensées qui le ramenaient sans cesse à cette phrase terrible, il décida de les accueillir et d'unir sa prière à celle d'Ephrem pour tous ceux dont l'âme demeurait séparée de Dieu. Les infidèles, bien évidemment, mais aussi les grands pécheurs et les sceptiques qui doutaient de l'existence même du Créateur. Il se dit finalement que la Providence avait permis cette découverte afin qu'il trouve un nouveau sens, plus profond encore, à sa vie recluse en Dieu.

« *Seigneur Jésus, Fils du Dieu vivant, aie pitié de moi, pécheur.* »

Pendant plusieurs semaines, le jeune moine pria avec ferveur pour les âmes égarées. Mais une sourde angoisse s'était infiltrée dans son cœur et il lui devenait impossible de la nier. Il comprit alors qu'il ne croyait plus à son hypothèse concernant Ephrem. Aussi priait-il de plus en plus souvent pour le pauvre ermite. Son âme, après tant d'années de solitude, avait sans doute connu l'égarement. Dieu avait permis cette découverte afin qu'il puisse prier pour le salut de ce malheureux. Il décida dès lors d'offrir chacune de ses prières pour la paix de l'âme d'Ephrem :

« *Seigneur Jésus, fils du Dieu vivant, aie pitié de moi, pécheur.* »

Mais, de jour en jour, son trouble s'aggravait. Une colère montait du plus profond de son être. Indéfinissable tout d'abord, cette rage prit possession de lui. Une nuit, il se mit à hurler, en tendant le poing vers le ciel : « Pourquoi ? Pourquoi as-tu laissé ton serviteur mourir dans le désespoir ? Pourquoi as-tu permis que Satan ruine son espérance en Ta Miséricorde ? Pourquoi laisser un homme qui T'a consacré toute sa vie mourir dans la nuit du doute ? Es-Tu cruel ? Prends-Tu plaisir à voir souffrir des innocents ? Combien de sang et de larmes Te faudra-t-il encore pour satisfaire Ton courroux ? » Son cri était celui de toute l'humanité qui souffrait, qui croyait, et qui ne comprenait pas l'insupportable silence de Dieu.

Après avoir hurlé à en perdre les sens, Giovanni s'effondra en larmes. Une détresse immense s'empara de son cœur. Il ressentit un abîme de compassion pour cet homme qui s'était privé de tout, qui avait souffert, renoncé aux plaisirs du monde, sacrifié une vie de famille, prié jour et nuit dans le froid, la faim, la solitude, pendant des décennies... pour mourir dans la déréliction, se sentant abandonné de ce Dieu qu'il avait servi avec amour et fidélité.

Sans le savoir, Giovanni pleurait aussi sur lui.

## 55

Trois semaines s'étaient écoulées depuis cette nuit de révolte. Trois semaines durant lesquelles Giovanni avait, en vain, tenté d'éteindre l'incendie qui s'était emparé de son âme. Il était passé par tous les états : le doute, l'espérance, l'angoisse, la foi, la colère, l'abandon, l'accablement, la confiance, la tristesse. Après de terribles combats intérieurs, son cœur et son esprit s'étaient finalement retrouvés unis dans cette intime conviction : soit Dieu était un être malfaisant, une sorte de père sadique, soit il n'existait pas... ce qui vaudrait encore mieux. Giovanni n'était plus en colère. Il n'était plus triste. Il était simplement, calmement, désespéré.

Les souvenirs du passé revenaient assaillir son esprit. Il revoyait avec émotion les images douces et réconfortantes de sa famille. Lorsqu'il était au monastère, il avait écrit une lettre à son père et à son frère pour les rassurer sur son sort. Mais lui-même se demandait maintenant ce qu'ils étaient devenus. Il repensait à Elena, et l'envie de la retrouver le hantait à nouveau. Mais c'est surtout Maître Lucius qu'il brûlait de retrouver en ces instants si douloureux. Il aurait tant aimé s'ouvrir à lui de ses doutes et lui demander conseil. Giovanni essayait d'imaginer ce que le

philosophe lui aurait dit ou aurait fait en pareille circonstance. Comme sa présence lui manquait !

Une nuit où le désespoir s'était emparé de son âme
avec violence, il eut envie d'en finir. Il s'approcha du
précipice et regarda longuement la cime des arbres,
une vingtaine de mètres plus bas. Il ferma les yeux.
Des images remontèrent à sa mémoire. Le visage
d'Elena, celui de sa mère. Quelques larmes, douces et
amères, coulèrent le long de ses joues creusées par le
manque de sommeil et les privations. Il s'approcha du
bord.

Il s'apprêtait à sauter dans le vide lorsque le visage
de Luna surgit en lui. Une curieuse sensation s'empara
de son corps, un irrépressible besoin de faire l'amour.
Et son esprit se focalisa sur la sorcière. Son parfum
envoûtant, sa peau suave, ses seins délicieux revinrent
soudainement prendre possession de son pauvre corps.
Sans même réaliser ce qu'il faisait, il se caressa et, les
yeux fermés, se remémora cette femme qui l'avait
charmé et lui avait offert sa première émotion sexuelle.
Il lâcha un râle puissant, un cri de bête, un cri qui
semblait remonter de la nuit des temps.

Depuis plusieurs jours il ne priait plus. Certes, les
mots revenaient encore sur ses lèvres, mais son âme
les refusait. Il avait retrouvé une faible envie de vivre,
presque instinctive. Il se masturbait plusieurs fois par
jour. Tantôt son esprit était porté vers Luna, tantôt vers
Elena. Une seule chose l'obsédait : quitter ce lieu au
plus vite.

Il n'y avait qu'une seule solution : faire croire à sa mort pour qu'un frère descende constater son décès. Il limita donc sa consommation d'eau et de nourriture pour en mettre de côté.

La semaine suivante, il put ainsi ne toucher ni au pain, ni à l'eau qui lui furent descendus. Inquiets de voir le panier intact, les deux moines qui vivaient dans la skite décidèrent d'aller constater sur place ce qui était arrivé.

Le plus vigoureux manœuvra le treuil, tandis que l'autre descendit dans un filet jusqu'à la grotte. Une fois parvenu devant l'entrée, frère Nicodème se dégagea du filet et s'avança vers Giovanni qui était allongé sur le sol. À peine le moine se pencha-t-il qu'il reçut un violent coup à la tête. Tirant le corps inerte, Giovanni le glissa dans le filet et s'harnacha à son tour. Puis il tira cinq coups secs.

Le filet se souleva et monta de manière saccadée jusqu'au sommet de la falaise. Parvenu au sommet, Giovanni se libéra et tira le corps du moine inanimé sur la plate-forme. L'autre moine bloqua le treuil et fonça vers lui, croyant que son frère ramenait le corps de l'ermite. Il s'arrêta, stupéfait.

– Que fais-tu là ? Qu'est-il arrivé à frère Nicodème ?

– Il est juste assommé. Je n'avais pas d'autre choix pour quitter ce lieu.

– Mais... tu as fait vœu. Tu n'as pas le droit de partir !

Giovanni sentit une peur panique envahir son cœur.

– Je dois partir, dit-il avec force.

– Je t'en empêcherai ! cria le moine en se jetant sur lui.

Giovanni esquiva l'attaque et projeta le gros moine

sur le côté. Ce dernier roula sur quelques mètres puis
bascula par-dessus la plate-forme.

– Frère Grégoire ! hurla Giovanni en écartant les
bras.

Il se précipita pour essayer de le retenir, mais le
malheureux lâcha le bord de l'estrade et fit une chute
de plus de quarante mètres.

Horrifié, Giovanni contempla le spectacle. Une
phrase de la sorcière résonna en lui : « Tu tueras une
deuxième fois par peur. »

Il comprit alors qu'il avait voulu échapper à sa destinée en quittant le monde et la compagnie des
hommes. Mais le destin l'avait rattrapé jusque dans
son monastère, jusque dans sa vie solitaire, jusque dans
sa grotte.

Parce que sa destinée était inscrite au plus profond
de son cœur.

## 56

Giovanni se saisit de la corde de secours attachée au pied de la roue en bois qui servait de treuil. Il la lança dans le vide, puis commença la longue descente en rappel. Une fois parvenu au pied de la falaise, il regarda avec horreur le corps fracassé de Frère Grégoire.

Sans se retourner, il s'éloigna, marcha pendant deux jours et une nuit en direction de la mer. Des villageois, apitoyés par ce moine ascétique à la mine défaite, lui donnèrent à manger et à boire. Il avait pris la décision de revenir vers Maître Lucius. Non seulement pour lui avouer qu'il n'avait jamais rempli sa mission, mais pour trouver un peu de réconfort et quelques précieux conseils auprès de ce vieux sage et de son serviteur, ses seuls véritables amis. Il avait bien songé à Elena, mais l'idée de briser à nouveau le cœur de la jeune femme ou de finir sa vie sur une galère de la Sérénissime l'en avait dissuadé. Peut-être la rejoindrait-il plus tard. Pour l'instant, seul comptait de retrouver son ancien maître.

Par chance, il trouva au port de Volos un bateau génois qui accepta de le transporter gratuitement en Italie. Après une semaine de navigation, il accosta à Pescara. Sitôt arrivé sur le sol italien, il se débarrassa

de sa soutane usée qu'il troqua contre de vieilles fripes.
Il emprunta la via Valeria en direction de Rome. Après
une nuit de bivouac, il reprit la route et quitta bientôt
la voie principale pour emprunter les chemins qui
s'enfonçaient dans les collines boisées des Abruzzes.
Il marcha d'un pas vif jusqu'au village d'Ostuni. En
parvenant à la lisière des bois du Vediche, son cœur
se mit à battre plus vite tant il était heureux de
retrouver ce lieu où il avait été si serein. Sur le sentier
qui conduisait à la maison de bois, l'allégresse des
souvenirs se mit à chanter en lui, et les larmes lui
vinrent... Il se sentait coupable d'avoir manqué à sa
mission, mais il savait, au fond de lui, que ses amis
lui pardonneraient.

En débouchant dans la clairière, son sang se glaça.

La masure était entièrement calcinée.


En observant la végétation qui avait poussé sur les
débris de la maison, il réalisa qu'elle avait été incendiée
plusieurs années auparavant. Était-ce un malheureux
accident... ou un acte criminel ? Qu'étaient devenus
son maître et Pietro ? L'angoisse prit à nouveau possession de l'âme de Giovanni. Il fallait qu'il sache. Il
reprit aussitôt la route du village. Il croisa un paysan
et le questionna :

— Je venais rendre visite à deux amis vivant dans les
bois du Vediche et je trouve la maison brûlée et abandonnée. Qu'est-il donc arrivé ?

— Ah ! c'est un grand malheur ! répondit le paysan
après quelques secondes d'hésitation. Mais il y a bien
longtemps de ça.

– Que s'est-il passé ? Où sont les hommes qui vivaient dans cette maison ?

– Ils ont été trucidés par une troupe de brigands. Des cavaliers noirs.

Giovanni reçut un coup de poignard dans le cœur.

– Quand cela s'est-il produit ?

– Il y a de nombreuses années ! Un troisième homme vivait avec ces deux-là, un apprenti je crois. Il est parti, et peu de temps après les hommes en noir sont arrivés... Ils ont mis le feu à la baraque. Et c'est pas tout ! Si vous aviez vu les corps du vieux et de son serviteur ! Comment ils avaient été torturés avant d'être achevés. Pour sûr qu'on a essayé de leur faire dire où ils avaient caché leur magot... et qu'ils ont pas parlé.

– Où les a-t-on mis ? s'enquit Giovanni en proie à une souffrance atroce.

– On a creusé un trou non loin de la maison et on y a mis les deux corps. Un prêtre est venu les bénir et on a posé une croix.


Giovanni retrouva avec difficulté l'endroit où ses amis avaient été enterrés. Il redressa la petite croix qui s'était effondrée et resta ainsi, sans mot dire. Le chagrin qui l'habitait était sans fond, mais aucune larme ne put trouver le chemin de ses yeux secs et usés. Il ressentait aussi une mordante culpabilité : n'était-ce pas parce qu'il avait jadis échappé à ses poursuivants que ces derniers étaient revenus torturer ses amis pour connaître le contenu de cette maudite lettre ? Quel terrible secret pouvait-elle contenir pour justifier de tels meurtres ?

Giovanni demanda pardon à son maître et à Pietro.

Son âme était anéantie. Il n'arrivait plus ni à prier ni à penser.

La nuit tomba et le froid se fit plus piquant. Giovanni resta debout devant la tombe.

Il commençait à neiger.

## 57

Toute la nuit, Giovanni resta ainsi figé sur place. Terrassé par la fatigue, il s'était progressivement affaissé. Et demeurait là, en position fœtale, sur la tombe de ses amis.

Au petit matin, il avait cessé de neiger. Son corps était recouvert d'un fin manteau blanc. Il sentait le froid intense prendre possession de sa chair et de ses os. Il se repliait de plus en plus sur lui-même pour échapper, instinctivement, à la morsure du froid.

En même temps que son corps, son esprit s'engourdissait. Son âme s'était vidée de ses dernières forces. Il n'avait plus aucune envie. Ni celle de vivre, ni même celle de mourir. Il ne pensait plus à rien. Son esprit était paisible. Non pas une paix pleine de sens, comme il l'avait connue jadis, mais exempte de toute préoccupation. En se vidant, son âme l'avait délivré de ses combats et de tout vouloir. Il savait qu'il allait bientôt mourir, mais il n'y pensait pas. Il attendait la délivrance ultime, sans peur, telle une bête blessée qui part crever dans un fossé.

Le froid avait pris entièrement possession de son corps, tant et si bien qu'il ne le sentait plus. Son esprit commença aussi à l'abandonner doucement. Il flottait entre deux mondes. Il n'attendait plus que le signal fatal pour s'échapper définitivement.

Il ne l'entendit pas approcher, mais il sentit la chaleur de son corps contre le sien. Une chaleur qui fit frémir sa chair glacée. Instinctivement, il tenta de se serrer contre cette source chaude, mais ses muscles figés ne purent esquisser le moindre mouvement. Il sentit un souffle contre sa nuque. Un souffle rapide qui faisait fondre le givre collé à la peau de son cou. Progressivement, cette chaleur réconfortante ramena son esprit. Il ne chercha pas à comprendre. Il se laissa gagner par ce bien-être. Une langue lui lécha lentement la nuque. Son corps frissonna. Après un long moment, il sentit ses muscles réagir. Il se retourna à grand-peine et entrouvrit les yeux.

Le chien prit peur et se releva. Toujours étendu, Giovanni le regarda. Il était assez grand, mais dans un état pitoyable. Son pelage poivre et sel était tout crotté, et son corps aussi maigre que le sien. La queue entre les jambes, les oreilles baissées, il regardait l'homme avec une lueur d'inquiétude. Giovanni le fixa un long moment, soutenant son regard sans penser à rien. Puis il réussit à esquisser un sourire, et tendit la main vers l'animal :

– N'aie pas peur.

Le chien sembla rassuré par le geste et la voix amicale. Il se rapprocha lentement et s'étendit près du jeune homme, le museau contre sa main. Giovanni lui caressa la truffe. Le chien le regardait intensément avec crainte et contentement. Ce regard émut Giovanni qui s'efforça de se relever. Le chien se redressa et recula. L'homme s'assit sur ses talons. Ses membres étaient encore gelés et il ne sentait plus ni ses mains ni ses pieds, mais il tapota sur ses genoux de la main gauche en tendant la droite en direction de son compagnon d'infortune :

– Viens.

Après quelques hésitations, le chien se rapprocha en remuant la queue. Avec un mélange visible de joie et d'appréhension, il se laissa caresser. Giovanni enlaça son cou et le chien se mit à japper de contentement. L'âme de Giovanni se réchauffait peu à peu.

– Eh bien, mon vieux, nous voilà en piteux état. Je suis sûr que tu n'as pas mangé non plus depuis belle lurette.

Le chien répondait avec des petits gémissements.

– T'inquiète pas. Je vais m'occuper de nous.

Giovanni se releva péniblement. Un vertige le fit vaciller. Il tremblait de froid et de faim. Il leur fallait du feu. Il ramassa un peu de bois mort, et, au prix de maints efforts tant ses doigts étaient gelés, il réussit à faire partir un feu à l'aide des deux silex aiguisés trouvés dans les restes calcinés de la cabane. Il passa plusieurs heures à se réchauffer. Progressivement, le sang irrigua à nouveau ses extrémités. Le chien profita de l'aubaine et s'assit à ses côtés, ne lâchant pas les flammes du regard.

Quand il eut retrouvé l'usage de ses membres, Giovanni décida de partir en quête de nourriture. Il connaissait bien les bois environnants et se souvenait des pièges que Pietro laissait à certains endroits. Il en retrouva un qui pouvait encore fonctionner et l'installa. Le chien le regardait faire avec curiosité. Puis Giovanni revint vers le feu. La nuit s'annonçait glaciale. Un cri déchirant retentit soudain. Giovanni courut vers le piège. La bête le précéda, donna lui-même le coup de grâce au lièvre qui s'était fait prendre et commença aussitôt à le dévorer. Giovanni se jeta sur lui pour lui arracher sa proie. Le chien montra pour la première fois les crocs en grognant avec férocité.

– Holà, mon vieux, je sais que tu as faim, mais tu pourrais quand même partager !

Il parvint finalement à arracher les deux tiers du gibier au chien qui se contenta de finir avidement sa part du butin. Giovanni dépeça et embrocha ce qui restait du lièvre au bout d'un pic pour le faire cuire au-dessus d'un lit de braises. Quand il le jugea assez cuit, il en déchira un morceau qu'il jeta à son compagnon :

– Tiens ! Tu ne le mérites pas, mais tu n'as sans doute pas mangé depuis plus longtemps que moi !

Tandis que le chien se jetait sur la viande, Giovanni savourait la sienne. La chaleur du feu, la présence de cet animal, le plaisir de manger : tout cela lui redonnait un certain goût à la vie. Non pas le désir de vivre, pas encore, mais l'énergie suffisante pour vouloir survivre.

– Comment tu t'appelles ? demanda-t-il au chien.

La bête le regarda avec étonnement. Il semblait dire : « Tu vois bien que je suis comme toi, un vagabond errant. Je n'ai plus de maître depuis bien longtemps et je ne me souviens plus du nom qu'on m'avait peut-être donné un jour. Alors, si tu veux qu'on fasse un bout de chemin ensemble, c'est à toi de me donner un nom ! »

Giovanni dut lire dans ses pensées car une réponse lui traversa l'esprit :

– Noé ! Que dirais-tu de ce nom ? Hein, Noé ?

Le chien poussa un glapissement joyeux et remua la queue.

## 58

Plusieurs semaines s'étaient écoulées depuis le retour de Giovanni à la maison de son maître, ou ce qu'il en restait. Dès les premiers jours, il s'était activé à rebâtir une petite cabane d'une seule pièce sur l'emplacement de la maisonnette. Il avait bien entendu visité la cave où le philosophe cachait ses ouvrages les plus précieux, mais celle-ci avait été pillée. Cet abri lui permit de surmonter le froid grandissant de l'hiver : il descendait y dormir dans le foin lorsqu'il faisait trop froid. Noé ne le quittait pas, le suivait dans ses moindres déplacements. La nuit, ils dormaient blottis l'un contre l'autre sur la paillasse. Ils chassaient ensemble et le chien se révéla bon pisteur, indiquant les sentes où passait le petit gibier.

De jour en jour, Giovanni retrouva goût à l'existence. La compagnie joyeuse de Noé lui suffisait et il ne recherchait nullement celle des hommes. Il aimait faire de longues marches dans la forêt, surtout après qu'il eut neigé. Il s'arrêtait souvent au pied d'un grand chêne et, face au lointain, fermait les yeux et se laissait réchauffer par les tièdes rayons du soleil d'hiver. De temps à autre, il entrouvrait les paupières et contemplait la pâle lumière sur les cimes blanches des arbres. Noé restait allongé à ses pieds, et attendait, sans bouger. Cette communion avec la nature et la présence du chien furent un baume apaisant pour son cœur meurtri. Il ne priait plus. Il ne pensait ni à Dieu, ni au monastère. Mais de nombreuses images de son enfance et de sa vie itinérante depuis sa rencontre avec Elena défilaient souvent dans son esprit. Il les observait sans en chercher le sens. De temps en temps, une émotion remontait avec un souvenir. Là encore, il ne cherchait pas plus à la refuser qu'à s'y arrêter. Il se laissait imprégner par elle, de la même manière qu'il accueillait la chaleur du soleil ou le vent piquant sur sa peau. Sa vie était faite d'activités de survie – couper du bois, chasser – et de sensations primaires – le chaud, le froid, la faim – sans autres sentiments de nostalgie, d'espoir ou d'appréhension. Il était comme fixé dans le présent et cette succession d'instants tissait la trame de sa nouvelle vie. Peut-être un jour déciderait-il de quitter ce lieu et de rejoindre Elena. Il devait sentir, comme par instinct, qu'il était trop tôt pour y songer et il vivait sans rêves et sans projets.

C'est alors que le destin frappa à nouveau à sa porte.

Il rentrait d'une chasse infructueuse. Le temps était plutôt doux. À une centaine de pas de la cabane, Noé eut un comportement inhabituel. Il leva le nez au vent et se précipita vers la maison en grognant. Il en fit le tour plusieurs fois, la truffe collée au sol, puis il suivit une piste et disparut. Giovanni pensa à un gibier et n'y attacha pas d'importance. Les jours qui suivirent, Noé manifesta des signes de nervosité. Giovanni commença à s'en inquiéter et inspecta plus attentivement les alentours de la cabane. À sa grande surprise, il remarqua des empreintes de sabots à quelques centaines de mètres de là. Assurément quelqu'un était venu. Peut-être un voyageur égaré ?

Dès lors, Giovanni scruta les chemins et les taillis des environs. Quelques jours plus tard, il remarqua une nouvelle trace dans la boue du sentier conduisant à la maison. Cette fois, il ne s'agissait pas d'un sabot, mais d'un pas humain. Il l'examina minutieusement. Le pied était d'assez petite taille et plutôt fin. Vraisemblablement un adolescent ou bien une femme. Après cette découverte, Noé s'aventura dans les sous-bois, mais revint bredouille.

Giovanni ne savait trop que penser. Était-ce la même personne ? En tout cas, ce qui était certain, c'est qu'on rôdait autour de sa cabane. Le souvenir des brigands restait assez vivace dans sa mémoire et il prit quelques précautions. Il installa une fine cordelette en travers du chemin allant vers la route du village, reliée à une clochette qui ne manquerait pas de retentir si quelqu'un venait à rôder la nuit.

C'est ce qui se produisit. Un soir, Giovanni entendit la clochette résonner. Noé aboya de toutes ses forces et se précipita vers le sentier. Giovanni courut à sa suite. Il lui sembla que des bruits de branches cassées se mêlaient aux aboiements du chien. Puis soudain Noé poussa un glapissement et se tut. Giovanni arriva sur place et constata que le chien était étendu sur le flanc. Il entendit des pas s'évanouir dans le bois. Comme la nuit tombait, il ne prit pas le risque de continuer la poursuite. Il se pencha sur Noé qui était légèrement blessé au crâne. Le chien avait visiblement été assommé à coups de bâton. Il reprit rapidement connaissance, mais

Giovanni se barricada dans la cabane et ne put fermer l'œil de la nuit.

Le lendemain matin, dès les premières lueurs du jour, il repartit avec Noé sur les lieux de l'agression. Il fit alors une fort intéressante découverte. Avant d'être assommé, le chien avait arraché un lambeau de vêtement à son agresseur. Giovanni ramassa le morceau d'étoffe bleutée. Sans aucun doute possible, c'était un pan de robe de femme.

Giovanni se dit qu'une paysanne, probablement affamée, tentait de s'approcher de la cabane. Peut-être était-ce une femme abandonnée ou une jeune fille abusée qui avait dû s'enfuir ? Ou encore une folle errante, comme on en rencontrait parfois dans les campagnes ? Ces questions hantèrent son esprit et sa principale préoccupation fut dès lors de débusquer l'inconnue. Il enleva la cordelette, qui ne servait plus à rien, et déposa de la nourriture dans un petit sac suspendu à la branche d'un arbre non loin du lieu où Noé avait été assommé. Mais personne ne toucha au sac, si ce n'est les oiseaux qui réussirent à le percer pour se régaler du précieux morceau de gibier qu'il contenait. Giovanni se dit que l'inconnue, apeurée par la présence du chien, avait sans doute définitivement quitté les lieux.

Il en ressentit de la tristesse.


Cela faisait plus d'une semaine qu'il n'avait pas trouvé la moindre trace. Un matin, alors qu'il déjeunait dans sa cabane, Noé sauta sur ses pattes et se mit à grogner. Giovanni ouvrit la porte. Il avait neigé et le sol était recouvert d'une fine pellicule blanche. Il

n'aurait aucun mal à suivre les traces d'un éventuel
visiteur. Pour éviter que l'incident de l'autre jour se
reproduise, il laissa Noé enfermé dans la maison et
partit seul sur le chemin. Il avait parcouru environ trois
cents pas, quand son regard fut attiré par des traces
nombreuses sur la neige. Il était facile de deviner
qu'une petite troupe de cavaliers était parvenue
jusqu'en cet endroit avant de faire demi-tour. C'est
alors qu'il entendit un bruit venant du bois. Il eut à
peine le temps de se retourner et d'apercevoir deux
cavaliers tout de noir vêtus qui fonçaient sur lui.

## 59

Giovanni retrouva ses esprits dans la cabane. Il était solidement attaché à une poutre. Une douleur au crâne lui fit comprendre qu'il avait été assommé. Il vit que Noé était aussi attaché par une corde à l'autre bout de la pièce. Dès qu'il reprit conscience, le chien gémit et remua la queue.

L'ancien moine faisait face à cinq hommes, tous revêtus d'une grande cape noire et d'un masque en cuir. L'un d'eux, plus frêle, était assis sur la seule chaise de la pièce, légèrement en retrait.

– Tiens, on dirait que notre ami revient à lui, lança un homme grand et maigre qui portait un bandage sanguinolent à la main.

Giovanni comprit que Noé avait dû le mordre quand il avait pénétré dans la cabane. Mais pourquoi ces hommes cruels n'ont-ils pas abattu le chien ? se demanda-t-il.

– Qui êtes-vous ? répondit finalement le jeune homme d'un ton amer. Si c'est vous qui avez assassiné mon maître, vous n'êtes que des lâches ! Soyez maudits !

L'homme à la main bandée gifla violemment Giovanni de sa main valide.

– C'est nous qui posons les questions. Qu'as-tu fait

de la lettre que ton maître t'avait confiée et que tu n'as jamais portée à son destinataire ?

– C'est donc cela ? Vous avez commis ces horribles crimes pour en connaître le contenu ? Mais qu'est-ce qui peut justifier de tels actes ? Êtes-vous des chrétiens ou des barbares ?

L'homme s'apprêtait à frapper de nouveau, lorsqu'une voix l'interrompit avec autorité.

– Cela suffit ! Laisse-moi l'interroger.

La voix était celle d'un vieillard. L'homme assis sur la chaise se releva lentement et s'approcha de Giovanni.

– Tu ne sais pas ce que tu dis. Mais je peux comprendre ta peine et ta colère. Il n'y avait, hélas, pas d'autre moyen pour éviter une chose plus grave encore que ces crimes.

Giovanni le regarda avec un mélange d'incrédulité, de colère et de mépris.

– Et quelle est « cette chose » qui vous autorise à torturer et à tuer des innocents ?

– Des innocents ! s'emporta le vieil homme. Des innocents ! As-tu seulement une idée du contenu de l'enveloppe que tu transportais ?

– Aucune.

– Il ment ! cria l'un des hommes.

– Je ne crois pas, répondit posément le vieillard. Sinon il ne serait pas aussi scandalisé par la mort de l'astrologue.

Puis il se rapprocha encore de Giovanni et planta ses petits yeux dans ceux du jeune homme. L'ancien moine fut troublé par la froideur de ce regard. Jamais de sa vie il n'avait perçu une telle inhumanité dans des yeux humains. Il se demanda si ce sentiment n'était pas accentué par la présence du masque. Le vieillard poursuivit sur un ton glacial et menaçant :

– Où as-tu disparu pendant toutes ces années ? Qu'as-tu fait de la lettre ?

Les pensées se bousculèrent dans l'esprit de Giovanni. Il comprit que sa maîtresse n'avait pas remis la lettre au pape. La seule mention de Venise pourrait mettre ces criminels sur la piste d'Elena. Il fallait donc les égarer.

– Lorsque j'ai échappé à vos griffes il y a plusieurs années à Pescara, j'ai embarqué sur un navire qui m'emmena en Grèce. Une fois sur place j'ai confié la lettre à un marchand romain qui m'a promis de la remettre au Vatican. Quant à moi, je me suis converti à l'orthodoxie et je suis devenu moine itinérant.

– Qu'est-ce c'est que ces boniments ! hurla l'homme blessé en s'approchant de Giovanni.

Le vieillard l'écarta de la main.

– Ton histoire ne tient pas debout. Peux-tu nous avancer une preuve que tu as bien été moine ?

– Fouillez le fond de ma poche.

Un des hommes s'exécuta et ressortit un chapelet en laine usé.

– Un *komboskini* ! lâcha le vieil homme visiblement surpris par cette découverte. Cela ne prouve rien, mais il doit y avoir une part de vrai dans ton récit. Que tu sois allé en Grèce, soit, mais que tu aies confié cette lettre à un inconnu, alors que tu la savais si précieuse pour ton maître, cela je ne puis le croire.

– C'est pourtant la vérité. Je n'avais aucune idée de son contenu et j'ai compris que je ne pourrais sans doute jamais parvenir jusqu'au pape. À peine arrivé à Rome vous m'auriez retrouvé et assassiné. J'en ai eu la conviction, c'est pourquoi j'ai trouvé plus sage de la confier à ce marchand qui m'a inspiré confiance.

Un silence pesant s'installa dans la petite cabane.

– Je ne sais si tu es un imbécile un peu naïf ou si tu te moques de nous, reprit le vieil homme. Je sais d'ailleurs peu de chose de toi, sinon que tu as passé quelques années auprès de ce maudit astrologue et de son acolyte. Quel est ton nom et d'où viens-tu ?

Giovanni songea que ces hommes étaient capables d'aller torturer sa famille et il répondit par un nouveau mensonge :

– Je m'appelle Giovanni Da Scola et je suis natif de Calabre.

– Pourquoi es-tu venu retrouver Maître Lucius ?

– J'avais quitté ma ville natale pour venir étudier dans une grande cité du Nord. C'est par pur hasard que j'ai rencontré ce maître exceptionnel, auprès de qui j'ai étudié la philosophie pendant trois ans.

– Je ne crois pas au hasard, répliqua froidement le vieillard. Et as-tu aussi étudié l'astrologie à ses côtés ?

Giovanni sentit qu'il fallait mentir sur cette question.

– Non.

– Tu n'as aucune idée de la demande du pape ? Tu as pourtant vu ton maître travailler pendant plusieurs mois avant qu'il ne t'envoie porter sa lettre. Tu as forcément une opinion à ce sujet.

– Je... je crois qu'il s'est en effet servi de ses ouvrages astrologiques. Mais je ne sais à quelles fins.

– Vraiment ?

De son œil perçant, le vieil homme tentait de scruter l'âme de Giovanni.

– Je n'en ai aucune idée.

– C'est dommage, nous allons devoir t'amputer de

quelque membre pour savoir si tu dis vrai. Ce serait tellement plus simple de nous dire tout de suite où est la lettre !

Giovanni eut un frisson d'angoisse. Mais une colère plus forte que la peur s'empara de lui.

– Aucune torture ne pourra me faire dire ce que je ne sais pas. Vous n'avez pas assez de sang sur les mains ? Mais quelle cause servez-vous donc ?

– Celle du Créateur tout-puissant et de Son fils Jésus-Christ, répondit calmement le vieil homme.

– Mais comment peut-on tuer au nom du Christ, lui qui n'a parlé que d'amour ? s'écria Giovanni hors de lui.

– Justement, pour préserver son message et qu'il ne soit pas trahi par des pratiques païennes... comme la divination astrale, par exemple.

Giovanni regarda l'homme de manière incrédule.

– Vous voulez dire que vous avez tué mon maître et son serviteur Pietro... simplement parce qu'il pratiquait l'astrologie ?

– Oh que non ! La Sainte Église du Christ est aujourd'hui si infestée par cette pratique impie, condamnée par les Saintes Écritures, que nous n'aurions pas assez d'une vie pour passer au fil de l'épée tous les clercs qui s'y adonnent avec délices ! Non, mon jeune ami, ce qu'a fait ton maître est infiniment plus grave.

Le vieillard se rapprocha du visage de Giovanni et lui souffla à l'oreille :

– Répondant à la demande de Paul III, ce suppôt de Satan qui souille le sublime titre de pape, il a osé se servir de cette pratique immonde pour porter atteinte à ce qu'il y a de plus précieux dans notre foi.

Giovanni se demanda quel dogme sacré son maître

aurait pu appréhender d'un point de vue astrologique. Mais il se demanda aussi, et dans l'immédiat cela lui importait davantage, qui étaient ces assassins fanatiques.

– Êtes-vous des disciples de Luther pour haïr ainsi le pape ?

Le vieil homme explosa d'un rire horrible et saccadé.

– Tu ne pouvais trouver pire insulte pour me mettre en rage et me donner envie de te torturer moi-même, pauvre idiot ! Sur bien des points, les Réformateurs sont pires que les astrologues ! Ils ont trahi la sainte doctrine de l'Église, comme ces faux papes idolâtres la souillent avec leurs croyances et leurs pratiques païennes. Mais aussi faible soit leur foi, aussi misérable soit leur conception de la religion, aucun d'eux n'aurait osé faire ce que ton maître a commis.

Le vieil homme reprit son souffle et éructa à la face de Giovanni :

– L'abomination de l'abomination.

– Quoi qu'ait pu faire mon maître, n'êtes-vous pas assez vengé de l'avoir cruellement torturé et assassiné, ainsi que son plus fidèle ami et serviteur ? Pourquoi venir des années plus tard me poursuivre ?

– Parce que cette lettre ne doit tomber dans aucune main.

L'homme saisit le col de Giovanni à deux mains.

– Aucune, tu m'entends ! Moi seul dois en connaître la teneur et la détruire à jamais !

Le vieillard resta agrippé à Giovanni tel un dément. Puis il le lâcha et retourna s'asseoir, visiblement épuisé par cet effort. Noé gronda en voyant l'homme s'approcher. Soudain le vieillard s'arrêta et le regarda.

L'homme à la main blessée se rapprocha de Giovanni et l'interpella :

– Crois-moi, je sais comment délier la langue d'un homme.

Il sortit une lame de dessous sa cape, arracha la chemise du jeune homme et approcha lentement sa lame de son torse.

– Arrête.

Le vieil homme se retourna.

– Le chien. Je t'avais dit qu'il pourrait nous être utile. Il est certains humains qui supporteraient n'importe quelle douleur sans mot dire et qui ne peuvent supporter la souffrance d'un autre être, fût-il une bête.

– Cela s'appelle la compassion et c'est le Christ qui nous l'a enseignée ! cria Giovanni.

– C'est cela. Nous allons voir jusqu'où va ta compassion, poursuivit le vieil homme avec un sourire sadique.

Puis il désigna Noé d'un geste las.

– Non ! hurla Giovanni, laissez Noé tranquille, il n'a rien à faire dans cette histoire !

Le vieillard fut saisi de stupeur.

– Comment as-tu nommé cet animal ?

– Peu importe, vous n'apprendrez rien de moi en torturant ce chien !

– Tu as osé appeler cette bête du nom d'un patriarche de la Sainte Bible...

– Un patriarche qui a eu pitié des animaux qu'il a sauvés du déluge ! Vous, vous n'êtes que des monstres sans pitié, sans âme.

L'homme à la main blessée approcha son épée de Noé qui recula, tous crocs dehors.

– Non ! hurla Giovanni. Je ne sais rien, je vous le jure devant Dieu, je ne sais rien !

L'homme taquina le museau du chien du bout de son épée.

– Voilà l'occasion de te faire payer la vilaine morsure que tu m'as infligée, hein Noé...

D'un coup sec, il abattit son épée sur la patte avant droite du chien et la trancha par le milieu.

La bête poussa un glapissement déchirant et s'effondra. Un liquide rouge s'écoula sur le sol.

– Arrêtez ! supplia Giovanni

– Alors dis-nous où est la lettre, reprit le vieillard d'un ton cassant.

– Je vous jure que je ne sais rien. Tuez-moi, mais cessez de torturer cette pauvre bête.

Le chef fit un signe de la tête à l'homme blessé. Ce dernier leva à nouveau son épée vers Noé qui restait étendu sur le côté en gémissant de douleur. Il l'abattit une nouvelle fois avec rage. Mais l'animal se redressa au même moment et fit un bond de côté pour éviter la lame qui, par un hasard salutaire, trancha la corde qui le retenait. L'homme resta stupéfait et Noé se redressa sur les trois pattes qui lui restaient.

– Sauve-toi, Noé, sauve-toi ! hurla Giovanni.

L'un des hommes se précipita vers la porte entrebâillée, mais le chien le précéda d'un bond et parvint à s'enfuir de la cabane.

Deux hommes se précipitèrent dehors. Quelques minutes plus tard, ils revinrent dépités :

– Malgré sa blessure, cette sale bête nous a échappé, avoua l'un d'eux.

– Peu importe, reprit le vieillard.

– Reprenons l'interrogatoire là où nous l'avons laissé, insista l'homme à la main blessée.

– C'est inutile.

Il se retourna vers le vieillard, plein d'étonnement.

– C'est parfaitement inutile. À mon âge, je commence à connaître les hommes. Sois-en sûr, s'il avait su quelque chose il aurait tenté d'épargner ce chien. Il n'ajoutera rien sous la torture.

– Qu'allons-nous faire de lui ?

– Nous en débarrasser.

Le vieillard se rapprocha de Giovanni.

– Tu aimerais peut-être savoir ce que contenait cette lettre avant de mourir ?

Giovanni resta silencieux.

– Je suis certain que oui. C'est tellement mieux de savoir pourquoi on meurt. Alors tu ne sauras rien.

– Vous êtes non seulement des fanatiques et des criminels, mais aussi des lâches qui n'osez même pas montrer votre visage. Si je survis, je vous retrouverai où que vous soyez et vous répondrez de vos crimes !

Le vieillard enleva son masque et demanda à ses complices d'en faire autant. Giovanni regarda droit dans les yeux chacun de ces hommes qui avaient tué ses amis les plus chers. Jamais il n'oublierait ces visages. Le vieil homme fixa à son tour Giovanni :

– Je pars demain pour Jérusalem, la cité sainte, où est le siège de notre confrérie. Alors il te faudra faire un long voyage pour me retrouver. Mais je crains que tu n'en aies plus vraiment la force.

– Vous avez créé une confrérie pour planifier vos crimes !

– Tu as bien compris. Nous avons fondé une confrérie occulte : « l'Ordre du Bien Suprême ». Nous avons reçu la mission divine d'éradiquer, par quelque moyen que ce soit, tout ce qui peut porter atteinte aux fondements essentiels de la sainte foi catholique.

– Vous n'êtes que des fous fanatiques qui travestissez la foi. Comment peut-on commettre des crimes au nom d'une foi qui prône l'amour comme vertu suprême ? L'apôtre Paul n'a-t-il pas proclamé : « *Quand je parlerais les langues des hommes et des anges, si je n'ai pas l'amour, je ne suis plus qu'airain qui sonne ou cymbale qui retentit...* »

– Assez ! hurla le vieil homme.

– « *Quand j'aurais le don de prophétie et que je connaîtrais tous les mystères et toute la science, quand j'aurais la plénitude de la foi, une foi à transporter les montagnes, si je n'ai pas l'amour je ne suis rien...* »

– Vas-tu te taire !

– « *Quand je donnerais tous mes biens aux pauvres, Quand je livrerais mon corps aux flammes, si je n'ai pas l'amour, cela ne me sert à rien...* »

Le vieillard fit signe à l'homme à la cicatrice qui se saisit d'un long couteau et se jeta sur le jeune homme.

– « *L'amour excuse tout, croit tout, espère tout, supporte tout...* »

La lame s'enfonça dans la poitrine de Giovanni qui poussa un cri en crachant un flot de sang.

– « *L'amour... ne... passera... jamais.* »

Il releva la tête, tendit les yeux vers le ciel et lâcha dans un ultime soupir :

– Mais moi... je vous hais.


Abandonnant le corps de Giovanni, les hommes en noir mirent le feu à la cabane et partirent au galop sous une tempête de neige immaculée.

Une silhouette sortit des bois et courut vers la masure qui commençait à s'embraser. Une jeune femme se précipita à l'intérieur et parvint à éteindre l'incendie. Elle observa la plaie béante dans la poitrine de Giovanni. Avec soulagement, elle constata que la lame était passée juste à côté du cœur.

Giovanni respirait encore, mais il perdait beaucoup de sang. La femme arracha des feuilles de noisetier qu'elle mélangea à un peu de terre argileuse, déchira un pan de sa robe bleutée et confectionna un pansement de fortune.

Elle leva vers elle le visage du blessé et le caressa tendrement :

– Oh ! mon Giovanni, que t'ont-ils fait ?

## 60

Les premières lueurs de l'aube commençaient à poindre.

Le prieur du monastère San Giovanni in Venere avait écouté le long récit de son hôte sans l'interrompre une seule fois.

Giovanni était toujours assis sur sa paillasse, serrant ses jambes recroquevillées contre sa poitrine. Ses yeux étaient embués de larmes. Après des mois de coma et plusieurs semaines d'amnésie, il venait de retrouver la mémoire. Il venait de se retrouver.

Après un long moment de silence, ému, Dom Salvatore s'approcha de lui :

– Mon ami. Votre récit m'a bouleversé. Je comprends maintenant pourquoi je vous ai gardé ici ; pourquoi j'ai cru deviner dans votre regard une âme profonde, qui avait connu les épreuves de l'enfer et les joies du paradis.

Giovanni leva les yeux vers le prieur.

– Merci de tout ce que vous avez fait pour moi. Sans vous...

– Je n'ai fait que mon devoir de serviteur de Dieu et de mes frères, interrompit le prieur.

– Mais qui donc m'a conduit ici ? Je n'ai plus aucun souvenir après avoir été poignardé par ces fanatiques.

– Des paysans vous ont trouvé dans la cabane d'une sorcière. Vous voyant inanimé, ils vous ont cru possédé par le diable.

– La cabane d'une sorcière ?

– Oui, ils venaient se saisir d'elle, mais elle avait fort heureusement réussi à s'enfuir. Ils vous ont trouvé étendu sur une paillasse dans un abri souterrain, à ce qu'il me semble.

Giovanni se concentra sur ses souvenirs. Assurément il s'agissait de la cabane qu'il avait reconstruite sur les ruines de la maison de son maître et qui possédait une trappe donnant accès à la petite cave. Mais qui était donc cette mystérieuse sorcière qui l'avait vraisemblablement sauvé et soigné pendant des mois ?

– Luna !

– Pardon ?

– Luna, reprit Giovanni. C'est le nom de la guérisseuse qui m'a jadis fait cette divination et à qui j'avais sauvé la vie.

– Ah oui, ce moment de votre récit m'a d'ailleurs fort étonné.

– Elle demeurait dans la forêt des Abruzzes à seulement quelques jours de marche de la maison de Maître Lucius. Il est possible que ce soit elle qui m'ait sauvé à son tour et que ces villageois ont voulu brûler comme sorcière.

– Il semblerait, selon le témoignage des paysans, qu'il s'agissait d'une belle jeune femme.

– C'est cela. Et c'est probablement elle qui errait autour de la cabane peu de temps avant que les hommes en noir n'arrivent. Que le destin est étrange...

– En tout cas elle doit encore se cacher dans la forêt car les paysans ne l'ont pas retrouvée.

– Par bonheur ! Car si j'ai eu jadis quelques doutes à son sujet, je sais aujourd'hui que c'est une femme pleine de bonté.

« Et son oracle s'est avéré si juste », pensa-t-il.

– Maintenant que la mémoire vous est revenue, il y a un mystère que j'aimerais élucider, poursuivit le prieur d'une voix grave. Que s'est-il passé dans l'infirmerie lorsque nous vous avons retrouvé, la porte verrouillée de l'intérieur, avec Fra Modesto atrocement assassiné ?

Giovanni ferma les yeux. Il avait du mal à se souvenir de cette scène car il était encore plongé dans son amnésie. Il se concentra néanmoins, et des images remontèrent du fond de sa mémoire.

– L'un des fanatiques !

– Comment cela ?

– Je me souviens de son visage ! C'était l'un de ceux qui entouraient le vieillard dans la cabane. L'un de ceux qui ont tué Maître Lucius et Pietro.

– C'est impossible !

– J'en suis certain. Jamais je n'oublierai les visages de ces assassins !

– Mais que s'est-il passé dans l'infirmerie cette nuit-là ?

– Je ne sais plus très bien. Je revois cet homme penché sur moi qui tente de m'étouffer avec un coussin. Je reprends conscience à ce moment-là. Je reconnais son visage. La colère qui habite mon cœur se réveille. Je saisis la lame qui se trouve près de moi et je trouve la force de lui transpercer le ventre. Après, je ne me souviens plus de rien.

Le prieur réfléchit quelques instants.

– Si ce que vous dites est vrai, et je n'ai pas de raison

d'en douter, aussi surprenant que ce soit, cela signifierait que Fra Modesto était, sans que nous en sachions
rien, l'un des membres de cette confrérie occulte. Vous
ayant reconnu lorsque les paysans vous ont conduit ici,
il décide de vous assassiner, de peur que vous ne retrou-
viez vos esprits et ne le reconnaissiez. Il quitte ainsi le
dortoir au milieu de la nuit et se rend à l'infirmerie.
Pour être sûr de ne pas être surpris, il tire le verrou
intérieur et tente de vous étouffer. Son agression a sans
doute pour effet inattendu de créer un choc qui vous
fait reprendre conscience. Vous le reconnaissez et, mû
par le désir de vengeance qui vous habite, vous l'assassinez. Vous vous êtes d'ailleurs probablement battu
avec lui, car nous vous avons retrouvé étendu sur le
sol et votre plaie au torse s'était rouverte. Tout
s'explique donc. L'assassin ne s'est pas enfui, puisqu'il
était l'une des deux victimes que nous avons trouvées
à l'intérieur de la pièce.

Giovanni resta silencieux. Il songea une nouvelle
fois à l'oracle de Luna. Il avait déjà tué par trois fois.
Une fois par jalousie, une fois par peur et une fois dans
la colère. Le prieur se passa les mains sur le visage,
puis leva les yeux vers son hôte :

– Et notre frère Anselmo que nous avons trouvé
empoisonné quelques jours plus tard ? Est-ce vous qui
avez commis ce nouveau crime ?

Giovanni manifesta une vive surprise.

– Parce qu'il y a eu un autre crime pendant que
j'étais inconscient ? Je n'ai aucun souvenir de celui-là !

– Oui, un autre de nos frères a été retrouvé empoisonné. Mais il est probable que le poison vous était
destiné et que ce frère a malencontreusement bu la
coupe fatale.

– Ce qui signifierait qu'un autre moine cherche ma mort...

– Probablement. Il s'agit peut-être d'un membre de cette confrérie secrète. Tout cela est bien étrange.

Dom Salvatore resta pensif quelques instants, puis :

– Et avez-vous souvenir de l'icône que vous avez peinte ?

Giovanni resta interdit.

– J'ai peint une icône ici ?

– Bouleversante ! Une Vierge aux yeux clos.

Giovanni tressaillit.

– C'est ainsi que nous avons pu savoir, grâce à un ami marchand qui s'est rendu sur place, que vous avez séjourné à l'Athos.

– Vous saviez cela ?

– Oui, et nous connaissions même votre nom de religion : frère Ioannis. Mais le supérieur du monastère où vous avez séjourné le plus longuement...

– Simonos Petra ?

– C'est cela. L'higoumène, donc, refusa de nous indiquer ce que vous étiez devenu et fit même semblant de ne rien savoir de vous alors qu'un autre moine d'origine italienne se souvenait de vos icônes si particulières et de votre origine calabraise... comme ma grand-mère !

– Et vous avez fait toutes ces recherches pour moi ?

– J'espérais vous aider ainsi à retrouver la mémoire... et cela n'a pas si mal fonctionné, puisque c'est en m'entendant fredonner une berceuse calabraise que le mur intérieur qui se dressait entre votre conscience du présent et votre mémoire du passé est enfin tombé.

Giovanni regarda attentivement le prieur du monastère. Sans la compassion de cet homme, que serait-il devenu aujourd'hui ? Il serra fortement les mains du moine dans les siennes.

– Merci, merci de tout cœur pour votre sollicitude. Je ne crois plus en Dieu, mais s'il existe malgré tout, qu'il vous rende au centuple ce que vous avez fait pour moi.

– La foi vous a donc vraiment quitté ? demanda le prieur, plus ému par cette confession que par la gratitude de Giovanni.

Le jeune homme baissa la tête.

– Comme je vous l'ai raconté, ma foi s'est éteinte dans la grotte, lorsque j'ai réalisé que Dieu avait abandonné cet ermite qui lui avait consacré sa vie. Et ce que j'ai vécu ensuite, la découverte de la mort horrible de mes amis, la cruauté de ces religieux fanatiques qui assassinent au nom de la pureté de la foi, tout cela n'a fait que confirmer mon sentiment.

Dom Salvatore aurait aimé prolonger cette discussion, mais il se rappela qu'il avait reçu de son père abbé l'ordre impérieux d'emmener, dès l'aube, Giovanni à l'hospice San Damiano.

– Il faut que j'aille trouver au plus vite notre père abbé. Pourriez-vous m'attendre ici sans bouger ? Je m'en vais à l'office qui va bientôt sonner et je lui parlerai sitôt après les Laudes afin de l'alerter sur ces assassins qui rôdent parmi nous, et statuer sur votre sort.

Giovanni resta impassible. Le prieur enfila sa coule de laine et ouvrit la porte de l'infirmerie :

– Je m'absente pour une bonne heure, peut-être davantage. Surtout ne bougez pas d'ici, et tirez bien le verrou.

Deux heures plus tard, Dom Salvatore regagna l'infirmerie d'un pas pressé. Il avait résumé la vie de Giovanni au père abbé, qui avait paru troublé et sceptique, mais n'avait pas refusé de réviser son jugement et de l'entendre. Toutefois il ne souhaitait pas que cet entretien ait lieu dans le monastère. Compte tenu du danger que courait le jeune homme, il fallait au plus tôt le conduire dans un autre lieu, plus sûr, et Dom Theodoro avait proposé de l'emmener comme prévu à San Damiano où il serait en sécurité, sachant qu'on le libérerait rapidement de cet hospice.

Dom Salvatore frappa à la porte. Comme il ne recevait aucune réponse, il appela Giovanni. Rien. Finalement il ouvrit avec empressement et ne put retenir un cri.

La pièce était désespérément vide.

Sur la table en bois, un mot était maladroitement gravé au couteau : « Merci. »

## 61

Giovanni arriva dans le port d'Ancône.

Longeant la côte à bride abattue, il avait parcouru la quarantaine de lieues qui séparent le monastère San Giovanni in Venere du grand port de l'Adriatique en moins d'une journée et d'une nuit, laissant seulement sa monture reprendre des forces quelques heures à mi-chemin. Il était ainsi certain que personne n'avait pu le suivre jusqu'ici, même si les moines avaient dû s'apercevoir rapidement de sa disparition et de celle du cheval qu'il avait volé dans l'écurie. Il ressentait quelque remords d'avoir ainsi trahi la confiance du prieur qui avait manifesté tant de sollicitude à son égard, mais il s'était juré de revenir rendre l'argent du cheval lorsqu'il aurait accompli sa mission. Celle-ci était simple : retrouver et tuer le vieillard qui avait torturé et assassiné Maître Lucius et Pietro.

Lorsqu'il s'était retrouvé seul dans l'infirmerie, il n'avait pas hésité longtemps. Rester une heure de plus dans ce lieu où l'on avait essayé par deux fois d'attenter à sa vie était trop dangereux. Son instinct lui avait ordonné de fuir au plus vite. Certes, il aurait pu tenter de démasquer, à San Giovanni in Venere, des membres de la confrérie dont certains moines devaient assuré-ment faire partie à l'insu de leurs supérieurs. Mais,

outre le risque d'être à nouveau agressé avant d'avoir
eu le temps d'agir, il était obsédé par ce vieillard
cynique. Il ressentait une haine absolue pour ce malfaisant fanatique qui avait entraîné de nombreuses
âmes fragiles, persuadées d'agir pour une noble cause,
dans cette aventure criminelle. C'était lui qu'il fallait
retrouver et abattre. Ainsi cette confrérie occulte serait
décapitée et la mort atroce de ses amis, et sans doute
de tant d'autres innocents, serait vengée. L'homme lui
avait fait une précieuse confidence avant de tenter de
le trucider et de l'abandonner pour mort : il demeurait
à Jérusalem. Giovanni n'avait donc qu'une idée en
tête : se rendre dans le berceau de la Chrétienté. Il
savait que des navires partaient d'Ancône pour aller en
Orient. Le vol du cheval lui avait non seulement permis
d'échapper à d'éventuels poursuivants, mais il comptait aussi, et surtout, l'échanger contre le prix de son
voyage.

Il pénétra à pied dans le port, tenant sa monture
épuisée par la bride. Il se renseigna auprès d'un marchand qui lui indiqua un trois-mâts qui appareillait le
lendemain pour la Terre sainte avec de nombreux pèlerins à son bord. Comme il n'avait pas une once d'argent
pour manger et que la faim le tenaillait, il se préoccupa
de vendre sa monture. Il en tira un assez bon prix, malgré
son piteux état, et alla se restaurer dans une taverne. Puis
il s'en alla négocier son voyage. Considérant sa mine
modeste, le capitaine commença par lui déclarer que le
navire était plein à craquer, ce qui était vrai. Mais
lorsqu'il vit les pièces d'or, il se dit que son vaisseau ne
coulerait pas pour un passager de plus. Pour éviter toute
réclamation ultérieure, il mit toutefois le jeune homme
en garde contre l'inconfort d'un tel voyage qui durerait

une quinzaine de jours de pleine mer : la nourriture était infecte, les passagers logeaient à même le pont, quel que fût le temps, car les cales étaient pleines de marchandises, et ils étaient si entassés les uns sur les autres qu'il leur était presque impossible de s'étendre pour dormir. Giovanni s'embarqua sur-le-champ, sans même chercher à marchander. La somme que lui demandait le capitaine lui paraissait raisonnable et lui laissait encore de quoi vivre quelque temps à Jérusalem.

Hormis les marins, le bateau grouillait d'hommes – plus de deux cents, évalua-t-il – qui se rendaient en pèlerinage pour célébrer la fête de Pâques sur les lieux mêmes de la mort et de la Résurrection du Christ. Le jeune homme prit la gamelle, la cuillère et l'épaisse couverture de laine comprises dans le prix du voyage et s'installa en tête du navire. Il salua ses voisins d'un signe de tête, se cala contre la balustrade et s'endormit presque aussitôt, tant il était épuisé par sa chevauchée.

Le trois-mâts avançait fort lentement. Après avoir longé les côtes italiennes jusqu'à la pointe des Pouilles avec un bon vent de dos, il voguait maintenant en pleine mer, au large du Péloponnèse, mais le vent était tombé. Le temps était beau et doux. Giovanni s'était lié d'amitié avec un pèlerin prénommé Emanuel. L'homme était originaire des Flandres et avait traversé à pied l'Europe jusqu'à Ancône. Il était veuf depuis longtemps et avait fait le vœu de se rendre en Terre sainte après la guérison de son unique enfant, une fille âgée d'une vingtaine d'années, qui avait failli mourir en couches. Il avait confié à son gendre son petit commerce et était parti pour au moins six mois.

Giovanni ne lui avait pas avoué la véritable raison de son voyage. Comment dire à un homme qui allait sur les lieux de la vie du Christ pour prier, que lui-même se rendait en Terre sainte pour tuer ?

Au neuvième jour de voyage, le capitaine annonça aux passagers qu'on passait au large de l'île de Crète. Cette évocation émut Giovanni qui se souvint de sa terrible année passée sur la galère vénitienne, de son naufrage et de son évasion quasi miraculeuse sur les côtes crétoises. Il repensa à sa conversion devant l'icône de la Vierge de Miséricorde. Comme son cœur avait été bouleversé par la découverte de l'amour du Christ et de sa Mère ! Il ressentit alors une sorte de blessure au cœur et ses yeux se mouillèrent. Un instant, il fut tenté de prier, mais sa volonté se raidit. « Non, se dit-il en verrouillant la porte de son cœur, aucun Dieu bon n'existe en ce monde. Aucun Dieu bon n'aurait abandonné le malheureux Ephrem à son désespoir. Aucun Dieu bon n'aurait laissé mes amis, de si belles âmes, se faire massacrer en son nom. Le Christ est mort sur la croix et son sacrifice n'aura servi qu'à émouvoir les hommes jusqu'à la fin des temps, mais non à les sauver. Nulle résurrection, nulle rédemption, nulle vie éternelle. Seulement l'absurde de cette vie qui mêle délices et atrocités. » Giovanni avait décidé de rejeter non seulement le Dieu biblique personnel et la divinité du Christ, mais aussi les Vérités platoniciennes du Beau, du Vrai et du Bien. Certes la nature offrait tant d'exemples de beauté. Certes le cœur de l'homme pouvait receler des forces de bonté, et Jésus, ou d'autres êtres humains exceptionnels, avait tenté de les libérer. Certes, l'intelligence humaine tendait vers la connaissance et la vérité. Mais le mal, l'erreur, la cruauté étaient tout autant à l'œuvre dans le monde, sinon davantage. Giovanni ne pouvait plus admettre qu'un principe supérieur entièrement bon créât et gouvernât le monde. Et comme il lui semblait tout aussi absurde de croire en l'existence de deux principes divins antagonistes, l'un source du Bien et l'autre source du Mal, à la manière des Manichéens et des Cathares, il ne pouvait plus que croire et espérer en l'homme, ce qui, tout bien réfléchi, le désespérait profondément.

Tandis que ses pensées tanguaient au rythme lent et routinier du navire, la vigie lança soudain un cri :

– Voile à tribord !

Ceux qui avaient la meilleure vue apercevaient un point à l'horizon. Au fil des minutes celui-ci grossissait, ce qui signifiait qu'il se dirigeait vers le navire italien. Mais il était encore trop loin pour juger de son origine et de ses intentions.

– Espérons qu'il ne s'agit pas d'un pirate ! s'exclama Emanuel, le regard fixé sur le petit point noir.

– Ou d'un corsaire barbaresque ! reprit Giovanni se souvenant de l'aventure survenue à Elena et à Giulia.

– Mieux vaudrait un corsaire qu'un pirate, lança un marin non loin d'eux. Au moins nous aurions la vie sauve et serions vendus comme esclaves.

– À moins qu'il ne s'agisse d'un corsaire chrétien, auquel cas nous pourrions poursuivre notre route en toute quiétude, reprit Emanuel.

– Sauf s'il est français ! répliqua le marin. Ceux-ci ont fait alliance avec les corsaires barbaresques et s'entendent pour attaquer les navires battant pavillon de l'Empire.

Le matelot cracha par-dessus bord et ajouta en maugréant :

– Nous sommes mardi, jour de Mars... mauvais signe.

À cause de la faiblesse du vent et de l'absence de rameurs, le gros navire marchand ne pouvait échapper à ce vaisseau énigmatique, qui avait ostensiblement mis le cap sur lui. La nervosité des marins augmentait au fil des minutes. La vigie lança bientôt une nouvelle information :

– Un trois-mâts !

– Regardez sa vive progression en l'absence de vent ! commenta le marin à côté de Giovanni. Il doit posséder de nombreux rameurs.

L'homme cracha une nouvelle fois par-dessus bord et dit :

– Un chebec barbaresque, j'en mettrais ma main à couper !

L'attente angoissante se poursuivit encore une petite heure, jusqu'à ce que la vigie confirmât le diagnostic du marin en décrivant le pavillon du navire :

– Drapeau rouge, deux cimeterres entrecroisés... des corsaires algérois !

– Barberousse ? demanda Giovanni au marin.

– Non, sa capitaine, *l'Algérienne*, arbore une oriflamme rouge piquetée de trois croissants d'argent. Mais pour sûr un de ses reis.

– Qu'allons-nous faire ? questionna Emanuel.

– Rien ! Ou bien tenter de fuir si par miracle le vent se lève !

– Nous n'allons pas nous battre ? reprit Giovanni.

– Pour quoi faire ? Ils ont au moins vingt canons et plus de cent combattants aguerris quand notre navire est désarmé et ne compte que des pèlerins et des marins sans expérience du combat.

– Qu'allons-nous devenir ? reprit Emanuel, le visage blême.

– S'ils nous laissent en vie, ce qui est plutôt coutumier des corsaires barbaresques, ils nous vendront comme esclaves à Alger.

## 62

Le chebec était propulsé par une centaine de rameurs
qui cessèrent leur effort lorsque le navire fut à portée
de voix. Le reis algérois demanda au capitaine de se
rendre sans condition, ce qu'il accepta. Les corsaires
mirent deux esquifs à la mer, chacun avec une quinzaine d'hommes armés. Ils montèrent à bord du navire
marchand. La petite troupe était commandée par un
renégat – un ancien esclave chrétien converti à l'islam
et travaillant pour le compte des corsaires – qui interrogea longtemps le capitaine pendant que ses hommes
faisaient une complète inspection du navire. Les corsaires semblaient particulièrement satisfaits de leur
prise qui, de surcroît, ne leur avait coûté aucun coup
de feu. Le renégat donna des consignes à ses hommes
et repartit faire son rapport au reis. Pendant ce temps,
les corsaires firent le tour des passagers et des marins.

– Cachez votre argent en quelque endroit du bateau
et gardez une pièce ou deux sur vous, murmura le
marin à l'intention de Giovanni et d'Emanuel en donnant lui-même l'exemple.

Giovanni glissa discrètement dix ducats derrière un
cordage et conserva deux pièces. Lorsque les corsaires
vinrent le fouiller de la tête aux pieds, n'omettant pas
de secouer les chaussures, ils trouvèrent sans difficulté

les deux pièces et le laissèrent tranquille ainsi que ses voisins. Il n'en alla pas de même avec ceux qui n'avaient rien sur eux. Sachant qu'aucun voyageur ne partait les poches vides, les corsaires s'énervaient et menaçaient de leurs lames les imprudents qui avaient tenté de mettre en sécurité tout leur argent. Ces derniers avouèrent bien vite la cachette improvisée de leur maigre trésor, à l'exception d'un pèlerin toscan qui s'obstina à nier et fut passé par-dessus bord dans un mouvement d'humeur. Cet incident rappela aux passagers du navire marchand que leur vie ne tenait qu'à un fil. Ils se montrèrent dès lors plus coopératifs.

Chargée du précieux butin, la deuxième barque revint sur le bateau corsaire. Peu de temps après, les pèlerins assistèrent à une scène horrible. Des cris fusèrent du navire barbaresque.

– Que se passe-t-il ? On dirait qu'ils s'étripent entre eux, questionna Giovanni.

– Ça m'étonnerait, répondit le marin. J'ai plutôt l'impression qu'ils trucident les rameurs malades ou épuisés.

Ils eurent bientôt confirmation de ce sinistre fait. Une vingtaine de corps, vivants ou morts, furent balancés à la mer. Emanuel se signa.

– Dieu ait leur âme.

– Qu'Il nous préserve surtout de les remplacer, commenta le marin.

Les corsaires se rendirent bientôt avec leurs deux barques vides sur le navire marchand. Le garde-chiourme monta à bord et, accompagné des corsaires restés à bord, fit le tour des passagers à la recherche de nouveaux rameurs. Les images de sa vie de galérien revinrent à la mémoire de Giovanni. Des perles d'angoisse coulèrent sur son front. Jamais plus il ne pourrait supporter une telle épreuve. Plutôt mourir tout de suite, se disait-il.

Le garde-chiourme demanda aux hommes jeunes de se déshabiller et les inspecta minutieusement. De temps en temps, il donnait un ordre. Un corsaire s'emparait d'un homme et le faisait embarquer sur l'esquif. Aucun n'osa résister, sachant qu'il serait immédiatement abattu ou jeté par-dessus bord comme ces malheureux. Lorsque le garde-chiourme arriva devant Giovanni, il le toisa d'une mine visiblement satisfaite. Malgré sa maigreur due à sa longue convalescence, il était jeune et bien bâti. À mesure que l'homme s'approchait de lui, Giovanni sentait son sang se glacer. Le garde-chiourme s'arrêta, le fixa quelques instants et fit un signe de tête aux gardes qui le suivaient. L'un d'eux s'empara de Giovanni qui se figea et hurla :

– Non !

Le garde-chiourme leva son nerf de bœuf et s'apprêtait à l'abattre sur le jeune homme, lorsqu'une voix l'interrompit.

– Arrête ! Tu fais une erreur. Cet homme est un noble de Calabre qui voyage en humble pèlerin, ton maître pourra en tirer une riche rançon.

Le corsaire abaissa son bras et regarda Emanuel d'un air menaçant.

– Qui es-tu ?

– Son serviteur. Mon maître m'en voudra sans doute de l'avoir trahi, mais je ne peux supporter l'idée de le voir partir comme rameur sur votre galère.

Le garde-chiourme considéra à nouveau Giovanni, puis fit mander un autre corsaire, qui semblait être un des chefs, à qui il expliqua la situation. Celui-ci inter-pella Giovanni :

– Quel est ton nom ?

Giovanni n'hésita pas une seconde :

– Giovanni Da Scola. Je suis effectivement un noble de Catanzaro. Ma famille paiera bonne rançon pour me faire libérer ainsi que mon serviteur.

– Et que fais-tu habillé comme un misérable entassé sur ce pont ?

– Après la guérison de ma mère, j'ai fait vœu de me rendre en pèlerinage à Jérusalem. Mon vœu exigeait que je m'y rende humblement et sans argent, avec pour seule compagnie mon fidèle serviteur.

Le corsaire regarda longuement Giovanni dans les yeux.

– Tu sembles dire vrai. Je te signalerai au pacha à notre arrivée.

Le chef fit un signe de la tête au garde-chiourme qui continua son sinistre marché et repartit bientôt sur la galère en compagnie d'une vingtaine de malheureux. Giovanni serra avec force la main d'Emanuel qui lui avait sans doute sauvé la vie.

Finalement les corsaires décidèrent de renvoyer le vaisseau capturé *ammarinati*, c'est-à-dire avec un équi-page restreint. Ils laissèrent à bord une trentaine des leurs, armés jusqu'aux dents, sous la houlette du renégat. Il avait pour mission de ramener le navire à Alger avec tout son équipage, ses marchandises et ses passagers, tandis que le reis et la galère corsaire, qui était loin du port barbaresque, continuerait sa course à la recherche d'autres proies.

Le navire changea de cap et prit la route de l'Occident en direction des côtes africaines. La vie à bord avait presque repris son cours normal. Les marins du vaisseau étaient fidèles à leur poste et recevaient toujours leurs ordres du capitaine, lui-même placé sous l'étroite surveillance du renégat. Après quelques jours de navigation, alors que les vents favorables s'étaient levés, le chef corsaire vint trouver Giovanni.

– Je suis aussi natif de Calabre, de la région de Reggio. Parle-moi un peu de ce pays.

– Je suis de Catanzaro et je n'ai hélas ! pas beaucoup voyagé dans ma région natale, car mes affaires m'ont vite conduit dans le Nord.

L'homme le regarda en silence avec un certain dépit.

– Mais toi-même que fais-tu ici parmi ces corsaires ? s'empressa d'ajouter Giovanni, qui voulait éviter d'être interrogé trop longuement.

– Mon père est mort lors d'une razzia sur les côtes calabraises menée par Kheïr-ed-Dine, le célèbre Barberousse. Ma mère, mes deux sœurs et moi-même avons été capturés et sommes devenus ses esclaves. J'avais à peine six ans. Quelques années plus tard, on m'a proposé de me convertir à l'islam en échange de la liberté. J'ai accepté et me suis engagé sur un navire de l'un des reis de Barbarossa. Aujourd'hui j'ai vingt-huit ans et je suis le second de son navire, celui que tu as vu il y a quelques jours.

– Comment t'appelles-tu ?

L'homme éclata de rire.

– Baha ed-dine el Calabri ! Mais cela fait bien longtemps que je n'ai pas prononcé mon ancien nom de chrétien.

– T'en souviens-tu ?

Baha ed-dine fixa Giovanni. Un voile de tristesse, bientôt suivi d'un trait de colère, traversa son beau regard bleu.

– Bien sûr, mais en quoi cela te concerne-t-il, chien de chrétien ?

– Tu m'as toi-même demandé de te parler de ta Calabre natale. Je pensais qu'il te plairait d'évoquer ton passé.

L'homme sourit.

– Tu as raison. J'ai eu tort de m'emporter. Je m'appelais Giacomo.

– Comme mon frère !

– Ah oui. Et que fait-il ?

Giovanni fut obligé de mentir et son visage s'assombrit quelque peu.

– Il sert dans l'armée de l'empereur. Je ne l'ai pas vu depuis des années.

– Es-tu marié ? As-tu des enfants ?

– Non, point encore. Et toi ?

– J'ai une femme et deux enfants. Ils vivent à El Djezaïr, que vous appelez Alger. Grâce à Dieu je les reverrai bientôt.

– Parle-moi de cette ville. L'aimes-tu ?

Le regard de l'homme s'illumina.

– Si je l'aime ! Tu contempleras bientôt sa splendeur. Vois-tu, si cette ville et ses corsaires m'ont jadis pris mon père et emmené en captivité, aujourd'hui c'est mon cœur qui est captif d'elle. Pour rien au monde je n'irais vivre ailleurs.

Il fut interrompu par un cri de la vigie corsaire :

– Plusieurs bâtiments droit devant.

Le corsaire rejoignit l'arrière du navire. Le bateau maintint ferme son cap. Moins d'une heure plus tard, il croisa trois galères militaires vénitiennes. Le navire marchand arborait toujours le pavillon impérial du Royaume de Naples et de Sicile. Comme tout semblait normal sur le pont, les Vénitiens se contentèrent d'interpeller le capitaine par porte-voix pour savoir si tout allait bien à bord. Les corsaires s'étaient cachés dans la soute et Baha ed-dine avait revêtu le costume du capitaine. Il répondit par l'affirmative. Pendant quelques minutes chacun retint son souffle, mais nul marin ou passager n'osa hurler qu'ils étaient prisonniers des corsaires, tant ils étaient terrorisés. Giovanni songea un instant qu'il aurait pu se jeter à l'eau et tenter de rejoindre l'une des galères chrétiennes à la nage. Mais il valait encore mieux être vendu comme esclave à Alger que de tomber dans les mains des Vénitiens.

Le voyage dura encore une dizaine de jours sans autre incident. Un matin, Giovanni aperçut la côte africaine. Quelques heures plus tard la vigie hurla :

– El Djezaïr !

Les corsaires déchargèrent leurs pistolets dans le ciel d'azur et s'embrassèrent de joie. Les pèlerins et les marins, eux, se regardèrent, la mine défaite. Dès qu'ils toucheraient terre, ils seraient immédiatement vendus comme esclaves.

## 63

Alger, dans toute sa splendeur, se dévoila bientôt aux regards anxieux des captifs. La ville blanche était bâtie sur une colline qui dominait la mer. D'autres collines verdoyantes entouraient la cité, faisant ressortir la blancheur des pierres qui avaient servi à la construction de tous les édifices : maisons, palais, mosquées.

Sitôt le navire amarré, une foule joyeuse accueillit les corsaires. Des badauds, des pauvres en haillons, des enfants, des marins, mais aussi de riches marchands ou leurs intendants se pressaient pour voir la nouvelle prise et tenter d'en évaluer la valeur. Les gardiens du port, eux, ne s'intéressaient qu'au bateau, puisque l'équipement du navire, des voiles aux mâts, leur revenait de droit. Le jeune capitaine se rendit aussitôt au palais du pacha accompagné de deux scribes pour remettre au souverain d'Alger, représentant du sultan de Constantinople, l'inventaire de la prise : navire, hommes, marchandises, argent, bijoux. Le pacha percevait systématiquement dix pour cent de la totalité du butin et toute fraude sur son estimation était sévèrement punie. Un pourcentage un peu moins élevé revenait à divers fonctionnaires et administrateurs de la ville et un pour cent aux marabouts, ces religieux

qui avaient parfois d'étranges dons de guérison ou de
divination et qui étaient vénérés par le peuple. Le reste
était partagé entre le reis qui avait capturé le bateau et
son équipage, voire ses actionnaires lorsqu'il travaillait
pour le compte d'un ou plusieurs particuliers.

Avant que les corsaires ne déchargent les marchandises, on débarqua les malheureux pèlerins et l'équipage du bateau captif. Au total, près de cent cinquante
hommes et une trentaine de femmes. Encadrés par une
escorte de janissaires, ces mercenaires turcs offerts par
le sultan de Constantinople au souverain d'Alger et qui
servaient à la fois de police, d'armée d'élite et de garde
personnelle du pacha, ils se rendirent directement au
marché aux esclaves. Nul besoin de les enchaîner. Toute
tentative de fuite eût été impossible, compte tenu de la
foule compacte qui encadrait le cortège. Qu'ils fussent
pauvres ou riches, hommes ou femmes, jeunes ou vieux,
tous s'amusaient à considérer la mine des captifs. Les
quelques jeunes femmes attiraient surtout le regard des
hommes, tandis que leurs femmes et leurs filles se plai-
saient à regarder les hommes, tirant leur voile sur le
visage pour dissimuler leur rire dès que l'un d'entre eux
tournait le regard vers elles. Comme il était l'un des
seuls hommes jeunes et bien bâtis qui avaient échappé
au recrutement forcé sur le chebec corsaire, Giovanni
eut un franc succès.

Une fois parvenus sur une grande place carrée située
au cœur de la cité, on demanda aux prisonniers de
s'asseoir à même le sol. Un vieil homme sec, portant
une tablette et un crayon, s'approcha du capitaine du
navire captif. Il lui fit signe de se lever et inscrivit un
numéro sur son vêtement avec une sorte de craie. Puis,
le tenant par le bras, lui fit faire le tour de la place.

Les Algérois se tenaient debout sur les côtés, et ceux qui étaient intéressés demandaient au captif son âge, son métier ou son pays d'origine. Le vieil homme parlait de nombreuses langues européennes et traduisait les réponses. Parfois, certains marchands tâtaient les muscles du prisonnier ou lui demandaient d'ouvrir la bouche pour constater l'état de sa dentition. Giovanni se souvint d'avoir assisté enfant à une vente de chevaux, et la similitude des comportements le saisit jusqu'à la nausée. Emanuel croisa son regard et lui murmura à l'oreille :

– Quand on pense que nous autres, chrétiens, faisons exactement la même chose avec les captifs indiens ou musulmans !

Une fois le tour de piste terminé, le vieil homme demanda au capitaine de se rasseoir et se saisit d'un nouveau prisonnier auquel il fit subir le même traitement.

Les heures passèrent. Giovanni assista, impuissant et révolté, au spectacle d'une jeune fille que presque tous les hommes voulaient toucher. Après avoir été pincée, palpée, chatouillée une bonne vingtaine de fois, la femme fit une crise de nerfs et s'effondra. On la ranima et son calvaire recommença jusqu'à ce qu'elle hurle de toutes ses forces pour le plus grand plaisir de la foule. On dut ensuite l'enchaîner et la tirer de force car elle refusait d'avancer. Giovanni passa parmi les derniers. Il fut remarqué par de nombreux négociants ou particuliers qui apprécièrent sa jeunesse, sa mine noble et sa robustesse.

Vers le milieu du jour, une voix d'homme puissante et modulée retentit en haut du minaret qui dominait la place.

– C'est le *mou'adhine* qui appelle à la prière, souffla un marin à l'oreille de Giovanni. Cela arrive cinq fois par jour : à l'aube, à midi, au milieu de l'après-midi, avant le coucher du soleil et une heure après le début de la nuit.

Le jeune homme fut ému par la beauté du chant qui n'était pas sans lui rappeler certaines tonalités des chants orthodoxes. Le vieil homme et une bonne partie de la foule allèrent prier et se restaurer. On mit les prisonniers à l'ombre des arcades et on leur distribua de l'eau, du pain et des dattes. Quelques heures plus tard, juste après la fin de la prière de l'après-midi, la foule revint sur la place. Le vieil homme se saisit du captif portant le numéro 1 et fit le tour de la place en criant :

– *Achhal, achhal*, combien ?

L'homme nota soigneusement sur sa tablette le numéro du prisonnier, son prix et le nom de son acquéreur. Il inscrivit également le prix sur le vêtement du captif avant qu'il ne retourne parmi ses compagnons d'infortune. Giovanni en demanda la raison à un marin qui semblait quelque peu connaître les mœurs locales.

– Les enchères terminées, nous serons tous conduits devant le pacha qui pourra racheter pour son compte personnel un esclave sur huit.

– Pourquoi alors nous avoir conduits ici ? répondit Giovanni, interloqué.

– Parce que c'est aux enchères publiques que s'établit la juste valeur des esclaves. Si le pacha a le droit de racheter un esclave sur huit, on tiendra également compte de la valeur des esclaves, et cette somme globale sera déduite de son pourcentage sur la totalité de la prise.

– Quelle précision et quel sens de la justice..., ironisa Giovanni.

Il fut à son tour vendu aux enchères et s'étonna de l'importance des sommes offertes, qui dépassaient même le prix de la jeune fille. Il comprit plus tard que les corsaires avaient averti le vieux vendeur que, malgré son humble apparence, c'était un noble qui pouvait rapporter forte rançon. Négociants et particuliers spéculaient donc sur sa valeur à la revente. Il fut finalement acheté une fort belle somme par un négociant maure qui s'était fait une spécialité du rançonnage de captifs chrétiens.

Les enchères s'arrêtèrent peu de temps avant la tombée de la nuit. Bientôt le *mou'adhine* appela les fidèles à la prière du soir et la foule se dispersa. Les janissaires conduisirent les captifs vers l'un des trois bagnes du pacha, situés dans la ville basse et où vivaient en permanence plusieurs centaines d'esclaves dans des galeries souterraines sans air ni lumière. On regroupa les nouveaux venus en prenant soin de séparer les hommes des femmes, et on les entassa dans des pièces sans fenêtre qui pouvaient contenir chacune une vingtaine de captifs. On leur distribua de l'eau et du pain en leur expliquant qu'il leur fallait garder de la nourriture pour le lendemain matin. Les gardes parlaient dans une curieuse langue, qu'on appelait « le franco », mélange de français, d'espagnol, d'italien et de portugais. C'est ainsi que les Turcs et les Algérois communiquaient avec les esclaves, mais aussi la plupart des esclaves entre eux.

– *Forti, forti !* « Vite, vite ! », hurla le garde en ouvrant la porte de la pièce où Giovanni avait passé une nuit sans sommeil, dans un hamac imprégné d'une odeur de bouc.

Une fois les prisonniers rassemblés à la sortie du bagne, ils furent conduits à la *Jénina*, le somptueux palais du pacha. Giovanni remarqua l'absence de la jeune femme qui avait fait une crise de nerfs sur le marché aux esclaves. Partie du groupe des femmes, la rumeur parvint bientôt à ses oreilles : la malheureuse s'était donné la mort durant la nuit, en s'étranglant à l'aide d'un foulard. Cette nouvelle figea le sang du jeune homme. Puis, se remémorant le regard lubrique du gros marchand qui l'avait achetée, il se demanda si elle n'avait pas pris la bonne décision.

Toujours accompagnés du vieil homme et de sa tablette, les esclaves furent conduits un à un devant le pacha. Celui-ci n'était autre que le fils de Barberousse. Âgé de plus de soixante-quinze ans, le terrible corsaire avait été rappelé l'année précédente auprès du sultan pour finir ses jours à la Cour. Avant de se rendre à Constantinople, il s'était assuré de sa succession en faisant nommer par Soliman son propre fils, Hassan, pacha d'El Djezaïr. Hassan, pourtant, ne ressemblait guère à son père, ni par le physique, ni par le caractère, ni par les ambitions politiques. Il tenait de sa mère berbère un amour pour Alger que son père, d'origine ottomane, n'avait jamais eu. Kheïr-ed-Dine, dit Barberousse, avait en effet toujours considéré Alger comme un bon lieu stratégique pour ses courses en mer. Il aspirait avant tout à écumer la Méditerranée, qu'il connaissait comme sa poche, et se fichait bien du confort des habitants de sa ville ou des problèmes d'urbanisme. Moins sanguinaire et colérique que son père, Hassan était non seulement profondément épris de la ville qui l'avait vu naître, mais il ambitionnait secrètement de lui rendre un jour son autonomie et de se débarrasser des quelque deux mille janissaires turcs qui empoisonnaient sa vie et celle des habitants. Il n'était le maître d'El Djezaïr que depuis une année, mais il avait déjà gagné l'estime des Algérois, population hétéroclite composée de Berbères autochtones, d'Arabes, de Maures, de Juifs et de renégats chrétiens, sans compter les nombreux esclaves chrétiens capturés en mer et les esclaves noirs vendus par les Arabes.

Assis en tailleur sur une estrade dominant une vaste pièce sobrement décorée, Hassan était d'un physique assez ingrat : petit et grassouillet, le visage tout en rondeur enveloppé d'une barbe noire clairsemée, le front volontaire et bosselé qui semblait rapetissé par un imposant turban de couleur bleue. À l'instar de son père, il souffrait d'un léger zézaiement, mais son intelligence était aussi vive que subtile. Il était encadré de quatre janissaires postés au bas de l'estrade et de deux conseillers assis derrière lui. Le vieil homme qui supervisait la vente des esclaves était assis au pied de l'estrade, le nez plongé dans ses tablettes, tandis que les esclaves défilaient un à un devant le souverain d'El Djezaïr. Le pacha regardait attentivement chaque captif, mais aussi son prix inscrit au bas de son vêtement, et questionnait le vieillard chaque fois qu'il le désirait. De temps en temps, il s'entretenait avec ses conseillers et parfois même questionnait les captifs par l'intermédiaire du vieil homme. C'est ainsi qu'il interrogea longuement Giovanni sur ses origines, sa famille et sa fortune. Le jeune homme débita les mêmes mensonges que ceux qu'il avait inventés à l'intention du capitaine corsaire. Il demanda au pacha,

si celui-ci désirait l'acheter, la grâce d'acquérir aussi
son serviteur Emanuel dont il ne souhaitait point être
séparé et encore moins abandonné ici une fois sa
rançon versée.

Selon son habitude, le pacha ne prit aucune décision
immédiate et renvoya tous les captifs au bagne. Ils y
passèrent quelques jours, puis on les rassembla à nouveau. Ceux qui avaient été choisis furent appelés un à
un. Giovanni et Emanuel entendirent leurs noms avec
soulagement. Tous les Algérois qui s'étaient portés
acquéreurs de captifs étaient également présents. Ils
payèrent leur prix au vieil homme et à ses assistants
et repartirent avec leurs nouveaux esclaves. Certains
pleuraient en quittant leurs compagnons d'infortune,
mais la plupart semblaient résignés. Le petit groupe de
ceux qui avaient été achetés par le pacha resta sur
place. Puis son intendant, un homme d'allure majes-
tueuse âgé d'environ quarante-cinq ans, vint leur
parler. Giovanni reconnut l'un des hommes placés aux
côtés du fils de Barberousse. C'était un Arabe d'origine
algéroise qui s'appelait Ibrahim ben Ali el Tajer. Il
parlait d'une voix douce et posée, ce qui rassura et
apaisa quelque peu les angoisses des esclaves. Il
expliqua que toutes les femmes seraient conduites au
palais et affectées à diverses tâches. À l'exception de
l'un d'entre eux qui serait également affecté au palais
compte tenu de ses compétences culinaires, les
hommes resteraient au bagne. Ils travailleraient à divers
travaux d'intérêt commun, comme la réfection ou la
construction de routes ou de bâtiments publics. Ibrahim
leur expliqua qu'ils seraient toujours bien traités tant
qu'ils se plieraient aux règles en usage. Mais il
les avertit aussi que toute tentative d'évasion serait

sévèrement punie. La première par une bastonnade de trois cents coups. La seconde par le sectionnement d'une main. La troisième par la mort.

– La première doit donc être la bonne, murmura Giovanni à l'oreille d'Emanuel.

## 64

Accompagné d'une quinzaine d'autres captifs, Giovanni retourna au bagne. On les mena dans une grande pièce et on posa un fer à leur cheville droite. Le fer était prolongé par une grosse chaîne de cinq ou six anneaux qui gênait les déplacements du prisonnier et rendait toute course rapide impossible. Ce système avait plusieurs avantages : il permettait aux captifs de travailler sans trop de gêne mais les rendait fortement handicapés en cas de fuite, et reconnus par la population comme esclaves du pacha.

Une fois leurs fers posés, Giovanni et Emanuel purent circuler librement à l'intérieur du bagne. Outre les dortoirs mal aérés, la prison souterraine était composée d'une sorte de taverne, une vaste pièce voûtée à peine éclairée et aérée par un seul soupirail, où les esclaves pouvaient se réunir et même boire et jouer. En pénétrant dans cet antre bruyant en compagnie d'Emanuel, Giovanni se demanda où les esclaves trouvaient l'argent qu'ils dépensaient dans ce lieu, puisqu'ils étaient détroussés de tous leurs biens avant d'arriver ici. Emanuel prit un air malicieux et montra à Giovanni un ducat qu'il avait réussi à dissimuler dans sa chaussure. Les deux amis s'installèrent à une table pas trop bruyante et commandèrent une pinte de vin à un adolescent malingre.

– Il est fort heureux que j'aie réussi à conserver cette pièce ! chuchota Emanuel. Voilà au moins quelques bons moments à prendre dans ce malheur qui nous arrive.

– Je me suis fait détrousser hier par un de ces soldats turcs de ce que j'avais pu sauver sur le navire et que j'avais eu la naïveté de remettre dans ma poche !

– Je ne sais combien de verres nous offrira ce ducat d'or. Mais je crains que nous ne revenions bien vite à l'eau.

Giovanni regarda autour de lui.

– Il est quand même étrange que tous ces hommes, dont certains sont là depuis des mois ou des années, puissent encore dépenser l'argent soustrait aux corsaires ou aux Turcs à leur arrivée. C'est en tout cas habile de la part du pacha de le leur faire ainsi débourser !

– N'est-ce pas ? reprit un gros homme assis à l'autre bout de la table.

– À qui avons-nous l'honneur ? répondit Giovanni, passé le premier moment de surprise.

L'homme, qui devait avoir une bonne quarantaine d'années, tendit sa main épaisse en esquissant un sourire avenant :

– Georges Maurois. Je suis de Dunkerque, une ville portuaire du nord du Royaume de France.

Giovanni serra longuement la main du Français.

– Giovanni Da Scola et mon serviteur Emanuel. Nous sommes originaires de Calabre.

– Bienvenue à Alger !

– Merci ! Nous nous serions bien passés de cette

excursion dans le périple qui nous menait à Jérusalem. Et vous, depuis combien de temps moisissez-vous ici ?

L'homme esquissa un large sourire édenté et demeura silencieux quelques instants. Giovanni et Emanuel échangèrent un regard étonné.

– Huit ans, mes amis, finit-il par lâcher. Huit longues années que j'ai élu domicile dans cette somptueuse demeure. J'en connais tous les recoins, comme je connais les moindres ruelles de cette cité.

– Et n'avez-vous donc aucun espoir d'être un jour libéré ? demanda Emanuel.

Georges éclata d'un rire tonitruant.

– Cela fait trois fois que ma rançon a été versée ! Et par trois fois, elle a été volée en chemin ! Mes parents et mes amis se sont saignés en vain et n'ont plus le moindre sou pour me faire sortir d'ici.

Giovanni et Emanuel le regardèrent, stupéfaits.

– Quel malheur ! reprit Giovanni le regard empli de pitié. Et vous n'avez jamais tenté de vous enfuir ?

Le Français se rapprocha de ses interlocuteurs et poursuivit à voix basse :

– Ce sont des choses dont il ne faut pas parler avec des inconnus, car le bagne grouille de prisonniers qui seraient prêts à vous dénoncer pour quelques piastres. J'en ai connu plus d'un dont les plans d'évasion se sont terminés dans le sang parce qu'ils n'avaient pas su tenir leur langue auprès d'autres captifs. Il y a un mois encore, trois hommes ont subi la bastonnade après avoir été pris en pleine nuit en train d'amarrer une barque dans une crique voisine. Et savez-vous qui les avait dénoncés ?

Les deux hommes l'interrogeaient des yeux.

– Un prêtre capucin vivant ici et à qui l'un des

hommes s'était confié pour que le saint homme les accompagne de ses prières !

– Par la Vierge ! s'exclama Emanuel.

– En remerciement, le religieux a été libéré par les Turcs. De toutes façons, il ne pouvait plus travailler et nul n'aurait payé sa rançon. Croyez-moi, ne vous fiez à personne...

– Pas même à vous ? reprit Giovanni avec une lueur d'ironie dans les yeux.

– Surtout pas ! Je vendrais père et mère pour rentrer chez moi !

Les trois hommes partirent d'un franc éclat de rire.

– Nous nous demandions d'où venait l'argent que vous dépensiez dans cette taverne, reprit Emanuel après avoir savouré quelques gorgées de son pichet de vin.

– Nous le gagnons.

– Comment cela ?

– Chaque matin, dès que le soleil se lève, nous partons par groupes de vingt à cent travailler sur les chantiers du pacha. Le travail se termine en milieu d'après-midi. Il nous reste alors quelques heures de répit avant le coucher du soleil. Les janissaires nous louent à des Algérois qui ont besoin d'une main-d'œuvre ponctuelle. Ils nous reversent un faible pourcentage de cet argent. Quelques-uns économisent jour après jour pendant des années dans l'espoir de payer leur propre rançon et de recouvrer la liberté. Mais la plupart, comme moi, ne peuvent s'empêcher de tout dépenser dans cette misérable taverne pour essayer de rendre cette vie un peu moins pénible.

Georges resta quelques instants le regard flottant et poussa un soupir.

– J'avoue que si j'avais économisé tout ce que j'ai gagné en huit ans, je pourrais aujourd'hui jouer aux cartes dans les meilleures tavernes du port de Dunkerque. Malheureusement, j'ai attendu des années cette rançon qui n'est jamais arrivée.

– Avez-vous femme et enfants ? demanda Giovanni.

– Que Dieu veille sur eux ! Je suis marié depuis vingt ans et j'ai quatre enfants. Quand j'ai quitté ma bonne ville natale, la petite dernière avait à peine deux ans.

– Et vous n'avez jamais eu de leurs nouvelles ?

– Je sais par Ibrahim, l'intendant du pacha, qu'ils sont tous en vie. Car ses émissaires ont par trois fois rencontré ma famille, mes amis, mes associés et pu rassembler la rançon. Mais comme je vous l'ai déjà dit, le sort s'est acharné contre moi et ils ont été attaqués et pillés au retour. Une première fois par des corsaires turcs de Constantinople, qui libérèrent les émissaires du pacha, mais gardèrent la rançon ; une deuxième par des brigands, au port de Dunkerque, avant même d'avoir embarqué ! Et une troisième par des corsaires chrétiens de l'Ordre de Malte, qui prirent non seulement l'argent, mais vendirent aussi comme esclaves les émissaires juifs du pacha.

– Vous faites allusion aux Hospitaliers ? demanda Emanuel.

– Oui, cet ordre religieux et militaire qui s'appelait à l'origine « les Chevaliers de saint Jean de Jérusalem ». À l'image des Templiers, il a été fondé au moment des croisades pour assister les pèlerins. Après la destruction des Templiers par Philippe le Bel, ils ont hérité d'une partie de leurs possessions. Le siège de cette puissante organisation était à Rhodes jusqu'à sa prise par les Ottomans et l'empereur Charles Quint leur a donné récemment l'archipel maltais. C'est pourquoi on les appelle ici les Chevaliers de Malte.

– Et les émissaires juifs n'ont pu expliquer que cet argent devait servir à libérer un malheureux chrétien prisonnier des corsaires algérois ? reprit Emanuel.

– Ils l'ont certainement dit, mais les chevaliers de l'Ordre de Malte, bien qu'ils soient religieux et fassent vœu de servir Notre-Seigneur, vivent de la course en mer aussi bien que les corsaires ottomans ! Et puis ils ne doivent guère accorder crédit aux Juifs qu'ils méprisent, comme la plupart des chrétiens, bien davantage encore que ne le font les musulmans, qui leur accordent malgré tout une certaine confiance.

– Pour quelle raison es-tu parti il y a huit ans ? demanda à son tour Giovanni.

Le Français lança une tape amicale sur l'épaule du jeune homme.

– Oui, tutoyons-nous, mes amis ! Et laissez-moi vous offrir un autre verre de ce mauvais vin.

Georges héla l'adolescent qui servait dans la taverne :

– Pippo ! Trois verres sur mon compte.

– Est-il italien ? demanda Giovanni en regardant le garçon.

– Oui, de la région de Naples. Il a été capturé enfant dans son village lors d'une razzia. Il a ensuite été acheté par un vieux Juif qui ne l'a pas trop mal traité, mais à la mort de celui-ci, il y a deux ans, il a été racheté par le tavernier du bagne, un renégat chrétien qui se fait appeler Mustapha et qui traite ce pauvre garçon moins bien qu'un chien.

Giovanni regarda plus attentivement l'adolescent.

Non seulement il était anormalement maigre, mais ses yeux étaient cernés et son regard éteint. Il ressentit de la compassion pour ce malheureux.

– Je suis commerçant, reprit Georges, et je voulais me rendre à Lisbonne pour acheter des tissus en provenance des Indes. Par malheur, notre navire, pourtant bien armé, a été attaqué par trois chebecs corsaires de Barberousse.

– Peux-tu nous en dire plus sur ce Barberousse et sur son fils qui gouverne la ville ? demanda Giovanni, curieux de connaître l'histoire du célèbre corsaire dont il avait entendu parler par deux fois dans le passé : à propos de l'attaque du navire vénitien d'Elena et lors de l'extravagante tentative d'enlèvement de Giulia Gonzaga.

– Volontiers !

## 65

– Kheïr-ed-dine, le dernier des frères Barberousse, est un fieffé forban, mais c'est un guerrier plus redoutable et un navigateur plus avisé que n'importe quel amiral chrétien ou turc !

– Est-il turc ?

– Non point. Il est né à Mytilène, une île grecque de la mer Égée. À ce qu'on dit, son père, Yacoub, était un renégat chrétien converti à l'islam après avoir été prisonnier des Turcs et avoir mené une rude vie de galérien. Il retrouva la liberté et une nouvelle vie à Mytilène. Il épousa Catalina, la veuve d'un pope orthodoxe, déjà mère de deux filles. Il lui fit quatre garçons, qui deviendront plus tard les terribles frères Barberousse !

– Ah, çà ! s'exclama Emanuel, avec tous les baptisés qu'il ont pu trucider, je n'aurais jamais cru qu'ils avaient reçu une éducation chrétienne !

– Ils ont été élevés dans la religion musulmane, puisque leur père était converti. Mais il est probable que leur mère, qui plaça ses deux filles dans un couvent orthodoxe, leur ait aussi secrètement transmis sa foi chrétienne. Mais pour dire la vérité, je crois qu'aucun d'entre eux, une fois devenu adulte, n'a jamais vraiment servi d'autres dieux que l'or et l'argent ! En fait, il semble que l'aîné, Arudj, proche de sa mère, n'ait pas été au départ particulièrement hostile aux chrétiens. Il l'est devenu après avoir été vendu comme esclave par les Chevaliers de Malte qui vivaient alors sur l'île de Rhodes.

– Comment cela est-il arrivé ? demanda Giovanni, fort intéressé.

– Arudj était un excellent marin et, bien que de petite taille, un homme très robuste. Avec son frère Elias, il se lança dans la course, arma une barque de faible tonnage et s'empara de petites embarcations inoffensives. Il écoulait la marchandise saisie par le biais du commerce que tenait à Mytilène son frère Isaak. Il se fit un jour surprendre par les grandes galères noires des Chevaliers de saint Jean de Jérusalem. Elias fut tué dans le combat et Arudj vendu aux enchères comme esclave sur l'île de Rhodes. Il découvrit la brutalité des moines-chevaliers, qui se considéraient comme les ultimes héritiers des croisés et les meilleurs défenseurs de la Chrétienté face à la menace islamique. Pendant deux ans, sans cesse enchaîné, il fut soumis à de terribles corvées et croupissait la nuit dans un cachot humide. Maintes fois humilié et roué de coups, poussé en vain par la force à renier le Prophète, il rumina longuement sa vengeance contre les chrétiens. Il parvint à s'évader mais ces terribles années de captivité avaient tué en lui les doux souvenirs de son enfance et les discours humanistes de sa mère. Le temps avait fait de lui une bête sauvage, avide de vengeance et convaincue que seule la loi du plus fort était entendue de tous les hommes. Engagé sur un petit navire de commerce turc, il massacra le capitaine à la hache et convainquit la plupart des matelots de se joindre à lui pour faire fortune en écumant les mers. Il rejoignit d'abord son île natale. La joie de sa mère fut de courte durée quand elle comprit qu'elle avait perdu à jamais son fils. Mais quelle ne fut pas sa détresse quand ses deux derniers enfants lui apprirent qu'ils voulaient rejoindre leur aîné dans sa nouvelle vie de pirate !

Georges parlait l'italien avec un fort accent français, mais sa passion, son sens du récit, sa manière d'accompagner les mots avec le regard et les mains captivaient ses deux interlocuteurs, qui ne le quittaient pas des yeux. Giovanni était aussi fort intéressé par le destin de ce pirate dont le cœur avait progressivement été saisi par la haine, après avoir vu et subi trop d'injustices et de souffrances. Sans qu'il en eût clairement conscience, cette histoire faisait écho à la sienne.

– Les trois frères acquirent rapidement une solide réputation de pirates sans foi ni loi. Arudj était surtout avide d'argent et de batailles, Isaak de siestes au soleil, et le dernier, Khizr, qui prendra plus tard le nom de Keïr-ed-Dine, ce qui signifie « bienfait de la religion », de femmes et d'orgies. À cause de ses cheveux et de sa barbe rousse, Arudj reçut le surnom de « Barbarossa », Barberousse. En quelques années, tout ou presque de ce que les ports comptaient de parias, d'assassins, de renégats, de déserteurs, de crapules, de marchands ruinés, d'esclaves évadés ou d'aventuriers sans scrupule vint grossir la flotte des trois frères qui devinrent la terreur des chrétiens en Méditerranée.

Georges marqua une pause pour étancher sa soif. Giovanni songea à Elena. Quel aurait été son destin si elle était tombée aux griffes de ces forbans ? Aurait-elle été offerte au harem du sultan ? Retenue captive en échange d'une forte rançon ? Maintes fois violée

puis tuée par les pirates ? Pourquoi le destin l'avait-il
épargnée ? Une chose était sûre, jamais il ne l'aurait
rencontrée et son existence à lui aussi aurait été tout
autre. Cet enchaînement des causes et des effets donnait le vertige à Giovanni. Tout ce qui tisse la trame
de la vie de chaque être humain et de l'humanité entière
était-il le fruit du hasard ou bien répondait-il à une
supérieure et mystérieuse nécessité ? Bien qu'il ne
priât plus et ne crût plus en un Dieu personnel et bon,
le jeune homme ne pouvait évacuer de son esprit ces
questions philosophiques essentielles et peut-être à
jamais sans réponse. Avec émotion, il repensa à Maître
Lucius.

Georges reprit le fil de son récit :

– Toujours plus ambitieux, Arudj aspirait à conquérir un pays possédant une grande ville portuaire. Le
diable, ou la Providence, allait lui offrir Alger sur un
plateau. Le seigneur de la ville, Selim el Toumi, ne
supportait plus la tutelle espagnole qui contrôlait l'activité portuaire grâce au Penon, un fort construit sur un
îlot rocheux, à moins de trois cents mètres de la ville.
Le Penon était muni de puissants canons et dissuadait
tout navire corsaire de venir mouiller à Alger, pour le
plus grand malheur des commerçants et du prince lui-
même. Plutôt que de se soumettre aux Turcs en leur
demandant de chasser la garnison espagnole, il eut
l'idée de faire appel à des mercenaires pour effectuer
cette difficile besogne. Barberousse et ses frères semblaient avoir toutes les qualités guerrières pour parvenir
à cette fin, mais le prince avait tragiquement sous-
estimé l'ambition d'Arudj. À peine dans la place avec
ses hommes, il se conduisit en conquérant et maltraita
les habitants, sans parvenir pour autant à prendre le

fort espagnol. Selim el Toumi comprit trop tard son erreur. Tandis qu'il tentait de se débarrasser de l'intrus par un double jeu avec les Espagnols, ce dernier vint un soir l'étrangler dans son bain. Arudj profita de ce meurtre et de la prétendue chasse aux assassins qui s'ensuivit pour asseoir son pouvoir dans le sang. Son seul échec fut de ne pas parvenir à posséder la princesse Zaphira, une femme de toute beauté, qui se refusa sans cesse à lui et finit par lui cracher au visage avant de se donner la mort. Le gouverneur du Penon adressa quant à lui une lettre au généralissime espagnol Diego de Vera, le suppliant d'envoyer des renforts à Alger. Ce dernier mit en branle une véritable armée et débarqua dans la cité barbaresque avec plus de quarante navires et trois mille hommes. Mais son arrogance et sa méconnaissance du terrain lui furent fatales. Son armée fut anéantie par les corsaires et les ruses d'Arudj, soutenu par un millier de soldats turcs, valant à Barberousse une réputation de héros légendaire.

» Enivré par cette victoire inespérée sur les Espagnols, Arudj devint bientôt le maître des magnifiques cités de Ténès et de Tlemcen. Mais le roi de Tlemcen, Abou Hammou, parvint à s'enfuir au Maroc. De là, il leva une armée de quinze mille cavaliers et fantassins arabes, et surtout il s'allia au gouverneur espagnol de la ville d'Ouahrane, le marquis de Comarès, qui le rejoignit à la tête d'une armée de dix mille soldats aguerris. Remontant vers Tlemcen, où se trouvait toujours Arudj, les alliés prirent d'assaut en chemin la forteresse de Beni Rached. Isaak Barberousse trouva la mort dans la bataille et cette nouvelle anéantit le moral d'Arudj. Bientôt, les armées arabes et espagnoles dressèrent le siège de Tlemcen. La population se révolta contre Barberousse et ses mercenaires. Accompagné de trente arquebusiers et d'autant de chevaux, Arudj parvint à s'échapper. Ils trouvèrent refuge dans les ruines d'une koubba et firent face aux Espagnols. Amputé d'un bras lors d'une précédente bataille, Arudj maniait sa hache de son seul bras valide et tua une dizaine de soldats espagnols. Blessé à la tête, il s'effondra. Face à lui, l'enseigne don Garcia Fernandez de la Plazza venait de pénétrer dans les ruines jonchées de cadavres. Ils étaient les derniers survivants du carnage. Arudj n'avait même plus la force de lever son bras. Tel un fauve blessé, il se jeta sur l'Espagnol et le mordit à la main. Ce dernier recula et fit tournoyer son épée en direction du vieux corsaire. La tête d'Arudj vola. Le soldat arracha aussi la célèbre prothèse de fer qui servait de bras au roi d'Alger. Muni de ces deux trophées, il fit un retour triomphal à Tlemcen. La tête d'Arudj fut transportée jusqu'à Ouahrane, où elle resta plusieurs jours placée au-dessus de la grande porte de la place. Puis elle fit le tour des tribus et des ports d'Afrique avant d'échouer, puante et méconnaissable, à la cour d'Espagne.

Georges marqua une nouvelle pause. Il regarda avec satisfaction le regard pétillant de son auditoire. Il aimait raconter des histoires et pouvait parler pendant des heures sans s'interrompre. Peut-être tenait-il ce don de son grand-père maternel, qui, lorsqu'il était enfant, passait les longues soirées d'hiver à raconter des contes à ses trois petits-fils auprès de l'âtre. Georges en conservait un souvenir si vivace qu'il pouvait encore, près de quarante ans plus tard, se remémorer ces histoires dans leurs moindres détails. C'était d'ailleurs l'un des plus précieux réconforts qu'il trouvait dans sa longue captivité. Lorsque le goût de sa ville natale lui manquait trop et que son cœur était étreint d'une profonde nostalgie, il lui arrivait de fermer les yeux et de faire revenir à sa mémoire les images, les parfums et les mots de son enfance. Quelques larmes coulaient alors sur ses grosses joues râpées par le soleil du Sud et il trouvait encore la force d'attendre et d'espérer.

– L'histoire de l'aîné des frères Barberousse est étonnante ! finit par lâcher Emanuel. Si j'ai bien compris, ses deux cadets sont morts avant lui, mais que faisait le dernier frère, le célèbre Kheïr-ed-Dine, pendant qu'Arudj bataillait dans le désert contre les Arabes et les Espagnols ?

– Durant les deux dernières années de la vie d'Arudj, entre sa victoire face aux Espagnols et sa fin tragique, Kheïr-ed-Dine fut chargé par son frère de gouverner Alger. Lorsqu'il apprit la mort d'Arudj, sa tristesse fut si grande qu'il décida de se teindre la barbe et les cheveux au henné et de se faire appeler « Barberousse » en mémoire de son frère tant aimé.

Georges fut soudain interrompu par un bruyant tintamarre. Les esclaves chargés de l'intendance commençaient la distribution du repas du soir.

Les esclaves quittèrent la taverne pour se rendre dans les dortoirs où on leur distribua du pain et quelques fruits secs. Georges n'était pas dans la même chambrée que les nouveaux arrivés, mais il leur dit qu'il était toujours possible, moyennant quelques pièces, de soudoyer les esclaves renégats, qui géraient la vie du bagne, afin de changer de dortoir. Une fois rassasiés, les vingt captifs que comptait chaque chambrée s'installèrent sur les petits hamacs de cordes, suspendus à de gros crochets fixés dans les murs épais.

Giovanni ne supportait ni le manque d'air, ni la puanteur, ni le poids de la chaîne qui tirait sa jambe droite vers le vide. Comme la nuit précédente, il ne parvint pas à fermer l'œil. Il repensa à cette rencontre avec le Français. Il avait la certitude que cet homme était intègre. Non seulement il sentait qu'il pouvait lui faire confiance, mais il se dit aussi qu'il souhaiterait l'aider à retourner chez lui. « C'est ensemble qu'il faudra quitter ce lieu, pensa-t-il, et je suis sûr que notre ami a déjà une idée de la meilleure façon de s'y prendre. Sachons gagner son amitié et il ne manquera pas de nous en parler. »

## 66

La première journée de travail fut particulièrement éprouvante. Giovanni et Emanuel furent affectés avec une centaine d'autres esclaves à la construction d'une forteresse. Levés dès l'aube, ils montèrent péniblement en rangs serrés à mille sept cents pas de la ville, escortés par trente janissaires sous le regard amusé des habitants. Parvenus au lieu dit Ras Tafourah, une colline qui surplombe la ville blanche, ils s'attelèrent immédiatement à la tâche. Il s'agissait de creuser les fondations du futur fort qu'Hassan Pacha avait décidé d'édifier. Pendant des heures, les esclaves creusèrent un fossé à l'aide de pics, de pelles et de pioches. Vers midi on les laissa se reposer quelques instants et on leur permit d'aller s'abreuver à la fontaine, distante d'une centaine de pas. Un esclave expliqua à Giovanni que cette fontaine fournissait Alger en eau douce. Il remarqua en effet des arcades à la romaine qui descendaient vers la ville.

Il profita de ce moment de répit pour admirer le paysage grandiose. Au loin, Giovanni voyait le port avec sa jetée partant du fort du Penon qui avait été édifié par les Espagnols sur « les îlots », El Djezaïr, qui avaient donné leur nom à la ville. Une vingtaine de chebecs et de navires marchands y étaient arrimés. Il distinguait encore le bateau sur lequel il s'était embarqué à Ancône. Alger étant bâtie sur des collines, des milliers d'édifices descendaient vers la mer. Maisons de particuliers, palais, minarets des mosquées, jardins et terrasses s'enchevêtraient dans le désordre d'une harmonie presque parfaite. Giovanni resta longtemps à contempler cette vue qui, malgré les circonstances, touchait son âme. Puis les Turcs se mirent à hurler et il lui fallut regagner aussitôt le chantier.

En ces jours d'avril, le soleil commençait à accabler les captifs qui n'avaient aucune ombre pour se protéger. Moins habitué que Giovanni à la puissance de ses rayons, Emanuel revint avec un coup de chaleur. Il avait la peau du visage et des épaules aussi rouge que du sang de bœuf. Le voyant revenir en si piteux état, Georges, qui avait travaillé sur un chantier au port, fit mander un esclave anglais, Alexander, qui faisait office de médecin. L'homme posa des onguents frais sur sa peau brûlée.

Pendant que le médecin agissait, le Français se tourna vers Giovanni :

– Ton serviteur me semble peu habitué aux fortes chaleurs et sa peau est bien blanche. Assurément il n'est pas né en Calabre...

– En effet, répondit Giovanni sans se démonter. Il est natif des Flandres. Je l'ai rencontré lors d'un voyage dans le nord de l'Europe et il m'est resté attaché.

– Il n'a pas encore bien intégré la langue italienne.

– Il se débrouille assez pour mes besoins.

– Certes... Faites bien attention toutefois, si vous êtes interrogés séparément par Ibrahim, de ne pas vous contredire. Cela pourrait vous coûter cher s'il s'avérait que certains aspects de votre récit ne sont pas tout à fait conformes à la réalité.

Giovanni regarda Georges en silence et acquiesça de la tête.

– Ton ami n'est pas en état de travailler davantage aujourd'hui, poursuivit le Dunkerquois. Mais si tu souhaites gagner un peu d'argent, je peux t'emmener chez un Maure qui pourra t'embaucher chaque jour quelques heures pour l'entretien des appartements qu'ils loue à des janissaires.

– Volontiers, répondit Giovanni.

Non pas qu'il souhaitât travailler encore, ni même gagner quelques pièces, mais il se disait que ce serait probablement l'un des meilleurs moyens de s'évader et qu'il ne lui fallait négliger aucune piste.

Georges le conduisit auprès d'un janissaire nommé Mehmet. Le Turc était petit et trapu. Une fine moustache noire relevée aux extrémités ornait un visage carré et sans grâce. Il parlait mal le franco et se faisait surtout comprendre par ses gestes brusques et ses grimaces. Le Français lui expliqua que Giovanni souhaitait travailler. Mehmet observa le Calabrais comme on regarde un mulet avant de l'emmener labourer, puis il acquiesça de la tête. Un troisième esclave, un Hollandais nommé Sjoerd, les rejoignit bientôt.

Escortés par le Turc, les trois hommes traversèrent la casbah. En cette fin d'après-midi, le commerce battait son plein et les petites ruelles tortueuses étaient envahies de marchands ambulants qui déballaient olives, œufs, dattes, épices, fruits, parfums, étoffes multicolores, broderies, burnous, poteries en terre naturelle ou peintes.

Après avoir arpenté quelques ruelles, les quatre

hommes franchirent le seuil d'une petite porte bleue et pénétrèrent dans une vaste cour carrée, assez austère, entourée d'un bâtiment de quatre étages.

– Il s'agit d'un *foundouq*, souffla Georges à l'oreille de Giovanni pendant que le Turc s'en allait chercher le propriétaire. Il appartient à un Maure qui loue une vingtaine d'appartements à des janissaires. Comme il ne veut pas héberger et nourrir trop d'esclaves, il engage quelques-uns d'entre nous chaque jour, par l'intermédiaire de Mehmet, pour nettoyer les chambres des soldats turcs.

Mehmet revint en compagnie du maître de maison, un homme âgé et plutôt sec qui considéra Giovanni quelques instants. Il échangea quelques paroles avec le Turc puis ce dernier fit comprendre qu'il acceptait de l'engager à l'essai pour quelques jours. Mehmet alla se reposer dans sa chambre tandis que les trois captifs, conduits par un esclave du Maure, commencèrent leur travail de nettoyage des chambrées et des lieux d'aisances. Lorsque le soleil commença à disparaître de l'horizon et que le chant du *mou'adhine* se fit entendre, Mehmet rappela bruyamment les esclaves, leur donna à chacun quatre piécettes et les reconduisit au bagne.

Tandis que Georges se rendait, selon son habitude, directement à la taverne pour boire l'argent qu'il venait de gagner, Giovanni regagna sa chambrée pour prendre des nouvelles d'Emanuel. Ce dernier était assoupi et souffrait encore, mais il ressentait moins ses brûlures grâce aux cataplasmes d'Alexander. Giovanni raconta à son ami ce qu'il avait vu et lui fit une description précise des ruelles colorées d'El Djezaïr.

Ils furent bientôt interrompus par les esclaves chargés de distribuer la nourriture. Giovanni se jeta sur le quignon de pain, tant il était affamé après cette longue journée de labeur harassant. Bien que toujours incommodé par les mauvaises odeurs et le manque d'air, il était si fatigué qu'il parvint à trouver le sommeil.

Les jours suivants se déroulèrent selon le même rythme immuable. Emanuel n'était pas d'excellente constitution et restait sensible au soleil. Il dut se couvrir le crâne d'un voile et soudoyer un Turc pour pouvoir boire toutes les heures. Après avoir fini de creuser les fondations, les esclaves commencèrent à empiler les blocs de pierre que des charrettes tirées par des mulets acheminaient du port. Le maniement des pierres taillées demandait non seulement de gros efforts, mais aussi une vigilance de chaque instant pour éviter qu'un bloc de plusieurs centaines de kilos ne tombe sur un esclave. En fin de journée, Giovanni continuait de se rendre au *foundouq* en compagnie de Georges tandis qu'Emanuel se reposait. Puis les trois amis se retrouvaient à la taverne pour boire un verre de vin ou d'alcool local, discutant tantôt seuls, tantôt avec d'autres captifs de nationalités diverses.

Tous les esclaves du bagne étaient d'origine chrétienne. Certains avaient renié leur religion et s'étaient convertis à l'islam dans le but d'améliorer leur condition. Bien que non affranchis, ces renégats, comme on les appelait, circulaient librement dans la cité et parvenaient à gagner leur vie en menant diverses activités au sein du bagne ou en dehors. Ils étaient mal vus, tant des Turcs qui les méprisaient que des autres esclaves chrétiens qui leur reprochaient leur reniement. Aussi étaient-ils souvent agressifs et colériques. C'était le cas de Mustapha, le tavernier, un homme sans âge, d'origine espagnole, qui passait son temps à insulter son aide, le jeune Pippo. Giovanni ressentait une compassion croissante pour le jeune adolescent et se demandait s'il n'était pas victime de la part de son maître d'autres sévices moins publics. Un soir, alors que les trois amis venaient de s'attabler, il décida de s'en s'ouvrir à Georges.

– J'ai de la peine pour Pippo. Il est pâle comme un linge et ses yeux sont toujours si tristes. Ne crois-tu pas que le malheureux garçon subit en privé des sévices bien pires que les cris de son renégat de patron ?

– C'est connu de tous.

– Que veux-tu dire ?

– Nous savons tous quel genre d'actes commet Mustapha sur son esclave.

Giovanni resta interdit.

Georges se pencha en avant et murmura :

– Il pratique ce qu'on appelle ici « l'amour abominable ».

– Tu veux dire qu'il entretient avec le garçon des relations coupables ?

Georges inclina la tête.

– Ne peut-on rien faire pour sortir le pauvre enfant de cet enfer ?

– Un maître a tous les droits sur son esclave : il peut le violer, le torturer, le tuer. Même si l'amour abominable est interdit par la religion, de nombreux patrons abusent ainsi de leurs jeunes esclaves chrétiens et il est impossible d'y faire quoi que ce soit.

– C'est épouvantable, commenta Emanuel.

– Ce qui est épouvantable, reprit Giovanni, c'est

cette condition d'esclave. Nous n'existons plus en tant qu'hommes... pour devenir des choses. Cela ne devrait exister ni ici, ni chez nous.

– Il y aurait tant de choses à changer dans ce monde ! soupira Georges.

Pippo apporta trois verres de vin. Giovanni regarda l'enfant avec une profonde pitié et lui donna un bon pourboire. Pippo leva les yeux en signe de remerciement, mais aucune lueur ne put les éclairer, aucun sourire le délivrer de son masque de tristesse. Emanuel décida de changer totalement de sujet et apostropha le Français :

– Dis-moi, l'ami, tu n'as pas fini de nous narrer la vie fabuleuse des frères Barberousse. Nous avons du temps devant nous : ne pourrais-tu poursuivre ?

## 67

– Où en étais-je déjà ?

– Apprenant la mort d'Arudj, Kheïr-ed-Dine prend le pouvoir à Alger, se fait teindre en roux les cheveux et la barbe et prend le nom de Barberousse en mémoire de son frère, reprit Emanuel qui n'avait pas perdu une miette du récit.

Le Dunkerquois se prit la tête à deux mains pour retrouver le fil de l'histoire.

– C'est ça. En fait Kheïr-ed-Dine n'eut pas le temps de souffler. Forts de leur victoire, les Espagnols décidèrent d'en finir avec ce « nid de corsaires » d'El Djezaïr. Charles Quint, jeune roi d'Espagne, du Royaume de Naples et de Sicile, le futur empereur, demanda à Hugo de Moncade de quitter Naples avec une flotte de trente vaisseaux et cinq mille hommes. Tout aussi orgueilleux que Diego de Vera, il refusa d'attendre les renforts d'Abou Hammou, qui avait repris son trône de Tlemcen, et lança ses troupes contre Alger. Entre-temps, Kheïr-ed-Dine avait réussi à rassembler cinq mille cavaliers et, grâce à sa connaissance parfaite du terrain, à défaire les troupes espagnoles. Ce fut un carnage. Hugo de Moncade réussit à s'enfuir, mais il laissait plusieurs milliers de morts et des centaines de prisonniers. Charles Quint proposa

240 000 ducats à Barberousse pour libérer les officiers captifs. En vain. Kheïr-ed-Dine pouvait enfin venger son frère. Il mit à mort les Espagnols après d'atroces tortures. Le roi d'Espagne tenta encore de racheter les cadavres pour leur donner une sépulture chrétienne. Pour toute réponse, Barberousse fit déterrer les corps, les fit enduire de goudron et brûler. Plus, sans doute, que tous les actes de piraterie des vingt années écoulées, cette action fit la réputation de Barberousse, tant chez les chrétiens, qui se le représentèrent dès lors comme le pire monstre qui soit, que chez les musulmans, pour qui il devint un héros adulé. Kheïr-ed-Dine ne commit pas la même erreur que son malheureux frère et comprit qu'il lui fallait une protection puissante pour résister à de nouvelles attaques des Espagnols. Il fit donc allégeance au grand sultan de Constantinople, Selim I$^{er}$, qui lui accorda sa protection et lui envoya une milice personnelle de deux mille janissaires.

Georges avala d'un trait son verre et reprit en haussant la voix :

– Ces mercenaires avec leur culotte bouffante ridicule sont la plaie des Algérois ! Ils vivent aux crochets de la population, se croient tout permis, jettent à terre les notables pour boire les premiers aux fontaines, brutalisent quiconque les bouscule dans la rue, passent leur temps, quand ils ne sont pas en train de guerroyer, à fumer de l'opium et du haschisch ou à boire du *maslach*, fomentent une émeute contre le pacha quand ils sont payés avec un seul jour de retard et j'en passe ! Ils sont détestés de tous, mais il assurent à la ville une sécurité efficace contre tout ennemi extérieur.

– Ce sont des soldats turcs ? demanda Giovanni.

– Des mercenaires recrutés par les Turcs, non

seulement en Turquie, mais aussi dans leurs provinces conquises. Ils sont formés à se battre et n'ont peur de rien. Comme les moines-chevaliers chrétiens, ils font vœu de chasteté et transforment leur force sexuelle en brutalité ! Seul l'appât du gain les intéresse. Ils sont fort bien payés et, une fois leur service terminé, ils ont assez gagné pour revenir chez eux et mener la vie qu'ils souhaitent.

Georges caressa son menton mal rasé.

– Barberousse reçut donc le soutien du sultan, qui donna à El Djezaïr le nom de Dar-el-Djihad, « la maison de la guerre sainte » et lui écrivit : « Pour la plus grande gloire de l'islam que tu défends avec tant d'ardeur, je te fais bey des beys afin de porter, où que tu ailles, le souffle invincible du Prophète. »

Giovanni était pensif. Il se rappela que les frères Barberousse avaient reçu une double éducation : musulmane par leur père et chrétienne par leur mère. Il se demanda ce qu'il serait advenu d'eux si, au lieu de devenir le prisonnier des Chevaliers de Malte qui le traitèrent comme un chien, Arudj avait vécu la même expérience dans les geôles du sultan. N'aurait-il pas conçu une haine mortelle des musulmans ? Peut-être même serait-il devenu le fer de lance de la Chrétienté contre l'islam ? Il en aurait aussi été tout autrement si les chevaliers chrétiens s'étaient conduits selon les préceptes de leur religion, au lieu de faire preuve de haine et de brutalité envers leurs prisonniers. Giovanni repensa aux hommes masqués de l'Ordre du Bien Suprême. « Que de crimes commis, tant de la part des chrétiens que des musulmans, au nom de ce Dieu de Miséricorde », songea-t-il.

– Solidement installé sur le trône d'Alger, Barberousse

allait avoir à cœur d'éliminer toute menace espagnole à proximité de sa ville, poursuivit Georges. Il s'attaqua à la redoutable forteresse du Penon et, au terme d'un long siège meurtrier, vint à bout de la résistance héroïque des cinq cents Espagnols. Succédant à son père, Soliman, le nouveau sultan de Constantinople, le nomma amiral de toute la flotte ottomane. Dès lors, le corsaire multiplia les courses en mer et les razzias sur les côtes chrétiennes, enrichissant Constantinople et Alger de trésors en tous genres et de milliers d'esclaves chrétiens.

– Sais-tu combien nous sommes actuellement à vivre dans cette misérable condition ? demanda Emanuel.

– À Alger, le pacha possède environ deux mille esclaves. C'est pourquoi Barberousse fit construire trois immenses bagnes souterrains. Mais au moins quinze mille autres esclaves appartiennent à des particuliers, sur une ville qui compte environ quatre-vingt mille âmes. Ce sont aussi pour la plupart des chrétiens, mais leur sort est bien plus enviable que le nôtre. Ils vivent dans la maison de leur maître et sont souvent bien traités. Ils peuvent se promener librement dans la ville pour le service de leur propriétaire, à condition de rentrer tous les soirs avant la nuit.

– Notre malheur est d'avoir été achetés par le fils de Barberousse et de croupir dans ce bagne sordide ! commenta Emanuel. Et dire que nous nous réjouissions d'avoir été choisis par le pacha !

– As-tu entendu parler d'une razzia menée à Fondi en Italie, en l'an 1534, pour capturer la belle Giulia Gonzaga ? demanda à son tour Giovanni qui avait toujours en mémoire la folle échappée de la belle comtesse.

Georges leva les yeux au ciel et se passa la main sur le visage.

– Non. Barberousse a la réputation d'aimer les femmes et en a kidnappé et même épousé plus d'une, mais je n'ai jamais entendu parler de celle-ci.

Emanuel manifesta son étonnement.

– Tu veux dire qu'il a épousé des chrétiennes qu'il a kidnappées ?

– Absolument ! Bien qu'ayant déjà de nombreuses femmes musulmanes dans son harem, Kheïr-ed-Dine s'est aussi entiché de plusieurs captives chrétiennes. Mais les pauvres ont plutôt mal fini !

Georges fut brusquement interrompu par un esclave ivre mort qui s'écroula sur lui. Il se dégagea tant bien que mal du corps qui puait autant la vinasse que la vermine et le confia à ses compagnons de chambrée qui le transportèrent dans son hamac.

– C'est malheureusement le seul plaisir qu'on nous accorde encore ! reprit Georges en se rasseyant.

– N'y a-t-il point ici des putains comme dans tous les ports du monde ? demanda Emanuel qui avait parfaitement saisi l'allusion du Dunkerquois.

– Bien sûr ! La ville regorge de filles de joie. Des esclaves chrétiennes vendues par leurs maîtres ou même des musulmanes répudiées, veuves et sans autres ressources. Mais elles nous sont interdites, puisque nous ne pouvons passer la nuit hors du bagne.

Georges marqua une pause. Il continua sur le ton de l'intimité :

– Il y a toujours moyen de s'arranger avec les janissaires et les patrons chez qui on va travailler en fin de journée pour retrouver une fille. Mais cela coûte fort cher et il faut avoir envie d'échanger un mois de sueur contre dix minutes de plaisir !

– À quoi en sommes-nous réduits ! grommela Emanuel.

– Ne peux-tu poursuivre ton récit ? reprit Giovanni, plus intéressé par l'histoire de Barberousse que par la misère sexuelle des captifs.

– Tu as raison, mieux vaut occuper notre esprit à parler d'autres choses que des femmes, sans quoi nous deviendrons tous fous ! Où en étais-je ?

– Tu nous as raconté la débâcle des Espagnols qui ne parvinrent pas à prendre Alger et le triomphe de Keïr-ed-Dine qui fut nommé amiral de la flotte ottomane.

– Ah oui ! Mais Charles Quint n'oublia jamais cette terrible défaite, poursuivit Georges. Élu empereur de l'Empire romain germanique, il résolut d'en finir une bonne fois pour toutes avec son vieil ennemi. Lorsqu'il n'était pas en mer, Barberousse demeurait à Constantinople, au palais du sultan. Il avait confié le trône d'Alger à son fils adoptif Hassan Agha.

– Ce même Hassan qui gouverne aujourd'hui la ville ? demanda Giovanni.

– Non. Barberousse avait enlevé en Sardaigne un jeune garçon de neuf ans du nom de Peppino, qui devint un adolescent aussi beau que raffiné. Kheïr-ed-Dine décida de le faire castrer pour lui ouvrir les portes du harem et d'en faire son majordome, puis, émerveillé par les qualités du jeune homme, d'en faire son fils adoptif. C'est lui qui assurait le gouvernement de la cité pendant les nombreuses absences de son père. Je l'ai bien connu, car lorsque j'ai été fait prisonnier c'est à lui que j'ai eu affaire. Mais revenons-en à Charles

Quint. Il décida de profiter de l'absence de Barberousse et de la plupart de ses soldats d'Alger pour prendre la ville.

» Hassan Agha n'avait que 5 000 hommes pour la défendre. L'empereur, lui, embarquait avec 30 000 hommes sur une armada de 500 navires ! Jamais combat ne parut aussi inégal. Apprenant les préparatifs des chrétiens, Barberousse demanda au sultan la permission de se rendre à Alger à la tête de l'armée ottomane pour venir au secours de son fils et de son fief. Mais les membres du *Divan*, jaloux de l'influence du corsaire, parvinrent à convaincre Soliman que cette attaque contre Alger n'était qu'un leurre destiné à dégarnir Constantinople, Charles Quint n'ayant d'autre projet que de s'attaquer aux Turcs jusqu'au cœur de leur empire. Il n'en était évidemment rien. Le 23 octobre 1541, Charles Quint débarqua sa cavalerie et son artillerie non loin d'Alger. Il planta sa tente sur la colline de Ras Tafourah, qui domine la ville.

– La même où nous travaillons à l'édification d'un fort ? demanda Giovanni.

– Exactement ! Puis il envoya un émissaire auprès du fils de Barberousse pour lui demander de lui livrer la ville. Ce dernier hésita une journée entière. Mais on raconte qu'un certain Youssouf, un esclave eunuque noir ayant un don de divination, vint le trouver et lui affirma qu'il fallait résister car Dieu détruirait l'armée chrétienne. Apprenant le refus d'Hassan de se rendre, Charles Quint jura d'exterminer tous les habitants de la cité. Il s'apprêta au combat, mais l'invraisemblable se produisit. Dans la nuit du 26 au 27 octobre, le ciel, jusqu'alors clément, se chargea soudainement de sombres nuages et des pluies torrentielles commencèrent à

s'abattre sur les troupes de l'empereur. Les bourras-
ques entraînèrent une centaine de navires dans les
récifs et des milliers d'hommes périrent. Les rescapés,
qui parvinrent à s'échouer sur les plages, furent mas-
sacrés ou capturés par les hommes de Hassan. Celui-ci
profita de la situation pour mener des actions de gué-
rilla contre l'armée chrétienne, totalement prise de
court par la tournure des événements. L'empereur
ordonna force processions religieuses pour calmer la
tempête, mais Dieu avait bel et bien choisi son camp.
La pluie ne cessa pas pendant plusieurs jours et plusieurs nuits, continuant de causer de graves dégâts à la
flotte de l'empereur. Pour éviter un désastre plus grand
encore, le 2 novembre, Charles Quint se résolut à rem-
barquer ce qui lui restait de troupes. Cette déroute eut
pour effet de renforcer Alger, qui récupéra sur les
navires échoués quantité d'armes, cent cinquante
canons de bronze et fit tellement de prisonniers qu'on
dit depuis qu'« il est possible d'acheter un esclave pour
un oignon ».

– La rumeur de cette grande humiliation pour la
Chrétienté a résonné jusque dans ma Flandre natale,
commenta Emanuel. Mais puisque tu es Français,
peux-tu m'expliquer comment le roi du grand Royaume
de France a-t-il pu faire un pacte avec ce démon ? Car
on ne parle que de ça en nos contrées depuis quelques
années.

– C'est hélas la vérité ! Non seulement François I$^{er}$
s'est allié avec les Turcs, mais j'ai ouï dire depuis ma
captivité qu'il a même invité Barberousse à séjourner
avec ses navires et ses corsaires dans le port de Toulon,
attendant de prendre la mer pour attaquer les terres de
l'empereur. Tout cela vient certainement de la haine

que tire notre roi de n'avoir point été jadis élu empereur
à la place de Charles Quint. Il n'a dès lors cessé de
vouloir s'entendre avec les Turcs pour mieux lutter
contre son ennemi juré.

– Si au moins cette alliance était faite dans un souci
de paix, il n'y aurait rien à y redire, commenta Giovanni. Car il faudra bien un jour cesser cette guerre
permanente entre chrétiens et musulmans.

– Que Dieu t'entende ! reprit Georges en poussant
un large soupir. Depuis huit années que je suis ici, j'ai
bien appris à connaître les disciples de Mahomet. Et
je peux affirmer qu'ils ne sont ni meilleurs ni pires que
nous autres chrétiens. Ils agissent envers nous comme
nous agissons envers eux ; ils ont le même souci de
Dieu et de la religion ; ils pratiquent la justice et la
charité envers les pauvres ; certains sont fort érudits et
se passionnent pour toutes sortes de sciences ; les plus
éduqués vivent dans un grand raffinement du corps et
de l'âme. J'ajouterais même qu'ils ont, en certains
domaines, quelque supériorité morale sur nous.

Le regard d'Emanuel manifesta une certaine stupeur.

– Qu'ils soient riches ou pauvres, ils ont par exemple
un respect absolu de la parole donnée, poursuivit le
Français sans se laisser démonter. Et je dois avouer
que ce n'est pas si fréquent en nos contrées chrétiennes,
où un papier a souvent plus de valeur que la parole
d'un homme. Quant à leur cruauté légendaire, elle
n'est vraiment le fait que de certains hommes, comme
Kheïr-ed-Dine, et s'exerce surtout contre ceux qu'ils
qualifient d'infidèles. Mais je demanderais à voir comment certains officiers, corsaires ou moines-soldats
chrétiens se comportent avec leurs prisonniers musulmans !

– Je partage ton sentiment, dit Giovanni avec gravité. Nul peuple n'est véritablement supérieur ou inférieur à un autre. Il y a partout, chez nous comme chez eux, des hommes vertueux et des barbares.

Les trois amis gardèrent le silence quelques instants.

– Et qu'est donc devenu le fils adoptif de Barberousse ? demanda Emanuel. Pourquoi ne gouverne-t-il plus la ville en l'absence du corsaire ?

– Il est mort d'une phtisie il y a tout juste un an. Ce fut un grand malheur pour tous les habitants, car Hassan Agha, contrairement à son père adoptif, aimait passionnément sa ville et avait beaucoup œuvré pour l'embellir et en adoucir les mœurs. Âgé de vingt-sept ans, le fils légitime de Barberousse, Hassan, lui succéda. Je ne l'ai jamais vu, mais les Algérois semblent aussi l'apprécier, non seulement parce que sa mère est d'ici, mais pour sa douceur et son intérêt de la chose publique.

– Nous avons été amenés à lui en arrivant, reprit Giovanni. Il est d'un physique plutôt ingrat, mais semble en effet assez élégant et maître de lui.

– Plaise à Dieu qu'il nous libère le plus vite possible de cet enfer ! pesta Emanuel.

– Cela dépendra surtout de l'empressement de vos proches à payer votre rachat. Et de la chance qu'elle parvienne au pacha !

Emanuel et Giovanni échangèrent un sombre regard. Comme ils avaient menti au reis du navire et au pacha, il n'y avait rien à espérer de ce côté-là. Giovanni songea même qu'il fallait au plus vite organiser leur évasion, car sitôt les émissaires du pacha revenus bredouilles d'Italie, les corsaires ne manqueraient pas de leur faire payer cher leur mensonge. Il connaissait peu

Georges, mais il sentait instinctivement qu'il pouvait lui faire confiance. Aussi prit-il le risque de s'ouvrir à lui. Il regarda Emanuel d'un air grave et entendu. Ce dernier comprit le message et acquiesça d'un léger hochement de tête.

– Georges, nous avons une chose importante à te confier, murmura Giovanni en se rapprochant du Français pour être sûr qu'aucune oreille indiscrète ne pourrait l'entendre.

## 68

– Nous songeons à fuir au plus vite de ce lieu, murmura Giovanni sous le regard approbateur et quelque peu inquiet d'Emanuel.

Georges garda le silence un bon moment. Puis il dit en bougonnant :

– Je vous comprends, mes amis. J'aurais moi-même dû le faire depuis des années. Maintenant je n'en aurais plus le courage. C'est très risqué et la plupart des tentatives échouent. J'ai déjà assisté à des séances de bastonnade. Le cri des suppliciés est insoutenable et les malheureux ne peuvent plus poser les pieds à terre pendant plusieurs semaines. L'idée d'une telle souffrance m'enlève toute envie de fuite.

– Tu ne peux imaginer finir ta vie dans ce bagne puant, loin des tiens ! reprit Giovanni.

– Depuis huit ans, je rêve tous les jours de les retrouver et je me vois au milieu d'eux. Mais je n'ai pas le courage de tenter quoi que ce soit et je vis de mes rêves.

– Même si tu as renoncé toi-même à fuir, as-tu quelque idée de la meilleure façon de s'y prendre ?

– Bien sûr. Je pense aussi à ça tous les jours ! En fait, il est impossible de fuir sans complicités. Les seuls captifs que je connaisse qui ont réussi leur évasion sont

partis la nuit et se sont embarqués à bord d'un frêle
esquif qui les attendait dans une petite crique proche
de la ville.

– Comment est-il possible de nouer de telles
complicités ?

– Il y a deux solutions. Soit faire parvenir un courrier
à des chrétiens des villes de Bejaïa ou d'Ouahrane, qui
ne sont qu'à quelques jours de barque d'Alger, pour
qu'ils nous attendent à un lieu et à un jour convenus.
Soit payer très cher la complicité d'un Algérois pour
qu'il nous fasse quitter la ville. Mais cela équivaut
quasiment à payer sa rançon et demeure très risqué.

– Éliminons cette deuxième solution. À qui peut-on
écrire pour recevoir de l'aide extérieure ?

– Depuis les croisades, il existe deux ordres religieux qui ont pour vocation la libération des chrétiens
tombés aux mains des musulmans : l'ordre de la Sainte
Trinité et l'ordre de Notre-Dame de la Merci. Le plus
souvent, ils collectent des fonds en Chrétienté pour
racheter des esclaves. Mais Barberousse a plusieurs
fois refusé de libérer des captifs dûment rachetés et ils
n'envoient plus d'argent au pacha d'Alger. Par contre,
si un courrier leur parvient avec force détails convain-
cants sur l'identité des esclaves, ils n'hésitent pas à
affréter une grosse barque auprès d'un *impresari* pour
venir recueillir de nuit les évadés. Cela n'est possible
que l'été et lorsque la lune est pleine pour qu'ils puissent naviguer sans risque.

– C'est une excellente solution ! Mais comment leur
faire parvenir un courrier depuis notre bagne ? reprit
Giovanni qui sentait que les choses ne devaient pas
être aussi simples.

– Tu mets le doigt sur le point le plus délicat, répondit Georges en souriant.

– Ici aussi, il faut acheter une complicité. On peut passer par un esclave chrétien qui remettra le pli à une caravane en partance pour Ouahrane ou Bejaïa. Le prix est raisonnable, mais le risque demeure grand que la lettre soit interceptée. Les esclaves, facilement identifiés, reçoivent alors les trois cents coups de bâton. J'ai vu cela arriver plus d'une fois !

Giovanni regarda Emanuel qui baissa les yeux.

– Cela mérite réflexion, reprit le Calabrais. Mais je dois t'avouer que je ne souhaite pas moisir plus longtemps ici. Si nous décidons de partir, pourrais-tu nous mettre en contact avec un de ces esclaves chrétiens ?

– Certainement. Et je peux déjà vous dire que cela vous coûtera deux cents piastres.

Emanuel fixa Giovanni, l'air atterré.

– Nous sommes loin d'avoir cette somme !

– Si vous travaillez l'un et l'autre tous les jours chez des particuliers, dans moins d'un an vous aurez recueilli cet argent, reprit Georges.

Les trois amis furent interrompus par un groupe d'esclaves qui vinrent boire à leur table.

Cette nuit-là, Giovanni ne trouva pas le sommeil. Il pensait sans cesse à ce plan d'évasion et réfléchissait au moyen de se procurer au plus vite la somme nécessaire. Car il savait qu'il ne pouvait attendre un an.

Le lendemain après-midi, alors qu'il revenait du fort, un esclave noir vint chercher Giovanni pour le conduire au palais du pacha, auprès de l'intendant. En pénétrant dans la *Jénina*, nom qui signifie petit jardin, Giovanni ne put s'empêcher de penser au récit de Georges et songea au malheureux prince Selim el Toumi, qui coulait des jours heureux dans ce délicieux palais auprès de sa belle Zaphira et qui eut le malheur d'appeler les frères Barberousse. Après avoir traversé une grande cour agrémentée d'arbres fruitiers et de bassins ornés de plantes odorantes, les deux hommes pénétrèrent dans une pièce spacieuse où Ibrahim recevait ses hôtes. L'esclave proposa à Giovanni de s'asseoir sur une banquette en attendant l'arrivée de l'intendant et lui offrit du lait de chamelle et des dattes fraîches. Giovanni accepta avec plaisir. Assis sur un confortable coussin de velours rouge, il admira les murs marbrés ornés de trois lettres arabes. Ibrahim apparut soudain dans l'embrasure de la porte. Il était accompagné d'un homme un peu plus âgé, vêtu très simplement.

– Ah, monsieur Da Scola, j'espère que les conditions de vie au bagne vous sont supportables !

– Je ne saurais vous répondre. Je suis encore en vie, mais j'avoue qu'il me tarde de quitter ce lieu.

Ibrahim s'assit sur une autre banquette, non loin de son hôte. L'autre homme prit place à son côté.

– Cela ne tient qu'à vous, mon ami. Ou plutôt à la générosité de vos proches. C'est la raison pour laquelle je vous ai fait venir. Il nous faut évaluer ensemble le montant de votre rançon.

Ibrahim se tourna vers son acolyte et poursuivit :

– Je vous présente Isaac, l'un de mes émissaires juifs chargé de négocier votre rachat auprès des vôtres. Il faudra lui donner une lettre et force détails pour qu'il trouve votre famille. Vous êtes de Calabre, je crois ?

Giovanni sentit des gouttes d'angoisse perler sur son front. Le piège dans lequel il s'était mis commençait à se refermer. Il se demanda s'il ne valait pas mieux avouer tout de suite son imposture à cet homme affable. Puis il se rappela ce que Georges lui avait dit sur l'importance de la parole donnée chez les musulmans. À coup sûr, on lui ferait chèrement payer son mensonge, sans doute en le condamnant à ramer sur une galère, et son évasion deviendrait encore plus problématique. Non, il n'y avait qu'une seule solution : jouer ce jeu le mieux possible et tenter de fuir avant que le Juif ne revienne annoncer au pacha la supercherie.

– Je ferai tout ce que vous souhaitez pour ma libération, répondit Giovanni. Mais savez-vous combien de temps il me faudra attendre encore ?

Ibrahim se retourna vers Isaac. L'homme caressa sa barbe d'un geste lent et prit la parole dans un excellent italien qui contrastait avec le fort accent et la pauvreté du vocabulaire de l'intendant.

– Je partirai dans une semaine pour le Royaume de Naples et de Sicile. J'ai quatre captifs à négocier. Avec le temps du voyage et celui de réunir l'argent, je ne serai pas de retour avant environ trois lunes.

– Qu'est-ce que quelques mois dans la vie d'un homme, fût-il esclave, quand il sait qu'il va bientôt retrouver la liberté ? reprit Ibrahim en souriant.

Giovanni resta silencieux, réalisant qu'il lui serait impossible de réunir les deux cents piastres en si peu de temps. Il faudrait donc trouver une autre solution pour son plan d'évasion.

Ibrahim fit un signe à l'esclave qui tendit à nouveau l'assiette de dattes à Giovanni et remplit son verre. Puis il questionna longuement le jeune homme sur sa fortune et celle de ses parents. Giovanni inventa tout. Après d'interminables palabres en arabe avec le Juif, l'intendant du pacha finit par fixer le montant de son rachat et celui de son serviteur à cent ducats d'or. Giovanni n'avait en vérité aucune idée de l'importance de cette somme. Puis Isaac l'interrogea sur sa ville et sa demeure. Giovanni fit à nouveau preuve d'imagination et donna maints détails précis pour guider l'émissaire du pacha jusqu'à sa prétendue maison. Enfin l'esclave apporta une écritoire, une feuille et une plume à Giovanni. Ibrahim lui dicta la lettre qu'il devait écrire à ses parents, puisqu'il avait affirmé qu'il n'était pas marié. Ce qu'il fit sans sourciller, soulignant, comme on lui demandait, le montant de la rançon, et exagérant les sévices qu'il subissait afin de susciter la pitié de ses proches. Une fois la lettre rédigée et signée, Isaac salua les deux hommes et quitta la pièce avec la missive. Ibrahim regarda le fer attaché à la cheville droite de Giovanni et constata une plaie purulente. Il appela un autre esclave et lui demanda d'apporter des cataplasmes cicatrisants. En attendant, il demanda à Giovanni ce qu'il pensait d'El Djezaïr.

– C'est une fort belle ville, répondit le jeune homme sans mentir. Il doit être fort agréable d'y vivre en homme libre.

– Rien ne t'empêchera d'y rester une fois affranchi, reprit Ibrahim avec un petit sourire malicieux. Certains anciens captifs préfèrent vivre ici que de retourner chez eux !

– J'aime les miens et mon pays, reprit Giovanni.

– Bien sûr, je disais cela à tout hasard. Et puis il te faudrait te convertir à notre religion, ce que tu ne souhaites peut-être pas non plus.

Giovanni ne répondit pas. Il posa son regard sur les murs et interrogea son hôte sur les lettres arabes qui les ornaient.

– Ce sont les trois lettres *Alif, Lam* et *Ha,* qui désignent Dieu. En effet, dans un des versets les plus importants du Coran : *la ilaha illa Allah*, qui signifie « Il n'y a d'autre Dieu qu'Allah », ne figurent que ces trois lettres. Vois-tu, contrairement à vous chrétiens, afin d'éviter l'idolâtrie, nous refusons de représenter Dieu, le Prophète, mais aussi toute image humaine. Notre seule manière de figurer le divin consiste à inscrire sur les livres, les murs ou les objets certaines lettres ou certains versets du Coran.

– Cela me paraît assez sage, reprit Giovanni en songeant au visage d'Elena qu'il avait peint à son insu sous les traits de la Vierge Marie.

Puis il poursuivit :

– Ayant le privilège de pouvoir échanger avec le grand serviteur du pacha, pourrais-je vous poser une question concernant Kheïr-ed-Dine et le sultan Soliman ?

– Avec plaisir.

– Il se trouve que j'ai rencontré furtivement en Italie la belle Giulia Gonzaga.

À l'évocation de ce nom, Ibrahim manifesta une attention plus soutenue.

– L'un de ses amis, le philosophe Juan de Valdès, me raconta par la suite son incroyable histoire. Est-il vrai que Barberousse tenta de l'enlever pour l'offrir à Soliman, qui aurait entendu parler de sa grande beauté ?

Ibrahim resta quelques instants impavide, regardant son interlocuteur dans les yeux. Puis il répondit d'une voix douce :

– Les choses ne se sont pas passées exactement

ainsi. As-tu déjà entendu parler de Roxelane, la favorite du harem du grand sultan et d'Ibrahim, le grand vizir ?

– Jamais.

– Alors si tu aimes les histoires d'intrigues de Cour, tu ne seras pas déçu.

Ibrahim s'interrompit pour laisser l'esclave poser les cataplasmes sur la cheville meurtrie de Giovanni. Puis il lui proposa de profiter de la douceur de la fin de journée pour se promener dans le jardin.

– Ce que je vais te raconter est aujourd'hui connu de tous, à Constantinople et ici, mais à l'époque ce fut une des plus rocambolesques intrigues menées à la Cour du sultan. Tout a commencé par la rivalité qui opposait les deux personnages les plus influents auprès de notre bien-aimé Soliman, dit justement « le Magnifique ». Il y avait d'un côté Ibrahim, le grand vizir et surtout l'ami le plus cher du sultan. Ibrahim était un chrétien, fils d'un pêcheur grec, qui fut enlevé à l'âge de douze ans par des pirates turcs et vendu comme esclave à une veuve qui l'emmena en Magnésie dont Soliman était alors le gouverneur. Le futur sultan fut charmé par la beauté et l'intelligence du jeune esclave, qui maniait à merveille le verbe, chantait des odes et composait des poèmes. Il le prit à son service et lui fit même partager sa chambre, au grand scandale de la Cour. Devenu musulman, Ibrahim reçut les enseignements des meilleurs maîtres et apprit de nombreuses langues. Quand Soliman succéda à son père, Ibrahim le suivit à Constantinople et devint rapidement le second personnage officiel du palais, suscitant jalousies et rancœurs parmi les hauts dignitaires du *Divan*. En fait, Ibrahim n'avait qu'un seul rival capable d'avoir l'oreille du sultan au moins autant que lui et susceptible de contrarier ses plans, notamment dans les relations diplomatiques avec les royaumes chrétiens, domaine qui le passionnait plus que tout. Sans doute à cause de ses origines. Et ce rival était une femme, la favorite du harem : Roxelane.

L'intendant proposa à Giovanni de s'asseoir au bord d'un bassin et demanda à un esclave de leur apporter un verre de fruits pressés. Puis, sentant au regard de Giovanni tout l'intérêt qu'il portait à son récit, il enchaîna avec délectation :

– L'histoire, parfaitement véridique, de la favorite est digne de nos plus beaux contes ! À ce qu'on dit, la jeune femme s'appelait Alexandra. Elle était native du sud-ouest de la Russie. Fille d'un pope orthodoxe, elle fut enlevée à l'âge de dix ans par les Tartares qui la vendirent aux Turcs. À cause de sa peau très blanche et de l'étrangeté de ses cheveux roux, elle fut finalement achetée par la sultane-mère qui la destinait au harem de son fils. La couleur de ses cheveux imposa son nom : on l'appela Rossa, puis Roxelane. Elle fut convertie à l'islam, et apprit le turc. Lorsqu'elle fut nubile, la sultane la confia à la *haznedar ousta*, « la maîtresse du savoir-faire », qui lui apprit comment répondre à tous les désirs de son futur maître. Celle-ci lui expliqua comment elle serait bientôt présentée au sultan en compagnie d'une dizaine de nouvelles jeunes filles vierges. Si Soliman laissait tomber son mouchoir devant elle, cela signifiait qu'elle rejoindrait sa couche le soir même.

» Pourtant, la première rencontre avec Soliman faillit coûter la vie à Roxelane. Alors qu'il lui lançait le mouchoir, elle resta de marbre et n'esquissa pas même un sourire de contentement. Interpellée par le sultan, qui se sentait humilié par cette attitude hautaine, elle répondit qu'elle avait été parée comme une oie prête à être dévorée et qu'elle n'avait d'autre choix ! Alors que les eunuques s'emparaient d'elle et que le sultan s'apprêtait à prononcer sa condamnation pour cet incroyable affront, elle proposa à Soliman de faire une partie d'échecs avec elle. Décontenancé, il accepta la proposition surprenante de la jeune fille. Il fut mis mat en quelques coups ! Aussi curieux que cela puisse paraître, il en ressentit une passion amoureuse pour cette jeune femme intelligente, courageuse et volontaire qui ne se démentit jamais par la suite. Elle devint bien vite la favorite du harem et Soliman ne pouvait plus se passer de ses avis pour gouverner l'empire.

» Ibrahim en ressentit une vive jalousie. C'est alors qu'il entendit parler de cette femme que tu as eu la chance de rencontrer, Giulia Gonzaga, de sa beauté et de son intelligence sans pareilles.

L'intendant interrompit le fil de son récit et interrogea Giovanni :

– Est-elle aussi belle qu'on le dit ?

– À vrai dire je ne l'ai vue que d'un peu loin et dans de bien mauvaises conditions, puisqu'elle avait chevauché toute la nuit et était vêtue comme un homme. Mais j'ai néanmoins été frappé par la force de son regard, ses longs cheveux châtains, la finesse et la noblesse de ses traits.

Ibrahim caressa longuement sa fine barbe en regardant Giovanni.

– Le grand vizir eut l'idée de faire kidnapper cette jeune femme par Barberousse pour l'offrir au sultan avec le secret espoir de s'en faire une alliée et qu'elle éclipse Roxelane dans le cœur de Soliman. Mais la favorite eut vent de ses intentions et de l'échec de l'expédition. Dès lors, elle n'eut de cesse de le perdre. Multipliant les espions, elle finit par intercepter un message fort compromettant, dans lequel Ibrahim proposait un traité de paix à Ferdinand d'Autriche, le propre frère de Charles Quint, et terminait sa missive secrète par ces mots : « *Le sultan fera tout ce que je veux car depuis sa plus tendre enfance, j'ai lié sa chair à ma chair dans la passion. Et bien que j'aie prétendu être musulman, dans mon cœur, je suis resté chrétien.* » Roxelane n'en demandait pas tant. Elle s'empressa de montrer la lettre à Soliman. Après avoir refusé de la croire, puis être passé par force colère et larmes, Soliman se résolut à la mort de son plus cher ami. Il le livra aux mains de la favorite qui le fit assassiner une nuit, dans sa propre chambre, par sept eunuques. Afin de dissuader toute autre tentative de trahison, Soliman demanda qu'on n'effaçât pas les traces du sang de son vizir, répandu sur le parquet et les murs de sa chambre.

Ibrahim se tut. Il regarda le ciel rougeoyer, avant de demander :

– J'espère avoir satisfait votre curiosité ?

– Mieux encore, répondit Giovanni d'une voix émue, vous m'avez instruit, avec un grand talent de conteur, d'une histoire passionnante !

– Ainsi lorsque vous serez retourné en Italie, vous pourrez raconter à la belle Giulia les véritables raisons de sa tentative d'enlèvement ! Maintenant il se fait tard. Ali va vous reconduire au bagne. Je suis désolé de devoir vous imposer de telles conditions de vie. Nous

projetons la construction de bagnes bénéficiant de
fenêtres et même de terrasses sur les toits, mais vous
serez fort heureusement chez vous lorsqu'ils seront
édifiés !

– In Cha Allah, comme vous dites si bien.

– In Cha Allah ! Et que Dieu vous vienne en aide,
monsieur Da Scola.

## 69

Sitôt de retour au bagne, Giovanni se rendit à la taverne. Par chance, il y trouva Emanuel et Georges qui venaient de rentrer du travail au *foundouq*. Il les prit à l'écart.

– Notre situation va devenir intenable. Accompagné d'un émissaire juif, Ibrahim m'a longuement questionné sur ma fortune, ma famille et ma maison. Je n'ai raconté que mensonges. Il a finalement fixé notre rachat à cent ducats d'or.

– Pas mal ! reprit Georges qui avait depuis longtemps pris le parti de rire de cette situation tragique.

– En tout cas, le Juif sera de retour dans quelques mois et nous serons démasqués.

– J'ai déjà vu une situation similaire. L'homme a été enchaîné sur une galère le jour même.

– C'est précisément ce que je redoute ! reprit Giovanni. Il faut absolument que nous nous évadions avant le retour de l'émissaire du pacha. Mais comment faire sans argent ?

– Il n'y a aucune solution. On peut encore parvenir à tromper la vigilance de nos gardiens, voire à limer nos fers, mais nul ne peut parvenir à quitter la ville sans complices extérieurs. Ni par la mer, ni par voie de terre. Certains ont bien essayé de se mêler aux caravanes, mais parlant mal l'arabe et peu au fait des coutumes des gens du pays, ils ont vite été démasqués et renvoyés au bagne.

– Pourtant il faut bien tenter quelque chose, s'inquiéta Emanuel, car rien ne peut être pire que de finir sur une galère corsaire. Nous mourrons sous les coups, ou d'épuisement, en moins de trois ans.

Un silence pesant, signe du plus grand découragement, s'installa entre les trois amis. Georges conclut, en hochant la tête :

– Vous n'avez plus qu'à prier pour qu'un miracle se produise, mes amis, car je ne vois aucune issue favorable à votre situation.

– Tu parles comme Ibrahim qui m'a confié au secours de Dieu, répliqua Giovanni l'œil ténébreux. Mais vois-tu, cela fait quelque temps que je ne crois plus ni en Dieu, ni aux miracles.

Les jours passèrent et la vie au bagne suivait son cours habituel. Giovanni cherchait désespérément une solution pour s'enfuir.

Un matin, toutefois, un événement inhabituel se produisit. On rassembla deux cents captifs et on les mena par bateau jusqu'à un endroit où, pendant plusieurs jours, ils coupèrent du bois destiné à la construction des chebecs. Ibrahim, qui aimait parfois quitter El Djezaïr, dirigeait lui-même l'expédition. Or pendant que les esclaves étaient occupés à manger, assis en tailleur sur la plage sous l'œil vigilant de cinquante janissaires, un homme richement vêtu, accompagné de deux serviteurs, vint trouver Ibrahim. Il se présenta comme le chef du village voisin. Il expliqua à l'intendant du pacha qu'il était un pieux musulman qui avait suivi avec ferveur tous les commandements du Prophète, sauf un.

– Lequel ? demanda Ibrahim.

– Je n'ai point encore eu la possibilité de tuer de mes propres mains l'un de ces chiens d'infidèles, répondit le chef du village.

– Et que souhaites-tu ? demanda encore Ibrahim quelque peu surpris par la réponse de son interlocuteur.

– Puisque tu es ici avec de nombreux esclaves chrétiens, m'accorderais-tu d'en tuer un pour que je ne meure pas avant d'avoir accompli tous les commandements du Prophète ? Ton prix sera le mien.

Ibrahim resta pensif quelques instants, puis il lui tendit le sabre de l'un des janissaires.

– Je t'accorde cette faveur. Prends ce cimeterre et donne-moi cinq cents piastres. C'est le prix de la vie du plus misérable des esclaves.

– Qu'Allah te bénisse, répondit l'homme en se saisissant du sabre.

Puis il demanda à l'un de ses serviteurs de compter la somme et la remit à Ibrahim. L'intendant se retourna alors vers les esclaves, pétrifiés, qui avaient assisté à la scène. Il leur dit en franco :

– L'un d'entre vous sait-il manier le sabre ?

Les esclaves le regardèrent, encore plus stupéfaits.

– Allons ! Que l'un d'entre vous qui sait se battre ait le courage d'affronter cet homme en combat équitable, le sabre à la main, sinon je désignerai n'importe lequel d'entre vous.

À ces mots, Giovanni sortit des rangs.

– Moi, je sais me battre.

Ibrahim sembla un peu hésitant, craignant de perdre

un captif qui pouvait lui rapporter cent ducats d'or.
Puis il regarda le regard déterminé de Giovanni et celui
affolé du chef de village qui, bien que ne comprenant
pas le franco, commençait à réaliser que les choses ne
se passaient pas exactement comme il les avait imagi-
nées. L'intendant se dit finalement qu'il ne courait
aucun risque et tendit son propre cimeterre à Giovanni,
demandant à un janissaire qu'il lui enlevât son fer.

– Comment ! reprit le chef du village indigné, tu lui
donnes un sabre et tu lui ôtes sa chaîne !

– Qu'espérais-tu ? Le Coran nous incline, quand
notre foi ou notre communauté sont menacées, à nous
battre contre l'infidèle, mais où as-tu lu que le Prophète
demande de tuer un homme sans défense qui ne te veut
aucun mal ? Crois-tu que l'islam est une religion qui
prône l'assassinat ?

L'homme resta coi. Ibrahim fit un signe à Giovanni
qui s'avança vers le chef du village. Celui-ci se mit à
hurler :

– Tu vas me laisser assassiner par ce chrétien ! Au
nom d'Allah, je t'en supplie, demande-lui d'épargner
ma vie.

Ibrahim regarda Giovanni :

– Il refuse le combat. Tu es donc en droit de
demander un dédommagement. Quel est ton prix ?

Giovanni réfléchit quelques instants, puis répondit :

– Cet homme t'a remis cinq cents piastres pour la
vie d'un esclave. La vie d'un noble musulman ne vaut-
elle pas au moins la même somme ?

Ibrahim esquissa un sourire et traduisit la réponse
au chef du village qui s'empressa d'accepter le marché.
Son serviteur remit la somme à Giovanni, puis les trois

hommes partirent en courant, de peur qu'une nouvelle catastrophe ne s'abatte sur eux.

Cette scène amusa les gardes et réjouit profondément les captifs qui félicitèrent Giovanni. Sitôt de retour au bagne, il alla trouver Georges et Emanuel et, tout excité, leur raconta l'incroyable histoire, exhibant les cinq cents piastres sous leurs yeux incrédules.

– C'est un miracle ! finit par s'exclamer Emanuel. Depuis l'autre jour, je ne cesse de prier la Vierge et les saints pour qu'ils nous viennent en aide. Regarde ce cadeau inespéré qui nous tombe du ciel !

Giovanni ne répondit pas et ne savait que penser. La seule certitude qu'il avait, c'était que cet argent allait leur ouvrir la porte de la liberté.

Georges détacha son regard des pièces et murmura à ses amis :

– Il faut envoyer dès cette semaine une missive aux pères trinitaires d'Ouahrane pour qu'ils aient le temps d'organiser votre fuite et de vous indiquer la nuit et le lieu où une barque vous attendra avant que le pacha ne soit tenu informé de votre mensonge.

– Faisons ainsi, reprit Giovanni avec entrain. Mais à une condition, Georges : que tu sois des nôtres !

– Naturellement, reprit Emanuel en serrant le poignet du Français.

Celui-ci resta silencieux un long moment. Puis il lâcha :

– Merci, merci de tout cœur, mes amis. Mais si j'avais eu le courage de partir, j'aurais mis cet argent de côté depuis longtemps. En fait, j'ai trop peur que le courrier ne soit intercepté par les Turcs et pour rien au monde je ne veux prendre le risque de recevoir trois cents coups de bâton. C'est ainsi. Je n'ai aucun courage physique.

Malgré l'insistance d'Emanuel et de Giovanni, le Français ne changea pas d'avis. Grâce à ses relations, Georges parvint à se procurer du papier et de l'encre. Il transmit, avec les deux cents piastres, la lettre à un Maure qui connaissait l'adresse des pères trinitaires et le moyen de leur faire parvenir un courrier. La première partie du plan avait bien fonctionné. Il restait maintenant à attendre la réponse. Puis, si le courrier n'était pas intercepté et que la réponse était positive, il faudrait encore trouver le moyen de fausser compagnie aux janissaires, le moment venu.

Giovanni vécut cette attente dans un curieux mélange permanent de crainte et d'espoir. Jour et nuit, son esprit était occupé par cette seule idée. À force d'observation, il parvint à repérer le meilleur moyen de fausser compagnie aux janissaires. C'était assurément pendant le travail au *foundouq* : la plupart du temps Mehmet partait se reposer et la porte de la maison restait ouverte. Il suffisait d'attendre qu'aucun garde ou esclave ne circule dans l'entrée pour quitter le lieu et se perdre dans la casbah. Mais il fallait aussi se débarrasser des chaînes pour éviter d'être immédiatement identifiés. Là aussi, Giovanni, avec l'aide de Georges, et pour quelques dizaines de piastres, se procura une lime auprès d'un renégat. Elle permettrait, la veille de l'évasion, d'user suffisamment la chaîne pour s'en défaire en peu de temps et cacher ensuite le fer par une grande djellaba descendant jusqu'aux pieds et qu'il serait facile de voler au *foundouq*.

Trois semaines après que le courrier eut été transmis au messager maure, celui-ci remit, à l'insu de Mehmet, un petit billet à Georges tandis qu'il revenait du *foundouq*. De retour au bagne, le Français déplia le petit mot en présence de ses deux amis. Il était simplement écrit :

« *Que les deux chrétiens se rendent au cap Matifou lors de la première nuit de la prochaine pleine lune.* »

## 70

La veille du grand jour, celui où Giovanni et Emanuel seraient enfin libres ou bien condamnés à une terrible peine, arriva enfin. Selon leur habitude, ils se retrouvèrent le soir à la taverne en compagnie de Georges pour boire un verre et parler des derniers préparatifs. Au fur et à mesure que la date fatidique approchait, le Français semblait de plus en plus triste. Il justifia cette mélancolie auprès de ses amis en leur disant combien ils allaient lui manquer. Mais Giovanni comprit qu'autre chose le travaillait, de beaucoup plus douloureux. Aussi il décida ce soir-là de s'adresser très directement à Georges :

– Mon ami. Je connais tes craintes, mais je suis persuadé qu'aujourd'hui tu es prêt à les vaincre et à tenter de retrouver ta liberté. Peu importe que nous soyons deux ou trois sur la barque. Ta place est avec nous demain.

Emanuel acquiesça du regard. Georges ne parvint pas à dissimuler son émotion. Ses yeux s'emplirent de larmes. En voyant cette force de la nature pleurer, Giovanni eut le cœur serré et une même émotion mouilla ses beaux yeux noirs.

– Je ne sais plus que penser, dit finalement le Français d'une voix brisée.

Giovanni lui serra la main :

– Ne pense pas et agis. Viens avec nous et laisse ta peur au bagne.

Georges regarda longuement ses deux amis qui ne le quittaient pas des yeux. Puis il se redressa et lâcha dans un soupir :

– Alors nous serons trois.

Emanuel ne put s'empêcher d'embrasser le Dunkerquois. Giovanni lui décrocha une chaleureuse claque dans le dos. Georges retrouva le sourire :

– Je n'aurais pu vivre ici un jour de plus avec ce regret sur la conscience. Maintenant que les dés sont jetés, organisons-nous pour demain, car il s'agit de ne rien laisser au hasard !

– Avant que nous y venions, j'ai une autre proposition à vous faire, reprit Giovanni.

Emanuel et Georges le regardèrent avec attention.

– Quitte à partir à trois, ne pourrions-nous pas fuir à quatre ?

– À qui penses-tu ? murmura Emanuel soudain inquiet.

– Au jeune Pippo.

Les deux hommes écarquillèrent les yeux.

– Depuis que je suis ici, j'observe sa souffrance. Nul doute que cet enfant voudra nous accompagner et fuir à jamais cet endroit maudit.

– C'est certain. Mais c'est prendre un risque supplémentaire, reprit Georges.

– Lequel ? demanda Giovanni.

– J'en vois même deux. Imagine tout d'abord qu'il te réponde « oui », puis vende l'information aux Turcs en échange de sa liberté ou au moins de son départ du bagne ? C'est une possibilité qu'on ne peut écarter.

Ensuite il ne travaille pas avec nous le soir au *foun-douq*. Il sera donc plus compliqué de l'associer à notre évasion.

– Tout cela demande en effet réflexion, reprit Emanuel d'un air dubitatif.

– J'ai naturellement pensé à ces deux points, poursuivit Giovanni. Mon idée est de payer son patron, notre janissaire Mehmet, ainsi que le propriétaire du *foundouq* et de l'emmener avec nous demain après-midi. Nous leur laisserons entendre que nous souhaitons accomplir l'amour abominable avec le jeune garçon dans une chambre de la maison. C'est toi-même, Georges, qui m'as donné cette idée en nous racontant que c'était une chose assez courante que certains esclaves du bagne se fassent amener des putains dans des maisons privées où ils ont l'habitude de travailler. Une fois seuls avec le garçon, nous lui proposons de nous suivre dans la fuite. S'il refuse, nous le laissons sur place, quitte même à le bâillonner si nous sentons quelque danger de son côté. Sinon, nous partons avec lui.

– Ton idée n'est pas absurde et présente un avantage : on nous laissera seuls tous les quatre dans une chambre, ce qui facilitera notre évasion, reprit Georges après un court temps de réflexion.

– Moi je suis sceptique, lança Emanuel. Ne craignez-vous pas que Mehmet ou Mustapha nous dénonce à l'intendant pour cette pratique qui est fermement proscrite par la religion musulmane ? Au lieu de nous enfuir, nous nous retrouverons dans un cachot plus sordide encore.

– C'est un petit risque à courir, reprit Georges. Mais il est très minime. Mustapha ne nous dénoncera jamais car il est trop intéressé et pratique lui-même la chose. Mehmet, lui, ne pense qu'à l'argent et n'a aucune religion ou morale personnelle. Quant au propriétaire du *foundouq*, il a déjà accepté de l'argent de mes propres mains pour laisser entrer une putain dans une de ses chambres.

Giovanni et Emanuel le regardèrent avec surprise.

– Eh bien, autant l'avouer, j'ai parfois cédé au désir de posséder une femme. Que voulez-vous :` huit ans loin de la mienne, c'est long !

– Nous ne te jugeons pas, Georges, et sans doute en ferions-nous autant au bout de quelques mois ! reprit Giovanni amusé. Mais tu avais l'air si loin de cela, et presque dégoûté, quand tu nous racontais la chose en parlant des autres esclaves !

– Toujours est-il que cela répond à mes questions, poursuivit Emanuel plus sérieusement. Dans ce cas, je ne vois pas d'objection à ce que nous appliquions le plan de Giovanni. Moi aussi, le malheur de cet enfant me fait mal au cœur.

– Très bien, reprit Giovanni. Il nous reste cent quatre-vingts piastres. Georges, combien penses-tu qu'il faille proposer aux uns et aux autres pour que l'affaire se fasse ?

– Pour ne prendre aucun risque et éviter tout marchandage un peu long, partage la somme en trois parts : cinquante pour le tavernier, cinquante pour le janissaire et cinquante pour le Maure. À ce prix, aucun ne refusera et il te reste trente piastres en cas de difficulté imprévue.

– Très bien, je m'occupe dès à présent de Mustapha. Je te laisserai faire demain avec les deux autres.

Giovanni prit quatre-vingts piastres et donna le reste

à Georges, puis il se dirigea vers le tavernier et
demanda à lui parler quelques minutes seul à seul. Ce
dernier accepta en maugréant. Giovanni regagna bientôt la table de ses amis.

– Il a eu l'air surpris par ma demande et a commencé
par faire semblant de n'y rien comprendre. Puis, quand
il a vu les pièces, il m'a simplement dit : « Prenez le
garçon demain soir et faites ce que vous voulez avec
lui, mais si vous êtes pris, je nierai avoir reçu de
l'argent et avoir eu vent de votre projet. »

– Ça ne m'étonne pas de lui, commenta le Français.
J'irai parler à Mehmet demain, juste avant de partir,
pour qu'il n'ait pas le temps de trop réfléchir.

– Excellent, conclut Emanuel.

Aucun des trois complices ne put fermer l'œil de la
nuit, la dernière, espéraient-ils, en ce lieu maudit. Ils se
passèrent discrètement la lime et achevèrent d'entailler
le premier maillon de leur chaîne, laissant une faible
accroche qui ne manquerait pas de céder lorsqu'ils lui
assèneraient un grand coup. Durant la journée, ils tra-
vaillèrent aux chantiers habituels, vigilants surtout à
éviter tout risque de blessure ou de punition qui pourrait compromettre leur projet nocturne.

Arriva enfin le moment fatidique. Le *mou'adhine*
lança l'appel à la prière de l'après-midi et les captifs
rentrèrent au bagne. Giovanni se rendit à la taverne. Il
était fort nerveux et craignait que Mustapha n'ait
changé d'avis. De fait, le tavernier lui réclama immédiatement vingt piastres supplémentaires. Giovanni
s'en alla, affirmant qu'il renonçait à son projet. Mustapha le poursuivit et finit par céder, lui susurrant à

l'oreille qu'après avoir goûté au garçon il lui payerait certainement la prochaine fois un bon tiers de plus. Giovanni dut se contenir pour ne pas frapper le tavernier. Ce dernier appela Pippo et lui ordonna, sans autre explication, de suivre Giovanni et de lui obéir en tout. Le jeune garçon jeta un regard sombre sur le Calabrais, puis le suivit jusqu'à la sortie du bagne où Mehmet, Emanuel et Georges les attendaient. Dès qu'il aperçut le regard lubrique de Mehmet et son sourire entendu, Giovanni comprit de suite que le marché avait été conclu.

Les quatre hommes et l'enfant traversèrent la casbah. Visiblement, Pippo ne devait jamais sortir du bagne car il semblait à la fois terrorisé et émerveillé par tous ces vendeurs, ces objets, ces parfums, ces couleurs. Parvenu dans le *foundouq*, Georges alla trouver le propriétaire pendant que les autres attendaient dans la cour. Giovanni s'inquiéta de la manière étrange dont Mehmet regardait Pippo. Après une dizaine de minutes, Georges revint accompagné du Maure qui dit quelque chose en arabe à Mehmet. Sur ce, le janissaire monta au premier étage du bâtiment, faisant signe aux autres de le suivre. Georges cligna les yeux pour indiquer à ses amis que tout s'était passé comme prévu. Mehmet ouvrit une porte et laissa les trois amis et l'enfant pénétrer dans la vaste pièce. Pippo semblait particulièrement nerveux et commençait peut-être à deviner le sort qui pouvait l'attendre. Mais, à la surprise des chrétiens, Mehmet pénétra aussi dans la chambre. Georges lui rappela les termes du marché, mais le janissaire ne voulut rien entendre et leur fit comprendre qu'il voulait profiter aussi de la situation. Devant la tournure prise par les événements, Giovanni

joua le tout pour le tout et balança une tape amicale
sur l'épaule du Turc. Le janissaire se détendit et ôta sa
grosse ceinture. Puis il s'affala sur un divan et fit signe
aux captifs de commencer. Giovanni continua de jouer
la comédie et alla s'installer de manière débonnaire à
côté du janissaire en disant à Georges de s'occuper du
garçon. Ce dernier était prostré dans un coin de la
pièce. Le Français alla vers lui et le mena par la main
vers le divan qui faisait face à celui du Turc et de
Giovanni. Pippo le suivit en maugréant et en baissant
les yeux. À cet instant, Giovanni se retourna sur
Mehmet et lui écrasa un coussin sur le visage. Emanuel
et Georges se précipitèrent à leur tour sur le janissaire.
Georges s'empara d'un tabouret et assomma violemment le garde.

– Il vit encore, affirma Emanuel en posant sa tête
contre la poitrine du Turc.

– Pour plus de sûreté bâillonnons-le et attachons-lui
les mains et les pieds à l'aide de ses lacets, poursuivit
Georges.

Pendant que les deux hommes s'occupaient du janissaire, Giovanni alla près de Pippo et lui parla en italien,
la langue natale de l'enfant. Le garçon avait l'air encore
plus terrorisé.

– Ne crains rien. Nous avons menti à ton patron et
au Maure. Nous t'avons fait venir ici pour te proposer
de t'enfuir avec nous. Cette nuit, une barque menée
par des chrétiens nous attend. Veux-tu quitter ce
bagne ?

L'enfant resta bouche bée et se mit à trembler. Giovanni insista :

– Comprends-tu mes paroles ?

Après quelques instants, Pippo hocha vivement la tête de haut en bas.

– Est-ce que tu veux t'enfuir avec nous ? Tu sais que si nous sommes pris, nous recevrons tous trois cents coups de bâton ?

Pippo regardait fixement Giovanni, l'air complètement ahuri.

– Il faut te décider, Pippo. Est-ce que tu veux essayer comme nous tous de rentrer chez toi et de retrouver tes parents ?

L'enfant était tétanisé.

Georges interrompit Giovanni :

– Voilà ! Le Turc est hors d'état de nuire. Mais il nous faut fuir sans tarder. Je vais chercher les djellabas.

Il sortit de la pièce. Giovanni en profita pour presser encore le jeune garçon.

– Tu vois, nous allons partir. Tu as encore quelques instants pour te décider. Si tu refuses de nous suivre, tu retourneras au bagne chez ton patron qui te maltraite. Sinon, tu as une chance de retrouver la liberté ou bien d'être repris et sévèrement puni.

Emanuel et Giovanni achevèrent de limer leur chaîne qui céda facilement. Bientôt Georges revint avec trois djellabas.

– Je n'en ai pas trouvé pour le petit, mais il n'a pas de fer et on pensera que c'est notre esclave qui nous suit.

Puis il lima sa chaîne. Sous le regard toujours médusé de Pippo, les trois hommes enfilèrent les djellabas qui les recouvraient de la tête aux pieds.

– Ainsi nul ne devinera que nous sommes des roumis ! s'exclama Emanuel ravi.

Giovanni revint une dernière fois vers Pippo et le saisit par les épaules.

– Alors, mon enfant, qu'as-tu décidé ?

Le garçon resta muet.

– Veux-tu, oui ou non, venir avec nous ?

Ne quittant pas des yeux ceux de Giovanni, Pippo inclina lentement la tête en signe affirmatif.

– Tu es un garçon courageux ! lança Giovanni fou de joie. Puisses-tu retrouver bientôt ta famille !

Précédés par Georges qui connaissait bien la maison, les captifs descendirent l'escalier et traversèrent la cour, heureusement déserte à cette heure. Ils parvinrent à sortir dans la rue et à se faufiler au milieu de la masse grouillante. Sans être inquiétés, ils sortirent de la ville en se mêlant à la foule et marchèrent en direction du cap Matifou. Lorsque le soleil bascula à l'horizon, ils entendirent au loin l'appel à la prière et se dirent qu'on ne tarderait pas à découvrir leur fuite. Quand la nuit tomba, ils arrivèrent enfin au cap. La lune, dans toute sa plénitude, se levait au-dessus de la mer. Il ne leur restait plus qu'à attendre, blottis derrière un rocher, l'arrivée de la barque.

Ils attendirent plusieurs heures. Ils échangèrent peu de paroles, mais partageaient la même angoisse sourde : que leurs libérateurs ne soient pas au rendez-vous. En regardant les rayons de l'astre de la nuit danser sur l'écume, Giovanni songea à Luna. Tant de choses annoncées par la sorcière s'étaient accomplies. Mais elle n'avait parlé ni de bagne, ni d'esclavage. Si le destin existait, quel était donc le sien en cette nuit où tout pouvait arriver ? S'il avait encore cru en Dieu, il aurait certainement prié, comme devaient le faire dans leur cœur Georges et Emanuel.

Soudain, Pippo, qui était posté sur un petit monticule, cria :

– Une barque !

Les trois amis se levèrent d'un bond et fixèrent le point indiqué par le bras tendu du garçonnet.

– Les voilà ! Ils ne nous ont pas abandonnés ! exulta Georges avant de se jeter dans les bras de Giovanni.

L'embarcation s'approchait lentement de la côte. Dans quelques minutes ils seraient enfin libres. Alors que leurs yeux jubilaient et ne parvenaient pas à se détacher de ce point qui progressait sur la mer, leurs oreilles tressaillirent de terreur en entendant un brouhaha confus venir des dunes. Ils se retournèrent, stupéfaits, et aperçurent bientôt des soldats qui progressaient vers eux à grands pas.

– La milice ! Les janissaires ! Nous sommes perdus, murmura Emanuel.

– Non, jetons-nous à l'eau et nageons jusqu'à la barque !

Giovanni se jeta à la mer, bientôt suivi d'Emanuel et de Pippo. Après une vingtaine de brasses, Giovanni entendit un cri. Il se retourna et constata avec effroi que Georges, qui était parti le dernier, se noyait.

– Continuez ! Ne vous arrêtez pas, je m'occupe de lui, hurla-t-il à ses compagnons.

Tandis qu'Emanuel et Pippo continuaient de progresser vers la barque, Giovanni fit demi-tour et attrapa le Français qui se débattait comme un diable pour ne pas couler.

– Je... je ne sais pas nager ! finit par articuler Georges tandis que Giovanni se glissait sous lui pour le porter.

– Cesse de t'agiter ! lui cria Giovanni, ou bien tu vas nous noyer tous les deux.

Malgré l'avertissement, le Français ne parvenait pas à se calmer. « Il faut l'assommer, sans quoi je n'arriverai jamais à le tirer jusqu'à la barque » se dit Giovanni en essayant tant bien que mal de tirer son ami qui continuait de se débattre. Giovanni but à son tour plusieurs fois la tasse et réalisa qu'il ne pourrait jamais rejoindre la barque. Un choix terrible s'offrait à lui : soit il se sauvait seul, abandonnant Georges à une mort certaine, soit il le ramenait sur la côte qui était encore proche... et il retournerait à sa condition d'esclave. Il entendait les cris des Turcs qui avaient rejoint la grève. Il songea alors qu'il ne pourrait vivre libre en ayant la mort de son ami sur la conscience. Il n'hésita pas davantage et fit demi-tour.

Il parvint sur la plage à bout de forces. Georges, qui avait avalé une grande quantité d'eau de mer, était à moitié inconscient. Les janissaires se jetèrent sur eux et les rouèrent de coups de pied et de bâton. Ce qui eut pour effet bénéfique de faire revenir à lui le Français qui cracha toute l'eau de ses poumons. Lorsqu'ils se redressèrent, les fugitifs constatèrent que la barque avait disparu de l'horizon et ils comprirent, à la fureur des Turcs, que leurs deux amis avaient réussi à s'échapper. En pensant à Emanuel et à Pippo qui pourraient bientôt retrouver leur famille, Giovanni fut empli d'un tel bonheur que de chaudes larmes brouillèrent ses yeux. Mais presque aussitôt, il réalisa que lui-même retournerait au bagne pour y subir une terrible peine. Alors, un grand sentiment d'abattement assombrit son âme et ses larmes se glacèrent.

## 71

Sitôt ramenés en ville, les deux évadés furent jetés dans une minuscule cellule où on les attacha à des fers fixés aux murs. Ils restèrent ainsi dans le noir, sans boire ni manger, pendant une quinzaine d'heures. Puis, les chevilles enchaînées entre elles, ils furent conduits devant l'intendant du pacha. D'un ton sec, Ibrahim les interrogea séparément, puis ensemble. Les captifs dirent la vérité sauf, comme ils en étaient convenus, sur un point : ils nièrent avoir eu recours à un complice vivant à Alger et affirmèrent avoir transmis la lettre à un caravanier inconnu d'eux. Ibrahim fit remarquer à Giovanni que son acte était stupide, puisqu'il allait bientôt être délivré par le paiement d'une rançon. Le Calabrais hésita à avouer toute la supercherie, mais il sentit qu'il valait mieux attendre que la colère de l'intendant fût retombée et il expliqua son acte par la peur que l'argent, comme pour Georges, ne parvienne jamais. Ils eurent aussi confirmation que leurs amis étaient bien parvenus à s'enfuir. Ibrahim les interrogea également sur les motivations qui les avaient conduits à vouloir libérer le jeune Pippo malgré les risques encourus. Il eut visiblement quelques difficultés à admettre que c'était par simple compassion. Une fois l'interrogatoire terminé, l'intendant leur annonça qu'ils subiraient la peine prévue en cas de première tentative d'évasion : trois cents coups de bâton sous la plante des pieds.

Le lendemain, juste après la prière de l'après-midi, tous les bagnards furent rassemblés sur la grande place de la ville. Ils étaient encadrés par deux cents janissaires. De l'autre côté de la place, des centaines de badauds s'étaient pressés pour assister à la punition. On ôta les chaînes des deux captifs et on les mena au centre de la place.

– *Pila baso cane, porta falaca*, ordonna le commandant de la garde, ce qui signifie : « Mettez-vous bas par terre, chiens, et que l'on apporte la *falaca* », qui est un bois de quatre ou cinq pieds, troué par le milieu.

Les gardes firent comprendre aux condamnés qu'ils devaient s'allonger sur le dos. Deux Turcs apportèrent la *falaca* et passèrent les pieds de Giovanni dans les deux trous. Ils les attachèrent solidement au bois et, le tenant de part et d'autre, soulevèrent ses jambes. Deux autres janissaires vinrent immobiliser les épaules et les bras du Calabrais. Un cinquième homme, portant un nerf de bœuf long de trois ou quatre pieds, rond par le manche mais s'élargissant pour atteindre un demi-pied dans son extrémité, vint se positionner face au captif. Regardant fixement ses pieds levés vers le ciel, il attendit le signal du commandant. Celui-ci baissa la main et le Turc frappa de toutes ses forces la plante des pieds. Surpris par la violence du coup, Giovanni ne put réprimer un cri de douleur. Un murmure, de plaisir ou de pitié, traversa la foule nombreuse qui assistait au supplice. Le Turc continua la bastonnade à une cadence régulière, comptant les coups à haute voix. Arrivé à cent, il laissa sa place à un second soldat qui reprit de plus belle l'exécution de la peine.

Après cinq ou six coups terriblement douloureux, Giovanni fut plongé dans un état second où la douleur était telle qu'elle en devint presque supportable. Un troisième garde succéda au second. Au deux cent vingt-troisième coup, Giovanni perdit connaissance. On le ranima à grands seaux d'eau et le jeune homme en profita pour avaler quelques gorgées rafraîchissantes. Lorsque la punition s'acheva, Giovanni ne sentait absolument plus ses pieds, qui n'étaient que lambeaux sanglants et hématomes. On lui ôta la *falaca* et on le traîna à l'écart.

Commença alors le supplice de Georges. Le Dunkerquois tremblait et suait de peur. On lui fixa à son tour les pieds dans le bois, puis le premier coup de nerf de bœuf s'abattit sur ses pieds. Georges serra les dents, mais ne poussa pas un cri. Il en fut de même jusqu'au trois centième et dernier coup. La foule admira le courage du Français.

Quatre esclaves portèrent ensuite les deux suppliciés, jusqu'au bagne. On les allongea sur leurs hamacs respectifs. Tandis qu'un esclave les abreuvait, Alexander nettoya leurs plaies et y posa des onguents.

– Pendant cinq à six semaines il vous sera impossible de poser les pieds à terre, confia le médecin anglais aux deux hommes. Je viendrai tous les matins et tous les soirs vous soigner. Courage !

Ni Giovanni ni Georges n'eurent la force de prononcer la moindre parole. Ils restèrent prostrés pendant des heures et finirent par sombrer dans un sommeil comateux.

Le lendemain matin, dès qu'ils se retrouvèrent seuls dans la chambrée, Giovanni murmura à Georges :

– Tu m'as édifié par ton courage : pas un cri n'est sorti de ta bouche.

Le Français esquissa un sourire :

– J'ai découvert que la peur de la souffrance est sans doute pire que la souffrance elle-même !

– Je suis désolé de t'avoir embarqué dans...

– Ne sois désolé de rien. Mon seul regret est de t'avoir contraint à revenir me chercher lorsque je me noyais, au lieu de fuir avec nos amis. Tu n'aurais jamais dû faire ce sacrifice, Giovanni.

– Ne dis pas de bêtises. Il est plus important pour moi de te savoir en vie que de m'être sauvé pendant que tu te noyais.

Georges grimaça.

– Giovanni, je dois te confesser quelque chose.

Les deux hommes se regardèrent.

– Quelque chose qui pèse sur ma conscience.

Giovanni resta silencieux, se demandant ce que son ami pouvait bien avoir à se reprocher.

– La nuit précédant notre évasion, je n'ai pu fermer l'œil, poursuivit le Français la voix cassée. J'ai été hanté par la tentation de vous trahir et d'aller tout raconter à Ibrahim en échange de ma liberté.

Giovanni reçut cette confession comme un coup de poing. Mais il se ressaisit aussitôt et se dit que le plus important était que Georges n'eût pas cédé à cette tentation.

– Quand je pense que tu m'as sauvé la vie au prix de ta propre liberté ! s'exclama Georges au bord des larmes. Je te demande pardon, Giovanni. Je suis un misérable.

– Tu es tout sauf un misérable, reprit l'Italien avec force malgré son état d'épuisement. Et je n'ai pas à te pardonner puisque tu as été irréprochable dans tes actes.

Les deux hommes échangèrent un long regard chaleureux.

Paolo, un esclave romain qui servait au bagne, pénétra soudainement dans la chambrée, apportant un peu d'air et de lumière.

– Ah, Paolo, laisse ouverte cette porte, veux-tu ! gémit Georges qui n'en pouvait plus de cette obscurité.

– Bien volontiers, camarades ! Je suis venu vous tenir informés des dernières nouvelles concernant vos complices.

Georges et Giovanni tendirent l'oreille.

– Le janissaire qui vous a accompagnés a été suspendu de son service et va être jugé par ses pairs pour avoir failli à sa mission et avoir été tenté de rompre son vœu de chasteté de la pire manière qui soit. Nul ne sait ce qu'il adviendra de lui, mais on ne le reverra pas de sitôt ! Quant au propriétaire du *foundouq*, il a été condamné à verser au pacha une amende qui correspond au prix des deux prisonniers évadés.

– Et ce chien de Mustapha ? demanda Georges.

– J'ai gardé le meilleur pour la fin, reprit Paolo d'une voix suave. Il vient d'être condamné par le *Divan* à subir le supplice du pal.

– Mon Dieu ! s'exclama le Français.

– Qu'est-ce donc ? demanda Giovanni.

– Il sera puni par où il a péché, répondit Paolo avec un certain plaisir. On va le suspendre sous les bras en haut d'une potence, puis on le descendra lentement sur un pieux acéré qui s'enfoncera dans l'anus jusqu'à traverser toutes ses entrailles.

– C'est atroce ! s'exclama Giovanni.

– Ce n'est pas pire que ce qu'il a fait endurer depuis des années à ce pauvre Pippo, reprit Paolo en crachant par terre.

– Ce qui est terrible dans le supplice du pal, c'est qu'il dure des heures, commenta Georges. Sais-tu quand il lui sera donné ?

– Demain matin à Bab-el-Oued.

– On entendra les cris de ce malheureux Mustapha jusqu'ici, poursuivit le Français.

– Et qui donc reprendra la taverne ? reprit-il après un instant de silence.

– Moi-même ! Ibrahim me l'a proposé hier en échange de ma conversion à l'islam, ce que j'ai accepté sur-le-champ.

– À quelque chose malheur est bon, murmura Georges qui comprenait mieux la bonne humeur de Paolo.

– Allons, mes amis, c'est un peu à vous que je dois cette chance. Je saurai vous en remercier en vous portant chaque jour quelques pintes du meilleur vin ! Maintenant il me faut trouver un aide parmi les jeunes captifs.

– Ne commets pas les mêmes péchés que ce pauvre Mustapha, lui lança Giovanni tandis qu'il franchissait le pas de la porte.

– Pas de danger : j'aime trop les femmes et je pourrai maintenant me promener librement dans la ville en dehors de mon service !

Cinq semaines passèrent. Comme Alexander le leur avait prédit, Georges et Giovanni ne purent poser les pieds à terre avant ce délai. Leurs premiers pas furent extrêmement pénibles. Non pas à cause des plaies, qui étaient bien cicatrisées, mais à cause des muscles des jambes qui n'avaient plus fonctionné depuis longtemps et qui ne les portaient plus. Pendant une semaine, il leur fallut marcher à l'intérieur du bagne en s'appuyant sur des camarades, puis sur des bâtons, avant de parvenir à se mouvoir sans aide. C'est alors que Giovanni fut convoqué à la *Jénina*.

Le soleil était au zénith et le *mou'adhine* venait d'appeler à la prière de midi. Les jambes et le cœur tremblants, il se rendit péniblement au palais du pacha. Il ne doutait pas un instant de la raison pour laquelle Ibrahim l'avait mandé. Dès qu'il pénétra dans la pièce de réception de l'intendant, il fut en effet confronté au visage fermé de l'émissaire juif qui était parti en Italie. Les deux hommes gardèrent le silence. Ibrahim entra bientôt dans la pièce et salua Giovanni d'une manière étrangement affable :

– Ah ! monsieur Da Scola ! Quel plaisir de vous revoir ! Je suis heureux que vous parveniez à tenir sur vos jambes. Mais ne restez pas debout dans cet état de faiblesse !

Giovanni attendit que l'homme fût assis pour prendre place à son tour.

– Vous vous souvenez d'Isaac, n'est-ce pas ?

Giovanni acquiesça d'un hochement de tête.

– Eh bien, notre ami est rentré ce matin de son voyage en Italie et vient de me raconter tout ce qu'il a vu, entendu et négocié à propos des captifs qu'il avait pour mission de revendre.

Ibrahim resta silencieux et se caressa la barbe. Puis il reprit d'un air faussement étonné :

– Eh bien, vous ne semblez guère impatient de savoir ce qu'il a à dire à votre sujet ?

Giovanni baissa les yeux. Il avait bien compris le petit jeu auquel se livrait l'intendant et il décida de prendre les devants.

– Je sais que j'ai trahi votre confiance. Je sais que vous allez me condamner à une peine pire encore que celle dont je me remets à peine. Mais je sais aussi que vous auriez sans doute agi de même à ma place pour éviter les galères. Car quel homme ne ferait pas tout pour éviter une seconde fois de retourner en cet enfer !

Ibrahim regarda fixement le jeune homme. Puis il reprit :

– Pourquoi donc une seconde fois ?

– Il y a quelques années, j'ai été condamné aux galères par les Vénitiens pour avoir tué un noble en duel alors que moi-même, comme vous avez pu vous en rendre compte, je ne suis qu'un simple paysan, confessa Giovanni.

– Et comment un paysan calabrais a-t-il pu en venir à se battre en duel avec un noble vénitien ? demanda Ibrahim interloqué.

Giovanni baissa à nouveau les yeux.

– C'est toute l'histoire de ma malheureuse existence qu'il me faudrait vous conter ! Mais cela n'a aucun intérêt.

– Au contraire, comme la plupart de mes compatriotes, j'aime les histoires ! Allons, Isaac, laisse-nous, puisque notre ami reconnaît sa duplicité, tu n'as plus rien à faire ici. Je te ferai à nouveau mander si besoin est.

Visiblement soulagé de pouvoir enfin aller se reposer, le Juif quitta la pièce. Ibrahim demanda à un esclave de servir à boire et enjoignit à Giovanni de commencer son récit, en l'implorant de ne rien omettre d'important. Pour la deuxième fois en quelques mois, Giovanni récapitula avec émotion le cours des événements de sa brève mais intense existence. Il n'omit rien qui l'eût marqué, ni la lettre, ni sa perte de la foi dans la grotte, ni le chien qui lui sauva la vie. Ibrahim avait l'air captivé. Il l'interrompit une seule fois dans l'après-midi pour aller prier. Il revint avec un plateau de fruits secs et demanda à Giovanni de poursuivre son récit. Lorsqu'il se tut, la nuit venait de tomber et Ibrahim partit une nouvelle fois prier. À son retour, il invita, chose rarissime, le jeune homme à partager son repas.

Durant le dîner, il lui posa mille questions touchant à la philosophie, la théologie ou l'astrologie. Lorsque le *mou'adhine* appela à la prière de la nuit, il prit enfin congé de son hôte, lui demandant de revenir dès le lendemain soir partager à nouveau son repas et poursuivre ces discussions qui le passionnaient.

En le saluant, il lui dit :

– Que ne m'as-tu raconté ta véritable histoire dès le départ ? Je t'aurais fait sortir du bagne et pris comme esclave personnel à la *Jénina* pour m'entretenir avec toi de toutes ces grandes vérités !

## 72

Le lendemain soir, un esclave vint chercher Giovanni pour le conduire dans les appartements de l'intendant du pacha. Au cours du repas, ils échangèrent à nouveau sur des questions philosophiques et religieuses qui passionnaient Ibrahim. Giovanni en profita pour l'interroger sur la religion musulmane et son hôte se fit un plaisir de l'instruire à ce sujet. Le surlendemain, l'esclave conduisit directement Giovanni dans un appartement assez proche de celui de l'intendant et lui expliqua que c'était la volonté de son maître qu'il demeurât dorénavant ici. Ses conditions de vie allaient changer du tout au tout, puisqu'il allait pouvoir travailler intellectuellement, dormir dans un luxueux appartement et même se promener librement dans la *Jénina*. Cependant Giovanni ne put se réjouir profondément. Il restait prisonnier. Seule sa cage avait changé.

Il tenta en vain d'obtenir que Georges puisse le suivre au palais. Ibrahim en voulait au Français d'avoir aidé Giovanni dans sa tentative d'évasion et souhaitait aussi garder son nouvel interlocuteur privilégié pour lui seul. Giovanni obtint toutefois que Georges bénéficie au bagne de conditions de vie plus favorables. L'intendant habilla somptueusement son nouvel esclave, lui procura des livres, de quoi écrire et lui proposa même une jeune et belle esclave maure pour le servir et répondre à tous ses désirs. Pour le plus grand étonnement de son hôte, Giovanni déclina cette dernière offre.

Les semaines s'écoulèrent. La douceur des premiers jours de septembre avait succédé à l'étouffante chaleur des journées d'août. Les jours raccourcissaient et les nuits devenaient plus fraîches, ce qui n'était pas pour déplaire à Giovanni qui avait tant souffert de la chaleur durant l'été dans les chambrées du bagne. Il pouvait désormais circuler à sa guise dans la *Jénina*. Hérité du malheureux Selim el Toumi, le palais du pacha n'était pas immense, mais il avait un charme particulier et Giovanni aimait se promener dans les jardins frais et odorants des différentes cours qui se succédaient jusqu'aux appartements privés du fils de Barberousse et de son harem. C'était le seul lieu interdit d'accès aux esclaves, et jamais Giovanni ne put entrevoir l'une des nombreuses femmes du souverain d'El Djezaïr, lesquelles étaient sévèrement gardées par une dizaine d'eunuques noirs.

Les discussions entre Ibrahim et Giovanni s'étaient quelque peu espacées car l'intendant était très accaparé par sa tâche, mais il ne se passait pas trois ou quatre jours sans que celui-ci n'invite le jeune homme à partager son dîner.

Giovanni était impressionné par la piété de l'intendant, qui respectait à la lettre les cinq piliers fondamentaux de l'islam : il professait sa foi en l'unicité de Dieu, était fidèle aux cinq prières quotidiennes, donnait l'aumône aux pauvres, avait déjà fait deux fois le pèlerinage à La Mecque et les esclaves lui assurèrent qu'il pratiquait un jeûne très strict pendant le mois du Ramadan.

Un soir, à la fin du dîner, Ibrahim fit une étrange proposition à Giovanni :

– Je pars demain pour rencontrer mon maître spirituel qui habite à deux jours de cheval d'ici, sur la route de Tlemcen. C'est un grand soufi. Veux-tu m'accompagner ?

– Qu'est-ce qu'un soufi ? demanda Giovanni.

– Le soufisme est une branche mystique de l'islam. Peu de temps après la mort du Prophète, certains hommes, parfois sans éducation, ont vécu des expériences spirituelles intenses. Les gens accouraient pour les voir tant leur sainteté éclatait au grand jour. Plusieurs d'entre eux ont fondé des confréries, que l'on appelle *tariqa*, où leurs disciples suivent les enseignements du maître et s'adonnent à de nombreux arts sacrés et exercices spirituels. Certains soufis ont été persécutés par les *oulama*, les docteurs de la Loi, car ils ont une totale liberté et tiennent un discours qui peut parfois paraître en contradiction avec les prescriptions religieuses classiques. Mon maître spirituel est un grand soufi qui a fondé une *tariqa* dans une petite ville entre El Djezaïr et Tlemcen.

– Je serais heureux de t'accompagner et de rencontrer ton maître. Mais es-tu sûr qu'il ne sera pas incommodé par la présence d'un chrétien ?

Ibrahim éclata de rire.

– Il le serait davantage par celle d'un cadi ou d'un *oulama* ! Mon maître ne fait aucune différence entre les hommes et il aime rencontrer tous les chercheurs de Dieu, quelle que soit leur religion.

Le lendemain matin, sans aucune escorte, Ibrahim et Giovanni prirent la route de Tlemcen. Ils chevauchèrent toute la journée et encore celle du lendemain. À leur arrivée à la *tariqa*, un jeune homme leur fit bon accueil et les conduisit dans une salle où les hôtes pouvaient se restaurer.

Giovanni fut agréablement surpris par la mine enjouée des nombreux disciples de Cheikh Selim el Aquba. La plupart étaient fort jeunes et tous portaient une grande tunique blanche en coton. Après s'être restaurés, les deux invités furent conviés à assister à la prière du soir. Bien qu'il fût chrétien et ne s'en cachât pas, Giovanni fut autorisé à pénétrer dans la petite mosquée de la *tariqa*. Il se déchaussa et resta au fond de l'édifice. Une cinquantaine de disciples et une dizaine d'hôtes assistèrent à la cérémonie qui alternait prière silencieuse, lectures de sourates du Coran et chants accompagnés de violes et de cithares qui émurent Giovanni par leur beauté. Ibrahim et le jeune Italien passèrent la nuit dans le dortoir de la *tariqa*. Tous les hôtes, quelle que soit leur origine sociale, étaient logés à la même enseigne dans un grand dortoir sans confort.

Le lendemain, sitôt après la prière de l'aube, Ibrahim fut invité à rejoindre le maître soufi. Il proposa à Giovanni de l'attendre dans la cour fleurie de la *tariqa*. Après deux bonnes heures, un disciple vint chercher l'Italien et l'introduisit dans la petite chambre de Cheikh Selim. Le maître, un homme âgé de taille

moyenne, au visage fin et imberbe, était assis en tailleur. Vêtu d'une tunique blanche sans coutures, il avait
un regard bleu lumineux. Il accueillit Giovanni avec
un large sourire :

– *Salam Alikoum.*

– *Oua alikoum essalam*, répondit Giovanni qui commençait à être rompu aux salutations arabes.

– *Marhaba bika ya oualadi.*

– *Choukran laka ya Sidi.*

– *Allah yahfadhouka !*

Giovanni tourna la tête vers Ibrahim qui lut dans ses
yeux qu'il ne pouvait aller plus loin dans la conversation. Le soufi comprit la situation et partit d'un grand
rire communicatif. Puis il questionna Giovanni en
arabe et Ibrahim fit la traduction en italien. Pendant
une bonne demi-heure, la conversation tourna autour
de la vie de Giovanni, de sa situation d'esclave, de son
pays, de sa religion et de sa formation intellectuelle et
spirituelle. Puis Ibrahim demanda à Giovanni s'il avait
une question à poser au maître. S'étant préparé à cette
rencontre, Giovanni répondit sans hésiter :

– Quel est selon vous le plus grand mal qui habite
le cœur de l'homme et qui peut le freiner dans son
chemin spirituel ?

Le sage regarda ses interlocuteurs avec un sourire
amusé.

– Qu'en pensez-vous, vous-mêmes ?

– L'orgueil, répondit Ibrahim.

Les regards se portèrent vers Giovanni qui demeurait
silencieux.

– La peur, confia le jeune homme.

– Chacun a répondu selon son propre cœur, reprit le
mystique musulman.

Tous partirent d'un grand éclat de rire.

– Néanmoins, si les deux réponses sont vraies, celle de notre jeune ami chrétien est peut-être plus universellement répandue, car la peur habite tous les cœurs sans exception, alors que certains hommes sont dépourvus d'orgueil.

Le soufi regarda Giovanni dans les yeux.

– Sais-tu quelle est notre plus grande peur ?

Giovanni fut surpris par cette question. Il réfléchit quelques instants.

– La peur de mourir, me semble-t-il.

Le vieillard demeura silencieux avant de poursuivre d'une voix à la fois légère et assurée :

– J'ai longtemps cru cela. Et puis, au fil des années, une évidence m'est apparue. Aussi surprenant que cela puisse paraître, ce n'est pas de la mort que nous avons le plus peur... mais de la vie !

– De la vie ! sursauta Ibrahim interloqué. Aussi douloureuse puisse-t-elle être, la vie n'est-elle pas notre bien le plus précieux ? Nous nous y accrochons tous avec ferveur.

– Oui, nous nous y accrochons, mais nous ne la vivons pas. Ou plutôt, nous nous cramponnons à l'existence. Or exister est un fait. Mais vivre, c'est un art.

– Que voulez-vous dire ? demanda Giovanni.

– Cette chose très simple : sans nous demander notre avis, Dieu nous a créés : il nous a donné l'Être. Donc nous existons. C'est un fait et nous n'y pouvons rien. Maintenant il nous faut vivre. Et là, nous sommes concernés : car nous sommes appelés à devenir les auteurs de notre vie. Telle une œuvre d'art, nous devons tout d'abord la vouloir ; puis l'imaginer, la penser ; enfin la réaliser, la modeler, la sculpter, et cela à travers

tous les événements, heureux ou malheureux, qui sur-
viennent sans que nous y puissions rien. On apprend
à vivre, comme on apprend à philosopher ou à faire la
cuisine. Et le meilleur éducateur de la vie, c'est la vie
elle-même et l'expérience qu'on peut en retirer.

– Je comprends cela. Mais en quoi avons-nous peur
de la vie ?

– Nous avons peur de nous ouvrir pleinement à la
vie, d'accueillir son flot impétueux. Nous préférons
contrôler nos existences en menant une vie étroite,
balisée, avec le moins de surprises possible. Cela est
tout aussi vrai dans les humbles demeures que dans les
palais ! L'être humain a peur de la vie et il est surtout
en quête de la sécurité de l'existence. Il cherche, tout
compte fait, davantage à survivre qu'à vivre. Or survivre, c'est exister sans vivre... et c'est déjà mourir.

Le sage regarda ses interlocuteurs avec un grand
sourire. Puis il poursuivit :

– Passer de la survie à la vie, c'est une des choses
les plus difficiles qui soient ! De même est-il si difficile
et effrayant d'accepter d'être les créateurs de notre
vie ! Nous préférons vivre comme des brebis, sans trop
réfléchir, sans trop prendre de risques, sans trop oser
aller vers nos rêves les plus profonds, qui sont pourtant
nos meilleures raisons de vivre. Certes tu existes, mon
jeune ami, mais la question que tu dois te poser c'est :
est-ce que je suis vivant ?

Les paroles du sage, que lui traduisait Ibrahim au
fur et à mesure, trouvaient une profonde résonance en
Giovanni. Il songea que jadis, en quittant son village
pour retrouver Elena, il avait choisi la vie. Il avait quitté
la sécurité d'une existence somme toute paisible pour
suivre ses rêves, pour suivre son cœur. Il avait pris une

décision importante, il avait pris des risques, il avait fait confiance à la vie. Et la vie lui avait fait des cadeaux inestimables : elle avait mis sur sa route Pietro et Maître Lucius. Elle lui avait permis de retrouver et d'aimer Elena. Mais il avait tout gâché en tuant cet homme. Puis il était parti dans un monastère, sans doute pour fuir la vie, parce qu'il avait peur de lui-même. Et pour quelle raison était-il devenu esclave ? Parce qu'il s'était embarqué sur un navire dans un but de vengeance, songea-t-il encore. Finalement sa situation actuelle ne reflétait-elle pas l'état intérieur de son cœur : il était encore l'esclave de ses passions ? Oui, peut-être refusait-il la vie pour suivre une voie de mort. Peut-être, depuis son départ de Venise et sa séparation d'avec Elena, n'était-il plus vivant.

Giovanni répondit au sage par un sourire, un sourire qui en disait plus long que toutes les paroles. Puis il lui posa une autre question :

– J'ai connu au mont Athos un grand starets russe qui affirmait que le but ultime de la vie humaine était la divinisation de l'homme. Partagez-vous cette conviction ?

– Certainement ! L'un des plus grands maîtres soufis, Al Hallaj, a été crucifié pour avoir crié à tout vent : « Je suis Dieu, je suis Dieu ! » Et il avait parfaitement raison ! La volonté de celui qui est tout en Dieu ne fait plus qu'un avec la volonté d'Allah. La mystique musulmane enseigne la même chose que la mystique juive ou la mystique chrétienne. Mais cela ne peut être dit à tous, car la voie mystique est une voie dangereuse.

Giovanni plissa les yeux en signe d'interrogation.

– Dangereuse pour ceux qui ont l'esprit fragile et se

croiront devenus Dieu alors qu'ils seront simplement
un peu plus fous ! Dangereuse aussi pour les docteurs
de la Loi qui n'aiment pas ceux qui font l'expérience
du divin et contestent leurs décrets juridiques !

Le sage éclata une nouvelle fois d'un rire joyeux et
communicatif. Puis Ibrahim posa à son tour une question qui lui tenait à cœur :

– Si tel est le but de la vie spirituelle, quel en est le
meilleur chemin ? Celui, quelle que soit notre religion,
qui nous conduira le plus certainement au terme ?

– Qu'en penses-tu toi-même ? répondit le sage.

– Aimer Dieu et respecter ses commandements,
répondit spontanément Ibrahim.

– Certes, mais tu parles là du chemin de l'homme
religieux. Le chemin de l'homme spirituel est plus
large et plus simple. Il concerne les croyants et les
incroyants, les Juifs, les chrétiens, les musulmans ou
les païens. Ce chemin n'est décrit dans aucun livre
d'aucune religion, mais il rejoint au sommet les meilleurs itinéraires décrits par les livres sacrés. Tous :
hommes, femmes, enfants, riches ou pauvres, peuvent
l'emprunter.

Ibrahim et Giovanni se regardèrent. Ils n'avaient
aucune idée de ce que le soufi allait leur dire. Celui-ci
pointa son regard au-dessus du visage de Giovanni,
comme s'il regardait quelque chose au loin. Puis il
poursuivit d'une voix lente et posée :

– Voyez-vous, mes amis, l'essence de la vie spirituelle, ce n'est pas de bien connaître la Bible ou le
Coran et d'honorer Dieu selon les préceptes religieux.
Ce n'est pas d'aller tous les jours fidèlement à l'église
ou à la mosquée, ou bien de réciter des prières ou des
cantiques. Tout cela, c'est très bien, mais c'est la vertu

de religion. Ce n'est pas non plus de vivre selon des règles bonnes, de faire son devoir, de ne pas commettre de fautes. Cela, c'est très important, mais c'est davantage de la morale. L'essence de la vie spirituelle est au-delà de la morale et de la religion. C'est à la fois beaucoup plus simple et beaucoup plus difficile à accomplir. L'essence de la vie spirituelle... c'est de dire « oui » à la vie !

Non pas de manière résignée, mais avec confiance et amour. Ainsi discerne-t-on la présence de Dieu caché au cœur de tout événement. Je suis tisserand de métier et tout homme doit apprendre la confiance des tisserands. Chacun, à travers sa vie, travaille le tissu à l'envers, ne voyant que son point et son aiguille. La beauté de la tapisserie ne se manifeste qu'au terme, en retournant l'ouvrage. Apparaît alors une image que seul Dieu connaissait et dont nous ne pouvions soupçonner ni la forme ni la splendeur. La confiance en cet avenir déjà à l'œuvre est le moteur du chemin spirituel. Et le fondement en est l'ouverture à la vie, à ce qu'elle nous offre de bon et d'apparemment moins bon. Toutes nos réponses aux événements de la vie, qu'elles soient inspirées par notre cœur, par notre religion ou notre morale, et aussi minimes soient-elles, tracent le trait d'une forme mystérieuse qui nous dépasse et dont nous ne percevrons le sens qu'après notre mort... lorsque nous serons enfin dans le sein de Dieu. Alors, il n'y aura plus que l'amour.

# VI

# Venus

## 73

Durant les semaines qui suivirent, Giovanni repensa souvent aux paroles du sage musulman. Elles avaient trouvé un écho profond dans son âme et des questions qu'il pensait enfouies à jamais revinrent à la surface de sa conscience. Il se remit à étudier davantage et demanda à Ibrahim de lui procurer certains ouvrages philosophiques en latin ou en grec, ainsi qu'une Bible. Bien que réticent à l'idée d'introduire le livre des infidèles au sein même du palais du pacha, Ibrahim céda aux demandes de son protégé, qu'il aimait et admirait, se disant que le Coran lui-même citait le livre saint des Juifs et des chrétiens en maints passages. En agissant ainsi, l'intendant du pacha ne savait pas qu'il allait donner à ses ennemis politiques l'ultime prétexte qu'ils attendaient pour précipiter sa chute.

Quelques jours après qu'il lui eut transmis une Bible latine, celle-là même qu'avait abandonnée quelques mois plus tôt le père capucin dont Georges avait raconté la trahison, Giovanni fut arrêté dans son appartement par le commandant des janissaires. Ce dernier se saisit de la Bible et conduisit Giovanni devant le *Divan*, le Conseil du pacha. À sa grande surprise, Giovanni constata qu'Ibrahim ne figurait pas dans le Conseil, alors qu'il en était l'un des principaux membres. Hassan, le fils de Barberousse, siégeait au centre. Un homme élancé et assez jeune, du nom de Rachid ben Hamroun, prit la parole et questionna en italien Giovanni, traduisant ensuite en arabe les réponses du jeune homme.

Giovanni comprit assez vite les raisons de l'absence d'Ibrahim. Son maître était en fait accusé par certains membres du *Divan*, dont ce Rachid, de manigancer quelque sombre complot contre le pacha. Pour appuyer leurs dires, les accusateurs de l'intendant tentaient de le discréditer par tous les moyens. Deux raisons motivaient la présence de Giovanni : les comploteurs tentaient de prouver au pacha qu'Ibrahim était un bien piètre musulman, puisqu'il passait de nombreuses soirées en compagnie de cet esclave chrétien à qui il venait même, ô blasphème, d'offrir en cadeau le livre saint des infidèles ! Mais leurs attaques ne portèrent pas que sur la religion. Ils insinuèrent aussi que la présence de Giovanni auprès d'Ibrahim était mue par d'autres considérations plus charnelles. Giovanni protesta vivement, mais ses accusateurs ne manquèrent pas de lui rappeler l'épisode de sa fuite avec le jeune Pippo et transmirent au pacha le témoignage, écrit sous la dictée, de Mehmet, le janissaire, qui affirmait avoir assisté juste avant l'évasion à la pratique de l'amour abominable entre Giovanni et le jeune garçon. Giovanni répondit que tout cela n'était que mensonge et rappela les raisons véritables pour lesquelles il avait proposé au jeune garçon de les accompagner dans leur fuite. Mais quand on lui demanda pourquoi il avait refusé d'être servi par une jeune femme, il fut plus hésitant dans sa réponse. Il dit au pacha qu'il portait encore en lui l'amour d'une autre femme, qu'il n'avait pas vue depuis des années, et qu'il lui aurait été impossible de se distraire avec une esclave. Il affirma aussi qu'il était contre le principe même de l'esclavage et n'aurait pu avoir des relations charnelles avec une femme qui n'avait guère d'autre choix. Lorsque sa réponse fut traduite, plusieurs membres du *Divan* arborèrent un large sourire moqueur et Giovanni comprit que sa réponse n'avait pas convaincu.

Après une demi-heure d'interrogatoire, il fut reconduit, non pas dans son appartement, mais directement au bagne, dans une petite cellule isolée, où il fut solidement enchaîné. Il passa ainsi plusieurs jours, sans voir la lumière, ne mangeant que des biscuits rassis et buvant une eau croupie. Le cinquième jour, il fut conduit dans la *Jénina*. Il comprit, aux lourdes chaînes qu'on lui posa aux pieds, qu'Ibrahim avait dû être évincé. De fait, il fut accueilli dans le bureau de l'intendant par l'homme qui avait porté les accusations devant le *Divan* contre son maître. Rachid ben Hamroun le reçut avec mépris et parla sans détour :

– Ton ancien maître est parti hier pour Constantinople afin de rendre compte au sultan de son double jeu qui le rendait complice des chrétiens et de nos ennemis.

– Je suis sûr qu'Ibrahim était parfaitement loyal envers sa religion et envers le pacha !

– Tais-toi ! Chien d'infidèle ! reprit Rachid avec force. Tu fais partie de ceux qui ont corrompu son âme. En attendant qu'il soit jugé par le *Divan* de Constantinople, tous ses biens ont été confisqués par le pacha. J'en ai l'usage et je peux te faire mettre à mort à l'instant même, si tel est mon désir.

Les yeux noirs de Rachid brillaient et Giovanni

comprit que cet homme n'aimait rien tant que le pouvoir et avait dû attendre longtemps l'instant où il
pourrait enfin s'emparer de la charge et des biens du
bras droit du pacha.

– Que comptes-tu faire de moi, puisque je suis ton
esclave ?

Rachid sourit et appela un esclave noir qui lui
apporta une feuille et un stylet. Il les posa devant
Giovanni.

– Je ne te demande qu'une chose. Après quoi tu
pourras retrouver ton appartement, tes livres, hormis
cette Bible, et la liberté au sein de la *Jénina*.

Giovanni regarda Rachid fixement.

– Écris que tu pratiquais l'amour abominable avec
ton ancien maître. Et puis écris que tu regrettes tes
actes passés et que tu le prouves en reniant ta foi
chrétienne et en te convertissant à l'islam, la seule
religion vraie.

Giovanni baissa lentement les yeux. Il se saisit de
la feuille et du stylet. Il réfléchit quelques instants, puis
écrivit lentement quelques lignes en italien. Il releva
les yeux et tendit la feuille à Rachid qui s'en saisit
avec une joie non feinte. Le nouvel intendant
s'approcha d'une fenêtre et lut la confession de
Giovanni :

– « *Moi, Giovanni Tratore, esclave de l'intendant du
pacha Ibrahim ben Ali el Tajer, je témoigne de la
grande vertu morale et de la totale loyauté de mon
maître envers le pacha, le sultan et le Prophète.
J'affirme aussi mon attachement à la religion chrétienne de mes pères et mon respect pour toutes les
religions, tel l'islam, qui prônent l'honnêteté des*

*paroles, la vérité des actes et rappellent que Dieu est Miséricorde infinie. »*

Rachid trembla de colère en lisant la lettre. Il resta quelques instants silencieux puis se retourna vers le captif. Il se saisit d'une bougie et brûla la feuille devant lui tout en l'apostrophant d'une voix maîtrisée :

– Qui es-tu pour vouloir me donner des leçons ? Je pourrais te faire empaler à l'instant même pour ce que tu viens de faire !

Le visage de Rachid s'était empourpré et ses yeux semblaient cracher des poignards. Il parvint néanmoins à se dominer et poursuivit sur un ton plus posé :

– Mais je ne veux pas céder à la colère. Alors je me contenterai de faire appliquer la peine que mon prédécesseur aurait dû t'infliger, selon nos coutumes, pour avoir menti sur ta condition, ce qui équivaut à une tentative d'évasion. Or tu t'es déjà évadé une fois. Tu connais donc la peine pour la seconde tentative : un membre coupé ! Et j'aurai plaisir à ce que ce soit la main droite, celle avec laquelle tu aimes écrire, celle avec laquelle tu viens d'écrire ceci !

Deux jours plus tard, peu de temps après le premier appel à la prière, Giovanni fut exhibé sur la grande place, celle-là même où il avait reçu la bastonnade quelques mois plus tôt. On avait monté une petite estrade en bois pour que son supplice fût visible de tous. Il se tenait sur l'estrade, enchaîné, entouré par deux solides janissaires. Un écriteau posé plus bas précisait le motif de la condamnation – le mensonge sur son identité faisant suite à une première tentative d'évasion – et l'heure de l'exécution de la peine : juste

après la prière de midi. Pour la troisième fois de sa
vie, Giovanni se retrouvait ainsi exposé à une peine
publique. Celle-ci lui faisait encore plus horreur. Il
s'était remis des coups de fouet et des coups de bâton.
Mais l'idée de perdre à jamais sa main, au-delà des
souffrances immédiates d'une telle amputation, l'an-
goissait profondément. Il tentait de ne rien laisser
paraître aux badauds qui se pressaient devant l'estrade
pour observer la mine du condamné, mais son âme
était plongée dans de profondes ténèbres. Il repensa à
Elena, à Dieu, au destin, à Luna. Sa vie lui semblait
un tel chaos. Pourquoi avoir connu tant de lumières,
d'amour et de hautes vérités pour en arriver là ! Il savait
qu'il risquait de finir misérablement ses jours ici
comme esclave. Et un esclave amputé à qui on confie
les tâches les plus dégradantes au sein du bagne. Une
nouvelle fois, il se sentit seul au monde et désespéré.

Les paroles d'un psaume qu'il récitait quotidiennement au monastère lui revinrent soudain en mémoire.
Bien que ces mots ne fussent plus portés par la foi
qui l'animait jadis, il les laissa s'écouler sur ses
lèvres, dans la langue grecque où il avait pris l'habitude
de les réciter : « *Du fond de l'abîme je T'invoque, ô
Éternel ! Seigneur écoute ma voix ! Que Tes oreilles
soient attentives à la voix de mes supplications ! Si Tu
gardais le souvenir des fautes, Éternel, alors qui sub-
sisterait ? Mais le pardon se trouve près de Toi afin
qu'on Te craigne. J'espère en l'Éternel, mon âme
espère et j'attends Sa promesse.* » Des larmes coulèrent
sur ses joues et il s'interrompit. Venue de la foule, juste
en bas de l'estrade, une voix poursuivit le psaume dans
la même langue grecque : « *... Mon âme attend
l'Éternel, plus que les veilleurs ne guettent l'aurore.*

*Israël, mets ton espoir dans le Seigneur car la misé-
ricorde est auprès de l'Éternel et le Salut auprès de
Lui en abondance. C'est Lui qui rachètera Israël de
toutes ses fautes. »*

Stupéfait, Giovanni chercha des yeux dans la foule
qui avait prononcé ces paroles. C'était une voix de
femme. Il en aperçut plusieurs, mais elles étaient voi-
lées car elles n'avaient pas le droit de montrer leur
visage à un condamné. Giovanni chercha leurs yeux.
Il fut saisi par la beauté d'un regard, à la fois pudique
et intense, caché derrière un châle bleu. La jeune
femme aux grands yeux noirs en amande soutint quelques instants son regard brûlant, puis baissa la tête et
quitta la place.

Cet événement remit un peu de baume au cœur de
Giovanni. Assurément quelqu'un avait compati à sa
peine. Mais qui ? Et surtout quelle femme arabe pouvait connaître par cœur un psaume en grec ? Cette
énigme occupa quelque temps l'esprit tourmenté du
Calabrais, qui n'était plus qu'à une heure de l'exécution de sa terrible peine.

Bientôt, selon la coutume, on amena les centaines
de captifs du bagne d'où Giovanni s'était échappé. Les
châtiments publics étaient des exemples censés dissuader toute autre tentative. Giovanni chercha Georges
des yeux. Il lui sembla reconnaître au loin la silhouette
du Français. Mais il n'en était pas sûr. Il se dit qu'il
aurait au moins pour consolation le bonheur de
retrouver son ami au bagne.

Le *mou'adhine* appela les fidèles à la prière et la
place se vida quelques instants. Un silence de mort
régna pendant une dizaine de minutes.

Puis la foule revint en grand nombre. Rachid ben

Hamroun vint lui-même assister au châtiment. On plaça pour lui un fauteuil juste à côté de l'estrade, mais il préféra rester debout. Deux janissaires firent mettre Giovanni à genoux. L'un lui bloqua les reins, l'autre lui enfila la main dans une *falaca* adaptée à ce nouveau supplice. La main droite de Giovanni s'enfonça dans le bois jusqu'à être bloquée à mi-poignet. Puis on posa la *falaca* sur un billot de bois. Deux autres Turcs en tenaient les extrémités tandis que le janissaire maintenait fermement la nuque de Giovanni pour qu'il ne puisse plus bouger. Rachid fit un signe au bourreau. Muni d'une hache à manche court, un Turc trapu monta sur l'estrade. Il se positionna du côté gauche du billot et regarda fixement la main du Calabrais qui dépassait de la *falaca*. Il prit une grande inspiration et leva sa hache lentement vers le ciel. Giovanni ferma les yeux.

## 74

– Grâce pour le captif ! cria une voix d'homme venant de la foule.

À ces mots, Rachid fit signe au bourreau de suspendre son geste.

– Qui a réclamé la grâce du condamné ? cria à son tour l'intendant du pacha en scrutant l'assistance de son regard noir.

Un homme sortit de la foule. Il était connu de tous. Mohammed el Latif était maure et c'était l'un des plus riches commerçants algérois. Il s'approcha lentement de Rachid qui le reconnut.

– J'espère que tu as un bon motif pour faire interrompre cet acte de justice ? lui lança le nouvel homme fort de la *Jénina*.

– Le meilleur qui soit !

Rachid attendait, le regard plein de fureur.

– Ce captif m'intéresse. Je te propose son rachat.

– Tu connais les usages pour le rachat d'un condamné ? s'étonna Rachid.

– Dix fois son prix, n'est-ce pas ?

Rachid plissa les yeux et commença à percevoir une excellente affaire.

– C'est exact.

– Et quel est son prix ?

Rachid réfléchit quelques instants.

– Avant sa disgrâce, Ibrahim Ben Ali el Tager l'avait estimé à cent ducats d'or.

Mohammed se caressa lentement la barbe et poursuivit en souriant :

– Je sais cela. Mais je sais aussi, tout comme toi, que l'esclave a menti sur son nom et sa fortune, ce qui lui vaut cette seconde condamnation. Dis-moi donc à combien tu estimes le prix d'un esclave chrétien sans fortune. Nous sommes ici tous un peu commerçants, continua-t-il en étendant la main vers la foule, et nous saurons apprécier la justesse de ton prix.

À ces mots, un murmure ironique traversa l'assistance. La négociation entre le nouvel intendant du pacha et le marchand maure s'annonçait passionnante. Rachid en fut irrité, mais il ne pouvait échapper à cette tractation qui faisait partie des coutumes les plus enracinées.

– Cet homme vaut beaucoup plus que tu ne l'imagines ! lança-t-il. C'est un érudit qui parle plusieurs langues anciennes et, malgré son mensonge, Ibrahim l'avait sorti du bagne pour en faire son esclave personnel. Il appréciait d'ailleurs tant sa compagnie et ses qualités intellectuelles qu'ils dînaient plusieurs fois par semaine en tête à tête.

– Tu sembles être moins sensible à ses qualités intellectuelles, puisque tu l'as fait retourner au bagne ! ironisa Mohammed.

Un rire moqueur se répandit dans la foule. Rachid était furieux, mais ne se laissa pas démonter.

– J'ai autre chose à faire pour servir mon maître que de m'intéresser à la religion des infidèles !

– Je n'en doute pas. Alors à combien estimes-tu la valeur de cet infidèle bavard ?

– Pas moins de soixante-dix ducats d'or.

Un brouhaha s'éleva de la foule. C'était beaucoup trop pour un homme dont on ne pouvait espérer nulle rançon. Un esclave chrétien jeune et bien bâti pouvait se trouver à moins de dix ducats.

– Tu as encore une bien forte estime de ce chien d'infidèle. Allons, soyons raisonnables. Il vaut tout au plus, compte tenu de son érudition, quinze ou vingt ducats, et n'oublie pas que je t'en offre dix fois le prix, soit deux cents ducats !

– Je ne descendrai pas en dessous de cinq cents ducats, s'exclama l'intendant avec fermeté. Si tu n'es pas d'accord, rejoins la foule et laisse-moi commander qu'on lui coupe la main avant de le renvoyer au bagne.

– Tu feras un bon intendant, Rachid ben Hamroun ! Mais je commence à me lasser aussi de tes prétentions. Cet esclave m'intéresse, mais pas à n'importe quel prix. Je te fais une dernière offre à trois cents ducats en pièces d'or sonnantes !

– Apporte-moi quatre cents ducats et cet homme est à toi. Sinon j'ordonne à l'instant au bourreau d'achever son travail.

Mohammed el Latif savait que l'intendant, ne serait-ce que pour ne pas perdre la face, ne descendrait pas en dessous de ce prix. Il tapa dans ses mains et trois esclaves le rejoignirent. L'un d'eux portait un coffre pesant. Il le posa aux pieds de son maître. Sans quitter Rachid des yeux, Mohammed lui ordonna de compter quatre cents pièces à l'intendant.

À ces mots, un murmure parcourut l'assistance. Pour quelle raison Mohammed el Latif, qui était un

commerçant avisé, pouvait-il débourser une telle
somme pour un esclave chrétien, fût-il savant ?

Rachid ben Hamroun demanda à un janissaire de
compter la somme avec l'esclave. Puis il ordonna aux
gardes de libérer Giovanni. Le Calabrais descendit lentement les marches de l'estrade sous le regard médusé
de la foule. Il fut conduit à son nouveau maître qu'il
considéra sans mot dire.

– Que comptes-tu en faire ? demanda Rachid.

– Je ne sais encore. Nettoyer mes écuries peut-être ?

– À ce prix, tu pourras lui demander de lire la Bible
à tes chevaux !

La foule éclata de rire. Mohammed esquissa un sourire. Il demanda qu'on ôte le fer et la chaîne de son
nouvel esclave, puis, se frayant un passage au milieu
des curieux, il rentra chez lui, accompagné de Giovanni
et de sa suite.


Le riche marchand habitait une somptueuse demeure
au milieu de la casbah. Il avait quatre femmes et possédait une trentaine d'esclaves.

Parvenu chez lui, il proposa à Giovanni de s'asseoir
sur un divan confortable et lui fit servir nourriture et
boisson.

– Pourquoi as-tu fait cela ? finit par demander Giovanni, encore tremblant, après avoir bu un grand verre
d'eau fraîche.

L'homme sourit.

– Tu as dû être le premier surpris ?

– Comment ne pas l'être ? Je n'en suis pas encore
remis. Merci à toi.

– Moi-même je ne suis pas remis de t'avoir acheté

une telle somme à ce voleur devant toute la ville rassemblée ! Dès demain mes fournisseurs vont tenter de
multiplier leurs prix par quatre ou cinq ! Il me faudra
des semaines pour me remettre d'un tel coup !

– Je te repose ma question. Pourquoi m'avoir acheté
à n'importe quel prix ?

– Tu as bien compris. Celui qui m'a ordonné de
t'acheter m'a bien dit « quel qu'en soit le prix ».

– Tu veux dire que tu ne m'as pas acheté pour
toi-même ?

Mohammed partit d'un rire tonitruant.

– Que veux-tu que je fasse d'un esclave aussi rui-
neux, érudit de surcroît, moi qui ne m'intéresse qu'au
marché des épices ?

– Je... je ne comprends pas. Qui donc t'a demandé
de m'acheter ?

– Mon ami Eléazar.

– Pour quelle raison ? reprit Giovanni après un temps
de silence.

– Je n'en sais strictement rien ! Moins de dix
minutes avant ton supplice, il m'a envoyé son plus
fidèle serviteur pour me demander d'aller sur-le-champ
t'acheter à l'intendant du pacha avant qu'on ne te
coupe la main. « À n'importe quel prix », souligna une
nouvelle fois le commerçant maure.

– Mais pourquoi cet Eléazar ne s'est-il point rendu
lui-même sur la place pour négocier mon rachat ?

– Parce qu'il est juif.

Giovanni écarquilla les yeux en signe d'incompréhension.

– Ne sais-tu pas que, dans l'Empire ottoman, les
Juifs n'ont pas le droit d'acheter des captifs chrétiens ?
reprit Mohammed.

Giovanni reprenait peu à peu ses esprits. Mais il ne comprenait rien. Un homme qu'il ne connaissait pas l'avait racheté une petite fortune, de toute évidence pour lui éviter l'amputation. À quelle fin ? Qu'allait-on exiger de lui ?

– Je comprends que tu t'interroges, poursuivit Mohammed. Moi-même il me tarde de rencontrer Eléazar pour qu'il m'explique ses raisons. Car, sans vouloir t'offenser, tu ne vaux pas le dixième du prix que je t'ai racheté !

Giovanni sourit :

– J'en suis bien convaincu.

Après s'être désaltéré, Giovanni fut conduit dans un vestibule où on le revêtit d'une grande djellaba brune. Mohammed lui demanda de relever sa capuche et lui expliqua qu'il allait être conduit discrètement chez son véritable maître.

Il le salua et le confia à trois esclaves qui guidèrent Giovanni à travers la casbah. Ils montèrent tout en haut de la vieille ville, dans le quartier juif. Les rues étaient étroites et sales. Les enfants qui jouaient dehors étaient vêtus misérablement. Les hommes de Mohammed frappèrent à une petite porte peinte en bleu.

Giovanni remarqua un étrange objet fixé à hauteur des yeux sur le montant droit de la porte. Un homme noir d'environ quarante ans, tout de blanc vêtu, vint ouvrir. Il fit signe à Giovanni de pénétrer sous le porche et congédia ses guides d'un signe de la tête. Sitôt entré dans le patio, Giovanni ôta sa capuche. L'homme se présenta dans un excellent italien :

– Je m'appelle Malek. Je suis l'intendant de ton nouveau maître. Sois le bienvenu dans la maison d'Eléazar Ben Yaacov el Cordobi.

Giovanni contempla la petite cour fleurie. La maison comprenait deux étages, sans décoration excessive.

– C'est ici que vivent les serviteurs et que nous préparons les repas, commenta Malek.

Puis il franchit un second porche et l'entraîna dans un deuxième patio, beaucoup plus grand, agrémenté de deux bassins finement décorés.

– Voici le lieu où mon maître reçoit ses hôtes.

Giovanni s'arrêta pour admirer les colonnades de marbre. Mais l'intendant l'entraîna sous un nouveau porche en bois, magnifiquement sculpté. Ils débouchèrent cette fois dans un jardin d'une grande beauté, orné de nombreux arbres et bosquets, mais aussi de bassins et de fontaines. Il montait en terrasses sur une centaine de pas et était entouré de murs épais. Avec ses trois niveaux, la maison s'ouvrait sur le jardin à travers des galeries soutenues par de fines colonnes de marbre bleu et rose.

– C'est ici que notre maître prie, travaille, mange et se repose.

Giovanni resta muet d'admiration devant une telle harmonie. C'est alors qu'apparut le maître des lieux, un homme qui devait approcher la soixantaine d'années et qui arborait une barbe presque aussi blanche que la tunique et la petite calotte qu'il portait sur le haut du crâne. En le voyant venir vers lui d'un pas léger, Giovanni eut le sentiment d'être face à un homme d'une grande spiritualité, et les visages de Don Lucius, du starets Symeon et du mystique soufi se superposèrent dans sa mémoire. L'homme s'arrêta devant Giovanni. Il souriait et lui tendit les deux mains en signe d'accueil.

– Sois le bienvenu dans cette humble demeure, mon ami, dit-il en italien.

Giovanni saisit avec chaleur les mains d'Eléazar.

– Je ne sais comment vous remercier de m'avoir arraché à ce supplice...

– Il eût été dommage de couper d'aussi belles mains ! répondit son hôte en souriant. Quel est ton nom ?

– Giovanni. Je suis natif de Calabre.

– À la bonne heure ! As-tu faim ?

– Un peu.

– Malek, conduis notre ami à sa chambre et demande à Sarah de lui apporter du lait, des fruits et des pâtisseries. Tu pourras aussi prendre un bon bain et te reposer de toutes ces vilaines émotions. On viendra te chercher au coucher du soleil pour que tu partages notre repas.

Eléazar salua son hôte et s'éloigna vers la maison d'un pas aérien.

Malek ramena Giovanni dans le premier patio et le conduisit au deuxième étage dans une belle chambre qui donnait sur une terrasse. Giovanni fut fort surpris d'être ainsi logé. Sarah, une jeune servante au visage agréable et souriant, arriva bientôt avec un plateau. Tandis que Giovanni apaisait sa faim, elle lui prépara un bain aromatisé et repartit sans mot dire. Le jeune homme se plongea dans l'eau tiède avec délectation. Une fois lavé et reposé, il sortit sur la terrasse. Le soleil commençait à décliner à l'horizon. Comme la maison d'Eléazar se trouvait dans la ville haute, la vue était magnifique et s'étendait sur toute la ville jusqu'à la mer. En revanche, la plupart des autres maisons environnantes, encadrées de minuscules ruelles, étaient plutôt modestes. Giovanni se demanda pourquoi un homme aussi riche vivait dans un quartier aussi pauvre. Il constata aussi qu'il lui serait extrêmement facile de s'enfuir à partir de la terrasse. En tout cas, son nouveau maître ne redoutait visiblement pas cette éventualité.

Un homme assez âgé pénétra sur la terrasse. Il s'adressa à Giovanni en franco :

– Je m'appelle Yosseph. Notre bon maître m'a demandé de vous conduire à sa table.

Giovanni suivit l'homme qui le guida jusqu'au milieu du jardin. Des banquettes confortables entouraient une table en bois massif. Des torches plantées aux quatre extrémités de la table, ainsi que de nombreuses bougies, apportaient un éclairage très doux. La servante qui avait fait couler son bain se tenait immobile, légèrement en retrait. Yosseph repartit aussitôt. Giovanni resta silencieux. Il remarqua que trois couverts étaient mis. Probablement pour lui, Eléazar et son épouse, pensa-t-il. Il demanda son nom à la servante. Celle-ci lui sourit en lui faisant comprendre d'un geste de la main qu'elle ne parlait pas sa langue.

– *Ma asmouki ?* demanda Giovanni, qui connaissait quelques mots d'arabe.

Le visage de la jeune femme s'illumina.

– Sarah ! *Hal tatakalamou al arabia ?*

– *Qalilane !*

– C'est notre ami Ibrahim qui t'a appris la belle langue arabe ? lui lança Eléazar qui venait d'arriver.

Giovanni se retourna.

– Oui, j'ai appris quelques mots à la *Jénina*. Mais rien à voir avec votre maîtrise de la langue italienne. Je me demandais d'ailleurs comment vous et votre intendant...

– Nous voyageons beaucoup et parlons un peu la langue de tous les pays européens. Mais assieds-toi, mon ami.

Giovanni prit place sur une banquette. Eléazar s'installa en face de lui. Sarah leur servit à boire.

– Je ne sais comment vous remercier de m'avoir sauvé d'un si terrible supplice, reprit Giovanni en regardant son hôte dans les yeux.

– Allons, tout cela est fini ! Parlons plutôt de toi. Alors tu viens de Calabre ?

Giovanni acquiesça de la tête.

– Je savais que tu étais italien et que tu réjouissais notre ami Ibrahim de ton savoir. Mais je n'aurais pas imaginé que tu venais d'une région aussi pauvre. Où as-tu appris la philosophie et l'astrologie ?

– Vous êtes bien renseigné !

– J'ai une grande estime pour Ibrahim et il m'avait parlé de toi.

– Avez-vous des nouvelles de lui ?

– Hélas non. Il est parti pour Constantinople plaider sa cause devant le *Divan*. Mais ses ennemis sont très puissants. Depuis le départ de Barbarossa, ils n'ont de cesse de vouloir confier la régence d'El Djezaïr à l'un des leurs et non au fils du corsaire qu'ils méprisent. Le complot contre Ibrahim vise en fait Hassan Pacha, mais je crains que ce dernier ne l'ait point encore compris. Mais tu n'as pas répondu à ma question.

– En fait, j'ai quitté mon village natal, et en remontant vers le Nord j'ai rencontré un grand érudit qui m'a pris comme élève pendant près de quatre années.

– Quel était son nom ? demande le maître de maison interloqué.

– Lucius Constantini.

Une vive lueur traversa le regard d'Eléazar.

– Le grand astrologue florentin ? Le disciple de Ficin ?

Giovanni acquiesça d'un hochement de tête.

– C'est extraordinaire ! Sais-tu que tu as vécu auprès d'un homme que tous les astrologues considèrent comme l'un des plus savants d'entre eux ?

– Seriez-vous aussi astrologue ?

– Point comme ton maître, qui est à ma connaissance l'homme le plus capable au monde d'interpréter un thème astrologique. Mais je m'intéresse à la science des astres comme à bien d'autres choses.

Les sourcils froncés, Eléazar fixa soudain le regard du jeune homme qui s'assombrissait :

– Est-il encore en vie ?

– Hélas non. Il est mort il y a quelques années déjà.

Eléazar détourna son regard vers le sol.

– C'est une bien grande perte pour tous. Il était assez âgé, je crois.

– Oui, mais ce n'est point de vieillesse, ni de maladie qu'il est mort, répondit Giovanni le regard sombre.

Eléazar releva la tête et scruta le visage de son hôte.

– Tu veux dire qu'on l'aurait assassiné ?

– Et de la pire manière qui soit, ainsi que Pietro, son fidèle serviteur.

– Mais qui... et pourquoi ?

Giovanni resta silencieux. Il réalisa subitement qu'il ne connaissait rien de son nouveau maître et qu'il en avait déjà trop dit.

– Permettez-moi de répondre un autre jour à cette douloureuse question. Vous me faites parler, mais je ne sais rien de vous, ni des raisons pour le moins étranges pour lesquelles vous m'avez racheté au nouvel intendant du pacha.

En guise de réponse, Eléazar esquissa un sourire.

– Serait-ce parce que vous aviez entendu parler de moi par Ibrahim ? Mais en quoi mes faibles connaissances peuvent-elles valoir un tel prix ?

– C'est vrai que j'avais entendu dire du bien de toi. Mais ce n'est pas la raison pour laquelle je t'ai fait racheter par mon ami Mohammed.

Intrigué, Giovanni fixa son interlocuteur.

– La vraie raison, la voici.

Un geste de la main accompagnait les derniers mots d'Eléazar. Giovanni suivit du regard la main de son hôte et ses yeux rencontrèrent la fine silhouette d'une jeune femme voilée qui venait d'arriver sans qu'il l'entende.

Ils se levèrent pour l'accueillir.

## 75

Lorsqu'elle fut dans la lumière, elle souleva lentement le fin voile qui recouvrait son visage et le posa sur ses cheveux. Un visage d'une beauté envoûtante se révéla aux yeux fascinés de Giovanni. Une longue chevelure noire tombait jusqu'au creux de ses reins. Un nez long, fin et très légèrement busqué venait mourir sur une belle bouche aux lèvres rosées. Elle ne devait pas avoir vingt ans, mais on pouvait sentir, à la profondeur de son regard, qu'elle était habitée d'une force intérieure rare. Giovanni fut immédiatement capté par ces yeux noirs immenses qui le regardaient fixement.

– Esther. Ma fille, dit posément Eléazar en saisissant la jeune femme par la main.

Puis il ajouta en se retournant vers elle :

– Je te présente Giovanni.

Giovanni restait muet, rouge d'émotion. Il lâcha finalement :

– C'est vous... n'est-ce pas ?

– Que voulez-vous dire ? demanda Esther en italien.

– C'est vous que j'ai vue ce matin sur la place, environ une heure avant l'exécution de ma peine. Vous étiez en bas de l'estrade et vous me regardiez.

– Il y avait beaucoup de femmes qui vous regardaient

ce matin. Certaines avec cruauté, d'autres avec compassion. Certaines, même, peut-être avec désir.

– Est-ce vous qui avez prononcé à ma suite les
paroles du psaume ?

– Vous les avez donc entendues ?

– Comment aurais-je pu ne pas les entendre, même
murmurées ? Et comment ne pas être étonné d'entendre ces paroles en grec ?

– Esther connaît la Bible aussi bien en grec qu'en
hébreu, reprit Eléazar avec une petite pointe de fierté.
Mais assieds-toi, mon enfant.

Sans quitter Giovanni des yeux, la jeune femme se
glissa sur le troisième divan. Elle reprit la parole :

– Je comprends votre étonnement, mais imaginez le
mien, et mon émotion, en entendant un condamné murmurer les paroles de ce psaume que je récite tous les
jours.

– Est-ce pour cela que vous avez demandé à votre
père de me racheter ?

– Pas uniquement. Je savais par Ibrahim que vous
étiez un homme savant et c'est la raison pour laquelle
la curiosité m'a poussée à venir sur la place ce matin.
J'ai lu dans vos yeux une grande détresse. Mais pas la
détresse d'un homme qu'on allait amputer de la main.
J'ai lu dans votre regard autre chose, de beaucoup plus
profond et bouleversant. En vous voyant, j'ai pensé au
visage de Jésus, au regard qu'il aurait pu avoir dans le
jardin de Gethsémani, lorsqu'il a dit à Dieu : « Père,
éloigne de moi cette coupe. »

– Vous... vous êtes chrétienne ? demanda Giovanni
la voix tremblante.

– Je suis juive, comme mes ancêtres depuis tant de générations. Mais je lis les Évangiles autant que la Bible hébraïque. Jésus n'était-il pas juif ?

– Bien sûr... mais je croyais que les Juifs ne lisaient pas le Nouveau Testament.

– La plupart, non. Mon peuple souffre trop de la haine des chrétiens. Il n'est pas facile de lever les yeux plus loin que notre souffrance, plus loin que le mépris de ceux qui nous oppressent et nous forcent à la conversion, pour lire dans le nom de Jésus autre chose que la raison de cette haine. Mais grâce à mon père, j'ai appris dès l'enfance à lire les Évangiles et à regarder Yechoua comme l'un des plus grands prophètes que Dieu ait envoyés.

Giovanni ne parvenait pas à détourner son regard du visage de cette femme. Il aurait aimé parler des heures durant avec elle de ce sujet. Mais une autre question le hantait davantage encore et il fallait qu'il sache. Il fit un effort pour arracher ses yeux à ceux d'Esther et les tourner vers Eléazar.

– Maintenant que vous m'avez racheté, je suis votre esclave. Que comptez-vous faire de moi ?

Avant de répondre, Eléazar dit une bénédiction en hébreu et pria Esther et Giovanni de faire honneur aux légumes du jardin que Sarah venait de servir. Puis il reprit :

– Officiellement tu es l'esclave de Mohammed. Quant à nous, nous n'avons aucun esclave. Tous ceux qui vivent ici sont rémunérés pour leur travail et libres de partir s'ils le désirent. Tu seras traité ainsi.

Giovanni resta interdit.

– Vous voulez dire que je suis libre de rester ou de partir ?

– Absolument.

– Mais il me sera impossible de vous rembourser cette somme colossale que vous avez dépensée pour mon rachat !

– Peu importe. Je l'ai fait pour faire plaisir à ma fille bien-aimée. Sa mère est morte il y a bien longtemps. Je n'ai point d'autre enfant et c'est la première fois en vingt ans qu'elle me demande quelque chose. Comment aurais-je pu le lui refuser ?

Giovanni regarda Esther qui baissa les yeux. Les siens s'emplirent de larmes :

– Je ne pourrai jamais vous remercier assez pour ce que vous venez de faire pour moi.

Esther releva la tête et dit d'une voix émue :

– Il y a une parole de Jésus, une seule, qui est rapportée par l'apôtre Paul et qui n'a pas été écrite dans les Évangiles. Cette parole dit : « Il y a plus de joie à donner qu'à recevoir. » Mon cœur ce soir, grâce à vous, est dans une grande joie.

Giovanni pleura en silence. En voyant les larmes couler sur les joues hâlées de l'ancien bagnard, Esther fut émue au plus profond de son être. Elle abaissa son voile et demanda à son père la permission de se retirer. Eléazar la laissa partir et interpella Giovanni.

– Esther est très émotive. C'est sans doute le fait d'avoir perdu sa mère toute petite. Elle est à la fois plus forte et plus fragile qu'aucune autre enfant que j'aie connue.

– Vous ne pouvez savoir à quel point votre geste et votre compagnie réchauffent mon cœur glacé, répondit Giovanni la voix déchirée.

– Je vois que tu es également très émotif. Aurais-tu toi aussi perdu ta mère ou tes parents enfant ?

– C'est exact, reprit Giovanni. Ma mère est décédée lorsque j'avais sept ans.

– Cela laisse dans l'âme une trace indélébile. Mais c'est aussi une blessure dans laquelle la grâce de Dieu s'engouffre pour rendre l'âme plus sensible et compatissante. Si tu es comme ma petite colombe, tu dois t'émouvoir de la moindre souffrance ou injustice commise sous tes yeux.

Giovanni repensa à Luna. Et puis à Pippo.

– C'est sans doute vrai.

– Les blessures de la vie peuvent nous écraser et nous verrouiller. Elles peuvent aussi nous rendre plus forts et plus ouverts aux autres. Nous n'avons pas choisi de les subir, mais nous sommes libres d'en faire des enclumes qui nous enfoncent ou des points d'appui qui nous élèvent. C'est l'un des grands mystères de l'âme humaine.

– Vous semblez bien la connaître.

– Il n'y a que trois choses qui me passionnent et que je n'ai de cesse de mieux comprendre : Dieu, le cosmos et l'âme humaine. C'est à la fois peu et beaucoup !

– Cela me rappelle Maître Lucius. Vous êtes aussi philosophe ?

– Appelle cela comme tu veux. Chez nous, on me considère comme un kabbaliste. As-tu déjà entendu parler de la Kabbale ?

– Oui, chez Pic de la Mirandole.

– Ah ! Je me réjouis que tu aies lu cet excellent auteur ! Mon propre maître lui enseigna jadis la langue hébraïque et les rudiments de la Kabbale ! Mais malgré sa bonne volonté et son esprit brillant, je dois admettre qu'il n'en a retenu que ce qui l'arrangeait pour enrichir sa propre synthèse philosophique et chrétienne. La

Kabbale juive reste encore largement méconnue des penseurs chrétiens.

– Je serais heureux que vous m'en parliez.

– Pourquoi pas, mon ami. Mais certainement pas ce soir ! Tu es bien trop épuisé par cette journée si éprouvante. La sagesse serait que tu ailles te reposer.

– Volontiers. Mais dites-moi encore une chose.

– Je t'écoute.

– Comment un homme qui consacre tout son temps à l'étude peut-il être aussi riche ?

Eléazar éclata de rire.

– C'est une excellente question ! Vois-tu, j'exerce depuis plus de trente ans un des rares métiers que les chrétiens et les musulmans permettent aux juifs de pratiquer : je suis banquier.

Giovanni ouvrit de grands yeux.

– Comme il est interdit par les religions chrétienne et musulmane de prêter de l'argent avec intérêt et que cette profession est nécessaire pour développer les activités économiques, nous nous sommes investis depuis des siècles dans ce métier.

– Et cette activité n'accapare pas tout votre temps ?

– Nullement ! J'ai depuis longtemps choisi de servir Dieu et non l'argent. Or l'argent vient à l'argent et cela fait des années que ma fortune prospère toute seule sans que j'aie d'autre souci que de la bien gérer. Et cela, n'importe quel intendant de confiance, comme Malek et d'autres ailleurs, s'en occupent pour moi, ce qui me laisse un temps considérable pour mes recherches.

– Vous voulez dire que vous avez des gens qui travaillent pour vous dans divers endroits ?

Eléazar fit un geste nonchalant de la main.

– Bien sûr ! J'ai des établissements dans une vingtaine de villes d'Europe et de l'Empire ottoman.

Giovanni resta coi.

– C'est ainsi que j'ai appris de nombreuses langues et visité bien des contrées, poursuivit Eléazar.

– Mais pourquoi vivre ici ? Vous pourriez demeurer dans un palais à Venise, Rome ou Florence ?

– Mes ancêtres vivaient à Cordoue, en Espagne, jusqu'au siècle dernier. Puis, en l'an 1492, les rois catholiques ont chassé les juifs d'Espagne. Tous nos biens ont été confisqués. Mes grands-parents ont dû émigrer avec leurs enfants. Comme ils n'avaient plus aucune confiance dans les chrétiens, ils ont choisi, comme nombre de leurs frères juifs, de s'installer dans cette ville où le commerce prospérait et qui était sous influence musulmane, puis ottomane depuis Barbarossa. Car mieux vaut pour nous le statut de *dhimmi* que celui de peuple déicide. Au fond d'eux, la plupart des musulmans nous méprisent, mais ils nous laissent vivre et travailler en paix. Les chrétiens eux, bien souvent, empoisonnent nos puits, violent nos filles, nous forcent à la conversion et peuvent nous massacrer à tout moment sous n'importe quel prétexte.

– Et vous n'en avez jamais conçu de rancune et de haine ?

– Ces sentiments dont tu parles sont des poisons du cœur et de l'esprit. Ce serait une bien grande faiblesse de ma part d'y céder. Je te disais tout à l'heure que les épreuves de la vie peuvent nous réduire ou nous grandir. J'ai fait quant à moi le choix de ne pas rendre l'insulte pour l'insulte, la colère pour la colère, le mépris pour le mépris. Et puis mes études kabbalistiques n'ont cessé de me rapprocher des grands philosophes et des mystiques de toutes les religions, à commencer par le Christ. Mais nous en reparlerons une prochaine fois, si tu décides de rester un peu parmi nous.

Giovanni contempla le beau visage paisible de cet homme qui l'avait sauvé de l'horreur.

– Je suis infiniment touché par la chaleur de votre accueil, et je serais honoré de demeurer quelques semaines dans votre maison.

– J'en suis ravi, et je suis sûr qu'Esther le sera aussi. Tu es ici chez toi. Demande à Malek tout ce dont tu auras besoin, il parle bien ta langue. Maintenant va te reposer.

Giovanni se leva. Son hôte le raccompagna jusqu'à la porte du patio. Avant de le quitter, il lui posa une dernière question :

– Pourquoi donc avoir choisi de vivre dans le quartier le plus pauvre de la ville, alors que vous êtes immensément riche ?

Eléazar caressa sa longue barbe.

– Pour au moins deux raisons. D'abord parce que c'est ici que vivent la plupart des Juifs d'El Djezaïr et qu'il ne m'est pas indifférent de vivre au milieu des miens. Ensuite, parce que je ne trouverai nulle part en basse ville un tel jardin. Et j'aime que ce jardin, que bien peu d'Algérois connaissent, soit dissimulé au milieu de ces ruelles sales. Vois-tu, j'aime la beauté cachée, celle qui ne s'offre pas au premier venu, celle qui se laisse découvrir. C'est pourquoi j'ai appelé ma fille Esther. Ce prénom a une double signification. Il vient d'Astarté, la déesse phénicienne de l'amour, qui a donné Aphrodite chez les Grecs et Vénus chez les

Romains. Mais en hébreu il veut dire « je cacherai ». Esther c'est l'astre le plus brillant, c'est l'amour ; mais qui reste caché par Dieu. Seuls ceux qui en sont dignes pourront le découvrir.

## 76

Malgré son état d'épuisement, Giovanni eut du mal à trouver le sommeil. Les événements de la journée avaient creusé des abîmes en lui. Son cœur, qui avait reçu tant de blessures depuis la séparation d'avec Elena, s'était comme pris dans les glaces. L'amitié avec Georges et Emanuel, puis avec Ibrahim, l'avait progressivement réchauffé. Cette rencontre bouleversante avec Eléazar et Esther avait fait fondre les derniers givres qui le raidissaient encore. Il passa la nuit à pleurer. Non pas des pleurs glacés, comme il en avait connu aux galères ou dans sa grotte, mais des larmes chaudes de délivrance. Son cœur se remit à palpiter. Des visages, nombreux, ceux qu'il avait aimés, passèrent dans son esprit comme des fantômes qui reprenaient vie. Puis il revit le visage d'Esther. Il comprit que cette femme, à qui il devait son salut, l'avait aimé dès le premier regard alors qu'il était enchaîné. Elle avait demandé qu'on le rachetât à n'importe quel prix, sans doute parce qu'elle aimait sans compter. Mais serait-il digne de cet amour et de la confiance qu'elle et son père lui accordaient ?

Le cœur vidé de tout souci, il s'endormit au petit matin. Lorsqu'il se réveilla, le soleil était au zénith. Son cœur était léger. Il se lava en chantant joyeusement une chanson calabraise. Cela ne lui était pas arrivé depuis Venise. Il descendit dans le patio des serviteurs. Il croisa Sarah qui, en le voyant, étouffa un rire joyeux. Il n'en comprenait pas la raison, mais il rit de bon cœur avec elle. Il se rendit dans la pièce où travaillait Malek. En le voyant, l'intendant sourit de toutes ses dents parfaitement blanches, qui contrastaient magnifiquement avec la couleur sombre de sa peau.

– Eh bien ! Tu avais besoin de repos !

– Je viens d'entendre l'appel du *mou'adhine* et je vois au soleil qu'il doit être midi. J'étais en effet épuisé, mais je me sens en pleine forme !

– Tu peux l'être, car tu es arrivé ici avant-hier ! Tu as dormi deux nuits entières et presque une journée et demie.

Giovanni resta interdit.

– Il n'y a aucun mal à cela, reprit Malek en riant. J'ai juste envoyé Sarah dans ta chambre quatre ou cinq fois depuis hier pour m'assurer que tu n'étais ni mort, ni disparu !

– Par la grâce de Dieu, je suis bien en vie et je n'ai nul désir de quitter cet endroit ! Mais j'ai une faim de lion !

– Va te restaurer. Notre maître m'a dit aussi que tu pouvais te promener à ta guise partout dans la maison et dans le parc. Évite seulement de sortir dans la ville pour l'instant, car il serait dangereux pour toi d'être reconnu.

Après avoir bu et mangé, Giovanni se rendit d'un pas joyeux dans le jardin. La beauté du lieu frappa son esprit plus encore que l'avant-veille. Bruits d'eau et

chants d'oiseaux se mêlaient aux parfums des fleurs et
des plantes aquatiques. Giovanni s'assit sur un banc de
pierre, à l'ombre d'un sycomore. Il ferma les yeux. Du
fond de son âme un mot surgit et, sans qu'il sache
vraiment à qui il était adressé, il ne put l'empêcher de
franchir le seuil de ses lèvres :

– Merci.

Une voix douce le fit tressaillir.

– C'est la prière la plus parfaite.

Giovanni ouvrit les yeux. Esther se tenait debout
devant lui. Elle était vêtue d'une longue tunique bleue
très légère et d'un voile jaune transparent qui couvrait
le bas de sa chevelure et retombait sur son dos et ses
épaules. Elle n'était pas de grande taille, mais son
corps fin et aérien donnait un sentiment d'élancement.
Quand il la vit, son cœur cogna plus fort. Elle reprit
en souriant :

– Je ne vous arrache pas à votre prière ?

Il se leva en répondant au sourire de la jeune femme.

– Je... je ne priais pas vraiment. J'étais bien, tout
simplement. Je ne sais comment vous remercier, sans
vous...

Esther posa un doigt sur ses lèvres.

– Chuuut. Je vous l'ai déjà dit. Ma joie de vous
savoir libre est plus grande que tout. Avez-vous vu les
dix fontaines du jardin ?

– Non.

– Eh bien, allons les découvrir. Mon père a mis plus
de vingt ans à créer ce véritable jardin d'Éden, selon
une symbolique très précise.

– Pourquoi dix fontaines ? Le nombre dix, à ma
connaissance, n'est pas un chiffre symbolique important, à l'inverse du sept ou du douze.

– En effet, ce n'est pas un nombre biblique fort.
Mais il renvoie aux dix sefirot de la Kabbale.

– Je me souviens d'avoir lu quelques textes de Pic
de la Mirandole sur les sefirot, mais cela est loin dans
ma mémoire. Je serais très heureux, Esther, si vous
acceptiez de me parler de la Kabbale.

– Mon père le ferait mieux que moi : c'est un grand
savant réputé dans tout le monde juif.

– Je n'en doute pas. Mais je suis sûr aussi qu'il vous
a enseigné son savoir et que vous vous passionnez pour
les questions philosophiques et religieuses.

Esther sourit.

– Ce serait mentir que de dire le contraire. Vous
savez sans doute que le mot *Qabbala* signifie « recevoir ». Après la Torah, la Loi, qui constitue le dépôt le
plus sacré de nos Écritures, et le Talmud, qui rassemble
les commentaires rabbiniques depuis la destruction du
second temple et l'exil de notre peuple, la Kabbale est
en quelque sorte la branche mystique du judaïsme.
L'essentiel des traditions orales qui la composent a été
compilé dans le *Sefer ha Zohar* : « Le Livre de la
Splendeur ».

– J'ai en effet entendu parler du fameux Zohar. Je
ne sais plus qui en est l'auteur.

– Ce livre est attribué au maître de l'Antiquité Rabbi
Simon Bar Yohaï. Mais pour mon père, qui a un esprit
rationnel et rigoureux, cette filiation est symbolique.
Le Zohar a en fait été rédigé au XIIIᵉ siècle en Castille
par Moïse Ben Shem Tov de Leon, à partir de traditions
orales et du *Sefer ha Bahir*, « Le Livre de la Clarté »,
un ouvrage écrit en Provence un siècle plus tôt.

– Quel est donc l'enseignement essentiel de cet

ouvrage ? demanda Giovanni, de plus en plus intéressé par les explications de la jeune femme.

– Depuis les origines, la mystique juive a pris deux orientations. D'un côté, un peu comme dans la mystique chrétienne ou musulmane, on recherche l'union à Dieu par le cœur, à travers notamment l'expérience de l'extase.

Giovanni songea qu'il avait connu plusieurs expériences extatiques durant sa vie monastique où son cœur était entièrement tourné vers Dieu.

– Un autre courant, plus intellectuel, s'est également développé dans le judaïsme, poursuivit Esther. Il s'agit d'accéder ici à une connaissance du divin à travers une lecture symbolique des Écritures saintes. Cette voie, qu'on appelle Kabbale théosophique, s'appuie tout d'abord sur les vingt-deux lettres qui composent l'alphabet hébraïque. Chaque lettre a plusieurs sens symboliques, mais aussi une valeur numérique. *Aleph* par exemple correspond au 1 ; *Beit* au 2 ; *Ghimet* au 3, et ainsi de suite. En combinant sens symbolique et valeur numérique, on arrive à faire une lecture mystique de la Torah et à trouver des sens cachés beaucoup plus profonds qu'une simple lecture du sens littéral.

– Dieu n'a-t-il pas caché ses trésors les plus précieux ?

Esther s'arrêta et regarda Giovanni avec intensité.

– Votre père m'a dit le sens de votre nom, Esther. Je crois aussi que ce qu'il y a de plus grand est caché aux yeux du commun des mortels. L'homme doit apprendre à ouvrir les yeux de son cœur et de son intelligence pour pouvoir le contempler.

– Vous pensez vraiment cela, Giovanni ?

– Ma vie a été chaotique et parfois douloureuse,

mais j'ai eu la grâce de demeurer auprès d'un grand philosophe pendant près de quatre années, puis de vivre autant de temps dans des monastères en Grèce. J'ai donc appris à ouvrir l'œil de mon esprit et j'ai connu quelques expériences mystiques d'union à Dieu. Cela me semble aujourd'hui si loin !

– Je ne connais rien de votre vie, Giovanni. Je sais seulement que vous venez de traverser une grande épreuve. Je suis sûre que si Dieu a éprouvé votre cœur, ce n'est pas pour rien. Votre vie a sans doute été parfois très douloureuse, mais certainement pas chaotique. Vous en comprendrez un jour le sens, j'en suis certaine.

– Je pensais comme toi... comme vous...

Esther le regarda avec un léger sourire aux lèvres :

– Je préfère... comme toi.

– Je pensais comme toi, reprit Giovanni, la gorge serrée par l'émotion. Mais après avoir traversé certaines épreuves, après avoir vu un homme qui avait consacré toute sa vie à Dieu mourir dans le désespoir, après avoir vu mes meilleurs amis sauvagement torturés au nom de la foi, j'en suis venu à douter... même de l'existence de Dieu.

Ils continuèrent de marcher en silence d'un pas lent dans les allées du jardin. Puis Esther reprit :

– Un sage dit que celui qui n'a pas connu la nuit du doute ne peut véritablement accéder à la lumière de la foi véritable.

– Et toi Esther, as-tu déjà douté de l'existence de Dieu ?

– Oui, enfant. Ma mère est morte quand j'avais cinq ans en mettant au monde mon petit frère qui est parti avec elle. J'avais jusqu'alors une foi totale en Dieu et je passais déjà de longs moments à prier. Rien ne me parlait plus que les rituels, notamment celui du Shabbat. Et puis soudainement tout s'est arrêté. Quand j'ai appris la mort de ma maman, qui s'appelait Bat-sheva, mon cœur s'est vidé et ma foi est morte. Tout ce qui faisait sens pour moi auparavant n'était plus que gestes insignifiants. Je ne pouvais plus prier et la seule pensée de Dieu me donnait mal au ventre. Cela a duré plusieurs années.

– En a-t-il été de même pour ton père ?

– Mon père a traversé une terrible épreuve, mais je ne pense pas qu'il ait perdu la foi. Il a respecté mon attitude et n'a jamais cherché à me forcer ou à me convaincre. Et puis un jour de printemps, en regardant une fleur éclore dans ce jardin, une émotion immense m'a submergée. Cette toute petite fleur devenait comme le symbole de ma foi qui renaissait. J'ai pleuré pendant des heures le deuil de ma mère. Et puis j'ai crié contre Dieu.

Giovanni eut un sursaut, se rappelant sa colère envers Dieu dans la grotte.

– Je Lui ai dit toute ma colère, sans mâcher mes mots. Et quelques jours après, un matin en me levant, je savais que je Lui avais pardonné.

– À Dieu ?

– Oui, à Dieu, reprit Esther avec force. On pense habituellement qu'on doit pardonner aux hommes. Mais quand la vie nous a terriblement meurtris, c'est à Dieu qu'on en veut et c'est à Lui, puisqu'Il est la Vie, qu'il faut pardonner.

Giovanni s'immobilisa. Ces mots faisaient si profondément écho à sa propre expérience. Il réalisa soudain qu'il n'avait jamais songé qu'il pouvait pardonner à Dieu. Il s'était simplement vengé de Lui de la pire manière qui soit : en L'ignorant. Mais son rejet de Dieu était-il fondé en raison, était-il vraiment le fruit d'une intime conviction mûrement réfléchie, ou une réaction affective motivée par la colère ?

– Et tu as retrouvé la foi ? demanda Giovanni malgré son trouble.

– Oui. Mais ce n'était plus seulement ma foi belle et insouciante d'enfant. C'était la même foi et une autre. C'était une foi dans laquelle Dieu était devenu plus mystérieux et plus inaccessible à ma raison, mais plus présent et plus intime à mon cœur. Je ne saurais bien la décrire. Je vis chaque seconde en présence de Dieu, mais je ne saurais plus dire une parole pour parler de Lui. J'ai, d'une certaine manière, rejoint par ma propre expérience le cœur de l'enseignement de la Kabbale.

– Parle-moi de cet enseignement !

– Je peux t'en expliquer les fondements. Mon père, si tu le souhaites, t'en montrera la profondeur et la subtilité.

Esther continuait d'avancer d'un pas lent en remontant l'allée centrale vers le haut du jardin. Elle reprit d'une voix posée :

– La Kabbale établit une distinction entre *Én Sof*, l'aspect caché et indicible de Dieu, et les dix sefirot qui sont Ses manifestations dans le monde. *Én Sof*, que l'on pourrait traduire par « sans fin » ou « rien », signifie que Dieu échappe totalement à notre entendement. Aucun mot ne peut Le décrire. Aucune image ne peut Le représenter. Aucun concept ne peut Le saisir. Comme l'a si bien dit votre grand théologien Thomas d'Aquin, que mon père cite souvent : « La chose la plus certaine que je peux savoir de Dieu, c'est que je ne sais rien de Lui. » Voilà ce que disent les mystiques de toutes les religions : Dieu est au-delà de tout et il est même dangereux de Le nommer. C'est la raison pour laquelle il est interdit de prononcer Son nom dans le judaïsme. Nommer, c'est posséder... et nous aurions si vite fait de nous emparer de Dieu pour nos propres projets !

Giovanni songea aux membres de l'Ordre du Bien Suprême qui assassinaient sans scrupule au nom de la pureté de la foi. Il songea à tous les musulmans ou les chrétiens qui combattaient avec ferveur au nom d'Allah ou de Jésus-Christ. Comme il était sage de ne pas nommer Dieu ! Mais comme il était aussi difficile et exigeant de prier un Dieu inconnaissable qu'on ne pouvait ni nommer ni décrire !

– Les dix sefirot sont les dix émanations de ce Dieu mystérieux et insondable, poursuivit Esther. Ce sont les qualités divines qui se sont projetées hors de Lui et qui imprègnent le monde. Elles ne sont pas Dieu, mais ses manifestations, ses forces, et c'est à travers elles que nous pouvons connaître quelque chose de Dieu.

Esther avait entraîné Giovanni tout en haut du parc. Elle se retourna.

– Nous sommes au sommet du jardin. La maison est tout en bas et nous pourrions la rejoindre directement par cette allée centrale. Le jardin est allongé comme un arbre. Nous sommes ici en haut de ce qui symbolise l'arbre séfirotique. Cette allée centrale est en quelque sorte le tronc de l'arbre.

Esther tourna le dos à la maison et fit encore quelques pas jusqu'au bout de l'allée. Spontanément, elle saisit le bras de Giovanni et l'entraîna dans un bosquet touffu. Elle écarta les branchages et fit découvrir au jeune Italien stupéfait une magnifique fontaine basse construite en forme de couronne.

– Regarde cette fontaine. C'est la plus grande du jardin. Mais elle est cachée. Elle représente la première sefirah : *Kether*, « la Couronne ». C'est la tête par laquelle s'amorce le processus d'émanation et qui permettra aussi la réintégration de toutes choses dans le Principe premier. Donc Dieu Se diffuse et S'épanche par elle et c'est par elle aussi que toute la création transformée retournera à Dieu. Maintenant redescendons vers la maison.

Esther se retourna.

– Si nous regardons la maison, tu peux constater que trois chemins peuvent nous y conduire.

Giovanni remarqua en effet que, hormis l'allée centrale, un petit chemin partait vers la gauche et un autre vers la droite. Au bout de chacun de ces chemins il aperçut des fontaines. Elles étaient plus étroites et un peu plus hautes que la précédente.

– Les deux fontaines que tu distingues correspondent aux deux premières sefirot qui émanent de *Kether*. À gauche : *Hochma*, « la Sagesse », la première cause agissante, la pensée divine. À droite : *Binah*, « l'Intelligence » créatrice. L'ordre encore caché dans *Hochma* devient manifeste dans *Binah*. En elle, les essences deviennent distinctes. *Hochma* symbolise aussi la dimension paternelle du divin et *Binah* sa dimension maternelle. Les sept autres sefirot sont enfantées par l'intelligence créatrice de Dieu. Ce principe trinitaire constitue ce que les kabbalistes appellent « la Grande Face » de Dieu. Les sept autres sefirot qui en découlent constituent sa « Petite Face ».

# Arbre Séphirotique

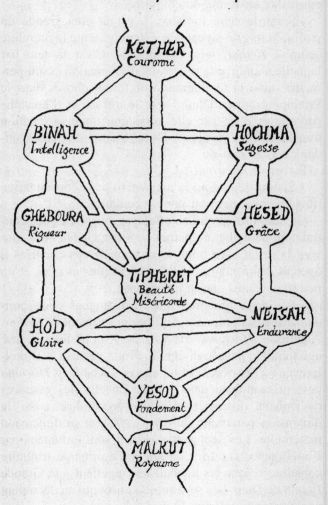

Giovanni était captivé. Il admirait l'intelligence passionnée d'Esther, et les principes kabbalistiques qu'elle évoquait lui faisaient penser à certains aspects du mystère chrétien. Comme il sera passionnant d'échanger avec mes hôtes sur ces questions théologiques, pensait-il en écoutant la jeune femme.

– Descendons maintenant l'allée centrale, reprit la jeune femme d'un ton enjoué.

Après une vingtaine de pas, ils croisèrent une autre allée au bout de laquelle Giovanni aperçut deux autres fontaines. Mais Esther l'entraîna encore plus bas. Une quinzaine de pas plus loin, ils parvinrent à une fontaine de marbre blanc en forme de large vasque reposant sur un pied magnifiquement sculpté. Ils s'arrêtèrent. Deux chemins remontaient vers *Hochma* et *Binah*. Deux autres se dirigeaient vers les fontaines que Giovanni venait d'apercevoir et deux autres descendaient encore vers deux nouvelles fontaines. Giovanni ne cacha pas son admiration :

– C'est sans doute la fontaine qui me plaît le plus ! Elle est au moins aussi belle que *Kether* et peut-être mieux ouvragée.

Esther esquissa un sourire.

– Et pour cause : nous sommes ici au cœur de l'arbre séfirotique. Ce cœur, la sixième sefirah, se nomme *Tipheret*, « la Beauté » et « la Miséricorde » divines. On l'appelle aussi « le Soleil », parce que ses rayons relient toutes les sefirot en harmonisant leurs qualités respectives. Si tu regardes vers le haut, vers *Kether*, tu remarques les deux sentiers qui proviennent de la Sagesse et de l'Intelligence. Tu vois aussi les deux chemins qui viennent des fontaines que nous avons laissées tout à l'heure. À droite, la quatrième sefirah :

*Hesed*, « la Grâce » par laquelle se révèle la bonté suprême de Dieu. À gauche, *Gheboura*, « la justice » divine, la norme rigoureuse dans laquelle la grâce se manifeste. Maintenant retourne-toi et regarde vers le bas.

Giovanni s'exécuta.

– Tu vois les fontaines qui sont au bout des deux sentiers qui partent à gauche et à droite de l'allée centrale ?

– Oui.

– Celle de gauche symbolise la septième sefirah : *Netsah*, « la Victoire », l'endurance, le pouvoir « mâle » du créateur. À l'inverse, celle de droite symbolise *Hod* : « la Gloire », la puissance féminine, réceptive du divin. Maintenant, si tu le veux bien, continuons de descendre l'arbre des sefirot.

Esther et Giovanni firent encore une vingtaine de pas sur l'allée centrale. Ils parvinrent à un nouveau cercle au centre duquel jaillissait une neuvième fontaine. Construite en pierre dure, celle-ci était basse et carrée.

– Et voici *Yesod*, « le Fondement » de l'existence, la base du monde créé. Comme le montrent ces deux chemins qui viennent de *Netsah* et de *Hod*, *Yesod* représente aussi l'union des deux émanations précédentes : le pôle masculin et le pôle féminin du divin. Terminons maintenant notre parcours vers la dernière fontaine.

Une dizaine de pas plus loin, se dressait une fontaine étrange : c'était une large vasque en pierre posée à même le sol. L'eau jaillissait de la terre en son centre.

– Et voici *Malkut*, « le Royaume » de Dieu, le réceptacle de toutes les autres émanations. C'est la sefirah qui régit le monde.

Esther se retourna vers le haut du jardin et tendit le bras :

— Tu vois, il y a de nombreux chemins de traverse, mais seulement trois grandes allées : on peut rejoindre *Kether* par le centre, c'est-à-dire par le fondement, la beauté et la miséricorde. On peut aussi remonter par l'allée de gauche : par le principe mâle, la rigueur et l'intelligence. On peut enfin remonter par la droite, à savoir le principe féminin, la grâce et la sagesse.

De nombreuses questions agitaient l'esprit de Giovanni. Mais, plus que tout, il savourait ce moment de bonheur et d'harmonie. Comment oublier que, quelques jours plus tôt, il croupissait dans un cachot sordide gardé par des rustres, et voilà qu'il se promenait dans ce délicieux jardin, structuré selon une symbolique mystique, en compagnie d'une femme aussi belle que savante. Plutôt que de poursuivre cette conversation spirituelle, Giovanni aspirait maintenant à mieux connaître cette jeune femme.

— Esther, je suis émerveillé par tes connaissances, et cette promenade au milieu de ces fontaines séfirotiques m'a enchanté.

Esther le regarda en silence. Son regard était à la fois intense et pudique. Un étrange paradoxe qui lui donnait un charme unique. Giovanni y était fort sensible et s'apprêtait à le lui dire quand Malek déboula par la porte du patio.

— Ah ! vous êtes là ! Pardonnez-moi d'interrompre votre discussion, mais mon maître demande à voir Giovanni dans son bureau.

– Je te laisse, lança Esther en s'éclipsant avec un sourire sans laisser à Giovanni le temps de réagir.

Malek le précéda et le fit monter au second étage de la maison. Giovanni, fébrile, se demandait ce que le maître de maison lui voulait. En même temps, son cœur était encore auprès d'Esther, dans ce jardin qui l'avait ravi.

Ils empruntèrent le couloir et Malek frappa à une porte sobrement décorée et peinte en rouge.

– Entrez, entrez, répondit Eléazar.

Malek ouvrit la porte et s'effaça pour laisser le jeune homme pénétrer dans la pièce.

Giovanni avança de quelques pas et ne put retenir un cri de surprise.

## 77

. La pièce faisait au moins vingt pas de long, dix ou douze de large et huit de haut. Les murs étaient entiè- rement tapissés de livres. Au centre de la salle trônait une immense table en bois, recouverte de parchemins, de plumes, de crayons, de livres, et surmontée d'un chandelier à sept branches en bronze. Eléazar était assis derrière son monumental bureau et Giovanni pouvait seulement apercevoir son crâne recouvert d'une petite kippa blanche. Il releva la tête.

– Ah, mon ami ! Comme je suis heureux que tu aies pu te reposer. Approche donc.

Le regard de Giovanni ne parvenait pas à se détacher des milliers d'ouvrages alignés sur les étagères de bois, dont la plupart semblaient être des manuscrits anciens. Il contourna le bureau et constata que le maître était occupé à écrire un texte sur un parchemin.

– C'est de l'hébreu, n'est-ce pas ?

– Exactement ! As-tu déjà vu des manuscrits écrits dans cette langue ?

– Des manuscrits non, mais j'ai déjà vu des lettres hébraïques dans certains ouvrages. Je les trouve remar- quables : chacune d'elles ressemble à une œuvre d'art.

– Certains kabbalistes passent leur vie à les peindre pour s'imprégner de leur force et de leurs sens si riches.

Giovanni songea aux paroles d'Esther. Il reprit :

– Vous pensez donc que les lettres ont une force et une signification par elles-mêmes, en dehors de toute phrase ?

– C'est le propre des 22 lettres de l'alphabet hébraïque. Chacune est si riche de virtualités, qu'elle dégage une puissance inimaginable. Le seul fait de prononcer l'une d'entre elles équivaut à réciter une formule magique : on n'en ressort pas indemne !

À côté du parchemin était posé un paquet de feuilles gribouillées d'une fine écriture en latin et illustrées de dessins représentant les planètes. Le regard de Giovanni fut aimanté par ces dessins. Eléazar s'en amusa :

– Ah, notre astrologue est fasciné par la ronde des astres !

– Pardonnez-moi... mon regard a été attiré par cette illustration où curieusement le Soleil, et non la Terre, est placé au centre de l'univers.

– En effet !

– Est-ce vous qui avez dressé cette étrange représentation du cosmos ?

– Non. C'est une lettre d'un ami, un grand savant polonais, qui me fait part d'une théorie qui révolutionne notre représentation du monde.

– Polonais ? reprit Giovanni, surpris.

– La Pologne est un pays à l'est de l'Europe. Je me suis lié d'amitié avec un astronome polonais du nom de Nicolas Copernic. Nous nous sommes rencontrés il y a quelques années, lorsqu'il séjournait à Bologne.

– Qu'affirme donc cet homme de si étonnant ?

– Que la Terre tourne sur elle-même, et mieux encore, qu'elle n'est pas au centre de notre univers, mais seulement une planète comme une autre, qui tourne autour du Soleil.

Giovanni resta coi. Comment pouvait-on affirmer une chose pareille, alors que l'expérience de l'observation quotidienne nous montrait que c'était bien le Soleil qui tournait autour de la Terre et non l'inverse !

– Je comprends ta surprise, mon garçon, poursuivit Eléazar avec un regard malicieux. Moi-même, la première fois que Copernic m'a fait part, dans le plus grand secret, de son hypothèse, j'ai été fort intrigué. La théorie héliocentrique n'est pas nouvelle. Aristarque de Samos l'a déjà formulée dans l'Antiquité. Mais Copernic en apporte aujourd'hui la preuve mathématique.

– Une telle théorie ne heurte pas seulement le sens commun. Elle remet en cause les deux grandes autorités intellectuelles que sont la Bible et Aristote.

– Voilà justement pourquoi notre ami avance prudemment. Il a déjà réuni assez de preuves scientifiques pour valider son hypothèse, mais il hésite encore à les publier. Il risque autant d'être condamné par l'Université que par l'Église.

– Et... vous croyez sa thèse plausible ?

– Pas seulement plausible, mais certaine !

Un tremblement parcourut le dos et la nuque de Giovanni.

– Mais si cette théorie est vraie, comme vous semblez le croire, qu'en est-il de l'astrologie qui repose entièrement sur la cosmologie d'Aristote et de Ptolémée mettant la Terre au centre de l'univers ?

– Cela ne change rien.

– Je ne comprends pas ?

– Cela ne change rien, car l'astrologie, à l'inverse

de l'astronomie naissante, n'est pas un savoir scientifique, mais symbolique. Peu importe pour l'astrologue
que le Soleil tourne autour de la Terre ou l'inverse !
Ce qui compte, c'est la situation de l'homme qui se
trouve placé, de par son observation, au centre du
cosmos. L'astrologue ne dit pas comment est le
ciel « en soi », mais comment est le ciel « pour tel
homme », à tel moment et à tel endroit précis. Symboliquement on peut continuer à penser que la vision
biblique ou aristotélicienne, qui fait de l'homme le
centre du cosmos, est pertinente... même si elle est
fausse scientifiquement !

Giovanni resta silencieux. Il n'était pas sûr de bien
comprendre.

Esquissant un sourire encore plus jubilatoire,
Eléazar poursuivit :

– J'ai d'ailleurs pensé depuis longtemps que les pos-
tulats astronomiques de l'astrologie étaient erronés
pour une tout autre raison !

– Laquelle ? demanda timidement Giovanni.

– À cause du phénomène de précession des équinoxes. Cela ne te dit rien ?

– Non.

– Dans son *Timée*, Platon parle de la destruction de
l'Atlantide et de l'histoire de l'humanité qui serait
divisée en grandes « années cosmiques ». À chaque
cycle, on assisterait à une destruction et à un nouvel
âge d'or. Or la grande année platonicienne, elle-même
héritée des théories des pythagoriciens, correspond à
un cycle astronomique très précis. Au milieu du
IIᵉ siècle avant Jésus-Christ, plus de deux siècles après
la mort de Platon, le savant grec Hipparque, le fondateur de la trigonométrie, fit en effet une bien étrange

découverte astronomique, qui donnait du poids à la théorie platonicienne. En comparant ses observations à celles de ses devanciers, il constata que par rapport aux étoiles fixes, le point vernal – c'est-à-dire le point devant lequel se lève le soleil le jour de l'équinoxe de printemps – se déplaçait très lentement en sens inverse de la marche du Soleil dans le Zodiaque. Ce recul, ou « précession » des équinoxes, se fait au rythme de 1 degré tous les 72 ans. Ainsi tous les 2 160 ans, le point vernal – autrement dit l'équinoxe de printemps – change de signe du Zodiaque, puisque la bande du ciel appelée Zodiaque, sur laquelle on observe la course du Soleil, de la Lune et des planètes, a été divisée en douze signes égaux de trente degrés. Il faut donc 25 920 ans pour que le point vernal fasse à reculons le tour complet des douze signes du Zodiaque. Tu me suis ?

Giovanni acquiesça d'un hochement de tête.

– On retrouve donc par l'astronomie la grande année platonicienne. La conséquence pour l'astrologie, c'est que le Zodiaque des signes ne correspond plus au Zodiaque des constellations. Quand l'astrologie fut inventée par les Babyloniens, le Zodiaque tropical, celui des signes liés au rythme des saisons, correspondait parfaitement au Zodiaque sidéral, celui des étoiles fixes. Déjà du temps d'Hipparque, le décalage entre les signes et les constellations était de plusieurs degrés. Aujourd'hui il est de plus de trente degrés, c'est-à-dire que les signes astrologiques qui restent calés sur le rythme saisonnier ne correspondent plus aux constellations dont ils ont pris le nom.

– Ce qui signifie que si je suis né à la fin du

printemps sous le signe des Gémeaux, je serais en
fait né sous la constellation du Taureau, poursuivit
Giovanni.

– Exactement !

– Mais alors quelle astrologie faut-il croire ?

– La tropicale, assurément. Celle que continuent de
pratiquer tous les astrologues et même les astronomes
instruits de ce fait. Car la seule chose qui compte, c'est
l'insertion de l'homme dans un rythme naturel et la
manière dont il va être conditionné par la nature au
moment de sa naissance. De même que nous sommes
conditionnés par notre appartenance à une famille,
un peuple, un langage, un lieu géographique, nous
sommes conditionnés par le moment où nous venons
sur terre. Il n'est pas indifférent de naître au printemps,
en été, en automne ou en hiver.

Giovanni se rappela les cours de Maître Lucius, qui
expliquait en effet chaque signe du Zodiaque non par
sa signification mythologique ou stellaire, mais par la
transformation de la nature.

– Je comprends. Mais la thèse de Copernic ne rend
pas seulement caduque l'astrologie sidérale, comme
cette théorie de la précession des équinoxes, elle sape
le fondement même de toute pensée astrologique qui
met la Terre au centre du cosmos.

– Bien entendu ! Elle sape la prétention de l'astrologie à être une science au sens où nous l'entendons
désormais aujourd'hui, ou à reposer sur un fondement
scientifique. Mais l'astrologie est une connaissance
symbolique et non scientifique. Elle repose certes sur
des observations factuelles rigoureuses : tel événement
se produit au même moment où a lieu telle configuration planétaire. Mais je ne crois pas, hormis le Soleil

et la Lune qui influencent profondément la vie terrestre, que les autres planètes aient une quelconque influence sur les événements terrestres et encore moins sur le caractère de l'être humain ou les événements de sa vie.

– Mais que reste-t-il de l'astrologie événementielle, qui repose entièrement sur les cycles des planètes et leur rapprochement avec le thème astral natal des individus ?

– Les astres ne sont pas la cause de notre caractère ou de nos actions, mais ils en sont le signe. Tu as étudié Plotin, n'est-ce pas ?

– En effet.

– Le philosophe d'Alexandrie a fort bien expliqué dans ses *Ennéades* que l'univers était un immense organisme et que l'homme était une partie de ce tout. Or il existe des lois de correspondances universelles entre les parties qui composent ce tout. La célèbre table d'Émeraude résume bien cette pensée : « Ce qui est en haut est comme ce qui est en bas et ce qui est en bas est comme ce qui est en haut. » Cette identité entre le microcosme et le macrocosme constitue le fondement philosophique de l'astrologie. L'univers est si parfaitement structuré qu'on peut reconnaître dans l'ordre cosmique, au moment précis de la naissance d'un individu, le même ordonnancement qui structure la psyché de l'enfant qui naît. Et le prophète Isaïe rappelle que cet ordre cosmique est parfaitement voulu et réglé par Dieu : « Levez les yeux et voyez : qui a créé ces astres ? Il déploie leur armée en bon ordre, il les appelle tous par leur nom. Sa vigueur est si grande et telle est sa force que pas un ne manque. »

Giovanni, tout à coup, s'émut de cette conversation qui lui rappelait les discussions avec Maître Lucius.

– Comme tu le sais sûrement, poursuivait le kabbaliste, les différentes planètes représentent les diverses fonctions de l'âme humaine et les dispositions des planètes les unes par rapport aux autres sont révélatrices des dispositions intérieures du caractère de l'individu. Les astres sont donc simplement le signe et non la cause de notre caractère et par-delà même de notre destinée. C'est pourquoi il est écrit dans le premier livre de la Genèse à propos du Soleil et de la Lune : « qu'ils servent de signes, tant pour les fêtes que pour les jours ou les années ».

– Ce qui signifie que nous ne naissons pas au hasard, mais à un moment précis où l'ordre cosmique correspond, d'une certaine manière, au visage de notre âme ?

– Exactement ! Notre âme, qui a certaines dispositions et qui aspire à telle ou telle destinée, va s'incarner, et ensuite naître, à un moment où elle est en harmonie avec le cosmos tout entier.

– Mais d'où viennent ces dispositions intérieures qui précèdent notre naissance ? Comment notre âme peut-elle en quelque sorte « choisir » le moment de son incarnation ?

Eléazar regarda joyeusement le jeune Italien en claquant des mains.

– C'est la grande question, mon cher Giovanni ! Les réponses divergent fortement d'un courant de pensée à l'autre. Pour Aristote, repris et développé par les théologiens chrétiens, la fine pointe de l'âme – le *noos* – vient de Dieu et s'incarne dans le corps au moment de la conception. Ce corps et cette psyché sont quant à eux uniquement le fruit de l'atavisme familial.

Le caractère vient donc de ce que nos ancêtres nous ont transmis. Mais pour Platon et pour un certain nombre de kabbalistes juifs, l'âme humaine, tant spirituelle que psychique, transmigre de vie en vie et choisit sa nouvelle existence en fonction de ce qu'elle a déjà accumulé comme expériences dans ses vies antérieures. Elle possède donc déjà un caractère qui va se mêler à l'atavisme du nouveau corps qu'elle choisit de prendre. Mais elle possède aussi des connaissances, des émotions, des peurs, des dispositions spirituelles plus ou moins élevées, acquises lors d'autres vies. C'est ce qui fera que tel enfant aura une peur inexpliquée de l'eau parce qu'il est mort noyé dans sa vie précédente, ou bien une disposition étonnante pour la musique ou la science, car il avait déjà accumulé des connaissances en ces domaines.

Eléazar regarda son hôte au fond des yeux :

– Je ne serais pas étonné que ce soit ton cas pour la philosophie ou la religion, mon cher Giovanni !

Giovanni esquissa un sourire dubitatif.

– Pourquoi alors aurais-je choisi de naître dans une famille illettrée d'un petit village de Calabre et non dans une noble famille d'une grande ville comme Rome ou Florence ?

– Tu as peut-être choisi un destin qui passait par un apprentissage progressif de tous les états de vie. Et cela n'a nullement empêché ton âme de rechercher et de trouver des maîtres pour t'enseigner les plus hautes connaissances, que je sache ?

– C'est vrai qu'enfant déjà j'aspirais à une autre existence que celle que je menais dans mon village, répondit Giovanni.

– Vois-tu, je ne saurais dire avec certitude si l'âme

humaine traverse une multitude d'existences, ou bien si elle s'incarne une seule fois dans un corps et une psyché qui sont imprégnés du caractère et des expériences de nos parents et de nos ancêtres. Mais quoi qu'il en soit, je suis parfaitement convaincu de trois choses.

Pour mieux marquer son propos, le kabbaliste posa son index droit sur le pouce de sa main gauche.

– La première, c'est que nous naissons avec un bagage psychique important qui nous conditionne au moins autant que les conditions matérielles de notre naissance, comme notre famille ou notre pays.

Il désigna maintenant l'index.

– La deuxième, c'est que notre existence n'est pas le fruit du hasard et contient déjà en germe, dès la conception et la naissance – comme le gland d'un chêne si tu veux – ce que nous sommes appelés à devenir.

Puis son index pointa le majeur de sa main gauche.

– La troisième enfin, c'est que la vie est une sorte d'école dont le seul but est d'apprendre à connaître et à aimer. Pour cela, nous traversons toutes sortes d'expériences, agréables ou douloureuses, qui nous permettent de progresser. Considère ton existence, mon garçon, et dis-moi si elle n'en offre pas une bonne illustration ?

Giovanni resta songeur. Indéniablement, sa vie pouvait être conçue comme un parcours initiatique, semé de rencontres, d'obstacles et de coups de pouce du destin. Mais une question le travaillait depuis de nombreuses années. Depuis qu'il avait rencontré Luna.

– Mais alors, si nous héritons d'une destinée avec son lot de joies et d'épreuves, où est la liberté ?

– Si l'homme possède un libre arbitre, et j'en suis tout aussi convaincu, celui-ci – à moins de croire à la transmigration des âmes, ce qui est une autre question – ne réside pas dans le choix de son caractère, de son conditionnement de vie ou des grandes lignes de sa destinée. Il réside dans ce qu'il va faire de ce caractère et dans la manière dont il va répondre aux événements de sa vie. Représente-toi l'homme tel un acteur sur une scène de théâtre qui doit jouer un rôle précis, écrit à l'avance par quelqu'un d'autre. La marge de manœuvre de l'acteur ne consiste pas à changer ce rôle, mais à l'interpréter à sa manière, du mieux qu'il peut. Ainsi ne reconnaît-on pas un grand acteur à ce qu'il joue un prince ou un valet, mais à la manière dont, prince ou valet, il joue son rôle. Peu importe dès lors d'être né riche ou pauvre, d'avoir une destinée humble ou glorieuse, d'être homme ou femme, de mourir jeune ou vieux, seul compte le fait d'investir sa vie de manière lucide, profonde, juste. La liberté humaine réside davantage dans la manière de vivre que dans les modalités de vie, qui nous sont en grande partie dictées par une force supérieure.

Eléazar se leva lentement de son bureau et laissa quelques instants son interlocuteur absorbé dans ses pensées. Cette conception lui rappelait celle des philosophes stoïciens qu'il avait étudiés auprès de Maître Lucius. Le kabbaliste revint avec un ouvrage visiblement très précieux à ses yeux qu'il posa délicatement sur son bureau. Giovanni regarda avec intérêt le manuscrit et son épaisse reliure en peau de mouton.

– Et ce qui est valable au niveau individuel l'est aussi au niveau collectif, poursuivit le kabbaliste, la main posée sur le livre.

– Que voulez-vous dire ?

– Que l'humanité entière progresse lentement vers un mystérieux accomplissement collectif. Certes, elle n'en maîtrise ni les paramètres de base, ni l'échéance. Mais elle demeure libre de tracer la direction et la forme de cette marche commune, à travers des choix collectifs et les choix personnels de tous les individus qui la composent. Qu'on le veuille ou non, nous sommes tous reliés et solidaires les uns des autres. Toute action ou pensée positive d'un seul homme élève et aide l'humanité tout entière, alors que l'action ou la pensée négative d'un seul homme abaisse et affaiblit toute l'humanité. Nous cheminons ensemble, selon certaines lois et certains rythmes universels.

– Lesquels ? demanda Giovanni fasciné par l'érudition de son bienfaiteur.

– Ici aussi, l'astrologie nous donne de précieuses indications, répondit Eléazar en tapotant sur le gros manuscrit qu'il venait d'apporter.

– Tu vois ce livre ? reprit-il d'un ton grave. C'est un manuscrit d'une extrême rareté qui a plus de 700 ans. Il est l'œuvre du philosophe arabe Abu Yusuf Yacub ibn Ishaq al-Sabah Al-Kindî.

« Al-Kindî ». À l'évocation de ce nom, Giovanni sursauta. Il se souvenait d'un ouvrage astrologique de cet auteur auquel Maître Lucius tenait plus que tout. Le kabbaliste poursuivit :

– Il parle du destin collectif de l'humanité. L'auteur a écrit plus de deux cents ouvrages traitant de tous les sujets : la médecine, la philosophie, la religion, l'astronomie, les mathématiques, la géographie, la divination, et j'en passe. Mais il a aussi consacré sa vie à calculer les grandes conjonctions planétaires sur plusieurs millénaires et a conçu ce chef-d'œuvre qu'on pourrait appeler : le Grand Livre de la destinée humaine.

Le regard de Giovanni ne pouvait se détacher du livre. Il en avait l'intime conviction : même si la reliure était différente, c'était le même ouvrage que possédait Maître Lucius et avec lequel il s'était enfermé pendant des mois pour écrire la lettre au pape.

## 78

– Je te parlais tout à l'heure du déplacement du point vernal, qui change de signe zodiacal environ tous les deux millénaires, poursuivit Eléazar. L'auteur de cet ouvrage remarquable explique, avec force exemples à l'appui, qu'on peut déjà appréhender les grandes étapes de l'histoire de l'humanité à travers chacun des signes traversés par le point vernal. Ainsi, environ quatre millénaires avant Jésus-Christ, le soleil de printemps se levait dans la constellation du Taureau. Or tout donne à penser que c'est à cette époque que l'homme commença à se sédentariser, à construire des bâtiments en brique, à pratiquer l'élevage. Sédentarisation et construction sont les deux traits les plus caractéristiques de la psychologie de ce deuxième signe du Zodiaque. Mieux encore, toutes les religions de l'époque, de Sumer, d'Assyrie et même d'Égypte, vénéraient la figure du taureau. C'est le culte du Minotaure ou du dieu égyptien Apis à tête de taureau. De manière symbolique, les caractéristiques du signe du Taureau correspondent bien à la naissance et à l'essor des premières civilisations qui donnèrent de puissantes assises à la vie sociale et politique. Puis, environ deux mille ans avant Jésus-Christ, le point vernal est passé, toujours à reculons, dans la constellation du Bélier. Le sacrifice religieux pratiqué alors, comme le montre celui d'Abraham, était celui d'un bélier. Le peuple hébreu descendant d'Abraham fera du bélier et de l'agneau les animaux sacrificiels par excellence. Mais on retrouve aussi partout la figure du bélier, comme en Égypte la prééminence d'Amon-Râ, le dieu solaire à tête de bélier. Symboliquement, le Bélier correspond à cette ère de conquête et au développement des grands empires égyptiens, perses, macédoniens et romains. Puis la venue du Christ a été concomitante de l'entrée du point vernal dans la constellation des Poissons. Tu n'es pas sans savoir que le poisson est l'emblème des premiers chrétiens ! Le signe de la croix comme symbole du christianisme est venu bien plus tard. Pendant plusieurs siècles, les disciples du Christ se reconnaissaient à ce symbole du poisson qu'ils dessinaient dans les catacombes durant la période des persécutions.

– Parce que Jésus a pris pour premiers apôtres des pêcheurs qui vivaient autour du lac de Galilée ? demanda Giovanni.

– Oui, mais aussi parce que le mot poisson en grec, ICHTUS, est formé des premières lettres des cinq mots de la phrase *Iesous Khristos Theou Huios Sôter*, ce qui signifie : Jésus Christ, Fils de Dieu, Sauveur. J'ajouterai pour revenir à l'astrologie que la symbolique des Poissons s'ajuste fort bien aux traits dominants de la religion chrétienne : compassion, sacrifice ou don de soi, recherche de fusion et d'unité du genre humain.

Eléazar s'interrompit quelques instants. Giovanni le regardait avec passion.

– Si j'ai bien compris, un peu plus de deux millénaires après la naissance de Jésus, le soleil du printemps se lèvera dans une nouvelle constellation...

celle du Verseau. L'humanité n'entrera-t-elle pas alors dans une nouvelle ère ?

– Certainement. Le XXI$^e$ siècle connaîtra de profonds bouleversements de civilisations et de religions.

– Serait-ce alors la fin de la religion chrétienne ?

– La fin, je ne saurais le dire, mais une profonde transformation, certainement. Probablement dans le sens d'une humanisation de la religion, car le Verseau, contrairement aux autres signes, a le visage d'un homme ou d'un ange. Nous assisterons vraisemblablement au développement d'une nouvelle ère fondée sur l'homme et les valeurs humanistes, celles-là mêmes qui commencent à prendre leur essor à notre époque. Comme l'indique la symbolique du signe, on vivra alors sous le règne de l'esprit et les hommes voudront construire une nouvelle civilisation fondée sur l'idée de fraternité humaine. Le feront-ils en abandonnant toute idée de Dieu ou bien en intériorisant Dieu dans le cœur humain ? Nul ne le sait et cela prendra de toutes façons plusieurs siècles.

– Et cet ouvrage ne dit rien de précis sur notre époque qui est pourtant si bouleversée ?

– Bien sûr que si ! Hormis les grands cycles d'un peu plus de deux millénaires qui correspondent au phénomène de précession des équinoxes, Al-Kindî a calculé les cycles des grandes conjonctions planétaires et cela pendant toute l'ère des Poissons. Il a annoncé que la grande conjonction de Saturne et de Jupiter qui aurait lieu dans le signe du Scorpion en 1484 serait le signe annonciateur d'un profond bouleversement de la religion chrétienne.

Giovanni s'étonna.

– Mais n'est-ce point le grand Albumazar qui fit

cette célèbre prédiction ? Et n'a-t-il pas annoncé aussi
la venue d'un nouveau prophète que certains n'hésitent
pas à reconnaître en Luther, né sous cette conjonction ?

– Je vois que tu es fort au courant de ces choses !
En effet Albumazar, le plus illustre astrologue arabe,
a bien fait cette prophétie. Mais il s'est appuyé sur les
calculs astrologiques d'Al-Kindî, qui n'était autre que
son propre maître !

– Donc cet ouvrage que vous avez sous la main est
l'œuvre astrologique d'Al-Kindî sur laquelle s'est
appuyé Albumazar ? reprit Giovanni tout excité.

– C'est exact.

– Comment s'appelle ce livre ?

– *Djefr*, répondit le kabbaliste. C'est sans doute
l'ouvrage le plus précieux de ma bibliothèque, car il
n'en existe que deux exemplaires au monde.

Giovanni regarda son interlocuteur avec surprise :

– Comment le savez-vous ?

– Le manuscrit original a été écrit par Al-Kindî en
arabe. Mais comme l'atteste l'historien Ibn Khaldoun
dans ses *Prolégomènes*, il fut malheureusement perdu
au XIII\ siècle lors de la prise de Bagdad par les Tartares.
Houlagou, le petit fils de Gengis Kahn, ne trouva en
effet rien de mieux que de jeter au Tibre tous les
ouvrages de la prodigieuse bibliothèque du Califat. Or
les califes avaient gardé jalousement le précieux
manuscrit au lieu de le faire recopier et de le donner
aux savants. Albumazar en a sans doute pris connaissance du vivant de son maître, mais c'est le dernier
astrologue à avoir pu le consulter.

– Mais cet exemplaire que vous possédez ? reprit
Giovanni, incrédule.

– Le secrétaire d'Al-Kindî l'avait fort heureusement

secrètement recopié en arabe avant la mort de son maître et avant qu'il ne soit confié à la garde des califes. C'est le manuscrit que tu vois. Je l'ai acheté une fortune à ses propres descendants qui vivaient aussi à Cordoue.

– C'est extraordinaire ! Et le deuxième exemplaire dont vous avez parlé ?

– Avant que je ne l'acquière, ses propriétaires avaient permis, moyennant déjà une forte somme, qu'il soit recopié en latin par un moine chrétien féru d'astrologie vivant à Cordoue. Je ne sais ce qu'est devenu ce manuscrit, le seul qui existe encore avec celui-ci...

Giovanni regarda fixement Eléazar.

– Que t'arrive-t-il ? demanda le kabbaliste, surpris.

– Je... je crois savoir ce qu'il est advenu de cet ouvrage.

– Que dis-tu ?

– Mon maître possédait un manuscrit auquel il tenait par-dessus tout. C'était un ouvrage astrologique en latin, écrit par Al-Kindî, à peu près de même dimension que celui-ci. Je n'ai jamais pu le lire, mais j'ai su par son serviteur, Pietro, qu'il l'avait jadis acheté à Florence pour une somme considérable à un moine !

Eléazar se caressa lentement la barbe.

– Qu'est donc devenu le manuscrit après la mort de ton maître ?

– Je l'ignore, hélas ! Et je crains qu'il n'ait été détruit.

– Comment cela ?

– C'est une bien longue histoire, confia Giovanni.

– Nous avons tout notre temps et elle m'intéresse au plus haut point.

Giovanni raconta alors à Eléazar l'histoire du

cardinal venu poser à son maître une question cruciale
de la part du pape, la réponse qu'il n'avait jamais pu
apporter à Rome à cause des hommes en noir, la mort
tragique de son maître et de Pietro, ainsi que sa propre
rencontre avec les membres de la confrérie occulte. Il
omit toutefois de lui dire qu'il se rendait à Jérusalem
dans le dessein de tuer leur chef, mais il expliqua que
la cave était vide lorsqu'il était revenu et que tous les
livres de son maître, y compris celui d'Al-Kindî,
avaient été volés ou brûlés par les hommes en noir.

Eléazar écouta le récit de Giovanni avec la plus
grande attention. Ce récit lui permettait non seulement
de mieux connaître son interlocuteur, mais il l'éclairait
aussi sur le mobile qui avait motivé tous ces crimes.

– Et tu n'as donc aucune idée de ce que contenait
cette lettre adressée au pape et que tu as laissée à
Venise ? demanda le kabbaliste.

– Non, reprit Giovanni encore envahi par l'émotion. Je sais juste que mon maître s'est isolé pendant
plusieurs mois avec ses principaux ouvrages astrologiques, dont ce manuscrit.

– Vois-tu, je ne serais pas étonné que la question du
pape ait à voir avec le livre d'Al-Kindî et les signes
des temps. Car le pape Paul III est lui-même passionné
d'astrologie et doit s'interroger sur le sens de signes si
puissants que sont la découverte du Nouveau Monde
ou le déchirement de la chrétienté d'Occident. Comme
moi, il connaissait la réputation de ton maître. Peut-être
savait-il aussi qu'il était en possession du seul exemplaire en langue latine du *Djefr* ? Qui sait ? En tout
cas,.je ne serais pas étonné qu'il l'ait interrogé sur des
questions eschatologiques, comme l'imminence de la
fin des temps ou l'avènement de l'Antéchrist.

– C'est fort possible, et j'y ai moi-même songé. Mais une chose m'intrigue.

Eléazar l'écoutait avec une grande curiosité.

– Pourquoi le chef de la confrérie occulte qui a tué Maître Lucius et tenté aussi de m'assassiner m'a-t-il dit que mon maître avait commis quelque chose de bien pire que tous les crimes des papes ou même que ceux de Luther qu'il haïssait ? Il a commis : « l'abomination de l'abomination », m'a-t-il craché au visage, les yeux hallucinés de rage. Je me demande bien en quoi une prophétie sur la fin du monde ou les études d'Al-Kindî sur les grands cycles cosmiques et leurs liens avec les événements terrestres peuvent à ce point faire enrager un fanatique chrétien.

– Ces paroles sont en effet étranges. Certains pourraient être exaspérés par l'annonce d'une date précise de la fin du monde, car il est dit dans les Écritures chrétiennes que seul Dieu connaît le jour et l'heure du Jugement dernier. Mais il n'est fait nulle mention d'une date de la fin des temps dans le *Djefr*. Et j'imagine mal ton maître, qui avait une foi éclairée et une bonne connaissance des Écritures, s'aventurer dans une telle prophétie. Je me demande comme toi ce que pourrait représenter pour un exalté ou un fanatique catholique « l'abomination de l'abomination ».

Les deux hommes restèrent silencieux.

– Puis-je regarder le livre ? finit par demander Giovanni.

– Bien sûr ! répondit Eléazar en saisissant le précieux manuscrit des deux mains.

Il le tendit à Giovanni qui le posa sur ses genoux et en tourna lentement les pages.

– Comme il est émouvant de penser qu'il s'agit maintenant du seul exemplaire existant !

– C'est probable... mais pas certain, corrigea Eléazar.

Giovanni redressa la tête :

– Comment cela ?

– Rien ne nous dit que l'ouvrage latin qui était chez ton maître ait été le *Djefr*, et de plus qu'il ait été détruit. Peut-être les fanatiques s'en sont-ils saisis avant de brûler la maison ? Peut-être aussi le moine qui le possédait, quoi qu'il ait pu dire à ton maître, en a-t-il fait d'autres copies avant de le lui céder ?

– C'est vrai.

– En tout cas cette confrérie occulte s'intéressait davantage à la lettre de Lucius au pape qu'à l'ouvrage d'Al-Kindî qu'ils auraient pu dérober facilement. Je pense que ton maître a dû se servir des calculs d'Al-Kindî pour faire autre chose. Quelque chose qui a sans doute plus directement à voir avec les fondements de la foi chrétienne. Mais quoi ?

– Les membres de l'Ordre du Bien Suprême le savent, eux, puisqu'ils veulent à tout prix se saisir de cette lettre.

– Ils connaissent certainement la question que le pape a posée à Lucius. Mais je doute qu'ils aient une idée de la réponse. Or celle-ci les intéresse au plus haut point, même s'il s'agit de quelque chose qui leur répugne par-dessus tout. Et tu n'as aucune idée de ces gens, ni où se trouve leur repaire ?

Giovanni hésitait à lui révéler ce qu'il savait car il lui faudrait avouer la véritable raison de son voyage pour Jérusalem. Or il n'était pas clair avec lui-même. Pendant des mois, son cœur avait été rongé par la haine et il n'avait rêvé que de vengeance. Mais depuis quelque temps, et surtout depuis qu'il était dans cette maison, son cœur s'était apaisé et il commençait à se demander s'il souhaitait encore se rendre à Jérusalem pour tuer le chef des fanatiques. Il avait besoin de temps pour réfléchir à tout cela. Il préféra donc mentir à Eléazar.

– Je ne sais pas. Une seule chose est certaine, certains moines du monastère San Giovanni in Venere, celui-là même où j'ai été recueilli et soigné, étaient membres de cet ordre. Il est probable que la confrérie recrute dans de nombreux cercles de l'Église, sans doute même au Vatican.

– En effet. Et cela doit être par le biais d'une confidence d'un proche du pape, peut-être même un cardinal, que ces hommes en noir sont venus chercher la réponse de ton maître. Et comme la lettre n'est jamais parvenue à son destinataire, ils doivent encore continuer à la chercher. Leur as-tu dit que tu l'avais laissée à Venise ?

– Je m'en suis bien gardé ! Et encore plus de leur dire que je l'avais confié à ma jeune amie, sans quoi ils l'auraient sûrement retrouvée et torturée !

Eléazar eut l'air surpris.

– Parce que tu l'as confiée à une femme ?

– Oui. Du moins lui ai-je donné la clef du placard où la lettre était cachée. Mais je sais maintenant par le chef de la confrérie qu'elle n'est jamais allée porter la lettre à Rome.

– Et comment s'appelle cette femme ?

Giovanni s'apprêtait à répondre lorsqu'une force intérieure figea sa langue sur son palais. En quoi cette question intéressait-elle le kabbaliste ? Une peur sourde serra ses entrailles. Il resta muet.

– Pardonne ma curiosité, mais je connais de nombreuses familles vénitiennes et il eût été amusant que cette femme fît partie de l'une d'elles. En tout cas si tu souhaites un jour récupérer cette lettre et avoir des nouvelles de cette femme, n'hésite pas à m'en parler, j'ai un comptoir important et de nombreuses personnes qui travaillent pour moi à Venise.

– Je n'y manquerai pas, reprit Giovanni la gorge sèche. Pour l'instant je souhaite surtout oublier tout cela.

Eléazar se leva et tapa amicalement sur l'épaule de Giovanni.

– Je comprends. Et moi, pour l'instant, je suis affamé ! Tu es mon hôte ce soir. Allons dans le jardin où il fait encore si bon souper.

Eléazar alla ranger le manuscrit d'Al-Kindî sur l'une des étagères de son bureau. Giovanni constata avec une certaine surprise qu'un autre manuscrit, de même taille et de même épaisseur, mais de reliure plus récente, était accolé à celui-ci.

Il dîna avec ses hôtes qui l'interrogèrent longuement, et c'est avec joie qu'il retrouva Esther. Giovanni raconta les moments clefs de son existence. Toutefois, mû par une sourde appréhension, il changea le nom d'Elena et inventa une relation amoureuse avec une personne de moindre condition sociale. À la fin de ce long repas, Esther prit congé de lui avec une gentillesse exquise. Elle avait été particulièrement touchée par le récit de Giovanni. Tandis que la fraîcheur de la nuit tombait dans le jardin, le jeune homme regagna sa chambre.

Il ne parvint pas à trouver le sommeil. Il songeait à cette délicieuse promenade en compagnie d'Esther dans ce jardin séfirotique. Ce moment avait enchanté son âme. Il repensait aux explications astrologiques d'Eléazar qui avaient réveillé en lui tant de souvenirs auprès de Maître Lucius. Mais il restait aussi préoccupé par autre chose. Un sentiment, encore confus, le rendait soucieux, alors même qu'il venait de retrouver la paix de l'âme. « Nous verrons bien », se dit-il en essayant de chasser ces sombres pensées.

## 79

Au cours des semaines suivantes, Giovanni apprit à mieux connaître la maison et la vie de ses nouveaux maîtres. Bien qu'ils fussent très riches, Eléazar et Esther vivaient simplement. Leur nourriture, à base de poisson et de légumes, était celle de tous les Algérois. Le kabbaliste dormait dans une chambre relativement petite, sans meuble ni décoration, sur un tapis à même le sol. Giovanni savait aussi par les serviteurs que la chambre d'Esther, qui était située au deuxième étage sur le jardin, était plus raffinée et possédait une grande salle de bains et une terrasse fleurie. Il régnait dans la maison une atmosphère à la fois joyeuse et paisible. Les huit serviteurs qui vivaient sur place aimaient profondément leurs maîtres et travaillaient sous l'autorité directe de Malek. Comme tous les autres serviteurs d'Eléazar, l'intendant était aussi un ancien esclave affranchi. Il servait le kabbaliste depuis plus de dix ans et l'accompagnait dans ses nombreux voyages. Eléazar aimait visiter ses différents comptoirs durant l'automne et l'hiver, à une période de l'année où les gens voyagent peu à cause du mauvais temps, mais où les corsaires restaient aussi chez eux, ce qui, à ses yeux, valait bien quelques nausées liées au fort tangage des navires. Eléazar était suffisamment connu et respecté pour voyager n'importe où en Europe ou dans l'Empire ottoman, et il était aussi à l'aise avec les chrétiens qu'avec les musulmans. De mai à octobre, en revanche, il préférait rester travailler à El Djezaïr et recevait assez peu, afin de se concentrer sur ses études philosophiques et religieuses.

Juif croyant et pratiquant, Eléazar se levait de très bonne heure et récitait cette courte prière : « Je te rends grâce, Roi vivant et éternel de m'avoir dans Ton Amour, rendu mon âme ; grande est Ta Fidélité. » Puis il se lavait les mains en signe de purification et revêtait son *tallith*, sorte de grand châle carré. De longues franges de laine, appelées *tsitsith*, s'étiraient aux quatre coins du châle, selon la parole de Dieu à Moïse : « Tu te feras des cordons en frange aux quatre coins du vêtement dont tu te couvres... vous les verrez et vous vous rappellerez les commandements du Seigneur. » Puis, à l'aide de lanières en cuir, il fixait à son bras gauche un écrin carré fait de cuir teint en noir et un autre sur le front. Les deux écrins, appelés *tefilline*, contenaient quatre passages de la Torah prescrivant au fidèle d'attacher la parole divine comme un signe à son bras et entre ses yeux, symbolisant que son action et sa pensée s'inspiraient de la loi divine. Puis Eléazar restait accroupi dans sa chambre devant une table basse sur laquelle étaient disposés divers rouleaux, et priait jusqu'au lever du soleil. Sa prière était composée d'hymnes et de bénédictions qu'il alternait avec la récitation de psaumes et de cantiques. Après le repas du midi et le soir avant de dormir, il s'isolait à nouveau dans sa chambre pour prier. Le reste de sa journée était essentiellement consacré à l'étude dans son vaste bureau-bibliothèque. Il se rendait au moins une fois par semaine à la synagogue, où le rabbin lui demandait souvent de lire et de commenter la Torah. Avec Esther et les quelques serviteurs juifs de la maison, il respectait le repos du Shabbat. Bien que cela ne fût pas immédiatement perceptible, Giovanni découvrit progressivement que certaines nourritures étaient proscrites, comme le porc, le lapin et le cheval, mais aussi que ses hôtes évitaient de mélanger des aliments, comme la viande et les laitages, qui étaient cuisinés et disposés dans une vaisselle différente.

Giovanni se rendit compte qu'il y avait à El Djezaïr deux communautés juives assez distinctes. Ceux qui vivaient ici depuis de nombreuses générations et qui avaient parfaitement adopté la langue et la culture arabes. Ils étaient tailleurs, brodeurs ou bijoutiers et certains pratiquaient le prêt à intérêt. Et puis ceux qu'on appelait les « Juifs francs » ou encore les « Livournais », récemment arrivés d'Europe, généralement mieux traités à cause de leurs richesses et de leurs relations. La plupart étaient commerçants ou banquiers. Comme dans tout le reste de l'Empire ottoman, les Juifs avaient le statut de *dhimmi*, c'est-à-dire de minorité soumise mais protégée, ce qui les préservait en effet de la mort ou du pillage de leurs biens, mais en échange de quoi ils payaient de lourds impôts. Esther confia néanmoins à Giovanni que les Juifs étaient moins bien traités à El Djezaïr que n'importe quel esclave. C'est la raison pour laquelle Malek envoyait toujours des serviteurs maures, et non juifs, pour faire les courses en ville.

Giovanni découvrit aussi la manière dont les habitants vivaient dans la casbah. La rue constituait l'espace public. Lieux de passage, de rencontre et d'achats, les rues étaient à la fois étroites, ombragées et grouillantes. La maison constituait l'espace privé et familial. Cet espace intime, plutôt sombre, était totalement protégé du dehors, aucune fenêtre, hormis quelques petites meurtrières aux derniers étages des maisons où l'on pouvait voir sans être vu, ne donnant sur la rue. Selon les coutumes mauresques, toutes les maisons étaient construites autour de patios, véritables puits de lumière agrémentés de plantes odorantes, de fontaines et de bassins. Un escalier de pierre ou de marbre montait aux étages et les chambres étaient desservies par des couloirs qui faisaient le tour du patio. Venaient enfin les terrasses, baignées de soleil, espace de convivialité à la fois privé et public, où jouaient les enfants pendant que les femmes étendaient le linge et parlaient entre elles d'une maison à l'autre.

Durant les deux premières semaines, Giovanni évita de sortir en ville. Il aimait passer de longs moments sur sa petite terrasse, avant le coucher du soleil, à regarder la ville et à écouter ses rumeurs. Il contemplait, non sans émotion, la beauté de la lumière qui déclinait sur les toits des maisons agglutinées les unes aux autres. Son regard balayait lentement les terrasses qui descendaient en gradins jusqu'à la mer, tel un magnifique escalier. Le charme d'El Djezaïr commençait à exercer sa magie.

Il partageait environ deux fois par semaine son repas du soir avec ses hôtes, et les conversations, toujours intéressantes et agréables, portaient sur les sujets les plus divers. Eléazar lui raconta son enfance à Cordoue et les événements dramatiques lorsqu'il en fut chassé avec toute sa famille alors qu'il était âgé de six ans. Les rois catholiques venaient d'ordonner l'expulsion des Juifs d'Espagne et en une seule journée tous leurs biens avaient été saisis. Son père, Yaacov, était déjà banquier et n'eut aucun mal à venir s'installer à El Djezaïr. Eléazar aimait voyager en Europe et il décida, une fois devenu adulte, de s'installer à Bologne. Il se maria une première fois, mais Rachel, son épouse, mourut de maladie sans lui avoir donné d'enfant. Il resta veuf quelque temps, hérita des établissements bancaires de son père et en créa de nombreux autres. À l'âge de quarante ans, il se remaria avec Batsheva, la mère d'Esther, et revint s'installer à El Djezaïr avec tous ses livres pour consacrer davantage de temps à ses études kabbalistiques. Après le décès tragique de sa seconde femme, il décida de vivre seul avec sa fille adorée.

Depuis l'enfance, Esther avait pris l'habitude d'accompagner son père dans tous ses voyages. C'est ainsi qu'elle avait appris plusieurs langues et connaissait autant les croyances et les mœurs de l'Europe chrétienne que de l'Empire ottoman musulman. Son père profitait de chacun de ses séjours à l'étranger pour lui faire rencontrer les plus fins artistes et savants et elle avait eu à Alger un précepteur particulier qui lui avait enseigné le grec, le latin et la philosophie. Son père s'était lui-même chargé de lui transmettre la connaissance de l'hébreu, du Talmud et de la Kabbale. Esther était donc, à vingt ans, une femme d'une culture exceptionnelle. Mais Giovanni découvrit qu'elle possédait bien d'autres talents. Elle pratiquait la broderie, aimait entretenir le jardin et chantait en s'accompagnant à la cithare. La première fois qu'il l'entendit chanter, soutenant sa voix douce et chaude par de longs accords sur l'instrument, il eut un véritable choc. De peur que la jeune femme ne s'interrompe en le voyant, il resta blotti au pied d'un cèdre. Pendant plus d'une heure, il écouta Esther chanter des psaumes et son âme en fut bouleversée.

Le soir, il croisa la jeune fille dans le jardin et ne put s'empêcher de lui dire combien il avait apprécié la beauté de ses chants.

– Je ne savais pas que tu écoutais, sinon je me serais arrêtée sur-le-champ ! répondit-elle, surprise.

– Et pourquoi donc ? c'est un tel ravissement que de t'entendre.

Esther baissa les yeux.

– Je chante pour Dieu, parce que mon âme est trop pleine de joie ou de tristesse, et non pour séduire les hommes.

– Je l'avais compris et tes chants ont touché mon âme. Tu es une femme étonnante. Alors que les belles et nobles jeunes femmes que j'ai connues à Venise avaient pour principale préoccupation de sortir, de se rendre à des fêtes, de se faire belles et de trouver un mari, toi tu passes la majeure partie de tes journées dans cette maison ! Tu ne reçois jamais personne et tu consacres tant de temps à prier, à lire des livres, à chanter, à te promener dans ce jardin mystique en méditant...

Esther partit d'un rire joyeux.

– Tu as raison de te moquer de moi ! Je dois te donner l'impression de ne m'intéresser qu'à la religion.

– Je ne me moque nullement de toi ! Je ne te vois simplement jamais faire autre chose que de nourrir ton âme et ton esprit.

– C'est vrai que c'est une de mes aspirations essentielles. La science kabbalistique, les rituels religieux, comme la philosophie ou la connaissance des autres religions, sont pour moi une voie parmi d'autres pour mener une vie digne du don que Dieu nous a fait.

– Et quelles sont les autres voies ?

Esther se posa sur une balançoire tandis que Giovanni s'asseyait face à elle au pied d'un figuier. Elle se balançait lentement en regardant le ciel. Elle semblait un peu absente, comme absorbée par la danse des nuages ou des oiseaux, et prit le temps de répondre.

– Depuis que je suis enfant, je n'aspire qu'à une seule chose : aimer. Aimer autant que faire se peut. Alors je cherche les clefs qui me permettront d'atteindre au mieux ce but. Je les cherche dans les idées afin que mon cœur soit guidé par des pensées justes et vraies. Mais aussi dans la prière et l'expérience intérieure, car je suis convaincue que tout Amour vient de Dieu. Je les cherche également dans l'art, car la beauté et l'harmonie élèvent mon cœur. Je les cherche encore en moi. J'essaie chaque jour d'apprendre à mieux me connaître, me comprendre et m'aimer, car il est dit dans la Loi : « Aime ton prochain comme toi-même. » Je les cherche bien sûr, et surtout, dans la relation aux autres. Comment mieux écouter, mieux partager, mieux aider, mieux vivre avec ceux que Dieu a mis autour de moi ?

Giovanni l'écoutait sans la quitter des yeux. Plus il la regardait, plus ses paroles résonnaient en lui et plus il l'aimait. Jamais il n'avait imaginé qu'une telle personne pût exister quelque part sur terre.

– Tu es un magicien, Giovanni ! On dit de moi que je suis secrète et réservée et voilà que je confie mes pensées les plus intimes à quelqu'un que je connais si peu.

– Si tu savais comme je t'en suis reconnaissant !

– Mais peut-être ne sommes-nous pas des inconnus l'un pour l'autre ? J'ai un sentiment étrange depuis que je t'ai vu pour la première fois sur la place, lorsque tu allais être supplicié. Le sentiment que nous nous connaissions déjà.

– C'est impossible ! Mais curieusement, je ressens un peu la même chose, car tout ce que tu me dis trouve un écho profond en moi.

– Ce n'est pas impossible.

– Que veux-tu dire ?

Esther resta silencieuse quelques instants.

– Rien. Nous en reparlerons un autre jour. À mon grand regret, je vais devoir te quitter, Giovanni, car je dois sortir. Merci pour ton écoute. Demain, c'est toi qui me confieras les secrets de ton cœur !

Giovanni se releva et, avant qu'elle ne rejoigne la maison, lui demanda :

– J'ai remarqué que tu t'absentes un jour sur deux avec ta servante Sarah. Vous portez souvent de lourds paniers. Je brûle de te demander où vous vous rendez ainsi chargées.

Esther baissa les yeux sans répondre.

– Pardonne-moi, je suis trop indiscret, se reprit Giovanni que l'embarras de la jeune femme attristait.

Esther fixa son beau regard vers lui.

– Je t'en prie. Ta curiosité est légitime. Je n'aime pas en parler, mais je ne voudrais pas que tu croies que je cherche à te cacher quelque chose. Je pars plusieurs fois par semaine visiter des familles pauvres et leur remettre un peu de nourriture.

Les yeux de Giovanni s'illuminèrent.

– Pourrais-je t'accompagner ?

– Tu souhaites quitter cette maison et te promener en ville ?

– Oui, mais j'aimerais le faire avec toi et voir les gens que tu visites.

– Eh bien soit. Peut-être pas aujourd'hui, car je dois prévenir mon père et Malek, mais retrouvons-nous demain à l'aube à l'entrée de la maison, juste après l'appel du *mou'adhine*. Tu demanderas à Yosseph de te donner une grande djellaba avec une capuche qui cache tes traits de roumi afin que nul ne puisse te reconnaître. Car tu es censé être l'esclave de Mohammed... et non notre hôte !

Giovanni sourit.

– À demain, Esther.

## 80

Le lendemain matin, au moment où le soleil se levait, il se tenait déjà prêt devant la porte d'entrée. Le *mou'adhine* venait de finir le premier appel à la prière de la journée. Recouverte d'un grand châle blanc, Esther apparut presque aussitôt. Elle était accompagnée de Sarah. Elle salua Giovanni d'un plissement des yeux et lui fit remettre deux gros sacs remplis de provisions.

– Tiens, que tu serves à quelque chose !

Giovanni se saisit des deux sacs. Chacune des deux femmes en portait également un à chaque bras. Un serviteur tira le verrou et le referma derrière eux. Ils se glissèrent dans les petites ruelles du quartier. Giovanni était ému et tout excité par cette première sortie hors de son refuge. Le contraste entre la propreté et la beauté de la maison du riche banquier et la saleté des ruelles environnantes le surprit une nouvelle fois. Quelques enfants traînaient déjà dans les rues et les commerçants commençaient à sortir leurs marchandises. Tous saluaient Esther avec respect. À moins de cent pas de la maison, Esther frappa à une porte vermoulue. Une vieille femme vint ouvrir en ronchonnant. Lorsqu'elle vit Esther, elle l'embrassa avec émotion. En pénétrant dans une petite cour insalubre, Giovanni fut saisi par une odeur désagréable. Il constata qu'une vingtaine de femmes et d'enfants vivaient sous les arcades du patio dans un bric-à-brac de matelas usés, de vieux ustensiles de cuisine et de tissus déchirés. Dès qu'ils virent Esther, tous s'agglutinèrent autour d'elle. Elle fit signe à Giovanni de poser à terre les deux sacs qu'il portait. Les petits enfants sautaient au cou de la jeune femme, tandis que les mères et les plus grands déballaient, à grands cris et avec force commentaires, le contenu des sacs remplis de nourriture et de linges colorés. Esther et Sarah échangèrent pendant quelque temps avec les femmes, puis elles reprirent leurs sacs et ils quittèrent le lieu accompagnés d'une ribambelle d'enfants. Une fois dans la rue, Giovanni s'empressa de décharger les deux femmes.

– Elles ont perdu leur mari et personne n'en veut, dit Esther. Elles ont pris possession de la courette de cette vieille maison abandonnée et vivent avec leurs enfants comme des parias. Certaines se prostituent pour survivre. Pour éviter cela, je leur apporte chaque semaine nourritures et vêtements.

– C'est merveilleux ! s'exclama Giovanni.

– Non, répondit Esther. Ce qui serait merveilleux, c'est qu'elles puissent retrouver un mari ou un travail et vivre dignement. Je tente, avec la grâce de Dieu, de parer au plus urgent, mais il faudrait faire beaucoup plus. Nous allons maintenant descendre plus bas dans la ville, à la limite des quartiers juif et arabe. Je dois apporter des vivres et des médicaments à une famille nombreuse dont le père est malade. Il ne peut plus travailler depuis plusieurs semaines.

Ils frappèrent bientôt à une porte peinte en jaune. Un petit étui en bois dans lequel était roulé un

parchemin était accroché de manière oblique au tiers
supérieur du poteau droit de la porte d'entrée.

– J'ai constaté qu'un objet similaire était suspendu
à l'entrée de votre maison comme à la plupart des
portes du quartier juif. Quelle en est la signification ?
demanda Giovanni.

– C'est une *mezouza*, répondit Esther avec un large
sourire. Sur le petit parchemin sont inscrites ces paroles
du Livre du Deutéronome : « *Écoute Israël : l'Éternel
notre Dieu est le seul Dieu. Tu aimeras l'Éternel de
tout ton cœur, de toute ton âme et de toute ta force.
Que ces paroles que je te dicte aujourd'hui demeurent
dans ton cœur ! Tu les répéteras à tes fils, tu les leur
diras aussi bien assis dans ta maison que marchant
sur la route, couché aussi bien que debout ; tu les
attacheras à ta main comme un signe, sur ton front
comme un bandeau, tu les écriras sur les poteaux de
ta maison et sur tes portes.* »

Une femme vint ouvrir. Elle pleura de joie en voyant
Esther et leva les bras au ciel en débitant un grand flot
de paroles.

– Je vais en avoir pour un temps assez long et comme
tu ne parles pas l'arabe, mieux vaudrait pour toi que
tu attendes dehors avec Sarah, murmura Esther à Giovanni, qui acquiesça d'un mouvement de la tête.

Tandis qu'Esther pénétrait dans la maison, Giovanni
et la servante prirent place sur le large rebord de pierre
d'une maison voisine, qui donnait sur une petite place
où trônait une fontaine. Les habitants du quartier
commençaient à venir remplir des récipients. Giovanni
fut surpris de constater que certains passaient avant les
autres sans créer de conflits. Il fut bientôt choqué de
voir un vieil homme, qui avait fait la queue pendant

cinq bonnes minutes, se faire souffler son tour par deux jeunes enfants, puis ensuite par une femme et encore par un autre homme qui le bouscula sans ménagement. Comme il allait intervenir, Sarah lui saisit vigoureusement la main et lui dit une phrase en arabe qu'il ne comprit pas. Mais il lut dans son regard qu'il ne fallait surtout pas bouger. Il resta donc immobile. Quelques instants plus tard, deux femmes vinrent interpeller Giovanni. Sarah répondit à sa place et ne dut pas être très aimable, car les femmes partirent en criant et en gesticulant. Enfin, Esther les rejoignit.

– Rentrons maintenant.

– Comment va l'homme ? s'inquiéta Giovanni.

– Son état a empiré. Il a de fortes fièvres et convulsions. C'est sans doute une maladie qu'on peut attraper ici par les piqûres de moustiques. Il n'y a rien à faire et les plantes que je lui ai données permettront seulement de faire baisser provisoirement la fièvre.

Tandis qu'ils remontaient vers la maison, Giovanni raconta à Esther la scène de la fontaine.

– Ceux que tu as vus passer devant les autres sont des Maures, des Arabes ou même des esclaves chrétiens, répondit Esther. Les autres qui doivent laisser leur place, comme ce vieil homme, sont des Juifs. On nous tolère, mais nous valons moins que les esclaves.

Cette brève excursion dans la ville fit le plus grand bien à Giovanni. Il demanda dès lors la permission à Eléazar de sortir une ou deux fois chaque semaine. Le kabbaliste accepta, mais à condition qu'il soit toujours accompagné de quelqu'un qui parle arabe. En fait,

Giovanni aimait surtout accompagner Esther lors des visites qu'elle faisait aux pauvres et aux malades. Aussi Giovanni commençait-il à être connu des habitants du quartier à qui il fut présenté comme un esclave chrétien prêté par Mohammed.

Eléazar avait aussi proposé au jeune homme de prendre les livres qu'il souhaitait dans sa bibliothèque et Giovanni avait emprunté une Bible en latin et les *Dialogues* de Platon en grec. C'est avec bonheur qu'il se replongea dans ces ouvrages qui lui avaient jadis ouvert l'intelligence aux questions ultimes. Le kabbaliste commença aussi à confier à Giovanni quelques petites tâches de rangement dans sa bibliothèque. Parallèlement à ce travail intellectuel, il cherchait à rendre des services dans la maison et parfois Malek lui demandait son aide pour l'entretien du jardin ou des travaux de maçonnerie.

Pourtant, malgré la beauté du lieu, la joie de lire et de méditer dans le jardin, la chaleur de ses hôtes et son amour pour Esther qui ne cessait de grandir, Giovanni n'était pas vraiment en paix. Plusieurs choses le préoccupaient et l'empêchaient de s'abandonner pleinement à ces plaisirs raffinés du corps et de l'esprit.

Chaque jour, il pensait à Georges qui croupissait toujours au bagne à quelques centaines de mètres de lui. Comme il aurait aimé revoir son ami ! Et surtout comme il aurait aimé l'aider à quitter enfin ce lieu. Un matin où il y songeait, Esther vint le rejoindre sur un banc du jardin. Elle lui demanda les raisons de sa tristesse. Giovanni lui parla ouvertement. Il lui confia la douloureuse histoire du Français, son envie de le revoir et sa peine de le savoir encore captif. Esther l'écouta en silence et changea de sujet.

Il était préoccupé aussi par le souvenir d'Elena et par cette lettre qui n'avait jamais été remise au pape. Qu'était-il arrivé à la lettre ? Elena l'avait-elle attendu ou bien s'était-elle mariée ? Pensait-elle encore à lui ? Comme il aurait aimé la revoir ! Puisqu'il était libre de ses mouvements, ne pourrait-il pas se rendre à Venise ? Mais Venise présentait de grands risques, pour elle comme pour lui. Et puis, plus profondément, il sentait que son cœur avait hiberné durant toutes ces années, et qu'il commençait seulement à revivre depuis quelques semaines... depuis qu'il vivait auprès d'Esther. Son amour pour Elena était éternel et le visage de la jeune femme resterait à jamais gravé en lui. Mais son désir pour elle avait progressivement décliné au fil du temps et des épreuves. Certes, il savait qu'il renaîtrait sûrement à l'instant même où il la reverrait, telles des braises sur lesquelles on souffle. Mais puisqu'il était bien plus sage et raisonnable de ne jamais tenter de revoir sa bien-aimée, autant ne pas réveiller cette passion, se disait-il. En revanche, la présence quotidienne d'Esther avait progressivement éveillé des sentiments profonds et un trouble sensuel chez Giovanni. Il avait tenté au départ de lutter contre ses sentiments et ses émotions. Puis il s'était résolu à accueillir et à laisser grandir ce qui naissait en lui, sans projet et sans inquiétude autre que de vivre chaque instant en vérité. Il lui arrivait toutefois de se demander si le cœur de la fille d'Eléazar était vraiment libre ou si elle pouvait éprouver des sentiments pour lui. Toutes ces questions hantaient son esprit, alors même qu'il commençait à douter de son réel désir de poursuivre sa route de vengeance vers Jérusalem.

Mais dans l'immédiat, une autre question le préoccupait davantage encore. Depuis qu'il avait eu cette longue conversation dans le bureau d'Eléazar à propos du livre d'Al-Kindî, Giovanni était rongé par un doute terrible qu'il n'arrivait pas à ôter de son esprit. Un petit détail l'avait surpris dans la conversation avec le kabbaliste et, plus encore, il avait été troublé par la vue du manuscrit rangé à côté du *Djefr*. Plusieurs fois, alors qu'il consultait des livres dans le bureau, il avait tenté de se rapprocher de ce fameux manuscrit, mais le kabbaliste l'avait alors engagé à chercher des ouvrages à d'autres endroits de la bibliothèque et il n'avait jamais pu se retrouver seul dans la pièce. Ce doute devenait si puissant et si oppressant au fil des semaines que, ce jour-là, Giovanni décida d'en avoir le cœur net.

Au milieu de la nuit, alors que toute la maison dormait, il se leva et sortit de sa chambre. C'était une nuit sans lune. Il descendit à pas feutrés l'escalier menant au patio des serviteurs et se rendit dans la cuisine. En tâtonnant, il parvint à trouver une chandelle qu'il alluma. Puis il se saisit d'un couteau servant à découper les viandes et quitta la pièce sur la pointe des pieds. Il éteignit la bougie et traversa le second patio avant de franchir l'ultime porte qui débouchait dans le jardin. Il emprunta ensuite l'escalier qui montait à l'étage où se trouvait le bureau-bibliothèque du kabbaliste et rasa les murs jusqu'à la porte de la pièce. À son grand soulagement, il constata qu'elle était ouverte. Il pénétra dans le bureau et alluma à nouveau le cierge. Il avança d'un pas plus assuré vers la bibliothèque et, le cœur battant, s'approcha de l'étagère où reposaient les manuscrits anciens. Le *Djefr* était là, juste à côté de l'autre de facture plus récente. Giovanni posa le cierge sur le rebord de l'étagère et se saisit de ce dernier livre. « C'est bien, me semble-t-il, la même reliure. Ce serait incroyable que... »

La porte s'ouvrit brutalement. Giovanni sursauta. Malek pénétra dans le bureau accompagné de deux autres serviteurs armés de cimeterres.

– Que fais-tu ici ? lança le géant noir sur un ton menaçant.

– Je voulais vérifier quelque chose, répondit Giovanni, la voix mal assurée.

– La nuit ? En cachette ? Tu voulais voler un manuscrit ancien, oui !

– Non, je t'assure.

Malek donna un ordre en arabe à l'un des hommes qui quitta immédiatement la pièce. Malek et l'autre serviteur se rapprochèrent de Giovanni.

– Et pourquoi te promener avec ce couteau que tu as dérobé à la cuisine ?

– J'avais peur de faire une mauvaise rencontre, avoua Giovanni.

– Ici ? Tu te moques de moi ! Mon maître va bientôt arriver et il m'ordonnera certainement de te faire enfermer dans la cave.

Eléazar arriva en effet quelques instants plus tard. Juste après, Esther pénétra aussi dans la pièce en compagnie d'un autre serviteur armé. Elle avait l'air affolée. Tous regardèrent Giovanni, qui était dos au mur, et tenait toujours le manuscrit entre les mains.

– Je l'ai surpris en train de voler vos ouvrages les plus précieux, maître.

– C'est faux, reprit Giovanni.

– Eh bien explique-toi, mon garçon, reprit Eléazar d'une voix rassurante. Pourquoi es-tu ici, armé, en pleine nuit ? Que voulais-tu faire ? Que redoutais-tu ?

– Je redoutais qu'on m'assassine, reprit Giovanni qui n'avait plus d'autre issue que de dire la vérité.

– Qu'on t'assassine dans cette maison ? Mais pour quelle raison ?

– Parce que j'aurais découvert...

Giovanni ne parvenait pas à finir sa phrase tant la peur tenaillait son ventre. Malek fit mine de s'avancer vers lui. Giovanni laissa tomber le manuscrit sur l'éta-gère et, telle une bête traquée, se saisit de son couteau.

– N'approche pas !

Eléazar fit signe à son intendant de ne pas bouger.

– Qu'aurais-tu donc découvert ? reprit le kabbaliste.

Giovanni était visiblement paniqué. Il reprit d'une voix émue :

– J'aurais découvert que vous possédez l'exemplaire du *Djefr* écrit en latin ! Celui-là même que possédait mon maître avant d'être assassiné.

– Père, que signifie tout cela ? lança Esther le regard inquiet.

– Ne t'inquiète pas, mon enfant, j'ai compris ce qui se passe dans la tête de notre ami.

Puis il s'adressa à Giovanni :

– Tu penses que je fais partie de cette confrérie occulte qui a tué ton maître, n'est-ce pas ? Tu imagines que ces hommes en noir m'ont apporté le manuscrit du *Djefr* en latin après l'avoir volé à ton maître ? Tu crois peut-être aussi que je t'ai fait libérer du bagne dans l'unique but de te faire avouer où est la lettre destinée au pape ? C'est pour cela que tu t'es armé et que tu trembles ?

Giovanni resta d'abord silencieux. Puis il reprit :

– Je ne sais... J'ai été troublé quand vous m'avez demandé le nom de la femme à qui je l'ai remise. Et puis j'ai constaté que vous rangiez le manuscrit d'Al-Kindî à côté d'un autre ouvrage qui ressemble tant à celui que possédait mon maître. Je voulais vérifier.

– Eh bien vérifie.

Giovanni fixa Eléazar. Il ne savait plus que penser. Était-il tombé dans un terrible traquenard ou bien tout cela était-il le fruit de son imagination ? Il n'y avait en effet pas d'autre solution que d'ouvrir ce gros livre. Tout en restant vigilant, il se saisit à nouveau du manuscrit. Un silence de mort régnait dans la pièce. La main tremblante, il l'ouvrit. Il resta quelques instants interdit, les yeux fixés sur les pages ouvertes du livre. Puis il le reposa sur l'étagère.

Il poussa un grand soupir et reprit :

– Je me suis fort heureusement trompé. Ce manuscrit est aussi écrit en arabe. Je suis désolé...

Eléazar s'approcha lentement de Giovanni. Il s'arrêta face à lui et lui dit d'une voix chaleureuse :

– Ce n'est rien, mon enfant. Je comprends ton angoisse. On a tenté de t'assassiner plus d'une fois et même dans un lieu aussi paisible qu'un monastère. Maintenant va te reposer et ne crains plus. Nous n'avons rien à voir avec ces fanatiques qui te poursuivent.

Giovanni quitta la pièce en silence. Il croisa le regard d'Esther et put y lire un mélange d'inquiétude et de compassion. Au moment où il passait devant Malek, ce dernier lui serra le bras :

– Pardonne mon attitude.

Giovanni leva les yeux vers l'intendant avec bienveillance.

– Tu as fait ton devoir.

Puis il rejoignit sa chambre, s'allongea sur sa couche et pleura. Son âme était libérée d'un grand poids.

## 81

Le lendemain, Giovanni se leva le cœur serein. Le soleil était déjà au zénith. Il avala un grand verre de lait d'amande et quelques dattes, puis il alla, comme chaque jour, se promener dans le jardin avec le secret espoir d'y croiser Esther. La présence de la jeune femme était devenue nécessaire à son bonheur. Il lui suffisait de la voir une seule fois dans la journée et d'échanger quelques mots avec elle, ou bien de l'écouter chanter, ou de la regarder jardiner, pour que le reste du jour prenne un parfum différent. Ce matin-là, il souhaitait d'autant plus la rencontrer en tête à tête qu'il tenait à lui expliquer son attitude de la veille. Comme c'était un vendredi, jour de Vénus, mais aussi veille du Shabbat, Giovanni savait qu'il ne pourrait voir Esther après que le soleil aurait commencé à décliner. Pour être sûr de la croiser, il se rendit donc dans le jardin et s'installa sur un petit banc de pierre blanche, près de *Hesed*, la fontaine de la grâce. Il resta assis un long moment en regardant l'eau glisser jusqu'au sol par les rebords marbrés de la fontaine. Soudain, il vit Esther venir vers lui. Son cœur s'emballa. Elle était vêtue d'une belle robe rouge. Elle s'approcha du banc. Son visage était encore marqué par les événements de la nuit.

– Je suis heureuse de te voir, Giovanni, dit-elle sur un ton à la fois apaisant et empreint de gravité.

Giovanni se leva et serra ses deux mains entre les siennes.

– Moi aussi, Esther. Je suis si désolé pour ce qui s'est passé hier soir.

– Ne t'inquiète pas. Mon père m'a expliqué tous les détails de cette dramatique histoire. Je comprends que tu aies pu avoir des doutes nous concernant.

Cette remarque déchira le cœur de Giovanni.

– Je n'ai jamais eu de doutes par rapport à toi, Esther. Je te l'assure. Mais mon esprit tourmenté a pu parfois imaginer que ton père entretenait des liens avec cette confrérie. Cette seule pensée m'était devenue si insupportable au regard de la bonté dont il a fait preuve à mon égard, que j'ai voulu m'en libérer en...

Esther l'interrompit en ôtant doucement les mains des siennes et en l'entraînant vers le haut du jardin.

– J'ai bien compris cela, Giovanni, et mon père aussi. Ne t'en fais pas. Mais j'aimerais te faire une surprise.

– Une surprise ?

– Oui, suis-moi vers *Kether*.

Tous deux remontèrent en silence la petite allée ombragée qui les conduisit d'abord à la fontaine *Hochma*, puis à *Kether*. Giovanni sentait une certaine nervosité chez la jeune femme. Une anxiété qu'elle tentait de dissimuler derrière un sourire avenant et une attitude posée. Arrivés devant l'épais bosquet qui camouflait la plus haute fontaine du jardin, Esther se retourna vers lui.

– Regarde la maison, tout en bas de l'allée centrale.

Giovanni laissa aller son regard sur la longue allée

entourée d'arbres centenaires et sur le bâtiment lointain.

– Maintenant dis-moi, cher Giovanni, quel serait en cet instant ton vœu le plus cher.

Surpris par la question, il s'apprêta à réagir, mais Esther l'interrompit et posa un doigt sur ses lèvres.

– Chuuut..., souffla-t-elle. C'est à la fois un jeu et ce n'est pas un jeu. Dis-moi très sincèrement, du fond de ton cœur, quel serait en ce moment ton vœu le plus cher ?

Giovanni comprit que la jeune femme ne plaisantait pas. Il se mit à l'écoute de son cœur. L'émotion qu'il ressentait en regardant Esther, en humant son parfum délicieux à senteur de lilas, en frémissant sous la douceur exquise de son doigt contre ses lèvres, lui souffla immédiatement la réponse. Il évita de réfléchir plus longtemps, car il craignait que son courage ne l'abandonne.

– Mon vœu le plus cher serait... que ton cœur soit attaché au mien, comme le mien est devenu l'esclave du tien... que nos corps et nos lèvres s'étreignent, comme nos esprits savent danser si harmonieusement ensemble.

Esther semblait abasourdie par la réponse. Elle le regarda fixement. Il réalisa qu'une immense émotion s'était emparée d'elle. Son visage s'empourpra.

– Es-tu vraiment sincère ?

Giovanni sentit son âme tanguer.

– Comment peux-tu en douter ? Dès la première fois où je t'ai vue, mon âme s'est attachée à la tienne et pas une seule minute ne passe sans que mes pensées viennent te visiter.

Esther ne cillait pas, son regard cherchait la vérité dans son âme.

– Et cette femme que tu as tant aimée et pour laquelle tu as tout quitté ?

– Je l'aime encore et je l'aimerai toujours. Mais je sais maintenant que je n'irai jamais la retrouver. Je sais que nos vies ont été séparées par le destin. Une fois pour toutes. Elle est présente en moi comme si elle vivait dans un autre monde et je ne ressens plus ni désir, ni passion pour elle.

Esther détourna son regard.

– Depuis que je te connais, Esther, j'ai compris, presque avec surprise, que mon cœur était vraiment libre d'aimer à nouveau, et chaque jour qui passe me lie davantage à toi. Tu me demandes aujourd'hui quel est mon vœu le plus cher et je n'ai aucun doute : que ton cœur soit libre et que cet amour soit partagé... saisir tes mains dans les miennes... effleurer tes lèvres de mes lèvres... m'enivrer de ton parfum...

Esther releva brusquement la tête. Des larmes brillaient au fond de ses grands yeux noirs et son regard exprimait une tendresse infinie. Elle caressa doucement la joue du garçon.

– Oh, Giovanni ! Je ne m'attendais pas du tout à ce que tu dévoiles de tels sentiments. Je n'ai encore jamais aimé un homme, sais-tu ? Mon cœur est celui d'une jeune fille sans expérience de la vie.

Ils se regardèrent, la même émotion les faisait trembler. Il posa sa main sur celle d'Esther. Charriant du khôl noir, les larmes coulaient maintenant le long de ses joues.

– Mon cœur est libre, Giovanni... et rien ne me procurerait plus de joie que de te l'offrir.

À ces mots Giovanni sentit un flot de bonheur envahir son cœur. Avec force, il serra Esther dans ses bras. Puis il la regarda à nouveau et posa doucement ses lèvres contre les siennes. Leurs lèvres s'effleurèrent avec pudeur, tandis que leurs doigts s'enlaçaient avec passion.

– Je suis si heureux, murmura Giovanni.

– Et moi ! Si tu savais ! Et si surprise aussi. Hier encore, je croyais que tu allais partir.

– Pourquoi ? Depuis que je suis ici, mon âme a retrouvé la paix et mon cœur est en liesse.

Esther se recula légèrement pour mieux l'observer.

– Es-tu certain de ne pas vouloir retourner dans ton pays ?

– Certain... ou alors avec toi.

Un voile de gravité se posa sur le visage de la jeune femme.

– Sais-tu quel vœu je pensais que tu allais exprimer ?

Giovanni fit un signe négatif de la tête.

– Celui de retourner en Europe. J'étais venue t'annoncer que cette nuit même, après ce drame, j'avais convaincu mon père de te procurer les moyens de quitter El Djezaïr, mais aussi de libérer ton ami français.

Giovanni resta abasourdi.

– Tu as fait ça ?

Elle acquiesça. Puis, timidement :

– Tu peux encore changer d'avis et partir... je comprendrais et ne t'en voudrais pas.

En guise de réponse, Giovanni l'embrassa avec fougue.

– Je t'aime, Esther, comprends-tu ? Je t'aime et ce que tu viens de me dire m'attache plus encore à toi.

Je serais tellement heureux si tu pouvais faire libérer Georges, mais jamais je ne partirai d'ici sans toi.

– Mais Georges est libre.

– Que dis-tu ?

– Malek est allé l'acheter à l'intendant du sultan ce matin même par l'intermédiaire d'un autre ami musulman. C'était cela ma surprise, Giovanni. J'étais tellement convaincue que tu exprimerais le vœu de quitter El Djezaïr avec ton ami !

– Ainsi non seulement tu étais prête à me voir partir, mais en plus tu m'en donnais les moyens ?

– Si tel avait été ton vœu le plus cher, comme je le croyais malgré ma tristesse, comment aurais-je pu vouloir te garder égoïstement auprès de moi ?

Giovanni regarda longtemps Esther au fond des yeux. Cette femme n'inspirait pas seulement l'amour. Elle ne savait pas seulement merveilleusement converser sur l'amour. Elle était l'amour. Elle était tous les visages de l'amour : l'*eros* du désir, la *philia* de l'amitié et l'*agapè* du don de soi. Il sut à cet instant que jamais son cœur ne pourrait aimer une autre femme qu'elle, quoi qu'il arrive.

– Et où est Georges ? reprit-il la voix cassée par l'émotion.

– Ici.

– Ici ?

– Descendons l'allée et allons le retrouver dans le patio des serviteurs. Veux-tu ?

## 82

Georges était arrivé une heure plus tôt. Sans rien connaître des motifs de son rachat, il avait été conduit chez un marchand musulman qui l'avait aussitôt confié à Malek. Étonné de se trouver dans la maison d'un Juif, il attendait avec impatience qu'on lui explique ce qu'il faisait ici, mais personne ne semblait disposé à répondre à ses questions. Il se morfondait dans une petite pièce qui servait d'accueil pour les visiteurs de l'intendant d'Eléazar, lorsque la porte s'ouvrit. Quand il vit la silhouette de Giovanni, il demeura sans voix. Le jeune Italien se jeta dans ses bras. Leur étreinte dura plusieurs secondes, puis Giovanni le regarda dans les yeux :

– Georges ! Quelle joie de te revoir !

– Giovanni ! Et moi donc ! Je n'avais plus aucune nouvelle de toi. Que t'est-il arrivé pendant ces deux mois ?

– Que du bien, mon ami. Il ne m'est arrivé que du bien.

– Mais que fais-tu chez ces Juifs ? Je te croyais l'esclave d'un commerçant arabe ?

– J'ai beaucoup de choses à te raconter. Mais la première, qu'il faut que tu saches sans plus attendre, c'est que tu es libre.

Georges resta pétrifié.

– Libre ?

– Oui, Georges, libre. Libre de repartir chez toi quand bon te semble. Le maître de cette maison a racheté ta liberté.

– Je n'y crois pas, répondit Georges, incrédule.

– Je t'assure.

Georges manqua défaillir. Giovanni lui proposa de s'asseoir. Esther était restée avec Malek dans le patio. Giovanni alla les chercher.

– Georges, je te présente Esther, la fille unique du maître de cette maison. C'est grâce à elle que l'un et l'autre avons retrouvé la liberté.

Le Français contempla la jeune femme comme si la Madone lui était apparue. Il se jeta à ses pieds, les baisant de reconnaissance. Esther le releva et lui dit en français :

– Au nom de notre foi et de nos convictions, mon père et moi sommes contre la pratique de l'esclavage. Quand la Providence nous donne l'occasion de faire libérer des captifs, cela n'est que justice. Soyez le bienvenu chez nous. Nous vous aiderons à quitter El Djezaïr et à rejoindre votre pays quand vous le souhaiterez.

– Je ne sais que dire tant sont grandes ma dette et ma gratitude envers vous. De plus vous parlez ma langue !

– J'ai séjourné plusieurs fois dans le sud de la France et à Paris. J'aime votre beau pays. Vous êtes du Nord, je crois ?

– De Dunkerque ! Ah, comme vous et votre père seriez bien accueillis dans ma ville natale !

– Depuis combien de temps n'avez-vous pas revu les vôtres ?

Le regard de Georges s'emplit de tristesse.

– Depuis huit ans, quatre mois et dix-sept jours.

– Eh bien, je vous promets que vous fêterez Noël en leur compagnie.


Georges resta une semaine chez Eléazar. Les premiers jours, il tenta de convaincre Giovanni de revenir avec lui en Europe. Puis, quand il eut un peu mieux connu Eléazar et sa fille, il comprit les raisons qui retenaient son ami à Alger. Il le félicita même d'avoir su toucher le cœur d'une aussi belle personne. Il suscita toutefois un grave trouble chez Giovanni en lui demandant s'il comptait épouser Esther, et donc « se convertir au judaïsme ». À vrai dire, la relation amoureuse avec Esther était si récente qu'il n'avait même pas songé à cette question. Georges lui assura qu'il était impossible pour une Juive d'épouser un chrétien sans renier son peuple et recevoir le baptême, à moins que ce ne soit le mari qui renie le Christ et se fasse circoncire. Giovanni réalisa que Georges avait sûrement raison et il en fut bouleversé. Après tout, il n'avait jamais été question de mariage entre lui et Esther et peut-être la jeune femme, comme jadis Elena, n'envisageait pas que la chose fût possible. Peut-être songeait-elle seulement à vivre un amour passionné et interdit avec Giovanni et épouserait-elle plus tard un homme juif pour ne pas contrarier son père ? Cette pensée le plongea dans une profonde détresse.

Giovanni tenta de ne rien laisser paraître de ce trouble intérieur qui n'échappa pas à la sagacité de la

fille d'Eléazar. Mais Esther était loin d'imaginer ce qui
se passait dans la tête de son ami. Elle mit cette tristesse
sur le compte du départ imminent de Georges et se
demanda même si Giovanni n'avait pas quelques
regrets. À son tour, elle fut bientôt si soucieuse qu'elle
perdit l'appétit et le sommeil. N'y tenant plus, la veille
du départ du Français qui devait se joindre à une caravane en partance pour Ouahrane où il embarquerait
pour la France, elle prit à part Giovanni en haut du
jardin et lui ouvrit son cœur :

— Giovanni, je vois bien la tristesse qui envahit ton
âme depuis quelques jours. J'en comprends la cause et
je voudrais te dire qu'il est encore possible que tu
changes d'avis.

Le jeune homme ouvrit des yeux ronds.

— Aucune promesse ne te rattache à moi, poursuivit-
elle en se tordant les doigts. Jamais je ne t'oublierai.
Mais jamais non plus je ne pourrai t'en vouloir d'avoir
souhaité rentrer dans ton pays... et même de retrouver
cette femme à Venise.

Giovanni resta stupéfait. Il venait de comprendre le
terrible malentendu. Il serra Esther dans ses bras, le
plus fort qu'il put. Prenant ce geste comme un baiser
d'adieu, la jeune femme sentit son âme envahie d'un
désespoir si profond qu'elle mit toutes ses forces à se
défaire de l'étreinte et s'enfuit en courant vers la
maison. Giovanni eut vite fait de la rattraper. Il la saisit
fermement par le bras et la regarda droit dans les yeux.
Elle était en larmes.

— Esther, c'est une terrible méprise. Je ne suis pas
triste parce que j'ai envie de partir, mais parce que je
t'aime trop !

Esther resta interdite.

– Comment peut-on trop aimer ? Comment peut-on être triste de trop aimer ?

– Souviens-toi, je t'ai raconté combien j'avais jadis été désespéré de ne pouvoir épouser la femme que j'aimais car les coutumes s'y opposaient. Esther, je n'ai maintenant qu'une seule crainte qui ronge mon cœur : que tu ne puisses un jour être ma femme... car tu es juive et moi chrétien.

Le visage de la jeune femme s'éclaira lentement.

– Tu songes vraiment à m'épouser ?

– Esther, comment pourrait-il en être autrement si je t'aime d'un amour sincère ? Comment pourrais-je t'aimer de tout mon cœur et savoir que tu vas peut-être un jour épouser un autre homme ?

– Tu as envie de m'épouser et tu penses que mon père te refusera ma main ?

– Je le redoute tant depuis que Georges m'a mis cette idée dans la tête que je n'en dors plus la nuit.

– C'est donc cela !

Esther se jeta à son cou.

– Oh ! mon amour ! Et moi je ne dors plus la nuit à la seule idée que tu aies envie de partir avec ton ami.

Leurs lèvres se cherchèrent, ils s'enlacèrent.

– Mon père n'a que mon bonheur pour préoccupation et il a de l'estime et de l'affection pour toi. Jamais il ne s'opposera à notre union. J'en suis certaine, Giovanni.

– Mais devrai-je me convertir au judaïsme ou toi à la religion chrétienne ?

Esther réfléchit, le sourcil froncé.

– Je n'ai jamais pensé à cette question. Bien que Juif pratiquant, mon père m'a toujours élevée dans l'idée que toutes les religions se rejoignaient et qu'elles ne devaient pas être un obstacle entre les enfants d'un seul et même Dieu. Comment pourrait-il s'opposer à notre union parce que nous n'avons pas le même héritage religieux, alors que nous avons la même foi et la même quête de l'essentiel ?

– Tu sais, Esther, quand je suis arrivé ici j'étais sûr d'avoir perdu la foi. Maintenant je ne sais plus très bien. Il m'arrive à nouveau de prier ou de penser au Christ, mais je ne suis pas religieux comme vous pouvez l'être et je crains que ton père n'attache plus d'importance que tu ne le crois aux rituels et à la pratique. Songe à nos enfants, si Dieu nous en donne : dans quelle religion seront-ils élevés ?

– Celle de l'amour, répondit Esther sans l'ombre d'une hésitation.

Giovanni sourit.

– Tu es merveilleuse.

– Seul l'amour est digne de foi. Ne crois-tu pas ?

– Oui, mais la religion comporte aussi des pratiques, des symboles, des rites...

– Eh bien, tu leur transmettras les paroles du Christ et moi je leur apprendrai les prières juives. Tu élèveras leur intelligence jusqu'aux questions les plus hautes de la philosophie et moi j'éduquerai leur cœur à accueillir tout être humain, quel qu'il soit, comme un envoyé de l'Éternel. Tu les initieras au platonisme et moi à la Kabbale. Tu leur apprendras l'italien et le latin ; moi l'arabe et l'hébreu. Le matin, tu les confieras à la Vierge et le soir je les coucherai en récitant la prière de mes pères : *Schma Israel Adonai eloenou Adonai ehad*.

– Esther, je suis bouleversé par ce que tu dis. Mais

quel prêtre ou quel rabbin acceptera de nous marier,
puisque nous n'avons pas la même religion ?

– Eh bien je me ferai baptiser... s'il n'y a aucune
autre solution.

Giovanni la regarda avec tendresse.

– Non, mon amour, c'est moi qui me ferai circoncire.
Ton peuple a trop souffert et je ne veux pas que tu
renonces à la religion de tes pères. Et puis... Jésus était
bien juif et circoncis après tout ?

Esther éclata de rire et se blottit au creux de ses bras.

– Dès que Georges sera parti, j'irai parler à ton père
et lui demanderai ta main, veux-tu ?

– C'est lui qui te donnera la réponse, mais je lui
aurai donné mon sentiment avant...

Ils restèrent longtemps dans les bras l'un de l'autre.
Après les derniers adieux, le Dunkerquois quitta la
maison et suivit Malek qui le conduisit au chef de la
caravane en partance pour Ouahrane. De là il embarquerait pour Toulon, puis pour Dunkerque. Dans moins
d'un mois, si tout se passait sans incident, il serait chez
lui. Il avait promis à Giovanni de lui écrire chez Eléazar
pour le prévenir qu'il avait enfin retrouvé sa famille.

Sitôt son ami parti, Giovanni se concentra sur les
mots qu'il dirait à Eléazar.

Le lendemain matin, il aperçut le vieil homme seul
dans le jardin, méditant sous un figuier. Il se dit que
le moment était propice et s'approcha.

– Puis-je vous parler de quelque chose d'important ou souhaitez-vous plus tard ?

– Assieds-toi, mon garçon. Je t'écoute.

– Eléazar, vous m'avez recueilli dans cette maison
d'abord comme un captif que vous avez eu la bonté

de libérer. Vous me traitez depuis plus de deux mois comme un véritable fils et j'en suis ému et fier.

Il réussit à contenir son tremblement, puis reprit, le souffle court :

– Mon cœur a appris à vous connaître et à connaître votre fille. Progressivement, il s'est attaché à elle à un point tel que je ne pourrais plus envisager de vivre loin d'elle. Je ne suis ni juif, ni algérois, ni riche, ni installé dans une bonne situation. Je n'ai à lui offrir que la sincérité de mon cœur et la droiture de mon intelligence en quête de vérité. Eléazar, j'aime votre fille. Je l'aime plus que ma vie et je souhaite faire son bonheur. Accepteriez-vous de me la donner pour épouse ?

Giovanni était si ému qu'il baissa le regard. Le vieil homme resta silencieux, se caressant lentement la barbe. Puis il répondit :

– Esther m'a parlé de votre amour, lequel ne m'avait d'ailleurs pas échappé. Comme je le lui ai dit, je considère qu'Esther est capable de prendre cette décision seule. De même que mes serviteurs ne sont pas traités comme des esclaves, ma fille bien-aimée reste libre de mener sa vie comme elle l'entend.

Giovanni fut surpris par la réponse de l'érudit. Après quelques secondes d'hésitation, il reprit sur un ton plus hésitant :

– Mais voyez-vous quelque obstacle à ce mariage ?

– J'ai prié le Seigneur... et dans la clarté de mon âme, cet amour m'apparaît vrai et fort.

Giovanni poussa un soupir de soulagement.

– Comme je l'ai dit à Esther, se pose toutefois la question de votre différence de religion.

Le jeune homme retint son souffle.

– Comme vous n'avez pas été élevés dans la même

tradition religieuse, il est impossible que vous puissiez vous marier à l'église ou à la synagogue.

– J'en suis, hélas, bien conscient. C'est pourquoi j'ai proposé à Esther de me convertir au judaïsme.

– Elle me l'a dit, mais il n'en est pas question.

Giovanni trembla d'effroi.

– On ne change pas de religion avec la seule motivation de se marier, reprit le kabbaliste avec fermeté. Ma fille est née juive et elle restera juive. Tu es né chrétien et tu le resteras. Chaque tradition religieuse a sa grandeur unique et il est néfaste de vouloir en changer. Il y a une image kabbalistique que j'utilise parfois pour évoquer cette diversité des religions : nous disons que Dieu a transmis aux hommes la lumière de Sa Révélation dans un vase de terre. Mais ce vase s'est brisé tant la lumière était vive. Alors la Révélation divine s'est répandue sur toute la terre en se diffractant en mille éclats de lumière. Chaque éclat est un reflet du divin. Aucun ne recèle toute la Vérité. Selon moi, chaque religion possède donc une parcelle de vérité. Dans son sommet elle est unique et irremplaçable. Par exemple, nous, les Juifs, apportons à l'humanité la connaissance du Dieu unique et bon et devons en être les témoins par la sainteté de notre vie. Vous, chrétiens, vous apportez les paroles bouleversantes et la présence de Jésus, le fils de Dieu et le plus grand des enfants des hommes. Il n'y a pas d'opposition entre les deux traditions, mais une profonde complémentarité. Au lieu de se combattre et de se mépriser, les religions devront apprendre à se connaître, à se respecter et à se féconder, puisqu'elles sont toutes porteuses d'une même Vérité divine qu'aucun peuple ne peut à lui seul porter. Changer de religion reviendrait donc à nier un éclat de la lumière divine, à la considérer comme ténèbres et à refuser un don de Dieu.

Giovanni comprenait ses paroles. Plus encore, il y adhérait en profondeur. Mais il ne voyait pas comment faire pour épouser Esther. Il reprit timidement :

– Mais alors... est-il possible de célébrer notre union devant Dieu ?

– En soi, je n'y vois aucun inconvénient. Mais compte tenu du poids des traditions et des préjugés, c'est inimaginable. Tu seras toujours un traître pour les chrétiens et Esther sera considérée comme une prostituée par les Juifs, puisque notre loi lui interdit d'épouser un non-Juif.

Giovanni sentit une violente angoisse prendre possession de son âme et blêmit.

– Alors il n'y a pas d'issue et vous refusez de nous donner votre bénédiction ?

– Je n'ai pas dit ça. Car ce qui est impensable et folie aux yeux des hommes, même les plus religieux, est parfois bon et sage aux yeux de Dieu. Mon opinion personnelle, et j'en ai déjà fait part à Esther, est qu'un tel mariage, où chacun conserve sa religion, doit rester secret pour ne pas devenir source de scandale et d'incompréhension dans vos communautés religieuses respectives. Cela va être très difficile à vivre, car vous devrez tous deux apparaître chrétiens avec les chrétiens et juifs avec les Juifs. Si vous êtes prêts à assumer cette lourde contrainte, je ne vois aucun inconvénient à ce que vous viviez ensemble et que votre union soit consacrée devant l'Éternel. Je dirais même que j'en serais très heureux.

Giovanni retrouva des couleurs.

– Mais qui pourrait bénir notre union ? Comme vous

le disiez justement, aucun prêtre ni aucun rabbin n'acceptera de marier une Juive et un chrétien.

Eléazar esquissa un léger sourire.

– Je connais un rabbin qui pourrait accepter de faire cette cérémonie dans le plus grand secret.

– Ici même ?

– Non, à Jérusalem.

– Jérusalem !

– Tu souhaitais, je crois, t'y rendre en pèlerinage lorsque les corsaires de Barbarossa ont détourné ton navire ?

– C'est... c'est exact, balbutia Giovanni, mal à l'aise.

– Je possède un important comptoir et beaucoup d'amis dans la Ville sainte. Nous partons dans trois jours et nous y serons avant Noël. N'est-ce pas le meilleur endroit pour y marier une Juive et un chrétien ?

## 83

– Jérusalem !

Quand Eléazar avait aperçu au loin les remparts de la Ville sainte, il était descendu précipitamment de sa monture et s'était agenouillé sur le sol rocailleux. Esther et les six serviteurs juifs et musulmans qui les accompagnaient firent de même.

Giovanni fut sans doute plus ému encore par ce témoignage d'amour que par le fait de découvrir pour la première fois la cité du roi David, la ville où Jésus, selon la foi chrétienne, était mort et ressuscité.

Après avoir chanté un cantique en hébreu, ils avaient repris leur marche. Ils avaient pénétré sous les épais remparts, puis, après s'être engagés dans d'étroites ruelles, ils s'étaient présentés à un porche sur le montant droit duquel était suspendue une *mezouza*. Un géant noir d'une trentaine d'années vint ouvrir la porte. Son visage s'illumina de joie.

– Maître !

– Youssef, mon bon Youssef, répondit Eléazar en embrassant le colosse.

Youssef était un ancien esclave affranchi, originaire de la même tribu africaine que Malek. Comme l'intendant, il avait été capturé par des Arabes et élevé dans la religion musulmane, qu'il continuait de pratiquer avec ferveur. Il était le gardien de la maison que possédait Eléazar à Jérusalem.

Épuisé par ce long voyage par voie de mer et voie de terre, la petite troupe s'installa dans la grande demeure au cœur du quartier juif.

Le soir même, malgré la fatigue, Eléazar proposa à sa fille et à Giovanni de se rendre au mur des Lamentations. Accompagnés d'un serviteur juif du nom de Jude, ils parcoururent quelques ruelles alors désertes et débouchèrent au pied de l'ancienne esplanade du Temple.

Un mur très ancien se dressait, devant lequel plusieurs dizaines de Juifs priaient debout en scandant des versets de la Torah. Eléazar lui expliqua qu'il s'agissait du mur de soutènement du second temple jadis restauré par Hérode, peu avant la naissance de Jésus. Édifié mille ans plus tôt par Salomon, le premier temple avait en effet été détruit par Nabuchodonosor environ six siècles avant la naissance de Jésus. Puis un second temple avait été dressé par Esdras lors du retour des Juifs de leur exil à Babylone. Agrandi et embelli par Hérode, ce second temple avait été totalement rasé par le général romain Titus en 70 après Jésus-Christ, comme l'avait d'ailleurs annoncé le prophète galiléen à ses disciples : « Vous voyez ces grandes constructions ? Il n'en restera pas pierre sur pierre qui ne soit jetée bas. » Seul restait en fait le mur de soutènement occidental.

– Après la destruction du Temple, expliqua encore Eléazar avec une émotion palpable dans la voix, l'empereur Hadrien interdit l'accès de la Ville sainte aux Juifs. Mais beaucoup vinrent en secret prier et pleurer devant ce mur, seul vestige du Temple. On

l'appela dès lors le mur des Lamentations. Quelques
siècles plus tard, voyant que les Juifs étaient profondément attachés à ce lieu et trouvaient mille astuces
pour s'y rendre, l'empereur Constantin leva l'interdiction. Les califes musulmans ont conservé la même
tolérance et depuis ce sont des milliers de Juifs qui se
rendent chaque année en pèlerinage devant ces pierres.

Eléazar et Esther s'approchèrent du mur. Ils tendirent la main pour le toucher et Giovanni fut saisi par
le tremblement qui s'empara de la main d'Eléazar. Puis
ils entonnèrent des prières en hébreu.

Giovanni restait un peu en retrait, mais ressentait
aussi la force de ce lieu où les hommes priaient
l'Éternel avec ferveur depuis près de vingt-cinq siècles.
Il ferma les yeux et rendit grâce à Dieu pour cette
rencontre avec Esther et Eléazar qui avait redonné à sa
vie un bonheur simple et vrai. De manière presque
imperceptible, la foi reprenait dans son cœur. En même
temps, il n'était pas en paix. Une zone d'ombre restait
présente en lui qui empêchait l'amour lumineux
d'Esther de prendre entièrement possession de son
cœur. Cette obscurité, Giovanni arrivait à l'identifier,
mais point à la repousser : une haine sourde envers les
assassins de Maître Lucius que sa venue à Jérusalem
avait fait resurgir.

Après avoir prié pendant une vingtaine de minutes,
Eléazar fit signe à sa fille, à Jude et à Giovanni de le
suivre. Ils gravirent des escaliers situés à droite du mur,
puis débouchèrent sur une esplanade où avaient jadis été
édifiés les deux temples dédiés à Yahvé. Éclairés par
une lune argentée, deux superbes édifices s'offraient
aux yeux émerveillés de Giovanni. Un grand édifice
blanc entouré de colonnes de marbre, et un autre bleuté,

de forme octogonale, surmonté d'un dôme entièrement doré. Eléazar désigna à Giovanni le second bâtiment :

– Voici le Dôme du Rocher, dit aussi mosquée d'Omar, du nom du calife qui décida de sa construction à l'emplacement même où la tradition musulmane situe le voyage que fit le Prophète au paradis d'Allah.

Eléazar se retourna de l'autre côté de l'esplanade et désigna le bâtiment blanc.

– Et voici la mosquée Al Aqsa. Elle fut édifiée peu de temps après la fin de la construction du Dôme du Rocher par Al-Walid. Après la reconquête de la Ville sainte par les croisés il y a cinq siècles, la mosquée a été transformée en résidence des rois de Jérusalem, avant de redevenir un lieu de culte musulman après la prise de Jérusalem par Salah Ed Dine deux siècles plus tard. Cet endroit est aujourd'hui le lieu de culte le plus sacré des musulmans après La Mecque et Médine, où vécut le prophète Mohammed.

Après ces explications, le petit groupe déambula en silence sur l'esplanade. Giovanni se sentait merveilleusement bien en cet endroit. Il s'arrêta quelques instants au pied d'un cyprès et fixa son attention sur une colline où étaient édifiées plusieurs églises chrétiennes. Esther s'approcha de lui et lui effleura la main :

– Le Mont des Oliviers. L'endroit où Jésus passa ses dernières heures en compagnie de ses disciples avant que Judas ne le trahisse et qu'il soit arrêté. Ce devait être une nuit de pleine lune, comme celle-ci.

Giovanni serra Esther contre lui tout en continuant de fixer la colline avec émotion.

– Comme c'est touchant de marcher ainsi sur les lieux mêmes où vécut Jésus.

– Bien que je sois juive et que mon peuple ait eu tant à souffrir de l'attitude des chrétiens, c'est un prophète dont la vie et les paroles m'ont toujours bouleversée. Mon père te présentera dès demain Rabbi Meadia. C'est un rabbin de grande sainteté qui connaît les Évangiles et les vit mieux que la plupart des prêtres chrétiens. C'est lui à qui mon père demandera de nous marier.

Le lendemain après-midi, en effet, un vieil homme, petit et d'allure modeste, au visage fripé ceint d'une barbe grisonnante, se rendit seul à la maison du kabbaliste.

Eléazar le salua avec une émotion et une déférence qui surprirent Giovanni. L'homme parlait de nombreuses langues et le salua en italien avec un grand sourire dès qu'Eléazar l'eut présenté. Puis il donna une chaleureuse accolade à Esther, lui disant en riant qu'elle était devenue aussi belle que l'héroïne de la Bible dont elle portait le nom. Il partit ensuite s'enfermer avec le kabbaliste dans le salon du rez-de-chaussée. Eléazar demanda à sa fille et à Giovanni de rester dans la maison. Après deux longues heures de discussions, Youssef vint demander à Esther de les rejoindre. Une heure plus tard, c'est Giovanni qui fut convié à pénétrer dans le beau salon à la décoration rouge et or. Le rabbin lui dit sans préambule qu'il avait bien de la chance d'être aimé d'une femme telle qu'Esther. Giovanni répondit par un sourire lumineux. Puis le vieillard interrogea l'Italien sur certains aspects de sa vie et de sa religion. Après un long moment, Eléazar commanda un repas aux serviteurs. Tout en continuant à discuter, les quatre convives se régalèrent d'agneau grillé accompagné d'un vin du pays. Puis, alors que la nuit était tombée depuis un long moment, le rabbin prit une mine plus grave et parla en arabe à Eléazar.

Esther afficha une mine réjouie et adressa une œillade complice à Giovanni.

Une fois leur hôte parti, Eléazar s'adressa avec émotion à Giovanni en présence d'Esther :

– Tu as compris qu'il acceptait de vous marier. Il pense comme moi que ce mariage doit être célébré rapidement et en secret. Ainsi nous dirons à toutes nos connaissances que vous êtes déjà mariés, ce qui évitera de faire une grande cérémonie où beaucoup pourraient voir que tu n'es pas juif. Il propose que la cérémonie ait lieu dimanche, le premier jour de la semaine. Vous serez mariés devant Dieu selon un rituel juif adapté à la situation et il ne te sera pas demandé de changer quoi que ce soit à ta foi et à tes pratiques. Tu continueras de vivre comme auparavant et vos enfants seront élevés dans les deux religions.

» Comme je l'avais aussi imaginé, poursuivit Eléazar, le rabbi suggère que nous rusions un peu à l'avenir pour que vous n'ayez pas de soucis. Ici même, à El Djezaïr et partout dans l'Empire ottoman, tu te présenteras sous un nom juif. Mais, dans le monde chrétien, c'est ma fille qui dissimulera ses origines et changera son nom. Cela vous évitera bien des tracas, voire des persécutions.

Giovanni acquiesça. Une seule chose comptait à ses yeux : qu'Esther puisse devenir sa femme. Ce soir, son cœur était en liesse et il lut dans le regard de sa bien-aimée une lumière qui trahissait le même sentiment de joie profonde. Leurs âmes étaient déjà liées. Dans trois jours, cette union serait consacrée à l'Éternel. Ils pourraient alors se donner l'un à l'autre. Tous deux attendaient ce moment avec un désir d'autant plus intense qu'il avait mûri au fil des mois, au rythme de leur amour.

Le lendemain ils fêtèrent Shabbat, comme chaque vendredi soir, mais ils évitèrent durant la journée de se promener dans la ville afin de ne pas se montrer publiquement avant le mariage. Le samedi, Eléazar et Esther restèrent aussi à la maison pendant que les serviteurs musulmans, tenus au secret, sortaient acheter le nécessaire pour la fête intime du lendemain. Eléazar proposa à Giovanni, qui n'était pas tenu à l'inactivité du Shabbat, de les accompagner si le cœur lui en disait et d'en profiter pour se rendre au Saint-Sépulcre. Il accepta volontiers.

Après qu'ils eurent fait les courses dans le marché animé du cœur de la vieille ville, Youssef renvoya les serviteurs à la maison et proposa à Giovanni de le mener à la basilique édifiée par les chrétiens sur les lieux de la mort et de la résurrection du Christ.

La foule était dense. Soudain, Giovanni redressa la tête et s'arrêta net, muet de stupeur. Il venait de croiser un homme dont le visage éveillait en lui des souvenirs enfouis.

« Est-ce possible que ce soit lui ? » songea-t-il, le cœur battant.

## 84

Il fit un signe à Youssef. Les deux hommes firent demi-tour et suivirent de près l'individu, assez grand et maigre, qui marchait d'un pas lent. En s'approchant à moins d'un mètre de lui, Giovanni trouva ce qu'il cherchait : une cicatrice sur la main gauche. Il n'y avait aucun doute : c'était la trace ancienne d'une morsure de chien. « C'est bien lui ! L'homme en noir qui a torturé Noé, le bras droit du chef de l'Ordre du Bien Suprême », se dit Giovanni, bouleversé. Il laissa l'homme prendre un peu d'avance et souffla à Youssef :

– Suivons-le. Je dois absolument savoir où il va.

Le géant noir acquiesça du regard et les deux hommes entamèrent leur filature. Comme la foule était dense, il arrivait que Giovanni perde de vue sa proie, mais pas Youssef qui dominait tout le monde d'une bonne tête. La traque dura dix bonnes minutes. L'homme quitta la rue principale et s'engagea dans une ruelle déserte. Giovanni et Youssef s'arrêtèrent à l'entrée du passage sans issue, au moment même où l'homme franchissait le seuil d'une maison située au bout de l'impasse. Giovanni fit signe à Youssef de le suivre. Ils avancèrent jusqu'à la porte. Giovanni tourna la poignée et constata qu'elle n'était pas fermée. Il hésita à pénétrer dans la maison. C'était certainement le repaire des hommes en noir. Si ceux-ci étaient nombreux, malgré la force de Youssef, le risque était trop grand. Il referma la porte et se tourna vers le géant :

– Il faut que je sache combien de personnes vivent ici. Peux-tu frapper à cette porte et trouver un prétexte pour pénétrer dans la maison ? Je t'attendrai dehors, caché dans le creux de ce porche.

– Qui est cet homme ? demanda-t-il, inquiet.

– Quelqu'un qui a jadis tenté de m'assassiner après avoir tué mon maître et son serviteur. Je voudrais savoir si le chef de cette bande de criminels est ici.

Youssef manifesta une certaine surprise, puis il réfléchit et répondit :

– Je vais faire ce que tu demandes.

Giovanni se cacha et Youssef frappa à la porte.

L'homme à la cicatrice vint ouvrir. Youssef lui parla en arabe et se présenta comme un employé de la ville chargé de vérifier la conformité aux nouvelles normes de l'évacuation des eaux usées. L'homme fut surpris et hésita à laisser entrer l'inconnu, mais devant sa bonne tenue, son autorité naturelle et sa haute stature, il n'osa pas s'interposer. Youssef pénétra donc dans la maison et en fit le tour rapidement. Il fit semblant de s'intéresser aux bouches d'évacuation et aux canalisations des salles d'eau et déclara que tout semblait en ordre. Soulagé, l'homme à la cicatrice salua le colosse et s'empressa de refermer la porte. Giovanni se précipita vers Youssef :

– Alors ?

– La maison est assez grande, mais l'homme y est seul.

Giovanni resta pensif quelques instants.

– C'est une occasion à ne pas manquer. Saisissons-nous de lui et faisons-lui avouer où se trouvent ses complices et le chef de cette secte épouvantable.

– Ne penses-tu pas qu'il vaudrait mieux retourner à la maison et demander son avis à mon maître ?

– Fais comme bon te semble, Youssef. Moi je ne veux en aucun cas laisser passer cette occasion. Imagine que ses complices reviennent bientôt : il nous deviendra impossible d'agir.

– Je n'aime pas ça, mais mon maître m'en voudrait davantage encore de t'avoir laissé seul. Je t'accompagne.

– Merci mon ami. Je ne te demande qu'une seule chose : frappe à nouveau à cette porte et, sitôt qu'il ouvrira, saisis-toi de cet homme afin que je puisse l'interroger.

Youssef acquiesça, puis se rendit de nouveau vers la maison.

– Qu'est-ce que c'est ? demanda une voix agacée.

– C'est encore moi. J'ai oublié un outil dans une pièce d'eau à l'étage.

L'homme ouvrit en grommelant. Aussitôt le géant noir se jeta sur lui et le cloua ventre au sol avec une telle force qu'il n'eut même pas le temps de crier. Giovanni se précipita dans la maison et condamna l'entrée à l'aide de la barre de sécurité.

– Qu'est-ce que ça signifie ? Que me voulez-vous ? gémit l'homme face contre terre.

Giovanni repéra une corde suspendue au mur et lui attacha solidement les mains derrière le dos. Puis il noua l'autre bout de la corde à un anneau fixé au mur.

– Tu peux le laisser, lança Giovanni en italien à Youssef.

Le serviteur d'Eléazar se releva et s'éloigna d'un bon mètre. L'homme en fit autant. Le regard hagard, il s'adressa à Giovanni :

– Vous êtes italien ?

– Oui.

– Moi de même. Je suis romain. Que me voulez-vous ? Il n'y a pas d'or ici...

– Ce n'est pas l'or, mais la justice que je viens chercher, reprit Giovanni d'un ton glacial.

L'homme fixa Giovanni avec stupeur. Soudain ses yeux s'illuminèrent.

– Ce n'est pas possible... tu n'es pas... le disciple de Maître Lucius...

À ces mots, toute la rage contenue dans le cœur de Giovanni depuis des mois refit surface. Il se jeta sur l'homme et, des deux mains, agrippa violemment sa tunique.

– Oui, je suis bien le disciple et l'ami de ces deux innocents que toi et tes complices avez sauvagement tués..

– C'est impossible... je t'ai moi-même transpercé le cœur et nous avons mis le feu à la maison...

– Eh bien tu as raté ton coup et disons que j'ai été sauvé par la Providence. Celle-là même au nom de laquelle vous torturez et vous assassinez !

L'homme resta interdit. Il reconnaissait maintenant Giovanni avec certitude, mais il n'arrivait pas à croire qu'il pût être en vie.

– Comment as-tu fait pour en réchapper ?

– Peu importe ! Je ne suis pas venu ici pour raconter ma vie, mais pour te demander des comptes.

– Comment sais-tu que nous avions une maison à Jérusalem ?

– Souviens-toi ! Avant de tenter de me trucider, ton chef, cet infâme vieillard fanatique, m'a dit qu'il se rendait dans la Ville sainte.

– Tu as fait tout ce chemin pour le retrouver ?

Giovanni acquiesça.

L'homme resta silencieux puis éclata d'un rire tonitruant.

– Eh bien tu as fait ce voyage pour rien ! Car si notre maître a bien passé quelques mois ici, il s'en est retourné en Italie il y a de cela bien longtemps !

La colère l'étouffait, mais Giovanni parvint à rester maître de lui.

– Fort bien. J'ai attendu tout ce temps pour lui faire payer ses crimes, je peux attendre encore un peu. Dis-moi ce que contenait la lettre, le nom de ton chef et où il réside.

L'homme redevint grave.

– Tu es ici au cœur de notre ordre. Sache que nous sommes plus d'une centaine de frères consacrés à une tâche grandiose qui nous dépasse : renouveler l'Église dans la pureté de la foi contre toutes les hérésies et les déviations qui la menacent dans ces temps de perdition. Il y a parmi nous des cardinaux, des moines, des évêques, des prêtres et quelques simples laïcs comme moi-même. Mais nous avons tous fait le serment devant Dieu de ne jamais révéler, même sous la torture, le nom de qui que ce soit.

Giovanni se retourna vers Youssef et lui demanda son cimeterre. Le géant hésita mais, devant la fermeté du ton de Giovanni, finit par lui tendre sa lame.

– Pose-lui les deux mains sur cette pierre et tiens-le fermement, poursuivit Giovanni, en désignant à

Youssef une pierre angulaire qui dépassait du mur juste derrière le prisonnier.

Le serviteur s'exécuta. Il posa sur la pierre les deux mains toujours liées derrière le dos de l'homme et lui bloqua les avant-bras de telle manière qu'il ne pouvait pas bouger. D'une voix dure et calme, Giovanni s'adressa à l'homme :

– Je ne le demanderai pas une troisième fois : le nom de ton maître et le lieu où il demeure ? Si tu refuses de répondre, je te tranche les mains, comme tu as toi-même jadis sectionné la patte de mon chien.

Le prisonnier sourit et répondit d'un ton moqueur :

– Tu peux me torturer ou me tuer, mais je puis t'assurer que tu repartiras bredouille. Je serai aussi muet que l'ont été jadis tes amis quand je leur ai porté le fer brûlant en maints endroits sensibles du corps...

Giovanni sentit une haine d'une violence inouïe s'emparer de son âme. Il se saisit du sabre à deux mains et le leva au-dessus du prisonnier.

Au moment où il allait l'abattre, les paroles de Luna surgirent soudain dans sa mémoire : « Tu tueras une première fois par jalousie, une seconde fois par peur et la troisième fois dans la colère. Mais je vois que tu es sur le point de tuer une quatrième fois par haine... rien n'est écrit... si cela arrive, alors ton âme sera à jamais perdue. » Ses mains tremblèrent. Il eut alors en vision toutes les souffrances qu'il avait vues et endurées tout au long de ces années et ces visions s'enchaînèrent avec des scènes de batailles, de pillages, d'assassinats. Il repensa aux paroles du starets Symeon : « Depuis le premier meurtre de Caïn, toute l'histoire de l'humanité n'est qu'une suite sanglante de meurtres mus par la peur, le besoin de dominer et l'esprit de vengeance. Le Christ est venu pour mettre fin à ce cycle infernal. Il avait la toute-puissance de Dieu à son service et il s'est fait humble serviteur. Sur la croix, il n'a pas maudit ses bourreaux, mais il a crié : "Père, pardonne-leur, ils ne savent pas ce qu'ils font." Il est venu nous apprendre la force du pardon, la victoire de l'amour sur la haine. » L'âme de Giovanni était écartelée. La haine habitait toujours son cœur, il revoyait la tombe de ses amis... mais les paroles qui resurgissaient dans sa mémoire paralysaient ses bras. En tuant cet homme, il perpétuerait la loi du meurtre et de la vengeance... en l'épargnant, il romprait avec ce cycle millénaire de violence. Mais comment laisser de tels crimes impunis ? Comment résister au désir si puissant de venger ceux qu'on aime ?

Jamais il n'avait autant ressenti le poids de son libre arbitre.

Son bras s'abaissa avec force.

## 85

Le prisonnier le regarda, ébahi. Giovanni venait de trancher ses liens. C'étaient aussi des liens tapis à l'intérieur de son cœur que Giovanni venait de dénouer.

– Pars. Tu es libre, dit-il d'une voix tremblante d'émotion.

– Tu me laisses en vie ?

Giovanni fit un signe affirmatif de la tête.

– Pourquoi agis-tu ainsi ?

– Parce que je suis encore un homme. Maintenant va et avise-toi à ton tour de ne plus jamais tuer.

L'homme le dévisagea avec un regard qui trahissait une parfaite incompréhension. Il recula lentement jusqu'à l'entrée de la maison, s'attendant à être frappé dans le dos. Sans les quitter des yeux, il ôta la barre, ouvrit la lourde porte, et s'enfuit en courant.

Giovanni tendit le sabre à Youssef. Il avait les yeux emplis de larmes.

– C'est la première fois que je vois un chrétien agir selon les enseignements de sa religion, lança le colosse en enserrant les épaules du jeune homme. Je ne l'oublierai jamais.

– Brûlons ce repaire d'assassins.

– Le feu risquerait de se propager aux maisons alentour. Il y a mieux à faire. Mon maître racontera ton histoire au cadi et il réquisitionnera certainement cette maison pour la donner à des nécessiteux.

– Tu as raison. Continuons notre route vers sa vraie destination.


La visite au Saint-Sépulcre émut profondément Giovanni. Même s'il ne restait du tombeau de Jésus qu'un bout de rocher émergeant du sol, Giovanni sentit son âme frémir en posant les pieds sur le lieu même où le Christ avait librement donné sa vie par amour. Il rendit aussi grâce à Dieu de lui avoir donné la force de pardonner. Un pope orthodoxe, gardien du lieu saint, lui fit signe de se pousser pour laisser pénétrer d'autres pèlerins dans la minuscule chapelle édifiée au-dessus du rocher, et l'ancien moine quitta la basilique à regret.

Youssef et Giovanni regagnèrent la maison du kabbaliste. Le Shabbat venait de s'achever avec le coucher du soleil et Esther sortit de sa chambre pour accueillir son fiancé. Dès qu'elle l'aperçut, elle se figea et le considéra avec attention.

– Que se passe-t-il ? Tu me regardes d'une drôle de manière, lui lança Giovanni en lui posant un baiser sur le front.

– Quelque chose en toi a changé.

– Que veux-tu dire ?

– Quelque chose s'est passé dans ton cœur. Je le vois à ton regard.

– Est-ce une bonne ou une mauvaise chose ? demanda Giovanni, interloqué.

– C'est une très bonne chose. Le nuage qui demeurait dans ton cœur depuis que je te connais s'est dissipé.

Il la saisit par les épaules et la regarda dans les yeux.

– Comme tu me connais bien, Esther. Il me semble parfois que tu me connais mieux que moi-même.

– Que s'est-il passé ?

– Dieu a voulu que je croise tout à l'heure l'un de ces hommes en noir qui ont jadis tué mon maître et tenté de m'assassiner. Je l'ai reconnu avec certitude à la cicatrice que mon chien Noé lui a laissée à la main avant de se sauver. Nous l'avons suivi, Youssef l'a maîtrisé et je l'ai interrogé. Il n'a rien voulu révéler du nom et de l'endroit où se trouve son chef, un vieillard fanatique que je m'étais juré d'assassiner. Je ne te l'ai jamais avoué, mais c'était la raison pour laquelle je m'étais embarqué pour Jérusalem.

Esther ressentit un tremblement intérieur en entendant cette révélation, mais elle laissa Giovanni poursuivre.

– La Providence a voulu que je sois capturé par les corsaires et que j'échoue à El Djezaïr pour apprendre à aimer... et non à Jérusalem pour tuer. Elle a voulu aussi que je vienne ici pour me confronter à la haine qui assombrissait encore mon âme. Mais grâce à la force de l'amour que tu y as semé, cette haine s'est dissipée. J'ai eu envie de tuer cet homme, mais je ne l'ai point fait. Quand je l'ai vu partir en courant, j'avais presque pitié de lui.

Esther caressa la joue de Giovanni, en un geste de ferveur.

– C'est cela que j'ai vu dans tes yeux, mon amour. J'ai vu que ton âme était délivrée d'un mal qui donnait jusqu'à ce jour à ton regard si lumineux une pointe d'obscurité. C'est là le plus beau présent de mariage que tu pouvais m'offrir.

Giovanni l'enlaça et posa ses lèvres contre les siennes.

– C'est Dieu qui nous a fait ce cadeau à l'un et à l'autre, murmura-t-il avant de l'embrasser.

Giovanni ne put trouver le sommeil. Au petit matin, il sortit dans la rue et se rendit en compagnie de Jude au Mont des Oliviers. Il pensa à cette nuit où Jésus aurait pu s'enfuir et refuser son destin qui le conduisait à l'horreur de la crucifixion. Mais en refusant de fuir et en acceptant d'être confronté à ses accusateurs, il restait fidèle à la force de ses convictions et à la vérité de son témoignage. Giovanni ressentit à nouveau une grande émotion en fixant ses pensées sur Jésus. Il pleura.

Lorsqu'il revint à la maison d'Eléazar, les serviteurs apprêtaient la table des noces. Même si personne, hormis le vieux rabbin, n'avait été invité, Eléazar avait voulu que tous ses serviteurs festoient à la table de leur maître. Presque au même moment le rabbin arriva. Il salua Giovanni et l'invita à aller se vêtir pour la cérémonie qui se tiendrait dans le patio orné d'une petite fontaine.

Une heure plus tard, la dizaine de serviteurs étaient rassemblés dans le patio. L'un d'eux tenait un luth et commença à en jouer. Giovanni attendait à côté du rabbin qui lui avait expliqué le déroulement de la cérémonie.

Eléazar apparut soudain, tenant Esther par le bras. La jeune femme était voilée, d'un voile blanc immaculé et légèrement transparent qui descendait jusqu'à sa poitrine. Giovanni fut profondément ému en la voyant ainsi avancer au bras de son père. Au son du luth, les serviteurs juifs entamèrent un cantique d'action de grâce en hébreu. Esther vint s'asseoir à droite de Giovanni. Le rabbi fit signe à Giovanni de soulever le voile de la jeune femme. Délicatement, il dévoila le visage d'Esther qui conserva pudiquement les yeux baissés. Dès que les chants cessèrent, le rabbin rappela aux fiancés les devoirs qui leur incombaient, puis il prononça en hébreu deux bénédictions : l'une sur une coupe de vin, symbole de joie et d'abondance, l'autre pour louer Dieu. Puis deux témoins, Sarah et Youssef, se levèrent et déposèrent un grand *tallith* sur les épaules des deux fiancés pendant qu'ils buvaient à la même coupe de vin.

Le rabbin se saisit ensuite de la main gauche d'Esther et de la main droite de Giovanni et les assembla. Puis il prononça des prières en hébreu. À un moment, il se tourna vers Giovanni et dit en italien :

– Le Seigneur, créateur de l'univers et source de toute bonté, a voulu que l'homme et la femme puissent se désirer et s'unir pour ne plus faire qu'une seule chair. Il a voulu partager avec eux, Ses créatures bien-aimées, le mystère de Son amour et de Sa fécondité. Giovanni, veux-tu en cet instant t'unir avec Esther devant l'Éternel pour participer à cette œuvre divine ?

Giovanni resta silencieux quelques secondes, puis il répondit en italien et en hébreu :

– Je le veux.

Le rabbin se tourna vers Esther et prononça les mêmes paroles. Après quoi elle répondit aussi dans les mêmes langues :

– Je le veux.

– Vous êtes dorénavant unis devant le Seigneur comme mari et femme. Puisse Sa grâce vous accompagner tous les jours de votre vie, vous secourir dans

les épreuves et faire de vous des piliers et des témoins
de Sa miséricorde.

Giovanni se tourna alors vers Esther. La jeune
femme le regarda, les yeux brillants de larmes. Cet
instant avait pour les deux mariés un parfum d'éternité.


Le repas dura six bonnes heures. Le soleil d'hiver
se coucha au moment même où les convives sortaient
de table et où le rabbin prenait congé de ses hôtes.

La chambre nuptiale avait été préparée avec soin
par Sarah. Esther avait demandé à Giovanni de l'y
rejoindre un peu plus tard. Le marié resta au salon en
compagnie d'Eléazar, puis une servante l'emmena pour
préparer son corps. Lorsqu'il fut prêt, Sarah vint le
chercher. Il monta les escaliers, le cœur battant. Il
pénétra lentement dans la chambre. Tout était blanc :
draps de soie, couvertures de laine de chameau, rideaux
de lin. Une bougie parfumée au jasmin éclairait de sa
flamme dansante le grand lit disposé au milieu de la
chambre. Esther était allongée sur le lit, le buste légèrement redressé par des coussins. Ses pieds et ses
jambes étaient dénudés. Son sexe était ceint d'un pagne
de soie dorée et sa poitrine recouverte d'un voile ocre
légèrement transparent. Ses longs cheveux noirs étaient
défaits et parfaitement huilés. Ses yeux étaient dissi-
mulés par une voilette suspendue au front. Pour la
première fois, Giovanni admira la beauté de ses formes,
à la fois fines, élégantes et généreuses. Son corps
magnifiquement luisant était recouvert de bijoux. Sa
cheville gauche et son poignet droit étaient ceints de
bracelets d'argent finement ouvragés, mettant en valeur
les dessins au henné. Un petit lacet de cuir rouge

enserrait sa cheville droite et son cou était orné d'un triple collier de perles noires. Elle portait aussi un scarabée d'or fixé au nombril et de longues boucles d'oreilles argentées et perlées qui tombaient en cascade jusqu'à ses épaules.

Giovanni resta longtemps à la contempler. Une émotion aussi amoureuse qu'esthétique le submergea. Jamais tant de beauté n'avait charmé son âme et son regard. Il ôta ses sandales, défit sa ceinture et se délesta de sa tunique et de son pagne. Entièrement nu, il s'approcha lentement du lit. Son corps et ses cheveux avaient aussi été huilés et parfumés. Des senteurs de rose et de lilas s'exhalaient du corps d'Esther qui épousèrent bientôt, celles, ambrées et musquées qui émanaient du corps de Giovanni. Ils se caressèrent longuement, ne faisant que s'effleurer, découvrant avec une émotion intense chaque parcelle de leur corps. Puis Giovanni releva doucement le voile qui dissimulait les yeux de sa bien-aimée. Ses yeux noirs en amande semblaient encore plus grands, tant ils étaient magnifiquement fardés. Ses lèvres étaient peintes de rouge.

Se regardant longuement avec un mélange de joie et de gravité, sans échanger une seule parole, les époux rapprochèrent leurs lèvres, et leurs corps se connurent. Enfin.

Le bonheur qu'ils goûtèrent tout au long de la nuit avait des saveurs d'ivresse et de sacré.

Au petit matin, le chant du *mou'adhine* accompagna le premier rayon du soleil qui vint traverser le lit où les amants étaient étendus, vides et pleins, épuisés et reposés. Giovanni prononça la première parole de la nuit :

– Oh, Esther, jamais mon être n'a ressenti un tel bonheur.

– Jamais une mélodie aussi forte et aussi douce n'a chanté dans mon cœur et n'a irradié mes veines.

Les deux époux resserrèrent leur étreinte. Puis Esther ajouta :

– Il y a quelque chose d'étrange...

– Quoi donc, mon amour ?

– J'avais l'impression de déjà connaître ta chair. C'est comme si chacune de tes caresses réveillait en moi des souvenirs lointains dont seul mon corps se souvenait. Et lorsque le plaisir m'a envahie, des images sont venues à mon esprit.

– Lesquelles ? demanda Giovanni, intrigué.

– Des visages que je ne saurais reconnaître, mais dont je savais qu'ils étaient des êtres chers. Je voyais aussi un volcan en éruption et des gens paniqués qui couraient partout pour échapper à la cendre qui pleuvait du ciel. J'eus aussi la vision d'un petit rouleau de papyrus que je dissimulai à la hâte dans une jarre et d'une bibliothèque immense composée de milliers d'ouvrages.

– Comme c'est étrange, en effet. Comment expliques-tu de telles visions ?

– Certains maîtres kabbalistes enseignent qu'il existe deux sortes d'âmes. Des âmes nouvelles, en grande majorité, qui s'incarnent pour la première fois, et des âmes anciennes qui transmigrent depuis des siècles pour accomplir une mission particulière. Ces âmes anciennes peuvent se croiser dans différentes vies, à diverses époques, si elles ont des affinités particulières.

Depuis le premier jour où je t'ai vu, Giovanni, j'ai eu l'impression que nos âmes se connaissaient déjà. Et maintenant, après cette nuit, je suis certaine d'une chose, que mon corps m'a révélée : ce n'est pas la première fois que nous nous aimons.

Giovanni poussa un soupir dubitatif.

– Je ne sais quoi dire. Le divin Platon, comme les pythagoriciens, croyait en la transmigration des âmes. Je crois que nous ne découvrirons ce mystère qu'au jour de notre mort, une fois notre âme séparée du corps. Peut-être aussi sommes-nous habités par des mémoires d'autres personnes qui ont vécu avant nous ?

– Peut-être en effet. Mais quoi qu'il en soit, maintenant que je t'ai retrouvé, je ne te laisserai plus t'éloigner de moi !

Giovanni se pencha avec amour sur sa jeune femme.

– Mon seul désir est de vivre auprès de toi tous les jours de ma vie.

# VII

## Sol

## 86

Accoudé à la balustrade avant du bateau, Giovanni regardait la mer. Un sentiment de plénitude ravissait son cœur, malgré l'appréhension que lui procurait tout voyage en mer. Depuis son mariage avec Esther et la nouvelle de sa grossesse, quelques mois plus tard, il n'avait plus jamais éprouvé de remords par rapport à son passé, ni d'anxiété face à l'avenir. Il avait vécu chaque journée dans une grande ouverture à la vie, savourant avec un bonheur intense chaque instant passé auprès de sa femme, qu'il aimait éperdument.

D'ici un peu plus d'un mois, Esther allait accoucher. La question s'était posée de savoir où elle souhaitait mettre au monde son enfant. Après avoir hésité, elle prit la décision de rentrer à El Djezaïr, ce qui arrangeait Eléazar, qui n'avait plus de raisons de rester à Jérusalem et aspirait à retrouver sa bibliothèque, mais aussi Giovanni, qui avait la nostalgie du jardin séfirotique. Avec leurs serviteurs, ils s'étaient embarqués sur un petit navire marchand en partance pour Tunis et Alger.

Depuis une vingtaine d'heures, le deux-mâts avait quitté la Terre sainte et progressait lentement vers l'ouest, car les vents étaient contraires. Pendant qu'Esther et Eléazar se reposaient dans leur cabine, Giovanni profitait de la douceur de ces premiers jours de

septembre et restait sur le pont. Il avait toujours aimé
contempler l'horizon, sentir le vent marin caresser ses
joues, regarder les vagues onduler sous la force de la
brise. Enfant, il pouvait passer ainsi des heures face à
la mer et rêver sa vie. Aujourd'hui, tous ses rêves
étaient devenus réalité. Il savourait simplement les
émotions, les sentiments, les pensées qui parfumaient
son cœur et son esprit enfin unifiés et apaisés.

Il avait retrouvé la foi en Dieu. Une foi simple, qui
laissait son cœur ouvert au murmure du souffle de
l'Esprit, mais aussi une foi profonde qui savait que
Dieu était au-delà de tout ce qu'il pouvait en dire ou
penser. Une foi qui se vivait au quotidien dans des
actions de grâces. Cela n'empêchait pas Giovanni de
continuer à se poser d'importantes questions philosophiques et théologiques et il lui tardait aussi de
retrouver les livres de la bibliothèque d'Eléazar pour
approfondir ses connaissances.

Une question le taraudait plus que toutes : qui était
Jésus-Christ par rapport à Dieu ? En pardonnant au
meurtrier de Lucius et de Pietro, son cœur s'était, au
même instant, de nouveau ouvert à la présence du
Christ. Il avait retrouvé une paix intérieure et une joie
profonde, similaires à celles qu'il avait connues lors
de sa conversion et de ses premiers mois passés au
mont Athos. La pensée de Jésus, de sa vie et de ses
paroles, ou même la seule mention de son nom, touchait son âme et la faisait vibrer sur une note de
confiance et d'amour. Toutefois son intelligence ne
savait plus trop définir le statut de ce personnage hors
normes. Enfant et adolescent, il répétait que c'était le
fils de Dieu et le sauveur de l'humanité, sans bien
savoir ce que ces notions signifiaient. Lors de sa

conversion devant l'icône de Roublev, il avait ressenti la présence aimante du Christ et son esprit avait adhéré à la doctrine chrétienne qui faisait de Jésus l'incarnation du Verbe de Dieu, de sa Parole. Il avait lu maints traités théologiques qui tentaient de rendre compte du mystère incompréhensible d'un Dieu à la fois unique et distinct en trois personnes : le Père, le Fils et l'Esprit saint. Un vieux moine du monastère lui avait expliqué que le feu donnait une bonne image de la Trinité divine : il n'y avait qu'une seule flamme, mais pourtant, au moment même où le feu jaillissait, on pouvait distinguer trois choses : la flamme (le Père), la lumière (le Fils) et la chaleur (l'Esprit). Que Jésus ait été bien plus qu'un homme, saint ou prophète, mais véritablement l'incarnation de la seconde personne de cette Sainte Trinité, n'avait plus posé problème à Giovanni durant ces quelques années passées au monastère. Mais après avoir perdu, puis retrouvé la foi, les choses n'étaient plus aussi simples dans son esprit. Les discussions avec Cheikh Selim et surtout avec Esther et Eléazar lui avaient permis d'approfondir sa compréhension, ou plus précisément sa non-compréhension de Dieu et il se demandait comment d'un divin indéfinissable, dont l'esprit humain ne pouvait avoir aucune idée, on avait pu définir avec autant de certitude la notion de Trinité et d'Incarnation.

Il songeait à cette question lorsque Eléazar fit irruption sur le pont.

– Tu m'as l'air tout absorbé dans de vastes pensées !

Giovanni se retourna.

– En effet ! Comment va Esther ?

– Très bien. Heureusement le tangage est faible.

Le kabbaliste vint s'accouder à la balustrade au côté de Giovanni.

– Vers quels horizons infinis se portaient tes pensées ?

– Tu ne crois pas si bien dire. Je méditais sur le mystère chrétien de la Sainte Trinité. Dans les Évangiles, Jésus parle bien de son père et de l'Esprit saint, mais de là à définir Dieu en trois personnes, comme l'ont fait quelques siècles plus tard les Pères de l'Église lors des conciles de Nicée et de Constantinople ! Je ne sais comment l'intelligence humaine peut ainsi conceptualiser Dieu.

– Les Pères de l'Église avaient pour souci de montrer le caractère à la fois humain et divin de Jésus. Ils ont donc emprunté les concepts philosophiques grecs de « nature » et de « personne » pour expliquer que Jésus était une seule personne avec deux natures : une divine et une humaine. De là découle l'idée, devenue un dogme, selon laquelle il existe en Dieu une distinction de personnes, car ce ne peut être la totalité du Dieu transcendant et créateur qui s'incarne et meurt en la personne de Jésus. De mon point de vue, cette théologie pose problème si on considère que la distinction des trois « personnes », se fait en Dieu et non dans Sa manifestation.

Eléazar laissa passer quelques minutes. Giovanni savait où il voulait en venir, mais resta silencieux, attendant que le kabbaliste poursuive.

– Comme tu le sais certainement, toutes les traditions religieuses ou philosophiques, qu'elles soient polythéistes ou monothéistes, connaissent en leur sein des courants qui refusent d'assimiler la Réalité ultime à un « Dieu personnel », à « l'Être suprême » ou aux

« dieux » dont parlent les théologiens, les métaphysiciens ou les poètes et à qui nous rendons un culte. Un peu partout s'est donc établie cette distinction entre essence et existence, ou entre l'Un et l'être. Si la Réalité ultime, l'Un des néoplatoniciens, ne peut être ni pensée ni qualifiée dans son essence, elle peut l'être dans son existence, c'est-à-dire en tant qu'elle est manifestée. La doctrine kabbalistique de l'*Én Sof* et des sefirot permet d'établir cette distinction fondamentale entre l'Un inconnaissable et ses diverses émanations. On retrouve la même idée dans la mystique chrétienne, que ce soit en Occident chez un Jean Scot Érigène avec sa doctrine des « théophanies » qui manifestent la divinité ineffable ou en Orient avec Grégoire Palamas et sa doctrine des « énergies » divines incréées qui se déploient à partir de l'essence. Mais aussi dans la mystique musulmane avec, par exemple, la distinction établie par Ibn Arabi entre *al-Ahad*, le Dieu Un ineffable, et *al-Wahid*, le Dieu Un créateur.

Eléazar marqua une légère pause, puis reprit son explication théologique :

– Dans une telle perspective, la distinction trinitaire, qui est une construction conceptuelle, ne peut atteindre Dieu dans son essence, mais elle dit quelque chose de vrai dans l'ordre de la manifestation. Un mystique chrétien comme Maître Eckhart l'a bien compris et c'est pourquoi, à la suite de Denys, il pose la « Déité » – *Gottheit* en allemand – comme principe premier ineffable et ramène la conception du Dieu personnel – *Gott* – et des trois personnes divines au niveau de la manifestation. Ce qui lui valut d'être condamné par l'Église. Si on accepte cette distinction fondamentale à l'intérieur du divin entre un principe ineffable irréductible à toute définition et un principe dont tout émane que l'on peut essayer de qualifier, alors la doctrine trinitaire ne me choque pas. J'irai même plus loin, d'un point de vue kabbalistique nous disons quelque chose d'assez semblable lorsque nous parlons des trois premières sefirot comme de « la Grande Face de Dieu ». *Kether* est le principe non émané de toute émanation, *Hochma*, la sagesse, est la pensée divine et la première cause agissante. *Binah* est l'Intelligence révélatrice et purificatrice. Les sept autres sefirot émanent de *Binah*. N'y a-t-il pas là une profonde parenté avec la doctrine chrétienne trinitaire ? Dans son existence, Dieu est Père ou Principe premier ; Fils, Parole créatrice ; et Esprit, ou Souffle, qui donne et manifeste la vie. Puis de l'Esprit jaillissent sept dons qui sont autant de grâces divines qui permettent à l'homme de retourner vers sa Source.

– C'est vrai, reprit Giovanni. Mais dans une telle perspective que deviennent les notions d'« Incarnation » du Fils de Dieu et de « nature divine » de Jésus ?

– Jésus est peut-être plus qu'un prophète. Il est peut-être véritablement l'Incarnation de la sagesse ou de la parole divine manifestée. Autrement dit, Jésus serait à la fois homme et Dieu, mais ce caractère divin ne relève pas de l'essence divine ineffable. Même pour un kabbaliste juif comme moi, Jésus peut donc être considéré comme une incarnation de l'être divin qualifié, du Dieu personnel manifesté, mais pas de la Réalité ultime, l'Un totalement transcendant qui ne peut en aucun cas assumer la nature humaine.

– Voile droit devant ! cria soudain la vigie perchée en haut du mât.

Un silence de plomb tomba sur le navire, et tous les

passagers fixèrent la ligne d'horizon à l'avant du vaisseau.

– Un trois-mâts, cria bientôt la vigie.

– Pourvu que ce soit un navire marchand ou bien un corsaire ottoman ou algérois, commenta Eléazar.

« C'est vrai, se dit Giovanni, notre bateau battant pavillon algérois et tous les autres passagers étant juifs ou musulmans, nous serions certainement tués ou vendus comme esclaves, si nous tombions aux mains de corsaires chrétiens. »

Comme le navire inconnu progressait avec le vent en poupe, il ne tarda pas à arriver à quelques centaines de mètres de la galiote marchande.

– Une galère chrétienne ! Les Chevaliers de Malte ! hurla bientôt le matelot.

On pouvait en effet apercevoir les grandes voiles noires des galères des Chevaliers de saint Jean de Jérusalem. Le capitaine ordonna immédiatement aux matelots de virer de bord et de prendre le vent dans la voile.

– Nous tentons de fuir, lança Giovanni.

– Oui, notre galiote est beaucoup plus légère que cette lourde galère. S'ils n'avaient pas de rameurs, nous serions sûrs de leur échapper. Mieux vaut tenter le tout pour le tout que de tomber entre leurs mains. Nous pourrions peut-être nous en sortir, car j'entretiens des relations avec Malte, mais tous les autres seraient faits prisonniers et vendus.

Accompagnée de sa servante, Esther monta sur le pont et rejoignit Giovanni et son père.

– Que se passe-t-il ? Pourquoi ce brusque changement de cap ?

Giovanni la prit dans ses bras et lui expliqua la

situation. Tandis que la manœuvre s'achevait, tous regardaient avec angoisse le gros navire fondre sur eux. Mais une fois remise dans le sens du vent, la galiote parvint à distancer son poursuivant.

En regardant Esther, qui soutenait de ses deux mains son ventre de femme enceinte, Giovanni se souvint soudain des premières paroles de l'oracle de Luna : « Une femme, je vois une femme entourée de soldats. Ses deux mains soutiennent son ventre arrondi. Assurément elle porte un enfant. Elle court un grand danger. » Pour la première fois depuis longtemps, il eut peur et serra Esther contre lui.

– Nous allons un peu plus vite malgré leurs rameurs ! reprit Eléazar avec soulagement. Nous avons donc une chance de leur échapper, si toutefois le vent ne faiblit pas.

– Très juste, répondit un autre passager. Et je ne pense pas qu'ils lâcheront leur proie de sitôt.

En effet, la galère chrétienne prit en chasse le petit navire marchand algérois. Bientôt la nuit tomba. On pouvait voir au loin le bateau corsaire éclairé.

– Nous sommes contraints de rester dans le sens du vent, expliqua le capitaine aux passagers inquiets. Si celui-ci tombe, nous serons à la merci des chrétiens. Mais s'il se maintient, nous continuerons de progresser vers le nord-est, soit à l'exact opposé de notre destination !

– Où allons-nous aboutir si cela continue jusqu'à demain ? demanda un passager.

– Si le vent se maintient à cette force, nous rejoindrons l'île de Chypre peu avant l'aube.

– Chypre ! Nous serons sauvés, commenta Eléazar.

Les Chevaliers de Malte ne s'entendent guère avec les Vénitiens !

« Chypre, songea Giovanni. Le lieu d'où venait Elena lorsque son navire a été attaqué par des corsaires et s'est échoué non loin de mon village. L'île dont son père était gouverneur. »

## 87

Toute la nuit, le vent ne faiblit pas, permettant à la galiote de maintenir son avance sur le trois-mâts. Peu avant l'aube, la vigie annonça la bonne nouvelle :

– Terre droit devant !

– Les côtes chypriotes, nous sommes sauvés ! cria le capitaine.

Les passagers, qui avaient passé la nuit sur le pont à scruter le navire corsaire, hurlèrent de joie et s'embrassèrent.

En effet, la galère maltaise fit bientôt demi-tour.

– Tu sembles connaître cette île ? demanda Giovanni à Eléazar.

– Un peu. J'y suis venu déjà trois fois. Toi qui aimes les icônes, tu seras servi. Ce fut longtemps une terre byzantine où la crise iconoclaste n'a pas sévi et les peintres sont venus se réfugier dans les innombrables monastères de l'île. Mais les chrétiens de culture grecque ont dû céder la place aux Latins après qu'elle fut conquise par Richard Cœur-de-Lion. Le roi d'Angleterre la céda assez vite aux Templiers, qui la vendirent eux-mêmes à Guy de Lusignan, un chevalier français des croisades. Finalement, après trois siècles de règne, les Lusignan la cédèrent à Venise, il y a de cela une cinquantaine d'années.

La galiote arriva bientôt à proximité d'un grand port.

– Famagouste ! lança Eléazar. Le plus grand port de l'île.

– Nous ne craignons vraiment rien ? demanda Giovanni avec une certaine anxiété.

– Non. Venise et Constantinople ont conclu une alliance maritime. Les navires marchands ottomans ne sont pas inquiétés par les galères vénitiennes et peuvent commercer librement dans les comptoirs de la cité des Doges. Même si ce contretemps est fâcheux, nous allons en profiter pour nous reposer à terre. Il y a une petite communauté juive à Famagouste et j'y ai une connaissance.

– Moché Ben Saar ? demanda Esther.

– Exactement. La dernière fois qu'il t'a vue, tu devais avoir six ans. Il sera heureux de te revoir et de faire la connaissance de Giovanni.

Eléazar se retourna vers son gendre.

– ... Mais nous éviterons de dire que tu es chrétien. Tu seras à nouveau Simon, fils de Ruben !

Le navire accosta bientôt au port. Des soldats vénitiens montèrent à bord pour vérifier l'identité du navire et sa cargaison. Tandis qu'Eléazar se préparait à débarquer, Esther remarqua la nervosité de Giovanni. Elle le prit à part :

– Que se passe-t-il, mon amour ?

Giovanni hésita quelques secondes, puis confia à sa femme :

– Je ne crois pas t'avoir dit que le père d'Elena était à l'époque gouverneur de Chypre. Le fait que le destin nous ait conduits ici me rend nerveux. Non pas, je crois, à cause du souvenir d'Elena, mais je crains de faire une vieille rencontre qui pourrait nous être fatale si j'étais reconnu.

Esther lui serra les deux mains et répondit :

– Je comprends très bien et je crois que tu as raison. Mieux vaut ne pas tenter le diable. Si tu veux, nous restons sur le bateau.

– Non, Esther, tu as besoin de repos et le capitaine nous a dit qu'il ne prendrait pas le risque de repartir avant plusieurs jours. Mieux vaut que tu accompagnes ton père chez ses amis et puis cela leur fera certainement une grande joie de te revoir. Je resterai seul.

Esther le regarda en silence avant de reprendre d'une voix anxieuse :

– Je n'aime pas l'idée que nous soyons séparés ici, dans cet endroit que nous ne connaissons pas, où tout peut arriver.

– Rien ne peut vous arriver à vous dans cette ville que ton père connaît bien et où il a des relations, ni à moi sur ce navire. Ne t'inquiète pas, Esther, et, crois-moi, je serai plus heureux de te savoir dans une maison confortable pendant ces quelques jours que de t'avoir auprès de moi enfermée dans cette cabine étroite et suffocante.

– Demandons son avis à mon père, si tu veux.

Eléazar se rangea à l'opinion de Giovanni qu'il trouvait sage. Il résolut toutefois d'aller seulement passer le reste de la journée et la nuit chez son ami, mais de revenir dès le lendemain matin. Esther accepta les raisons de son père et de son mari, mais au fond de son cœur quelque chose lui disait qu'il valait mieux ne pas quitter Giovanni. Aussi resta-t-elle très longtemps blottie dans ses bras, un peu comme si elle ne devait jamais le revoir en cette vie. Elle eut d'ailleurs cette parole étrange en le quittant :

– S'il devait arriver un malheur, je te promets que je t'attendrai dans une prochaine vie. Si je n'ai pas ce visage, tu me reconnaîtras à la mélodie joyeuse qui chantera dans ton cœur la première fois que tu me verras. C'est ainsi, affirme rabbi Meadia, qu'on reconnaît ceux qu'on a le plus aimés dans une vie antérieure. Et je suis sûre que ce sera l'air du Cantique de l'aube, celui qui te touche tant.

– Ne dis pas de bêtises, Esther ! Nous nous reverrons demain matin. Moi je ne bouge pas d'ici et toi tu seras sous la bonne garde de Malek, Sarah et David. Prends soin de toi et de notre enfant, mon amour.

Le cœur serré, Giovanni regarda Esther s'éloigner. Elle se retourna et lui fit un signe de la main auquel il répondit, puis elle disparut dans une ruelle en compagnie de son père et de trois serviteurs. Giovanni restait sur le bateau avec deux autres serviteurs du kabbaliste. Il était bien résolu à ne prendre aucun risque et, bien qu'il fût tenté de se promener sur le port et même de prendre l'air sur le pont de la galiote, il décida de rester enfermé dans la cabine durant tout le temps où le bateau resterait à quai.

Cette nuit-là, il lui fut impossible de trouver le sommeil. Non pas à cause du bruit des marins soûls qui chantaient sur le pont, mais parce que cette escale improvisée par la force des événements le replongeait des années en arrière et réveillait en lui le souvenir à la fois doux et amer d'Elena. Bien qu'il n'y eût en lui aucun doute sur la force et la profondeur de son amour pour Esther, il aimait encore Elena d'une autre manière et il aurait voulu savoir ce qu'elle était devenue. Était-elle mariée ? Où vivait-elle ? Était-elle heureuse ? Autant de questions qui l'agitaient et dont il savait qu'il ne pourrait sans doute connaître les réponses. Il songea aussi à l'oracle de Luna et espérait avoir conjuré le sort en restant caché ici afin d'éviter de faire courir un quelconque danger à sa femme.

Au petit matin, alors que le port était encore endormi, il sortit quelques minutes sur le quai pour prendre l'air et se soulager. Puis il revint dans la cabine et attendit avec impatience le retour d'Esther. Vers midi, il commença à s'inquiéter de l'absence de sa femme et de son beau-père. Il savait combien Esther était désireuse de revenir vite au navire et s'étonnait qu'elle n'ait pas tout fait pour hâter leur retour. Pour avoir le cœur tranquille, il envoya un des serviteurs dans le quartier juif à l'adresse qu'avait laissée Eléazar. Akim, qui était musulman d'origine algéroise et parlait le franco, demanda son chemin à un marin chypriote et partit aussitôt en quête de ses maîtres.

Moins de trente minutes plus tard, il revint au navire. Il se précipita dans la cabine de Giovanni et semblait affolé.

– Maître, il est arrivé un grand malheur !

Giovanni bondit sur ses jambes.

– Parle donc !

– Je reviens du ghetto juif. Cette nuit il y a eu un massacre. Une partie des habitants de la ville sont descendus dans le quartier juif et ont brûlé des maisons. Beaucoup d'hommes, de femmes et d'enfants sont morts...

– Esther ! Eléazar ! Sont-ils...

– Je ne sais, maître. Tant de corps étaient calcinés et méconnaissables.

– Je ne veux y croire ! T'es-tu renseigné sur les survivants ? As-tu vu la maison de Moché ?

– Elle a été détruite, comme la plupart des autres. Mais cela ne veut pas dire que tous sont morts. Une vieille femme qui pleurait les siens m'a dit que les soldats sont intervenus dans la nuit et ont sauvé de la colère de la foule plusieurs dizaines de Juifs. Ils ont été conduits à la citadelle... peut-être nos maîtres bien-aimés sont-ils parmi eux ?

Giovanni s'écroula sur le lit, se saisit la tête à deux mains et pria en silence. Puis il releva les yeux vers Akim :

– Allons à la citadelle !

Giovanni se revêtit d'une cape surmontée d'une cagoule, ce qui lui permettrait en cas de mauvaise rencontre de dissimuler son visage. En moins de dix minutes, ils furent au pied de la forteresse qui servait de base militaire autant que de prison. Giovanni repéra un officier vénitien et se présenta à lui :

– Je m'appelle Leonello Bompiani. Je suis un citoyen vénitien de passage à Chypre.

Le militaire le salua avec respect.

– Il se trouve que j'ai des amis juifs qui étaient cette nuit dans le ghetto lorsque cette tragédie est arrivée. Je voudrais savoir ce qu'ils sont devenus. Ont-ils péri avec ces malheureux ou bien sont-ils ici en sécurité ?

– Nous avons en effet bouclé cette nuit une trentaine de Juifs. Dites-moi le nom de vos connaissances et je pourrai vous faire savoir s'ils sont parmi eux.

Giovanni s'empressa de noter sur un papier les noms
d'Eléazar, d'Esther et de leurs trois serviteurs. L'officier se rendit aussitôt dans la forteresse. Giovanni en
profita pour interroger un garde sur les événements de
la nuit. Le soldat lui expliqua qu'un petit enfant de
trois ans avait été retrouvé assassiné la veille, à la
frontière du ghetto. La rumeur s'était immédiatement
propagée que le pauvre enfant avait été victime d'un
meurtre rituel organisé par les Juifs. Aussitôt, la ville
s'était mise en ébullition. Munis de torches, des centaines d'hommes et de femmes s'étaient rendus dans
le ghetto où vivaient une trentaine de familles et avaient
mis le feu aux maisons. Lorsque les forces de l'ordre
étaient arrivées, elles avaient réussi à sauver les rescapés de la vindicte populaire et les avaient conduits
dans la forteresse.

Le soldat venait à peine de finir son récit que l'officier revint et apostropha Giovanni :

– Trois de tes relations sont ici. Les deux autres sont
certainement morts.

Giovanni sentit son sang se vider à l'intérieur de lui.

– Qui sont les survivants ? lâcha-t-il d'une voix
faible.

L'officier regarda son papier et marmonna :

– Les nommés Eléazar, Sarah et Esther.

Giovanni sentit son cœur chavirer de joie.

– Puis-je aller les retrouver et les ramener au navire
qui nous a conduits ici ?

– C'est impossible, reprit le soldat d'un ton imper-
turbable.

– Comment cela ? Ils n'ont rien fait, ils ne peuvent
ainsi rester enfermés...

– Le capitaine de la forteresse vient de recevoir des

ordres du gouverneur. Les Juifs doivent rester en prison et seront jugés par rapport à ce meurtre d'enfant. D'ici là, aucune visite n'est permise.

– C'est absurde ! lança Giovanni d'une voix puissante. Vous savez bien qu'ils sont innocents du crime dont on les accuse.

– Moi je ne sais rien, monsieur. La seule chose que vous pouvez faire, c'est de demander une audience au gouverneur, lui seul pourrait vous accorder de voir vos connaissances.

Giovanni essaya de calmer sa colère. Il savait que cela ne servirait pas sa cause, bien au contraire.

– Je vous remercie de ces renseignements. Je m'en vais de ce pas demander audience. Pouvez-vous m'indiquer où se trouve le palais du gouverneur ?

– Il n'est pas ici, monsieur. Le gouverneur demeure à Nicosie. À bonne allure, c'est à une heure de cheval d'ici. Si vous n'en avez pas, vous pourrez en louer au port.

Giovanni prit congé du Vénitien et marcha en direction du port. Puis il s'arrêta, fit demi-tour et s'adressa une nouvelle fois à l'officier :

– Une dernière question : comment s'appelle le gouverneur de Chypre ?

– Il est là depuis fort longtemps et fait partie d'une des plus grandes familles de Venise. Vous devez certainement avoir entendu parler de lui : Paolo Contarini.

– En effet, répondit Giovanni, la voix tremblante.

## 88

Depuis une dizaine de minutes, Giovanni attendait dans le corridor de la salle d'audience où le gouverneur de Chypre, qui portait en fait le titre précis de « recteur capitaine de Famagouste », recevait ses visiteurs. Giovanni avait dû attendre quatre jours pour obtenir cette audience privée. Il s'était rasé avec soin et avait acheté pour l'occasion des habits confectionnés sur mesure dans de riches tissus. Il savait en effet que le gouverneur le jugerait autant sur sa mine que sur ses paroles. Fort heureusement, il n'avait jamais rencontré à Venise le père d'Elena. Il n'y avait donc aucune chance que ce dernier puisse établir un lien entre le personnage qu'il allait jouer aujourd'hui et l'ancien amant de sa fille, dont il avait forcément entendu parler.

Un garde vint chercher Giovanni et le fit pénétrer dans une grande salle au fond de laquelle le gouverneur, entouré de deux soldats et d'un conseiller, était assis sur un grand fauteuil en bois sculpté. Il se leva pour accueillir son hôte :

– Monsieur Bompiani, soyez le bienvenu.

Giovanni fut profondément ému en regardant les traits du père d'Elena. La jeune femme avait incontestablement hérité de ses beaux yeux verts et de son sourire avenant. Le gouverneur proposa à Giovanni un siège avant de regagner son fauteuil. L'homme devait approcher de la soixantaine et témoignait d'une certaine lassitude.

– Je vous remercie, Excellence, d'avoir bien voulu m'accorder cette audience.

– C'est tout naturel pour un compatriote. Mais dites-moi en deux mots quelle est votre profession et de quel quartier de Venise vous êtes ?

– Je suis libraire-éditeur dans le quartier du Rialto.

– Ah ! fort bien ! reprit le gouverneur.

Giovanni enchaîna sur les raisons de sa visite pour ne pas avoir à mentir trop longtemps sur son identité.

– Après un pèlerinage à Jérusalem, j'avais décidé de me rendre à Tunis pour y rencontrer un grand amateur de manuscrits, et je me suis donc embarqué sur un navire marchand ottoman. Or celui-ci a été dérouté vers Chypre par une galère des Chevaliers de Malte.

– On m'a en effet informé de cette anecdote. Ces fichus moines-soldats chassent de plus en plus près de nos côtes. Il faudra que je demande au Conseil des Dix de faire patrouiller une galère dans cette zone. Je comprends que vous ayez eu peur, mais sachez que vous n'auriez rien eu à craindre, en tant que chrétien, si votre navire était tombé aux mains des Maltais.

– Certes. Mais la raison qui m'amène aujourd'hui auprès de Votre Excellence est bien plus tragique. J'ai fait la connaissance à Jérusalem d'un riche et honorable banquier juif. Cet homme, d'une grande érudition, s'est embarqué avec sa fille et quelques serviteurs sur le même navire que moi pour se rendre dans les États barbaresques où il possède quelques comptoirs. Or pour son malheur, il s'est rendu le soir même de notre arrivée à Famagouste chez une de ses connaissances dans le quartier juif, avec sa fille, son intendant et deux autres serviteurs. Comme vous le savez, il y eut une émeute populaire cette nuit-là, suite au meurtre d'un enfant. Informé dès le lendemain de ce drame, qui a fait plusieurs dizaines de morts, je me suis renseigné à la citadelle de Famagouste où cet homme, sa fille et sa servante avaient été conduits la nuit du drame. J'ai été fort soulagé de les savoir vivants et sous bonne protection, mais inquiet d'apprendre qu'ils ne pouvaient retrouver la liberté et qu'ils allaient être jugés, ainsi que les autres Juifs rescapés, pour un crime qu'ils n'ont assurément pas commis.

Le gouverneur écouta Giovanni avec une grande attention. À la fin de son discours, il lui répondit posément :

– Je vais vous parler avec franchise. Cette affaire m'embarrasse au plus haut point. À titre personnel, je ne pense pas que les Juifs soient impliqués dans ce meurtre d'enfant. Mais une bonne partie de la population en est persuadée et il m'est aussi difficile de punir les responsables du massacre des Juifs que de relâcher les rescapés, ne serait-ce que pour leur sécurité. J'ai donc pris la décision d'organiser un procès dans lequel ils pourront se défendre et dont je ne doute pas de l'issue favorable pour vos amis.

– C'est certainement une sage décision. Mais je ne vous ai point dit que la fille de cet homme, qui se nomme Eléazar, est enceinte de huit mois. Elle se rendait avec son père à El Djezaïr pour y accoucher dans une maison qu'ils possèdent et où son mari l'attend. Je crains que cette longue attente en prison, puis ce procès ne nuisent gravement à sa santé. Sans parler du fait qu'il lui faudra ensuite accoucher ici, loin de sa maison et des siens.

– Humm, je comprends votre souci de la faire libérer. Je ne partage pas votre sympathie pour les Juifs, mais je peux entendre vos raisons.

Un serviteur assez âgé pénétra dans la pièce et proposa un fruit pressé au gouverneur et à son hôte. En lui versant à boire, l'homme fixa Giovanni d'une curieuse manière, puis il quitta la pièce.

– Plus j'y pense et plus je me dis qu'il doit être possible de faire libérer vos amis avant le procès, reprit le gouverneur. Nous le ferons discrètement, mais si cela devait venir aux oreilles de la population, je pourrais toujours dire qu'il s'agit de voyageurs de passage, connus de nous, qui n'avaient forcément rien à voir avec ce crime.

En écoutant ces paroles, Giovanni ressentit un profond soulagement.

– Je ne sais comment vous remercier, Excellence. Et je pense que notre ami Eléazar, qui est doté d'une grande fortune, saura aussi le faire à sa manière.

– Ce n'est pas la raison qui me pousse à faire ce geste, mais simplement le désir de faire plaisir à un compatriote, et sans doute un peu aussi la pitié à l'égard d'une femme sur le point d'accoucher. Que voulez-vous, je suis moi-même grand-père et ma petite-fille a plus d'emprise sur moi que n'importe lequel de mes conseillers !

Paolo Contarini partit d'un grand éclat de rire ainsi que son conseiller. Giovanni se contenta de sourire tant ce qu'il venait d'apprendre le remuait. Cette petite-fille était-elle la fille d'Elena ou bien de sa sœur ? Et si c'était l'enfant d'Elena, cela pouvait signifier qu'elle était présente ici. Giovanni brûlait d'envie d'interroger le gouverneur à ce sujet. Décidé à ne prendre aucun risque, il se ravisa. Se relevant de son fauteuil, le gouverneur prit congé de son hôte avec chaleur, annonçant qu'il pourrait se rendre dès le lendemain à la forteresse avec un ordre de libération pour ses amis.

Après l'avoir vivement remercié et salué avec déférence, Giovanni marcha vers la porte de la salle. Au moment où il atteignait la sortie, il fut interpellé d'une voix forte par le gouverneur.

– Monsieur Bompiani !

Giovanni se retourna. Il vit que le serviteur qui avait apporté les boissons était aux côtés de Paolo Contarini et lui parlait à l'oreille. Le gouverneur avait un air fort surpris. Après quelques instants, il s'adressa de nouveau à Giovanni :

– Pardonnez-moi de vous faire revenir, mais Francesco, qui a été parfois au service de ma fille et de ma femme, me dit quelque chose de très surprenant que je voudrais vérifier, si vous le permettez ?

Giovanni tenta de ne rien laisser paraître du trouble profond qui s'empara de lui. Il regarda attentivement le serviteur, cherchant à se remémorer s'il l'avait rencontré chez Elena. Mais ce visage ne lui disait rien.

– Francesco, qui a une extraordinaire mémoire visuelle, me dit que vous lui rappelez quelqu'un.

– Ah, fit Giovanni prenant un ton faussement amusé. Et qui donc ?

– Quelqu'un qu'il n'a rencontré que quelques jours il y a bien des années.

Giovanni fit une moue interrogative.

– Un jeune paysan calabrais qui avait essayé d'attenter à la pudeur de ma fille.

– Cela est fort amusant ! s'esclaffa Giovanni. Ai-je donc à ce point la mine d'un paysan calabrais !

– Assurément non, poursuivit le gouverneur. Mais il se trouve que ce paysan, devenu par je ne sais quel miracle astrologue, est ensuite venu retrouver ma fille à Venise, qu'il l'a séduite et a tué un rival, le fils de mon meilleur ami. Condamné aux galères à vie, cet homme a disparu après un combat naval.

Le gouverneur fit une pause, guettant les réactions de Giovanni. Puis il reprit :

– Ce serait fort amusant que cet usurpateur d'identité se soit aujourd'hui mué en un libraire-éditeur ! Mais je dis cela comme pure hypothèse. Mon serviteur peut s'être trompé.

– Je le crois, Excellence. Et si vous ne m'aviez montré auparavant un signe de votre grande sagesse, je m'étonnerais de ce qui pourrait être des insinuations outrageantes à mon égard, et tout compte fait invéri-fiables.

À ces mots, le serviteur chuchota une nouvelle fois à l'oreille de son maître. Ce dernier apostropha de nouveau Giovanni :

– Contrairement à ce que vous venez d'affirmer, il y a un moyen très simple de vérifier si mon serviteur s'est trompé. L'homme dont je vous parle a reçu précisément vingt coups de fouet. Francesco accom-pagnait ma fille et a assisté à la peine. Si votre dos, monsieur, ne porte aucune trace de ces coups, alors je vous ferai toutes mes excuses et vous dédommagerai même pour avoir eu à subir ce soupçon injuste.

– Si je comprends bien, vous me demandez de me déshabiller à l'instant même pour prouver ma bonne foi ?

– C'est exactement cela.

– Je suis fort ennuyé, Excellence, car le sort s'acharne contre moi. Il se trouve que j'ai été captif de corsaires algérois il y a quelques années et que j'ai subi une peine similaire à celle que vous venez de décrire. J'ai également subi la bastonnade pour avoir tenté de m'évader et mes pieds en portent encore la trace que je puis aussi vous montrer. Mais vous me direz peut-être que votre serviteur se souvient subitement que ce paysan a aussi reçu des coups de bâton sous les pieds.

– Ne le prenez pas mal, monsieur, et veuillez avoir l'obligeance de nous montrer ces plaies.

Giovanni commença par se déchausser et exhiba ses voûtes plantaires déformées. Puis il défit sa chemise et montra son dos griffé. Tous ceux qui assistaient à cette scène observèrent attentivement les cicatrices. Le gouverneur s'entretint à voix basse quelques instants avec le serviteur, un soldat et son conseiller. Puis il reprit :

– Vous n'avez pas menti pour la bastonnade que vous avez certainement reçue comme captif évadé. Mais je suis désolé de vous dire que les traces laissées sur votre dos proviennent d'une lanière très particulière qui n'est guère utilisée par les Ottomans ou les corsaires... mais par l'armée vénitienne.

– Je suis encore une fois victime de malchance, ironisa Giovanni. Non content d'avoir eu à subir le fouet de la part de mes tortionnaires, il a fallu qu'ils le fassent avec un objet volé aux Vénitiens.

– Je ne crois pas que cela soit dans leurs mœurs. Mais vous avez raison, cela ne constitue pas une preuve suffisante pour vous faire arrêter.

Giovanni sentit le terrible étau se desserrer et il poussa un léger soupir de soulagement.

– Toutefois, reprit le gouverneur, nous allons en avoir le cœur net dans quelques minutes. Il y a en effet une personne qui saura dire avec certitude si vous êtes cet homme ou non. J'ai demandé qu'on la fasse quérir et elle sera dans cette pièce d'un instant à l'autre.

« Elena, songea Giovanni bouleversé. Elena est ici et il l'a fait mander. »

– Selon ses mots plus aucun doute ne sera permis, reprit Paolo Contarini. Soit vous repartirez libre avec vos amis et largement dédommagé, soit vous les rejoindrez en prison... mais assurément pour être pendu ou finir sur le bûcher.

Sur ce, une petite porte s'ouvrit au fond de la pièce, derrière la gouverneur. Un soldat pénétra. Il était suivi d'une femme. Giovanni tressaillit. Ses yeux se fixèrent sur la frêle silhouette qui pénétra dans la grande salle d'audience.

Il la reconnut sans l'ombre d'une hésitation et son cœur se figea.

## 89

Giovanni avait les deux mains liées et enchaînées à un anneau fixé au mur de son cachot. Un faible jet de lumière pénétrait par une étroite meurtrière. Tout s'était effondré lorsque Juliana, la servante d'Elena qui l'avait bien connu à Venise, l'avait identifié sans l'ombre d'une hésitation comme Giovanni Da Scola, l'ancien amant de sa maîtresse jadis condamné aux galères. Le gouverneur l'avait immédiatement fait enfermer dans une tour du palais. Quelques jours plus tard, il s'était retrouvé face à des juges qui appliquèrent à la lettre la loi vénitienne pour un galérien évadé : la condamnation à mort. Il eut juste à choisir entre la pendaison et le bûcher. Il opta pour le bûcher.

Depuis bientôt une semaine, il croupissait dans ce cachot, attendant son exécution, fixée au huitième jour après le procès. Dans deux jours, il quitterait ce monde à jamais. Lorsque la sentence fut prononcée, Giovanni ne s'était pas révolté. Il n'avait même pas pleuré. Dès l'instant où il fut reconnu, il savait ce qui l'attendait et, conscient que rien ne pourrait cette fois le sauver, il avait accepté son sort. Par contre, il priait jour et nuit pour que sa femme et son beau-père fussent épargnés. Il n'avait jamais révélé à ses juges la vraie nature des liens qui l'unissaient à Eléazar et à Esther, convaincu que cela leur vaudrait une condamnation certaine. Les rescapés du pogrom seraient jugés quelques jours après son exécution. La grossesse d'Esther était presque arrivée à terme. Giovanni se demandait quand naîtrait son enfant. Comme il aurait aimé l'embrasser, ne serait-ce qu'une seule fois ! Ses pensées le portaient aussi vers Elena. Il avait su par son père que la jeune femme était bien présente à Chypre avec sa fille. Mais Paolo Contarini avait toujours refusé qu'elle revoie Giovanni et elle ne fut pas autorisée non plus à assister au procès qui eut lieu à huis clos. Il aurait tant aimé la revoir ! Il songeait que les deux femmes qui avaient bouleversé son cœur étaient là, si proches l'une de l'autre, comme réunies par le destin, tandis que sa propre destinée maintenant le condamnait à quitter cette vie, qu'il avait finalement appris à si bien aimer.

Son cœur était à la fois accablé de tristesse et étrangement serein.

Un bruit de serrure le fit sortir de ses pensées. Il remarqua le filet de lumière orangé qui déclinait. « Le soleil va bientôt se coucher, c'est mon geôlier qui m'apporte le repas du soir », songea-t-il. La lourde porte, située au-dessus de sa cellule, s'ouvrit et se referma presque aussitôt. Un escalier d'une dizaine de marches menait au réduit où il était enchaîné. Giovanni fut étonné de ne pas entendre le pas lourd de son geôlier. Il leva la tête et aperçut le bas d'un manteau de femme.

– Giovanni ! Mon Giovanni tant aimé !

Elena s'était arrêtée au pied de l'escalier et regardait son ancien amant qui était assis sur un petit banc de pierre à quelques pas seulement. Il fallut une poignée

de secondes à Giovanni pour réaliser ce qu'il se passait.
Puis il lâcha d'une voix blanche :

– Elena...

Il regarda la jeune femme. Cela faisait bientôt dix
ans qu'il ne l'avait revue. Aujourd'hui âgée de vingt-
sept ans, Elena était plus belle que jamais. Elle avait
conservé toute la finesse de ses traits, mais le visage
encore un peu enfantin qu'il avait connu s'était méta-
morphosé en celui, plus affirmé et plus noble, d'une
femme épanouie. Elle se précipita vers lui et le couvrit
de baisers.

– Oh ! mon amour, j'attends ce moment depuis tant
d'années !

Le cœur de Giovanni fut soudain submergé d'une
joie sans nom.

– Elena... je ne parviens pas à le croire. Quel bonheur de te revoir ! Comme tu es belle !

Elena avait les yeux embués de larmes. Elle caressait
son visage avec délicatesse et continuait à l'embrasser
sur les joues, les lèvres, le front, le cou.

– Oh ! mon Giovanni, je pense à toi tous les jours
depuis neuf ans. Jamais mon âme, jamais mes pensées
ne t'ont abandonné. Pourquoi donc n'es-tu pas
revenu ? J'aurais tout quitté pour te suivre. Mon cœur
ne bat plus que pour toi depuis que tu es parti. Il me
disait avec certitude que tu avais échappé à ce naufrage
et que tu étais encore en vie ! Pourquoi, mon amour,
pourquoi n'es-tu pas revenu me chercher ?

Giovanni pleura à son tour. Il comprit à quel point
il aimait encore Elena. Il aurait tant souhaité la serrer
dans ses bras, si ces maudites chaînes ne l'en avaient
empêché.

– Elena, moi aussi je n'ai cessé de penser à toi. Mais

comme tu m'avais dit que jamais tu ne pourrais quitter Venise et ta famille, je n'ai pas eu le cœur de revenir et de briser ta vie, de te mettre en danger. Tu es mariée d'ailleurs...

Le visage d'Elena s'assombrit.

– Je n'aime pas mon mari. Je ne l'ai jamais aimé. Je n'ai pas eu le choix, Giovanni. Mais je l'aurais quitté si tu étais revenu. J'avais pensé à tout.

– Tu as des enfants aussi.

– Une petite fille, mais je me serais enfuie avec elle. Si tu savais comme elle est belle ! Elle s'appelle Stella.

– Quel beau prénom ! s'exclama Giovanni les yeux brillants.

Elena fut visiblement touchée par le compliment.

– Quel âge a-t-elle ? reprit Giovanni.

– Huit ans, répondit Elena d'une voix légèrement hésitante.

Giovanni réalisa que l'enfant était née moins d'un an après son départ, ce qui signifiait qu'Elena s'était mariée très peu de temps après leur séparation.

– As-tu finalement épousé...

– Peu importe qui j'ai épousé, coupa Elena. J'y ai été forcée et je n'ai plus de relations charnelles avec mon mari depuis longtemps. Je t'assure, Giovanni, toi seul occupes mon cœur, toi seul es l'objet de mes désirs et de mes pensées.

Elle enveloppa sa tête de ses bras et posa sa joue contre la sienne, lui murmurant à l'oreille :

– Écoute, rien n'est perdu. Tu n'es pas venu à moi par ta propre volonté, mais le destin nous a rassemblés. Mon père m'a interdit de te rendre visite, mais j'ai soudoyé le capitaine de la garde et j'ai un plan pour te faire évader... cette nuit même.

Giovanni redressa la tête.

– Vraiment ?

– Oui. Tout est organisé. Un serviteur fidèle nous attend avec ma fille et des chevaux, puis une barque est prête à nous emmener loin de cette île. Nous irons où tu voudras, mon amour. Seul compte le fait de ne plus jamais être séparés.

Giovanni baissa la tête et resta silencieux.

– N'es-tu pas heureux ? Il y a certes des risques, mais si Dieu est avec nous, et je ne doute pas un instant qu'Il ne le soit puisqu'Il nous a à nouveau réunis, tout ira pour le mieux. Dès demain nous pourrons nous aimer comme jadis, et davantage encore.

Elena marqua une petite pause et ajouta :

– J'ai encore quelque chose de très important et de merveilleux à te dire, mais cela attendra demain quand nous serons loin de ce lieu sinistre.

– Moi aussi, Elena, j'ai quelque chose de très important à te dire, reprit Giovanni d'un air grave. Mais cela ne peut attendre. Il faut que tu saches...

Elena se recula légèrement et fixa avec inquiétude le regard soudain assombri de son ancien amant.

– Il faut que tu saches, reprit péniblement Giovanni... que je suis marié aussi.

Un voile de tristesse descendit sur le beau visage de la Vénitienne.

– Aimes-tu ta femme ?

– Oui.

Un glaive transperça alors le cœur d'Elena. Elle resta un moment silencieuse, puis demanda encore la voix brisée :

– As-tu des enfants ?

– Ma femme est sur le point d'accoucher pour la première fois.

– Où donc est-elle ? reprit Elena.

– Ici même. Dans la citadelle de Famagouste.

Elena recula encore plus nettement. Elle poursuivit sur un ton stupéfait :

– Mon père ne m'a pas dit qu'il avait fait arrêter ta femme !

– Parce qu'il ne sait pas qu'elle est ma femme. Elle se nomme Esther. Avec mon beau-père, Eléazar, ils ont été faits prisonniers et enfermés suite à un déchaînement de haine populaire dans le quartier juif.

– Tu as épousé une Juive ? S'est-elle convertie ?

– Non point. Nous avons gardé chacun la religion de nos pères. Nous nous sommes mariés à Noël à Jérusalem et nous rentrions à El Djezaïr lorsque notre navire a été dérouté ici par des corsaires.

– Comme jadis le mien lorsque je t'ai rencontré, reprit Elena la voix défaite.

– J'y ai souvent pensé depuis que je suis ici. Pour quelle raison le destin nous a-t-il à nouveau réunis ?

Elena regarda Giovanni au plus profond de ses yeux. Derrière ses belles pupilles noires, elle cherchait à atteindre son âme.

– Ce ne peut être que pour nous unir à nouveau, reprit-elle. Cela va être plus compliqué, mais je vais tout faire pour faire libérer ta femme et ton beau-père. Pas cette nuit, mais la suivante, la veille de ton exécution. Oui, avec la grâce de Dieu j'y parviendrai et nous fuirons tous ensemble.

– Tu es merveilleuse, Elena. Ton cœur n'a pas changé, il est toujours aussi généreux et enflammé. Comme je t'aime !

Elena se précipita à nouveau sur Giovanni et le serra dans ses bras. Elle reprit d'une voix plus assurée :

– Nous avons encore du temps avant que je ne reparte pour organiser ton évasion et celle de ta femme. Parle-moi de toi, dis-moi en quelques mots les choses les plus importantes qui te sont arrivées depuis notre séparation.

Giovanni raconta brièvement sa vie de galérien, le naufrage, sa conversion dans le petit monastère orthodoxe. Puis sa fuite vers l'Athos, son apprentissage des icônes, sa rencontre avec le starets Symeon et son départ pour les Météores. Il lui parla aussi de son vœu de solitude, de sa perte de la foi dans la grotte, de sa fuite de l'ermitage, de la découverte de la mort de son maître, du chien Noé qui lui sauva la vie et des hommes en noir qui faillirent la lui ôter. Puis il évoqua encore les soins de Luna tandis qu'il était dans le coma, son réveil au monastère, son départ pour Jérusalem, l'attaque des corsaires, la captivité au bagne, l'évasion ratée, la bastonnade, la rencontre avec le maître soufi et le complot contre Ibrahim.

Elena était suspendue à ses lèvres, sidérée qu'il ait pu vivre autant de choses si fortes et traverser autant d'épreuves, pendant qu'elle menait à Venise une vie somme toute assez lisse, attendant chaque jour son retour. Mais il faut dire que ce seul élément donnait à sa vie une saveur particulière. Elle était en effet si certaine qu'il était encore en vie et qu'il reviendrait la chercher, qu'elle était sans cesse à l'affût du moindre indice. Un bruit la réveillait-elle la nuit, elle courait à la fenêtre pour voir si ce n'était pas Giovanni tentant d'escalader le mur conduisant à sa chambre. C'est d'ailleurs la raison pour laquelle elle avait vite demandé à son mari de faire chambre à part et avait choisi une chambre de son nouveau palais que l'on eût pu atteindre par une ruelle adjacente. Voyait-elle dans la rue une silhouette lointaine qui lui rappelait celle de son amant, elle se précipitait, le cœur battant, vers cet inconnu. Alors qu'elle fut mille fois déçue, jamais l'espoir de revoir Giovanni ne l'avait quittée. Bien qu'apparemment sans histoire, sa vie avait été follement romanesque, parce qu'elle n'avait cessé de guetter ces retrouvailles et de s'y préparer. Chaque matin, elle s'était levée et apprêtée de la plus belle manière pour que Giovanni ne soit pas déçu s'il devait la revoir le jour même. Chaque soir, elle s'était endormie en pensant à lui et s'était coulée dans le sommeil en songeant avec émotion qu'il pourrait venir la réveiller au milieu de la nuit. Aussi, lorsque Giovanni évoqua sans fard sa rencontre avec Eléazar et la naissance de son amour pour Esther à Alger, elle eut un choc très profond. « Que ne m'a-t-il rejointe dès son réveil au monastère plutôt que de partir à Jérusalem pour venger ses amis, songea-t-elle avec amertume. Si l'amour dans son propre cœur l'avait alors emporté sur la haine, jamais il n'aurait rencontré cette femme et nous serions aujourd'hui ensemble. »

Giovanni termina son récit par le seul épisode qu'Elena connaissait : celui de sa confrontation avec son père. Après un moment de silence, Elena reprit calmement :

– Je suis bouleversée par ton histoire. Tu as vécu l'équivalent de plusieurs vies en ces neuf années. Lorsque je t'attendais à Venise, prenant soin de ma

maison et de Stella, je pensais à toi presque à chaque
instant. J'ai imaginé maintes choses à ton sujet, y
compris que tu avais peut-être été capturé par des
pirates. Mais il n'y a qu'une seule chose à laquelle je
n'ai jamais songé.

– Le monastère ?

– Non, le mariage.

– Tu m'en veux de n'avoir pas eu le courage de
revenir, n'est-ce pas ?

– Je ne pense pas que tu aies manqué de courage.
Je crois simplement que ton amour pour moi s'est
éteint au fil des ans, répondit Elena d'un ton morne.

– Mon amour pour toi n'a jamais cessé, Elena.
Encore aujourd'hui, alors que je suis marié et que
j'aime ma femme, je suis bouleversé en te voyant.
Simplement j'étais persuadé que tu n'arriverais jamais
à quitter ta ville et ta famille, comme tu me l'avais
clairement dit. J'étais convaincu que notre amour était
impossible et forcément voué au malheur, à ton
malheur...

Le regard d'Elena s'enflamma.

– Oui, mais après ta condamnation j'ai compris que
tu étais le sens de ma vie, l'âme de mon âme ! C'est
pourquoi je t'ai crié dans la salle de tribunal, au
moment où les soldats te conduisaient aux galères :
« Je t'attendrai. » Ne l'as-tu point entendu ?

– Si, confessa Giovanni. Mais je pensais que c'était
une parole lancée dans le feu de la passion. J'ai eu
peur ensuite de prendre le risque de bouleverser une
nouvelle fois ta vie, alors que tu avais peut-être
consacré des années à la reconstruire, puis le temps a
passé.

Elena tendit ses bras sur les épaules de Giovanni et le fixa avec une intensité telle qu'il en fut surpris.

– Rien n'est perdu, mon amour ! Nous avons failli l'un et l'autre. Moi en n'ayant pas le courage de tout quitter pour te suivre, toi en ayant perdu foi en notre amour. Oublions cela ! La Providence nous a à nouveau réunis. Partons et allons n'importe où. Même pauvres, même pourchassés, même malades, nous ne serons plus jamais malheureux... parce que nous serons ensemble à tout jamais.

– Comment pourrais-je m'enfuir avec toi alors que ma femme et l'enfant qu'elle porte se trouvent en prison, Elena ?

– Je t'ai dit que je les ferai libérer ! Dès demain je ferai parvenir un ordre signé de mon père pour leur libération. Il ne pourra pas me le refuser. Puis je leur ferai quitter l'île immédiatement. Ils reviendront chez eux en sécurité. Et la nuit prochaine je mettrai à l'œuvre mon plan d'évasion.

Giovanni regarda Elena avec un mélange de tendresse et d'anxiété.

– Mais, Elena, jamais je ne quitterai Esther. Sitôt libéré, je n'aurai de cesse de la retrouver, ainsi que mon enfant.

Elena resta songeuse quelques instants. Elle reprit d'une voix mal assurée :

– Nous la retrouverons et tu verras ton enfant. Et nous nous installerons non loin de chez eux, comme ça tu iras les voir autant que tu voudras.

– Elena, jamais je ne pourrai vivre ainsi. Esther sera malheureuse chaque fois que je serai chez toi et tu seras malheureuse chaque fois que je serai avec elle.

– Eh bien peut-être un jour devras-tu faire un choix,

répondit Elena, ne doutant pas que ce choix serait en sa faveur.

– Ce choix est déjà fait, mon amour.

Elena releva le visage et regarda Giovanni avec ferveur.

– En épousant Esther, je me suis engagé pour la vie auprès d'elle. Je l'aime et jamais je ne la quitterai.

Elena pâlit. La terre se dérobait soudain sous ses pieds. Après l'avoir attendu pendant près d'une décennie, voilà qu'il lui jetait l'amour d'une autre femme au visage. Une colère sans nom s'empara de son cœur. Elle se redressa lentement et répondit d'une voix tremblante :

– C'est tout ce que tu as à me dire ?

Giovanni était bouleversé. Il comprenait le désespoir d'Elena, mais il ne pouvait lui mentir pour sauver sa vie.

– Fais ce que bon te semble, Elena. Mais je t'aime trop pour te cacher la vérité.

– Eh bien, réfléchis encore un peu. Si tu changes d'avis d'ici demain midi, lorsque le soleil sera au zénith, fais-le-moi savoir par le geôlier. Après, il sera trop tard. Je ne pourrai plus mettre mon plan à exécution. Tu périras. Et ta femme, celle que tu aimes tant, sera certainement condamnée.

– Je t'en supplie, Elena, si tu me laisses périr, ne te venge pas sur Esther et mon enfant.

– Ton enfant ! hurla Elena. Faudrait-il encore qu'il naisse celui-là ! Alors que...

Elena s'interrompit. Elle regarda une dernière fois Giovanni.

– Tu as jusqu'à demain midi pour choisir la femme que tu aimes le plus, Giovanni.

Puis elle sortit une enveloppe de sa robe et la tendit d'une main tremblante à son ancien amant :

– Tiens ! La fameuse lettre écrite par Maître Lucius et qui lui coûta la vie. Je l'avais gardée, espérant te la remettre en main propre. C'est chose faite.

Giovanni regarda la grosse enveloppe jaunie avec un mélange d'inquiétude et d'étonnement.

– L'as-tu ouverte ?

– Non.

– Conserve-la, Elena. Si le garde la trouve ici, il s'en saisira. Et si je dois mourir, je te supplie aussi, en mémoire de notre amour, de la porter au pape. C'est la seule chose que je puisse encore espérer pour honorer la mémoire de mon maître.

Elena hésita à lui lancer la lettre à la figure. Elle parvint à se contenir, oscillant entre la rage et le désespoir. Puis elle la glissa à nouveau dans sa robe et partit en courant pour éviter de pleurer devant son ancien amant.

Après avoir gravi quelques marches, elle ralentit, sembla hésiter, puis se retourna.

– Je vais demander au chef de la garde de te délier les mains et de te donner de quoi écrire. Si tu choisis de vivre avec moi, inscris sur un feuillet le nom d'un ouvrage philosophique, n'importe lequel, je comprendrai. Tu le remettras au même homme. Si aucun message ne me parvient avant demain midi, je ne pourrai plus rien faire, ni pour toi, ni pour ta femme.

Elena fixa une dernière fois l'homme qu'elle aimait, puis elle quitta précipitamment la cellule.

Dès que la porte de son cachot se fut refermée, Giovanni fondit en larmes. Son cœur, comme celui d'Elena, était brisé. Il savait qu'il ne changerait pas

d'avis. Il ne pouvait le faire sans être infidèle à lui-
même, à ceux qu'il aimait et à la vérité de sa vie. Il
repensa aux paroles du Christ que lui avait rappelées
le starets Symeon : « Je ne suis né et ne suis venu en
ce monde que pour rendre témoignage à la vérité », et
encore : « Il n'y a pas de plus grand amour que de
donner sa vie pour ceux qu'on aime. »

Elena, elle, accepterait-elle de le faire évader avec
Esther en renonçant à lui ? Il ne savait répondre à cette
question. Mais de toute façon la réponse ne lui appartenait pas. Il n'y avait plus qu'à attendre. Et à prier.

## 90

À l'aube du huitième jour, un faible trait de lumière traversa la meurtrière de la cellule de Giovanni et se posa sur son visage.

Dimanche, songea-t-il. Jour du Soleil victorieux. Jour de la Résurrection du Christ. Dernier jour de mon existence ici-bas.

Il savait que, dans quelques heures, il ne serait plus de ce monde. Il n'avait fait parvenir aucun message au chef de la garde et Elena n'était pas venue. Son âme était emplie de tristesse, mais elle était en paix. Il savait qu'il avait eu des paroles justes et qu'il ne pouvait davantage agir sur le cours des événements. Si sa destinée était bel et bien de finir sur ce bûcher, il l'acceptait. Seul comptait pour lui l'avenir d'Esther et d'Elena. Il ne pouvait que s'en remettre à Dieu et priait sans cesse depuis la visite de la jeune femme pour que le Seigneur apaise son cœur meurtri et vienne en aide à son épouse emprisonnée.

Accompagné de deux soldats, le gardien entra dans sa cellule et ôta ses fers. Giovanni fut conduit sous bonne escorte sur la place publique de l'archevêché, où un bûcher attendait.

La petite troupe passa devant un monastère orthodoxe et Giovanni entendit le chant des moines. Des images de son passé à l'Athos revinrent à son esprit. Il fut bientôt conduit au centre de la place où une foule nombreuse était rassemblée. Quelques-uns lançaient des quolibets, mais la plupart demeuraient silencieux, sachant que cet homme était condamné pour avoir tué un noble à cause d'une femme et s'être évadé des galères, ce qui le rendait plutôt sympathique et excitait la pitié. Au fond de la place, adossée au palais épiscopal, une tribune d'honneur avait été dressée pour la circonstance. Elle était encore vide, mais on y attendait le gouverneur, l'évêque et les principaux notables de la ville. Parvenu au pied du bûcher, le bourreau se saisit de Giovanni.

Au même moment, à une quinzaine de lieues de là, Esther fut prise d'un vertige et appela à l'aide. Elle était sans nouvelles de Giovanni et ne savait rien de ce qui se tramait à l'autre bout de l'île. Depuis la veille, elle avait perdu les eaux et demeurait allongée dans la cellule où elle avait été placée avec Sarah et une dizaine d'autres femmes juives rescapées du pogrom.

Sarah se précipita vers sa maîtresse.

– Je crois qu'il veut sortir, murmura Esther, le souffle court. Mon ventre ne cesse de se tordre.

– Mets-toi debout ! lança une femme nommée Rebecca. Deux d'entre nous te soutiendront, tandis que deux autres se saisiront du bébé. C'est ainsi que j'ai accouché de mes huit enfants.

Aidée par Sarah et une autre prisonnière, Esther se leva doucement et s'adossa à un mur. Les deux femmes la saisirent sous les bras.

Giovanni gravit lentement les marches de l'estrade entourée de fagots et sur laquelle était fixé un poteau. Il s'adossa à la poutre et deux gardes lui lièrent les mains derrière le dos. Un prêtre monta à son tour, lui fit embrasser la croix et lui demanda s'il voulait se confesser.

– Volontiers, répondit Giovanni d'une voix calme.

Le prêtre tendit l'oreille.

– Je demande pardon à Dieu pour toutes les fois où je n'ai pas été à la hauteur de l'exigence de Son amour et où j'ai refusé de placer ma confiance dans Sa grâce, avoua Giovanni.

– Ce sont là les seuls crimes que vous avez à confesser ? s'étonna le prêtre.

Giovanni approuva d'un signe de la tête.

– Je ne puis vous donner l'absolution, car votre confession n'est pas sincère ! reprit l'homme d'Église offusqué. Je sais que vous avez commis un crime pour être aujourd'hui condamné par la justice des hommes.

– J'ai dit la seule chose que ma conscience me reproche en cet instant. Pour le reste, je m'en remets entièrement à la justice de Dieu, qui, heureusement, n'est pas celle des hommes.

– Vous n'avez donc rien à ajouter ?

Giovanni aperçut le cortège officiel qui arrivait au pied du palais épiscopal. Derrière les notables, il reconnut sans hésiter la silhouette d'Elena. Son cœur se serra. Elle allait donc assister à son supplice.

– Si.

– Je vous écoute, mon fils.

– J'ai glissé sous ma ceinture un billet destiné à une jeune femme juive, nommée Esther, qui est injustement enfermée dans la citadelle de Famagouste. Saisissez-vous-en et remettez-le-lui, je vous en prie.

Le prêtre glissa ses doigts sous la ceinture de cuir et retira une fine feuille de papier pliée en quatre. Il la glissa discrètement dans la poche de sa soutane et ajouta :

– C'est tout ?

– Non. Dites aussi à Elena, la fille du gouverneur, que je n'ai jamais cessé de l'aimer.

Elena était assise au côté de son père. Persuadée que son amant allait lui faire signe, elle avait parfaitement organisé son évasion. Mais ne voyant rien venir, son esprit et son cœur s'étaient enflammés d'une colère indicible. Elle ne parvenait pas à accepter l'amour que son Giovanni portait à une autre femme. Cette seule pensée la rendait folle. Au lieu d'agir, comme elle en avait eu tout d'abord l'intention, elle laissa passer le temps, ne parvenant à prendre aucune décision... jusqu'à ce qu'il soit trop tard. Elle était plongée dans un état étrange, comme si elle ne s'appartenait plus, comme si elle était morte. Son cœur était encore habité par une colère froide, mais dès qu'elle aperçut Giovanni sur le bûcher, la rage recula, laissant place à une détresse sans fond.

Le prêtre descendit de l'estrade, remplacé par le bourreau qui vint, selon l'usage, nouer un foulard sur la bouche du condamné afin d'étouffer ses cris.

Esther sentit que son enfant était sur le point de venir au monde. Les contractions s'accélérèrent et la souffrance devenait de plus en plus forte. Rebecca sortit un mouchoir de sa poche et le glissa entre les dents de la jeune femme.

– Mords dedans, ça t'aidera à supporter les douleurs.

Esther mordit le tissu à pleines dents.


Se mêlant aux chants des moines orthodoxes, les tambours commencèrent à résonner. Du haut de la tribune, le gouverneur tendit le bras pendant un long moment, puis l'abaissa. À cet instant, le bourreau alluma les fagots situés autour de l'estrade du condamné.


Alors seulement, Elena réalisa que tout était fini. La colère quitta son âme et laissa place au désespoir : « Oh ! mon amour ! Pourquoi ne pas avoir sacrifié mon désir de vivre auprès de toi pour te sauver la vie ? Pourquoi ne pas t'avoir dit que tu étais le père de ma fille ? Que c'est la raison pour laquelle j'ai été contrainte d'épouser, quelques semaines après ton départ aux galères, un homme que je n'aimais pas ? Je me suis tue par orgueil, pour ne pas t'influencer dans ton choix. Pour que tu me choisisses moi... et non à cause de notre enfant ! Et maintenant tout est anéanti. Pardonne-moi, mon amour ! pardonne-moi... »


Une épaisse fumée blanche commença à s'élever. Plus gêné par la fumée que par la chaleur, Giovanni toussa.

Esther gémissait et ses contractions se rapprochaient. Soudain Sarah cria :

– Il sort !

Les deux femmes se saisirent ensemble du bébé.

Giovanni suffoquait, ses poumons semblaient se déchirer, la chaleur devenait insupportable.

– Seigneur Jésus, Fils du Dieu vivant, aie pitié de moi, pécheur, pria-t-il.

Puis il poussa un grand cri muet.

Le bébé hurla. Rebecca venait de couper le cordon ombilical.

– C'est un garçon !

Voyant Giovanni s'enflammer comme une torche, Elena éclata en sanglots avant de s'écrouler, inanimée.

L'esprit de Giovanni quitta son corps.

– Regarde comme il est beau ! s'exclama Rebecca en déposant le bébé dans les bras d'Esther qui venait de s'allonger. Épuisée, la jeune maman regarda l'enfant avec ravissement et le déposa entre ses seins. Une pensée la porta vers Giovanni. « Comme tu seras fier de ton fils. »

*Épilogue*

## 91

Elena frappa trois coups discrets. Sarah vint ouvrir.

– Ma maîtresse vous attend.

La servante conduisit Elena à travers le bel appartement qu'elle avait elle-même mis à la disposition de la famille de Giovanni. Elle la fit asseoir sur une petite banquette.

– Je vais la chercher, je crois qu'elle a bientôt fini d'allaiter le bébé.

Sitôt la servante partie, Elena se releva et regarda par la fenêtre. Elle pouvait voir au loin la place de l'archevêché où Giovanni avait péri. Son cœur avait été si déchiré par cette tragédie, dont elle se sentait de surcroît responsable, qu'elle avait failli mettre fin à ses jours le soir même du drame. Seule la présence de sa fille, de leur fille, l'en avait dissuadée in extremis. Elle avait passé plusieurs jours à pleurer du matin au soir. Nul ne pouvait alors la voir ou l'approcher, tant sa peine était grande. Le troisième jour, elle avait accepté de voir le prêtre qui avait confessé Giovanni. Il lui rapporta les dernières paroles du condamné la concernant. Loin de la consoler, cette visite arracha de nouvelles larmes à son âme anéantie. Mais ces larmes étaient plus chaudes que les précédentes. Le lendemain, elle sortit de son isolement et demanda à son

père une seule faveur : qu'il fasse libérer et dédom-
mager tous les Juifs capturés et qu'il accueille les amis
de Giovanni durant le temps nécessaire à l'allaitement
du bébé, avant qu'ils puissent s'embarquer pour El
Djezaïr. Voyant l'état de désespoir dans lequel était
plongée sa fille tant aimée, Paolo Contarini n'osa
refuser cette demande incongrue. Il fit libérer sur-le-
champ Eléazar, Sarah, Esther et son fils. Elena les
plaça dans le meilleur appartement du palais et
s'assura qu'ils ne manquaient de rien. Puis elle prit
son courage à deux mains et alla trouver Esther, qui
ignorait toujours le sort de Giovanni et s'inquiétait
plusieurs fois par jour. Le prêtre, en effet, n'avait pas
rempli sa mission. N'ayant pu s'empêcher de lire la
lettre, il avait découvert le lien qui unissait Giovanni
et Esther et s'était refusé à transmettre la missive à la
jeune femme, qui ne savait donc rien de la fin tragique
de son époux.

Elena lui raconta toute son histoire ainsi que ses
retrouvailles avec Giovanni dans la prison. Elle n'omit
aucune parole, même les plus chères qu'il avait eues à
l'endroit de sa femme. Elena dut plusieurs fois interrompre son récit, secouée par les sanglots. De ce fait,
Esther devina vite la fin tragique de Giovanni avant
que la Vénitienne pût la lui révéler. Préparée à entendre
le pire depuis ces longs jours sans nouvelles de son
mari, son cœur se fissurait au fil du récit de la fille du
gouverneur. À la fin, quand elle eut confirmation que
son bien-aimé était mort depuis plusieurs jours, il se
brisa. Elle se laissa choir dans un fauteuil, et la vie
sembla l'abandonner, comme un parfum précieux qui
s'épand d'un vase éclaté.

C'est alors qu'elle entendit son bébé pleurer. Et qu'elle décida, comme Elena quelques jours plus tôt, de lutter et de vivre encore. Pour lui.

Elena lui remit une poignée des cendres de Giovanni qu'elle avait fait recueillir sur le bûcher. Elle-même en avait conservé quelques pincées qu'elle avait dissimulées dans une petite poche cousue à l'intérieur de son corsage, contre son cœur.

Bien qu'Elena la suppliât de lui pardonner pour n'avoir pas tenté de sauver la vie de Giovanni, Esther refusa.

Elle vivait depuis lors en recluse avec son père, son fils et sa servante, dans cet appartement où nul étranger n'entrait. Pendant des semaines, Elena avait respecté ce silence et priait jour et nuit pour qu'Esther lui accorde son pardon. Lui seul pouvait libérer son cœur, non pas du chagrin, mais du terrible remords qui le rongeait. Ce matin même, elle avait une décision importante à partager avec Esther et elle avait demandé à la jeune femme de la recevoir « sans doute pour la dernière fois », avait-elle fait savoir par la bouche de Sarah.

La porte de la chambre d'Esther s'ouvrit. Elena se retourna et contempla la jeune maman qui portait son bébé sur la hanche. Elena s'approcha, et constata qu'il avait les yeux à la fois sombres et rieurs de son père. Elle n'osa rien dire à Esther et se contenta d'un sourire attendri. Puis elle se lança :

– Esther, je viens te dire adieu.

Une lueur d'étonnement traversa le regard grave de la jeune femme.

– Je pars demain à l'aube avec ma fille pour l'Italie, poursuivit Elena. Depuis ces événements tra-

giques, Stella, ma fille tant aimée, est gravement
malade. Elle a de fortes fièvres et nul ne sait ici
comment soigner cette maladie. J'ai convaincu mon
père de la ramener à Venise où je connais d'excellents
médecins.

– Mais un tel voyage, en cette saison où la mer est
fort agitée, ne risque-t-il pas d'aggraver son mal ?
demanda Esther.

– C'est un risque à prendre. Mais j'ai la certitude
qu'ici elle mourra. Et puis une autre raison me pousse
à partir. J'ai fait vœu de porter à Rome la fameuse
lettre qui valut tant de malheurs à Giovanni. C'est la
dernière supplique qu'il m'a faite. Une fois ma fille
guérie, je me rendrai dans la Ville sainte pour remettre
la missive de Maître Lucius au pape.

Esther hocha doucement la tête.

– Je comprends. C'est une sage décision.

– Tu n'as rien à craindre. Mon père m'a promis qu'il
veillerait sur toi et les tiens jusqu'à votre départ pour
El Djezaïr. Quant à moi, je souhaite ne plus jamais
revenir ici.

Elena sembla hésiter.

– Je venais donc t'embrasser...

Esther regarda Elena et sentit de la tendresse pour
elle. Elle demeura néanmoins en retrait.

– Avant de partir, poursuivit Elena, j'aurais aimé
savoir une chose.

– Je t'écoute, répondit Esther avec douceur.

– Comment as-tu nommé ton fils ?

– Yoh'anan.

– C'est un nom hébreu... qu'est-ce que cela signifie ?

– Dieu pardonne.

Elena resta figée, ses yeux cherchèrent ceux d'Esther. Puis elle se jeta dans ses bras.

Esther la serra fort contre son cœur. Les deux femmes restèrent ainsi longtemps, pleurant de joie, de tristesse et d'amour.

## 92

Le lendemain, Elena embarqua sur un deux-mâts qui se rendait à Venise. Elle quittait Chypre avec Stella, un médecin, deux serviteurs et la lettre destinée au pape. Elle avait refusé de repartir avec Juliana qui avait trahi Giovanni, sans doute pour la seconde fois, pensait-elle, se remémorant la dénonciation anonyme après le duel.

Pendant dix jours, le navire vogua vers Venise toutes voiles déployées. En ce milieu d'automne, la mer était forte et houleuse. Le navire ne cessait de tanguer. Le deux-mâts longeait la péninsule italienne et se trouvait encore à deux journées de Venise lorsque le médecin vint avertir Elena que la petite se mourait.

– Il faut la débarquer au plus vite, affirma-t-il. Son état vient subitement de s'aggraver. Elle délire et je crois qu'elle ne survivra pas deux heures de plus à ce tangage.

Informé du drame qui se jouait à bord, le capitaine accepta de se rapprocher de la côte. Bientôt, ils aperçurent un petit port de pêche. Le capitaine mouilla au large et débarqua les Vénitiens à l'aide d'une barque qui faillit plusieurs fois chavirer, tant la mer était déchaînée. Sitôt parvenue à terre, Elena se renseigna auprès des marins du port qui s'appelait « Venere ».

Elle manda un lieu pour soigner sa fille et les marins lui désignèrent du doigt un imposant monastère qui trônait au-dessus du port, au-delà des champs d'oliviers. Une carriole les y conduisit sous une pluie battante, Stella et sa mère abritées par une couverture tendue au-dessus de leur tête.

Le frère portier les fit entrer dans la salle d'accueil et se hâta d'aller quérir le prieur.

– Soyez les bienvenus au monastère San Giovanni in Venere, lança Dom Salvatore en regardant avec surprise cette curieuse équipée.

En entendant le nom du monastère, Elena sursauta. Elle avait déjà entendu ce nom étrange, qui mêlait paganisme et christianisme, et il lui semblait que c'était dans la bouche de Giovanni. À moins que ce ne soit le nom de Giovanni qui lui donnait cette impression. Mais la situation était trop dramatique pour qu'elle y songeât plus avant.

– Merci, mon père. Nous venons de Chypre et nous nous rendons à Venise, dit-elle sur un ton ferme qui trahissait à peine l'inquiétude qui la rongeait. Ma fille est atteinte de fortes et mystérieuses fièvres depuis plusieurs semaines et c'est la raison pour laquelle nous rentrions à Venise pour la faire soigner. Nous avons dû débarquer d'urgence, car son état ne cesse d'empirer. Avez-vous une pièce où la mettre au chaud et un médecin qui pourrait aider le nôtre à la soigner ?

Dom Salvatore se pencha sur la fillette. Malgré la maladie, ses immenses yeux verts illuminaient son petit visage d'ange. Le moine en fut ému.

– Nous allons la transporter à l'infirmerie qui se trouve dans la clôture du monastère et qui possède une cheminée.

« Nous ferons une exception à notre règle pour essayer de sauver cette enfant », pensa le prieur.

On transporta Stella dans l'infirmerie qui était déserte. Dom Salvatore ordonna à un moine d'allumer une grande flambée et à un autre de mander au plus vite le frère infirmier. Lui-même se rendit à la cuisine pour préparer une boisson chaude à ses hôtes.

Quelques instants plus tard, Fra Gasparo entra dans l'infirmerie et ausculta Stella, sous l'œil inquiet d'Elena et le regard attentif de son médecin. Le feu réchauffa bien vite tous les Vénitiens et Dom Salvatore leur offrit un bol de bouillon de légumes brûlant. On essaya d'en faire avaler à Stella, mais la fillette était dans un tel état qu'elle ne pouvait absorber quoi que ce soit. Le moine infirmier lui prit le pouls, regarda sa langue, la frictionna. Puis il lâcha son verdict :

– Je ne puis – hélas ! – que confirmer : elle est atteinte d'un mal infectieux dont je ne connais pas la cause. La vie est en train de la quitter. La seule chose que je puisse tenter pour l'instant, c'est lui administrer une tisane à base de plantes calmantes pour essayer de faire tomber la fièvre. Mais je crains que cela ne suffise pas à la sauver, le mal qui la torture depuis des semaines est trop enraciné dans son corps.

– Faites n'importe quoi qui puisse la soulager, mon père, dit Elena la voix brisée.

Suivi par le médecin, le moine s'éloigna pour gagner son herboristerie et choisir les plantes appropriées.

Elena se pencha sur sa fille en lui tenant la main.

– Ne t'inquiète pas, ma chérie, nous allons soulager ta douleur.

La fillette ne pouvait plus ni entendre ni parler. Son

esprit était agité et elle ne faisait que gémir des paroles incompréhensibles.

– Elle semble délirer, déplora un serviteur.

– Puisque sa vie est menacée, il n'y a qu'une seule chose à faire, murmura Dom Salvatore à l'oreille d'Elena.

– À quoi pensez-vous ?

– Il y a dans la crypte de ce monastère une belle icône de la Mère du Christ. Si nous allions prier ensemble cette Vierge de Miséricorde pendant que les médecins prennent soin de votre fille ?

Bien qu'il lui répugnât d'abandonner l'enfant dans un tel moment, Elena n'hésita pas. Elle se leva, l'embrassa tendrement, et suivit le prieur dans le cloître du monastère. Alors qu'ils s'apprêtaient à pénétrer dans l'église, un moine vint murmurer à l'oreille de Dom Salvatore :

– Le père abbé s'inquiète de la mère dont la fillette est malade et demande à la rencontrer au parloir.

Dom Salvatore hésita quelques instants, puis il se retourna vers Elena.

– Dom Theodoro, notre père abbé, est vieux et fatigué, mais il souhaite vous saluer. C'est un grand homme d'Église qui a rang d'évêque. Cela ne prendra que quelques minutes. Nous nous rendrons à la crypte sitôt après cette visite.

Elena acquiesça et suivit le prieur jusqu'au parloir. Dom Theodoro était assis sur une chaise assez basse devant un feu de cheminée. Il salua Elena qui lui baisa l'anneau qu'il portait, comme tous les abbés et les évêques, à l'auriculaire de la main gauche. Il lui demanda d'où elle venait et ce qui était arrivé. Elena répondit à ses questions.

– Que Dieu sauve votre enfant ! lança le vieillard d'une voix forte. Je pars demain pour Rome afin d'y rencontrer le Saint-Père, et je puis vous promettre de confier sa vie à ses prières.

À ces mots, Elena se mit à trembler. Elle hésita à parler, puis lâcha d'une voix fébrile :

– Le hasard ou la Providence fait bien les choses, monseigneur. Puis-je vous demander un autre service d'une grande importance ?

– Bien entendu.

Elena semblait embarrassée.

– C'est de la plus grande confidentialité.

Dom Theodoro fit signe à son prieur de les laisser en tête à tête.

– Vous pouvez vous confier à moi en toute confiance, mon enfant. De quoi s'agit-il ?

Elena raconta au vieil abbé qu'elle portait sur elle une lettre écrite des années plus tôt par un astrologue à destination du pape. Elle lui raconta qu'un ami avait été en possession de cette lettre et que toutes sortes d'obstacles l'avaient empêchée d'accomplir sa mission. Elle précisa enfin qu'aujourd'hui cet homme était décédé et qu'elle lui avait promis avant sa mort de remettre cette lettre au pape.

– Puisque vous vous rendez à Rome pour y rencontrer le Saint-Père, ne pourriez-vous lui remettre la lettre en main propre ? conclut Elena, la gorge serrée.

Le vieux moine avait écouté le récit d'Elena avec une attention si soutenue qu'il en avait presque cessé de respirer. Quand elle eut achevé, il prit une grande inspiration et répondit d'un ton apaisant :

– Mon enfant, je puis vous assurer que c'est la Providence qui vous a envoyée ici. J'emporte cette lettre avec moi et je puis vous certifier que le souverain pontife la lira à l'instant même où je la lui remettrai en lui expliquant son histoire.

Elena se jeta aux pieds du moine et lui baisa la main.

– Je ne sais comment vous remercier, monseigneur ! Si vous saviez comme cette mission me tient à cœur et comme j'aurais aimé la poursuivre jusqu'au bout ! Mais l'état de ma fille m'inquiète tant que j'ai peur de devoir la différer de plusieurs mois, alors que Rome est si proche et que vous allez voir le pape en personne !

– Relevez-vous, mon enfant, et n'ayez crainte ! Le mieux serait de me confier cette lettre au plus tôt car je dois aller me coucher et demain je partirai dès l'aube.

Elena glissa sa main sous son manteau et sortit une grosse enveloppe jaunie qu'elle tendit à l'abbé.

– La voilà ! Je ne m'en sépare jamais.

Dom Theodoro fixa l'enveloppe avec stupeur. Il ne parvenait pas encore à réaliser que cette lettre qu'il cherchait à travers toute la Chrétienté depuis bientôt dix ans, cette maudite lettre pour laquelle il avait torturé et tué lui parvenait ainsi, dans son propre monastère ! Monastère qu'il ne quittait durablement que pour se rendre à Rome ou à Jérusalem, là où se trouvait le siège de la confrérie occulte qu'il avait fondée pour rénover et purifier la religion chrétienne de toutes ses souillures.

Il tendit une main tremblante vers Elena et se saisit de la lettre. Enfin il allait savoir ! Et pouvoir détruire...

## 93

Dom Theodoro tourna son siège vers la lumière de la cheminée et abaissa sa capuche. Les traits ravinés du vieillard fanatique qui avait tenté d'assassiner Giovanni apparaissaient en pleine lumière. Enfoncés dans leurs profondes orbites, ses petits yeux étaient maintenant éclairés d'une lueur vive. Il décacheta la grosse enveloppe et déplia neuf feuillets manuscrits. Le regard halluciné, les mains frémissantes, il commença la lecture du premier feuillet. L'écriture de Maître Lucius était fine et élégante et, malgré le temps, l'encre n'était pas altérée.

*Très Saint Père,*

*C'est en tremblant que je prends la plume pour tenter d'apporter une réponse à la terrible question que vous me posez. Si vous n'étiez pas le souverain pontife, successeur apostolique de l'apôtre Pierre et chef suprême de la Sainte Église, jamais je n'aurais accepté de me lancer dans une telle étude qui m'effraie, tant par sa difficulté que par les questions de foi qu'elle soulève. J'ai bien conscience que certains de mes propos ou de mes conclusions peuvent être source d'un grand scandale dans la Chrétienté. Mais puisque Votre Sainteté exige de moi que je me lance dans une telle*

*recherche, je ne peux qu'en appeler à votre compré-
hension et votre miséricorde toute paternelle.*

*Vous vous demandez, comme nombre de fidèles, si
la dramatique déchirure que connaît la religion chrétienne n'est pas le signe ultime de la fin des temps.
Vous êtes préoccupé de savoir si le christianisme, et
par là même le monde, ne vit pas ses dernières heures.
Vous faites allusion au* De Fato, *de Pomponazzi, publié
à Bologne en l'an 1520, dans lequel le philosophe émet
l'hypothèse selon laquelle les religions naissent, se
développent, dégénèrent et meurent selon les cycles du
cosmos. Il affirme qu'on devrait pouvoir dresser
l'horoscope de chaque religion, y compris la religion
chrétienne. Comme pour tout individu, la connaissance
du commencement – sa naissance – doit nous indiquer
les étapes suivantes de son développement, jusqu'au
moment de la fin. Vous me demandez donc s'il est
possible de dresser l'horoscope du christianisme.*

*J'ai longuement réfléchi à cette question et la réponse
m'apparaît aussi simple que terrifiante. Le seul moyen
de connaître le commencement et la fin d'une religion,
c'est de dresser la carte du Ciel de naissance de son
fondateur. Autrement dit, Votre Sainteté exige de moi que
je dresse l'horoscope de Notre-Seigneur Jésus-Christ.*

Dom Theodoro releva la tête, le regard en feu.

– C'est bien ce qu'on m'avait dit ! murmura-t-il les
dents serrées.

Il poussa un profond soupir et entama la lecture du
second feuillet.

*Outre le scrupule moral qui m'assaille, comment par-
venir à réaliser une telle tâche, puisque les Écritures ne*

*nous disent rien de précis sur le jour, l'heure, le mois et même l'année de naissance de Jésus ? Vous savez aussi bien que moi que la date du 25 décembre a été choisie par l'évêque de Rome, Libère, au IVᵉ siècle, pour lutter contre le culte païen de Mithra dont la grande fête du « Soleil victorieux » était fixée au 25 décembre, date du solstice d'hiver. Nul ne sait à quelle date les premiers chrétiens fêtaient la naissance du Christ. Un signe toutefois peut nous donner quelques indications, mais j'y reviendrai plus tard. Une autre difficulté majeure consiste à résoudre l'énigme de son année de naissance. Celle-ci a été fixée, au VIᵉ siècle, par le moine Denis le Petit. Mais bien des savants contestent aujourd'hui les calculs du moine et nul ne sait précisément en quelle année est né Notre-Seigneur.*

*J'aurais certainement laissé là mes recherches, si la Providence n'avait mis entre mes mains un manuscrit d'une extrême rareté, copie d'un exemplaire unique écrit en arabe il y a plusieurs siècles : le* Djefr. *Cet ouvrage magistral est l'œuvre du plus grand savant de l'époque médiévale, Al-Kindî, le maître du fameux astrologue Albumazar, celui-là même qui fit la prédiction concernant Luther. Or Al-Kindî était persuadé que Dieu avait disposé les astres dans le ciel pour permettre à l'homme de lire les signes non seulement de sa destinée personnelle, mais aussi de la destinée collective de l'humanité.*

– Mensonge ! Musulman perfide ! s'exclama avec rage le père abbé en tournant le deuxième feuillet.

*Selon lui, deux grands cycles permettent de connaître la naissance, le développement, le déclin et la mort des*

*civilisations et des religions. Le phénomène de préces-*
*sion des équinoxes, qui fait qu'environ tous les deux*
*mille ans le Soleil se lève au printemps dans un nouveau*
*signe du Zodiaque, et le cycle des conjonctions des deux*
*planètes les plus lentes de notre cosmos : Jupiter et*
*Saturne. Environ tous les vingt ans ces deux planètes*
*sont conjointes dans le ciel. Mais tous les deux siècles la*
*conjonction se produit dans un nouvel élément du qua-*
*ternaire zodiacal (signes de terre, d'eau, d'air et de feu)*
*et tous les huit siècles elle renouvelle la série des quatre*
*éléments. Al-Kindî, qui a vécu au IXᵉ siècle, a calculé en*
*remontant le temps sur mille ans tous les moments où se*
*sont produits ces conjonctions. En me plongeant dans*
*son ouvrage, j'ai pu constater le cœur battant qu'il avait*
*relevé un grand cycle planétaire en l'an – 6 avant notre*
*ère où les deux planètes sont conjointes dans le signe*
*des Poissons et renouvellent tous les éléments. Affinant*
*son observation par les éphémérides de l'astrologue*
*grec Anaxylos, qui vécut à l'époque du Christ, il note*
*aussi un fait étrange pour la nuit du 1ᵉʳ mars de l'an – 6 :*
*la conjonction en Poissons de 5 planètes : le Soleil, la*
*Lune, Vénus, Jupiter et Saturne. Cette date est indiquée*
*sans autre commentaire dans son ouvrage. Je dois vous*
*avouer, Votre Sainteté, qu'un grand frisson a alors*
*secoué mon corps et mon âme.*

Le vieillard, haletant, tourna le troisième feuillet.
– Je vois trop bien où ce maudit astrologue veut en
venir, marmonna-t-il.

*Car comme vous le savez, les premiers chrétiens*
*se reconnaissaient au signe du Poisson qu'ils dessi-*
*naient dans les catacombes lors des persécutions. Vous*

*connaissez les interprétations classiques qu'on avance*
*pour expliquer le choix de ce symbole. Une autre idée*
*m'est venue il y a bien longtemps, lorsque j'ai décou-*
*vert pour la première fois le manuscrit d'Al-Kindî. La*
*naissance de la religion chrétienne correspond au pas-*
*sage de l'équinoxe de printemps dans le signe zodiacal*
*des Poissons. Or la symbolique de ce signe correspond*
*trait pour trait à celle de la nouvelle religion initiée*
*par Notre-Seigneur. Relisant attentivement l'ouvrage*
*de l'astrologue arabe et découvrant cette rarissime*
*conjonction de cinq planètes dans le même signe,*
*comment ne pas m'interroger : n'a-t-il point souligné*
*la date de naissance de Notre-Seigneur Jésus-Christ ?*
*N'est-ce pas parce qu'il est lui-même natif du signe*
*des Poissons que ses disciples ont choisi ce symbole*
*comme emblème de leur nouvelle foi ? Et le symbole*
*de la croix, qui lui succéda par la suite, ne signifie-t-il*
*pas lui-même, au-delà de l'instrument du supplice, le*
*quaternaire des quatre éléments fondamentaux — la*
*terre, l'eau, l'air et le feu — que la grande conjonction*
*qui eut lieu à cette date renouvelle totalement ? Le*
*Christ n'est-il pas venu pour « récapituler toutes*
*choses », comme le dit l'Écriture ? Dieu n'aurait-il pas*
*permis que nous puissions lire dans le cosmos la venue*
*sur terre de son propre fils ? Le Messie annoncé par*
*l'Ancienne Alliance, le grand roi des Juifs, né d'une*
*Vierge, dont la venue fut aussi prédite par les païens ?*

Dom Theodoro fut pris d'une violente quinte de toux
et manqua s'étrangler. Il se leva et alla boire un verre
d'eau avant de poursuivre son éprouvante lecture.

Pendant ce temps, Dom Salvatore avait, à sa demande, reconduit Elena à l'infirmerie. La jeune femme constata avec effroi que Stella allait de mal en pis. À grand-peine, le frère infirmier lui avait fait ingurgiter une tisane destinée à faire tomber la fièvre. Mais la fillette avait perdu connaissance et semblait coupée du monde extérieur.

Le prieur posa doucement la main sur l'épaule d'Elena :

– Nous n'avons plus rien à perdre, venez, allons prier dans la crypte devant l'icône de la Vierge.

Elena se redressa péniblement. Elle caressa longtemps du regard les joues creusées de sa fillette. Puis elle se résigna à la laisser quelques instants et suivit le moine à travers le cloître. Ils pénétrèrent dans l'église par une petite porte latérale pour descendre dans la crypte. La pièce était faiblement éclairée. Elena distingua de hautes colonnes qui devaient servir de soutènement au chœur de l'abbatiale. De magnifiques fresques ornaient les murs. Le prieur la conduisit au fond de la crypte, devant une fresque représentant saint Michel, prince des armées célestes.

Une icône était posée sous la fresque, sur un pupitre de bois assez bas. Dom Salvatore s'approcha et la baisa avec dévotion. Elena l'imita, puis tous deux s'agenouillèrent en silence sur des prie-Dieu, à un mètre environ de l'icône. Une petite bougie était disposée au bord du pupitre et éclairait faiblement le visage de la Vierge de Miséricorde. Elena commença par fermer les yeux pour rentrer en elle. Elle se recueillit et pria avec ferveur la Mère de Jésus de sauver Stella. Puis elle les rouvrit doucement et regarda l'icône. Une immense stupeur apparut alors sur ses traits tirés.

Après s'être désaltéré, Dom Theodoro avait repris la lecture de la lettre de l'astrologue. Il entamait les cinquième et sixième feuillets.

*C'est ici, Votre Sainteté, que les Saintes Écritures chrétiennes nous éclairent de manière précise sur cet événement annoncé tant par les Juifs que par les païens. Il est écrit dans l'*Évangile selon Matthieu, *chapitre 2 :* « Jésus étant né à Bethléem de Judée, au temps du roi Hérode, voici que des mages venus d'Orient arrivèrent à Jérusalem en disant : "Où est le roi des Juifs qui vient de naître ? Nous avons vu en effet son astre à son lever et sommes venus lui rendre hommage." L'ayant appris, le roi Hérode s'émut, et tout Jérusalem avec lui. Il assembla tous les grands prêtres avec les scribes du peuple, et il s'enquérait auprès d'eux du lieu où devait naître le Christ. "À Bethléem de Judée", lui dirent-ils ; ainsi, en effet, est-il écrit par le prophète : "Et toi, Bethléem terre de Juda, tu n'es nullement le moindre des clans de Juda ; car de toi sortira un chef qui sera pasteur de mon peuple Israël." Alors Hérode manda secrètement les mages, se fit préciser par eux le temps de l'apparition de l'astre et les envoya à Bethléem en disant : "Allez vous renseigner exactement sur l'enfant ; et quand vous l'aurez trouvé, avisez-moi, afin que j'aille, moi aussi, lui rendre hommage." Sur ces paroles du roi, ils se mirent en route ; et voici que l'astre, qu'ils avaient vu à son lever, les précédait jusqu'à ce qu'il vînt s'arrêter au-dessus de l'endroit où était l'enfant. À la vue de l'astre, ils se réjouirent d'une très grande joie. Entrant alors dans le logis, ils virent l'enfant avec Marie sa mère, et, se prosternant, ils lui rendirent hommage ; puis, ouvrant leurs cassettes, ils lui offrirent en présents de l'or, de l'encens et de la myrrhe. Après quoi, avertis en songe de ne point retourner chez Hérode, ils prirent une autre route pour rentrer dans leur pays. »

*Cet extraordinaire récit, Très Saint Père, ne peut se comprendre sans référence à l'astrologie. Les mages venus d'Orient sont assurément des astrologues chaldéens qui ont vu l'astre du Christ se lever, ce qui signifie en langage astrologique qu'ils ont vu la grande conjonction Jupiter-Saturne en train de se former dans la constellation des Poissons. Selon leurs Écritures sacrées, ils savaient que cette conjonction planétaire signifiait la venue du Roi des Juifs et d'un très grand prophète. Ils se rendirent en Judée pour se renseigner sur le lieu de naissance précis de ce personnage. Bien au fait de la science astrale, Hérode leur demanda « le temps d'apparition de l'astre », ce qui signifie la durée de la conjonction planétaire. Puis les mages se rendirent à Bethléem « guidés par l'astre ». Il ne faut pas lire ici une indication géographique, car les mages savaient où le Christ devait naître, mais temporelle. C'est au moment où la conjonction était à son apogée, impliquant les cinq astres dont la Lune, qu'ils savaient que le Messie devait naître. Les Saintes Écritures nous donnent donc une très précieuse indication sur le jour, et même sur l'heure, de la naissance du Christ. Car quel est l'astre qui guide les rois mages jusqu'à la crèche ? Quel est le seul astre qui progresse rapidement et qu'on peut suivre la nuit des yeux ? La Lune ! C'est en suivant le parcours de la Lune dans la voûte céleste que les astrologues chaldéens ont su avec*

*certitude le jour et l'heure de la naissance du grand*
*personnage qu'ils cherchaient. Ils savaient en effet que*
*le Roi des Juifs naîtrait lors de la grande conjonction*
*Soleil-Vénus-Jupiter-Saturne en Poissons. Mais ils*
*pensaient aussi que la Lune ne manquerait pas d'être*
*au rendez-vous de ce rarissime regroupement plané-*
*taire. Et nul doute qu'ils ont compris que le Christ*
*naîtrait à la nouvelle lune, c'est-à-dire lorsqu'elle*
*serait parfaitement conjointe au Soleil en Poissons. Les*
*éphémérides d'Anaxylos nous disent que c'est préci-*
*sément ce qui arriva dans la nuit du 1er mars de*
*l'an − 6, vers 3 heures du matin. Les mages se mirent*
*donc en quête d'un enfant né à cet instant précis et*
*trouvèrent la crèche où Jésus venait de naître.*

Elena fixait l'icône et ne parvenait pas à
comprendre. Cette Vierge peinte semblait être son portrait, du moins lorsqu'elle avait quatorze ou quinze ans.
Elle se retourna vers le prieur et lui demanda :

– Qui a peint cette icône ?

Dom Salvatore murmura :

– Un voyageur de passage. Mais il avait appris la
technique au mont Athos.

Elena tressaillit. Il n'y avait aucun doute possible.
Le nom du monastère où Giovanni avait été recueilli
après avoir été soigné par la sorcière lui revint aussitôt
en mémoire : San Giovanni in Venere !

– Mon père, l'homme qui a peint cette icône ne
s'appelait-il pas Giovanni Tratore ?

Le moine regarda Elena.

– En effet... le connaissez-vous ?

– Fort bien, reprit Elena, la voix brisée.

Le prieur considéra la jeune femme sans mot dire. Puis il regarda l'icône et posa à nouveau son regard sur Elena. Une intense stupéfaction se lisait dans ses yeux.

– Ne seriez-vous pas la jeune Vénitienne dont il tomba amoureux ? Celle dont le visage endormi lui a jadis inspiré cette icône de la Vierge aux yeux clos ?

Elena n'eut pas la force de répondre. Elle fondit en larmes.

Le vieil abbé entama la lecture du septième feuillet. Plus aucune lueur de curiosité ne luisait dans son regard. Seulement de la colère froide.

*Arrivé à cette étape de mes recherches, vous comprendrez, Très Saint Père, que je ne puis poursuivre qu'avec crainte et grande humilité, tant ce que je viens de découvrir, grâce aux calculs astronomiques d'Al-Kindî et une lecture attentive de l'Évangile de Matthieu, pourrait bouleverser la Chrétienté et troubler bien des esprits. Car si Notre-Seigneur Jésus-Christ est bien né à Bethléem dans la nuit du 1ᵉʳ mars de l'an – 6, cela signifie que nous pouvons dresser son thème astrologique de manière précise et en tirer des interprétations pour Lui-même, mais aussi pour l'histoire de la religion chrétienne dont il est la pierre angulaire. Avant d'en venir à ces interprétations, voici, Votre Sainteté, ce qui est, fort probablement, la carte du Ciel de naissance de Jésus-Christ.*

*C'est l'âme bouleversée et la main tremblante que je l'ai tracée.*

# Jesus Christus

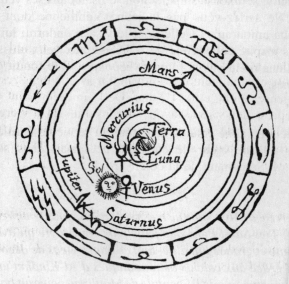

Dom Theodoro avait le visage blême. Il jeta un œil furtif sur le dessin qui accompagnait le feuillet, comme s'il craignait de se brûler les yeux.

– Blasphème ! Suprême blasphème..., murmura-t-il d'une voix blanche. Quelle abomination ! Fort heureusement personne n'a vu et ne verra jamais cette horreur ! Sans quoi, des protestants, des philosophes ou d'autres hérétiques ne tarderont pas à nous dire qu'on peut lire dans le thème astral du Christ les événements survenus dans sa propre vie... Comme si le Fils de Dieu pouvait être soumis, comme n'importe quel homme, aux puissances planétaires ! Ce serait la fin de la foi chrétienne authentique et la victoire de ces humanistes qui entendent tout ramener à l'homme, y compris les Mystères de la foi.

Elena ne parvenait plus à détacher son regard de l'icône. C'était donc vrai. Même au monastère, même ayant perdu la mémoire, Giovanni n'avait jamais cessé de penser à elle et de l'aimer. De l'aimer au point de la représenter, sans le savoir, sous les traits de la Vierge. Des larmes de joie ruisselaient sur son visage. Une guérison profonde s'opérait dans son cœur. Dans son être tout entier.

La main tremblante de rage, l'abbé continuait son éprouvante lecture. L'astrologue en venait maintenant à ce qu'il redoutait le plus : l'interprétation du thème astral du Christ.

*La conjonction de cinq planètes dans le signe des Poissons signifie que le Christ possède au plus haut point toutes les nobles caractéristiques du signe : intuition, compassion, abnégation, mysticisme, don de soi. La position de Mercure, qui représente l'intelligence, dans le signe du Verseau, signifie qu'il a des idées humanistes, fraternelles et novatrices qui peuvent heurter les conceptions traditionnelles. On voit d'ailleurs de manière remarquable l'hostilité des milieux conservateurs par l'opposition de la planète Mars (la violence), située en Vierge (la tradition), à ses cinq planètes en Poissons. Voilà bien l'indication que son message ne pouvait que susciter de terribles polémiques avec les autorités religieuses jusqu'à faire craindre une mort violente (Soleil opposé à Mars).*

*Avant de poursuivre cette interprétation et de répondre plus directement à votre question sur l'avenir de la religion chrétienne, encore une remarque, Très Saint Père : même si bien des croyants peuvent être choqués par une telle audace, je suis personnellement convaincu que l'interprétation du thème astral du Christ ne s'oppose en rien à la foi en sa divinité. Car si le Christ, la deuxième personne de la Trinité, a voulu assumer la nature humaine, cette incarnation ne peut échapper aux divers facteurs qui conditionnent la vie de tout homme : une hérédité corporelle, les traditions d'un peuple, une langue, une inscription dans l'ordre cosmique. Ce que nous pouvons lire dans les astres concernant Jésus nous donne, comme pour tout homme, de précieuses indications sur son caractère et les grandes lignes de sa destinée terrestre. Cela n'enlève en rien sa liberté de donner sa vie pour sauver l'humanité. Comme fidèle chrétien, je crois que le Christ s'est librement incarné par amour et est mort librement par amour. Comme astrologue, je crois que les astres nous indiquent le tempérament humain qu'il a revêtu et le chemin terrestre qu'il a choisi de parcourir pour accomplir la rédemption du monde.*

Elena n'avait pas ressenti une telle paix depuis qu'elle avait serré Giovanni dans ses bras pour la dernière fois. Elle le sentait si proche en cet instant.

Dom Salvatore, profondément bouleversé de se trouver en présence de la femme qui avait inspiré le peintre, s'approcha d'elle et demanda d'une voix émue :

– Je n'ai plus de nouvelles de cet homme depuis presque deux ans. L'avez-vous revu ?

Une ombre de tristesse voila le regard lumineux d'Elena.

– Oui, je l'ai revu il y a quelque temps.

Le visage du prieur s'illumina.

– Qu'est-il devenu ?

– Hélas, il est mort. Il a été condamné au bûcher à Chypre.

– Mon Dieu ! reprit le moine, atterré. Mais quand cela est-il arrivé ?

– Il y a plus de deux mois, à la Saint-Michel.


Dom Theodoro tenta de lire les premières lignes du huitième feuillet, mais ses paupières brûlaient. Il dut s'interrompre plusieurs fois tant ses yeux lui faisaient mal et pleuraient de douleur. Il était au-dessus de ses forces d'achever la lecture des deux derniers feuillets. Mais, au fond, peu lui importait.

Alors, ses doigts décharnés cramponnés sur la lettre telles des serres d'aigle, le vieillard tendit la main vers la cheminée et jeta avec rage l'étude de Maître Lucius au feu. En une haute flamme jaune, les feuilles se recroquevillèrent. Une fumée s'éleva et une odeur de papier brûlé commença à se répandre dans la pièce. Jamais parfum n'avait autant réjoui les narines de Dom Theodoro.

Il poussa un profond soupir et leva les yeux au ciel :

– Merci, Seigneur, d'avoir exaucé ma prière et permis que cette lettre maudite ne tombe dans aucune

main impie ! Fût-elle celle du pape ! Aucun esprit per-
vers ne pourra ainsi tenter de rabaisser la divinité de
Ton Fils au rang de simple humain, dont le caractère
et la destinée auraient été inscrits dans les astres. Car
il est impensable que Ton divin Fils, le Verbe fait chair,
le Rédempteur du monde, ait pu être soumis dans son
humanité aux forces du cosmos, contrairement à ce que
pense cet astrologue hérétique égaré par sa philosophie
humaniste.

Fra Gasparo entra précipitamment dans la crypte.

Le visage tout enflammé, il courut vers le prieur et
Elena et leur lança :

– L'enfant semble sauvée ! La fièvre a subitement
chuté et la fillette a retrouvé tous ses esprits. Elle
réclame sa mère !

Le cœur d'Elena faillit se rompre de bonheur. Bien
qu'elle eût envie de bondir pour retrouver sa fille, elle
resta quelques secondes encore, recueillie devant
l'icône. Comme le vieil abbé fanatique au même instant, elle remerciait Dieu du miracle qu'Il venait
assurément d'accomplir.

## 94

Les chevaux s'arrêtèrent à l'orée de la clairière. Tandis que les deux serviteurs et le paysan qui les guidait attachaient les montures aux branches d'un châtaignier, Elena avança en direction de la cabane abandonnée.

Sa fille était guérie, mais par précaution elle l'avait laissée aux soins du médecin et du moine infirmier. Pour cette dernière journée passée dans les Abruzzes avant de regagner Venise, elle voulait absolument se rendre en cet endroit qui avait tant compté dans la vie de Giovanni. Moyennant quelques pièces, le chef du village voisin avait accepté de les accompagner.

Elle inspecta les restes calcinés de la maisonnette.

– C'est ici que nous l'avons trouvé ! lança le vieux Giorgio en désignant la trappe recouverte de feuilles mortes et de terre poussiéreuse. Il était entièrement dévêtu et étendu sur une paillasse. Une fois sorti de là, nous avons purifié cette maudite cabane par le feu.

Elena insista pour qu'on la laissât seule quelques instants. Les trois hommes en profitèrent pour conduire les chevaux à la rivière. Elle marcha d'un pas lent autour des ruines de la maison. Son regard cherchait quelque chose. Soudain, il s'arrêta sur un petit monticule de terre. Le cœur battant, elle s'en approcha.

– C'est certainement ici ! s'exclama-t-elle en voyant la petite croix de bois fichée en terre.

Elle la regarda longtemps, puis s'agenouilla sur la tombe. Elle resta ainsi recueillie de longues minutes et murmura :

– Oh ! mon amour, si tu savais comme je ressens le chagrin qui t'a accablé lorsque tu as découvert la tombe de tes amis.

Elle déchira la couture d'une poche dissimulée dans son corsage, gratta la terre de ses deux mains, et laissa le contenu de la poche s'épandre sur la tombe. En mélangeant les cendres de Giovanni à la terre, elle lui dit :

– Je crois que tu aurais aimé que ton corps repose auprès d'eux. J'avais gardé ces cendres, mais je préfère te conserver vivant dans ma mémoire. Qu'elles se mêlent à la terre qui a recueilli ceux qui t'ont donné les clefs de la vie.

Elle ferma les yeux, les deux mains dans la terre.

– Je te retrouve tellement dans ta fille. Elle a tes yeux, ta bouche, ton sourire ! J'ai si souvent l'impression d'être face à toi. Quel cadeau tu m'as fait en me donnant cette enfant et en intercédant pour sa guérison ! Ainsi un peu de toi sera toujours auprès de moi. Je remercie chaque instant le Ciel pour ce présent, comme je le remercie pour l'enfant que tu as donné à Esther.

Un craquement de branches l'interrompit. Pensant que les serviteurs revenaient, elle se retourna. À sa grande surprise, elle découvrit la silhouette d'un chien. L'animal avançait lentement et commença à montrer les crocs, la queue et les oreilles basses. Elle eut peur. La bête se comportait comme si elle avait pour mission de garder le lieu. Le chien continuait d'avancer vers elle, en grondant. Elena restait figée. Elle remarqua qu'il boitait. Soudain une pensée lui traversa l'esprit. Tandis que l'animal progressait vers elle, toujours plus menaçant, elle chercha dans sa mémoire. Le chien n'était plus qu'à deux mètres et semblait prêt à bondir.

– Noé ! cria Elena.

La bête se figea. Ses oreilles se dressèrent.

– Noé ! reprit Elena sur un ton plus doux. C'est toi, n'est-ce pas ?

Après un instant d'hésitation, l'animal remua la queue. Elena écarta les bras en souriant.

– Viens, Noé !

Le chien poussa un gémissement et s'avança en clopinant vers la jeune femme. Elena l'enlaça en pleurant. Noé lui lécha les mains et le visage en glapissant de joie. Depuis deux ans il n'avait plus entendu son nom, mais il ne l'avait jamais oublié.

Tapie dans les bois à une trentaine de mètres de là, une femme observait la scène avec émotion. Elle s'était occupée du chien pendant ces années sans même connaître son nom. Elle rôdait souvent autour de l'ancienne cabane de Giovanni. D'instinct, elle comprit qui était cette femme agenouillée sur la tombe.

Elle la regarda avec amour.

*Vars, mars 1991 – Monte Sant' Angelo*
*août 2006*

*En passant par Paris, Châteaurenard, Fontaine le Port, Rome, Sulmona, San Giovanni in Venere, le mont Athos, Jérusalem, Boquen, Les Météores, Venise, Chypre, Fontaine la Louvet, Pouzillac, Le Citiot, Forcalquier, Alger, Die, Cordoue, Essaouira, Malicorne.*

## POSTFACE

Nul ne connaît le contenu intégral du *Djefr* d'Al-Kindî, ouvrage de prédictions astrologiques perdu à jamais, et ce que j'en dis ici concernant l'horoscope du Christ est purement romanesque.

Mais :

Le 10 septembre 1327, le poète et astrologue italien Cecco d'Ascoli fut brûlé par l'Inquisition de Florence pour hérésie. On lui reprochait notamment d'avoir tenté d'établir le thème astrologique de Jésus-Christ.

En 1614, Johannes Kepler, l'un des pères fondateurs de l'astronomie moderne, mais aussi chrétien convaincu et partisan acharné de l'astrologie, publie le *De Vero Anno quo Aeternus Dei Filius Humanam Naturam in Utero Benedictae Virginis Mariae Assumpsit*, dans lequel il affirme que le Christ a dû naître lors de la conjonction Jupiter/Saturne en Poissons qui eut lieu vers – 6 avant notre ère. Il soutient ainsi, pour des raisons astrologiques, que la date officielle de la naissance du Christ est antérieure de plusieurs années à la date officielle du calendrier chrétien. En représailles, sa mère sera accusée de sorcellerie par l'Inquisition et emprisonnée pendant quatorze mois.

La critique historique moderne confirme l'hypothèse de Kepler. Les Évangiles disent en effet que Jésus est né sous Hérode le Grand, et on sait aujourd'hui avec certitude que le monarque juif est mort en − 4 avant J.-C.

Les calculs astronomiques effectués par ordinateur confirment également qu'il y a eu une grande conjonction Soleil/Vénus/Jupiter/Saturne en Poissons en l'an − 6. Dans la nuit du 1er mars, la Lune était également conjointe à ces astres.

## REMERCIEMENTS

Comment ne pas exprimer toute ma gratitude à Marie-Dominique Philippe o.p., qui fut mon premier « maître vivant » et m'a initié, il y a vingt-cinq ans, à la sagesse philosophique et à la mystique chrétienne ?

Merci aussi à mon père, René l'Algérien, qui m'a mis entre les mains *Le Banquet* de Platon lorsque j'avais quinze ans, ainsi qu'à ma mère, Élisabeth, grâce à qui j'ai découvert au même âge l'astrologie et qui a relu le manuscrit avec son œil avisé.

Je remercie également du fond du cœur les amis chers qui m'ont fait part de leurs critiques et suggestions judicieuses : Nawel Gafsia ; Karine Papillaud ; Samuel Rouvillois, l'ami de toujours ; Aurélie Godefroy ; Elsa Godart ; Sophie Poitou et Violette Cabesos, ma complice de *La Promesse de l'ange*. Un remerciement particulier à Fabienne de Lambilly, qui m'a guidé avec entrain à Rome et dans les Abruzzes et m'a fait part de ses riches observations. J'ai aussi une pensée amicale et reconnaissante pour Jean-François Colosimo, qui a si bien su me faire découvrir le mont Athos et les Météores, pour S. L. et son équipe ainsi que pour Myriam Brough en souvenir de ce séjour inoubliable à Alger.

Un vif merci encore à Françoise Chaffanel, Muguette Vivian et Patricia Aubertin pour leurs pertinentes remarques, ainsi qu'à Alexis Chabert pour le dessin des cartes du

ciel ; à Denis Félix, photographe de l'âme ; André Barbault,
Philippe Dautais, Annick de Souzenelle et Paule Ryckem-
beusch, les éclaireurs.

Je voudrais enfin remercier avec chaleur Francis Esmé-
nard, mon éditeur et premier lecteur attentif, qui n'a cessé
de me soutenir avec conviction et amitié depuis mon premier
roman.

**http://www.fredericlenoir.com**

Frédéric Lenoir
dans Le Livre de Poche

*La Promesse de l'ange*                           n° 37144
(avec Violette Cabesos)

Rocher battu par les tempêtes, lieu de cultes primitifs
sanctifié par les premiers chrétiens, le Mont-Saint-Michel
est loin d'avoir révélé tous ses secrets. Au début du
XIe siècle, les bâtisseurs de cathédrales y érigèrent en
l'honneur de l'Archange, prince des armées célestes et
conducteur des âmes dans l'au-delà, une grande abbaye
romane. Mille ans plus tard, une jeune archéologue
passionnée par le Moyen Âge se retrouve prisonnière
d'une énigme où le passé et le présent se rejoignent
étrangement.

*Le Secret*                                        n° 15522

« Émilie fut la seule à remarquer que son fils avait dans
le regard quelque chose de nouveau, d'indéchiffrable, une
lumière impalpable qui lui rappelait ce bonheur intérieur
qu'elle-même ressentait lorsqu'elle allait visiter son
propre secret. Elle sut que Pierre taisait l'essentiel, mais
elle resta silencieuse. » Que s'est-il donc passé dans la
vieille vigne abandonnée où l'on a retrouvé Pierre Morin
inanimé après deux jours d'absence ? Dans le village,
tous s'interrogent, se passionnent, et cherchent à percer
à tout prix son secret. Un récit captivant d'un genre tout
à fait nouveau, aux frontières du conte philosophique et
du roman à suspense.

Du même auteur :

Fiction

*L'Élu, le fabuleux bilan des années Bush*, scénario d'une BD dessinée par Alexis Chabert, Écho des savanes, 2008.

*La Promesse de l'ange*, avec Violette Cabesos, roman, Albin Michel, 2004. Prix des maisons de la presse 2004. Le Livre de Poche, 2006.

*La Prophétie des deux mondes*, scénario d'une saga BD dessinée par Alexis Chabert.
Tome 1 : *L'Étoile d'Ishâ*, Albin Michel, 2003.
Tome 2 : *Le Pays sans retour*, Albin Michel, 2004.
Tome 3 : *Solâna*, Albin Michel, 2005.
Tome 4 : *La Nuit du Serment*, Vent des savanes, 2008.

*Le Secret*, conte, Albin Michel, 2001. Le Livre de Poche, 2003.

Essais et documents

*Tibet. Le moment de vérité,* Plon, 2008.

*Le Christ philosophe,* Plon, 2007.

*Code Da Vinci, l'enquête*, avec Marie-France Etchegoin, Robert Laffont, 2004. Points, 2006.

*Les Métamorphoses de Dieu*, Plon, 2003. Prix européen des écrivains de langue française 2004. Hachette Littératures, 2005.

*L'Épopée des Tibétains*, avec Laurent Deshayes, Fayard, 2002.

*La Rencontre du bouddhisme et de l'Occident*, Fayard, 1999. Albin Michel, « Spiritualités vivantes », 2001.

*Le Bouddhisme en France*, Fayard, 1999.

*Sectes, mensonges et idéaux*, avec Nathalie Luca, Bayard, 1998.

*Mère Teresa*, avec Estelle Saint-Martin, Plon, 1993. Pocket, 1995.

*Le Temps de la responsabilité*. Postface de Paul Ricœur, Fayard, 1991.

Entretiens

*Mon Dieu... pourquoi ?* avec l'abbé Pierre, Plon, 2005.

*Mal de terre*, avec Hubert Reeves, Seuil, 2003. Points, 2005.

*Le Moine et le lama*, avec Dom Robert le Gall et Lama Jigmé Rinpoché, Fayard, 2001. Le Livre de Poche, 2003.

*Sommes-nous seuls dans l'univers ?* avec J. Heidmann, A. Vidal-Madjar, N. Prantzos et H. Reeves, Fayard, 2000. Le Livre de Poche, 2002.

*Fraternité*, avec l'abbé Pierre, Fayard, 1999.

*Entretiens sur la fin des temps*, avec J.-C. Carrière, J. Delumeau, U. Eco et S. J. Gould, Fayard, 1998. Pocket, 1999.

*Mémoire d'un croyant*, avec l'abbé Pierre, Fayard, 1997. Le Livre de Poche, 1999.

*Toute personne est une histoire sacrée*, avec Jean Vanier, Plon, 1995.

*Les Trois Sagesses*, avec M.-D. Philippe, Fayard, 1994.

*Les Risques de la solidarité*, avec Bernard Holzer, Fayard, 1989.

*Les Communautés nouvelles,* entretiens avec les fondateurs, Fayard, 1988.

*Au cœur de l'amour*, avec M.-D. Philippe, Fayard, 1987.

Direction d'ouvrages encyclopédiques

*La Mort et l'immortalité, encyclopédie des croyances et des savoirs*, avec Jean-Philippe de Tonnac, Bayard, 2004.

*Le Livre des sagesses*, avec Ysé Tardan-Masquelier, Bayard, 2002 et 2005 (poche).

*Encyclopédie des religions*, avec Ysé Tardan-Masquelier, 2 volumes, Bayard, 1997 et 2000 (poche).

Composition réalisée par IGS-CP

Achevé d'imprimer en octobre 2008, en France sur Presse Offset par
Maury-Imprimeur - 45330 Malesherbes
N° d'imprimeur : 141216
Dépôt légal 1re publication : mai 2008
Édition 03 - octobre 2008
LIBRAIRIE GÉNÉRALE FRANÇAISE - 31, rue de Fleurus - 75278 Paris Cedex 06